Matilde Asensi

Der verlorene Ursprung

Matilde Asensi

Der verlorene Ursprung

Roman

Aus dem Spanischen von Svenja Becker,
Mechthild Blumberg, Maria Hoffmann-Dartevelle
und Petra Strien

List

Die Originalausgabe erschien 2003 unter dem Titel
El origen perdido bei Planeta, Barcelona.

List ist ein Verlag
der Ullstein Buchverlage GmbH

ISBN-13: 978-3-471-77044-3
ISBN-10: 3-471-77044-5

© by Matilde Asensi, 2003
© der deutschen Ausgabe by Ullstein Buchverlage GmbH,
Berlin 2006
Alle Rechte vorbehalten. Printed in Germany
Gesetzt aus Sabon und Braganza bei LVD GmbH, Berlin
Druck und Bindung: GGP Media GmbH, Pößneck

Jede hinlänglich fortgeschrittene Technologie ist
von Magie nicht zu unterscheiden.
ARTHUR C. CLARKE

1. Teil

Als ich an jenem Abend im Dämmerlicht der alten, verschlossenen Halle stand, Staub und Muff in der Nase, hatte ich nicht die geringste Vorahnung. Ich war eben eine fortschrittsgläubige und skeptische, technikbegeisterte Großstadtpflanze zu Beginn des 21. Jahrhunderts. Niemals hätte ich freiwillig über etwas nachgedacht, das außerhalb der Wahrnehmung meiner fünf Sinne lag. Für einen Hacker wie mich war das Dasein ein komplexes System von Algorithmen, geschrieben in einer Programmiersprache, zu der es kein Handbuch gab. Leben hieß, sich täglich mit der eigenen instabilen Software herumzuschlagen, ohne daß man irgendwo einen Einführungskurs belegen konnte. Keine Zeit zum Üben oder Ausprobieren – das Leben war, was es war. Außerdem war es sehr kurz, weshalb ich meins permanent in Aktion verbrachte und mich immer ganz auf das konzentrierte, was ich gerade tat. Vor allem, wenn es strafbar war. Wie an jenem Abend.

Ich weiß noch, daß ich einen Moment innehielt, fasziniert von den Restbeständen einer Kulisse aus tiefster Vergangenheit. Vor zwanzig, vielleicht dreißig Jahren hatte sie im Glanz der Scheinwerfer gestrahlt und unter den Klängen der Live-Orchester vibriert. Jetzt, in der Abenddämmerung dieses späten Maitages, lag alles still und dunkel. Kein Sonnenstrahl blitzte mehr durch die Arkadenfenster der Fernsehstudios von Miramar in Barcelona. In wenigen Augenblicken würden wir diesen Schauplatz wiederbeleben. Wenn man an all die berühmten Stimmen dachte, die in diesen Räumen für immer zu Hause sein würden, war es einfach vollkommen abwegig, daß aus den Studios in ein paar Monaten ein weiteres Hotel für reiche Touristen werden sollte.

Neben mir knieten Proxi und Jabba auf einer altersmorschen Holzbühne und bauten das Equipment auf. Proxis enge schwarze Hose endete knapp über den Knöcheln, und die scharfen Kanten warfen im Licht der auf dem Boden liegenden Neontaschenlampen gezackte Schatten auf ihre langen Beine. Jabba, einer der besten Techniker von Ker-Central, schloß eben mit ein paar raschen, geübten Handgriffen die Kamera an den Laptop und den Signalverstärker an. Für seine Größe hatte er ein paar Pfund zu viel auf den Rippen, er war eben eher ein Kopfarbeiter. Aber kein Stubenhocker, er mochte frische Luft und Sonne und hatte sich auch nach tausend Schlachten gegen die Verschlüsselungscodes noch etwas von der Geschicklichkeit des Homo habilis bewahrt. Sonst erinnerte allerdings nichts an ihm an die Ur- und Frühgeschichte, er sah ziemlich gegenwärtig aus.

»Fertig«, sagte er jetzt und sah zu mir hoch. In der Mitte seines runden Gesichts drängten sich Augen, Nase und Mund. Die langen roten Haarsträhnen hatte er sich hinter die Ohren geklemmt.

»Steht die Verbindung schon?« fragte ich Proxi.

»Moment noch.«

Ich sah auf die Uhr, deren Zeiger sich um die Nasenspitze von Kapitän Haddocks bärtigem Gesicht drehten. Fünf vor acht. In einer knappen halben Stunde würde die Sache über die Bühne sein. Die Parabolantenne war bereits ausgerichtet, der Router angeschlossen, jetzt mußte Jabba nur noch die drahtlose Verbindung ermöglichen, und ich konnte mich ans Werk machen.

Die ganze Zeit hatte ich mich gefragt, warum mir dieses Studio so vertraut vorkam, und endlich fiel es mir ein: Es roch hier genau wie auf dem Dachboden meiner Großmutter in Vic nach alten Möbeln, Mottenpulver und rostigem Metall. Ich war schon lange nicht mehr bei meiner Großmutter gewesen, was allerdings nicht meine Schuld war. Immer, wenn ich sie besuchen wollte, war sie gerade auf dem Sprung, um mit ihren schrulligen Freundinnen, alle über achtzig und verwitwet, in irgendeinen entlegenen Winkel der Erde zu reisen. Sie hätte sich zweifellos mit Begeisterung die alten Miramar-Studios angesehen. Zu ihrer Zeit war sie ein großer Fan von Herta Frankels Kindersendung und dem Hündchen Marylin gewesen.

»Fertig«, meldete Proxi. »Du bist drin.«

Ich ließ mich im Schneidersitz auf die feuchtkalten Bretter nieder und klemmte mir den Laptop zwischen die Knie. Jabba hockte sich zu mir, um das Geschehen auf dem Bildschirm zu verfolgen. Mit Hilfe meiner eigenen Version von »Sevendoolf«, einem bekannten Trojaner, mit dem man sich durch die Hintertür Zutritt zu fremden Systemen verschaffen konnte, klinkte ich mich in das Netzwerk der Stiftung TraxSG ein.

»Wie bist du an die Paßwörter gekommen?« wollte Proxi wissen, die sich von der anderen Seite über meinen Laptop beugte. Ob ich Proxi attraktiv fand, hätte ich nicht sagen können. Für sich genommen war jeder Teil ihres Körpers perfekt. Ihr Gesicht wurde von glänzend schwarzen, kurzgeschnittenen Haaren umrahmt und wirkte wegen der hübschen spitzen Nase und der großen dunklen Augen sehr anziehend. Aber irgendwie paßte der Rest nicht zusammen. Die Füße schienen zu einem anderen Körper zu gehören, die Arme waren auf den ersten Blick zu lang, und die schmale Taille wirkte paradoxerweise noch zu breit über ihren spindeldürren Hüften. »Mit roher Gewalt?« bohrte sie weiter.

»Die Rechner laufen bei mir zu Hause heiß, seit wir das hier planen.« Ich grinste vielsagend. Nicht einmal unter dem Einfluß von Pentothal würde ich eins meiner kostbaren Hackergeheimnisse preisgeben.

Dabei war das System kein bißchen gesichert. Es arbeitete mit Microsoft SQL Server und benutzte für das lokale Netzwerk Windows NT. Nicht einmal der Virenschutz war auf dem neuesten Stand. Man hatte ihn im Mai 2001 zuletzt aktualisiert, also genau vor einem Jahr. Eigentlich deprimierend, einen solchen Seelenverkäufer zu entern. Natürlich war es trotzdem eine Heidenarbeit gewesen, sich auf eine Operation dieser Größenordnung vorzubereiten.

»Mann, sind die unbedarft …« Einem Ausnahmehacker wie Jabba war so was menschlich wie technisch unbegreiflich.

»Vorsicht!« Proxi stieß vor Eifer gegen meine Schulter. »Bleib von diesen Files weg. Da wimmelt es bestimmt vor Viren, Würmern und Spyware.«

Proxi, die im richtigen Leben bei Ker-Central in der Sicherheitsabteilung arbeitete, wußte nur zu gut, was für einen Ärger einem ein paar Zeilen hinterhältiger Quellcode machen konnten. Man mußte diese Cybergiftfallen gar nicht erst öffnen, um sie zu aktivieren; manchmal reichte es schon, daß man unbedacht mit dem Cursor darüberfuhr.

»Da ist der Ordner mit den Logos.« Jabba tippte mit der Fingerspitze auf den Plasmabildschirm, der Wellen schlug wie ein stiller Tümpel.

Jabba hatte sich nicht weiter anstrengen müssen, um den Ordner zu finden. Der bei TraxSG für die Systemverwaltung zuständige Mensch war so clever gewesen, den Unterordner einfach »Logos« zu nennen. Wahrscheinlich hatte er sich nach getaner Arbeit ein paar Biere genehmigt, weil er die Idee so toll fand. Zu gerne hätte ich ihm eine Glückwunschbotschaft hinterlassen, aber ich beschränkte mich darauf, den Inhalt des Ordners durchzugehen. Dann kopierte ich einen neuen Satz Logos hinein, die das berühmte Markenzeichen der TraxSG – der Name senkrecht in Buchstaben verschiedener Typen, Größen und Farben – durch die Losung »Keine Abgabe, keine Korsaren« ersetzten. Die würde nun jedesmal auf dem Bildschirm erscheinen, wenn jemand einen Rechner der Stiftung hochfuhr, ein Programm startete oder sich auch nur aus dem Netzwerk abmelden wollte. Zusätzlich installierte ich ihnen ein kleines Programm, das in den Tiefen der Maschine schlummern und vorgenommene Änderungen automatisch rückgängig machen würde, falls jemand unser Werk zu löschen versuchte. Es würde die Stiftung jede Menge Zeit und Geld kosten, ihr ursprüngliches Erscheinungsbild wiederherzustellen. Daneben würde das Programm dafür sorgen, daß auf allen formellen Ausdrucken eine Piratenflagge mit einem Totenkopf über gekreuzten Knochen und der Satz »Keine Abgabe, keine Korsaren« auftauchten. Schließlich kopierte ich sämtliche Dokumente, die ich über diese idiotische Abgabe finden konnte, zu der die Stiftung die Software-Entwickler gezwungen hatte, und verteilte sie großzügig im Internet. Jetzt mußte ich nur noch die Seiten unserer Kampagne ins Netz stellen, auf denen zum Boykott aller Produkte der TraxSG aufgerufen wurde. Zusätzlich fand man dort Tips, wo im Ausland entsprechende Produkte zu beziehen waren. Von den Miramar-Studios aus würde die Protestaktion so lange laufen, bis das Equipment lokalisiert und abgeschaltet war.

»Wir müssen los«, meldete Jabba mit Blick auf die Uhr. »Der Wachmann ist in drei Minuten hier auf dem Gang.«

Ich klappte den Laptop zu, stellte ihn auf den Boden, stand auf und zog mir die Jeans zurecht. Proxi warf eine feste Plane über die Bühnenbretter, um die Ausrüstung vor neugierigen Blicken zu schützen – was nicht verhindern konnte, daß sie früher oder später gefunden würde. Ein paar Tage jedoch würde unsere Aktion ungestört laufen. Ich freute mich schon auf die Meldungen in der Presse.

Während Proxi und Jabba unsere Sachen einsammelten, kramte ich rasch eine kleine Spraydose mit roter Farbe aus meinem Rucksack, steckte die Fatcap für kräftige und breite Linien auf, schüttelte, bis ich am metallischen Klackern hörte, daß ich loslegen konnte, und zog mit einer gesunden Portion Selbstgefälligkeit auf einer der Wände einen ausladenden Bogen. Darin unterschrieb ich in einer langen und verschlungenen Linie, die sich über die ganze Breite des Bogens zog, mit dem Namen, unter dem ich bekannt war: Root. Das war mein *tag*, meine persönliche Unterschrift, die man an vielen vermeintlich unzugänglichen Orten finden konnte. Diesmal hatte ich den *tag* nicht auf die Rechner der TraxSG kopiert – sonst hinterließ ich ihn an allen realen und virtuellen Orten, die ich enterte –, weil ich nicht alleine und nicht nur im eigenen Interesse arbeitete.

»Los!« Mit wenigen Schritten war Jabba an der Tür des Studios.

Wir schalteten die Taschenlampen aus und folgten schnell und lautlos den schummrigen Notausgangslämpchen durch Korridore und über Treppen hinunter in den Keller, zu dem Transformatorenkabuff, in dem die vorsintflutlichen Verteilerschränke der Studios standen. Verdeckt von unserer Höhlenforscherausrüstung, war dort eine gußeiserne Platte in den Boden eingelassen, durch die man in die Welt unter dem Asphalt von Barcelona gelangte: in das endlose Gewirr der Kanalisation, an die sämtliche Wohnhäuser, Einkaufszentren und öffentliche Gebäude der Stadt angeschlossen waren. Es erlaubte an unzähligen Punkten den Übergang in das fast hundert Kilometer lange Netz der Metro- und Eisenbahntunnel. Genau wie New York, London und Paris barg auch Barcelona eine zweite Stadt in ihren Eingeweiden. Eine Stadt, die genauso lebendig und voller Rätsel war wie die, die weiter oben von der Sonne beschienen und vom Meer umspült wurde. Diese verborgene Stadt verfügte nicht nur über eigene bewohnte Zentren, ihre eigene Flora und Fauna und eine eigene Polizeieinheit (die sogenannte »Unitat de subsòl«). Sie wurde auch von zahlreichen Touristen besucht, die aus allen Teilen der Welt anreisten, um einen – selbstverständlich illegalen – Sport zu praktizieren: unterirdisches Sightseeing.

Ich löste das Gummiband aus meinem Pferdeschwanz, setzte den Helm auf und zog den Kinnriemen stramm. An jedem unserer drei Ecrin-Roc-Helme war vorn am Clip eine LED-Stirnlampe befestigt, weil die kleinen Leuchtdioden für wesentlich helleres Licht sorgten als eine herkömmliche Lampe und bei einem Gasleck im Tunnel nicht so gefährlich waren. Brannte eine der Dioden durch, blieben immer noch genug übrig, so daß man nie vollkommen im Dunkeln stand.

Wie ein perfekt trainierter militärischer Stoßtrupp schalteten wir die Gasdetektoren ein, hoben den Deckel mit dem Emblem der städtischen Elektrizitätswerke an und schwangen uns einer nach dem anderen in den engen, senkrecht in die Tiefe stürzenden Schacht. Er schien endlos, so daß man unwillkürlich Platzangst bekam – vor allem Jabba, der von uns dreien am meisten Raum einnahm. Aber die Miramar-Studios lagen nun einmal auf einem der Berge von Barcelona, dem Montjuïc, und damit deutlich über dem Niveau der Stadt. Wie fast alle Schächte dieser Art war auch dieser zu einem Viertel von Stromkabeln durchzogen, deren Verankerungen im Beton wir für den Abstieg nutzten. Allerdings mußten wir Isolationshandschuhe tragen, die unbequem waren und einem das Klettern erschwerten.

Endlich stießen wir auf den Versorgungskanal, der die Zona Franca mit der Plaça de Catalunya verbindet. Was einem in diesem Schattenreich wirklich eine Gänsehaut verursacht, sind nicht die Schlangen, die Ratten oder die unheimlichen Typen, denen man dort begegnen kann. Es sind vielmehr die Totenstille, die völlige Dunkelheit und der Gestank nach Fäulnis, die einem die Kehle zuschnüren. Dort unten, mitten im Nirgendwo, wird auch das leiseste Geräusch verzerrt und hallt endlos nach. Wo man auch hinblickt, alles sieht gleich aus. Zwei Jahre zuvor hatte sich mein Team in Paris in den eisigen mittelalterlichen Kanälen verlaufen, die das Ostufer der Seine durchziehen. Sieben Stunden waren wir umhergeirrt, obwohl wir einen Typ von der Französischen Gruppe für unterirdisches Sightseeing dabeihatten, der sich angeblich in den Gedärmen der Stadt besser auskannte als in seiner Wohnung. So etwas würde mir nicht noch einmal passieren. Die Erfahrung reichte, um von da an alle nur erdenklichen Sicherheitsvorkehrungen zu treffen.

Durch einen der Blindschächte des Kanalsystems stiegen wir noch etwas weiter in die Tiefe und bogen dann auf der Höhe der Calle del Hospital in den Sammelkanal des Opernhauses ein – wo mein *tag* genau neben der schmalen Metalleiter prangt, die in den alten Heizkesselraum führt. Von dort konnten wir durch eine enge, rostzerfressene Luke in das Netz der

Metrotunnel schlüpfen. Nur wenige wußten noch, daß Mitte der siebziger Jahre ein Fußgängertunnel zwischen den Stationen Liceu und Urquinaona gebaut worden war. Er sollte die Linien 3 und 4 verbinden, um den labyrinthischen, vor Menschen wimmelnden Bahnhof an der Plaça de Catalunya zu entlasten. Dreißig Jahre später wurde diese Verbindung nur noch von uns und den paar Nachtschattengewächsen benutzt, die in diesem dreckigen und ungesunden Wurmloch ihren festen Wohnsitz hatten: stumme, alterslose Geschöpfe, darunter ziemlich bizarre Exemplare.

In der Mitte dieses Stollens, in dem es nach Urin und Schlimmerem stank, gelangte man durch eine rostige Metalltür in ein tieferliegendes Netz von Gängen. Wir kletterten die Eisenleiter hinunter und hielten im Korridor vor uns geradewegs auf die Mündung des Metrotunnels zu. Im Gänsemarsch liefen wir etwa hundert Meter auf der rechten Seite neben den Schienen her, angestrengt lauschend, ob ein Zug kam (was gar nicht so unwahrscheinlich war, immerhin fuhr hier die Linie 4). Schließlich erreichten wir eine schmale Tür, die in der rußgeschwärzten Wand kaum auszumachen war. Ich fischte den Schlüssel aus meiner Jeanstasche, befreite die Tür vom Vorhängeschloß und öffnete sie. Sobald wir drin waren, schob Jabba die Eisenriegel vor, die die Tür von außen uneinnehmbar machten. Nun klaffte vor unseren Füßen ein Loch, dessen Rand mit einem soliden Metallring eingefaßt war, und gab den Blick auf den Stollen fünfzehn Meter tiefer frei, in den wir hinabmußten, das letzte Vergnügen bei all unseren Streifzügen. Wir schnallten die Hüftgurte um, hakten die Karabiner ein und schossen nebeneinander an den fest installierten Seilen in die Tiefe. Für den umgekehrten Weg hatten wir natürlich eine Leiter.

Endlich setzten wir die Füße auf den Boden des alten, verlassenen Tunnels, in dem unser ›Serie 100‹ stand. Niemand außer uns dreien wußte von der Existenz dieses Stollens. Er war Teil des ältesten Schienennetzes unter der Stadt, gebaut kurz nach 1925 für die Compañía del Gran Metro de Barcelona. Der Tunnel hatte die Form eines Ypsilons und gabelte sich genau unterhalb der Calle Aragó, in der ich wohnte und wo meine Software-Firma Ker-Central ihren Sitz hatte. Froh über die Brise, die durch Luftschächte ins Innere des Gewölbes drang, verstauten wir unsere Kletterausrüstung in den Rucksäcken und schlenderten entspannt durch die Höhle, die breit genug für zwei Sattelschlepper gewesen wäre. Um uns herum war es stockfinster. Hier war es immer Nacht, und es war immer Herbst, aber wir fühlten uns sicher auf diesem bekannten Terrain.

Fünfhundert Meter weiter begrüßte uns ein riesiges rotes Werbeplakat, auf dem Willem Dafoe mit dem tiefsinnigen Spruch »Das Echte beginnt in dir selbst« eine Whiskeymarke anpries. Proxi hatte uns dazu gedrängt, es uns in der Metrostation Passeig de Gràcia, wenige Meter über unseren Köpfen, zu »beschaffen«, weil sie fand, es passe hervorragend zu dem, was wir im ›Serie 100‹ taten. Jabba hatte nicht widerstehen können, hatte über die ganze Breite von Dafoes Stirn das katalanische Wort für »Angeber« gesprüht und nicht mit der Wimper gezuckt, als Proxi ihm die Hölle heißmachte deswegen.

Der ›Serie 100‹ stand genau in der Gabelung des Tunnels, fast direkt unter dem nördlichen Haltepunkt am Passeig de Gràcia: der altehrwürdige Eisenbahnwaggon war das Hauptquartier unserer Geheimoperationen. Man hatte ihn zurückgelassen, als diese Linie stillgelegt worden war. Der Tag, an dem wir ihn entdeckten, war ein großer Glückstag für uns gewesen. Bestimmt vierzig Jahre zuvor war der ›Serie 100‹ – der Name stand auf den Messingplaketten an seinen Seiten – auf diesen Schienen gestrandet und dann Jahrzehnt um Jahrzehnt vor sich hin gealtert, ohne daß sich jemand an ihn erinnert hätte. Der Aufbau bestand ganz aus Holz, die Fenster ringsum hatten abgerundete Ecken, innen war er weiß lackiert, mit langen Sitzbänken an den Seiten und alten Glühlampen an der Decke, eine Zierde für jedes Eisenbahnmuseum der Welt. Irgendein inkompetenter Beamter hatte ihn in den Schlaf der Gerechten geschickt, und mit den Jahren hatte er Ratten, Mäuse und Ungeziefer aller Art beherbergt.

Wir hatten viel Zeit darauf verwendet, ihn herzurichten, hatten ihn geschrubbt, das Holz abgeschliffen, lackiert und poliert, die Trittbretter und Haltestangen ausgebessert, die Messingplaketten gewienert. Und als er schließlich blitzblank und in alter Pracht vor uns stand, hatten wir Kabel, Rechner, Monitore, Drucker, Scanner und alle erdenklichen Radio- und Fernsehgeräte installiert. Dazu hatten wir in diesem Teil des Tunnels wie im Innern des Waggons für Beleuchtung gesorgt und einen kleinen Kühlschrank mit Essen und Getränken gefüllt. Es war nun schon einige Jahre her, daß wir uns da häuslich eingerichtet hatten, und die Technik war stets auf dem neuesten Stand.

Kaum war ich hineingeklettert, den Rucksack noch in der Hand, da klingelte das Telefon, auf das ich mein Handy umgestellt hatte.

»Wie spät ist es?« fragte Proxi, als sich Jabba hinter ihr durch die Waggontür zwängte.

»Gleich neun«, antwortete er, den Blick bereits erwartungsvoll auf die Bildschirme gerichtet. Er hatte ein Programm laufen lassen, das mit roher Gewalt – indem es Millionen alphanumerischer Kombinationen aus einer Datenbank durchprobierte – die Paßwörter zu knacken versuchte, die ihm Zugang zu einem bestimmten System verschaffen sollten.

Das Display am Telefon zeigte an, daß der Anruf von meinem Bruder kam. Hastig zog ich den schwarzen Rollkragenpullover aus und nahm ab, während ich mit der freien Hand versuchte, meine Haare im Nacken wieder durch ein Gummiband zu pfriemeln. »Ja, Daniel?«

»Arnau …?« Es war nicht mein Bruder, sondern meine Schwägerin Mariona.

»Ja, ich bin's, Ona, was gibt's?«

Proxi drückte mir eine geöffnete Dose Saft in die Hand.

»Ich versuche seit Stunden, dich zu erreichen!« Onas Stimme klang schrill. »Wir sind im Krankenhaus. Daniel ist krank.«

»Der Kleine oder mein Bruder?« Mariona und Daniel hatten einen einjährigen Sohn, meinen einzigen Neffen, der genauso hieß wie sein Vater.

»Dein Bruder!« rief sie ungeduldig. Und als sei ich besonders begriffsstutzig, wiederholte sie noch einmal: »Daniel!«

Ich war sprachlos, wie vor den Kopf gestoßen. Mein Bruder strotzte nur so vor Gesundheit. Er kriegte nicht mal einen Schnupfen, wenn ringsum alles fiebrig die Taschentücher vollschneuzte. Weshalb sollte er plötzlich im Krankenhaus sein? Ein Autounfall?

»Wir waren zu Hause«, fing Mariona zu erklären an, »und da war er auf einmal ganz komisch, wie weggetreten ... Hat nur unzusammenhängendes Zeug geredet. Ich hab mich total erschrocken und sofort den Notarzt gerufen. Der hat ihn untersucht und dann einen Krankenwagen bestellt, um ihn in die Klinik zu fahren. Gegen sieben waren wir in der Notaufnahme. Warum bist du nicht ans Telefon gegangen? Ich habe es bei dir zu Hause versucht, in der Firma ... Ich habe bei deiner Sekretärin angerufen, bei Lola und Marc, bei deiner Mutter ...«

»Du ... du hast in London angerufen?«

»Ja, aber deine Mutter war nicht da. Ich habe mit Clifford gesprochen.«

Inzwischen waren Proxi und Jabba herübergekommen und hörten angespannt zu. Ihnen war klar, daß etwas passiert sein mußte.

»In welchem Krankenhaus seid ihr?«

»Im Custòdia.«

Ich warf einen Blick auf die Uhr und überlegte, wie lange ich bis dorthin brauchen würde. Ich hätte eine Dusche vertragen können, aber das mußte warten. Frische Sachen hatte ich im ›100‹. In fünf Minuten konnte ich in der Garage sein, und mit dem Auto waren es weitere zehn bis nach Guinardó.

»Ich komme sofort. Gib mir eine Viertelstunde. Ist der Kleine bei dir?«

»Wo denn sonst!« Der Unterton in ihrer Stimme war fast feindselig.

»Ich bin sofort da. Beruhige dich.«

Proxi und Jabba rührten sich nicht vom Fleck und sahen mich abwartend an. Ich berichtete ihnen, was meine Schwägerin gesagt hatte, während ich einen sauberen Pullover überstreifte und Jeans und Turnschuhe wechselte. Ohne zu zögern boten sie an, den kleinen Dani über Nacht zu sich zu nehmen.

»Wir fahren nach Hause, sobald Jabba hier fertig ist«, erklärte Proxi, »ruf einfach an, falls du uns vorher brauchst.«

Im Nu war ich aus dem ›100‹, lief bis zur gegenüberliegenden Tunnelwand und kletterte die senkrechte Leiter hinauf in die Abstellkammer im Keller von Ker-Central. Drinnen schob ich hastig den Eisendeckel über die Luke, riß die Tür zur Garage auf und rannte zu meinem dunkelroten Volvo, der neben dem Dodge Ram von Jabba und Proxi stand. Es waren die einzigen Autos, die um diese Zeit noch in der Tiefgarage parkten. Taheb, der Nachtwächter, der hinter dem Sicherheitsglas friedlich kauend vor seinem kleinen Fernseher saß, folgte mir ungerührt mit dem Blick. Als ich vorfuhr, entschied er zu meiner Erleichterung, das Sicherheitsgitter zu öffnen und mich rauszulassen, ohne mir einen seiner üblichen Vorträge über die politische Lage in der Sahara zu halten.

Kaum hatten die Reifen den Bürgersteig berührt, wurde mir schlagartig klar, daß es die schlechteste Zeit war, um mit dem Auto durch die Stadt zu fahren. Durch die Calle Aragó wälzte sich eine Blechlawine, alles gierte danach, vor dem heimischen Fernseher zu Abend zu essen. Mir pochte das Blut in den Schläfen, und der friedliebende Bürger, der ich eben noch gewesen war, verwandelte sich in einen aggressiven Raser, dem beim geringsten Anlaß der Kragen platzt. Ich fuhr auf der Consell de Cent bis zur Roger de Llúria. An der Kreuzung Passeig de Sant Joan und Travessera de Gràcia mußte ich die Ampel bei Rot überfahren, weil mir ein Škoda mit Vollgas an der Stoßstange klebte. In der Secretari Coloma steckte ich erst mal fest, was ich dazu nutzte, Ona auf dem Handy meines Bruders anzurufen und ihr zu sagen, daß ich gleich da sei und sie mich bitte unten abholen solle.

Das Custòdia-Krankenhaus erwies sich als alter, grauer, reichlich deprimierender Kasten. Es sah aus wie ein Haufen übereinandergestapelter Betonwürfel mit winzigen Löchern darin. Wenn dem Architekten nach all den Jahren Studium nichts Besseres eingefallen war, überlegte ich auf der Suche nach der Einfahrt, wäre er beim Kanalbau besser aufgehoben gewesen. Zum Glück verließen vor mir etliche Autos den Parkplatz – wahrscheinlich war gerade Schichtwechsel –, und es blieb mir erspart, auch noch Runden um diese Beton gewordene Scheußlichkeit zu drehen. Ich war noch nie hiergewesen und hatte keine Ahnung, wo ich hinmußte. Doch Ona war schon da und kam, während ich ausstieg, mit dem schlafenden Dani auf dem Arm auf mich zu.

»Danke, daß du so schnell gekommen bist«, sagte sie leise, um den Kleinen nicht zu wecken. Mit einem traurigen Lächeln drückte sie mir einen Kuß auf die Wange. In eine blaue Kinderdecke gehüllt, lehnte Dani an ihrer Schulter, den Schnuller im Mund. Sein raspelkurz geschnittenes Haar war unglaublich blond und stand so stachelig vom Kopf ab, daß es im Gegenlicht manchmal flirrte wie elektrisch aufgeladen. Das hatte er von seinem Vater.

»Was ist mit Daniel?« fragte ich, während wir über den Parkplatz zum Eingang gingen.

»Sie haben ihn eben auf die Station gebracht. Der Neurologe ist noch bei ihm.«

Wir betraten das riesige Gebäude, durchquerten Flure und noch mehr Flure, an denen der Putz von den Wänden bröckelte. Der Marmorfußboden war kaum noch als solcher zu erkennen. Wo die Platten nicht abgewetzt waren, klebten Placken von etwas, das wie schwarzes Gummi aussah, und die Räder der von den Pflegern geschobenen Betten holperten über die Unebenheiten. An jeder Ecke wiesen Schilder den Weg zu wenig erfreulichen Orten: »Chirurgie«, »Bestrahlung«, »Rehabilitation«, »Dialyse«, »Blutabnahme«, »Operationssaal« ... Und der typische Krankenhausgeruch verfolgte uns bis in den ächzenden Aufzug, in den wir uns mit fünfzehn oder zwanzig anderen zwängten. In Größe und Form erinnerte er stark an einen Frachtcontainer. Kaltes weißes Neonlicht, labyrinthische Gänge und Treppen, ausladende Türen mit rätselhaften Schildern (AOP, MRT, IPD), Menschen mit leerem Blick und vor Sorge angespannten oder schmerzverzerrten Zügen schritten in den Fluren auf und ab, als existierte die Zeit nicht mehr ... Und tatsächlich schien die Zeit im Innern dieser Reparaturwerkstatt für Körper außer Kraft gesetzt, als hielte die Nähe des Todes die Uhren an, bis der Menschenmechaniker die Erlaubnis zum Weiterleben erteilte.

Ona ging entschlossen neben mir her, über der einen Schulter die Tasche mit Danis Sachen, auf dem Arm ihren fast zehn Kilo schweren Sohn. Erst vor kurzem war sie einundzwanzig geworden. Sie hatte meinen Bruder im ersten Semester in der Vorlesung »Einführung in die Anthropologie« kennengelernt, die er damals an der Fakultät hielt. Wenig später waren sie zusammengezogen. Aus Liebe, aber wohl auch, weil Mariona aus Montcorbau kam, einem Nest im Valle de Arán, und die beiden ihre Zweisamkeit nicht gern mit vier anderen Studenten aus Onas Heimatdorf teilen wollten, mit denen sie damals in einer WG lebte. Daniel hatte bei mir gewohnt. Eines Tages stand er mit dem Monitor seines Computers unter dem Arm, einem Rucksack über der Schulter und einem Koffer in der Hand in der Wohnzimmertür und verkündete mit leuchtenden Augen: »Ich ziehe mit Ona zusammen.« Die Augen meines Bruders haben eine erstaunliche Farbe, ein intensives Violett, das man nicht häufig sieht. Offenbar hat er sie von seiner Großmutter väterlicherseits geerbt, von Cliffords Mutter also. Er war immens stolz darauf und entsprechend enttäuscht, als die Augen seines Sohnes Dani nach der Geburt heller und heller wurden, bis sie schlicht blau blieben. Meine Augen waren dunkelbraun wie starker Kaffee und mein Haar ebenfalls, deutliche Zeichen der unterschiedlichen Genpools, aus denen wir stammten; aber sonst sahen wir uns ziemlich ähnlich.

»Schön für dich«, war alles, was ich an jenem Tag zu Daniel gesagt hatte. Und: »Viel Glück.«

Nicht, daß mein Bruder und ich uns schlecht verstanden hätten. Ganz im Gegenteil, wir waren einander so nah, wie es zwei

Brüder nur sein können, die sich mögen und die praktisch als Einzelkinder aufgewachsen sind. Doch als Söhne von Eulàlia Sañé (früher die geschwätzigste Frau Kataloniens und seit fünfundzwanzig Jahren die geschwätzigste Englands) waren wir notgedrungen schweigsam geworden. Natürlich, man lernt im Leben dazu, macht Erfahrungen und wird reifer, aber man ändert sich nicht wirklich. Man ist eben in jedem Moment der, der man ist.

Mein Vater starb 1972, als ich fünf Jahre alt war, hatte jedoch schon lange zuvor kaum mehr das Bett verlassen. Mir ist nur noch ein Bild von ihm in Erinnerung: wie er im Sessel sitzt und mich mit der Hand zu sich winkt. Ich bin mir allerdings nicht sicher, ob ich das wirklich so erlebt habe. Kurz nach seinem Tod heiratete meine Mutter Clifford Cornwall, und zwei Jahre später, als ich gerade sieben geworden war, kam mein Bruder zur Welt. Sie nannten ihn Daniel, weil es den Namen in beiden Sprachen gab, auch wenn wir ihn immer englisch betonten und nicht wie im Spanischen auf dem »e«. Cliffords Arbeit beim Foreign Office zwang ihn dazu, ständig zwischen London und Barcelona zu pendeln, wo das Generalkonsulat seinen Sitz hatte. Und so blieben wir wohnen, wo wir immer gewohnt hatten, während er kam und ging. Meine Mutter wiederum pflegte ihre Freundschaften und gesellschaftlichen Kontakte. Sie war weiter die Muse – oder bildete sich das zumindest ein – für den großen Kreis ehemaliger Kollegen meines Vaters an der Universität, wo er mehr als zwanzig Jahre eine Professur für Metaphysik innegehabt hatte (er war schon recht alt gewesen, als er meine Mutter in seinem Heimatort auf Mallorca heiratete).

Daniel und ich verlebten eine recht einsame Kindheit. Hin und wieder wurden wir für ein paar Monate nach Vic zu unserer Großmutter geschickt, bis meine Schulnoten ins Bodenlose abrutschten, weil ich so oft im Unterricht fehlte. Man meldete mich als Internatsschüler im La Salle an, und meine Mutter, Clifford und Daniel zogen nach England. Erst dachte ich, sie würden mich mitnehmen, wir würden alle zusammen gehen.

Doch als ich begriff, daß dem nicht so war, gewöhnte ich mich rasch an den Gedanken. Ich würde eben lernen müssen, wie man allein zurechtkommt. Ich konnte auf niemanden bauen, außer auf meine Großmutter, die jeden Freitagnachmittag wie ein Wachtposten am Tor des Internats auf mich wartete.

Als ich 1994 meine erste Firma, die Inter-Ker, gründete, kehrte mein Bruder nach Barcelona zurück. Er wollte unbedingt weg von unserer Mutter, zog bei mir ein und begann an der Universidad Autónoma zu studieren: Literaturwissenschaft und Anthropologie. Bis er sich mit einem »Ich ziehe mit Ona zusammen« davonmachte.

Obwohl er eigentlich genauso introvertiert war wie ich, wurde Daniel allgemein mehr geschätzt, weil er freundlicher und umgänglicher war. Er redete nicht viel, aber wenn, dann hingen alle an seinen Lippen, als hätten sie nie etwas Treffenderes oder Interessanteres gehört. Und wie sein Sohn lächelte er oft. Ich dagegen war eher abweisend und maulfaul, unfähig, ein normales Gespräch mit jemandem zu führen, mit dem ich nicht schon lange vertraut war. Sicher, ich hatte Freunde (wohl weniger Freunde als nahe Bekannte), und wegen meiner Geschäfte unterhielt ich gute Kontakte zu Leuten in aller Welt. Die waren aber ebenso verschroben wie ich, teilten sich ungern mit – oder nur auf dem Umweg über eine Tastatur –, verbrachten ihr Leben fast ausschließlich in künstlichem Licht, und wenn sie nicht vor dem Rechner saßen, widmeten sie sich so eigenartigen Hobbys wie unterirdischem Sightseeing, Rollenspielen, dem Sammeln exotischer Tiere oder dem Studium von Chaostheorie und Fraktalen, die ihnen selbstverständlich wichtiger waren als jede lebende Person.

»... und hat immer nur gesagt, er sei tot und wolle beerdigt werden.« Ona weinte jetzt.

Mit einem Schlag war ich zurück in der Wirklichkeit, und das Neonlicht blendete mich, als wäre ich die ganze Zeit mit geschlossenen Augen neben Ona hergelaufen. Ich hatte kein Wort von dem mitbekommen, was meine Schwägerin gesagt hatte. Die blauen Augen meines Neffen starrten mich von der

Schulter seiner Mutter aus aufmerksam an, unter dem Rand des Schnullers drang ein dünner Speichelfaden aus dem verschlafenen Lächeln. Wahrscheinlich sah mein Neffe weniger mich als vielmehr den kleinen, funkelnden Ring in meinem Ohrläppchen an. Da sein Vater den gleichen trug, war das für ihn ein vertrautes Ding, das er mit uns verband.

»Hi, Dani!« Ich strich ihm mit dem Finger über die Wange. Sein Lächeln wurde breiter, und der Sabber rann ungehindert auf Onas Pulli.

»Jetzt ist er wach geworden!« seufzte Ona und blieb mitten im Flur stehen.

»Marc und Lola haben angeboten, ihn heute nacht zu nehmen. Ist das okay für dich?«

Ona sah mich unendlich erleichtert an. Ihr hellbraunes, sehr kurzes Haar trug sie wie immer kunstvoll verwuschelt. Eine breite, orangerot gefärbte Strähne schmiegte sich an ihre rechte Wange und betonte die Sommersprossen und ihren blassen Teint. An diesem Abend war Ona allerdings nicht die frische und auffallend hübsche junge Frau, die ich kannte. Sie wirkte eher wie ein kleines Mädchen, das eine Mutter braucht.

»Und ob das okay für mich ist!« Sie faßte Dani mit einem energischen Schwung unter den Achseln und hielt ihn auf Augenhöhe vor sich. »Du darfst heute bei Marc und Lola schlafen, mein Schatz, ja …?« Sie strahlte, und der Kleine, der nicht ahnte, daß er manipuliert wurde, lächelte voller Wonne zurück.

Zwar hingen in den Krankenhausfluren überall Schilder, die das Telefonieren mit dem Handy untersagten, aber offensichtlich wußte hier niemand, am wenigsten das Krankenhauspersonal, was die durchgestrichenen Telefone bedeuten sollten. Also kümmerte ich mich nicht weiter darum, holte mein Handy aus der Tasche und rief im ›100‹ an. Jabba und Proxi waren gerade im Aufbruch. Mein Neffe, der eine besondere Schwäche für diese kleinen Geräte besaß, die sich die Leute ans Gesicht hielten, bevor sie drauflosquatschten, streckte blitzschnell die Hand danach aus. Ich konnte gerade noch ausweichen. Prompt fing er laut an zu brüllen. Ein Krankenhaus war wirklich nicht der geeignete Ort für ein kleines Kind. Zum einen konnten einem die Kranken leid tun bei dem Geschrei. Dazu war die Luft hier gesättigt mit den Keimen der dubiosesten Krankheiten. Jedenfalls kam es mir so vor.

Mariona hatte sich auf einen der grünen Plastikstühle gesetzt, die neben einem Getränkeautomaten an der Wand standen, und versuchte den Kleinen mit einem Päckchen Papiertaschentücher abzulenken, zum Glück erfolgreich. Die Stühle neben ihr hatten Risse oder Flecken und boten ein trauriges Bild.

»Sie sind gleich da.« Ich setzte mich neben Ona und hielt meinem Neffen das winzige Handy hin, nachdem ich die Tastensperre eingeschaltet hatte. Ona hatte das Telefon meines Bruders schon öfter durch die Luft fliegen und klappernd auf dem Boden aufschlagen sehen und wollte mich zurückhalten, aber ich bestand darauf. Prompt war Dani für nichts anderes mehr zu haben, er war völlig gebannt von dem funkelnden Spielzeug.

»Wenn Lola und Marc ihn abholen«, Ona deutete mit dem Kinn auf den Kleinen, »warten wir am besten hier, falls der Arzt rauskommt und mit uns reden will.«

»Daniel liegt auf dieser Station?« Ich betrachtete verwirrt den langen Korridor zu unserer Linken und das Schild »Neurologie« über dem Türsturz.

Ona nickte. »Das habe ich dir schon erzählt, Arnau.«

Sie hatte mich ertappt, und es kam nicht in Frage, mit zerstreuten Gesten darüber hinwegzugehen. Dennoch strich ich mir unwillkürlich übers Kinnbärtchen und stellte fest, daß meine Barthaare von der Nässe und dem Dreck in den Kanälen ganz rauh waren und vor Schmutz starrten.

»Entschuldige, Ona. Mich ... verwirrt das hier. Ich weiß, du mußt denken, ich hätte sie nicht alle, aber ... Könntest du mir noch mal alles von vorne erzählen, bitte?«

»Alles ...? Ich habe das Gefühl, du hast mir überhaupt nicht zugehört, aber ... Egal: Daniel ist gegen halb vier von der Uni gekommen. Der Kleine war gerade eingeschlafen. Nach dem Essen haben wir eine Weile darüber geredet, daß ... also, wir sind ein bißchen knapp bei Kasse, und, weißt du, ich würde gerne wieder studieren, und ... Jedenfalls ist Daniel dann wie immer in seinem Arbeitszimmer verschwunden, und ich bin im Wohnzimmer geblieben und habe gelesen. Ich weiß nicht, wie lange. Der Kleine ...« Sie sah auf Dani hinunter, der eben ausholte, um mein Handy gegen die Wand zu werfen; er wollte wohl hören, wie das klang. »He! Nein, nein, nein! Gib das her! Gib es Arnau zurück!«

Gehorsam streckte Dani mir das Telefon entgegen, besann sich aber im letzten Moment eines Besseren und setzte sich einfach über die abwegige Bitte seiner Mutter hinweg.

»Na schön ... Jedenfalls bin ich auf dem Sofa eingeschlafen.« Ona stockte. »Und ich weiß nur, daß ich wach werde, weil mir jemand seinen Atem ins Gesicht bläst. Ich schlage die Augen auf und kriege einen wahnsinnigen Schreck: Daniel ist direkt vor mir und starrt mich mit stierem Blick an wie in einem Horrorfilm. Er kniet vor dem Sofa, das Gesicht keine Handbreit vor meinem. Ein Wunder, daß ich nicht losgeschrien habe. Ich schimpfe, er soll den Quatsch lassen, das wäre kein bißchen witzig, und da sagt er, als hätte er mich überhaupt nicht gehört, daß er gerade gestorben ist und daß ich ihn begraben soll.« Onas Lippen begannen zu zittern. »Ich habe ihn weggestoßen und bin vom Sofa aufgesprungen. Ich war so erschrocken, Arnau! Daniel hat sich überhaupt nicht mehr gerührt, er hat keinen Ton von sich gegeben, er hat nur so leer vor sich hin gestarrt, als wäre er wirklich tot.«

»Und weiter?« Ich hatte große Mühe, mir meinen Bruder in dieser Situation vorzustellen. Daniel war der normalste Typ der Welt.

»Als mir klar wurde, daß es kein blöder Scherz war und er wirklich nicht reagiert, habe ich versucht, dich zu erreichen, aber du bist nicht ans Telefon gegangen. Daniel hat sich aufs Sofa gesetzt und die Augen zugemacht. Dann hat er sich nicht mehr gerührt. Ich habe den ärztlichen Notdienst angerufen und ... Also, die meinten, ich soll ihn hierherbringen, ins Custòdia. Ich habe ihnen erklärt, daß ich das nicht kann, daß er dreißig Kilo schwerer ist als ich und gleich vornüberkippt wie ein Mehlsack, daß sie kommen sollen und mir helfen, weil er sich sonst den Kopf auf dem Boden aufschlägt ...« Ona standen Tränen in den Augen. »Mittlerweile war Dani aufgewacht und hat in der Wiege geschrien ... O Gott, Arnau, es war grauenvoll!«

Mein Bruder und ich waren gleich groß, fast ein Meter neunzig, doch er wog gut und gern hundert Kilo, weil er ja fast nur am Schreibtisch saß. Meine Schwägerin hätte ihn schwerlich vom Sofa hochheben und irgendwohin schaffen können. Ein Wunder, daß sie ihn überhaupt hatte aufrecht halten können.

»Der Arzt hat eine halbe Stunde gebraucht, bis er da war«, erzählte sie schluchzend weiter. »Daniel hat in der ganzen Zeit nur zweimal die Augen aufgemacht und auch nur, um wieder zu sagen, er sei tot und wolle, daß ich ihm ein Leichenhemd anziehe und ihn begrabe. Ich habe ihn gegen die Lehne gedrückt, damit er nicht nach vorn sackt, und wie eine Blöde auf ihn eingeredet, ihm erklärt, daß sein Herz schlägt und daß er warm ist und daß er normal atmet, und er hat nur geantwortet, das würde alles nichts heißen, weil er unbestreitbar tot sei.«

»Er hat den Verstand verloren ...« Ich starrte auf die Spitzen meiner Turnschuhe.

»Das ist noch nicht alles. Dem Arzt hat er dasselbe gesagt und dann noch behauptet, daß er nichts fühlt, nichts riecht, nichts schmeckt, weil sein Körper ein Leichnam sei. Da hat der Arzt eine Spritze aus seinem Koffer geholt und ihm ganz leicht, weil er ihm ja nicht weh tun wollte, in die Fingerspitze gestochen.« Ona hielt einen Moment inne, dann griff sie nach meinem Unterarm, um sicherzugehen, daß ich genau zuhörte. »Du glaubst das nicht: Am Ende hat er ihm an ein paar Stellen die Nadel bis zum Anschlag ins Fleisch gejagt, und ... Daniel hat nicht mal gezuckt!«

Ich muß ein Gesicht gemacht haben wie ein Vollidiot, denn wenn es eines gab, was mein Bruder nicht ertragen konnte, dann waren das Spritzen. Für ihn ging die Welt schon beim Anblick einer Nadel unter.

»Der Arzt hat dann entschieden, einen Krankenwagen zu rufen und ihn hierherzubringen. Er fand, das müsse sich ein Neurologe ansehen. Ich habe Dani angezogen, und wir sind hergefahren. Sie haben Daniel mit hineingenommen, und ich bin mit dem Kleinen im Wartezimmer geblieben, bis eine Krankenschwester mir sagte, ich solle auf der Station hier oben warten. Sie hätten ihn in die Neurologie eingeliefert, und der Arzt werde nach der Untersuchung mit mir reden. Ich habe überall versucht, dich zu erreichen. Da fällt mir ein ...« Nachdenklich wiegte sie den Kleinen auf ihrem Schoß, obwohl der sich zappelnd sträubte. »Wir sollten deine Mutter und Clifford anrufen.«

Das Problem war nicht, die beiden anzurufen. Das Problem war, wie ich an mein Handy kommen sollte, ohne daß mein Neffe in markerschütterndes Geschrei ausbrach. Ich versuchte deshalb eine vorsichtige Annäherung, indem ich mit dem Autoschlüssel vor seinem Gesicht wedelte, bis ich merkte, daß weder er noch Ona auf mich achteten, weil beide etwas hinter meinem Rücken anstarrten. Zwei Typen mit Leichenbittermiene kamen auf uns zu. Bei einem der beiden, dem älteren, lugte unter dem weißen Kittel Straßenkleidung hervor. Der andere, der winzig war und eine Brille trug, hatte die komplette Montur an, weiße Clogs inklusive.

»Sind Sie Angehörige von Daniel Cornwall?« Er sprach den Namen meines Bruders mit tadellos britischem Akzent aus.

»Sie ist seine Frau«, sagte ich und stand auf. Der ältere der beiden reichte mir jetzt bis zur Schulter, den anderen verlor ich vollkommen aus den Augen. »Und ich bin sein Bruder.«

»Schön, schön ...«, sagte der Ältere hastig und verbarg die Hände in den Taschen des Kittels. Fast war es, als wollte er sie in Unschuld waschen, und das gefiel mir überhaupt nicht. »Ich bin Dr. Llor, der Neurologe, der Señor Cornwall untersucht hat, und das ist Dr. Hernández, der Psychiater, der heute Notdienst hat.« Er zog die rechte Hand wieder aus der Tasche, aber nicht, um sie uns zu reichen, sondern um uns den Weg in die Station zu weisen. Vielleicht hatte er etwas gegen mein Äußeres, gegen den Ohrring, das Kinnbärtchen und den Pferdeschwanz; oder er fand Onas orangerote Haarsträhne affig.

»Wenn Sie so freundlich wären, einen Moment mit in mein Büro zu kommen, dort können wir ungestört reden.«

Dr. Llor trat ohne Eile neben mich und überließ es dem jungen Dr. Hernández, uns mit Ona und Dani in einigen Schritten Abstand zu folgen. Die ganze Situation kam mir unwirklich vor, irgendwie falsch, virtuell.

»Ihr Bruder, Señor Cornwall ...«, setzte Dr. Llor an.

»Ich heiße Queralt, nicht Cornwall.«

Der Arzt musterte mich aus zusammengekniffenen Augen. »Sagten Sie nicht, Sie sind sein Bruder?« knurrte er, als habe man ihn mutwillig belogen und als vertue er nun seine überaus kostbare Zeit mit einem Schwindler.

»Ich heiße Arnau Queralt Sañé, und mein Bruder heißt Daniel Cornwall Sañé. Möchten Sie sonst noch etwas wissen?« Was sollte dieser alberne Argwohn? Als gäbe es auf der Welt nur ein einziges, ehernes Familienmodell!

»Sie sind ... Arnau Queralt?«

»Zumindest war ich das bis eben.« Ich strich mir eine Strähne, die sich aus dem Pferdeschwanz gelöst hatte, hinters Ohr.

»Der Eigentümer von Ker-Central?«

»Falls nichts Unvorhergesehenes passiert ist, ja.«

Wir waren bei einer grüngestrichenen Tür angelangt, an der ein kleines Schild mit seinem Namen hing, doch Llor gab den Weg nicht frei.

»Ein Neffe meiner Frau ist TK-Techniker und arbeitet in Ihrem Unternehmen.« Sein Tonfall verriet, daß mir eine neue Rolle zugewachsen war: Ich war nicht mehr der x-beliebige verdächtige Vogel, der ihm irgendwie komisch vorkam.

»Ach, ja? Schön. Was ist jetzt mit meinem Bruder?«

Er griff nach der Türklinke und öffnete mit einem beflissenen Nicken. »Bitte, nach Ihnen.«

Das Büro war durch eine Stellwand aus Aluminium in zwei Bereiche unterteilt. Im vorderen, kleinen, stand nur ein altes Schreibpult, auf dem sich Mappen und Papiere um einen gigantischen ausgeschalteten Computer stapelten. Den geräumigeren Teil dahinter dominierte ein wuchtiger Mahagonischreibtisch unter dem Fenster, gegenüber einem runden Tisch mit Konferenzstühlen aus schwarzem Leder. An den Wänden hingen dicht an dicht Fotos von Dr. Llor neben bekannten Persönlichkeiten und gerahmte Zeitungsausschnitte mit seinem Namen in der Schlagzeile. Der gute Mann durfte nichts mehr erleben, da war kein Quadratzentimeter übrig.

Der Neurologe strich Dani über den Kopf und rückte für Ona einen der Stühle zurecht. »Bitte ...«, sagte er leise.

Der winzige Dr. Hernández setzte sich zwischen Ona und mich und ließ mit dumpfem Knall die pralle Mappe auf den Tisch fallen, die er die ganze Zeit unter dem Arm getragen hatte. Er sah nicht gerade glücklich aus, aber das war hier eigentlich niemand.

»Der Patient Daniel Cornwall«, fing Llor in sachlichem Tonfall an und setzte die Brille auf, die er aus der Brusttasche seines Kittels gezogen hatte, »weist Symptome auf, die ausgesprochen selten sind. Dr. Hernández und ich stimmen darin überein, daß es sich um so etwas wie eine schwere Depression handeln könnte.«

»Mein Bruder? Depressiv?« Das konnte ich kaum glauben.

»Nein, Señor Queralt, nicht direkt ...« Llor schielte zu dem Psychiater hinüber. »Sehen Sie, die Symptome Ihres Bruders sind recht verwirrend, weil sie auf zwei Krankheiten schließen lassen, die in der Regel nicht gleichzeitig bei ein und demselben Patienten auftreten.«

»Einerseits ...«, ergriff nun erstmals Dr. Hernández das Wort. Er konnte kaum seine Erregung darüber verhehlen, einen so seltenen Fall in die Finger bekommen zu haben. »Einerseits scheint er an etwas zu leiden, das in der Fachliteratur als Cotardsyndrom bekannt ist. Diese Krankheit wurde erstmals 1788 in Frankreich diagnostiziert. Patienten, die daran leiden, glauben ganz fest, sie seien tot, und fordern, zuweilen sogar unter Einsatz körperlicher Gewalt, man möge sie in einen Sarg legen und begraben. Sie spüren ihren Körper nicht, reagieren nicht auf äußere Reize, der Blick wird stumpf und leer, die Muskeln erschlaffen völlig ... Das heißt, sie sind lebendig, weil wir wissen, daß sie es sind, sie verhalten sich jedoch, als wären sie tot.«

Ona konnte nicht mehr an sich halten und begann still zu weinen. Der erschrockene Dani sah hilfesuchend zu mir hoch und brach angesichts meiner ernsten Miene ebenfalls in Tränen aus. Hoffentlich kamen Jabba und Proxi bald und holten ihn ab.

Das Geschrei des Kleinen machte jede Unterhaltung unmöglich. Ona riß sich zusammen und ging mit Dani im Zimmer auf und ab, wobei sie beschwichtigend auf ihn einredete. Von uns dreien am Tisch sagte keiner ein Wort. Endlich, nach einigen zähen Minuten, beruhigte mein Neffe sich wieder und schien einzuschlafen.

»Es ist sehr spät für ihn«, flüsterte Ona und nahm vorsichtig wieder Platz. »Er sollte längst im Bett sein. Er hat noch nicht mal zu Abend gegessen.«

Ich legte die Hände auf den Tisch und beugte mich zu den Ärzten vor. »Nun, Dr. Hernández. Was kann man gegen dieses Cotardsyndrom, oder wie immer das heißt, unternehmen?«

»Unternehmen, unternehmen ...! Angezeigt ist eine stationäre Behandlung und die Verabreichung von Psychopharmaka. Sofern die Medikamente anschlagen, sind die Prognosen im allgemeinen gut, obwohl es, ich will Ihnen da nichts vormachen, fast immer zu Rückfällen kommt.«

»Die jüngsten Studien zum Cotardsyndrom«, schaltete sich Dr. Llor ein, der offenbar sein Gran neurologisches Wissen beitragen wollte, »belegen, daß diese Krankheit in der Regel mit einer gewissen Funktionsstörung des Gehirns einhergeht, die sich im linken Schläfenlappen lokalisieren läßt.«

»Wollen Sie damit sagen, er hat einen Schlag auf den Kopf bekommen?« fragte Ona erschrocken.

»Nein, keineswegs«, widersprach der Neurologe. »Was ich sagen will, ist, daß auch ohne erkennbare äußere Einwirkung ein oder mehrere Hirnareale nicht reagieren, wie sie sollten, oder zumindest nicht so, wie wir es von ihnen erwarten. Das menschliche Gehirn besteht aus vielen verschiedenen Arealen, die unterschiedliche Aufgaben erfüllen: Die einen kontrollieren die Bewegung, andere führen Berechnungen durch, wieder andere steuern die Gefühle. Zu diesem Zweck nutzen diese Bereiche geringe elektrische Ströme und stark spezialisierte chemische Botenstoffe. Die geringste Störung eines dieser Botenstoffe genügt, um die Tätigkeit der betroffenen Hirnareale grundlegend zu verändern und damit die Art, wie wir denken, fühlen oder uns verhalten. Im Fall des Cotardsyndroms weisen tomographische Untersuchungen auf eine Störung der Funktion im linken Schläfenlappen hin ... hier.« Er legte die Hand hinter sein linkes Ohr, nicht sehr weit oben, nicht sehr weit unten und auch nicht sehr weit hinten.

»Wie bei einem Kurzschluß im Computer, oder?«

Die Mienen der beiden Ärzte verdüsterten sich schlagartig, offenbar hatte ich ein Reizthema angeschnitten.

»Nun, ja ...«, räumte Dr. Hernández schließlich ein, »in jüngster Zeit sind Vergleiche zwischen dem menschlichen Gehirn und Computern äußerst beliebt, weil beide in, sagen wir, ähnlicher Weise arbeiten. Aber sie sind nicht gleich: Ein Computer hat kein Bewußtsein und auch keine Gefühle. Das zu ignorieren ist der schwere Fehler, zu dem uns die Neurologie verleitet.« Dr. Llor zuckte nicht mit der Wimper. »Die Herangehensweise der Psychiatrie ist eine vollkommen andere. Es kann zwar kein Zweifel bestehen, daß es beim Cotardsyndrom eine organische Komponente gibt, doch es steht ebenfalls fest, daß die Symptome fast vollständig denen einer schweren Depression entsprechen. Außerdem konnte im Fall Ihres Bruders eine Störung des linken Schläfenlappens nicht nachgewiesen werden.«

»Da aber ich für das Wohl des Patienten verantwortlich bin«, sagte Llor, und diesmal war es Hernández, der keine Miene verzog, »habe ich eine Akutbehandlung mit Neuroleptika angeordnet, mit Promazinhydrochlorid und Thioridazin. Ich hoffe, den Patienten in weniger als vierzehn Tagen entlassen zu können.«

»Es gibt da allerdings noch ein weiteres Problem«, erinnerte ihn der Psychiater. »Neben dem Cotardsyndrom, das sicher gravierender ist, zeigt Señor Cornwall ebenfalls deutliche Anzeichen für eine sogenannte Agnosie.«

Ich spürte, daß etwas in mir rebellierte. Bis eben hatte ich mir einreden können, es handele sich bei all dem um etwas Vorübergehendes, Daniel leide an einem »Syndrom«, für das es Heilung gab, und würde, wäre diese Sache erst behoben, wieder ganz der alte sein. Daß nun noch andere Krankheiten dazukommen sollten, versetzte mir einen Stich. Ich warf einen Blick auf Ona, deren Miene verriet, daß es ihr ähnlich ging. Der kleine Dani war endlich, in seine blaue Decke gehüllt, auf ihrem Arm fest eingeschlafen. Und das war ein Glück, denn in diesem Moment begann mein Handy in seiner kleinen Faust die Melodie zu spielen, die mir einen Anruf von Jabba meldete. Erleichtert sah ich, daß Dani sich nicht rührte. Er stieß nur einen tiefen Seufzer aus, als Ona ihm mit einiger Mühe den Apparat entwand.

Jabba und Proxi hatten in der Notaufnahme nach Daniel gefragt und es so bis in das Wartezimmer der Abteilung für Neurologie geschafft. Nachdem ich das kurze Gespräch beendet hatte, sagte ich Ona, daß die beiden draußen warteten, und sie stand vorsichtig auf und verließ das Büro.

»Warten wir auf Señor Cornwalls Frau, oder sollen wir fortfahren?« wollte Dr. Llor mit Ungeduld in der Stimme wissen. Ich mußte unwillkürlich an etwas denken, das ich einmal gelesen hatte: Im alten China wurden die Ärzte nur bezahlt, wenn sie den Patienten retteten. Andernfalls bekamen sie entweder nichts oder wurden von den Angehörigen umgebracht.

»Kommen wir zum Ende«, sagte ich. Wie weise die alten Chinesen doch gewesen waren. »Ich rede dann später mit meiner Schwägerin.«

Der kleine Dr. Hernández ergriff das Wort: »Neben dem Cotardsyndrom leidet Ihr Bruder auch noch an einer recht ausgeprägten Agnosie.« Er schob die Brille bis zur Nasenwurzel hoch und blickte unruhig zu dem Neurologen hinüber. »Wie Ihnen Miquel ... Dr. Llor sicher näher erläutern kann, ist eine Agnosie ein wesentlich verbreiteteres Krankheitsbild. Es tritt hauptsächlich bei Patienten auf, bei denen durch Hirnblutungen oder Traumata ein Teil des Gehirns zerstört ist. Wie Sie wissen, ist das bei Ihrem Bruder nicht der Fall und für gewöhnlich auch nicht bei Menschen, die am Cotardsyndrom leiden. Dennoch ist Señor Cornwall nicht in der Lage, Gegenstände oder Personen zu erkennen. Sie müssen sich das so vorstellen: Ihr Bruder, der von sich behauptet, tot zu sein, lebt im Moment in einer Welt, die von sonderbaren Dingen bevölkert ist, die sich in absurder Weise bewegen und merkwürdige Geräusche von sich geben. Würden Sie ihm beispielsweise eine Katze zeigen, wüßte er nicht, was das ist. Er wüßte auch nicht, daß es sich dabei um ein Tier handelt, weil er nicht weiß, was ein Tier ist.«

Mir brummte der Schädel, und ich preßte verzweifelt die Handballen an die Schläfen.

»Er könnte auch Sie nicht erkennen«, sprach Dr. Hernández weiter, »und auch seine Frau nicht. Für Ihren Bruder sind alle Gesichter flache Ovale mit zwei schwarzen Flecken an der Stelle, wo die Augen sein sollten.«

»Das Gravierende an einer Agnosie«, schaltete sich Dr. Llor ein und rieb sich dabei die Hände, »ist, daß sie nicht behandelt oder geheilt werden kann, weil sie durch eine Blutung oder eine Verletzung hervorgerufen wird, bei der ein Teil der Hirnsubstanz verloren geht. Allerdings ...« Er ließ das Wort in der Luft hängen. Es verströmte Hoffnung. »... zeigen die Tomographien, die wir von Ihrem Bruder gemacht haben, daß sein Gehirn vollkommen unverletzt ist.«

»Wie ich bereits sagte: Es ist nicht einmal eine Störung der Schläfenlappenfunktion erkennbar«, bestätigte Hernández und deutete zum erstenmal ein Lächeln an. »Ihr Bruder weist nur die Symptome auf, nicht den entsprechenden organischen Befund.«

Ich sah ihn an, als hätte er den Verstand verloren. »Und wären Sie vielleicht so gut, mir zu sagen, was es für einen Unterschied macht, ob man zwei und zwei addiert oder nur so tut, als addiere man zwei und zwei? Mein Bruder war heute morgen völlig normal, er ist zur Arbeit in die Uni gefahren und mittags nach Hause gekommen, um mit Frau und Sohn zu essen. Und jetzt liegt er hier im Krankenhaus und weist irgendwelche Symptome auf, die ein Cotardsyndrom und eine Agnosie *simulieren*.« Ich hielt die Luft an, kurz davor, einen Schwall wüster Beschimpfungen vom Stapel zu lassen. »Also gut, in Ordnung! Ich weiß, Sie tun, was Sie können, wollen wir es vorerst dabei belassen. Sagen Sie mir nur, ob Daniel wieder gesund wird.«

Von meinem jähen Wutausbruch auf dem falschen Fuß erwischt, meinte der alte Llor wohl, er müsse mich auf seine Seite ziehen, als wären wir Kollegen oder alte Freunde: »Sehen Sie, grundsätzlich verbrennen wir Ärzte uns nicht gern die Finger, verstehen Sie? Wir wecken am Anfang lieber nicht zu hohe Erwartungen, für den Fall, daß sich die Dinge nicht wie erhofft entwickeln. Der Kranke wird wieder gesund? Wunderbar, wir sind die Größten! Er wird nicht wieder gesund? Nun, wir haben von Anfang an gewarnt, daß das passieren kann.« Er sah mich mitleidig an, schob, die Hände gegen die Tischkante gedrückt, geräuschvoll den Stuhl zurück und stand auf. »Ich will ehrlich zu Ihnen sein, Señor Queralt: Wir haben nicht die leiseste Ahnung, was mit Ihrem Bruder los ist.«

Manchmal, wenn du nicht im geringsten damit rechnest, daß etwas passieren könnte, das dein Leben aus der Bahn wirft, spielt dir das Schicksal einen Streich und erwischt dich eiskalt. Dann siehst du dich verdattert um und fragst dich, woher der Schlag kam und warum der Boden unter deinen Füßen plötzlich nachgibt. Du würdest alles dafür geben, das Geschehene rückgängig zu machen, sehnst dich nach deinem Alltag, dem normalen Trott, willst, daß alles wieder wird wie zuvor ... Aber dieses *Zuvor* gehört zu einem anderen Leben, zu einem Leben, in das es aus unerfindlichen Gründen kein Zurück gibt.

Die Nacht verbrachten Mariona und ich bei Daniel im Krankenhaus. Das Zimmer war sehr klein, und für Besuch stand nur ein Klappsessel darin, der obendrein so abgenutzt war, daß die Schaumstoffüllung aus etlichen Rissen im Bezug quoll. Doch es war das beste Zimmer auf der Station, noch dazu ein Einzelzimmer, also mußten wir sogar dankbar sein.

Kurz nach meinem Gespräch mit Llor und Hernández hatte meine Mutter angerufen. Zum erstenmal in ihrem Leben schaffte sie es, für eine Weile still zu sein und zuzuhören, sie unterbrach mich nicht und redete nicht dazwischen. Sie war wohl wie gelähmt. Es war nicht einfach, ihr begreiflich zu machen, was die Ärzte gesagt hatten. Da sie Krankheiten, für die es keine organischen Ursachen gab, generell für Einbildung hielt, hatte sie große Mühe, mir zu glauben und einzusehen, daß ihr Jüngster, der doch ein Bär von einem Mann war und immer kerngesund, an einer Geisteskrankheit litt. Und nachdem sie mich unzählige Male gebeten hatte, bloß Großmutter nichts davon zu sagen, falls sie anriefe, erklärte sie mit zitternder Stimme, Clifford reserviere bereits Tickets für die Maschine, die am Morgen um sechs Uhr fünfundzwanzig in Heathrow starten sollte.

Wir konnten die ganze Nacht nicht schlafen. Daniel öffnete immer wieder die Augen und redete drauflos, in langen und wohlkonstruierten Sätzen zwar, dabei jedoch wirr und wie im Fieber: Mal hielt er ganze Vorträge über Themen, die etwas mit seiner Lehrveranstaltung zu tun haben mußten, faselte etwas von einer unbekannten Ursprache, deren Klang mit der Natur aller Geschöpfe und Dinge übereinstimme. Dann wieder erklärte er haarklein, wie er sich morgens das Frühstück bereitete, das Brot mit dem Messer mit dem blauen Griff schnitt, die Krümel mit der linken Hand zusammenfegte, den Toaster auf zwei Minuten einstellte und die Mikrowelle auf fünfundvierzig Sekunden, um sich eine Tasse Kaffee aufzuwärmen. Kein Zweifel, wir waren beide so methodisch und wohlorganisiert geraten wie Großmutter Eulàlia, von der wir fast alles gelernt hatten (da unsere Mutter ihre Bestimmung eindeutig verfehlt hatte). Das vorherrschende Thema meines Bruders war jedoch der Tod, sein eigener Tod, wobei er sich ängstlich fragte, wie er Ruhe finden sollte, wenn er seinen Körper nicht spürte. Gaben wir ihm Wasser, dann trank er, sagte aber, er habe keinen Durst, weil die Toten eben keinen Durst haben. Und einmal, als er mit den Fingern das Glas streifte, zuckte er erschrocken zurück und wollte wissen, warum wir ihm dieses kalte Ding an den Mund hielten. Er war wie eine an allen Gelenken verdrehte Marionette, die sich nur danach sehnt, einige Meter unter der Erde zu liegen. Er wußte nicht, wer wir waren oder warum wir bei ihm sein wollten. Manchmal betrachtete er uns aus Augen, so leblos wie die Glasaugen einer Spielzeugpuppe.

Endlich, gegen sieben Uhr morgens, zeigten sich die ersten Sonnenstrahlen am Himmel. Kurz darauf kamen Onas Eltern, und meine Schwägerin ging mit ihnen frühstücken. Ich war mit meinem Bruder allein. Nur zu gern hätte ich mich an sein Bett gestellt und gesagt: »He, Daniel, komm, steh auf, wir gehen nach Hause!« Das schien mir so naheliegend, so machbar, daß ich mehrmals schon die Hände auf die Armlehnen des Sessels stützte, um aufzustehen. Leider riß mein Bruder jedesmal prompt die Augen auf und gab einen solchen Unfug von sich, daß ich geschlagen und mit einer Zentnerlast auf der Seele wieder niedersank. Kurz bevor Ona und ihre Eltern zurückkamen, blickte er einmal starr an die Decke und redete mit monotoner Stimme über Giordano Bruno und die mögliche Existenz unendlich vieler Welten im unendlichen Universum. Mich bewegte der Anblick, und mir kam in den Sinn, daß sein Wahnsinn, seine verrückte Krankheit, etwas von einem perfekten Quellcode hatte, wie man ihn nur selten im Leben schreibt: Beide bargen eine gewisse Schönheit, die nur wahrnehmen konnte, wer hinter die unansehnliche Fassade blickte.

Ich verließ die Klinik, ohne ein Auge zugetan zu haben. Um acht mußte ich am Flughafen sein und wollte vorher kurz nach Hause. Müde und niedergeschlagen, wie ich war, brauchte ich dringend eine Dusche und etwas Frisches zum Anziehen. Mir war nicht danach, im Büro vorbeizuschauen, deshalb nahm ich keinen der drei Firmenaufzüge, sondern meinen privaten. Dieser Aufzug, der über ein System mit Spracherkennung bedient wird, hielt nur an drei Stellen: in der Garage, im Erdgeschoß (wo sich die Eingangshalle und der Empfang von Ker-Central befinden) und in meiner Wohnung auf dem Dach des Gebäudes, inmitten eines fünfhundert Quadratmeter großen Gartens, der von blickdichten Schallschutzwänden umgeben ist. Das war mein ganz persönliches Paradies. Es war schwieriger zu realisieren gewesen als jede andere Idee in meinem Leben. Um diese Oase zu errichten, hatte man die Klimaanlage, die Zentralheizung und die Stromversorgung im obersten Stockwerk, dem zehnten, installieren müssen. Zusätzlich wurden auf dem Dach in mehreren Schichten wasserundurchlässige Folien, Dämmaterial, poröser Zement und Mutterboden aufgebracht. Ich hatte ein Team von Landschaftsplanern und Gärtnern von der Fachhochschule für Architektur in Barcelona beschäftigt und mit dem Bau der Wohnung selbst – ein eingeschossiges, zweihundert Quadratmeter großes Haus – ein amerikanisches Unternehmen beauftragt. Es war spezialisiert auf ökologische Baumaterialien, computergestützte Haustechnik und intelligente Sicherheitssysteme. Das Projekt hatte mich fast so viel gekostet wie die ursprüngliche Immobilie, doch das war es zweifellos wert. Ich konnte mit Fug und Recht behaupten, daß ich mitten in der Stadt inmitten der Natur lebte.

Endlich schob sich die Aufzugtür zur Seite, und ich war wieder daheim in meinem Wohnzimmer. Das Licht flutete durch die großen Scheiben, hinter denen sich Sergi, der Gärtner, gerade an den Oleanderbüschen zu schaffen machte. Magdalena, meine Haushaltshilfe, schob bereits den Staubsauger durch einen der hinteren Räume. Alles war sauber und aufgeräumt, aber das befremdliche Gefühl in meinem Innern heftete sich an Wände und Gegenstände, wenn ich nur den Blick darüber schweifen ließ. Nichts war zu spüren von der unbeschwerten Freude, die mich sonst überkam, sobald ich meine Wohnung betrat. Selbst das Wasser der Dusche konnte diesen Grind des Irrealen nicht in den Abfluß spülen; und er verschwand auch nicht beim Frühstück, nicht durch die Telefonate, die ich mit Jabba und mit Núria, meiner Sekretärin, führte, nicht, als ich mit offenen Wagenfenstern zum Flughafen El Prat fuhr und nach fünf Monaten meine Mutter und Clifford wiedersah, und erst recht nicht, als ich erneut, nun im gleißenden Morgenlicht, vor dem alten Kasten La Custòdia stand, die Stufen zum Eingang hinauflief, einen der riesigen, ächzenden Aufzüge betrat und in das Zimmer zurückkehrte, in dem mein Bruder lag.

Gegen Mittag setzte ich Ona, ihre Eltern und Dani, den Proxi früh am Morgen zu Ona ins Krankenhaus gebracht hatte, vor dem Haus in der Calle Xiprer ab, in dem Ona und Daniel wohnten, und fuhr wieder heim. Unterwegs klingelte mein Handy wie an jedem normalen Tag um diese Zeit. Doch ich ging nicht dran. Ich beschränkte mich darauf, das Telefon für alle Anrufe zu sperren, die nicht von meiner Familie, von Jabba, Proxi oder Núria kamen. Die Geschäftswelt würde sich eine Weile ohne mich weiterdrehen müssen. Ich war wie ein Prozessor, den eine Überspannung plattgemacht hat. Ich weiß nur noch, daß ich aus dem Aufzug trat, das Gepäck von Clifford und meiner Mutter in den Flur stellte und ins Bett fiel.

Das Telefon klingelte. Ich konnte mich nicht bewegen. Endlich verstummte es, und ich schlief wieder ein. Augenblicke später klingelte es erneut. Einmal, zweimal, dreimal ... Stille. Alles war dunkel; es mußte Abend sein. Da fing der verfluchte Apparat schon wieder an. Ich schnellte hoch, saß kerzengerade im Bett, die Augen weit aufgerissen. Jetzt wußte ich es wieder: Daniel!

»Licht!« rief ich. Die Lampe am Kopfende ging an. Die Uhr auf dem Nachttisch zeigte zehn nach acht. »Und frei sprechen.«

Das System gab ein sanftes Klicken von sich, um mir anzuzeigen, daß es das Gespräch in meinem Namen entgegengenommen hatte und ich reden konnte.

»Arnau? Ich bin's, Ona.«

Schlaftrunken rieb ich mir das Gesicht und fuhr mir durchs

Haar, das wie ein Helm an meinem Kopf klebte. Die restlichen Lampen im Zimmer gingen langsam von selbst an.

»Ich habe geschlafen«, nuschelte ich. »Bist du im Krankenhaus?«

»Nein, zu Hause.«

»Okay, gib mir eine halbe Stunde, dann hole ich dich ab. Wenn du willst, können wir dort in der Cafeteria zu Abend essen.«

»Nein, nein, Arnau«, wehrte sie hastig ab. »Deswegen rufe ich nicht an. Es ist nur ... Also, ich habe da auf Daniels Schreibtisch ein paar Papiere gefunden und ... Ich weiß nicht, wie ich es erklären soll. Es ist merkwürdig und macht mir angst. Könntest du kommen und sie dir ansehen?«

Mir dröhnte der Schädel. »Papiere ...? Was für Papiere?«

»Notizen von ihm. Sehr merkwürdige Notizen. Vielleicht spinne ich ja, aber ... Laß uns nicht am Telefon darüber reden. Bitte komm, sieh sie dir an und sag mir, was du davon hältst.«

»In Ordnung. Ich bin gleich bei dir.«

Ich hatte einen Bärenhunger, deshalb schlang ich das Abendessen, das Magdalena für mich hingestellt hatte, in Etappen hinunter, vor dem Duschen und während ich mich anzog. Sollte ich wie immer eine Jeans anziehen oder doch besser etwas Bequemeres für die Nacht im Krankenhaus? Schließlich entschied ich mich für letzteres. Jeans tragen ist ja fast eine Lebenseinstellung, aber um fünf in der Früh können sie sich in perverse Folterinstrumente verwandeln. Also nahm ich die schwarze Hose von einem meiner Geschäftsanzüge, dazu einen Pulli und ein paar alte Lederschuhe, die ich in meinem Ankleidezimmer fand. Rasieren war zum Glück noch nicht fällig, ich band mir nur die Haare zusammen und fertig. Ich nahm eine Jacke aus dem Garderobenschrank, steckte das Handy in die Innentasche, verstaute den Laptop in einem Rucksack für den Fall, daß ich diese Nacht zum Arbeiten käme, und machte mich auf den Weg zu Ona.

Die Calle Xiprer ist eine dieser schmalen Alleen, in denen noch alte Einfamilienhäuser stehen und die gutnachbarliche

Atmosphäre einer Kleinstadt herrscht. Um dort hinzugelangen, muß man umständlich hügelauf und hügelab fahren, aber wer glaubt, den schlimmsten Stadtverkehr hinter sich zu haben und bloß noch parken zu müssen, der hat sich geirrt. Die Autos stehen links und rechts derart gedrängt, daß man ohne Dosenöffner kaum die Straßenseite wechseln kann. Es wäre ein Wunder gewesen, hätte ich an diesem Abend etwas anderes vorgefunden, aber das Wunder ließ auf sich warten. Deshalb tat ich schließlich, was ich dort immer tat. Ich stellte den Wagen an einer Straßenecke gegen die Fahrtrichtung halb auf dem Bürgersteig ab.

Mein Bruder wohnte im vierten Stock eines gar nicht so alten Gebäudes. Ich war überzeugt, daß dort außerdem eine Sippe von Klonen hauste, die aus irgendeinem mysteriösen Gen-Experiment hervorgegangen sein mußten, denn im Aufzug begegnete ich jedesmal einer exakten Kopie von Jabba. Dieses Phänomen trat in schöner Regelmäßigkeit auf und irritierte mich dermaßen, daß ich Daniel einmal gefragt hatte, ob ihm das auch schon aufgefallen sei. Er hatte gelacht und mir dann erklärt, eine ziemlich große Großfamilie habe in dem Haus gleich mehrere Wohnungen gemietet, und deren Mitglieder sähen Jabba in der Tat nicht unähnlich.

»Nicht unähnlich …?«

»Ich bitte dich, sie sind riesig und haben rote Haare, das ist aber auch alles!«

»Wie ein Ei dem andern, würde ich sagen.«

»Jetzt übertreibst du aber!«

Aber heute war mein Bruder nicht da, und ich konnte ihm nicht wie sonst erzählen, daß ich wieder mit einem der Klone im Aufzug gefahren war. In der Wohnungstür stand meine Schwägerin. Sie hatte sich offensichtlich bereits zurechtgemacht, um mit mir ins Krankenhaus zu fahren, dennoch wirkte sie angegriffen und hatte dunkle Ringe unter den Augen.

Sie begrüßte mich mit einem mitfühlenden Lächeln. »Du siehst müde aus, Arnau.«

»Ich habe nicht so gut geschlafen.« Ich trat in die Diele. Aus dem Wohnzimmer kam mir ein winziger Gnom entgegen, das Gesicht halb in ein altes Schultertuch gekuschelt, das er wie Linus von den *Peanuts* hinter sich herschleifte.

»Er ist todmüde«, wisperte Ona. »Mach ihn nicht wach.«

Ich hatte gar keine Gelegenheit dazu. Auf halbem Weg entschied sich der tuchumhüllte Gnom kehrtzumachen und tapste zu Onas Eltern zurück, die vor dem Fernseher saßen. Das Sofa stand in meinem Blickfeld, ich winkte ihnen von der Wohnungstür aus einen Gruß zu, während mich meine Schwägerin am linken Arm in Daniels Arbeitszimmer zog.

»Das mußt du dir ansehen, Arnau!« Ona drückte auf den Lichtschalter. Das Arbeitszimmer meines Bruders war kleiner als mein Ankleideraum, aber er hatte es fertiggebracht, eine Unmenge Holzregale darin unterzubringen. Sie reichten bis an die Decke und quollen über von Büchern, Zeitschriften, Heften und Ordnern. Mitten in diesem Tohuwabohu brach sein Schreibtisch fast zusammen unter Mappen und Papieren, die er zu einsturzgefährdeten Wällen um den ausgeschalteten Laptop aufgetürmt hatte. Daneben lagen einige Notizzettel und ein Kugelschreiber.

Ona trat an den Tisch, beugte sich über die Zettel, ohne etwas zu verschieben, und legte den Zeigefinger darauf. »Komm schon, lies das«, sagte sie leise.

Ich hatte den Rucksack noch über der Schulter, gab aber dem Drängen in Onas Stimme nach und trat an den Tisch. Direkt vor ihrer Fingerspitze erkannte ich einige Sätze in der Handschrift meines Bruders, die zunächst recht leserlich, gegen Ende jedoch kaum mehr zu entziffern war:

»*Mana huyarinqui lunthata?* Hörst du nicht, Dieb?
Jiwaña […] Du bist tot […], *anatatäta chakxaña*, du hast damit gespielt, den Balken von der Tür zu nehmen.
Jutayañäta allintarapiña, du wirst den Totengräber rufen, *chhärma*, noch heute nacht.
Die anderen (sie) *jiwanaqañapxi jumaru*, sterben alle überall für dich.

Achakay, akapacha chhaqtañi jumaru. Ach, diese Welt wird nicht mehr sichtbar sein für dich!
Kamachi […], Gesetz […], *lawt'ata,* verschlossen mit Schlüssel, *Yäp* …«

Und als hätte Daniel langsam das Bewußtsein verloren, während seine Hand weiterzuschreiben suchte, gingen die Buchstaben in einzelne Linien über, in unsichere Zacken, die unvermittelt abbrachen.

Ich war wie vom Donner gerührt, las das Geschriebene ungläubig noch ein zweites und ein drittes Mal.

»Was hältst du davon?« fragte Ona unruhig. »Findest du das nicht auch merkwürdig?«

Ich machte den Mund auf, brachte aber keinen Ton hervor. Nein, ausgeschlossen. Es war einfach lächerlich anzunehmen, diese Sätze könnten etwas mit Daniels Krankheit zu tun haben. Ja, sie beschrieben seinen Zustand Punkt für Punkt, und, ja, sie klangen bedrohlich. Doch konnte ein Mensch, der seinen Verstand beisammenhatte, ernsthaft glauben, daß ein Zusammenhang bestand zwischen dem, was mein Bruder vor seiner Erkrankung geschrieben hatte, und dem, was dann geschah? Wurden hier denn jetzt alle verrückt?

»Ich weiß nicht, was ich sagen soll, Ona. Ehrlich, ich weiß es nicht.«

»Nur, Daniel hat daran gearbeitet, als er …!«

»Ich weiß. Wir dürfen jetzt nicht den Kopf verlieren!« Onas Finger krampften sich um die Lehne von Daniels Schreibtischstuhl, daß die Knöchel weiß wurden.

»Überleg doch mal, Ona«, sagte ich beschwichtigend. »Wie sollte dieser Zettel die Agnosie und dieses verfluchte Cotardsyndrom ausgelöst haben? Sicher, auf den ersten Blick sieht es aus, als gäbe es einen Zusammenhang, aber das ist unmöglich, das ist … grotesk!«

Einen schier endlosen Moment lang rührten wir uns nicht, starrten schweigend auf Daniels Notizen. Je öfter ich die Sätze las, desto größer wurden meine Angst und mein Argwohn. Und wenn sie nun doch eine Wirkung auf ihn gehabt hatten? Wenn ihn das, was er da gelesen und übersetzt hatte, nun so beeindruckt hatte, daß sein Unterbewußtsein ihm einen bösen Streich gespielt und diesen Fluch in eine tatsächliche Krankheit umgesetzt hatte? Ich wollte Onas lebhafte Phantasie nicht weiter anregen und behielt meine Gedanken für mich – aber sie erschienen mir nicht vollkommen abwegig. Vielleicht war Daniel zu stark in seine Arbeit involviert gewesen oder zu erschöpft von seiner Forschung; vielleicht hatte er die Grenzen der Belastbarkeit weit überschritten und mehr Zeit und Kraft in seine Karriere investiert, als gut für ihn war. Es konnte, es mußte eine vernünftige Erklärung geben, und wenn das Gekritzel auf diesem Zettel tausendmal den Anschein erweckte, Daniel sei hypnotisiert worden ... oder etwas in der Art. Was, zum Teufel, wußte ich denn schon über irgendwelche blöden Hexensprüche und Verwünschungen?

Ich wandte zögernd den Blick von dem Zettel ab und schaute Ona an, die zu mir aufsah. Ihre Augen waren verweint und gerötet.

»Du hast recht, Arnau«, sagte sie leise. »Du hast vollkommen recht. Es ist Unsinn, ich weiß ja. Für einen Moment habe ich gedacht, das alles ...«

Ich legte ihr einen Arm um die Schulter und zog sie an mich. Widerstandslos ließ sie es geschehen. Sie war völlig am Ende.

»Es ist für uns alle nicht leicht, Ona. Wir sind mit den Nerven fertig und machen uns um Daniel schreckliche Sorgen. Wenn man Angst hat, klammert man sich an jeden Strohhalm. Vielleicht hast du gedacht, wenn alles mit einer Art Fluch zu tun hätte, könnte man es mit ein bißchen Gegenzauber heilen, war es das?«

Sie fuhr sich mit der Hand über die Stirn, als wollte sie diese verrückten Gedanken wegwischen. »Komm, laß uns ins Krankenhaus fahren«, sagte sie und löste sich lächelnd aus meinem Arm. »Clifford und deine Mutter müssen hundemüde sein.«

Während sie ihre Sachen zusammensuchte und sich von ihren Eltern und ihrem Sohn verabschiedete, blieb ich weiter vor diesem gottverdammten Zettel stehen. In meinem Kopf schwirrte es wie ein Schwarm Stechmücken im Sommer.

Das Custòdia war nicht weit entfernt, und eigentlich lohnte es sich nicht, das Auto zu nehmen, aber wir dachten an den Morgen, wie übernächtigt und müde wir sein und wie endlos uns diese zehn Minuten zu Fuß vorkommen würden.

»An was hat Daniel eigentlich genau gearbeitet?« fragte ich Ona, als wir vor einer roten Ampel halten mußten.

Meine Schwägerin seufzte. »An diesem bescheuerten ethnolinguistischen Forschungsprojekt über die Inka«, schnaubte sie. »Marta, die Doctora des Fachbereichs, hat ihn kurz vor Weihnachten gefragt, ob er an dem Projekt mitarbeiten wolle. ›Eine überaus wichtige Studie‹, hat sie gesagt. ›Eine Veröffentlichung, die das Ansehen der Fakultät steigern wird‹ ... Diese Schlange! Sie wollte bloß, daß Daniel für sie schuftet, damit sie am Schluß wie immer die Lorbeeren ernten kann. Du weißt ja, wie das läuft.«

Mein Bruder war Dozent für Anthropologie der Sprache an der UAB, der Universidad Autónoma de Barcelona, im Fachbereich Sozial- und Kulturanthropologie. Er war von jeher ein hervorragender Student gewesen, hatte akademische Auszeichnungen gesammelt und mit seinen knapp siebenundzwanzig Jahren erreicht, was nur zu erreichen war. Trotzdem, und das wunderte mich, fühlte er sich mir anscheinend unterlegen. Nicht, daß er das offen gesagt hätte, aber seine häufigen Bemerkungen über meine Geschäfte und mein Geld ließen für mich keinen Zweifel daran. Und diese Konkurrenz war wohl auch der Grund, weshalb er sich so in seine Arbeit gekniet hatte. Vor der Erkrankung waren seine Zukunftsaussichten jedenfalls glänzend gewesen.

»Hast du an der Uni Bescheid gesagt, was passiert ist?«

»Ja, ich habe heute früh angerufen, bevor ich mich hingelegt habe. Sie brauchen die Krankmeldung, damit sie jemanden als Vertretung einstellen können.«

Wir schlängelten uns durch eine Traube schweigender Menschen ins Custòdia-Krankenhaus. Ein sonderbares Gefühl, wieder hier zu sein, an diesem fremden und bedrückenden Ort. Und doch empfand ich ihn bereits als einen Teil meines Lebens, als gehörte er zu mir wie meine Familie. Daß Clifford und meine Mutter da waren, trug sicher dazu bei, doch eigentlich waren die Gefühle schuld, die mich bei Daniels Anblick überkamen.

Er lag noch genauso da wie am Morgen, als wir ihn verlassen hatten. Sein Zustand habe sich nicht gebessert, berichtete meine Mutter, aber auch nicht verschlechtert. Das sei ein sehr gutes Zeichen.

»Heute mittag hat der Psychiater, Dr. Hernández, nach ihm gesehen«, erklärte sie weiter, gemütlich im Sessel sitzend; sie wirkte kein bißchen müde. »Übrigens ein ganz reizender Mensch! Nicht, Clifford? So liebenswürdig und warmherzig! Er hat uns sehr beruhigen können, nicht wahr, Clifford?«

Clifford stand am Bett seines Sohnes und beachtete sie nicht weiter. Vermutlich hatte er sich den ganzen Tag kaum von der Stelle gerührt. Ich ging zu ihm hin, stellte mich neben ihn und sah wie er auf meinen Bruder hinunter. Daniels Augen waren offen und doch ohne jeden Blick. Er schien nichts von dem wahrzunehmen, was um ihn her gesprochen wurde.

»Diego ... also Dr. Hernández, hat uns versichert, daß es Daniel bald wieder gutgeht, weil nämlich die Medikamente, die er bekommt, zwei oder drei Tage brauchen, bis sie anschlagen, das hat er uns erklärt, nicht, Clifford? Nächste Woche ist Daniel wieder zu Hause, ihr werdet sehen! Ona, Liebes, stell doch die Tasche nicht auf den Boden ... Schau, dort ist der Schrank. Übrigens, ein fürchterliches Krankenhaus! Wieso habt ihr ihn nicht in eine Privatklinik gebracht? Hier gibt es ja noch nicht einmal Stühle für alle!« Sie richtete sich empört in ihrem Sessel auf. »Clifford, sei doch so gut und sieh einmal nach, ob die Schwestern in dieser Schicht ein bißchen entgegenkommender sind und uns noch einen Stuhl überlassen. Die haben doch allen Ernstes behauptet, es gebe auf der ganzen Station keinen freien Stuhl mehr, glaubt man das? Eine Frechheit! Aber sag das denen mal ins Gesicht, diesen ... diesen Drachen in ihren weißen Kitteln. Was für unangenehme Personen! Nicht, Clifford? Aber warum gehst du denn nicht und fragst? Bestimmt überlassen sie uns jetzt wenigstens ein Bänkchen oder einen Hocker, oder, was weiß ich ... einen Schemel ... Einerlei, irgend etwas zum Sitzen!«

Und ja, natürlich überließen sie uns etwas, nämlich einen der grünen Plastikstühle aus dem Warteraum. Allerdings erst, als meine Mutter durch die Tür der Station verschwunden war und feststand, daß sie vor dem Morgen nicht wieder auftauchen würde. Die Krankenschwestern hatten die Stuhlfrage wohl persönlich genommen, was ich ihnen, ehrlich gesagt, nicht verdenken konnte. Ich hoffte inständig, daß Clifford und meine Mutter sich an den Zugangscode für meine Wohnung erinnerten, denn andernfalls sah ich mich schon, wie ich sie auf der Polizeiwache in der Via Laietana loseiste.

Ona setzte sich in den Sessel und vertiefte sich in ein Buch, und ich zog den Stuhl an diesen Rollkasten mit ausklappbarer Verlängerung, der mal als Nachttisch, mal dem Pflegepersonal als Arbeitsfläche diente. Ich schob die Box mit Papiertüchern zur Seite, die Wasserflasche, Daniels Glas und die Augentropfen, die wir ihm regelmäßig geben mußten, da seine Bindehaut auszutrocknen drohte, weil er nicht oft genug blinzelte. Ich zog den kleinen Rechner aus dem Rucksack (ein leistungsstarkes Gerät, das trotzdem kaum mehr als ein Kilo wog), klappte ihn auf und schob ihn auf der Ablage zurecht, bis ich einigermaßen bequem tippen konnte und Platz für das Handy blieb, das ich für den Zugang zum Intranet von Ker-Central brauchte. Ich wollte einen Blick in die Post werfen, um zu sehen, was anstand, und die Unterlagen lesen, die Núria für mich vorbereitet hatte.

Eine halbe Stunde gelang es mir, zu arbeiten und alles um mich herum zu vergessen. Ich war völlig darin vertieft, die dringendsten Angelegenheiten der Firma zu erledigen, als ich zusammenfuhr. Daniel hatte aufgelacht. Es war ein düsteres Lachen, und ein Blick über den Rand des Bildschirms zeigte mir, daß seine Lippen zu einem schrägen Grinsen verzerrt waren. Ehe ich reagieren konnte, war Ona bereits aus dem Sessel aufgesprungen und beugte sich besorgt über Daniel, der weiter schief lächelte und die Lippen bewegte, als wollte er etwas sagen.

»Was hast du denn, Daniel?« Sie streichelte ihm über Stirn und Wangen.

»*Lawt'ata.*« Er lachte erneut dieses trostlose Lachen.

»Was hat er gesagt?« Ich trat ans Bett.

»Keine Ahnung, ich habe es nicht verstanden!«

»Ich bin tot«, kam es tonlos von Daniel. »Ich bin tot, weil die Yatiri mich bestraft haben.«

»Um Himmels willen, mein Liebling, rede doch nicht solchen Unsinn!«

»Was bedeutet *lawt'ata*, Daniel?« Ich stützte mich mit der Hand auf sein Kopfkissen, aber er drehte den Kopf weg und schwieg beharrlich.

»Laß ihn, Arnau.« Ona gab sich geschlagen und kehrte zu ihrem Buch und dem Sessel zurück. »Er sagt bestimmt nichts mehr. Du weißt doch, was er für ein Dickkopf ist.«

Aber Daniels grausiges Lachen und seine Worte ließen mir keine Ruhe. Welche Sprache mochte das sein?

»Quechua oder Aymara«, sagte Ona sofort, als ich sie fragte. »Wahrscheinlich Aymara. Quechua war die offizielle Sprache der Inka, aber im Südosten ihres Reichs wurde Aymara gesprochen. Daniel mußte für seine Arbeit bei Marta Torrent beides lernen.«

»In den paar Monaten?« Ich nahm meinen Stuhl und drehte ihn um, so daß ich Ona ansehen konnte. Die Energieverwaltung des Laptops hatte die vorgenommenen Änderungen gespeichert und den Monitor ausgeschaltet. Wenn ich nicht bald die Maus bewegte oder eine Taste drückte, würde das Programm auch die Festplatte abschalten.

»Für deinen Bruder ist Sprachenlernen ein Klacks, wußtest du das nicht?«

»Trotzdem.«

»Na ja ...« Sie lächelte gequält. »Er hat wirklich hart gearbeitet, seit er bei Marta angefangen hat. Wie gesagt, es hatte ihn gepackt. Er kam von der Uni, hat etwas gegessen und ist dann bis abends hinter seinem Schreibtisch verschwunden. Aber mit dem Quechualernen hat er ziemlich schnell aufgehört und sich ganz auf das Aymara konzentriert. Das hat er jedenfalls gesagt.«

»Dieser Text ... den du mir gezeigt hast, war das auch Aymara?«

»Anzunehmen.«

»Und seine Arbeit über die Inka, dieses ... wie hast du das genannt? Ethnolinguistisches Forschungsprojekt?«

»Ja.«

»Was in aller Welt ist das?«

»Die Ethnolinguistik ist ein Zweig der Anthropologie und untersucht die Beziehungen zwischen der Sprache und der Kultur eines Volkes«, erklärte sie geduldig. »Wie du weißt, kannten die Inka keine Schrift, und folglich beruhte ihre Kultur auf mündlicher Überlieferung.«

Zu unterstellen, ich wisse das, war sehr freundlich von Ona. Bei mir weckte dies alles nur vage Erinnerungen an Schulstunden über die Entdeckung Amerikas, über Kolumbus, die drei Karavellen und die Katholischen Könige. Hätte ich auf einer Karte zeigen sollen, wo die Inka, die Maya und die Azteken gelebt hatten, ich wäre ganz schön ins Schleudern geraten.

»Daniels Chefin Marta Torrent ist eine Koryphäe auf dem Gebiet.« Meine Schwägerin verzog das Gesicht. Offenbar konnte sie diese Marta nicht ausstehen und fand es unmöglich, daß Daniel für sie gearbeitet hatte. »Sie hat jede Menge wissenschaftliche Werke veröffentlicht, schreibt für Fachzeitschriften aus aller Welt und wird zu allen Anthropologen-Kongressen eingeladen, bei denen es um Lateinamerika geht. Sie ist eine bedeutende Persönlichkeit. Und eine aufgeblasene und arrogante Ziege.« Ona schlug selbstgefällig die Beine übereinander und warf den Kopf zurück. »Hier, in Katalonien, sitzt sie nicht nur auf dem Lehrstuhl für Kultur- und Sozialanthropologie an der UAB, nein, sie leitet auch das Zentrum für internationale und interkulturelle Lateinamerikastudien, und sie ist Vorsitzende des Katalanischen Instituts für iberoamerikanische Zusammenarbeit. Jetzt verstehst du vielleicht, wieso Daniel für sie arbeiten mußte: Hätte er ihr Angebot abgelehnt, er hätte seine Uni-Karriere an den Nagel hängen können.«

Mein Bruder wälzte sich unruhig im Bett, warf den Kopf hin und her und schlug mit den Händen wie mit Flügeln. Hin und wieder murmelte er dasselbe unverständliche Wort: *lawt'ata*. Es mußte einen Grund geben, daß er ständig darauf zurückkam, doch der war für uns nicht ersichtlich. Daniel flüsterte kaum hörbar »*lawt'ata*« und warf sich unruhig herum; dann wiederholte er es mit einem Lachen, und anschließend war er eine Weile still, bis das Ganze wenig später von vorn anfing.

»Okay, in Ordnung.« Ich strich mir über die stoppeligen Wangen. »Lassen wir diese Marta einmal außen vor. Woran genau hat er eigentlich gearbeitet?«

Ona griff träge nach dem Buch, das aufgeschlagen über der Armlehne des Sessels lag, schob das Lesezeichen zwischen die Seiten, klappte das Buch zu und ließ es in ihren Schoß rutschen. »Ich weiß nicht, ob ich ...«

»Ona, ich bitte dich, ich will doch Daniel oder dieser Doctora nicht die Ideen klauen.«

Sie zog an den Ärmeln ihres Pullovers, bis sie die Hände darin vergraben konnte. »Ich weiß doch, Arnau, ich weiß! Aber Daniel hat mir ständig eingeschärft, daß ich mit niemandem darüber reden soll.«

»Nun, du mußt es wissen ... Ich versuche ja bloß zu begreifen, was hier eigentlich vor sich geht.«

Einen Moment saß Ona in Gedanken versunken da, dann traf sie eine Entscheidung. »Du redest mit niemandem darüber, ja?«

»Mit wem sollte ich bitte über Ethnolinguistik und alte Inkasprachen reden?« Ich lachte. »Glaubst du im Ernst, daß sich einer meiner Freunde für dieses abgehobene Zeug interessiert?«

Ona schüttelte den Kopf.

»Damit wäre deine Frage wohl beantwortet. Und jetzt erklär mir bitte, was das war, von dem Daniel wollte, daß du es niemandem weitersagst.«

»Die Sache ist ein bißchen kompliziert.« Sie verschränkte die Arme vor der Brust, ohne die Ärmel loszulassen. »Eine Freundin von Marta ist an der Universität von Bologna Professorin für präkolumbianische Kulturen. Diese Laura Laurencich-Minelli hat Anfang der neunziger Jahre von rätselhaften Dokumenten aus dem 17. Jahrhundert erfahren, die man zufällig in einem Privatarchiv in Neapel entdeckt hatte, die sogenannten Miccinelli-Dokumente. Nach dem, was Daniel mir erzählt hat, enthalten die Dokumente viele überraschende und neue Erkenntnisse über die Eroberung Perus. Wirklich aufsehenerregend sind sie jedoch – und deshalb hat sich Laura Laurencich-Minelli an ihre Freundin Marta Torrent gewandt –, weil sie die notwendigen Anhaltspunkte liefern, um eine in Vergessenheit geratene Schrift der Inka zu entschlüsseln, die belegt, daß das keine unterentwickelte Kultur von Analphabeten war.«

Das mußte zweifellos eine ganz außergewöhnliche Entdeckung sein, denn Ona sah mich mit großen Augen an, als erwartete sie eine begeisterte Reaktion von mir, die jedoch ausblieb.

»Hast du mir zugehört, Arnau? Die Miccinelli-Dokumente zeigen, daß die spanischen Chroniken falsch sind. Sie liefern den schlüssigen Beweis, daß die Inka eine Schrift hatten!«

»Oh, also, das ist ... prima!« stotterte ich, obwohl ich dachte, ich sei im falschen Film.

Zum Glück merkte sie, daß ich keine Ahnung hatte, und half mir aus der Klemme. Es war nicht zu übersehen, daß das Thema sie begeisterte. Das war nicht weiter verwunderlich. Schließlich war sie für Anthropologie eingeschrieben und wollte ihr Studium ja offenbar auch beenden.

»Überleg doch, Arnau, zu beweisen, daß die Inka eine Schrift hatten, ist, als würde man entdecken, daß der Mensch nicht vom Affen abstammt ... Das ist undenkbar, unglaublich, es wirft alles über den Haufen, verstehst du?«

»Na ja, Darwins Theorie ist auch bloß eine Theorie. Hätte

man sie inzwischen beweisen können, hieß es Darwins Gesetz.«

Meine Schwägerin war mit ihrer Geduld am Ende. In ihrem Alter kann man das Gerede der anderen nur begrenzt ertragen. Aber das Thema Darwin war nun mal eine Art Steckenpferd von mir: War es nicht sonderbar, daß man bisher nicht ein einziges der mutmaßlichen Missing Links gefunden hatte, mit denen sich die Evolutionstheorie hätte erhärten lassen? Es hätte doch Tausende davon geben müssen, nicht nur für den Menschen, sondern für sämtliche Tiere und Pflanzen. Das konnte man doch nicht einfach ignorieren, mir jedenfalls kam das merkwürdig vor.

»Willst du jetzt wissen, woran Daniel gearbeitet hat, oder nicht? Wenn es dich nicht interessiert, bin ich still.«

Manchmal ist es besser, man schaltet den Computer aus, statt ihn an die Wand zu werfen. Ona war auch nur ein Mensch, einer mit vielen Problemen noch dazu, und das größte lag im Bett mitten in diesem Zimmer.

»Erzähl weiter, bitte«, sagte ich versöhnlich. »Es interessiert mich wirklich, aber ich habe von alldem nicht die leiseste Ahnung.«

Sie lachte auf, und die Atmosphäre entspannte sich. Auch mein Bruder hatte sich beruhigt und schien zu schlafen.

»Du Armer!« Sie sah mich treuherzig an. »Daniel sagt immer, du bist der lebende Beweis dafür, daß es sehr lohnend sein kann, nicht zu studieren.«

Ich lächelte resigniert. Wie oft ich diesen Satz von meinem Bruder gehört hatte! Zu meinem sechzehnten Geburtstag hatte mir meine Mutter, die damals schon in London lebte, den ersten Computer geschenkt, einen kleinen Spectrum, mit dem ich anfing, Programme in BASIC zu schreiben. Ich entwickelte einige recht einfache Anwendungsprogramme und verkaufte sie, jeweils leicht angepaßt, an unzählige Unternehmen, die damals gerade erst etwas so Exotisches wie EDV-gestützte Buchhaltung einführten. Kurze Zeit später kaufte ich mir einen Amstrad und fast sofort danach einen 286-Clone mit Grafikkarte.

Die Nachfrage von Unternehmen und öffentlichen Einrichtungen nach Computerprogrammen wuchs und wuchs. Ich war einer der Pioniere des Internets, das damals noch wenig Ähnlichkeit mit dem bekannten World Wide Web hatte, das 1991 aus der Taufe gehoben wurde. Zu meiner Zeit war es ein eher chaotisches Gewirr aus über die Welt verteilten lokalen Netzen, die untereinander mit Hilfe unsäglicher Protokolle kommunizierten – entsprechend frustrierend waren die Ergebnisse.

Im September 1993 investierte ich alles Geld, das ich als Programmierer verdient hatte, und baute den ersten Internet-Provider von Katalonien auf, Inter-Ker. Als zusätzliche Dienstleistung boten wir das Design von Internetseiten an, die über HTTP abrufbar waren. Damals hatte kein Mensch einen blassen Schimmer vom Internet. Alles war neu und unbekannt, eine Welt, die von Autodidakten erschaffen wurde, die ständig dazulernten und die auftretenden Schwierigkeiten mit Tastenspielereien in den Griff zu bekommen versuchten. Die Firma lief gut, aber es war abzusehen, daß sie keine Zukunft haben würde: Das World Wide Web war wie der Wilde Westen, schon bald würde man sich mit den anderen Siedlern bis aufs Messer um jeden Zipfel Weideland streiten. Deshalb verkaufte ich 1996 Inter-Ker und ging statt dessen mit einem Portal für Finanzdienstleistung online. Darüber waren zum Beispiel Börsennotierungen, Daten über Geschäftsbanken, Hypotheken, Anleihen, Investitions- und Geschäftsindizes abrufbar. All die Informationen, die sich die Unternehmen, für die ich früher Programme geschrieben hatte, sonst mühsam aus verschiedenen Quellen zusammensuchen mußten. Die Website hieß Keralt.com und war ein Senkrechtstarter. Nach nur einem Jahr gingen die ersten Kaufangebote von den wichtigsten Bankhäusern der Welt bei mir ein. Und 1999 verwandelte ich mich genau an meinem zweiunddreißigsten Geburtstag in einen dieser Typen, die in Nordamerika die Ultrareichen genannt werden, indem ich Keralt.com für vierhundertsechzig Millionen Dollar an die Chase Manhattan Bank verkaufte. Meine Geschichte war damals weder einmalig noch erregte sie besonderes Aufsehen. Guillermo Kirchner und die Geschwister María und Wenceslao Casares aus Argentinien beispielsweise hatten mich um Längen überflügelt, als sie fünfundsiebzig Prozent der Anteile an ihrem Portal Patagon.com für fünfhundertachtundzwanzig Millionen an die Banco Santander Central Hispano verkauften. Letzten Endes war Geld gar nicht das Entscheidende an der ganzen Transaktion. Viel wichtiger war, daß man mir eine Idee abgekauft hatte – eine einzige von den vielen, die ich noch haben konnte. Also legte ich die Dollar gut an, begann einige Monate später mit dem Hausbau und gründete Ker-Central, ein Unternehmen, das Sicherheitssoftware für das Netz entwickelte, also Antivirenprogramme und Firewalls. Daneben finanzierte Ker-Central innovative Projekte, die Forschungsergebnisse aus dem Bereich der künstlichen Intelligenz für die Finanzbranche nutzbar machten (etwa durch die Entwicklung künstlicher Neuronennetze zur langfristigen Vorhersage von Aktienkursen). Bei Ker-Central eingehende Projektanträge wurden begutachtet, und wenn sie den Anforderungen entsprachen und das Beratergremium überzeugen konnten, übernahm die Firma die Finanzierung und Vermarktung, wobei sie selbstverständlich einen ansehnlichen Teil der Erträge einstrich. Was in meiner Familie niemand zu begreifen schien, war, daß mich all das viele Jahre harter Arbeit gekostet hatte. Daß ich mich hatte durchboxen müssen und mir über Jahre Stunden von meinem Schlaf abgeknapst hatte. In den Augen meiner Verwandten war der Geldsegen aus einer Laune Fortunas heraus auf mich niedergegangen. Das Glück, das ich gehabt hatte, war folglich nur Glück und keineswegs das Ergebnis einer Anstrengung, wie etwa Daniel sie unternommen hatte, um etwas zu erreichen.

»Die Miccinelli-Dokumente«, fuhr Ona unbeirrt und freundlich fort, »stammen von zwei italienischen Jesuiten, Missionaren in Peru, und umfassen dreizehn beschriebene Bögen, von denen einer gefaltet war und in seinem Innern ein Quipu barg, das ...«

»Was ist ein Quipu?«

»Ein Quipu ...? Na ja, ein Quipu ... Ein Quipu ist eine dicke Kordel aus Wolle, an der eine Reihe farbiger Schnüre voller Knoten hängen. Je nachdem, wo die Knoten sitzen, wie dick sie sind und welchen Abstand sie zueinander haben, verändert sich ihre Bedeutung. Die spanischen Chronisten sind immer davon ausgegangen, daß die Quipus der Buchhaltung dienten.«

»Dann ist ein Quipu eine Art Abakus?«

»Ja und nein. Ja, weil die Inka mit ihrer Hilfe tatsächlich minutiös über ihre Steuereinnahmen, über Waffenbesitz, Einwohner, Ernten und so weiter Buch führten. Und nein, weil sich in der Chronik von Poma de Ayala, die 1908 in Kopenhagen gefunden wurde, und in einigen weniger bedeutenden Schriftstücken Hinweise darauf finden, daß die Quipus mehr waren als einfache Recheninstrumente: Sie berichteten auch von historischen oder religiösen Ereignissen oder erzählten Geschichten. Nur haben Pizarro und nach ihm die Vizekönige von Peru alles getan, um die Quipus, die sie fanden – und das waren viele –, zu zerstören. Außerdem haben sie die Quipucamayocs umgebracht, die als einzige diese Knoten lesen konnten. Der Zugang zu ihrer Deutung ging für immer verloren. Übriggeblieben ist bloß die vage Erinnerung daran, daß die Inka mit seltsam verknoteten Schnüren ihr Imperium verwaltet haben. Wird ein Quipu als Grabbeigabe entdeckt, landet es als Kuriosität in der Vitrine des nächsten Museums. Niemand kann es lesen.«

An der Tür hörte man ein eiliges Klopfen, und gleich darauf trat eine glupschäugige Krankenschwester ins Zimmer, die ein Tablett in der Hand hielt.

»Guten Abend«, begrüßte sie uns freundlich mit rauher Stimme. Dann wandte sie sich Daniel zu. Weil ich den Nachttisch mit Computer und Handy in Beschlag genommen hatte, stellte sie das Tablett auf dem Bett ab. »Zeit für die Medikamente.«

Meine Schwägerin und ich hatten ihren Gruß erwidert und folgten von unseren Sitzen aus jeder ihrer Bewegungen wie Zuschauer einem Theaterstück. Wir kannten das Ritual bereits vom Vorabend. Erst brachte sie meinen Bruder dazu, die Tablette mit dem Promazinhydrochlorid und die Thioridazin-Tropfen zu schlucken, eine ziemlich mühsame Angelegenheit, da er sich weigerte mitzuspielen. Dann steckte sie ihm das Fieberthermometer unter den einen Arm und legte die Manschette für die Blutdruckmessung um den anderen. Ihre Handgriffe waren sicher, geübt und fachmännisch, und ihre Entschlossenheit zeugte von vielen Jahren Erfahrung. Doch nach dieser ersten Phase ging sie zu etwas Neuem über: »Wollen wir nicht ein bißchen aufstehen, Señor Cornwall?« fragte sie, ihr Gesicht buchstäblich an das meines Bruders gedrückt, der mittlerweile die Augen wieder aufgeschlagen hatte.

»Wie soll ich das, ich bin doch tot«, blieb Daniel seinem Credo treu.

»Möchten Sie lieber auf einem Stuhl sitzen?«

»Wenn ich nur wüßte, was das ist!«

»Ich hebe ihn hoch.« Ich machte Anstalten aufzustehen. Dieses absurde Gespräch war mir unerträglich.

»Lassen Sie«, wandte sich die Krankenschwester mit gedämpfter Stimme an mich und bedeutete mir mit einer Geste, sitzen zu bleiben. »Ich muß ihm diese Fragen stellen. Damit ich sehe, welche Fortschritte er macht.«

»Offenbar keine ...«, sagte Ona bedrückt.

Die Krankenschwester lächelte ihr mitfühlend zu. »Das wird. Es ist noch zu früh. Morgen geht es ihm bestimmt schon viel besser.« Sie löste die Manschette vom Arm meines Bruders und legte das Fieberthermometer zu den Medikamenten aufs Tablett. Dann wandte sie sich erneut an mich: »Fragen Sie ihn immer wieder, ob er aufstehen will. Am besten jedesmal, wenn Sie ihm die Augentropfen geben. Er muß sich bewegen.«

»Ich habe keinen Körper mehr.« Daniel starrte an die Decke.

»Aber hallo, mein Süßer, und was für einen!« Sprach's und war schon aus der Tür.

Ona und ich tauschten einen Blick und unterdrückten den Drang, laut loszuprusten. Endlich ein Mensch, der an diesem lausigen Ort seine gute Laune bewahrte! Doch unvermittelt verdüsterte sich die Miene meiner Schwägerin.

»Die Augentropfen!« Sie sprang auf.

Ich angelte die Tropfen vom Nachttisch und reichte sie ihr. Mein Laptop hatte sich inzwischen vollständig ausgeschaltet, das Handy die Verbindung zur Firma getrennt.

Zärtlich und liebevoll auf ihn einredend, träufelte Ona meinem Bruder einige dieser künstlichen Tränen in die violetten Augen. Ich beobachtete die beiden und fand mich wie so oft in meiner Entscheidung bestätigt, mich niemals auf das Leben mit einem anderen Menschen einzulassen. Allein die Vorstellung, mich an jemanden zu binden, und sei es auch nur für kurze Zeit, war mir unerträglich. Wenn ich hin und wieder so wahnsinnig gewesen war, es doch zu tun, wenn ich unbedacht in diese Situation hineingeschlittert war, hatte ich innerhalb kürzester Zeit die Nase voll gehabt. Ich hatte danach gelechzt, mir meinen Raum, meine Zeit und, ja, auch meine Einsamkeit zurückzuerobern, mit der ich mich sehr wohl fühlte, frei, zu tun und zu lassen, wonach mir der Sinn stand. Ich fragte mich wie in dem Titel dieses alten Films von Manuel Gómez Pereira: *Warum spricht man von Liebe, wenn man Sex meint?* Mein Bruder hatte sich in Ona verliebt und war glücklich mit ihr und seinem Sohn. Mir gefiel eben mein Leben so, wie es war, und ich sah keine Veranlassung, einem Glück nachzujagen, das ich für unrealistische Anmaßung und Selbstbetrug hielt. Mir genügte es, daß ich nicht unglücklich war und die flüchtigen Freuden genießen konnte, die das Leben mir bot. Daß die Welt nur für den Glücklichen einen Sinn haben sollte, klang in meinen Ohren wie eine billige Ausrede, um dem Leben nicht ins Gesicht blicken zu müssen.

Als Ona sich setzte, griff ich das Thema Quipus wieder auf. Es war an der Zeit, einige Knoten aufzudröseln. »Du warst bei den Miccinelli-Dokumenten und der Schrift der Inka ...«

»Ja, genau!« Sie zog die Beine an und machte es sich im Schneidersitz gemütlich. »Also, die Sache ist die, daß Laura Laurencich-Minelli die historische und paläographische Bedeutung der Dokumente untersuchte, während Marta Torrent sich das Quipu vornahm, das in einen der Bögen eingenäht gefunden worden war. Dabei stellte sich heraus, daß es einen direkten Zusammenhang zwischen den Schnüren und den in Quechua geschriebenen Worten geben mußte. Der Gedanke lag nah, daß sie so etwas wie einen zweiten Stein von Rosetta in Händen hielt. Mit dem hatte man die ägyptischen Hieroglyphen entziffern können, und sie hoffte jetzt, das verschüttete Wissen um die Deutung der Quipus zurückzuerlangen. Das allerdings würde Jahre dauern. Deshalb ließ sie mit Erlaubnis von Clara Miccinelli, der das Archiv in Neapel gehörte, Kopien des gesamten Materials anfertigen und brachte sie hierher nach Barcelona.«

»Und kaum war sie hier, widmete sich unsere liebe Marta ganz dem Geheimnis um das alte System der Inkaschrift. Weil das eine Sisyphusarbeit war, suchte sie unter ihren Dozenten nach dem klügsten und am besten geeigneten und entschied sich für Daniel, dem sie unverzüglich die wissenschaftliche Mitarbeit an ihrem Projekt anbot.«

Onas Miene verdüsterte sich schlagartig.

»Aber, Ona ...«, wiegelte ich ab. »Die Doctora hat doch nichts weiter getan, als Daniel eine einmalige Chance zu bieten. Stell dir vor, sie hätte sich jemand anders ausgesucht! Ich verstehe nicht, warum es dich so aufregt, daß sie bei dieser wichtigen Arbeit an Daniel gedacht hat.«

»Marta Torrent hat Daniel nur die Fleißarbeit angeboten! Deinem Bruder war das von vornherein klar, er wußte, daß sie ihn nur ausnutzte und später, wenn es um Anerkennung und das akademische Verdienst ginge, nicht einmal danke sagen würde. So läuft das immer, Arnau! Er hat sich beide Beine ausgerissen und neben den Lehrveranstaltungen für sie geackert, damit sie ganz bequem auf ihrem gut dotierten Lehrstuhl das Lob für seine Ergebnisse einheimsen kann.«

Ich war überrascht von diesem Wortschwall. An der Universität mußte es für Daniel wirklich schlecht gelaufen sein, wenn die stets freundliche und ausgeglichene Ona derart in Rage geriet. Natürlich hatte ich davon gehört, daß die Leute in manchen Fachbereichen ausgenutzt wurden. Aber ich wäre nie auf den Gedanken gekommen, mein Bruder könnte einer dieser bedauernswerten Underdogs sein, denen die Vorgesetzten das Blut aussaugen. Und selbst wenn, schien mir Onas Reaktion übertrieben.

Auch Daniel ließ der Ton unserer Unterhaltung nicht unberührt. Plötzlich warf er sich wild herum und rief wieder und wieder das eine Wort, von dem er in dieser Nacht wie besessen war: »*Lawt'ata, lawt'ata, lawt'ata ...*«

»Da ist noch etwas, das mir nicht in den Kopf will, Ona«, sagte ich nachdenklich. »Die offizielle Sprache im Reich der Inka war doch Quechua, und um das Quipu aus Neapel zu entschlüsseln, mußte man doch erst einmal Quechua verstehen. Warum hat Daniel dann aufgehört mit dieser Sprache und nur noch Aymara gelernt?«

Ona zog die Brauen hoch und sah mich fragend an. »Ich weiß es nicht«, sagte sie schließlich verzagt. »Daniel hat es mir nicht erklärt. Er hat nur gesagt, er müsse sich auf das Aymara konzentrieren, weil darin ganz sicher der Schlüssel liege.«

»Der Schlüssel wozu? Zu den Quipus auf Quechua?«

»Ich weiß es nicht, Arnau. Der Widerspruch wird mir eben erst bewußt.«

Beim Schreiben von Quellcodes, und sei die Anwendung noch so simpel, wiegte ich mich nie in dem Glauben, die Tausende von Zeilen, die ich produzierte, müßten frei von gravierenden Fehlern sein und das Programm folglich beim ersten Versuch reibungslos laufen. Nach Wochen oder gar Monaten Arbeit am Konzept und der Entwicklung eines Projekts stand die aufregendste und anstrengendste Aufgabe noch bevor: die mühsame Suche nach diesen unscheinbaren Fehlern in der Struktur, die das gesamte sorgsam errichtete Gebäude zum Einsturz bringen konnten. Allerdings näherte ich mich dem Code nicht unvorbereitet, denn bereits während ich die Befehle und Algorithmen schrieb, sagte mir ein sechster Sinn, wo die dunklen Bereiche waren und was später womöglich Ärger bereiten würde. Ich zweifelte nie an meiner Intuition. Wenn ich das Programm schließlich kompilierte, um zu sehen, ob es lief, bestätigte sich mein Verdacht immer. Einen Fehler zu suchen und zu finden war viel interessanter, als ihn zu beheben, was letztendlich nur eine einfache und mechanische Tätigkeit darstellte. Gelang es aber, ein Problem zu identifizieren und es aufgrund einer Eingebung oder Ahnung bis auf den Ursprung zurückzuverfolgen, fühlte man sich unwillkürlich als Held, wie Odysseus auf der Reise nach Ithaka.

Als wäre mein Bruder Daniel ein Computerprogramm, das aus Millionen von Textzeilen bestand, sagte mir mein sechster Sinn, daß es auch bei ihm dunkle Bereiche geben mußte, die für die Aussetzer in seinem Gehirn verantwortlich waren. Nur hatte ich dieses imaginäre Programm, nach dem Daniel funktionierte, nicht geschrieben. Folglich konnte ich zwar vermuten, daß es fehlerhafte Verknüpfungen gab, verfügte jedoch über keinerlei Anhaltspunkte, um sie zu lokalisieren und die Fehler zu beheben.

Den Rest dieser zweiten Nacht verbrachte ich mit Arbeiten und kümmerte mich zwischendurch um meinen Bruder, aber als das erste Morgenlicht durchs Fenster fiel und Ona aufwachte, stand mein Entschluß fest: Ich wollte mich ganz dieser Suche verschreiben und der Sache auf den Grund gehen. Ich würde aufklären, ob Daniels Erkrankung mit seiner Forschungsarbeit in Verbindung stand, die ihn so sehr in Anspruch genommen hatte – sofern meine Intuition mich nicht trog und meine Nachforschungen auf fruchtbaren Boden stießen. Hoffentlich machte ich mir da nichts vor. Noch am Vorabend hatte ich Ona versichert, daß alles nur Hirngespinste waren, die auf unsere Anspannung und die Sorge um Daniel zurückgingen. Aber was hatte ich schon zu verlieren außer der Zeit, die ich investierte? Und Daniel wäre, wenn er in den folgenden Tagen auf die Medikamente anspräche und zu sich käme, bestimmt der letzte, der mir Vorwürfe machte, weil ich einer lächerlichen Ahnung gefolgt war. Na ja, und wenn schon, das war mir egal.

Als wir in der Calle Xiprer ankamen, ging ich mit meiner

Schwägerin hinauf in die Wohnung. Ich wollte Daniels Notizzettel mitnehmen, um ihn mir am Nachmittag genauer anzusehen. Aber als ich wieder auf die Straße trat, war ich bepackt mit einem Berg Bücher über die Inka und Daniels Aktenordnern mit seinen Forschungsergebnissen über die Quipus.

Gegen halb zehn legte ich mich hin. Ich war fix und fertig, mir brannten die Augen, und ich fühlte mich erschöpft wie selten zuvor. Durch den gestörten Schlafrhythmus litt ich an einer Art Jetlag, ohne daß ich den Atlantik überquert hätte. Trotzdem befahl ich dem Haussystem, es solle mich um drei Uhr nachmittags wecken, denn ich hatte mir viel vorgenommen und nur wenig Zeit.

Ich schlief wie ein Stein, als das Allegro von Vivaldis Konzert für Mandoline durch das Haus schallte. Der Zentralrechner wählte jeden Tag aus meinen Lieblingsstücken ein anderes aus, passend zu Jahreszeit, Wetter und der Uhrzeit, zu der ich geweckt werden wollte. Das ganze Haus war darauf abgestimmt, meine Bedürfnisse zu erfüllen, und mit den Jahren hatte sich zwischen mir und der künstlichen Intelligenz hinter diesem System eine ganz eigene Symbiose herausgebildet. Das System lernte selbständig und entwickelte sich weiter. Mittlerweile versorgte es mich wie ein telepathisch begabter Butler, dem es allein darum ging, mir zu dienen und mich zu bemuttern.

Die Vorhänge vor den ausladenden Glastüren zum Garten schoben sich sacht zur Seite und ließen ein sanftes, blaugrünes Licht ins Zimmer, und auf dem Bildschirm, der die gesamte Wand mir gegenüber einnahm, erschien Van Goghs *Kirche von Auvers*. Es war noch längst nicht Abend, und ich war hundemüde, deshalb kniff ich die Augen zu, zog mir das Kopfkissen übers Gesicht und brummelte »Noch fünf Minuten!«, was zum sofortigen Abbruch aller Special Effects führte.

Dummerweise war Magdalena, meine Haushaltshilfe, gegen Spracherkennung immun und kam mit dem Frühstückstablett in der Hand herein. »Willst du wirklich weiterschlafen?« fragte sie ungläubig, während sie geräuschvoll über das Parkett eilte,

Stühle verschob, Schranktüren öffnete und zuwarf und die Musik über einen Regler am Nachttisch wieder einschaltete. Daß sie mir nicht buchstäblich auf der Nasenspitze herumtanzte, lag nur daran, daß sie sich mit ihren über fünfzig Jahren dafür zu alt fühlte. »Du hast bestimmt keinen Appetit auf das Mittagessen, das ich gekocht habe, deshalb gibt es Frühstück wie immer: Orangensaft, Tee mit Milch und Toast.«

»Danke«, nuschelte ich unter dem Kopfkissen.

»Wie ging es deinem Bruder letzte Nacht?«

Ich konnte mir nicht erklären, was zum Teufel sie tat, aber das Knarren, Poltern und Lärmen hörte nicht auf.

»Unverändert.«

»Das tut mir leid«, sagte sie mitfühlend. Magdalena hatte schon für mich gearbeitet, als Daniel noch bei mir wohnte.

»Heute müßten die Medikamente langsam wirken.« Ich wühlte mich aus den Kissen.

Ratsch! Durch die sperrangelweit aufgerissenen Verandatüren fegte ein kühler Luftzug wie ein Hurrikan ins Zimmer. Wofür um alles in der Welt hatte ich ein System, das die Temperatur und Frischluftzufuhr im gesamten Haus regelte? Wenn es nach Magdalena ging, für nichts und wieder nichts. Bloß gut, daß schönes Wetter war und es bald Sommer sein würde. Trotzdem mußte ich unwillkürlich niesen und war endgültig wach, als ich in der Nachttischschublade nach einem Taschentuch kramen mußte. Eine technikbegeisterte Großstadtpflanze zu sein hat eben auch seine Nachteile. Einer davon ist der Verlust der Fähigkeit, mit freiem Oberkörper den Unbilden der Witterung zu trotzen, wie ich, nur mit der kurzen Hose meines Pyjamas bekleidet, feststellen durfte.

Ich frühstückte rasch, sah dabei die von Núria allmorgendlich ausgewählten Pressemeldungen auf dem Bildschirm in meinem Schlafzimmer durch und ging dann, ohne mir auch nur das Gesicht zu waschen, hinüber ins Studio. So nannte ich großspurig diesen Raum, der sowohl zum Arbeiten als auch zum Spielen gedacht war. Ich wollte mir eine Überdosis Inkakultur verpassen.

»Ruf Jabba an«, befahl ich dem Computer noch im Flur. Und als ich gleich darauf das Studio betrat, begrüßte mich Jabba bereits geschäftsmäßig.

»Bist du unten?« Ich ließ mich auf meinen Drehstuhl fallen und griff nach einer Büroklammer, die ich zwischen den Fingern verbog.

»Wo sonst?«

»Ich brauche deine und Proxis Hilfe.«

»Ist etwas passiert?« fragte er erschrocken. »Wie geht es Daniel?«

»Unverändert heute morgen.« Meine offenen und ungekämmten Haare störten mich. Ich drehte sie am Hinterkopf zu einem Knoten und stülpte eine alte Kappe der Barcelona Dragons darüber. Seit einem Monat hatte ich Karten für das Spiel am nächsten Samstag im Olympiastadion auf dem Montjuïc. Gegen die Rhein Fire aus Düsseldorf. Wie es aussah, würde ich mir das abschminken müssen. »Ich wollte euch um einen Gefallen bitten.«

»Dann tu's.«

»Ich habe hier einen Haufen Bücher, die ich mir ansehen muß, bevor ich ins Krankenhaus fahre.«

»Sag bloß, ich soll sie für dich lesen.«

»Sei nicht albern. Darum geht es nicht.«

»Dann komm zur Sache, ich hab zu tun.«

»Hast du nicht. Ich geb dir den Nachmittag frei, und Proxi auch.«

»Wunderbar. Das trifft sich prima. Wir wollten sowieso los, uns endlich ein Sofa kaufen. Also, tschüs dann.«

»Halt, warte, du Spinner!« Ich mußte grinsen. »Du kannst jetzt nicht weg.«

»Ach, nein? Wozu gibst du mir dann den Nachmittag frei?«

»Damit du etwas für mich recherchierst. Ich muß alles wissen, was Proxi und du im Internet über eine Inkasprache herausfinden könnt, die Aymara heißt.«

Ein Schweigen tief wie ein Kanalschacht breitete sich im Studio aus. Als hörbares Zeichen meiner Ungeduld begann ich, mit den Fingern auf die Tischplatte zu trommeln, bekam aber noch immer keine Antwort.

Schließlich war ich es leid. »Bist du noch da, Herzchen?«

»Nein.«

»Jetzt komm schon! So kompliziert ist das nun auch wieder nicht.«

»Ach, nein?« grollte er. »Ich habe ja nicht einmal kapiert, was du gesagt hast! Wieso, zum Teufel, glaubst du, ich könnte etwas darüber herausfinden?«

»Weil du es draufhast. Das wissen doch alle.«

»Hör auf zu sülzen, klar?«

»Du mußt das einfach für mich recherchieren, Marc, ehrlich.«

Wieder Stille. Aber ich wußte, daß ich die Schlacht gewonnen hatte.

Aus dem Lautsprecher drang ein langer Seufzer. »Erklär mir noch mal, wonach wir suchen sollen.«

»Die Inka, die Bewohner des Inkareichs ...«

»Aha, die Inka in Lateinamerika.«

»Genau. Also, die haben dort zwei verschiedene Sprachen gesprochen. Die offizielle Sprache des Reichs, die von den meisten Einwohnern gesprochen wurde, ist Quechua, und die andere ist Aymara. Das wurde im Südosten gesprochen.«

»Im Südosten von was?«

»Was weiß denn ich!« Glaubte Jabba etwa, ich würde mich da auskennen? Für mich waren das doch auch böhmische Dörfer! »Im Südosten des Inkareichs vermutlich.«

»Okay, dann willst du also alles über das Aymara wissen, das im Südosten des Inkareichs gesprochen wurde.«

»Genau.«

»Gut. Ich hoffe, du hast gute Gründe dafür, daß Proxi und ich den Nachmittag damit verbringen, etwas über das Aymara herauszufinden, das im Südosten des Inkareichs gesprochen wurde, denn andernfalls lege ich dein Unternehmen in Schutt und Asche und sorge dafür, daß du im Knast landest.«

Die Worte eines Hackers sollte man nie auf die leichte Schulter nehmen. »Ich habe gute Gründe.« Hatte ich die ...?

»In Ordnung. Ich hole Proxi ab, und wir setzen uns zum Arbeiten in den ›100‹.«

»Einverstanden. Ruft mich an, wenn ihr fertig seid.«

»Ach, und du hast nicht gefragt, was aus der Kampagne gegen die TraxSG geworden ist.«

Das hatte ich vollkommen vergessen! Seit Montag war die Festplatte in meinem Kopf neu formatiert. »Wie läuft es?« fragte ich verlegen.

»Super. Heute steht es in allen Zeitungen. Die von der TraxSG werden Blut und Wasser schwitzen, um einigermaßen glimpflich aus der Sache rauszukommen. Und sie haben keinen Schimmer, woher der Boykottaufruf kommt.«

Ich lachte. »Freut mich. Laß sie nur suchen. Also, du meldest dich dann.«

»Aber sicher. Tschüs.«

Ich war wieder allein in meinem stillen Studio ... Also, nicht vollkommen allein, denn wie immer leistete mir der Zentralrechner stumm Gesellschaft. Am Anfang hatte ich daran gedacht, ihm einen passenden Namen zu geben. Ihn zum Beispiel *Hal* zu nennen nach dem wahnsinnigen Rechner aus Stanley Kubricks *2001: Odyssee im Weltraum* oder *Abulafia* nach dem armen Computerlein in *Das Foucaultsche Pendel* von Eco, ja, ich hatte sogar *Johnny* in Erwägung gezogen, wegen *Vernetzt – Johnny Mnemonic*. Am Ende konnte ich mich nicht entscheiden und gab ihm überhaupt keinen Namen. Wäre er ein Hund gewesen, hätte ich ihn einfach »Hund« genannt, aber es handelte sich nun mal um einen leistungsstarken Rechner, um eine künstliche Intelligenz. Deshalb legte ich schließlich fest, daß sich jede laut ausgesprochene Anweisung, die nicht eindeutig für Magdalena bestimmt war, an das System richtete.

Mein Blick schweifte melancholisch über die verführerische DVD-Sammlung und die Spielkonsolen, die verlassen auf dem kleinen Rattantisch standen, doch ich streckte die Hand nach dem Stapel Bücher aus, die ich aus der Wohnung meines Bruders mitgenommen hatte. Ich hatte das Studio so konzipiert, daß es der Kommandozentrale eines Raumschiffs so ähnlich wie möglich sah – ein weiteres Zugeständnis an meinen Spieltrieb. Wie in allen Wohnräumen des Hauses nahm auch hier ein Großbildschirm eine Wand ein. Sonst war das Studio ähnlich ausgestattet wie der ›100‹, allerdings mit nur drei Monitoren, zwei Tastaturen, einigen Aufnahmegeräten, zwei Druckern, einer Digitalkamera, einem Scanner, einem DVD-Player und meinen Konsolen. Alles in glänzendem Edelstahl oder makellos weiß, dazu Sitzmöbel, Tische und Regale aus Aluminium, Titan und Chrom. Die Halogenstrahler sorgten für ein hellblaues, frostiges Licht, so daß man sich vorkam wie in einer Eishöhle. Einzige Farbtupfer in diesem vermeintlichen Eisberg waren die Bücher auf den Borden und das niedrige Rattantischchen. Ich hatte es nicht übers Herz gebracht, mich davon zu trennen. Zumindest einen Teil meiner Bücher mußte ich um mich haben, und der Tisch war ein Erinnerungsstück aus meiner früheren Wohnung.

Mit einem resignierten Schnauben schlug ich den ersten von Daniels historischen Wälzern auf und begann zu lesen. Nach einer Weile nahm ich mir den zweiten vor und nach einer Stunde den nächsten. Um ehrlich zu sein, tat ich mich am Anfang schwer mit der Materie, obwohl ich nun wirklich nicht auf den Kopf gefallen bin. Aber die Historiker, von denen diese gelehrten Abhandlungen stammten, vermieden es, die Zeit in herkömmlicher Weise einzuteilen. Statt von Epochen sprachen sie von »Horizonten«: »Früher Horizont«, »Mittlerer Horizont«, »Später Horizont«, dazu die jeweiligen Zwischenperioden. Dadurch wurde es zumindest einem Laien wie mir unmöglich, das Gesagte einer bekannten historischen Epoche zuzuordnen. Als ich endlich eine Zeitachse mit Jahresangaben fand, stellte sich heraus, daß das Inkareich in seiner größten Ausdehnung kaum hundert Jahre bestanden hatte. Es war eines der mächtigsten der Welt gewesen, mit dreißig Millionen Einwohnern und einem Einflußgebiet, das von Kolumbien über Ecuador, Peru und Bolivien bis hinunter nach Argentinien und Chile reichte, als es einem erbärmlichen spanischen Heerhaufen von nicht einmal zweihundert Mann unter der Führung von Francisco Pizarro in die Hände fiel. Und dieser Abenteurer – man glaubt es kaum – konnte nicht einmal lesen und schreiben. In seinem Heimatdorf in der Extremadura hatte er Schweine gehütet, ehe er in jungen Jahren aufbrach, sein Glück zu suchen.

Als Kommandant einer aus mehreren Schiffen bestehenden Expedition war Pizarro im Jahr 1531 in Panama in See gestochen, dann die Pazifikküste entlang nach Süden gesegelt. Er hatte immer neues Land entdeckt und Siedlungen auf den Inseln und an den Küsten von Kolumbien und Ecuador gegründet. Außer den Ureinwohnern dieser Landstriche – das heißt außer den Indios – hatte kein Mensch je die Anden überquert. Und es sollte noch etliche Jahre dauern, bis die ersten Spanier es versuchten. Kein Europäer hatte sich durch die Urwälder am Amazonas gekämpft oder je einen Fuß nach Peru, Bolivien oder Feuerland gesetzt. Die Eroberung der Neuen Welt wurde im wesentlichen von der schmalen Taille des Kontinents aus vorangetrieben, also vom heutigen Panama aus, das damals »Tierra Firme« – Festland – genannt wurde. Als Pizarro in jenem fernen 16. Jahrhundert nach Süden vorstieß, segelte er dem geheimnisvollen, von Gold prallen Reich der Inka entgegen, von dem ihm die Ureinwohner berichtet hatten. Und alles, was er von seinem Schiff aus sah, war *Terra incognita*, unbekanntes Neuland.

Offenbar war der Begriff »Inka« ein dem König vorbehaltener Titel und die Einwohner des Imperiums »die Inka« zu nennen folglich ein Fehler der Spanier. Von seinen Bewohnern wurde der Staat der Inka Tihuantinsuyu genannt, das Reich der vier Gegenden. Entstanden war er im Jahr 1438 unserer Zeitrechnung unter der Regierung des Inka Pachacuti, des neunten von nur zwölf Inka, die es gegeben hatte, bis Pizarro 1532 kam und den letzten Inka Atahualpa hinterhältig ermordete. Über die Zeit vor dem Inka Pachacuti gab es nur vage und lückenhafte Angaben. Und die Historiker waren sich einig, daß es völlig unmöglich war, die Ereignisse zu rekonstruieren, da die Andenkultur keine schriftlichen Zeugnisse hinterlassen hatte. Natürlich hatten archäologische Funde einiges Licht ins Dunkel gebracht und taten es noch. So war eindeutig geklärt, daß die ersten Menschen vor etlichen Tausend Jahren über die vereiste Beringsee gekommen waren und auf dem amerikanischen Kontinent ansässig wurden ... Oder etwa nicht? Nein, denn jüngste Funde zeugten davon, daß der Kontinent über den Seeweg von Polynesien aus besiedelt worden war. Oder auch das nicht? Das war unklar, zumindest hatte die Professorin Anna C. Roosevelt, Leiterin der Abteilung Anthropologie am Field Museum of Natural History in Chicago, kürzlich am Amazonas Tonscherben gefunden. Sie waren unzweifelhaft von Menschen hergestellt worden und etwa tausend Jahre älter, als sie hätten sein dürfen. Damit hatten die früheren Theorien im Grunde ausgedient. Alles in allem widersprachen sich die Erklärungen, die auf archäologischen Funden beruhten, in einigen entscheidenden Punkten. Das Gesamtbild blieb unklar und verschwommen, und die Forscher mußten einer nach dem anderen an irgendeiner Stelle ihrer Bücher einräumen, daß man nichts mit Sicherheit wußte. Schon die nächste archäologische Entdeckung konnte die bisher zusammengetragenen Erkenntnisse über den Haufen werfen.

Ebenso uneins war man sich, welche historischen Schlußfolgerungen aus den Mythen und Legenden zu ziehen seien, die von den spanischen Eroberern dokumentiert worden waren. Die Mehrheit schien folgender Version anzuhängen: Um das Jahr 1100 unserer Zeitrechnung war eine kleine kriegerische Schar von Inka aus dem Südosten, dem zentralen Hochland der Andenkordillere, nach Norden in das Tal von Cuzco vorgestoßen. Dort führten sie in den darauffolgenden dreihundert Jahren unablässig Krieg gegen die Stämme der Region, bis sie schließlich die absolute Herrschaft errangen. Anfang des 15. Jahrhunderts schufen sie das Reich, das als Tihuantinsuyu bekannt werden sollte und dem Pizarro Anfang des 16. Jahrhunderts ein Ende bereitete. Also wenig Ernte für all die Mühe.

Und ihre Religion? Die Inka verehrten als höchste Gottheit Inti, die Sonne, als deren Söhne sie sich betrachteten. Allerdings ging diese Vormachtstellung während der Herrschaft des Inka Pachacuti gewissermaßen auf Viracocha über, und beide wurden schließlich eins. Viracocha war ein recht widersprüchlicher Gott. Zwar wurde er »der alte Mann im Himmel« genannt, doch war er angeblich den Wassern des Titicacasees entstiegen und hatte die Menschen gleich zweimal erschaffen, weil ihm das Ergebnis des ersten Versuchs nicht genehm gewesen war: Aus Stein hatte er ein Geschlecht von Giganten geschaffen und ihnen Leben eingegeben. Als sie einander aber wenig später bekämpft hatten, waren sie von Viracocha vernichtet worden. Ich las, er habe Feuersäulen vom Himmel geschickt, anderswo hieß es, er habe sie mit einer schrecklichen Sintflut ertränkt – jedenfalls war die Welt nach dieser Katastrophe dunkel gewesen. Als das erste Menschengeschlecht ausgerottet war und Viracocha die Welt wieder erhellte, indem er Sonne und Mond aus dem Titicacasee zog, errichtete und besiedelte das zweite Geschlecht in der Nähe des Sees die Stadt Tiahuanaco (auch Tiwanacu). Dort findet sich heute die älteste Ausgrabungsstätte Südamerikas. Es gab Dutzende Versionen dieser Geschichte, und abgesehen davon, daß man sich nicht einig war, ob die Schöpfung dieser zweiten Menschen nun vor oder nach der Sintflut stattgefunden hatte – dieses Ereignis hatte in allen Legenden der Anden breiten Niederschlag gefunden –, erstaunte ein kleines Detail an der Geschichte: Viracocha sollte nämlich ein Männlein mittlerer Größe gewesen sein, mit weißer Haut und einem prächtigen Bart. Die weiße Haut konnte man sich natürlich auch nicht erklären, aber was die Forscher vollends ins Schwitzen brachte, war der Bart. Eins stand nämlich zweifelsfrei fest: Die amerikanischen Ureinwohner waren von jeher bartlos gewesen. Als Pizarro und seine Männer, trotz der Schmutzkruste hellhäutig und ganz gewiß bärtig, in Cajamarca auftauchten, muß das für die Menschen dort ein Schock gewesen sein, und sie hielten die Neuankömmlinge für Götter.

Des weiteren rankten sich die Legenden in unzähligen Varianten um Viracochas Kinder Manco Capac und Mama Ocllo, die der Gott in den Norden gesandt haben sollte, um die Kultur der Inka zu verbreiten und dort Cuzco zu gründen, die Hauptstadt des Reichs. Allein die direkten Nachkommen jener Kinder von Viracocha waren die eigentlichen Inka, gewissermaßen Könige und Mitglieder der königlichen Familie. In ihren Adern floß das kostbare Sonnenblut, das um jeden Preis rein bleiben mußte, weshalb für gewöhnlich Geschwister untereinander heirateten. Die Herrscher und Aristokraten, Frauen wie Männer, wurden von den Spaniern »Orejones«, also Langohren, genannt, weil die Tradition vorschrieb, ihnen im Kindesalter die Ohrläppchen zu durchbohren, damit man sie von den übrigen gesellschaftlichen Ständen unterscheiden konnte. Die Löcher wurden mit Pflöcken geweitet, bis man große goldene Scheiben einsetzen konnte, die als Sonnensymbole die göttliche Abkunft und hohe Würde kenntlich machten.

Je mehr ich über die Geschichte der Inka erfuhr und je besser ich die Ereignisse chronologisch einzuordnen wußte, desto differenzierter wurde das grobe Raster in meinem Kopf. Hätte ich ein großes Bild davon malen sollen, so wäre ich bereits in der Lage gewesen, die Szene in der richtigen Perspektive mit Kohle auf der Leinwand zu skizzieren. Allerdings fehlten mir noch die Farben, nach denen ich an diesem Tag nicht mehr würde suchen können; über dem rastlosen Lesen war es Abend geworden. Als der Computer mich um acht Uhr daran erinnerte, daß ich etwas essen und mich fertigmachen mußte, wurde ich abrupt in die Wirklichkeit zurückgeholt.

Ich blinzelte verwirrt, blickte von den Büchern auf, und im Bruchteil von Sekunden fiel mir ein, daß ich nicht nur duschen, mich anziehen und etwas essen mußte, sondern daß Proxi und Jabba im ›100‹ saßen und daß Ona mich in weniger als einer Stunde bei sich zu Hause erwartete. Da ich mit dem Weiterlesen nicht bis zum nächsten Tag warten wollte, holte ich mir einen zweiten Rucksack von der Garderobe am Eingang. Hastig stopfte ich die Bände hinein, vor deren Lektüre ich mich bisher gedrückt hatte. Aus verständlichen Gründen – sie sahen aus, als wären sie zäh zu lesen und schwerverdaulich: *Die Neue Chronik und gute Regierung* von Guamán Poma de Ayala – von dem Buch hatte Ona letzte Nacht gesprochen –, *Wahrhaftige Kommentare* von Inca Garcilaso de la Vega, *La crónica del Perú* von Pedro de Cieza de León und *Suma y narración de los Incas* von Juan de Betanzos. Der prallgefüllte Rucksack wog Tonnen.

Während ich zu Abend aß, rief meine Mutter an, um zu fragen, wann wir denn kämen. Clifford fühlte sich offenbar nicht gut, und die beiden wollten bald nach Hause.

»Deinem Bruder geht es einfach nicht besser«, sagte sie in einem Tonfall, in dem eine gewisse Besorgnis mitschwang. »Diego meint, wir müßten Geduld haben, man könne heute noch keine Besserung erwarten, aber Clifford hat das mitgenommen, und er hat einen seiner Migräneanfälle.«

Von der Familie wagte zwar niemand, es laut auszusprechen, aber auffällig war es schon, daß Cliffords mörderische Migräneattacken ihn kurz nach der Hochzeit mit meiner Mutter erstmals überfallen hatten.

»Wer ist Diego?« Ich vergaß zu kauen und schluckte ein ganzes Stück Seezunge hinunter, das ich mir in den Mund geschoben hatte.

»Daniels Psychiater, Arnau! Du hörst auch nie zu, wenn es wichtig wird, mein Lieber.« Diesen Vorwurf machte sie mir dauernd, dabei konnte ich mir unmöglich all die Vornamen, Nachnamen und Familienstammbäume merken, die sie begeistert herbeten konnte, obwohl sie nun schon lange nicht mehr in Barcelona lebte. »Miquel war auch da ... Dr. Llor, an den wirst du dich wenigstens erinnern? Der Neurologe. Oh, was für ein reizender Mensch! Nicht, Clifford? Der Ärmste ... er kann gar nicht antworten, so schlimm ist sein Kopfweh! Aber, was ich sagen wollte, Miquel hat uns viele Fragen über dich gestellt und erzählt, daß ein Neffe seiner Frau bei Ker-Central arbeitet und ... Entschuldige, Clifford möchte, daß ich auflege. Beeilt euch ein bißchen, Ona und du, ja? Wir sind müde und möchten gern zeitig ins Bett. Ach, da fällt mir ein, Arnie, wie sage ich dieser Maschine, die deine Wohnung regiert, daß sie mir nicht die Nachttischlampe ausschalten soll, wenn ich noch lese? Gestern abend, da ... Ja, Clifford, ja, ich lege auf! Du erklärst mir das dann später, mein Junge. Beeilt euch ein bißchen.«

Als das System die Verbindung beendete, war mein Teller leer, und ich stand schon halb unter der Dusche. Ich fragte mich kurz, was wohl mit Proxi und Jabba los sein mochte. Sie hatten den ganzen Nachmittag kein Lebenszeichen von sich gegeben. Mit einem Griff raffte ich meine Siebensachen zusammen und eilte zur Garage. Um Viertel vor neun bog ich in Daniels Straße ein. Zum Glück mußte ich diesmal keinen Parkplatz suchen, weil Ona mit verschränkten Armen vor dem Hauseingang stand und auf mich wartete. Sie trug einen schwarzen Pulli und einen Rock mit einem breiten Ledergürtel. Auf der kurzen Fahrt zum Custòdia erzählte sie mir, sie habe den ganzen Tag kaum mehr als zwei Stunden schlafen können, weil sie Daniels Krankmeldung beim Hausarzt habe abholen müssen. Dann sei sie raus nach Bellaterra gefahren und habe sie im Sekretariat der Fakultät abgegeben.

Clifford bot wirklich ein Bild des Jammers, als wir in Daniels Zimmer traten. Seine Haut hatte einen besorgniserregenden Stich ins Olivgrüne, und unter den Augen zeichneten sich dunkle Tränensäcke ab. Auch mein Bruder hatte schon einmal besser ausgesehen: Er wirkte abgemagert und brauchte dringend eine Rasur, die Wangen waren eingefallen, und die Schläfenknochen traten deutlich hervor. Meine Mutter hingegen strotzte wie immer vor Energie und Tatendrang, obwohl sie, wie sie sagte, den ganzen Tag Besuch empfangen hatte: Freunde aus Kindertagen, weniger gute Freunde, Bekannte, die Bekannten von Bekannten ... Und ihr verbissener Privatkrieg gegen die Schwestern und das Pflegepersonal der Station war in vollem Gange. Auch Miquel und Diego – Dr. Llor und Dr. Hernández – hatten sich rege am gesellschaftlichen Leben im Krankenzimmer beteiligt. Noch dazu hatte meine Großmutter aus

Vic angerufen. Keiner wußte, wie sie darauf gekommen war, sich aus heiterem Himmel nach ihrem Enkel zu erkundigen; nun hatte sie ihr Kommen für den frühen Morgen angekündigt.

»Und natürlich, der ganze Trubel ...« Meine Mutter warf ihrem Ehemann, der wortlos auf seinem Plastikstuhl vor sich hin siechte, einen mitleidigen Blick zu, »der Trubel ist Clifford gar nicht bekommen. Und was macht mein kleiner Dani, Ona? Meinst du, ich könnte ihn morgen ein Weilchen sehen? Ach gewiß, deine Eltern müssen doch genauso am Ende sein wie wir! Kleine Kinder sind ja so anstrengend. Der Racker hält einen bestimmt den ganzen Tag auf Trab! Ich frage mich«, sie strich sich mit der Hand übers Kinn, um uns die Tiefe ihrer Gedanken anschaulich zu machen, »ob sich meine Mutter nicht um Dani kümmern könnte. Sie wird bestimmt eine Weile bei Arnau bleiben. Was meinst du, Clifford? Das wäre doch eine wunderbare Lösung.«

»Mama, Clifford geht es nicht gut, er sieht elend aus«, sagte ich. »Ihr solltet gehen.«

»Du hast recht«, sagte sie unbekümmert und stand auf. »Komm, Clifford. Ach, übrigens, Arnau, erklär mir noch eben, was ich tun muß, damit deine Wohnung mir gehorcht. Diese neue Technik ist ja nicht auszuhalten! Kannst du nicht eine normale Wohnung haben wie jeder andere auch? Du bist wirklich sonderbar, mein Junge. Wer hätte sich träumen lassen, daß du dein Leben mit diesen Kindereien verbringst, diesen Computern und Videospielen ...! Du wirst wohl niemals erwachsen, Arnie.« Schon wieder ein Vorwurf. Dabei hatte sie nicht die leiseste Ahnung, was ich tatsächlich in meiner Firma tat, und interessierte sich auch nicht weiter dafür. »Komm, sag mir, was ich tun muß, sonst sehe ich mich noch gezwungen, in ein Hotel umzuziehen. Wenn ich ein Zimmer betrete, macht mir dies angeblich so intelligente System nicht das Licht an. Und wenn ich duschen will, kommt nur kaltes Wasser. Ich krieg keine Schranktür auf, und beim Fernsehen wechselt ständig das Programm. Heute morgen beim Anziehen ging plötzlich ein Trommelwirbel los und hat erst wieder aufgehört, als Magdalena gekommen ist und ...«

»Mama«, sagte ich fest. »Bring Clifford nach Hause.«

»Du hast ja recht, du hast recht. Komm, Clifford.«

Sie hatte doch den ganzen Tag mit Gott und der Welt geredet, wie konnte sie da noch immer weitersprudeln?

»Aber nun sag mir endlich, was ich mit deiner Wohnung tun soll«, beharrte sie, schon in der Tür.

»Ganz einfach. Versuch den Mund zu halten. Du machst den Computer wahnsinnig.«

Einen Moment war sie fassungslos, dann brach sie in heiteres Lachen aus. »Arnau, Arnau! Du bist mir ja einer!« Und damit verschwand sie aus unserem Blickfeld, während Clifford uns zum Abschied herzlich zunickte und die Tür hinter sich schloß.

»Endlich!« stöhnte Ona, die seit unserer Ankunft neben Daniels Bett stand. »Nimm's mir nicht übel, Arnau, aber deine Mutter ist anstrengend.«

»Wem sagst du das!«

Ona beugte sich zu meinem Bruder hinunter und gab ihm einen sanften Kuß auf den Mund. Mir fiel auf, daß sie das nicht gewagt hatte, während ihre Schwiegereltern noch im Raum waren. Daniel warf allerdings brüsk den Kopf herum und starrte zum Fenster, als wollte er der Berührung entgehen.

»Weißt du, was?« Ich stellte mich neben Ona, die wie versteinert dastand. »Wir setzen ihn auf und rasieren ihn.«

Aber sie reagierte nicht. Ich nahm ihren Arm und zog sachte daran. »Komm, Ona. Hilf mir.«

Als wir es nach einigen Mühen und reichlich Gerangel endlich geschafft hatten, Daniel auf den Bettrand zu setzen, hörten wir an der Tür ein zaghaftes Klopfen. Wir dachten, im nächsten Moment käme die Oberschwester der Spätschicht zur Tür herein. Statt dessen klopfte es wieder.

»Wir erwarten niemanden, oder?« flüsterte Ona.

»Nein«, bestätigte ich. »Und ich hoffe, es ist weder Miquel noch Diego.«

»Herein!« rief sie, diesmal mit lauter Stimme.

Ich war perplex, als plötzlich Proxi und Jabba im Türrahmen erschienen. Die Betroffenheit stand ihnen ins Gesicht geschrieben, als sie Daniel erblickten, der in einen dieser scheußlichen Krankenhauspyjamas gezwängt wie ein Schwachkopf auf der Bettkante hockte.

»Kommt rein!« Ich winkte sie näher.

»Wir wollten nicht stören«, zögerte Jabba, der eine dicke Mappe unter dem Arm trug.

»Ihr stört nicht«, versicherte meine Schwägerin lächelnd. »Kommt schon. Steht nicht so rum.«

»Das ist, glaube ich, nicht der Moment ...«, bemerkte Proxi, ohne sich von der Stelle zu rühren.

»Na ja, wir wollten ihn gerade ...« Ich brach ab, weil mir schlagartig bewußt wurde, daß die beiden nicht ohne triftigen Grund um diese Uhrzeit ins Krankenhaus gekommen wären. »Was ist los?«

»Wir wollten dir nur ein paar Sachen zeigen«, Jabba klopfte eilig auf die überquellende Mappe. »Aber das hat Zeit bis morgen.«

Ihre Blicke sprachen allerdings Bände.

»Geht es um den Boykott der TraxSG?«

»Nein, das läuft reibungslos.«

Also mußte es um das Aymara gehen, das im Südosten des Inkareichs gesprochen wurde.

»Macht's dir was aus, wenn wir Daniel wieder hinlegen?« wandte ich mich an Ona. »Ich bin dann gleich wieder da.«

»Kein Problem«, ermunterte sie mich, und wir verfrachteten meinen Bruder behutsam wieder ins Bett; ihn hinzulegen war einfacher, als ihn aufzusetzen. »Geh nur. Mach dir keine Gedanken.«

Aber ich machte mir Gedanken, wenn auch nicht unbedingt um Daniel. »Wir sind unten in der Cafeteria. Ich nehme das Handy mit, ruf an, wenn du mich brauchst.«

Kaum, daß ich die Tür leise hinter mir geschlossen hatte und wir im Flur standen, blickte ich die beiden ernst an: »Was ist denn los?«

»Du wolltest doch alles über das Aymara wissen?« Proxi runzelte die Stirn. Hier auf dem Gang redeten die beiden nicht lange um den heißen Brei herum.

»Schon.«

»Dann mach dich auf was gefaßt!« verkündete Jabba geheimnisvoll und wandte sich zum Ausgang der Station. »Du ahnst nicht, worauf du dich da eingelassen hast!«

»Wovon redet der?« wollte ich von Proxi wissen.

»Warte besser, bis wir sitzen. Hör auf den Rat einer Freundin.«

Wir sagten kein Wort mehr, hasteten mit einigen Schritten Abstand hinter Jabba her, der offensichtlich den Turbo zugeschaltet hatte, bis wir in der Cafeteria ankamen.

Der geräumige Speisesaal war zwar nicht gerade voll, aber alle Tische waren von einzelnen Familienangehörigen besetzt. Sie starrten auf ihr Tablett und aßen zu Abend. Das Essen wurde aus großen, in die Theke eingelassenen Aluminiumtrögen geschöpft und sah unter den Wärmelampen aus, als hätte man es aus Resten von Gefängnisfraß zusammengekocht. Doch die Leute an den Tischen – überwiegend ältere Frauen, denen man von klein auf beigebracht hatte, daß die Pflege von Kranken und Sterbenden nichts für Männer sei – aßen schweigend und fügten sich gottergeben in die Unannehmlichkeiten, die ein Krankheitsfall in der Familie mit sich brachte.

Im hinteren Teil des Raums wischte eine Angestellte in einer albernen blauweißgestreiften Uniform mit feuchtem Lappen über einen Resopaltisch, den eine der vielen alten Frauen gerade verlassen hatte. Jabba bahnte uns einen Weg zu dem Tisch, das Tablett mit unseren Getränken balancierend, und wir setzten uns unter dem mürrischen Blick der Angestellten.

»Also, schießt los! Was habt ihr Schlimmes herausgefunden?«

»Nichts Schlimmes, nein«, erklärte Proxi. »Eher etwas Bemerkenswertes.«

Jabba öffnete die Mappe, nahm einen Stapel Papier heraus und legte ihn in die Mitte des Tischs.

»Hier«, sagte er. »Wirf mal einen Blick darauf.«

»Oh, komm, bitte!« Ich schob ihm den Stapel zurück. »Das ist doch kein Arbeitstreffen. Erzähl einfach.«

Er schien nicht zu wissen, wo er anfangen sollte, strich sich die roten Strähnen aus der Stirn und blickte Proxi hilfesuchend an.

»Erst haben wir nichts Auffälliges gefunden«, ergriff diese entschlossen das Wort. »Als Jabba mir gesagt hat, was du wissen willst, dachte ich, jetzt hast du endgültig den Verstand verloren. Aber das denke ich immer, wenn du eine von deinen Ideen hast, also hab ich nicht weiter gemault ... Trotzdem, du hättest ganz schön mit den Ohren geschlackert.«

Jabba nickte.

»Jedenfalls«, fuhr sie fort, »sind wir runter in den ›100‹ und haben uns an die Arbeit gemacht. Erst war das ein einziger Wust, doch als wir die Frage in ihre Einzelaspekte zerlegen konnten wie bei jedem normalen Programmierungsproblem, wurde es übersichtlicher. Wir hatten ja ein paar Stichwörter für die Suche: Aymara, Inka, Sprache, Sprechen ... Dazu gibt es im Netz jede Menge. Jedenfalls, das Aymara wird immer noch in einem großen Gebiet im Süden Perus und in Bolivien gesprochen, und zwar von den Aymara, was man manchmal auch mit ›i‹ schreibt. Das sind etwas mehr als anderthalb Millionen Menschen, ein friedfertiges Andenvolk, das früher zum Inkareich gehörte. Obwohl die Sprache der Aymara über Jahrhunderte neben dem Quechua bestanden hat, sind die beiden Sprachen offenbar nicht eng miteinander verwandt, gehören also nicht zur selben Sprachfamilie.«

»Eigentlich gehört das Aymara ...«, setzte Jabba an, aber Proxi fiel ihm ins Wort. »Mach langsam, sonst raucht ihm der Kopf!«

»Okay.«

»Hörst du zu, Root?«

»Ich bin ganz Ohr.«

»Das Aymara ... Also, hast du schon mal was darüber gehört, wie die Sprachen entstanden sind?«

»Meinst du Babel oder was?«

Die beiden sahen mich merkwürdig an.

»Etwas in der Art. Einige Sprachwissenschaftler vertreten die Ansicht, die fünftausend Sprachen, die heute auf der Erde gesprochen werden, könnten einen gemeinsamen Ursprung haben. Eine Art Protosprache also, die vor allen anderen existierte und von der sich alle anderen Sprachen herleiten, auch diejenigen, die für immer untergegangen sind. Diese Protosprache wäre sozusagen der Stamm, an dem viele Äste entspringen, die sich ihrerseits weiter verzweigen, bis man zu den heute fünftausend Sprachen kommt, die sich wieder zu größeren Gruppen zusammenfassen lassen ... Verstehst du?«

»Vollkommen. Jetzt könntest du langsam zum Aymara kommen, wenn's recht ist.«

»Laß den Quatsch, und hör ihr zu!« beschwerte sich Jabba.

»Für diese Protosprache ...«

»Die Adam und Eva gesprochen haben?«

Proxi ging darüber hinweg: »... findet man manchmal die Bezeichnung Nostratisch. Es gibt Schätzungen, daß sie vor ungefähr dreizehntausend Jahren gesprochen wurde. Seit einem halben Jahrhundert lassen schlaue Köpfe an den besten Unis der Welt ihre Neuronen heißlaufen bei dem Versuch, diese Sprache zu rekonstruieren.«

»Sehr interessant.«

»Du wirst gleich sehen, wie interessant, du Ignorant«, fuhr Jabba mich an. »In der Sprachwissenschaft geht eine Reihe von Leuten davon aus, daß das Aymara diese erste Sprache sein könnte. Der Stamm ... Klingelt's jetzt?«

Er hatte mich eiskalt erwischt, und das war mir wohl anzumerken, denn seine schlechte Laune verpuffte sofort.

»Tatsächlich«, nahm Proxi den Faden wieder auf, und ihre Augen blitzten vor Aufregung, »ist das Aymara alles andere als eine gewöhnliche Sprache. Wir reden hier von *der* perfekten Sprache. Einer Sprache, deren logische Struktur so einzigartig ist, daß man glauben könnte, sie sei das Ergebnis eines durchdachten Entwurfs und nicht einer natürlichen Entwicklung. Die Aymara nennen ihre Sprache *Jaqui Aru*, ›Sprache des Menschen‹, und das Wort *aymara* bedeutet ›Volk aus alter Zeit‹.«

»Hör dir das an ...« Jabba wühlte sich durch den Stapel Ausdrucke, fand endlich, was er suchte, und blickte siegesgewiß auf. »Dieser Umberto Eco, von dem *Der Name der Rose* ist, der ist offensichtlich ein Semiotiker von Weltrang und hat auch ein Buch mit dem Titel *Die Suche nach der vollkommenen Sprache* geschrieben. Darin heißt es: ›Der Jesuit Ludovico Bertonio hatte 1603 eine *Arte de lengua aymara* veröffentlicht und 1612 ein *Vocabulario de la lengua aymara* (also eine Grammatik und ein Wörterbuch der Aymara-Sprache) und war zu der Auffassung gelangt, daß es sich um eine Sprache von außergewöhnlicher Flexibilität handelte, mit einer unglaublichen Fähigkeit zur Bildung von Neologismen und so gut geeignet zum Ausdruck von Abstraktionen, daß ihm der Verdacht kam, es handele sich um den Effekt eines ›Artifiziums‹. Zwei Jahrhunderte später brachte der Peruaner Emeterio Villamil de Rada es fertig, das Aymara als ›die Sprache Adams‹ zu bezeichnen, als Ausdruck ›einer der Entstehung der Sprache vorangegangenen Idee‹, gegründet auf ›notwendige und unveränderliche Ideen‹ und somit die philosophische Sprache schlechthin, wenn es je eine gab.‹« Jabba sah mich triumphierend an. »Was sagst du jetzt?«

»Und das ist noch nicht alles«, setzte Proxi nach.

»Nein, längst nicht! Eco erklärt weiter, welche Charakteristika das Aymara aufweist und weshalb man es als vollkommene Sprache bezeichnen könnte. Allerdings geht er nicht so weit zu behaupten, es sei eine artifizielle Sprache.«

»Wie denn auch, eine artifizielle Sprache!« Mir platzte der Kragen. »Das ist doch Unsinn!«

»Nur, daß du uns richtig verstehst«, sagte Proxi geduldig, »eine Menge Studien aus der ganzen Welt behaupten übereinstimmend, das Aymara funktioniere wie eine Sprache, die nach denselben Regeln konzipiert ist, nach denen man heutzutage Programmiersprachen entwirft. Es besteht im Grunde aus zwei Elementen, aus Stämmen und Suffixen, die für sich genommen keine Bedeutung haben. Wenn man sie jedoch zu langen Ketten verbindet, läßt sich mit ihnen alles ausdrücken ... Genau wie in einer mathematischen Sprache! Außerdem«, redete sie hastig weiter, weil sie sah, daß ich bereits den Mund zum Protest geöffnet hatte, »behauptet der bolivianische Mathematiker Iván Guzmán de Rojas, der sich als Computerlinguist seit Jahren mit dem Thema beschäftigt, daß die Silben im Aymara nach algebraischen Regeln kombiniert werden. Die sollen sogar ähnliche Eigenschaften aufweisen wie ein Polynomring und damit einen so hohen mathematischen Abstraktionsgrad, daß diese Sprache eigentlich unmöglich das Ergebnis natürlicher Evolution sein kann.«

»Und dabei darf man eins nicht vergessen«, schaltete Jabba sich ein. »Das Aymara hat sich nicht weiterentwickelt. Es ist nicht zu fassen, aber diese verflixte Sprache ist über Jahrhunderte oder Jahrtausende fast unverändert geblieben ... Genauer gesagt, über etwa dreizehn Jahrtausende, falls sie die Ursprache ist.«

»Sie hat keine Wandlung durchgemacht, sich nicht verändert?« Ich war baff.

»Offenbar nicht. Sie hat in den letzten Jahrhunderten einige wenige Wörter aus dem Quechua und dem Spanischen aufgenommen. Die Aymara glauben, daß ihre Sprache heilig ist, eine Art Geschenk der Götter, das allen gleichermaßen gehört und das man unter keinen Umständen verändern darf. Na, was sagst du jetzt?«

»Viracocha hat ihnen ihre Sprache geschenkt?« fragte ich, noch immer argwöhnisch.

»Viracocha ...?« Proxi schüttelte den Kopf. »Nein, nein. Von Viracocha ist in den Legenden der Aymara nirgends die Rede. Nicht in dem, was wir gelesen haben, oder, Jabba? Die Religion der Aymara ist eine Naturreligion: Fruchtbarkeit, Vieh, Wind, Gewitter sind ihnen heilig ... Im Einklang mit der Natur zu leben bedeutet, im Einklang mit den Göttern zu leben. Von denen gibt es einen für jedes Naturphänomen, und über allen steht Pachamama, die Mutter Erde. Außerdem be-

teten sie, meine ich mich zu erinnern, in alter Zeit einen gewissen Thunupa an, den Gott des ... des was, Jabba?«
»Des Regens und der Blitze?«
»Genau. Des Regens und der Blitze. Vielleicht haben sie ja später, unter dem Einfluß der Inka, auch an Viracocha geglaubt, keine Ahnung ... Jedenfalls behaupten sie von sich, die direkten Nachkommen der Erbauer von Tiahuanaco zu sein. Diese äußerst bedeutende Stadt am Titicacasee lag allerdings schon in Ruinen, als die Spanier sie entdeckten. Anscheinend war Tiahuanaco eine Art Klosteranlage, die wichtigste heilige Stätte der Anden. Sie wurde von den sogenannten Capacas regiert, den Priestern und Astronomen.«
»Das Dumme ist, daß eigentlich niemand was Genaues weiß«, sagte Jabba. »Man reimt sich das so zusammen, alles reine Vermutungen und mehr oder weniger unbelegte Theorien.«
»Genau wie bei den Inka.« Ich dachte an das, was ich am Nachmittag gelesen hatte. »Ich begreife nicht, warum wir heute, im 21. Jahrhundert, mit unseren Möglichkeiten noch immer so vieles nicht erklären können.«
»Weil sich keiner dafür interessiert, Root«, sagte Proxi bedauernd. »Nur eine Handvoll Orchideenwissenschaftler wie dein Bruder. Denn es geht hier doch um Daniel, oder?«
Ich rutschte nervös auf meinem Stuhl herum und nutzte die Stille, um mir darüber klarzuwerden, ob ich den beiden von meinem idiotischen Verdacht erzählen sollte.
»Spuck's aus«, befahl mein dicker Freund.
Ich warf meine Bedenken über Bord und berichtete ihnen in allen Einzelheiten, was ich wußte. Ich bot ihnen die nackten Fakten und behielt jede Wertung für mich, in der Hoffnung, ihr unvoreingenommenes Urteil könnte mir helfen, mir einen Reim auf diese Verrücktheiten zu machen, in die ich verstrickt war. Ich fühlte mich unwohl, als ich ihnen von den Miccinelli-Dokumenten erzählte, von den Quipus und von dem Fluch, den Ona in den Notizen auf Daniels Schreibtisch gefunden hatte. Die beiden kannten mich als jemanden mit klarem ana-

lytischem Verstand, fähig, binnen Sekunden ausgesprochen komplexe Projekte zu entwerfen und die Nadel Logik in einem Heuhaufen aus Ungereimtheiten zu finden. In ihren Augen mußte ich jetzt dastehen wie ein echter Volltrottel. Als ich endlich den Mund zumachte, griff ich instinktiv nach meinem Glas und hielt mich daran fest. Ich war sicher, mich vor den beiden ein für allemal bis auf die Knochen blamiert zu haben.

»Du bist nicht mehr der alte, Root«, sagte Jabba.
»Ich weiß.«
»Das dachte ich auch gerade.« Proxi nickte.
»Schon klar.«
»Ich hätte mehr von dir erwartet. Viel mehr.«
»Okay, Jabba, laß stecken.«
»Nein, Root. Jabba hat recht. Du hast die schlechteste Analyse deines Lebens geliefert.«
»Er hat Schiß.«
»Keine Frage.«
»Ist ja gut, es reicht!« Ich lachte nervös auf. »Moment. Was geht hier eigentlich vor?«
»Du willst es nicht sehen, mein Freund. Du hast es vor der Nase und willst es nicht sehen.«
»Was habe ich vor der Nase?«
»Daniel hat die Quipus entschlüsselt und den Fluch übersetzt. Wo ist denn dein berühmter Riecher? Und du willst Hakker sein?« Jabba warf sein rotes Haar zurück, das unter dem grellen Neonlicht fast weiß wirkte, und musterte mich überheblich.
»Ich habe dir doch gesagt, daß die Quipus auf Quechua waren und mein Bruder nur Aymara konnte.«
»Hast du das überprüft?«
»Was soll ich überprüft haben?«
»Ob der Fluch auf Aymara ist«, drängte Proxi.
»Nein, habe ich nicht.«
»Also, von was reden wir dann überhaupt?« fauchte Jabba.
Proxi warf ihm einen tadelnden Blick zu und wandte sich wieder an mich: »Daniel muß auf etwas gestoßen sein, das ihn

veranlaßt hat, vom Quechua zum Aymara zu wechseln. Du hast doch gesagt, daß er Ona erzählt hat, der Schlüssel liege im Aymara. Die Frage ist nur: der Schlüssel wozu? Möglicherweise zu irgendeinem Quipu, das nicht den Regeln in Quechua entsprochen hat, über die er Klarheit gewonnen hatte. Hast du dir alles angesehen, was dein Bruder in seinem Arbeitszimmer hatte?«

»Nein. Aber ich habe jede Menge Unterlagen mit nach Hause genommen. Morgen werfe ich einen genauen Blick darauf.«

»Ich sage doch, daß du nicht mehr der alte bist.« Jabba schnalzte abschätzig mit der Zunge.

»Außerdem sind da noch zwei Kleinigkeiten, die wir nicht außer acht lassen sollten«, meldete sich Proxi zu Wort. »Erstens ist das Aymara eine erstaunliche Sprache, die vielleicht mehr als nur formale Ähnlichkeit mit Programmiersprachen aufweist. Habt ihr etwa vergessen, daß Hexen und Zauberer und solche Leute ihren Zauber mit Hilfe spezieller Wörter ausüben? Denkt doch bloß an Mary Poppins ... Das werde ich nie vergessen: *Supercalifragilisticexplialigetisch*!« ahmte sie Julie Andrews, ohne rot zu werden, nach.

»Oder, wenn du was Neueres willst: Harry Potter«, schlug Jabba vor.

»Oh, der ist spitze!« Proxi rollte verträumt die Augen. »*Alohomora! Obliviate! Relaschio!*«

War das etwa meine beste Arbeitskraft? Die unglaubliche und erfahrene Softwareexpertin, der ich jedes Jahr ein Vermögen dafür zahlte, daß sie Sicherheitsmängel in unseren Programmen fand und Schlupflöcher in der Software der Konkurrenz? Meine Lieblingssöldnerin?

»Oder auch: *Die tollkühne Hexe in ihrem fliegenden Bett.*«

»Jetzt aber!« schrie ich. »Gib dieser Irren nicht noch Futter!«

»*Treguna, Mekoides, Trecorum Santis Dee ...*«, trällerte Proxi, ohne sich weiter darum zu scheren, daß die ganze Cafeteria sie grinsend beobachtete. »*Treguna, Mekoides, Trecorum Santis Dee ...*«

»Genug! Ich hab's kapiert, im Ernst. Die Wörter. Es liegt auf der Hand.«

»Da ist noch etwas«, bemerkte Jabba. »Sag du es ihm, Proxi.«

»Bei unserer Suche sind wir auf eine ziemlich seltsame Seite gestoßen über irgendwelche Ärzte, die in alter Zeit mit Hilfe von Kräutern und Wörtern heilten. Anscheinend hatten die eine magische und geheime Sprache. Wir dachten, das ist nur so ein Hokuspokus, aber jetzt ...«

»Da, ich hab's!« Jabba zog ein Blatt aus dem Stapel. »Die Yatiri, direkte Nachfahren der Herrscher von Tiahuanaco, wurden von den Inka als besonders edles Geschlecht verehrt. Sie waren natürlich Aymara und bei denen als Weise und gelehrte Philosophen hochangesehen. Hier steht's: ›Viele Ethnolinguisten behaupten, daß die Sprache der Yatiri nichts anderes war als die Geheimsprache der Inka, in der sich die aristokratischen Langohren untereinander verständigten, während sonst das gewöhnliche Quechua verwendet wurde.‹«

»Yatiri!«

»Ja und?« Proxi verstand meine Aufregung nicht.

»Genau das hat Daniel gestern gesagt! Er hat gesagt, daß er tot ist, weil die Yatiri ihn bestraft haben! Und dann hat er noch ein Wort dauernd wiederholt: *Lawt'ata.*«

»Was bedeutet das?« wollte Jabba wissen.

»Ich habe nicht die leiseste Ahnung. Aber ich muß es herausfinden.«

»Früher hättest du das gleich getan.«

»Versuch ihn zu verstehen, Jabba«, sprang Proxi mir bei. »Sein Bruder ist krank und liegt seit zwei Tagen hier in der Klinik.«

Jabba schnaubte. »Na, ausnahmsweise. Aber langsam erinnert mich unser Root an einen Computer ohne Betriebssystem, an eine Tastatur ohne Enter, an einen jämmerlichen Grünmonitor, an ...«

»Jabba!« fuhr Proxi ihm über den Mund. »Es reicht.«

Doch Jabba hatte recht. Mein Kopf funktionierte nicht wie

sonst. Vielleicht hatte ich wirklich Angst, mich zu blamieren und am Ende wie ein Idiot dazustehen. Ich bewegte mich auf sehr dünnem Eis, gefangen zwischen meiner eigenen rationalen und geordneten Welt und der rätselhaften und wirren Welt meines Bruders. Ich hatte immer in die Zukunft geblickt und er in die Vergangenheit. Jetzt galt es allerdings, nicht nur meine Art zu denken und meine Bewertungsmaßstäbe zu ändern. Ich mußte einige mir liebgewordene Vorurteile umstoßen und dazu einer Eingebung folgen. Nicht etwas Greifbarem, sondern mir fremden Mutmaßungen auf dem Gebiet der Geschichte.

»Laßt mir die Ausdrucke hier. Ich schaue sie mir heute nacht an, und morgen nehme ich mir die Sachen vor, die ich von meinem Bruder habe. Außerdem verschaffe ich mir einen Überblick über das, was noch da ist. Und wenn es Daniel bis übermorgen nicht besser geht«, ich sah die beiden entschlossen an, »rede ich mit der Doctora, die ihn mit dieser Forschungsarbeit betraut hat, und bitte sie um Hilfe. Sie muß mehr über all das wissen als sonst irgendwer.«

2. Teil

Zu unserer Bestürzung und zur Verwunderung der Ärzte besserte sich Daniels Zustand in den darauffolgenden zwei Tagen keineswegs. Diego, alias Dr. Hernández, und Dr. Miquel Llor waren von der Wirkungslosigkeit der Medikamente so beunruhigt, daß sie am Freitag noch kurz vor Dienstschluß die Behandlung umstellten. Trotzdem gestand Miquel meiner Mutter, daß er angesichts des unveränderten Krankheitsbildes Zweifel an der schnellen und vollständigen Heilung meines Bruders hegte. Nun hieß es, man könne allenfalls auf eine leichte Besserung bis Ende der nächsten oder Anfang der übernächsten Woche hoffen. Vielleicht wollte er vermeiden, daß wir uns eine falsche Vorstellung machten, und übertrieb seine Skepsis, um uns auf alle Eventualitäten vorzubereiten. Wir waren jedenfalls am Boden zerstört, insbesondere Clifford, der innerhalb weniger Minuten um zehn Jahre alterte.

Die Anwesenheit meiner Großmutter allerdings vermochte den auf der Familie lastenden Druck um einiges zu vermindern. Gleich nach ihrer Ankunft hatte sie unsere Schichten so organisiert, daß wir fast wieder ein normales Leben führen konnten – von einer kleineren Ausnahme abgesehen. Doch da es darum ging, bei Daniel zu sein, störte das niemanden. Meine Großmutter war eine starke Frau, die mit beiden Beinen fest auf dem Boden der Tatsachen stand. Sie hatte bewundernswerte Managementfähigkeiten und war sehr viel klarer strukturiert als etwa meine Mutter, die von ihr schnell zur Räson gebracht wurde, wann immer sie in Großmutters Gegenwart aus dem Ruder lief. Meine Großmutter übernahm umgehend die Nachtschicht und schickte Ona und mich nach Hause, damit wir zu einer vernünftigen Zeit ins Bett kamen. Ich konnte mir den Gedanken nicht verkneifen, daß sie innerhalb kürzester Zeit einen Haufen Freundinnen und Bekannte in der Cafeteria haben würde und dort zu Hause wäre wie auf der Plaza de Vic sonntags vormittags nach der Messe.

Ich hatte um eins einen Termin bei Marta Torrent in der Universität. Es war ebenjener Samstag, der erste Juni, an dem die Barcelona Dragons gegen die Rhein Fire aus Düsseldorf spielten. Das strahlende Wetter an diesem leuchtenden Morgen lud zu einem Bummel ein unter dem Vorwand, ein gutes Buch oder eine schöne CD zu kaufen. Während ich im Auto, die Sonnenbrille auf der Nase, durch die Tunnel von Vallvidrera in Richtung Universität fuhr, grübelte ich weiter über meine Suche nach dem Code zur Entzifferung der Hieroglyphen auf dem Notizzettel im Büro meines Bruders. Ich hegte insgeheim die Hoffnung, daß mir die Doctora helfen würde, ihn zu knacken. Denn inzwischen war meine Verwirrung eher noch größer.

Am Tag nach meinem Gespräch mit Proxi und Jabba war ich, bepackt mit den Büchern und Dokumenten, in die Calle Xiprer zurückgekehrt. Ich war bereit, soviel Zeit wie nötig zu investieren, um zu verstehen, in was zum Teufel Daniel sich da hineingeritten hatte. Nachdem ich Schubladen, Regale, Aktenordner und alles, was mir sonst in die Hände fiel, durchsucht hatte, begann ich zu sortieren. Ich legte verschiedene Stapel an, unterteilt nach Inka und Aymara, und innerhalb dieser Haufen wiederum getrennt nach Geschichte einerseits und Sprache und Schrift andererseits. Alles, was ich nicht zuordnen konnte, legte ich auf einen weiteren Stapel, der mit der Zeit allerdings so umfangreich wurde, daß ich ihn weiter unterteilen mußte in Texte und Bilder, denn es gab eine Menge Diagramme, Karten, Fotos, Fotokopien von Fotos und Skizzen, die mein Bruder eigenhändig angefertigt hatte. Diese Ordnung war aus akademischer Sicht bestimmt verwegen, orientierte sich aber an den Kriterien, die mir zu diesem Zeitpunkt zur Verfügung standen.

Das erste, was mir auffiel, war das Bild eines länglichen Schädels, aus dessen Augenhöhlen mir die eingetrockneten Reste der Augen entgegenstarrten. Mehr als dieser leicht gruselige Blick verwirrte mich jedoch die Form des Schädels: Statt der normalen Rundung von der Stirn bis in den Nacken verlängerte er sich nach oben wie die Spitzkappe eines Nazareners, wirkte überdimensioniert und unnatürlich konisch. Einige ähnliche Bilder deuteten darauf hin, daß das Thema Daniel beschäftigt haben mußte. Im selben Ordner fand ich außerdem das Foto einer Steinmauer, aus der lauter steinerne Köpfe ragten, die bereits verwittert waren, sowie die unscharfe, digitale Vergrößerung eines merkwürdigen körperlosen Männchens. Es bestand nur aus einem Kopf, aus dem wie Froschschenkel dünne Ärmchen und Beinchen ragten, und trug einen dichten schwarzen Bart und eine riesige rote Mütze. Köpfe über Köpfe ... Ein weiteres ungelöstes Rätsel. Um dem Ganzen die Krone aufzusetzen, entdeckte ich die zusammengefaltete Vergrößerung eines mächtigen steinernen Quadratgesichts mit riesigen runden schwarzen Augen. Ich hätte schwören können, es bereits tausendmal gesehen zu haben – nur daß ich nicht mehr wußte, wo. Zweifellos stammte es von den Inka. Da mein Bruder es nicht beschriftet hatte, hätte es jedoch genausogut ein Markenlogo sein können, etwa eine eingemeißelte Sonne – aus dem Gesicht wuchsen Strahlen – von irgendeiner Wand in Cuzco, Machu Picchu, Tiahuanaco, Vilcabamba oder einem der anderen zahlreichen Ruinenfelder, die über das alte Inkareich verstreut und mir inzwischen durchaus bekannt waren.

Außerdem fand sich in Daniels Unterlagen die von ihm mit rotem Filzstift angefertigte Zeichnung einer dreistufigen Pyramide. In ihrem Inneren wuchsen aus einer Art quadratischem Gefäß vier lange Hälse mit Katzenköpfen empor, aus den Seiten und dem Sockel sechs weitere mit Vogelköpfen, und in dem

Gefäß selbst schlängelte sich eine kleine gehörnte Schlange. Mein Bruder hatte ›Kammer‹ darunter geschrieben und das Wort mehrmals dick unterstrichen.

Ein anderes Thema, das Daniel fasziniert zu haben schien, waren die Inka-Stoffe. Ich entdeckte in einem Ordner Dutzende Abbildungen von Stoffen in beeindruckenden Farben, die mit winzigen Quadraten und Rechtecken verziert waren. Jede dieser kleinen geometrischen Formen sah anders aus, und daraus ergab sich ein Gewimmel zahlloser aufgereihter und gestapelter Kästchen. Die Stoffe waren recht unterschiedlich, trotz eines vorherrschenden Stils, den ich auch auf sechs, sieben Fotos von Keramikgegenständen (Vasen und Krügen) wiedererkannte, die in einem anderen Ordner aufbewahrt waren. Auch hier gab es nicht den geringsten schriftlichen Hinweis darauf, was die Abbildungen darstellten, so daß ich nicht schlauer war als zuvor.

Aus dieser Flut nicht wirklich aussagekräftiger Informationen hoben sich zwei großformatige Fotokopien ab. Sie lagen gefaltet in einer unbeschrifteten Mappe. Es waren Reproduktionen alter, verschlissener, rätselhafter Karten. Auf der ersten konnte ich nach einiger Anstrengung rechts die Form der Iberischen Halbinsel und die Westküste Afrikas erkennen. Beide waren mit einer Vielzahl nahezu nicht unterscheidbarer Menschen- und Tierfiguren übersät, über denen sich Linien kreuzten, die von mehreren verschieden großen Windrosen ausgingen. Nachdem ich durchschaut hatte, welche Weltgegend vermutlich abgebildet war, schloß ich, daß es sich auf der linken Seite um die amerikanische Küste handeln mußte. Da waren Haupt- und Nebenflüsse, von denen viele in den Anden entsprangen, die den Rand der Zeichnung bildeten. Die Küstenlinie des Pazifiks fehlte ganz. An ihre Stelle war ein Textblock aus winzigen arabischen Buchstaben getreten. Die zweite Karte, gemalt auf eine Art Laken mit ausgefransten Rändern, zeigte einen großen See. Er war von Zeichen umgeben, die wie Ameisenspuren aussahen. Am Südufer des Sees war in groben Zügen eine Stadt eingezeichnet, unter der etwas in Altspanisch geschrieben stand, das ich mit einiger Anstrengung entziffern konnte: ›Weg der Yatiri-Indianer‹, und darunter: ›Zwei Monate über Land‹, und darunter in kleinerer Schrift: ›Dies bezeuge ich, Pedro Sarmiento de Gamboa, in der Stadt der Könige am zweiundzwanzigsten Februar fünfzehn hundert fünfundsiebzig.‹

Endlich fügten sich erste Puzzleteile zusammen: Das Wort Yatiri kannte ich, und mein Bruder verwendete es in seinem Delirium häufig. Also, überlegte ich, mußte ich mehr über die Yatiri herausfinden. Sie schienen in der Geschichte eine zentrale Rolle zu spielen und außerdem, wie dieser spanische Edelmann Pedro Sarmiento de Gamboa bezeugte, über einen eigenen Weg zu verfügen, der nach zwei Monaten Gott weiß wo endete.

Daniels Bibliothek bestand größtenteils aus Büchern über Anthropologie und Geschichte sowie diversen Grammatiken. In den Regalen links und rechts von seinem Schreibtisch hatte er die Bände über die Inka und einen Haufen Wörterbücher deponiert, darunter zwei historische Wörterbücher der Aymara-Sprache: das 1612 vom Jesuiten Ludovico Bertonio veröffentlichte *Vocabulario de la lengua aymara* und *Arte de la lengua aymara* von Diego Torres Rubio aus dem Jahr 1616. Der Moment war gekommen herauszufinden, was zum Teufel *lawt'ata* bedeutete. Nachdem mich die Suche fast in den Wahnsinn getrieben hatte (da ich zugegebenermaßen keine Ahnung von der Schreibweise hatte), entdeckte ich den Ausdruck, indem ich die mit ›l‹ beginnenden Wörter eins nach dem anderen durchging. Auf diese Weise fand ich heraus, daß es sich um ein Adjektiv handelte und ›abgeschlossen‹ bedeutete. Da war sie wieder, die Botschaft des angeblichen Fluchs. In seiner letzten Zeile tauchte dieser Ausdruck auf. Das half mir zwar absolut nichts, aber ich hatte zumindest das Gefühl, eine der vielen Unbekannten identifiziert zu haben. Der Blick in die alten spanischen Chroniken stand mir immer noch bevor. Ich hatte dazu absolut keine Lust und daher meine gesamte Zeit auf sprachwissenschaftliche Nachforschungen zur Aymara-Sprache verwendet, wobei ich das ein oder andere Mal auch im Internet auf die Jagd nach genaueren Informationen gegangen war.

Alles, was Jabba und Proxi mir erzählt hatten, verblaßte angesichts dessen, was die Aymara-Sprache wirklich war. Natürlich konnte ich nicht so viele Sprachen wie Daniel und war außerhalb des Katalanischen, Spanischen oder Englischen hilflos wie ein Baby. Ich hatte also wenig Vergleichsmöglichkeiten mit anderen natürlichen Sprachen. Was ich jedoch beherrschte, waren die Programmiersprachen (Python, C/C++, Perl, LISP, Java, Fortran ...), und das war mehr als ausreichend. Ich konnte erkennen, daß das Aymara anders war als andere Sprachen: Das Aymara war wie eine Programmiersprache. Es war so präzise wie eine Atomuhr, funktionierte ohne jede Zweideutigkeit oder Ungenauigkeit. Selbst ein reiner, mustergültig geschliffener Diamant konnte es nicht mit dieser Perfektion, Reinheit und Strenge aufnehmen. Im Aymara gab es keine Sätze wie ›Das Huhn steht auf dem Tisch‹, ein Satz, über den wir als Kinder wegen seiner Doppeldeutigkeit immer lachen mußten. Nein, das Aymara erlaubte diese Art sprachlicher Ungereimtheiten nicht. Außerdem schienen die Satzbau-Regeln einer unveränderlichen Reihe mathematischer Formeln zu folgen. Wurden diese angewendet, ergab sich merkwürdigerweise, aber folgerichtig eine dreifache Wertung: wahr, falsch und neutral – im Gegensatz zu jeder anderen bekannten natürlichen Sprache, die gemäß der altbekannten aristotelischen Konzeption nur wahr oder falsch kannte. Tatsächlich konnten die Dinge auf Aymara buchstäblich weder wahr noch falsch, noch das genaue Gegenteil sein, und es gab offensichtlich keine andere Sprache auf der Welt, die so etwas erlaubte. Das war nicht weiter verwunderlich. Im Laufe der Jahrhunderte entwickeln Sprachen einen Reichtum, den man üblicherweise gerade anhand ihrer literarischen Fähigkeit zu Verwirrspielen und Doppeldeutigkeiten bemißt. Während also die Aymara-Indianer sich ihrer Sprache schämten und als arme, rückständige Indios ohne Kultur ausgegrenzt wurden, war ihre Sprache eigentlich der eindeutige Beweis dafür, daß sie einer höher entwickelten Zivilisation als der unseren entstammten – oder zumindest einer Kultur, der es gelungen war, eine Sprache zu schaffen, die auf höchst komplexen mathematischen Algorithmen basierte. Kein Wunder, daß Daniel von dieser Entdeckung fasziniert gewesen war und er sein Studium des Quechua gegen das des Aymara eingetauscht hatte. Mich machte allerdings stutzig, daß er nicht auf meine Hilfe zurückgegriffen hatte, um diese so abstrakten Konzepte zu verstehen. Schließlich waren sie meilenweit entfernt von den Fachgebieten, auf denen er sich auskannte und die er studiert hatte. Ich erinnerte mich nur zu gut, daß er mich zwar mehrmals gebeten hatte, ihm einfache und auf ganz spezielle Funktionen beschränkte Programme zur Archivierung, Klassifizierung und Verwaltung von Daten (wie Bibliographien, Statistiken und Bildern) zu schreiben, am Ende aber sogar diese kleinen Anwendungsprogramme zu kompliziert und schwer zu bedienen fand. Ich bezweifelte daher, daß er allein fähig gewesen wäre, die Ähnlichkeiten zwischen dem Aymara und modernen, ausgeklügelten Programmiersprachen zu erkennen.

Auch tauchte nirgends im Aymara das obskure Quipu auf, von dem Jabba und Proxi gefaselt hatten. Zum Thema Quipus lag mir nur ein umfangreicher Ordner mit den Kopien der Miccinelli-Dokumente vor. Doch ich mußte aufgrund des Ortes, an dem er vergraben, und der feinen Staubschicht, mit dem er bedeckt war, annehmen, daß Daniel ihn seit langem nicht mehr angefaßt hatte. Wenn diese Knotenschnüre bzw. ihre graphische Reproduktion irgendwo in Daniels Büro waren, dann in den Tiefen seines Laptops. Den funkelnagelneuen IBM hatte ich ihm zu Weihnachten geschenkt. Er hing immer noch an der Steckdose und lud den Akku auf, der längst ausreichend geladen war. Ich drückte den Einschaltknopf, und sofort kehrte die kleine Festplatte mit sanftem Schnurren ins Leben zurück. Der Bildschirm leuchtete von der Mitte zu den Seiten hin auf und zeigte die kurzen Systemmeldungen an, bevor die blaue Windows-Oberfläche erschien. Ich machte es mir bequem, während ich darauf wartete, daß er fertig gebootet war, und rieb mir die müden Augen, als plötzlich ein orangefarbener Lichtblitz einen ungewöhnlichen Vorgang beim Hochfahren des Operationssystems meldete. Ich zwinkerte nervös, um wieder scharf sehen zu können, und entdeckte die überraschende Anforderung eines Paßworts, doch es war weder das Paßwort für das BIOS gemeint noch das nutzlose Paßwort zum Windowsnetzwerk. Es war Teil eines völlig anderen Programms, das ich nie zuvor gesehen hatte und das, wenn man vom Design auf den Rest schließen konnte, von einem scharfsinnigen Programmierer geschrieben worden sein mußte, der aber offensichtlich nicht ich gewesen war. Ich war perplex. Weshalb brauchte mein Bruder einen solchen Schutz für seinen Computer?

Das Programm lieferte kein Indiz bezüglich Länge und Art des geforderten Paßworts, so daß ich Windows im abgesicherten Modus neu startete, um vielleicht auf diese Weise die Paßwortanforderung zu umgehen. Noch überraschter war ich, als ich erkennen mußte, daß ich weder mit diesem noch mit ähnlichen Tricks – über das BIOS – die Blockade überwinden konnte und die Tür daher so lange verschlossen bleiben würde, bis mir bessere Werkzeuge zur Verfügung standen. Es gab Tausende von Kniffen, mit denen sich diese lächerliche Sicherheitsmaßnahme überlisten ließ, aber dafür mußte ich den Laptop mit nach Hause nehmen und ihn einer Behandlung mit ein paar Basic Tools unterziehen. Um soviel Hin und Her zu vermeiden, beschloß ich, es zunächst mit schlichter Logik zu probieren, da ich felsenfest davon überzeugt war, daß es nicht schwer sein würde, das Paßwort herauszufinden. Mein Bruder war kein Hacker und mußte sich nicht auf übertriebene Weise schützen. Bestimmt hatte er sich die Software über irgendeine Informatikzeitschrift oder einen Arbeitskollegen besorgt, so daß ich im Handumdrehen hinter die Verschlüsselung kommen würde.

»Ona!« brüllte ich aus voller Kehle und drehte den Kopf. Sofort vernahm ich das glückliche Kreischen meines Neffen, der gelitten haben mußte, weil ihm der Zugang zum Büro verwehrt worden war. Sich rasch über den Gang näherndes Getrappel warnte mich vor der Gefahr. »Ona!«

»Dani, komm her!« hörte ich meine Schwägerin, die hinter

meinem Neffen hergelaufen kam, um ihm den Weg abzuschneiden. »Ja, was ist, Arnau?«
»Kennst du das Paßwort zu Daniels Computer?«
»Das Paßwort?« fragte sie überrascht und erschien im Türrahmen, Dani auf dem Arm, der strampelte, um sich zu befreien und wieder auf den Boden gelassen zu werden. »Ich wußte gar nicht, daß er ihn mit einem Paßwort gesichert hat.«
Ich zog die Augenbrauen hoch und blickte wieder auf den orangefarbenen Bildschirm. »Und wie könnte es deiner Meinung nach lauten?«
Sie schüttelte den Kopf. »Ich habe nicht die geringste Idee, im Ernst. Hör auf zu zappeln, Dani, bitte ...! Wahrscheinlich wollte er nicht, daß jemand aus dem Fachbereich in seiner Arbeit herumschnüffelt, während er unterrichtet.« Energisch hielt sie ihrem Sohn die Hände fest, weil er ihr an den Haaren zog, um seinem Freiheitstrieb Nachdruck zu verleihen, und entfernte sich in Richtung Wohnzimmer. »Aber für dich stellt das doch kein wirkliches Hindernis dar, oder?«
Eigentlich durfte es das nicht. Statistisch gesehen basierten fast siebzig Prozent der Paßwörter auf dem Alphabet, bestanden also nur aus Buchstaben, und im allgemeinen handelte es sich dabei um Eigennamen von Personen, Orten oder Dingen. Ein solches Paßwort bestand meistens aus nicht mehr als acht Buchstaben – fast immer zwischen sechs und acht –, und Großbuchstaben wurden nur selten verwendet. Kannte man die Person, deren Paßwort man herausfinden wollte, ein wenig und versuchte es mit den Namen der Verwandten, mit Hobbys, Geburts- oder Wohnort usw., traf man früher oder später ins Schwarze. Allerdings mußte ich mir nach mehreren erfolglosen Versuchen eingestehen, daß Daniel nicht zu diesen siebzig Prozent Einfaltspinseln zählte: Keines der von mir eingegebenen Wörter knackte das Schloß. Und das, obwohl ich überzeugt war, meinen Bruder so gut zu kennen, daß nichts durchs Raster fiel.
Ich beschloß, es mit den grundlegenden Regeln numerischer Paßwörter zu versuchen. Fast alle bestanden aus sechs Ziffern,

nicht etwa, weil die Leute Zahlen dieser Länge vorzogen, sondern weil sie für sie wichtige Geburtstage benutzten. Ich probierte es also mit dem Geburtstag von Daniel, dem von Ona, dem unserer Mutter, dem von Clifford, dem von Dani ... und griff schließlich genervt auf die schwachsinnigen Paßwörter zurück, die einem immer noch viel zu häufig im Netz begegnen: ›123456‹, ›111111‹ und weitere Platitüden dieser Art. Aber die funktionierten genausowenig, so daß mir nichts anderes übrigblieb, als den Laptop mit nach Hause zu nehmen und meinem Bruder Respekt zu zollen, den ich bisher für einen eher ungeschickten und wenig phantasievollen User gehalten hatte.

Der Verdacht, daß ich mich da ziemlich in ihm geirrt hatte, wuchs, als ich zu Hause die Erfahrung machen mußte, daß keines meiner mächtigen Dechiffrierprogramme Wirkung zeigte. Meine Paßwortsammlung war die vollständigste, die zu finden war, und die Programme wendeten mit unschlagbarer Rechenkapazität gleichsam rohe Gewalt an, doch jenes unscheinbare Anwendungsprogramm weigerte sich weiterhin standhaft, mir das Paßwort zu verraten. Ich war total irritiert und konnte mir nur vorstellen, daß Daniel ein langes Wort aus dem Aymara benutzt hatte, das herauszufinden mir so gut wie unmöglich war. Nach mehreren Stunden blieb mir nichts anderes übrig, als auf die Inkrement-Dechiffrierung zurückzugreifen, die auf der zufälligen Kombination von Buchstaben oder Ziffern oder von beidem basierte. Wollte ich nicht den Rest meines Lebens damit verbringen, mußte ich sämtliche Ker-Central-Rechner gleichzeitig darauf ansetzen und die Daumen drücken, daß das Ganze nicht unendlich dauern würde. Das Problem war nur, daß viele der Rechner des Unternehmens auch nachts weiterarbeiteten, so daß ich das System darauf programmieren mußte, nur die verfügbaren Rechner und die Stand-by-Zeiten der laufenden Rechner zu nutzen.

Als ich an jenem Samstagmorgen zur Universität fuhr, hatte ich das Paßwort noch immer nicht herausgefunden, aber viel konnte nicht mehr fehlen. Dieser Gedanke gab mir auf dem Weg zur Doctora Hoffnung, und ich genoß die Sonne, das Licht und das Gefühl der Normalität, die mir die Straße und mein Wagen zurückgaben. Ich hatte mein Haar offengelassen, das mir bis auf den Rücken fiel, und einen meiner neuen Anzüge angezogen, den beigen, dazu ein Hemd mit Stehkragen und Lederschuhe. Wenn diese Frau so hart war, wie Ona sagte, mußte ich aussehen wie ein verläßlicher und respektabler Unternehmer.

Mir gefiel der Campus der Universität. Wenn es mich anläßlich irgendeines Treffens mit den Leuten vom Forschungsinstitut für künstliche Intelligenz dorthin verschlug, kam er mir immer vor wie eine Art moderne und gastliche Großstadt, auf deren Bürgersteigen und in deren Gärten Professoren und Studenten flanierten, die sich mit ihren Büchern auch auf den Rasenflächen im Schatten der Bäume niederließen. Im Winter waren die Grünzonen morgens weiß von Rauhreif oder schneebedeckt, bis die Mittagssonne sie mit einer glänzenden Wasserschicht überzog, aber im Frühling saßen große Gruppen in der Sonne, die ihr Seminar an die frische Luft verlegt hatten. Woran ich mich allerdings nicht gewöhnen konnte, war ein gewisser Gebäudetyp: Die älteren Fakultäten waren ganz im Stil der traurigen architektonischen Mode der siebziger Jahre, häßliche Blocks aus Beton, Aluminium und Glas, das Skelett unverkleidet von außen sichtbar.

Ich schüttelte den Gedanken ab und beschloß, so lange nach dem Weg zu fragen, bis ich an mein Ziel gekommen wäre, da ich nicht den ganzen Tag auf dem Campus im Kreis fahren wollte. Wie zu erwarten, verirrte ich mich trotzdem, denn die vielen Schilder trugen nicht gerade zur Orientierung bei. Glücklicherweise hatte ich genug Zeit, denn einmal fand ich mich auf der Straße nach Sabadell, das andere Mal auf der nach Cerdanyola wieder. Schließlich hatte ich die Tiefgarage gefunden und konnte das Auto abstellen. Mit der Aktentasche unter dem Arm schlenderte ich zur geisteswissenschaftlichen Fakultät, in der das Institut für Anthropologie und Frühgeschichte lag, an dem sowohl mein Bruder als auch Marta Torrent arbeiteten.

Leider war es eine der älteren Fakultäten, so daß ich lange, graue Gänge (übersät mit den verschiedensten Plakaten, Kritzeleien und Aufklebern) auf der Suche nach einem Pedell durchstreifte, der mir behilflich sein konnte, allerdings ohne Erfolg, vielleicht, weil Samstag war. Zum Glück stieß ich auf eine Gruppe von Studenten, die aus einer Prüfung kamen und mir den Weg durch das Labyrinth wiesen. Ich stieg Treppen hoch, bog um Ecken, kam mehrmals an denselben Stellen vorbei und stand endlich im Gebäude B vor einer Tür, genauso nichtssagend wie die anderen, an der ein Schild mir verkündete, daß ich nach schwieriger Navigation ohne Kompaß den Hafen erreicht hatte.

Ich nahm die linke Hand aus der Hosentasche und klopfte vorsichtig an. Hinter der Tür waren Stimmen und Geräusche zu hören, und daher erwartete ich nicht, auf Gleichgültigkeit zu stoßen. Doch genau so fiel die Antwort aus. Ein zweiter Versuch überzeugte mich davon, daß mir so niemand öffnen würde. Ich hatte zwei Möglichkeiten: Entweder drückte ich ungeniert die Klinke herunter oder hämmerte gegen die Tür. Ich entschied mich für letzteres und pochte ohne weitere Umstände laut und vernehmlich an. Sofort machte sich hinter der Tür das tiefste Schweigen breit, und schnelle Schritte nahten, um mir aufzutun. Als die geöffnete Tür den Blick auf den Raum freigab, sah ich vier oder fünf Personen still dasitzen, die mich erwartungsvoll anschauten.

»Ja, bitte?« war die einzige Begrüßung. Sie kam von dem magersüchtig wirkenden Mädchen mit den kurzen schwarzen Haaren, das mir die Tür geöffnet hatte. Auch die anderen anwesenden Frauen musterten mich von oben bis unten, worauf sich, wenn schon nicht auf ihren Lippen, so zumindest in ihren Augen ein Lächeln abzeichnete. Obwohl ich diese Reaktion fremder Frauen auf mich bereits gewöhnt war, freute sie mich doch jedesmal aufs neue. Bescheidenheit heißt ja nicht, die eigenen Vorzüge zu leugnen – das wäre scheinheilig –, sondern sie anzuerkennen und anzunehmen.

»Ich bin auf der Suche nach Marta Torrent.«

»Doctora Torrent?« wiederholte das Mädchen, allerdings unter Hinweis auf den korrekten akademischen Titel, falls er mir entfallen sein sollte. »Wen soll ich ankündigen?«

»Ich bin der Bruder von Daniel Cornwall und habe einen Termin bei ihr um …«

»Daniels Bruder!« riefen mehrere Stimmen gleichzeitig, wobei sie den Namen wie im Spanischen üblich auf der letzten Silbe betonten. Eine bessere Visitenkarte hätte ich offensichtlich nicht vorweisen können, denn nun erhoben sich alle von ihren Stühlen und kamen näher.

»Du siehst deinem Bruder total ähnlich … Nur in Dunkel!« entfuhr es einer jungen Frau mit energischem Kinn und langem Pony. Sie streckte mir die Hand entgegen. »Ich bin Antonia Marí, Daniels Arbeitskollegin.«

»Wir alle sind seine Kollegen«, erklärte ein grauhaariges Männchen mit Geheimratsecken und Nickelbrille. »Pere Sirera. Freue mich, dich kennenzulernen. Wir haben telefoniert, wegen des Termins bei Marta.« Er drückte mir ebenfalls die Hand und ließ dann die nächste vor.

»Du bist also der stinkreiche Informatiker!« Eine etwa vierzigjährige Frau kam auf mich zu, ihr Hals ragte aus einem bizarren geblümten Kleid im Stil Josephine Bonapartes. »Ich bin Mercè Boix. Wie geht es Daniel?«

»Unverändert, danke«, antwortete ich und schüttelte ihr die Hand.

»Aber was genau ist eigentlich passiert?« Diese Mercè ließ nicht locker.

»Wir wissen, daß Mariona seinen Krankenschein eingereicht hat, aber Doctora Torrent hat uns nichts verraten«, sagte das Mädchen, das mir die Tür geöffnet hatte, die sie nun endlich schloß, um sich zu uns zu gesellen.

»Sie hat nur gesagt, daß er in der Custòdia-Klinik liegt und daß es kein Unfall war«, sagte Pere Sirera nachdenklich. Er schien zu ahnen, daß dieses Verhör keine gute Idee war, womit er recht hatte.

»Können wir ihn besuchen?« wollte Mercè wissen.

»Hmm ...« Wer von diesen Leuten gehörte zu Daniels Freunden und wer zu seinen Feinden, Rivalen oder Gegenspielern? Wer machte sich wirklich Sorgen, und wer war nur ungeduldig darauf aus, zu erfahren, ob die Zeit bis zu seiner Rückkehr ausreichen würde, um Daniels Posten zu übernehmen? »Zur Zeit empfängt er keinen Besuch ...« Ich räusperte mich. »Er ist in Ohnmacht gefallen, hat das Bewußtsein verloren, und jetzt untersuchen sie ihn. Die Ärzte sagen, daß er noch diese Woche entlassen wird.«

»Das freut mich!« sagte Josephine Bonaparte lächelnd. »Wir haben uns ganz schöne Sorgen gemacht!«

Zum Zeichen meiner Ungeduld klopfte ich mit der steifen Lederaktentasche leicht an mein Hosenbein. Ich wollte Marta Torrent sehen und hatte keine Zeit, den ganzen Vormittag in diesem Gemeinschaftsraum voller Tische, Stühle und Schränke zu verplaudern.

»Ich habe bei Doctora Torrent einen Termin«, murmelte ich. »Sie wartet bestimmt schon.«

»Ich begleite dich«, sagte Antonia mit dem langen Pony und wandte sich in Richtung eines engen Gangs, der hinter hohen Aktenschränken verborgen lag.

»Grüß Daniel von uns!«

»Klar, danke«, murmelte ich und folgte ihr.

Ein Plakat mit einem buckligen Neandertaler und dem Motto: ›Vom Affen zum Menschen. IV. Tagung für Evolutionsanthropologie in Sevilla‹ hing neben der Tür von Marta Torrents Büro.

Antonia klopfte leise an, öffnete die Tür einen Spalt und steckte ihren Kopf hinein. »Marta, der Bruder von Daniel ist hier.«

»Sag ihm, er soll bitte reinkommen«, erklang eine tiefe Stimme, die so melodiös war, daß ich dachte, sie gehöre einer Fernsehansagerin oder Opernsängerin. Doch die Stimme trog, denn als die junge Frau mit dem Pony zur Seite trat, um mich vorbeizulassen, erkannte ich, daß Ona nicht übertrieben hatte mit dem, was sie über Alter und Charakter von Prof. Dr. Torrent gesagt hatte. Als erstes fiel mir ihr fast vollständig weißes, kurzes Haar auf, und zwischen diesem und ihren ebenfalls weißen Augenbrauen die tiefgerunzelte Stirn, vor der ich unwillkürlich Habachtstellung einnahm. Natürlich glättete sich diese, sobald sie die Augen hinter ihrer modernen schmalen Brille mit dem dünnen blauen Metallgestell, das an einem Metallkettchen hing, von den Papieren hob und auf mich heftete. Doch der unangenehme erste Eindruck ließ nicht so schnell nach. Es war etwas dran an Onas Behauptung, sie sei eine Hexe. Mir war sie jedenfalls auf den ersten Blick so vorgekommen wie eine aus dem Bilderbuch.

Freundlich, wenn auch nicht übertrieben, nahm sie die Brille ab, erhob sich und trat vor ihren Tisch, wobei sie auf halbem Weg und ohne die geringste Geste der Begrüßung stehenblieb. Sie lächelte auch nicht. Es schien, als wäre ich ihr gleichgültig, und dieser Termin nur eine der vielen Unannehmlichkeiten, die ihre Position mit sich brachte. Eines mußte man ihr lassen: Sie war für jemanden, der sich Studium und Forschung widmet, ungewöhnlich elegant gekleidet. Ich hatte mir immer eingebildet, daß Universitätsdozenten eines gewissen Alters dazu neigten, ihr Äußeres ein wenig zu vernachlässigen. Marta Torrent jedenfalls, die ungefähr fünfzig sein mußte und klein und zierlich war, fügte sich nicht in dieses Schema. Sie trug ein Wildlederkostüm, Pumps mit ausgesprochen hohen Absätzen und eine Perlenkette passend zu den Ohrringen, dazu ein breites Silberarmband. Eine Armbanduhr fehlte. Offenbar besuchte sie täglich das Sonnenstudio, denn sie war so braun, daß sie keinerlei Make-up benötigte.

»Treten Sie näher, Señor Cornwall. Setzen Sie sich doch!« sagte diese wunderbare Stimme, die zu einem anderen Menschen zu gehören schien.

»Danke. Ich heiße Arnau Queralt, Doctora Torrent, und bin der ältere Bruder von Daniel.«

Wenn die verschiedenen Nachnamen sie überraschten, so zeigte sie es nicht. Sie beschränkte sich darauf, sich wieder in ihren Sessel zu setzen und mich in der Erwartung, daß ich das

Gespräch beginnen würde, fest in den Blick zu nehmen. Leider verfügte ich als guter Hacker nur über eine minimale kommunikative Kompetenz – im intellektuellen Zusammenhang wie auch bei der Arbeit. Meine finanziellen Mittel verdankte ich ausschließlich meiner Willensstärke und Hartnäckigkeit, und so stellte ich die Aktentasche schweigend auf den Boden und fragte mich, wo ich anfangen und was ich sagen sollte. Das Dumme war nur, daß sich diese Stille viel zu lange hinzog. Diese Doctora Torrent stellte sich definitiv als ungewöhnlich kaltblütige Frau heraus: Sie schaffte es, in dieser Situation unerschütterlich zu bleiben, obwohl sich die Stille von Sekunde zu Sekunde unerträglicher in die Länge zog.

»Ich hoffe, ich störe nicht, Doctora Torrent«, begann ich schließlich und schlug die Beine übereinander.

»Machen Sie sich darüber keine Sorgen«, sagte sie gelassen. »Wie geht es Daniel?« Auch sie betonte den Namen meines Bruders auf der letzten Silbe.

»Ganz genauso wie an dem Tag, an dem er krank wurde«, erklärte ich. »Sein Zustand hat sich nicht im geringsten gebessert.«

»Das tut mir leid.«

Exakt in diesem Augenblick, nicht eine Sekunde früher oder später, entdeckte ich, daß ich mich im Büro einer Geisteskranken befand. Noch schlimmer: in ihrer gefährlichen Gegenwart. Ich weiß nicht, warum, aber bis zu diesem Moment war meine Aufmerksamkeit ausschließlich auf die Doctora gerichtet gewesen, so daß ich nicht bemerkt hatte, daß ich mich in die Zelle einer gefährlichen Irren begeben hatte. In dem kleinen häuslichen Büro meines Bruders türmten sich ebenfalls Hunderte von Büchern und Aktenordnern. Doch diese Frau, die über das Doppelte oder Dreifache an Platz verfügte, litt nicht nur an derselben Form literarischer Verstopfung, sie hatte zudem jeden freien Winkel mit den abstrusesten Objekten gefüllt, die man sich vorstellen konnte: Lanzen mit Spitzen aus Feuerstein, plump bemalte Keramikkrüge, zerbrochene, dreibeinige Töpfe, Vasen mit glupschäugigen Gesichtern, merkwürdige Granitskulpturen sowohl von Menschen als auch von Tieren. Bemalte, grobe Stoffetzen hingen an den Wänden, als wären es edle Gobelins. Dazu breite, schartige Messerklingen, menschenähnliche Figürchen mit witzigen Mützen, die an Würfelbecher erinnerten, und als genügte das nicht, saß auf einem Eckschemel eine kleine eingetrocknete und in sich zusammengesunkene Mumie, die mit verzerrten Gesichtszügen und stummem Schrei an die Decke starrte. Ich hätte am liebsten dasselbe getan wie sie, denn außerdem balancierten über uns an unsichtbaren Nylonfäden zwei prächtige Totenköpfe – mit langgezogenem Schädel! –, die sich sachte im Wind der Klimaanlage hin und her bewegten.

Ich muß so zusammengezuckt sein, daß die Doctora belustigt schnaubte und den Mund zu einem feinen Lächeln verzog. Gab es vom Gesundheitsamt nicht strenge Vorschriften bezüglich der Beisetzung von Leichen oder zumindest ihrer Aufbewahrung in Museen …?

»Was wollten Sie mit mir besprechen?« fragte sie ungerührt, so als säßen wir nicht mitten auf einem Friedhof.

Zunächst konnte ich kein einziges Wort herausbringen, ich erriet jedoch, daß diese sonderbare Dekoration ein Privatvergnügen von ihr war, das nur sie selbst amüsierte. Daher brachte ich meine Mimik und Stimme wieder unter Kontrolle, denn ich gönnte ihr diesen Triumph nicht.

»Das ist sehr einfach«, sagte ich. »Ich weiß nicht, ob Ihnen bekannt ist, daß mein Bruder unter zwei Krankheiten leidet, die als Agnosie und Cotardsyndrom bezeichnet werden. Die erste führt dazu, daß er niemanden mehr erkennt, und die zweite läßt ihn glauben, daß er tot ist.«

Sie riß die Augen auf, ohne ihre Überraschung verbergen zu können, und ich dachte, daß zumindest dieser Punkt an mich ging.

»Mein Gott!« murmelte sie und schüttelte dabei den Kopf, als könnte sie nicht glauben, was sie hörte. »Nein … Das wußte ich nicht … Davon wußte ich ja gar nichts.«

Die Nachricht schien sie ziemlich mitgenommen zu haben,

woraus ich schloß, daß ihr mein Bruder nicht gleichgültig war.

»Das Sekretariat hat mich zwar informiert, als die Krankschreibung eintraf, aber ... die Diagnose haben sie mir nicht vorgelesen, und Mariona hat auch nichts weiter gesagt.«

Wenn die Doctora sprach, blitzte mich eine blendendweiße, unregelmäßige Zahnreihe an.

»Er scheint nicht auf die Medikamente anzusprechen, so daß sie gestern die Medikation geändert haben. Schwer zu sagen, wie es weitergehen wird. Bis jetzt ist sein Zustand jedenfalls unverändert.«

»Das tut mir wirklich sehr leid, Señor Queralt.« Sie schien es ernst zu meinen.

»Tja, und ...« Ich hob mit der Rechten die Aktentasche auf, strich mir mit der Linken das Haar aus der Stirn und warf es nach hinten. »Die Sache ist die, daß Daniel im Delirium merkwürdige Worte von sich gibt und komisches Zeug daherredet.«

Sie zuckte nicht mit der Wimper.

»Der ihn behandelnde Psychiater, Doktor Diego Hernández, und Miquel Llor, der Neurologe, können sich den Ursprung dieser Fieberphantasien nicht recht erklären. Sie vermuten allerdings, daß sie etwas mit seiner Arbeit zu tun haben könnten.«

»Hat Mariona Ihnen nicht erzählt ...?«

»Doch, meine Schwägerin hat uns in groben Zügen erklärt, worin die Forschungen bestanden, die Daniel für Sie durchführte.«

Sie blieb unerschütterlich und nahm den Vorwurf eisig zur Kenntnis.

Ich fuhr fort: »Die Ärzte meinen jedenfalls, daß es sich um mehr handeln könnte als um reine Arbeitsüberlastung. Seine Delirien in einer merkwürdigen Sprache ...«

»Zweifellos Quechua.«

»... lassen das zumindest vermuten. Vielleicht gab es etwas, einen bestimmten Forschungsaspekt, der ihn beunruhigte, irgendeinen Umstand, der in seinem Kopf, um es salopp auszudrücken, schließlich einen Kurzschluß verursachte. Die Ärzte haben uns gebeten herauszufinden, ob er Probleme gehabt hat, ob er sich vielleicht einer besonderen Schwierigkeit gegenübersah, etwas, das ihn zu sehr mitgenommen hat.«

Bereits als ich dieses Gespräch ins Auge gefaßt hatte, war mir klar gewesen, daß ich meine wahren (und, wie ich weiterhin meinte, lächerlichen) Befürchtungen vor der Doctora verbergen mußte. Daher hatte ich mir ein recht glaubwürdiges Alibi zurechtgelegt, in das ich die Ärzte einbezog.

»Ich weiß nicht, wie ich Ihnen helfen kann«, erklärte Marta Torrent in neutralem Tonfall. »Ich habe keine Ahnung, was genau Sie von mir hören wollen. Ihr Bruder hat mich nur sehr sporadisch informiert. Ehrlich gesagt, hat er mich letzten Monat nicht ein einziges Mal aufgesucht. Wenn Sie wollen, können Sie das anhand meines Terminkalenders nachprüfen.«

Das paßte zu Daniels Geheimnistuerei.

»Nein, ist nicht nötig«, wehrte ich ab und zog aus der Aktentasche einige der Dokumente, die ich im Büro meines Bruders gefunden hatte. »Es wäre nur schön, wenn Sie mich über dieses Material hier aufklären könnten.«

Ohne aufzublicken, wußte ich, daß die Doctora sich wie elektrisiert aufgerichtet hatte und geradezu Funken sprühte vor Aggression.

»Das sind Forschungsunterlagen Ihres Bruders?« fragte sie scharf.

»Also ...«, begann ich unaufgeregt – auch meine Hand, mit der ich ihr die Kopien reichte, zitterte nicht, »ich habe mich diese Woche ein wenig in Daniels Arbeit vertieft, um Antworten auf die Fragen der Ärzte zu finden.«

Die Doctora war gespannt wie ein Flitzebogen, und ich sah sie schon vor mir, wie sie mir gleich mit einem der Messer aus den Regalen das Herz herausschneiden und es verspeisen würde, während es noch schlug. Ich glaube, ihr gingen in diesem Moment blitzschnell alle nur möglichen Gründe durch den Kopf, warum sie mir mißtrauen, Verrat wittern mußte. Wie unzufrieden sie das machte, war ihr deutlich anzusehen.

»Bitte entschuldigen Sie mich einen Augenblick, Señor Queralt.« Sie stand auf und kam hinter dem Tisch hervor. »Ich bin sofort wieder da, Señor – ach, wie war doch gleich Ihr Name?«

»Arnau Queralt.«

»Womit beschäftigen Sie sich, Señor Queralt?«

»Ich bin Unternehmer.«

»Von welcher Art Unternehmen? Stellen Sie etwas her?« fragte sie, bereits in der Tür, drauf und dran, mich mit all den Toten allein zu lassen.

»Das könnte man so sagen. Wir verkaufen Netzsicherheit und entwickeln Verfahren künstlicher Intelligenz für Internet-Suchmaschinen.«

Sie ließ ein wenig überzeugendes ›Oh, ich verstehe!‹ fallen, stürzte zur Tür hinaus und schlug sie hinter sich zu. Fast konnte ich sie auf der anderen Seite hören: »Wer zum Teufel ist dieser Typ? Weiß jemand, ob Daniel wirklich einen Bruder mit einem anderen Nachnamen hat, der Informatiker ist?« Ich dürfte mit dieser Vermutung ziemlich richtig gelegen haben, denn durch die dünnen Wände drangen dumpfes Stimmengewirr und Gelächter. Und obwohl ich die Worte nicht verstehen konnte, bestätigte mir der Tonfall in Verbindung mit der Nervosität der Doctora bei ihrer Rückkehr – vor allem die Art, wie sie mich anblickte – meinen Verdacht: Sie musterte aufmerksam meine Gesichtszüge, um die Ähnlichkeit mit meinem Bruder zu überprüfen. Ich konnte ihr keinen Vorwurf machen: Die Papiere, die ich in der Aktentasche hatte, waren Teil ihrer eigenen Forschungsarbeit, die laut Ona von großer akademischer Reichweite war. Und schließlich war ich ein völlig Unbekannter, der sie Dinge fragte, die ihn im Prinzip absolut nichts angingen.

»Verzeihen Sie die Unterbrechung, Señor Queralt«, entschuldigte sie sich mit zurückgewonnener Selbstsicherheit. Sie setzte sich wieder, allerdings ohne mich aus den Augen zu lassen.

»Kein Problem«, winkte ich mit freundlichem Lächeln ab. »Wie ich schon sagte, benötige ich von Ihnen nur einige Auskünfte. Aber zunächst möchte ich Sie beruhigen: Es besteht kein Anlaß zur Befürchtung, ich könnte dieses Material zweckentfremden. Ich möchte einfach nur meinem Bruder helfen.

Wenn dies alles dazu beiträgt, dann um so besser. Wenn nicht, habe ich wenigstens ein paar interessante Dinge dazugelernt.«
»Ich habe dahingehend keine Befürchtungen.«
Na klar ... Und ich hieß nicht Arnau!
»Darf ich Ihnen also einige Bilder zeigen?«
»Natürlich.«
»Kurz vorab: Würden Sie mir erklären, warum die Schädel, die Sie hier aufgehängt haben, so spitz sind?«
»Ah, Sie haben es bemerkt! Die meisten Leute gucken nicht mehr hin, wenn sie sie erst entdeckt haben, sondern versuchen, mein Büro schnellstmöglich wieder zu verlassen.« Sie lächelte. »Alleine deswegen sind diese Schädel Gold wert, obwohl sie eigentlich zum Lehrmaterial des Instituts gehören, genauso wie die Mumie da« – sie deutete mit dem Blick in die Ecke. »Aber mir dienen sie als perfekter Schutz gegen Ungeziefer.«
»Im Ernst?« fragte ich erstaunt.
Sie blickte mich ironisch an. »Nein, natürlich nicht! Das war ein Scherz. Mit Ungeziefer meine ich unangenehmen Besuch und nervige Studenten.«
»Ah, Leute wie mich!«
Sie lächelte erneut, wortlos.
Die Botschaft war angekommen. Ich schaute nach oben, um die Schädel genauer zu betrachten, und wiederholte meine Frage. Mit einem resignierten Seufzer öffnete sie eine der Schreibtischschubladen und holte ein Päckchen Zigaretten und ein Feuerzeug hervor. Auf dem Tisch hatte sie einen kleinen Aschenbecher aus Aluminiumpappe mit dem Schriftzug einer bekannten Caféhauskette, woraus ich schloß, daß sie heimlich rauchte und die entsprechenden Beweise gerne schnell verschwinden ließ. Außer dem billigen Aschenbecher lagen noch ein paar Hefter und die Papiere da, die sie bei meiner Ankunft studiert hatte. Der einzige persönliche Gegenstand war ein silberner Bilderrahmen mittlerer Größe. Das Foto darin konnte allerdings nur sie selbst sehen. Wo sie wohl ihren Computer hatte? Ein Büro ohne Computer war heutzutage nicht mehr vorstellbar, erst recht nicht das Büro einer wissenschaftlichen

Autorität. Diese Frau war so seltsam wie ein Koaxialkabel an einer Trillerpfeife.

»Rauchen Sie?«

»Nein. Aber der Rauch stört mich nicht.«

»Wunderbar.«

Ich war sicher, daß es ihr ziemlich egal gewesen wäre, hätte ich das Gegenteil gesagt. Immerhin saßen wir in ihrem Büro.

»Hat Ihr Interesse an den Schädeln etwas mit dem Inhalt Ihrer Aktentasche zu tun?«

»Ja.«

Sie nickte leicht, so als ließe sie die Antwort sacken, und erklärte dann: »Also gut ... Die Schädeldeformation war eine Sitte gewisser ethnischer Gruppen im Inkareich, mit der die höhergestellten Klassen vom Rest der Gesellschaft unterschieden wurden. Man erreichte die Deformierung dadurch, daß die Köpfe der Babys zwischen Täfelchen geklemmt und fest mit Schnüren umwickelt wurden, bis die Knochen die gewünschte Form angenommen hatten.«

»Und bei welchen ethnischen Gruppen war das üblich?«

»Oh, also eigentlich ist dieser Brauch älter als die Zivilisation der Inkas. Die ersten deformierten Schädel, von denen man weiß, haben Archäologen in Tiahuanaco in Bolivien gefunden.« Sie zögerte einen Augenblick und schaute mich zweifelnd an. »Entschuldigen Sie, ich weiß nicht, ob Sie schon von Tiahuanaco gehört haben ...«

»Bis vor wenigen Tagen so gut wie nichts«, erläuterte ich und entflocht meine Beine, um sie dann andersherum wieder übereinanderzuschlagen. »Aber ich glaube, in letzter Zeit spreche und lese ich über nichts anderes mehr.«

»Das kann ich mir vorstellen ...« Sie stieß den Rauch der Zigarette durch die Nüstern, lehnte sich zurück und ließ die Hände über die Enden der Armstützen baumeln. »Also, Tiahuanaco ist die älteste Kultur Südamerikas, und ihr politisch-religiöses Zentrum war die gleichnamige Stadt in der Nähe des Titicacasees, durch den heute die Grenze zwischen Bolivien und Peru verläuft.«

Den Wassern des Titicacasees war, wie ich mich erinnerte, der Inkagott Viracocha entstiegen und hatte die Menschheit erschaffen, die dann Tiahuanaco erbaut hatte. Aber es gab auch noch einen anderen See – oder war es derselbe? –, und zwar auf der Karte, die Pedro Sarmiento de Gamboa vom ›Weg der Yatiri-Indianer – Zwei Monate über Land‹ gezeichnet hatte. Darauf würde ich später zurückkommen. Erst mal mußte ich die Sache mit den Schädeln zu Ende bringen.

»Sie sagten«, warf ich ein, damit sie den Faden wieder aufnahm, »daß die Einwohner Tiahuanacos als erste die Köpfe der Neugeborenen verformt haben, um die gesellschaftlichen Klassen voneinander zu unterscheiden.«

»Richtig. Ein solcher Brauch findet sich zwar auch in anderen Kulturen, allerdings als Nachahmung und nie in derselben Art. Die Huari haben sich zum Beispiel den Hinterkopf geplättet, und an der Ostküste des Titicacasees haben sie sich die Stirn eingedrückt, um die Schläfen hervorzuheben.«

»Huari …? Wer waren die Huari?« fragte ich.

Ich wußte, sie war drauf und dran, mich an die Luft zu setzen. Es langweilte sie und war unter ihrer Würde, Anfängerunterricht zu erteilen. Das konnte ich verstehen. Es war schließlich so, als hätte mich jemand gefragt, wie man die Fenster von Windows schließt.

»Das Huari-Reich war der große Widersacher von Tiahuanaco«, wiederholte sie in einem Ton, als hätte sie das Ganze schon tausend Mal erklärt. »Man nimmt an, daß die Geschichte Tiahuanacos um das Jahr 200 vor unserer Zeit mit ein paar primitiven Siedlungen einer Kultur begann, die Pukara genannt wird, ein Volk, über das wir fast nichts wissen. Die Annahme, daß es Tiahuanaco gegründet hat, wird de facto täglich unwahrscheinlicher … Jedenfalls waren einige Jahrhunderte später diese Siedlungen zu einem Imperium angewachsen. Das Huari-Reich entstand später, im Ayacucho-Tal im Norden, und stellte sich aus unbekannten Gründen Tiahuanaco entgegen, das eine vorrangig religiöse Kultur gewesen sein muß, die von einer Art Priesterkaste beherrscht wurde.

Also, wir wissen wenig über die Huari. Von den Inka sind sie nie erwähnt worden. Ach ja, wahrscheinlich wissen Sie nicht, daß es ein großer Fehler ist, sämtliche Einwohner des Inkareiches als Inka zu bezeichnen. Die Inka waren die Könige und hielten sich für Nachkommen einer göttlichen Rasse aus Tiahuanaco.«

»Doch, das weiß ich. Demnach«, rekapitulierte ich, »haben die privilegierten Klassen der andinen Kulturen, die älter sind als die Inka, sich die Schädel in der einen oder anderen Weise verformt. Sie wollten die Tiahuanaco imitieren, die eine Art Autorität in Sachen Eleganz waren. Aber Sie haben mir noch nicht verraten, woher diese konischen Schädel hier stammen.« Ich deutete mit dem Zeigefinger an die Decke. »Aus Tiahuanaco?«

»Ganz genau. Die Deformation, die diese konische Form hervorruft, war historisch gesehen die erste, die durchgeführt wurde, und zwar exklusiv von den Tiahuanaco.«

»Und die Inka? Praktizierten sie keine Schädeldeformation?«

»Nein, sie nicht. Die einzigen, die sie weiterführten, waren die Colla, die Nachfahren der früheren Bewohner Tiahuanacos.«

»Die Colla?« In meinem Kopf herrschte bereits ein hoffnungsloses Durcheinander. »Aber sind nicht die Aymara die Nachfahren der Tiahuanaco?«

»Colla und Aymara sind dasselbe Volk. Die Spanier haben sie Colla genannt, nach El Collao, wie sie ihr Territorium getauft hatten, die Hochebene rund um den Titicacasee. Das war eine Ableitung von Collasuyu, dem Inka-Namen für das Gebiet. Auch die Höhenzüge Boliviens und der Norden Argentiniens gehören dazu. Die Schädel, die Sie hier sehen, sind aus Collasuyu, genauer gesagt eben aus Tiahuanaco.«

Die Geschichte des amerikanischen Kontinents war zweifellos glasklar und simpel. Am Anfang standen die Pukara – oder auch nicht –, aus denen die Tiahuanaco hervorgingen – oder auch nicht –, die ihrerseits mit den Aymara identisch waren, aber auch mit den Colla, die jedoch inzwischen wieder Aymara hießen. Das verstand ich zumindest und hämmerte es mir ins Gedächtnis, bevor es verschwamm wie ein wirrer Traum.

Angesichts der durchaus realen Gefahr, daß sich die Dinge endlos weiter verkomplizieren könnten, beschloß ich, daß ich von deformierten Totenschädeln genug hatte. Kurzentschlossen zog ich aus dem Haufen von Daniels Fotokopien das Bild der Steinmauer mit den unzähligen eingesetzten Köpfen heraus und reichte es der Doctora. Doctora Torrent drückte ihre Zigarette in dem mickrigen Aschenbecher aus, als wollte sie die Kippe ermorden. Ihr mißfiel eindeutig, was sie sah.

»Wissen Sie, was das ist, Doctora?«

»Tiahuanaco«, sagte sie irritiert, setzte sich mit schneller Bewegung die Brille auf und untersuchte das Bild aufmerksam. Warum nur überraschte mich ihre Antwort nicht? »Die sogenannten steinernen Nagelköpfe, das heißt in die Wände eingesetzte anthropomorphe Steinköpfe. Sie finden sich an den Mauern des Qullakamani Utawi, der als halbunterirdischer Tempel bekannt ist, einem großen offenen Hof in der Nähe des Kalasasaya-Tempels. Sie wissen ja bereits, daß Tiahuanaco eine Ruinenstadt ist, in der noch die Überreste von ungefähr sechzehn Gebäuden sichtbar sind. Das entspricht nur vier Prozent der Gesamtanlage, der Rest liegt unter der Erde.«

Ich wußte nicht, was dieses offensichtliche Unbehagen ausgelöst haben konnte, das die Doctora höflich zu verbergen suchte. Ich gab ihr die digitalisierte Vergrößerung des körperlosen Männchens, dieses bärtigen Vorfahren von Humpty Dumpty aus *Alice im Wunderland*. Ich durfte sie nicht weiter nach Tiahuanaco fragen, schrieb ich mir hinter die Ohren. Was ich wissen wollte, würde ich im Internet suchen, insbesondere Seiten mit Fotos.

»Ich weiß nicht, was das ist«, sagte sie mit einem Blick über den Brillenrand. »Das habe ich noch nie im Leben gesehen.«

»Nicht von den Inka?« fragte ich überrascht.

Sie untersuchte das Bild eingehend, indem sie es abwechselnd ganz nah vor die Augen und dann wieder ganz weit weg hielt. Entweder hatte ihre Brille einen Wackelkontakt wie eine schlecht eingeschraubte Glühbirne, oder sie mußte dringend zum Augenarzt.

»Nein, das stammt nicht von den Inka«, versicherte sie. »Weder von den Inka noch den Pukara, noch den Tiahuanaco, noch den Huari, und schon gar nicht von den Aymara.«

»Und haben Sie eine Ahnung, woher es dann kommen könnte?«

Sie betrachtete erneut aufmerksam das Bild, spitzte die Lippen wie zu einem Kuß und verharrte hochkonzentriert eine Weile. Leider löste sich die Pose in nichts auf, und ich schluckte mein Lachen herunter wie man versehentlich einen Kaugummi verschluckt.

»Ich kann Ihnen nur sagen, daß es zu figurativ ist. Die Person ist zu genau gezeichnet, mit sehr lebendigen Farben und Schatten und Abtönungen, die Volumen verleihen. Und der Bart versetzt sie eindeutig nach Europa oder Asien. Das Bild kann nicht vor dem 14. Jahrhundert entstanden sein. Es sieht aus wie ein Ausschnitt aus einem viel größeren Bild, denn an den Rändern taucht etwas wie eine Landschaft aus Steinen und Zweigen auf. Das einzige, was mir irgendwie bekannt vorkommt, ist dieser rote Hut, der den typischen Colla-Mützen ähnlich zu sein scheint, mit denen die deformierten Schädel bedeckt waren. Schauen Sie sich mal die Figuren dort an«, ermunterte sie mich und deutete auf eine Reihe kleiner Skulpturen mit becherförmiger Kopfbedeckung. »Wenn Sie wollen, finden Sie genauere Abbildungen in Guamán Poma de Ayalas *Die Neue Chronik und gute Regierung*. Ihr Bruder hat sicher ein Exemplar.«

»Stimmt«, sagte ich, während ich das Männchen mit der einen Hand wieder entgegennahm und ihr mit der anderen die Kopie des Quadratgesichts mit den Sonnenstrahlen reichte.

»Tiahuanaco«, wiederholte sie mit einem flüchtigen Blick auf das Bild. Ihr Gesichtsausdruck verdüsterte sich wieder, ebenso wie ihre eigentümliche Stimme. »Inti Punku, das Sonnentor. Jahrhundertelang glaubte man, diese Figur, die das Tor krönt, sei eine Darstellung des Gottes Viracocha. Die Ausgrabungen von Huari haben diese Annahme erschüttert, und heute wird lieber von einem unbekannten Zeptergott gesprochen, der in beiden Kulturen verehrt wurde.«

»Deshalb kam es mir so bekannt vor«, bemerkte ich und beugte mich leicht über den Tisch, um das auf dem Kopf stehende Bild zu betrachten. »Das Sonnentor. Es ist sehr bekannt.«

Sie stand auf, als ob ihr etwas Wichtiges eingefallen wäre, und trat an eines der Regale, zog ein großes Buch heraus und legte es vor mir auf den Tisch. Es war einer dieser Fotobände fast ohne Text, auf dessen aufgeschlagener linker Seite ich sogleich die Abbildung eines Steinblocks mit einer Toröffnung entdeckte, über der drei horizontale Streifen in den Stein gehauen waren. Diese wurden durch eine große zentrale Figur unterbrochen, deren Gesicht offensichtlich dasjenige war, welches Daniel vergrößert fotokopiert hatte. Auf der rechten Seite war dieselbe Figur detailgetreu in riesigem Maßstab abgebildet, so daß ich nicht nur das Gesicht betrachten konnte, sondern überraschenderweise auch, was sie unter den Füßen hatte – wenn man die beiden Stummel, die ihr aus dem Bauch wuchsen, als Füße bezeichnen konnte. Und das war nichts anderes als die dreistufige Pyramide, die mein Bruder mit rotem Filzstift gezeichnet hatte. Warum hatte Daniel ausgerechnet den Kopf vergrößert und den Boden unter dem Zeptergott in Rot nachgezeichnet?

»Hier sehen Sie das Sonnentor noch einmal, das auf Quechua Inti Punku heißt und auf Aymara Mallku Punku, oder auch das Tor des Kaziken«, erklärte sie mir.

Da ich abgelenkt war, wußte ich nicht, was für ein Gesicht sie gerade machte, aber ihre Stimme klang derart düster und grollend, daß ich die Augen von den Buchseiten abwandte. Fasziniert mußte ich feststellen, daß ihr Gesicht so reglos war wie das einer Statue. Nur die Hände waren vor Anspannung zu Fäusten geballt.

»Das berühmteste Bauwerk der Ruinen von Tiahuanaco. Ein Monolith aus Vulkangestein, der über dreizehn Tonnen wiegt und etwa drei Meter hoch, vier Meter breit und fünfzig Zentimeter dick ist. Die Meißelführung ist perfekt, absolut präzise ... Die Archäologen und Spezialisten können sich noch nicht erklären, wie ein Volk das zustande gebracht hat, das weder das Rad noch die Schrift, noch das Eisen kannte und, was noch verblüffender ist, auch nicht die Null, die für astronomische und architektonische Studien immens wichtig ist.«

Vielleicht war Marta Torrent eine harte Frau, vielleicht sogar eine Hexe – Ona irrte sich vermutlich keineswegs in ihrem Urteil. Allerdings hätte ich hinzugefügt: Sie war außerdem völlig durch den Wind. Innerhalb weniger Minuten hatte ihre Haltung von Anspannung zu Normalität und wieder zu Anspannung gewechselt, ohne daß ein Grund dafür zu erkennen gewesen wäre. Doctora Torrent konnte ihre ausgeprägt manisch-depressive Ader nicht leugnen, wie gut sie auch Gestik und Mimik zu kontrollieren suchte, ihre ungewöhnlich tiefe und eigentümliche Stimme verriet sie. Das war ihre Achillesferse, der Riß, der die Mauer zum Einsturz brachte. In dem Bemühen, einen logischen Grund für ihre schlechte Laune zu finden, dachte ich, daß ich meinen Besuch vielleicht zu sehr ausgedehnt hatte und es wohl das beste wäre, so schnell wie möglich zu verschwinden. In diesem Augenblick heftete sie ihre eisigen Augen auf mich, und ihr Blick war so grimmig, daß ich drauf und dran war, die Flucht zu ergreifen und mich demütig rückwärts zur Tür zurückzuziehen und mich dabei zu verneigen wie ein chinesischer Höfling, wenn er sich vom Kaiser entfernt.

»Was haben Sie da noch für Unterlagen?« fragte sie mich wie aus der Pistole geschossen.

»Soll ich es Ihnen erzählen, oder wollen Sie selbst sehen?«

»Lassen Sie mich sehen«, befahl sie und streckte den Arm aus, damit ich ihr den Dokumentenstapel überreichte. Da war nicht mehr viel, was ich ihr noch nicht gezeigt hatte. Außer den Fotos der Tiahuanaco-Schädel fehlten nur die Zeichnung der Stufenpyramide, die Reproduktionen der mit Reihen und Säulen aus winzigen Quadraten dekorierten Stoffe und Vasen sowie die Fotokopie der Karte mit den Windrosen und der von

Sarmiento de Gamboa. Sie betrachtete alles lange, so als wäre es für sie neu und äußerst interessant. Nach fünf oder sechs ewigen und langweiligen Minuten zog sie eine der Tischschubladen auf und entnahm ihr eine große Lupe, die an Sherlock Holmes denken ließ. Allerdings war ihre aus dunklem, mit Schnitzereien üppig verziertem Holz. Sie mußte ein Vermögen gekostet haben. Ein solches Objekt fand man nicht so einfach in den Antiquitätenläden Barcelonas. Die Doctora hatte ihre Brille auf eine Stirnfalte hochgeschoben und musterte durch das Vergrößerungsglas mit ungewöhnlichem Interesse die alten Karten. Das ging so weit, daß ich mich fragte, ob ich mit diesem Gespräch nicht den größten Fehler meines Lebens begangen hatte. Wenn mein Bruder durch die neue Behandlung gesund würde und es meine Schuld wäre, daß diese Frau sich seines Forschungsmaterials bemächtigte, hätte ich einen riesigen Bock geschossen. Nicht ausgeschlossen, daß mein Bruder den Rest seines Lebens – oder meines, je nachdem, wer zuerst den Löffel abgab – nicht mehr mit mir sprechen würde.

Nach einer wahren Ewigkeit ließ Doctora Torrent schließlich einen langen Seufzer hören, legte Lupe und Papiere auf den Tisch und nahm die Brille ab, um mir direkt in die Augen zu blicken. »Das haben Sie alles bei Daniel zu Hause gefunden?« fragte sie, ihre melodiöse Stimme hatte sich in das Zischen einer Schlange verwandelt (in Filmen zischten Schlangen so).

»Bei ihm zu Hause, ja«, gab ich zu, bereit, mich mit den gesamten Unterlagen schnellstmöglich aus dem Staub zu machen.

»Erlauben Sie mir eine Frage ... Glauben Sie, daß all das mit den Krankheiten zu tun hat, unter denen Ihr Bruder leidet?«

Ich schnalzte mit der Zunge, bevor ich auf ihre so direkte Frage antwortete. Und in diesem kurzen Zeitraum, der nur einige Zehntelsekunden dauerte, beschloß ich, keine Silbe mehr über irgend etwas zu sagen. »Wie ich Ihnen schon erklärt habe, wollen die Ärzte wissen, ob Daniel Probleme bei der Arbeit gehabt haben könnte.«

»Schon verstanden, aber ich meine etwas anderes.« Sie stützte beide Hände auf die Tischkante und richtete sich vor mir auf. »Was ich sagen will, ist, daß dieses Material in seiner Gesamtheit zeigt, daß Ihr Bruder eine völlig andere Forschungsrichtung verfolgte als die, mit der ich ihn betraut habe. Nehmen Sie es mir bitte nicht übel, aber Daniel hat sich auf irgendeine Art und Weise, und ich kann mir beim besten Willen nicht vorstellen, wie, all diese Dokumente aus meinem Büro geliehen. Und zwar ohne mir ein Wort zu sagen.«

Wollte sie etwa andeuten, mein Bruder habe sie bestohlen? Was für eine blöde Kuh! Ich erhob mich ebenfalls von meinem Stuhl und blickte ihr ins Gesicht. Trotz des breiten Tisches zwischen uns erlaubte es mir meine Größe, sie von ganz oben herab mit dem größten Maß an kalter Verachtung zu strafen, dessen ich fähig war. Und in einer Situation wie dieser war ich zu vielem fähig. Im Bruchteil dieser Sekunde fiel mein Blick unfreiwillig auf das Foto in dem Rahmen auf ihrem Tisch. Meine Netzhaut fing das Abbild eines älteren, lächelnden Mannes mit Bart auf, der seinen Arm um die Schultern zweier junger Männer zwischen zwanzig und dreißig geschlungen hatte. Die typische glückliche Familie im American style. Und Doris Day wagte es, meinen Bruder zu beschimpfen. Den ehrlichsten und anständigsten Menschen, der mir je begegnet war. Die einzige Diebin, die es hier gab, war sie selbst, da sie sich auf die schmutzigste Art Daniels Arbeit bemächtigen wollte.

»Hören Sie, Doctora« – drohend betonte ich jede Silbe. »Ich verliere nicht häufig die Fassung, aber wenn Sie andeuten wollen, daß mein Bruder Daniel ein Dieb ist, wird unser Gespräch hier unangenehm enden.«

»Es tut mir leid, daß Sie es so verstehen, Señor Queralt ... Ich kann Ihnen nur sagen, daß Sie diese Unterlagen nicht wieder mitnehmen werden.« Die Doctora bewies Mut. »Wenn Daniel gesund wäre, würde ich ein langes Gespräch mit ihm führen. Und ich bin sicher, wir würden eine Lösung für diese unangenehme Angelegenheit finden. Aber da er krank ist, muß ich mich darauf beschränken zurückzufordern, was mir gehört.

Ich möchte Sie bitten, dies zu respektieren und über die Angelegenheit zum Besten Ihres Bruders Stillschweigen zu bewahren.«

Ich lächelte und bemächtigte mich mit einem schnellen Griff der Dokumente, die sie so auf den Tisch gelegt hatte, daß sie vermutlich außerhalb meiner Reichweite seien. Dummes Geschwätz und erst recht Beleidigungen hatte ich noch nie ausstehen können, und wenn irgendein Idiot – oder eine blöde Kuh, wie in diesem Fall – meinte, mich an der Nase herumführen und verhindern zu können, daß ich tat, was ich wollte, dann war das ein gewaltiger Irrtum.

»Hören Sie gut zu, Doctora. Ich bin nicht hergekommen, um mich mit der Vorgesetzten meines Bruders anzulegen. Ich werde es aber auch nicht zulassen, daß Sie hier einen Film abziehen und Daniel als Dieb hinstellen und sich selbst als das arme, hilflose Opfer. Tut mir leid, Señora Torrent, ich nehme dies alles wieder mit.« Ich sprach's und steckte sämtliche Fotokopien und Reproduktionen in meine Aktentasche. Dann wandte ich mich zur Tür. »Wenn es meinem Bruder bessergeht, werden Sie sicher gemeinsam eine Lösung finden. Guten Tag.«

Mit einem Ruck öffnete ich die Tür, eilte hinaus und schlug sie hinter mir zu. Es war niemand mehr im Institut. Meine Kapitän-Haddock-Uhr zeigte an, daß es fast halb drei war. Essenszeit und – warum nicht – Gelegenheit, sämtliche mir bekannten Schimpfwörter auf diese dumme Kuh abzuladen. Wie mußten ihr die Ohren klingeln in den vierzig Minuten, die ich brauchte, um nach Hause zu kommen und sie für immer aus meinem Leben zu streichen.

Ich fuhr nicht zum Spiel und vermißte es noch nicht einmal. Statt dessen verbrachte ich den Nachmittag im Krankenhaus bei Daniel und ging abends mit Jabba, Proxi und Judith essen. Judith war eine Freundin von Proxi. Ich war vor Jahren ein paar Monate mit ihr zusammengewesen. Sie war ein großartiger Mensch, dem man auf jeden Fall vertrauen konnte. Doch auch wenn dem nicht so gewesen wäre, es spielte keine Rolle, weil Proxi ihr bereits alles erzählt hatte, noch bevor wir uns im Restaurant trafen. Vor vollendete Tatsachen gestellt, schwelgte ich in meiner Kritik an der Doctora, und die Witze, die ich über sie machte, ließen meinen Ärger verfliegen. Schade war nur, daß ich an jenem Abend das Haus voll hatte mit Leuten, die behaupteten, meine Verwandten zu sein, was Judith daran hinderte, mit zu mir zu kommen. Die Chemie zwischen uns stimmte noch, und keiner von uns ließ gern eine gute Gelegenheit aus. Aber, na ja, es war nicht mein Glückstag, und so blieb es dabei. Um mich aufzumuntern und da ich auch um zwei Uhr morgens noch nicht müde war, beschloß ich, daß der Augenblick so gut war wie jeder andere, um mich endlich auf die verflixten Chroniken der spanischen Konquistadoren einzulassen. Zumal die Firmencomputer immer noch nach Daniels Paßwort suchten. Für mich ging es inzwischen um mehr als um die Bestätigung einer extravaganten Theorie: Die Sache war zu einer Herausforderung geworden, eine Frage der Loyalität meinem Bruder gegenüber. Ich hatte versagt, als ich seine Arbeit seiner Chefin zum Fraß vorgeworfen hatte, und mußte das irgendwie wiedergutmachen. Wenn Daniel genesen wäre – ob von der Magie der Worte, die Jabba und Proxi beschworen (und auch Judith, die sich der Idee begeistert anschloß), oder mit Hilfe der Medikamente von Diego und Miquel (was wahrscheinlicher war) –, wollte ich ihm etwas Interessantes anzubieten haben. Einen Gedanken, dem er nachgehen könnte, eine Phantasie, die ihm, wer weiß, eines Tages einen Nobelpreis verschaffen könnte und seine blöde Chefin fürchterlich beschämen würde.

Ich begann selbstredend mit *Die Neue Chronik und gute Regierung,* die zu Beginn des 17. Jahrhunderts von einem gewissen Felipe Guamán Poma de Ayala verfaßt worden war. Mir rutschte das Herz in die Hose angesichts der drei Bände, die das riesige Werk des Indianers aus dem peruanischen Adel umfaßte. Er hatte geglaubt, die barmherzige und christliche Seele des spanischen Königs Philipp III. rühren zu können, indem er ihm die Wahrheit über das schrieb, was im alten Inkareich seit den ersten Jahren der spanischen Konquista geschehen war. Das jedenfalls war der Einleitung zu entnehmen, die außerdem von der abenteuerlichen Odyssee des Manuskripts berichtete, das erst zu Beginn des 20. Jahrhunderts in Kopenhagen gefunden worden war. Ich trank ein paar verzweifelte Schlucke aus meiner Wasserflasche und warf einen schnellen Blick auf die gefalteten Notizblätter, die mein Bruder zwischen den Seiten des ersten Bandes hinterlassen hatte. Glücklicherweise hatte Daniel sie am Computer geschrieben (und auf die Rückseite von Altpapier des Lehrstuhls für Sozialanthropologie gedruckt). So blieb mir eine der Herausforderungen erspart, die ich am meisten gefürchtet hatte: das Entziffern seiner Schrift. Sobald ich mit dem Lesen begonnen hatte, vergaß ich alles um mich herum. Unmerklich hatte ich aufgehört, wie ein Blinder umherzutasten, und folgte Daniels Spuren auf dem Weg, den dieser nur wenige Monate zuvor allein erkundet hatte.

Offensichtlich stellte die Entdeckung Amerikas 1492 durch Kolumbus die spanischen Könige geradewegs vor ein überraschendes juristisches Dilemma: Sie mußten die Notwendigkeit der Eroberung und der nachfolgenden Kolonisierung Amerikas rechtfertigen, da es der damaligen Rechtsvorstellung (genau wie der heutigen) zuwiderlief, daß ein Staat das, was ihm nicht gehörte, dem Boden gleichmachte oder an sich riß. Das sogenannte Naturrecht schützte die Hoheitsgewalt eines jeden Volkes über sein Land. Daher mußten sich die erlauchten kastilischen Doktoren des 16. Jahrhunderts das Hirn zermartern, um Vorwände und abwegige Gründe zu erfinden, mit denen sich unwiderlegbar behaupten ließ, daß Westindien niemandem gehörte, als Kolumbus an seinen Küsten vor Anker ging. Weder waren die dort vorgefundenen Ureinwohner legitime Besitzer des Landes, noch hatten sie tatsächliche Könige, die den natürlichen Besitz des Territoriums hätten nachweisen können. Francisco de Toledo, der neue Vizekönig von Peru, ordnete im Jahre 1570 auf Geheiß Philipps II. eine Generalvisite des gesamten Vizekönigtums an, um dann der Krone zu berichten, daß die Inka das Land von unglückseligen, primitiven

Eingeborenen geraubt hatten, die seitdem unter der Tyrannei der Inka darbten. Damit war die Aneignung des Inkareichs durch die Spanier gerechtfertigt. Dies führte selbstverständlich zu einer Vielzahl an Übergriffen: zu Datenfälschung und verzerrter Wiedergabe dessen, was den spanischen Visitadores von den in Wirklichkeit zivilisierten, gutgenährten und mehrheitlich glücklichen Bewohnern des Reichs über ihre Geschichte erzählt wurde. Diese kannten kein Geld, weil sie es nicht brauchten, denn sie hatten in jedem Dorf Lebensmittellager für mehr als sechs Monate. Sie kannten keine großen gesellschaftlichen Unterschiede zwischen Mann und Frau, auch wenn jedes Geschlecht seine eigenen Aufgaben hatte.

Meine Augen blieben unvermittelt an einem bemerkenswerten Satz hängen: ›Die Visite auf Anordnung des Vizekönigs wurde von einem gewissen Pedro Sarmiento de Gamboa begleitet, der als Chronist und Fähnrich fünf Jahre lang das koloniale Peru bereiste und von den ältesten Eingeborenen eines jeden Ortes Informationen zu Gesellschaft, Geographie, Geschichte und Wirtschaft einholte.‹ Pedro Sarmiento de Gamboa …? Derselbe Pedro Sarmiento de Gamboa vom ›Weg der Yatiri-Indianer – Zwei Monate über Land‹ …? Ich war auf einmal derart euphorisch, daß ich aufsprang und meine Knochen zu einem eingebildeten Samba ein wenig hin und her schwang. Ich hatte ein Puzzleteil gefunden! Die Dinge begannen sich zusammenzufügen. Es war zwar nur ein Pyrrhussieg, aber immerhin.

Intuitiv begab ich mich auf eine schnelle Netzsuche nach diesem Pedro Sarmiento. Zu meiner Überraschung entdeckte ich, daß dieser Typ im 16. Jahrhundert eine wichtige, sogar herausragende Figur gewesen sein mußte, und zwar je nach konsultierter Website als Seefahrer, Astronom, Mathematiker, Militärangehöriger, Historiker oder Dichter und Altphilologe. Er hatte nicht nur den Pazifik bereist und über dreißig Inseln entdeckt, darunter die Salomon-Inseln. Nein, er war auch der erste Gouverneur der Provinzen an der Magellanstraße, hatte an den Kriegen gegen die aufständischen Inka teilgenommen und eben die Generalvisite des Vizekönigreichs nach Peru begleitet. Des weiteren hatte er ein Navigationsinstrument erfunden, das Jakobsstab genannt wurde und dazu diente, die Längengrade (eine bis dahin unbekannte Größe) zu berechnen. Er hatte eine *Geschichte der Inka* geschrieben und war außerdem von dem Piraten Richard Grenville nach England entführt worden, wo er sich mit Sir Walter Raleigh und Königin Elizabeth, mit der er in perfektem Latein kommunizieren konnte, angefreundet hatte. Und als ob dies noch nicht gereicht hätte, mußte er sich gleich zweimal vor der Inquisition verantworten, die ihn auf einem Platz in Lima (die damals Ciudad de los Reyes – ›Stadt der Könige‹ – genannt wurde) als Hexer und Astrologen bei lebendigem Leib verbrennen wollte. Konkret ging es um die Herstellung von Goldringen, angeblichen Glücksbringern. Angeklagt wegen Ausübung Schwarzer Magie und ›magischer Praktiken mit Instrumenten‹, mußte er Hals über Kopf nach Cuzco fliehen, nur um zehn Jahre später wegen ganz ähnlicher Vorwürfe in den geheimen Kerkern des Heiligen Offiziums zu enden – diesmal hatte er eine Tinte hergestellt, die bei dem Leser eines mit ihr niedergelegten Schriftstücks Liebe oder jedes nur erdenkliche Gefühl hervorrufen sollte.

Jedenfalls war es mir jetzt möglich, die von Daniel fotokopierte Karte ziemlich genau historisch einzuordnen, da Pedro Sarmiento de Gamboa die Generalvisite nach fünf Jahren 1575 abschloß und sich nach Ciudad de los Reyes begab (oder dorthin verbracht wurde), wo er Anfang desselben Jahres von der Inquisition verurteilt und im Juli ins Gefängnis geworfen wurde. Sarmiento will die Karte des ›Wegs der Yatiri-Indianer‹ am 22. Februar beendet haben, und laut einem Dokument des Inquisitionsgerichts von Lima[1] fanden sich im Inventar der am 30. Juli von Don Alonso de Aliaga, Gerichtsdiener der Inquisition, bei Sarmiento beschlagnahmten Objekte ›drei mit Indianern und Ländereien bemalte Leinwände‹.

Den kryptischen Notizen meines Bruders war zu entnehmen, daß jene Leinwände viele Jahre später zusammen mit weiteren Objekten und Dokumenten aus dem Besitz des Sarmiento de

Gamboa nach Spanien gebracht worden waren, wo sie fast ein Jahrhundert lang im Westindien-Archiv von Sevilla lagerten. Sie tauchten kurz im dortigen königlichen Handelshaus, der Casa de Contratación, auf, um ihre Reise dann im Hydrographischen Archiv von Madrid zu beenden, wo sie sich offenbar noch befanden und wo Daniel sie vermutlich entdeckt hatte.

Ich mußte nur noch herausfinden, an welchem See der ›Weg der Yatiri-Indianer‹ begann, und das war die leichteste Übung an diesem Abend. Es reichte, im Internet eine Karte der bolivianischen Hochebene aufzurufen, um zu entdecken, daß die Umrisse des Titicacasees exakt mit denen übereinstimmten, die Sarmiento de Gamboa gezeichnet hatte. Und seine große Stadt lag südlich des Sees haargenau bei den Ruinen von Tiahuanaco. Nicht so leicht nachzuvollziehen war die Wegstrecke, die von der Stadt, die immerhin mehr als viertausend Meter über dem Meeresspiegel lag, hinabführte, um im Urwald dem Verlauf eines namenlosen Flusses zu folgen. Die Karte auf meinem Bildschirm zeigte ein ganzes Netz von Flußarmen und Wasseradern, die ein heilloses, unentwirrbares Knäuel bildeten.

Da die Zeichnung Sarmiento de Gamboas abrupt an der Unterkante dessen abriß, was ich zunächst für ein Laken mit ausgefranstem Saum gehalten hatte, blieb auch die Frage unbeantwortet, wohin die Ameisenspuren führten, die sich im Amazonas verloren. Das war für meine Suche jedoch unerheblich, denn das Wichtigste hatte ich nun herausgefunden: Pedro Sarmiento de Gamboa hatte auf seiner fünfjährigen Reise durch Peru, auf der er im Rahmen der Generalvisite den Bericht an die Krone zu verfassen hatte, die Yatiri in Tiahuanaco getroffen und eine Karte gezeichnet, der mein Bruder Bedeutung zumaß. Sarmiento de Gamboa war direkt nach Fertigstellung dieser Karte von der Inquisition wegen Herstellung einer magischen Tinte verhaftet worden. Wieder stieß ich auf die Magie der Worte, das *Supercalifragilisticexplialigetisch*, das Proxi so gefiel.

Sicherlich lagen diese Notizen meines Bruders deshalb im ersten Band von Guamáns *Neuer Chronik*, weil sie irgend etwas mit dem zu tun hatten, was der Indio Felipe Guamán auf fast zweihundert Seiten niedergeschrieben hatte, um die Lügen im Bericht der Generalvisite zu entkräften. Ich faßte also Mut, warf einen Blick auf die Uhr – es war fast vier Uhr morgens – und begann zu lesen. Ich war nicht müde, aber selbst wenn ich es gewesen wäre, die bemerkenswerten Illustrationen des Buches hätten mich auf der Stelle wachgerüttelt. Gewöhnt an die modernen, bewegten Computerbilder in Millionen von Farbabstufungen, mit denen man die Wirklichkeit virtuell nachbilden konnte, waren die derben Zeichnungen in schwarzer Tinte von Guamán Poma für mich ein Schock. Als hätte ein gewaltiger Kurzschluß die Festplatte in meinem Hirn gelöscht, saß ich entwaffnet über jenen skizzenhaften Bildern, von denen insgesamt vierhundert in den Text eingefügt waren. Sie erinnerten an einen Comic, in dem sich die Handlung aus einer Abfolge von Einzelbildchen entwickelt – mit dem einzigen Unterschied, daß dieses Werk ungefähr vierhundert Jahre alt war.

Zunächst fiel mir eine Darstellung Viracochas auf, der in Guamáns Quechua *Vari Vira Cocha Runa* hieß. Er stand mit Blättern bekleidet unter einer leuchtenden Sonne, deren freundlicher Gesichtsausdruck mich an einen dieser Smileys oder Emoticons erinnerte, von denen es im Netz nur so wimmelt, weil man mit ihnen auf schnelle und einfache Art einen Gemütszustand oder eine innere Haltung ausdrücken kann. Soweit ich es im Blick hatte, wiesen alle von Guamán gezeichneten Sonnen Gesichter auf, die wie Emoticons ihre Einschätzung der von ihnen beleuchteten Szene zum Ausdruck brachten. Aber das Auffälligste an der Zeichnung war das Bärtchen, das Guamán Viracocha verpaßt hatte, um zu verdeutlichen, daß dieser kein einfacher Indio, sondern göttlichen Ursprungs war: Es bestand aus vier Schnurrbarthaaren und einem Kinnbärtchen, wie ich eines trug. Außerdem fiel das Schild mit dem ersten königlichen Wappen oder Wahrzeichen der Inka auf. Offensichtlich orientierte sich die Form eher an den spanischen Schilden als an den rechteckigen *Walqanqa,* aber es war etwas Geniales an dieser Mischung aus einer kreuzweise geviertelten Fläche, die von barocken Girlanden umschlossen war, und den naiven Abbildungen der bärtigen Sonne *Inti,* des Mondes *Quya,* des blitzenden, sechzehnzackigen Sterns *Willka* und eines Gottes in Menschengestalt auf einem Hügel.

Betäubt vom schwarzweißen Bilderrausch und einem Detailreichtum, in dem man sich verlieren konnte, übersah ich zunächst das phosphoreszierende Gelb der von meinem Bruder hervorgehobenen Textfragmente – mir war, als hätte ich hinter dem Lenker in aller Ruhe eine rote Ampel überfahren. Es gibt eben Bilder und Bildstile, Klänge, Aromen und Texturen mit der mächtigen Eigenschaft, uns der wirklichen Welt zu entreißen. Und erst nachdem ich mich vom ersten Eindruck erholt hatte, bemerkte ich, daß Daniel mir wieder einmal den Weg gewiesen hatte, indem er die wichtigen Worte, Sätze und Absätze gelb markiert hatte.

Seine erste Markierung befand sich neben der Abbildung eines weiteren barocken Schildes mit dem zweiten königlichen Wahrzeichen (einem Vogel, einer Art Palme, einer Troddel und zwei Schlangen) und hob die Aussage hervor, daß ›sie‹, also die Inka, ›aus der Lagune des Titicaca und aus Tiahuanaco‹ gekommen seien. Die ursprünglichen acht ›Ynga‹-Geschwister seien aus dem ›Collau‹ aufgebrochen und in Cuzco angekommen, wo sie die Stadt gegründet hätten. Im nächsten Absatz behauptete Guamán – mit der gallegelben Unterstützung von Daniel C. – nicht mehr und nicht weniger, als daß alle, die Ohren hätten, Inka hießen, und alle anderen nicht. Im ersten Moment beunruhigte mich die Vorstellung, daß die über neunundzwanzig Millionen Bewohner des Tihuantinsuyu, die nicht zur Königsfamilie gehörten, sozusagen ohrlos gewesen sein könnten. Doch sofort erinnerte ich mich an die Legende, daß die direkten Nachfahren der Kinder Viracochas zum Adel gehörten, dessen Angehörige sich durch riesige goldene Scheiben in den Ohrläppchen von denen abhoben, die kein Sonnenblut in den Adern hatten. Und tatsächlich war auf der nächsten Seite der erste Inka Manco Capac abgebildet (›Capac‹ bedeutete ›mächtig‹), mit zwei Scheiben links und rechts vom Kopf, als hätte er riesige Ohrmuscheln.

Plötzlich kam mir eine Idee. Hatte Proxi nicht gesagt, daß die Tiahuanaco regierenden Priester und Astronomen ›Capaca‹ hießen? Ob ›Capac‹ eine Ableitung von ›Capaca‹ war? Um das zu überprüfen, mußte ich im Wörterbuch von Ludovico Bertonio nachschlagen ... das bei meinem Bruder zu Hause stand. Mir blieb keine andere Wahl, als mich im Internet auf die Suche zu begeben. Ich hatte Glück. Es dauerte nicht lange, und ich bekam über die virtuelle Bibliothek der Universität Lima einen freien Zugriff auf das Wörterbuch, so daß mir ein digitalisierter Bertonio bestätigte, daß ›Capaca‹ tatsächlich ›König‹ oder ›Herr‹ bedeutete. Allerdings schränkte er ein, daß das Wort sehr alt (und das im Jahr 1612!) und nicht mehr gebräuchlich sei. Vielleicht stimmten die Inka-Legenden also wirklich in dem Punkt, daß Manco Capac, oder Capaca, und seine Ehefrau und Schwester Mama Ocllo wirklich aus Tiahuanaco stammten und von dort in den Norden gezogen waren, um Cuzco und das Inkareich zu gründen.

Manco Capac war fürstlich herausgeputzt. Er trug einen Umhang über seinem Gewand, einen verzierten Stirnreif, offene Sandalen und Schleifen unterhalb der Knie und hielt einen sonderbaren Sonnenschirm sowie eine Lanze in den Händen. Besonders aber fiel mir die Verzierung seines Gewandes ins Auge: ein horizontales Band auf Taillenhöhe mit drei Streifen kleiner Rechtecke, wie sie auf Daniels Kopien fotografierter Stoffe zu sehen waren. Diesmal schaute ich jedoch genauer hin und entdeckte im Inneren der Rechtecke winzige Sterne, weitere Rechtecke, längliche Tilden und Rhomben mit Punkten in der Mitte ... Die Motive wiederholten sich jeweils dreimal in diagonaler Anordnung, und ich fragte mich, was es mit diesen Textilmustern so Ungewöhnliches auf sich haben könnte, daß mein Bruder sich darauf verlegt hatte, sie zu sammeln.

Das Licht des Großbildschirms an der Wand schreckte mich auf, er machte mich darauf aufmerksam, daß meine Mutter gerade wach geworden war. Als ich mich der Projektion zuwandte, teilte sich das Bild in der Mitte, und im rechten, spärlich beleuchteten Fenster sah ich, wie sie in ihrem manierlichen lindgrünen Nachthemd aus dem Bett sprang. Meine Wohnung war selbstredend komplett mit Bewegungsmeldern ausgestattet, und zusätzlich konnte das System jedes Familienmitglied identifizieren.

Ich seufzte, und ein Gefühl wachsender Resignation überwältigte mich, während sie über den Gang auf mich zusteuerte wie die Titanic auf das Eis. Selbst als ich ihren Blick bereits in meinem Nacken spürte und ihr Bild im Sucher mir anzeigte, daß sie genau hinter mir im Türrahmen stand, hegte ich immer noch die vergebliche Hoffnung, sie würde eine andere Richtung einschlagen und wieder verschwinden.

»Kann man erfahren, was du um diese Zeit hier machst?« schimpfte sie, kam ein paar Schritte näher und blieb vor dem Großbildschirm stehen, in welchem sie sich sehen konnte, die Arme in die Seiten gestemmt, das grüne Nachthemd, die wirren Haare und den ärgerlichen Gesichtsausdruck. »Und kann man erfahren, warum du mir nachspionierst? Ich erinnere mich nicht, dir das Spionieren beigebracht zu haben, als du klein warst!«

»Ich lese.«

»Du liest?!« regte sie sich auf. »Du wirst schon sehen. Am Ende muß ich dasselbe tun wie damals, als du zehn warst, nämlich einfach das Licht ausmachen.«

Ich mußte lachen. »Dann nehme ich eine Taschenlampe, wie früher.«

Sie lächelte auch. »Glaubst du, ich hätte das nicht gewußt?« fragte sie, zog einen Sessel zu sich heran und setzte sich. Die Nachtruhe war dahin. »Ich kann mich noch an die Batterien, die Kabel und diese winzigen Glühbirnen erinnern, die du zusammengebastelt hast, um unter der Bettdecke lesen zu können. Wußtest du, daß dein Bruder sich das von dir abgeguckt hat? Als wir in London wohnten und du im Internat warst, hat er dasselbe gemacht, nur, daß du Comics lesen wolltest und er richtige Bücher. Er war seinem Alter wirklich weit voraus ...!«

Hatte ich schon erwähnt, daß mein Bruder der Lieblingssohn meiner Mutter ist?

»Chaucer, Thomas Malory, Milton, Shakespeare, Marlowe, Jonathan Swift, Byron, Keats ...«

»Schon gut, Mama. Ich hab immer gewußt, wie intelligent mein Bruder ist.«

Für sie beschränkte sich Bildung auf die Geisteswissenschaften. Was ich tat, war nie in den Rang des ›Respektablen‹ erhoben worden und ging definitiv nicht über einen jugendlichen Zeitvertreib hinaus. In den Augen meiner Mutter hatte ein Schuster oder ein Anstreicher einen anständigeren Beruf als ich: Sie taten wenigstens etwas Nützliches. So gesehen hatte mir Daniel natürlich immer etwas voraus: Anthropologe, Universitätsdozent, Wissenschaftler, dazu eine Frau und ein niedliches Kind. Was für einen Titel hatte ich denn vorzuweisen? Und was sollte dieser Kram mit dem Internet? Warum war ich noch ledig? Und schenkte ihr keine Enkelkinder? Bei ihrem letzten Besuch hatte sie deutlich ausgesprochen, daß ich die größte Niederlage ihres Lebens sei, wieviel Geld ich auch haben mochte. Und jetzt hatte ich den Eindruck, daß sie drauf und dran war, diese unangenehme Bemerkung zu wiederholen.

»Du mußt endlich was tun, Arnie«, redete sie mir zärtlich ins Gewissen. »Das kann auf keinen Fall so weitergehen. Du bist bereits fünfunddreißig, ein erwachsener Mann, und es wird Zeit, daß du Entscheidungen triffst. Clifford und ich haben beschlossen, unser Testament zu machen ... Ich weiß, es ist dafür noch ein bißchen früh, aber Clifford hat es sich in den Kopf gesetzt, und ich werde mich natürlich nicht dagegen sträuben. Das wäre ja dumm, meinst du nicht? Ich erzähle es dir auch nur, weil wir uns überlegt haben, Daniel einen größeren Teil zu vermachen als dir ... Mein Schatz, ich hoffe, es macht dir nichts aus. Er hat ja nicht soviel wie du, und wir wissen alle, wie wenig ein Dozent verdient. Außerdem hat er ein Kind und bekommt womöglich weitere. Ona und er sind ja noch jung. Deshalb ...«

»Es macht mir nichts aus, Mama«, sagte ich. »Überredet.« Was war schon dabei? Außerdem: Soweit ich wußte, unterstützte meine Mutter ihn schon lange mit kleineren monatlichen Beträgen, und sie zahlte für ihn die Hypothek auf die Wohnung in der Calle Xiprer ab. Es erschien mir richtig, daß mein Bruder mehr bekommen sollte als ich, auch wenn ich nicht umhinkonnte, dahinter einen Schachzug von Clifford zu vermuten. Clifford war okay, und wir schätzten einander, aber Daniel war sein Sohn und ich nicht. Jedenfalls brauchte ich das Geld glücklicherweise nicht, während es meinem Bruder, ob er sich nun wieder berappelte oder nicht, bestimmt gelegen kommen würde.

»Wenn du Kinder hättest, wäre es natürlich etwas anderes. Du weißt ja, daß wir euch absolut gleich behandeln und wie sehr Clifford dich mag. Doch solange du ledig bleibst, gibt es da nichts zu diskutieren. Wir sterben ja noch nicht. Allerdings will ich dir sagen: Wenn du in den nächsten Jahren ein nettes Mädchen kennenlernst und heiratest oder eine Beziehung führst oder wie man das nennt, und ihr Kinder in die Welt setzt, dann wird das Testament eben geändert und fertig.«

Ich kam aus dem Staunen nicht heraus. »Du meinst, daß ich mehr erbe, wenn ich heirate und Kinder kriege?«

Meine Mutter schaffte es immer wieder, mich aus der Fassung zu bringen. Ob sie wirklich glaubte, mich mit diesem völlig überflüssigen Argument zwingen zu können, mein Leben zu ändern? Das Labyrinth ihrer Gedankenwelt war einfach grotesk.

»Natürlich! Glaubst du etwa, daß ich – ich! – so ungerecht wäre, die Enkel eines Sohnes gegenüber den Enkeln des anderen zu benachteiligen? Das würde mir doch niemals in den Sinn kommen! Arnau, ich bitte dich! Wie kannst du nur so was von mir denken! Als ob du deine Mutter nicht besser kennen würdest!«

Wir sprachen noch keine fünf Minuten miteinander, und mir war bereits schwindelig und ganz schlecht.

»Komm mit, Mama«, sagte ich, stand auf und streckte ihr die Hand entgegen, als wäre sie ein kleines Mädchen. Sie war auch wirklich gerade mal sechzig und hatte sich hervorragend gehalten – viel besser als zum Beispiel Marta Torrent, die mit ihrem weißen Haar an eine alte Frau erinnerte. Meine Mutter sah dank Gymnastik, Schönheitsoperationen und gefärbten Haaren zehn Jahre jünger aus.

»Wohin gehen wir?« wollte sie wissen, als sie aufstand, um mir zu folgen.

»In die Küche. Ich mache mir einen Tee, und du trinkst ein Glas heiße Milch.«

»Aber fettarm bitte!«

»Natürlich. Und dann«, flüsterte ich ihr zu, während ich sie an der Hand den Gang entlangführte, »gehst du ins Bett und läßt mich arbeiten, okay?«

Sie lachte glücklich auf (sie fand es wunderbar, von Daniel und mir so behandelt zu werden) und ließ sich zahm von mir leiten, ohne den Mund aufzumachen.

Ich dankte Viracocha, als sie die Milch ohne Maulen trank, mich rasch auf die Wange küßte und wieder im Halbdunkel verschwand. Es war Sonntag früh um halb sechs. Ich war versucht, in den Garten zu gehen und den Himmel zu betrachten, aber Guamán Poma wartete, und von der Nacht war nicht mehr viel übrig. Ich konnte nicht ins Bett gehen, ohne noch mehr herausgefunden zu haben.

Nachdem meine Mutter sich wieder hingelegt hatte, verschwanden die Kamerabilder ihres Zimmers vom Wandmonitor. Da mir klar war, daß es Tag werden konnte, ohne daß ich es bemerkte, befahl ich dem Computer, mir um sieben Bescheid zu geben, und bat ihn um Informationen über den Fortgang der Suche nach Daniels Paßwort. Die Auskunft erschien sowohl auf dem Großbildschirm als auch auf den drei Monitoren, die in meinem Büro verteilt waren: Das Paßwort mußte aus mehr als sechs Anschlägen bestehen, denn darunter war keine Kombination erfolgreich gewesen. Ich gab ein paar Befehle ein, um den Prozeß einsehen zu können und zu erfahren, was für Serien das System gerade durchprobierte. Auf dem schwarzen Untergrund erschienen ungefähr fünfzig siebenstellige Wörter, in denen sich Groß- und Kleinbuchstaben, Ziffern, Leerzeichen und Sonderzeichen (runde und eckige Klammern, Gedanken- und Schrägstriche, Ausrufe- und Anführungszeichen, Tilden, alle Arten von Punkten und Akzenten usw.) abwechselten. Die Angelegenheit konnte schwierig werden, denn Kombinationen aus neun oder zehn Anschlägen würden womöglich sämtliche Rechnerkapazitäten sprengen. Wenn das Paßwort nicht bald auftauchte, würde ich Hilfe benötigen.

Ich drehte den Stuhl, umfaßte mit beiden Händen die Tischkante und zog mich auf den Stuhlrollen an den Tisch heran. Dann betrachtete ich weitere Bilder, während nach und nach Sätze auftauchten, die mein Bruder mit Textmarker hervorgehoben hatte.

Der zweite Inka, Cinche Roca, erschien zwei Seiten weiter. Er war ähnlich gekleidet wie sein Vorgänger und trug selbstverständlich gut sichtbare, riesige Ohrpflöcke. Die markierten Zeilen auf der Seite daneben lieferten mir eine wertvolle Information: Guamán Poma schrieb über Cinche Roca, daß dieser in Cuzco regiert und die Herrschaft über alle Langohren erlangt sowie das gesamte Collasuyu mit nur wenigen Soldaten unterworfen habe, weil die Colla sich als ›verweichlicht und kleinmütig‹ erwiesen hätten. Ein Sohn dieses Inka, der Feldherr Topa Amaro, eroberte und tötete die wichtigsten Colla und ›stach ihnen die Augen aus‹. Damit auch kein Zweifel darüber aufkam, wie er das machte, hatte Guamán Poma die Szene auf einem weiteren Bild in allen Einzelheiten festgehalten. Cinche Roca durchbohrte mit einem langen Haken das Auge eines armseligen, vor ihm knienden Gefangenen, der ein merkwürdiges Mützchen auf dem Kopf trug, das wie ein Blumentopf aussah. Das also war ein Colla-Aymara!, sagte ich mir und betrachtete ihn neugierig. Es kam mir vor, als würde ich ihn bereits ein Leben lang kennen.

Über Cinche Roca Inka (der Königstitel stand hinter dem

Namen) lieferte der Chronist weitere aufschlußreiche Informationen. Er beschrieb detailliert dessen Kleidung, wobei er bemerkte, daß das *Awaki* seines abgebildeten Gewandes, also das Muster, mit ›drei Tukapu-Streifen‹ versehen sei. Damit meinte er die drei Reihen mit Zeichen gefüllter kleiner Rechtecke, die mich an die Sonderzeichen des Computers erinnerten.

Ich drehte den Stuhl, rollte rasch zur Tastatur und startete eine Internetrecherche über Tukapus. Zu meinem Leidwesen erschienen nur zwei Dokumente, die sich wiederum als ein und dasselbe herausstellten, einmal auf englisch und einmal auf spanisch. Es handelte sich um eine Studie mit dem Titel *Guamán Poma und seine illustrierte Chronik des kolonialen Peru: Hundert Jahre Forschung auf dem Weg in ein neues Zeitalter der Interpretation.* Verfasserin war Dr. Rolena Adorno, Professorin für lateinamerikanische Literatur an der Yale-Universität. Die Belesenheit und Seriosität ihrer Ausführungen war erdrückend. Ich las aufmerksam und stolperte schließlich über einen Absatz, der die Tukapu-Studie eines gewissen Cummins erwähnte. Dieser habe darauf hingewiesen, daß bei Guamán wenig über die geheime Bedeutung der abstrakten Textilzeichnungen zu lesen sei. Und noch weniger über die Symbolik des Abakus, der auf der Abbildung des Khipukamayuq zu sehen sei, des Sekretärs des Inka, welcher die Khipus führte. Ich brauchte nicht lange, bis der Groschen fiel: Mit den Khipus waren die Quipus gemeint. Etwas länger dauerte es, bis mir klar wurde, daß der Khipukamayuq eben der Quipucamayoc war, von dem mir Ona auch schon erzählt hatte. Dieser Gedanke führte mich logischerweise zu einem weiteren: Wenn Khipus dasselbe waren wie Quipus und der Khipukamayuq der Quipucamayoc, warum sollte man dann Tukapu, also ein auf Stoff gemaltes Kästchen voller Symbole, nicht auch ›Tucapu‹ oder ›Tucapo‹ oder ›Tocapu‹ schreiben? Als ich die erste Möglichkeit als Suchbegriff eingab, bekam ich jedoch nur zwei nicht besonders nützliche Dokumente auf den Schirm, und die zweite Variante ergab noch weniger. Doch mit der dritten und letzten hatte ich Glück: Über sechzig Netzseiten enthielten das Wort ›Tocapu‹. Ich durfte wohl davon ausgehen, daß mir eine von ihnen die Antwort darauf liefern würde, warum mein Bruder (mehr noch als Rolena Adorno und dieser Cummins) sich für diese bemerkenswerten andinen Textilzeichnungen interessiert hatte, die eine geheime Bedeutung zu haben schienen, welche Guamán Poma nicht hatte verraten wollen.

Gleich beim Überfliegen der Adressen der ersten Seiten stieß ich auf einen bekannten Namen: Miccinelli-Dokumente ... Das waren doch die Manuskripte von Marta Torrents Freundin aus dem Privatarchiv mit diesem Quipu, über das mein Bruder eigentlich forschte? Ich klickte den Link an, lud mir die Seite auf den Bildschirm, und da stand es: ›Akten des Kolloquiums *Guamán Poma und Blas Valera. Andine Tradition und Kolonialgeschichte.* Neue Forschungsergebnisse‹, herausgegeben von Professor Laura Laurencich-Minelli, Inhaberin des Lehrstuhls für Präkolumbische Zivilisationen an der Universität Bologna, Italien. Und was hatte Frau Laurencich-Minelli über die Stoffe mit Tocapu-Streifen zu sagen ...? Beschäftigte sie sich nicht mit Quipus? Nein, ich erinnerte mich, Marta Torrent erforschte die Quipus und, auf ihre Anweisung, mein Bruder Daniel; Frau Laurencich-Minelli arbeitete über die historische und paläographische Seite der Dokumente.

Die Mitte der Achtziger entdeckten Miccinelli-Dokumente umfaßten zwei jesuitische Manuskripte, das *Exsul Immeritus Blas Valera Populo Suo* und die *Historia et Rudimenta Linguae Piruanorum,* verfaßt im 16. und 17. Jahrhundert. Sie waren im Jahr 1737 von einem anderen Jesuiten, Pater Pedro de Illanes, zu einem einzigen Band zusammengebunden worden und kurz darauf an Raimondo de Sangro, den Prinzen von Sansevero, verkauft worden. Wahrscheinlich überließ ihn der spanische König Amadeo I. aus dem Hause Savoyen während seines Regierungsintermezzos (1870–1873) seinem Enkel, dem Grafen Amadeo von Savoyen Aosta. Der schenkte ihn schließlich Major Riccardo Cera, dem Onkel der derzeitigen Inhaberin Clara Miccinelli, welche die Manuskripte 1985 im Privatarchiv ihres Onkels fand, dem Cera-Archiv. Ein Teil des zweiten Manuskripts, also der *Historia et Rudimenta Linguae Piruanorum,* war zwischen 1637 und 1638 in Lima vom italienischen Pater Anello Oliva verfaßt worden, der drei halbe Folia mit dem literarischen Quipu *Suma Ñusta* hinzugefügt und mehrere dazugehörige Knotenschnüre aus Wolle aufgeklebt hatte, die zu diesem Quipu gehörten. Ohne Zweifel das Quipu, mit dem sich Daniel auf Anordnung von Doctora Torrent befaßte!

Eine folgenreiche Entdeckung: Die Miccinelli-Dokumente besagten, daß Guamán Poma das Pseudonym eines mestizischen Jesuiten namens Blas Valera war (eines Schriftstellers und Historikers sowie auf Quechua und Aymara spezialisierten Sprachwissenschaftlers). Und daß die *Königlichen Kommentare* des Inka Garcilaso de la Vega ein unveröffentlichtes Werk ebenjenes Valera plagiiert hätten, welches dieser Garcilaso de la Vega anvertraut hatte. Er war von der Inquisition als Anführer einer Gruppe verfolgt worden, die nicht nur die Inka-Kultur am Leben erhalten wollte, sondern zudem die Spanier der unvorstellbarsten Übergriffe, Raubzüge und Verbrechen gegen die Indios bezichtigte. Was noch schwerwiegender war: Die Dokumente behaupteten klipp und klar, daß Francisco Pizarro den letzten Inka Atahualpa nicht in der Schlacht zu Cajamarca geschlagen hätte, wie es die Geschichte überlieferte, sondern daß er dessen Offiziere mit Muskatwein vergiftet hatte, unter welchen Rauschrot gemischt worden war, wie das Arsen offensichtlich damals genannt wurde. Zu all diesen Fragen hatte Doctora Laurencich-Minelli eine umfassende Bibliographie der Originaldokumente zusammengestellt, mit denen die Behauptungen belegt und ergänzt wurden. So interessant das Thema auch war, ich brauchte im Augenblick viel mehr die Anmerkungen zu den geheimnisvollen Tocapus und nicht ein weiteres Knäuel Rätsel.

Schließlich kam ich an die Stelle des Aufsatzes, die ich suchte. Kaum hatte ich den Titel des Abschnitts gelesen, da verstand ich, warum mein Bruder, ein Sprachanthropologe, sich so für die Inka-Stoffe und ihre Muster interessiert hatte. Eigentlich hätte ich bereits angesichts der allgemeinen Datenlage darauf kommen müssen, aber als blutiger Laie hatte ich einfach ein Brett vor dem Kopf. Der Titel lautete: *Quipus und Textilmuster als Schriftsysteme*. Ich kam mir vor wie ein Vollidiot, nicht nur, weil ich so blind gewesen war, sondern auch, weil jetzt auf der Hand lag, daß Marta Torrent sich mit Tocapus mindestens genausogut auskennen mußte wie mit Quipus. Ohne Zweifel wußte sie all das, was ich bisher herausgefunden hatte, wahrscheinlich sogar mehr. Nicht umsonst waren die Miccinelli-Dokumente durch ihre Hände gegangen und sie mit der Verfasserin des Aufsatzes befreundet.

Jedenfalls schrieb diese Kollegin von Marta Torrent, daß in den Miccinelli-Dokumenten Quipus wie Tocapus mit unseren Büchern verglichen wurden. Und auch wenn es in ihrem Aufsatz fast ausschließlich um die Quipus ging, erwähnte sie doch in einem Satz die Notwendigkeit, die Illustrationen der *Neuen Chronik und guten Regierung* von Guamán Poma alias Blas Valera aufmerksam zu studieren, da sie Geheimtexte enthielten, und zwar in den Tocapus, die wie Verzierungen auf die Gewänder gezeichnet worden waren und mit den richtigen Mitteln vielleicht entziffert werden konnten.

Gedankenversunken kehrte ich zu Guamáns Chronik zurück (wenn dies der richtige Name des Autors war) und blätterte die Bilder noch einmal durch, die mich so beeindruckt hatten. Jetzt sah ich die Tocapus auf den Gewändern in neuem Licht, und mir war, als hätte ich eine Wand mit ägyptischen Hieroglyphen vor mir. Obwohl ich sie nicht lesen konnte, war es eine Schrift voller Worte und Ideen.

Nur eine Frage hatte ich noch – aber offen gestanden fühlte ich mich in dieser Nacht nicht mehr in der Lage, die Antwort herauszufinden: In welcher Sprache waren die Tocapus verfaßt? Die Knoten dienten zweifellos dazu, etwas auf Quechua festzuhalten, der Sprache der Inka und ihrer Untergebenen, das war mir inzwischen klar. Und dasselbe schien auf die Tocapus zuzutreffen. Zwei gleichermaßen geheimnisvolle Schriftsysteme für dieselbe Sprache ...? Und was zum Teufel hatte dann das Aymara mit der ganzen Sache zu tun?

»Mail an Jabba«, rief ich entmutigt, und ohne daß ich mich gerührt hätte, wurden die Bildschirme hell. Der schwarze Cursor blinkte, während sich ein Mailprogramm öffnete, das mit der Spracherkennung bedient werden konnte. »Guten Morgen, Ihr zwei!« fing ich an zu diktieren, und die Wörter erschienen automatisch in dieser Reihenfolge auf den Schirmen. »Daran, um wieviel Uhr ich Euch diese Mail schicke, könnt Ihr sehen, was für eine Nacht ich hinter mir habe. Ich bitte Euch, noch mehr über das Aymara herauszufinden. Konkret: jede Beziehung zwischen dem Aymara und den sogenannten Tocapus.« Der Rechner hielt nach ›sogenannten‹ inne. »Ich buchstabiere: T wie Toledo, O wie Orense, C wie Cáceres, A wie Alicante, P wie Palencia, U wie Urgell und S wie Sevilla.« Das korrekt geschriebene Wort erschien. »Speichern: Tocapu. Bedeutung: Inka-Stoffe mit geometrischen Mustern. Plural: Tocapus. Weiter mit der Mail an Jabba. Das Quechua interessiert dabei nur, wenn es etwas mit den Tocapus und dem Aymara zu tun hat, sonst nicht. Ich gehe jetzt schlafen, bin aber nachmittags im Krankenhaus bei Daniel, falls Ihr mich sucht. In einer zweiten Mail schicke ich Euch etwas von dem Material, das ich nicht entziffern konnte. Vielleicht könnt Ihr mir ja auf die Sprünge helfen. Euch einen schönen Sonntag und danke. Grüße, Root. Ende der Mail an Jabba. Verschlüsselung: normal. Priorität: normal. Senden.«

Ich nahm aus der ledernen Aktentasche die Karte mit den Windrosen und das Bild des bärtigen Mannes ohne Körper (Humpty Dumpty) und legte sie auf meinen leistungsstärksten Scanner. Ich wollte die höchste Auflösung, auch wenn die Dateien riesig wurden. Jabba und Proxi sollten schließlich nicht mit unscharfen Bildern zu kämpfen haben.

»Bild eins und zwei auswählen«, sagte ich abschließend, machte es mir im Sessel bequem und stützte den Kopf auf die linke Faust. »Mail an Jabba. Ausgewählte Dateien einfügen.

Ende der Mail an Jabba. Verschlüsselung: normal. Priorität: normal. Senden.«

Die Bildschirme erloschen, und ich blätterte weiter mechanisch in der *Neuen Chronik,* bis ich auf den nächsten gelb markierten Absatz stieß. Genau in diesem Augenblick schalteten sich die Monitore wieder ein, und eine Systemnachricht teilte mir mit, daß es sieben Uhr war. Anschließend erschien in einer meisterhaften Überblendung eins meiner Lieblingsbilder: *Harmatan* von Ramón Enrich. Mit einem Mal schienen in mir alle Alarmglocken gleichzeitig zu schrillen, und ich fühlte mich schlagartig wie gerädert. War ich vielleicht fix und fertig! Wie lange ich wohl schon dasaß und las und surfte? Ich hatte keine Ahnung, wann ich eigentlich damit begonnen hatte. Laut gähnend reckte ich mich im Sessel, bis ich steif war wie ein Brett. Mir kamen die unzähligen Nächte in den Sinn, die ich am Computer verbracht hatte, um fremde Systeme zu knacken. Solche Herausforderungen faszinierten mich immer wieder, und wenn ich es endlich geschafft hatte, schwebte ich auf Wolke sieben und war stolz wie Oskar. Das Gefühl der Befriedigung war einfach mit nichts anderem auf der Welt zu vergleichen.

Auch nach dieser Nacht fühlte ich mich göttlich, trotz der Müdigkeit oder vielleicht gerade deshalb, und bevor ich vom Schlaf übermannt ins Bett fiel, entschied ich in einem abschließenden Delirium, ab sofort meinen *tag* durch ein Akronym von Arnau Capac Inka zu ersetzen. Der mächtige König Arnau – das klang wie Musik in meinen Ohren. Etwa so gut wie das sanfte und melancholische Klavierstück von Eric Satie, bei dem ich einschlief, das Fragment Nr. 1 der *Gymnopédies*. Satie hatte immer gesagt, *Gymnopédies* bedeute ›Tanz der nackten Spartanerinnen‹, aber eigentlich glaubte jeder, daß er sich das ausgedacht hatte. Mich ließ es ehrlich gesagt nicht so sehr an nackte Frauen wie an die Tausenden, wenn nicht Millionen, von Menschen denken, die in Amerika im Kampf gegen die Tyrannei der spanischen Krone und der Kirche ihr Leben gelassen hatten.

Als ich gegen Mittag erwachte, waren im Haus merkwürdige Geräusche zu hören. Zuerst dachte ich, meine Großmutter sei einfach früh aufgestanden. Doch sie war eine sehr rücksichtsvolle alte Dame und hätte nie einen derartigen Lärm veranstaltet, solange jemand schlief. Natürlich hätte es meine Mutter sein können, der solcherlei Rücksichtnahme nicht im Traum einfiel, aber sie war ja wohl mit Clifford seit dem frühen Morgen im Krankenhaus. Also blieben auf der Liste möglicher Übeltäter nur noch Magdalena und Sergi, der Gärtner, die jedoch automatisch wegfielen, da Sonntag war. Diese messerscharfen Schlußfolgerungen à la Sherlock Holmes stellte ich noch im Halbschlaf an. Es gibt nichts Besseres als ein paar handfeste logische Überlegungen mit einem Höllenlärm im Hintergrund, um das erschöpfteste Hirn hochzufahren.

Ich sprang aus dem Bett und tastete mich mit geschlossenen Augen stolpernd über den Gang in die Richtung, aus der das Getöse kam. Glücklicherweise schlief meine Großmutter wie ein Stein. Die Medizin behauptet ja, alte Menschen brauchten weniger Schlaf als junge. Die über achtzigjährige Doña Eulàlia Monturiol i Toldrà, deren geistige Brillanz an einen dieser funkelnden scharfkantigen Quarzkristalle erinnerte, schlief jedoch täglich ihre zehn bis elf Stunden. Und nichts konnte sie in dieser gesunden Gewohnheit stören, nicht einmal Nachtwachen im Krankenhaus am Bett eines ihrer Enkel. Sie prahlte immer mit ihrer Urgroßmutter, die hundertundzehn Jahre alt geworden war und angeblich noch länger geschlafen hatte. Meine Großmutter hatte vor, dieses Alter weit zu übertreffen, doch meine Mutter war entsetzt über eine solche Verschwendung von Lebenszeit. Sie machte ihr Vorhaltungen und riet ihr, den Schlaf auf sieben Stunden zu reduzieren, wie es die Spezialisten empfahlen. Meine Oma, die an Sturheit nicht zu übertreffen ist, sagte nur, die Ärzte hätten heutzutage keine Ahnung von Lebensqualität. Über ihrem Kampf gegen Krankheiten sei ihnen die Grundvoraussetzung für gute Gesundheit entfallen, nämlich wie ein König zu leben.

Als ich im Zentrum des Getöses angelangt war, schaffte ich

es mit Mühe, die Augen zu einem Blinzeln zu öffnen, und erblickte Jabba und Proxi, die in meinem Büro zwischen Kabeln, Rechnergehäusen – die, wie ich sehen konnte, aus dem ›100‹ stammten – und diversen Hardware-Komponenten auf dem Boden hockten. Ich hatte ganz vergessen, daß sie einen Hausschlüssel hatten.

»Ach, hallo Root!« begrüßte mich Jabba und strich sich mit dem Unterarm rote Strähnen aus dem Gesicht.

Mir entfuhr ein ziemlich grobes Schimpfwort. Vor mich hin fluchend bahnte ich mir den Weg ins Büro und trat mir einen kleinen, scharfen USB-Hub in den Fuß, worauf der Strom meiner Verwünschungen weiter anschwoll. »Könnt ihr mal damit aufhören!« war der erste kohärente Satz, der mir über die Lippen kam. »Meine Großmutter schläft!«

Proxi, die sich von meinen Kraftausdrücken nicht weiter hatte aus der Ruhe bringen lassen, hob den Kopf, blickte mich entsetzt an und ließ von dem ab, was auch immer sie da gerade getan hatte. »Jabba, Auszeit!« rief sie und richtete sich auf. »Das wußten wir nicht, Root, ernsthaft. Wir hatten wirklich keine Ahnung.«

»Kommt mit in die Küche. Während ich frühstücke, erzählt ihr mir, was zum Teufel ihr da gerade treibt.«

Zahm folgten sie mir den Gang entlang und betraten zerknirscht vor mir die Küche. Ich schloß leise die Tür, damit wir sprechen konnten, ohne jemanden zu stören.

»Also los!« sagte ich säuerlich und trat an das Regal, in dem die Glasbehälter und die Gewürze untergebracht waren. »Ich erwarte eine Erklärung.«

»Wir sind hier, weil wir dir helfen ...«, fing Proxi an, aber Jabba unterbrach sie.

»Wir wissen, wo dein großköpfiger Zwerg herkommt.«

Ich drehte mich auf dem Absatz um, das Vorratsglas mit Tee in der Hand. Sie hatten sich einander gegenüber an den Küchentisch gesetzt. Eine Frage meinerseits erübrigte sich wohl: Das Fragezeichen mußte mir ins Gesicht geschrieben stehen.

»Wir wissen fast alles«, plusterte sich mein angeblicher Freund selbstzufrieden auf.

»Stimmt!« bekräftigte Proxi in derselben Haltung. »Aber warum sollten wir's dir verraten? Du hast uns ja noch nicht mal von dem Kaffee angeboten, den du dir gerade machen willst.«

Ich seufzte. »Das ist Tee, Proxi«, informierte ich sie und goß eine exakt abgemessene Menge Mineralwasser in die winzige Glaskanne. Das Teetrinken war mir von meiner Mutter aufgenötigt worden, als wir in England wohnten. Am Anfang fand ich es widerlich, aber mit der Zeit hatte ich mich daran gewöhnt.

»Oh, dann lieber nicht!«

Ich wartete, bis die Bläschen aufstiegen, um sicherzugehen, daß die Wassermenge stimmte, und als ich merkte, daß ein bißchen fehlte, goß ich noch einen dünnen Wasserfaden aus der Flasche in die Kanne.

»Ich mach dir einen Kaffee«, sagte Jabba und ging zu der italienischen Espressomaschine, die er im Regal entdeckt hatte. »Ich kann auch einen gebrauchen. Weißt du –«, erklärte er mir, »wir sind sofort nach dem Mittagessen hergekommen.«

»Bedien dich«, murmelte ich, stellte das Kännchen in die Mikrowelle und gab am Touchscreen die Zeit ein. Jabba goß Leitungswasser in die Espressomaschine. Er war koffeinsüchtig, aber gerade deshalb fehlten ihm sämtliche Geschmacksnerven.

»Und wer rückt jetzt endlich mit den Neuigkeiten raus?« bohrte ich.

»Ich erzähl's dir, immer mit der Ruhe«, erwiderte Proxi.

»Wo ist der Kaffee?«

»Im Vorratsglas, gleich neben dem Teeglas. Gefunden?«

»Dein ›Eierkopf‹«, fuhr meine Lieblingssöldnerin aus der Sicherheitsabteilung fort, »ist eines der Figürchen auf der Karte, die du uns gestern nacht gemailt hast, Root.«

»Sag lieber heute morgen«, warf ich ein, unbeeindruckt von der Information, die ich gerade erhalten hatte.

»Auch gut, dann heute morgen ...«, gestand sie mir zu, während der Mann ihres Lebens körbeweise jamaikanischen Kaffee in das Kaffeesieb kippte und mit Inbrunst zusammenpreßte, bevor er das Sieb wieder in die Maschine schraubte. Ich biß mir auf die Zunge und sagte mir, daß es wohl besser sei, nicht weiter hinzusehen, wenn ich mich nicht mit diesem Tier anlegen wollte.

Und da fiel bei mir der Groschen. »Das bärtige Männlein ist auf der Karte mit den arabischen Schriftzeichen …?« entfuhr es mir. Ich war vollkommen perplex.

»Es steht direkt auf der Andenkordillere!« präzisierte Jabba und lachte auf. »Mit den Füßen auf den Gipfeln, und zwar genau da, wo Tiahuanaco liegen müßte!«

»Allerdings ist es wirklich sehr klein, kaum zu sehen. Du mußt schon ganz genau hingucken.«

»Oder wie wir eine riesige Lupe nehmen.«

»Deshalb hat Daniel es vergrößert!« Ein paar Sekunden lang war ich sprachlos, dann stürzte ich aus der Küche, obwohl die Mikrowelle piepte, und lief ins Büro auf der Suche nach der Mappe, in der ich die verdammte Karte nach dem Einscannen verstaut hatte. Ich sprang über die herumliegenden Teile, ergriff hastig die Karte und faltete sie auf. Richtig, dieser kleine Klecks war das Männchen mit dem Wasserkopf, ganz bestimmt, allerdings war es schwer zu erkennen.

»Mehr Licht!« rief ich wie Goethe auf dem Totenbett, und sofort wurde die Bürobeleuchtung vom System entsprechend reguliert. Da stand er, der verflixte Humpty Dumpty mit seinem schwarzen Bart, seiner Colla-Mütze und seinen Froschschenkeln! Er war so winzig, daß man ihn kaum identifizieren konnte, und so zog ich Daniels Vergrößerung aus der Mappe und musterte ihn, als wäre es das erste Mal. Was für eine Überraschung! Ich hatte ihn die ganze Zeit vor meiner Nase gehabt!

»Bring die Karte mit in die Küche«, bat Proxi, die in der Tür aufgetaucht war.

Jabba starrte weiter auf die Espressomaschine, als müßte er das Wasser mit seinem feurigen Blick erhitzen. »Hast du das Männchen gefunden?« fragte er, sobald sich die Tür hinter uns schloß.

»Es ist einfach unglaublich!« rief ich aus und wedelte mit dem Blatt wie mit einem Palmfächer.

»Ja, nicht wahr?« stimmte Proxi mir auf dem Weg zur Mikrowelle zu. Sie trug geblümte Leggings und darüber ein dickes, offenes Holzfällerhemd, unter dem ein weißes Trägerhemdchen und die Perlen mehrerer Ketten hervorblitzten. »Nun setz dich erst mal! Ich mach dir schon deinen ekligen Tee.«

Ich war ihr aus ganzem Herzen dankbar. Obwohl Proxi Tee widerlich fand, kriegte sie ihn immer erstklassig hin.

»Okay«, nahm mein Freund Jabba Anlauf. »Und jetzt sperr die Ohren auf und hör genau zu, was wir dir zu erzählen haben. Wenn das mit dem Aymara schon heftig war, dann ist das hier jetzt der Hammer.«

»Und genau deshalb haben wir beschlossen, dir zu helfen.«

»Ja, paß auf, diese Geschichte ist einfach zuviel für dich allein. Haufenweise Sachen, haufenweise Bücher und Dokumente ... Proxi und ich haben beschlossen, daß für diese Angelegenheit mindestens drei Köpfe gebraucht werden. Wenn du also damit einverstanden bist, nehmen wir uns jetzt eine Woche Urlaub von Ker-Central, kommen her und helfen dir.«

»Brauchen wir soviel Zeit?« warf ich ein. »Außerdem darf ich dich daran erinnnern, daß es hier im Haus bereits vor Leuten wimmelt.«

»Warum arbeiten wir eigentlich für diesen Typen, Proxi?« brummte Jabba beleidigt.

»Weil die Kohle stimmt.«

»Da hast du recht«, Jabba klappte bedauernd den Deckel der italienischen Kaffeemaschine hoch, um zu prüfen, ob das Wasser endlich kochte.

»Und weil er uns sympathisch ist«, fügte Proxi hinzu, während sie den Rest heißen Wassers in die Porzellankanne goß.

»Weil er auf dieselben Dinge steht wie wir, weil er genauso verrückt ist wie du und weil wir uns schon seit ... wie vielen Jahren kennen? Zehn? Zwanzig?«

»Wir zwei schon ewig«, stellte ich richtig, auch wenn das

nicht wirklich stimmte. »Du bist doch erst vor drei Jahren dazugestoßen, als ich Ker-Central aufgebaut habe.«

»Richtig ... wenn man es genau nimmt. Mir kommt es jedenfalls wie eine Ewigkeit vor.«

Jabba hatte ich im Netz kennengelernt. Obwohl wir nicht sehr weit voneinander entfernt wohnten (er stammte aus einem kleinen Dorf in der Nähe von Girona), hatten wir jahrelang zusammen programmiert und gehackt, ohne uns je persönlich begegnet zu sein. Einige Schandtaten gingen auf unser Konto, aber wir hielten dicht, anders als diese billigen kleinen Hacker, die mit ihren popeligen Triumphen hausieren gehen und dabei vergessen, wie schnell man sich die Finger verbrennt. Wir waren beide komische Typen, Eigenbrötler, die den Kontakt zu Wesen aus Fleisch und Blut eher scheuten – vielleicht aus Schüchternheit oder, wer weiß, weil wir der Leidenschaft für Informatik und Computer erlegen waren und uns deshalb anders fühlten als der Rest der Menschheit. Ich erfuhr Jabbas richtigen Namen erst, als ich ihm 1993 einen Job bei Inter-Ker anbot. Dabei wäre es keine Lüge gewesen, hätte ich damals behauptet, der große, massige und rothaarige Jugendliche, der die Kneipe betrat, in der wir uns zum ersten Mal trafen, sei der beste Freund, den ich je gehabt hatte. Und zweifellos war es ihm genauso ergangen, obwohl wir uns bis dahin noch nie gegenübergestanden hatten. Wir wechselten nur wenige Worte. Ich erzählte ihm von meiner Firmenidee, und er sagte zu, daß er für mich arbeiten würde, solange er nebenbei weiterstudieren könnte. Er war fünf Jahre jünger als ich, und seine Eltern, einfache Bauern, bestanden darauf, ihn zur Uni zu schicken, auch wenn sie ihn dahin hätten prügeln müssen. So begann die zweite Phase unserer Freundschaft. Als ich Inter-Ker verkaufte, begleitete Jabba mich zu Keralt.com und später auch zu Ker-Central. Inzwischen war er studierter Informatiker.

Und bei Ker-Central lernten wir Proxi kennen, die wenige Monate nach Firmeneröffnung in die Sicherheitsabteilung einstieg. Die Story von Jabba und Proxi war das, was man wohl Liebe auf den ersten Blick nennt. Getroffen von Amors Pfeil, war mein Freund auf einmal nicht mehr ansprechbar. Er fing an, alle Papiere durcheinanderzubringen, und war zu nichts mehr zu gebrauchen, geradezu hirntot beim Anblick dieser dürren, verblüffenden Informatikerin, die uns haushoch überlegen war. Und sie ließ sich nicht lumpen. Auch wenn Proxi sich nicht besonders anstrengen mußte, stellte sie ihm so dreist nach, daß der Arme irgendwann nicht mehr widerstehen konnte und ihr überwältigt zu Füßen fiel. Jedenfalls paßten die beiden perfekt zusammen und waren seitdem – und das war immerhin drei Jahre her – nicht weiter voneinander entfernt gewesen, als innerhalb der Firma in verschiedenen Büros zu arbeiten.

»Auf jeden Fall ...«, fuhr sie fort, reichte mir dabei die Tasse und die randvolle Teekanne, »ist die Sache die, Root: Wir werden dir eine Woche unseres kärglichen Urlaubs opfern, um herauszufinden, in was für eine Geschichte Daniel verstrickt ist. Die ganze Angelegenheit wird immer verrückter, je mehr wir rauskriegen.«

»Ich nehme euer Angebot an«, erklärte ich und beobachtete Jabba, wie er nach dem Henkel der Kaffeekanne griff und sie unsanft von der Platte nahm. »Aber warum hier zu Hause? Warum nicht im ›100‹? Da hätten wir es bequemer.«

»Bequemer!« äffte Jabba mich nach und goß ein wenig von der dampfenden, aromatischen Flüssigkeit in zwei Täßchen.

»Als du bei Jabba angerufen und ihn gebeten hast, Infos über das Aymara zusammenzustellen, hast du ihm erzählt, du hättest einen Haufen Bücher durchzulesen.«

»Und wir haben ja mitbekommen, wie es in deinem Büro aussieht. Das können wir doch nicht alles in den ›100‹ schleppen!«

»Wie weit bist du denn mit den Chroniken?«

»Na ja ...«, druckste ich herum und rückte verlegen meine Tasse auf der Untertasse zurecht.

»Wir müssen hier arbeiten. Im ›100‹ ist nicht genug Platz für so viele Bücher, Papiere und Mappen. Da haben wir doch keinen einzigen freien Tisch. Und damit wir uns nicht um die Rechner streiten müssen, haben wir ein paar aus dem ›100‹ mitgebracht, die wir gerade anschließen wollten.«

Jetzt saßen wir endlich alle am Tisch. Ich zog die verflixte Karte mit den Windrosen und den arabischen Schriftzeichen zu mir herüber. »Na gut, na gut«, murmelte ich und betrachtete den winzigen Humpty Dumpty. »Erzählt mal, was ihr rausgefunden habt.«

»Dieser Lappen«, begann Jabba, »ist die Fotokopie dessen, was noch von einer großen Weltkarte übrig ist, die 1513 von dem berüchtigten türkischen Piraten Piri Reis gezeichnet wurde.«

»Und woher weißt du das?« hakte ich nach.

»Woher ich das weiß?« knurrte er. »Weil Proxi und ich uns die Mühe gemacht haben, alle Internetseiten über alte Karten zu durchforsten, die im Netz herumschwirren. Es existieren gar nicht so viele Karten, wie man meinen könnte. Aus den letzten zwei- bis dreihundert Jahren sind sie haufenweise überliefert, doch aus der Zeit davor gibt es so wenige, daß du sie fast an einer Hand abzählen kannst.«

»Nachdem wir rausgekriegt hatten, daß es sich um die Karte von Piri Reis handelt, haben wir angefangen, alle Informationen zusammenzutragen, die wir über ihn finden konnten.«

»Und du kannst dir noch so sehr den Kopf zerbrechen«, verkündete Jabba, »du kommst nie darauf, was wir entdeckt haben.«

»Unter einem der Links gab es eine Liste der Dinge, menschlichen Wesen und Tiere, die auf der Weltkarte abgebildet sind, und darunter fand sich auch dein Eierkopf, und zwar als bärtiges, körperloses Ungeheuer dämonischen Ursprungs.«

»Also habt ihr ihn nicht mit der Lupe gefunden!«

»Doch, na klar haben wir ihn mit der Lupe gefunden!« protestierte Jabba mit vor Stolz geschwellter Brust. »Zugegebenermaßen erst, als wir wußten, daß er da irgendwo sein mußte. Und ihn auf der Karte aufzuspüren war in etwa so schwierig, wie ein Puzzleteil in einem Beutel mit weiteren fünftausend Teilen zu finden.«

»Na ja, vielleicht nicht ganz«, bremste Proxi. »Aber es war schon ziemlich aufwendig.«

»Und jetzt erzählen wir dir eine Geschichte. Die merkwürdigste Geschichte, die du jemals gehört hast. Aber Achtung!« warnte er und reckte gleich beide Zeigefinger in die Luft. »An dieser Geschichte ist alles wahr, auch die kleinste Kleinigkeit. Es geht hier nicht um Hobbits und Elfen, okay?«

»Okay.« Ich saß wie auf Kohlen. Doch schließlich begann nicht Jabba, sondern Proxi zu erzählen – nachdem sie am Kaffee genippt und das Täßchen zurück auf die Untertasse gestellt hatte. »Nach dem Zerfall des Osmanischen Reiches ...«, fing sie an.

»Findest du nicht auch, daß es so aussieht, als hätte sie ihr Leben lang nichts anderes gemacht?« fragte mich Jabba und tat tiefbeeindruckt.

Ich lachte und nickte energisch. »Hast du ›osmanisch‹ gesagt? Meintest du nicht eher das Römische Reich?« hakte ich treuherzig nach.

»Was seid ihr für bescheuerte Idioten!« rief sie angewidert. »Nach dem Zerfall des Osmanischen Reiches, im Zuge des Ersten Weltkriegs, beschloß die Regierung der neuen türkischen Republik, die Schätze zu heben, die jahrhundertelang im riesigen Palast von Topkapi vergraben waren, der früheren Sultansresidenz in Istanbul. Bei der Inventur der Stücke im Jahr 1929 entdeckten der Direktor des Nationalmuseums, ein Halil Sowieso, und ein deutscher Theologe namens Adolf Deissmann eine alte, unvollständige Weltkarte, die auf Gazellenleder gemalt worden war.«

»Ganz offensichtlich hat sie den ganzen Vormittag nichts anderes getan als recherchiert«, bemerkte ein gewisser Jemand, der sich umgehend eine Kopfnuß an seiner roten Rübe einfing. Ich verstummte und duckte mich.

»Wie der Schwachkopf hier dir ja schon erzählt hat«, fuhr Proxi ungerührt fort, »handelte es sich um die Überreste der großen Weltkarte des türkischen Flottenadmirals und berüchtigten Piraten Piri Reis, der sich 1513 als Kartograph betätigt und sie eigenhändig entworfen hat. Die Karte stellte die Britischen Inseln, Spanien, Westafrika, den Atlantik, einen Teil

Nordamerikas, Südamerika und die Küste der Antarktis dar. Also genau das, was du auf dieser Kopie siehst.«

Ich rieb mir den Schlaf aus den Augen und suchte auf der Karte nach den Gebieten, die sie genannt hatte. Der Atlantik, der die Mitte der Karte mit seiner hellblauen Farbe ausfüllte, war jedenfalls deutlich zu erkennen, voller Inseln, Schiffchen, Windrosen, Linien … Die Britischen Inseln waren jedoch nirgends zu sehen, aber ich hütete mich, das anzumerken. Rechts konnte ich mühelos Spanien bestaunen und darunter die bauchige Westküste Afrikas, in dessen Innerem so etwas wie ein Elefant abgebildet war, umringt von den Heiligen Drei Königen im Schneidersitz. Nordamerika bestand aus einer undeutlichen Küstenlinie am äußersten linken Rand der angeblichen Gazellenhaut. Es war, als verlöre man die Küstenlinie wegen der Erdrundung aus den Augen. Südamerika dagegen war detailliert eingezeichnet, mit seinen wichtigsten Flüssen, seinen Tieren, der Andenkordillere (und dem Männchen mit der roten Mütze) … Nur die Südspitze wirkte merkwürdig, denn dort, wo die Magellanstraße den Atlantik mit dem Pazifik verbindet, machte das Land ohne Unterbrechung eine Kurve in Richtung Osten, als suchte es die westlichste Stelle Afrikas. Ich schloß daraus, daß dies die unzureichend wiedergegebene Küste der Antarktis sein sollte. Nun gut, man konnte sagen, daß Proxi mehr oder weniger recht hatte.

»Kommt dir irgendwas komisch vor?«

»Ja«, sagte ich beherzt und deutete auf die fehlende Magellanstraße. »Hier stimmt was nicht. Außerdem ist Nordamerika schief. Genau, und dieser afrikanische Elefant ist zu dünn, der hat ja fast keinen Bauch, sondern sieht aus wie ein Windhund mit einem Rüssel!«

»Du sagst es, Root«, pflichtete Jabba mir bei. Gegen die gemeinsame Rivalin rotteten wir uns zusammen. »Aber es kommt noch viel dicker. Versuch mal, dich an alles zu erinnern, was du über Pizarro und die Inka weißt, und über die Entdeckung Perus.«

»Verrat ihm doch nicht alles, du Schuft!« schnaubte Proxi.

»Nun sei doch nicht so!« bettelte er.

Während die beiden fortfuhren, sich zu kabbeln, schaute ich mir auf Piri Reis' Karte Südamerika noch einmal genauer an. Was war daran so seltsam? Humpty Dumpty war nun wirklich kein gewöhnlicher Anblick, aber das Feuer neben ihm war ziemlich gut gelungen, ebenso die Flüsse und Berge. Was machte mich dann so stutzig? Mal überlegen ... Pizarro hatte die Inka 1532 in Cajamarca, ungefähr tausend Kilometer nördlich von Cuzco, besiegt, indem er anscheinend alle langohrigen Adligen vergiftet und den letzten ihrer Monarchen, Atahualpa, gefangengenommen hatte, um ihn kurz darauf zu töten. Das war der Beginn des Vizekönigreichs Peru gewesen und der systematischen Zerstörung des alten Reichs, der Verbreitung von Christentum und Inquisition, der Niederschrift der ersten Chroniken ... Was zum Teufel entging mir bloß gerade?

»Fällt dir denn gar nichts auf?« fragte Proxi.

»Also eigentlich nicht, ehrlich gesagt«, murmelte ich, blieb jedoch weiter suchend über die Fotokopie gebeugt wie ein eifriger Schüler und strich mir dabei nachdenklich über den Kinnbart.

»Na, komm schon!« machte Jabba mir Mut. Er wollte mich wohl gewinnen sehen.

»Ich wiederhole das fragliche Datum: Die Karte ist aus dem Jahr 1513.«

»Ja, und, was ist damit?« fragte ich mißmutig. Ich wollte keine Hilfe, ich wollte die Lösung nicht hören, und das wußten die beiden. Ich hatte offensichtlich die notwendigen Daten zur Lüftung des Geheimnisses selbst im Kopf. Ich mußte nur meiner Intuition folgen. Es war, als tastete ich mich durch eine dieser Dunkelzonen ohne Paßwort, wo einen nur die eigenen Herzschläge in den sicheren Hafen bringen. Ich war wieder der unerschrockene Odysseus, der versuchte, sein Schiff nach Ithaka zu lenken, der forsche Hacker, der darum kämpfte, etwas zu knacken, was *lawt'ata*, mit dem Schlüssel verschlossen, war.

Auch wenn es mich nervte, wußte ich jetzt dank Proxi, daß ich bei den Jahreszahlen anfangen mußte. Es gab zwei: 1513, das Jahr, in dem die Karte angefertigt worden war, und 1532, das Jahr, in dem Pizarro in Cajamarca eingetroffen war, um die Eroberung des Inkareichs einzuleiten. Zwischen 1513 und 1532 lagen neunzehn Jahre ... erstaunlicherweise zugunsten der Karte. Soviel – oder vielmehr sowenig – ich wußte, waren weder Peru noch Bolivien, noch Chile, noch Feuerland entdeckt, als Pizarro 1531 aus Panama aufbrach. Also konnten 1513 die genaue Form und Ausdehnung der Andenkordillere sowie der Verlauf der großen Flüsse gar nicht bekannt sein. Und erst recht nicht der Titicacasee und Tiahuanaco, von den Colla und ihren bevorzugten Kopfbedeckungen ganz zu schweigen.

Zu allem Überfluß war die Karte von einem Türken gezeichnet worden! Es mochte ja noch angehen, daß Kolumbus nicht der tatsächliche Entdecker Amerikas war – eine Erkenntnis, die angesichts der Theorie über die Wikinger kaum mehr anzuzweifeln war –, aber die Türken? Diesen Bären ließ ich mir nicht aufbinden.

»Die Karte ist gefälscht«, behauptete ich mit der Inbrunst der Überzeugung. »Zeitlich gesehen, kann diese Karte einfach nicht echt sein. Wenn sie also wirklich alt ist, dann ist sie eben eine mottenzerfressene Fälschung.«

Meine beiden aufmerksamen Zuhörer lächelten. Sie schienen zufrieden, fast stolz.

Proxis Augen wurden so schmal, daß sie sich in zwei Wimpernschlitze verwandelten. »Ich wußte, daß es dir auffallen würde!« rief sie aus.

»Und – ist sie nun gefälscht?« fragte ich und hob die Augenbrauen, überrascht davon, wie leicht es gewesen war, die Lösung zu finden.

»Quatsch mit Soße!« rutschte es Jabba verächtlich heraus. »Die Karte ist echt, gemalt in Gallipoli in der Nähe Istanbuls im Jahr 1513 vom historischen Piri Reis daselbst.«

»Kann doch gar nicht sein.«

»Habe ich dir nicht gesagt, daß an dieser Geschichte alles

stimmt, bis in die kleinste Kleinigkeit? Ich wiederhole: Wir sprechen hier nicht von Hobbits oder Elfen. War's nicht so?«

»Aber das macht keinen Sinn!« widersprach ich und wurde langsam sauer. »1513 wußte man nicht, wie die Neue Welt aussah. Ich könnte fast schwören, daß die Menschen damals noch glaubten, in Indien angekommen zu sein, dem wirklichen Indien im Osten.«

»Du hast recht. Und genau da liegt der Hase im Pfeffer. Woher nahm Piri Reis sein Wissen für diese Karte? Sie ist keine Fälschung, das bestätigt die Tatsache, daß sie von der Fachwelt anerkannt und katalogisiert worden ist – ganz abgesehen von den aufwendigen historischen Nachforschungen, die angestellt wurden, um alles zu beweisen, was mit der Karte und ihrem Urheber zusammenhängt. Und auch mit den vielen Informationen, die Piri Reis selbst auf osmanisch-türkisch in arabischer Schrift überall auf der Karte verstreut hat.«

»Geht das schon wieder los mit dem Unsinn?« rebellierte ich. »Nicht noch mehr Zaubertricks bitte! Diese Weltkarte ist falsch und Punkt. Sie muß Jahre später angefertigt worden sein, als von Piri Reis angegeben.«

»Jahre später, was?« echote Proxi von oben herab. »Und warum ist sie dann von allen kartographischen Institutionen auf der Welt als echt anerkannt worden? Warum konnten die Experten trotz der Unbequemlichkeit, die allein die Existenz der Karte bedeutet, nicht nachweisen, daß es sich um eine Fälschung handelt? Nur du, Arnau Queralt, wagst es, so was zu behaupten. Schlauberger!«

»Also gut, nehmen wir an, sie sei echt. Dann erklär mir bitte, wie dieser Piri Reis es geschafft hat, die Anden zu zeichnen, wo sie doch noch nicht bekannt waren.«

Ich konnte mit einigen Vorbehalten akzeptieren, daß das Aymara eine algorithmische und mathematische Sprache war. Schließlich ging es da immer noch um eine nachweisbare Tatsache. Ich war jedoch dazu erzogen worden, absurde Mythen und abwegige Konzepte weit von mir zu weisen, wenn sie auch nur leicht nach Heterodoxie rochen. Hätte ich im Mittelalter oder in der Renaissance gelebt, die Karte von Piri Reis hätte mir vielleicht dazu gedient, einen Befreiungskreuzzug gegen die offiziellen Versionen einer repressiven Kirche anzuzetteln. So wie es etwa Giordano Bruno mit seiner Theorie des unendlichen Universums getan hatte, von der Daniel in seinem Fieberwahn gesprochen hatte. Ich aber lebte nun einmal im Zeitalter der Wissenschaften, in der Ära des wissenschaftlichen Positivismus, der sich darum kümmerte, mittels Logik und Beweisführung die Grenzen des Akzeptablen deutlich zu markieren. Es hatte uns zu viele Jahrhunderte gekostet, uns aus den Fußeisen des Aberglaubens und der Unwissenheit zu befreien, als daß wir jetzt phantastischen Ungereimtheiten einfach so den Nährboden bereiten durften.

Jabba stand nervös auf und begann, in der Küche auf und ab zu gehen. Seine Jeans hingen so alt und verlottert an ihm, wie das in der Fifth Avenue bei Bergdorf Goodman gekaufte blaue Hemd funkelnagelneu und makellos war. »Eins nach dem anderen«, schlug er vor und zog mechanisch die abgewetzte Hose hoch. »Die Karte des Piri Reis birgt, abgesehen von der paradoxen Zeitangabe, noch einige Rätsel mehr. Wenn wir sie alle untersuchen, geht uns vielleicht ein Licht auf. Hol den Spickzettel raus, Proxi ... Das Männchen mit dem Eierkopf ist nicht zufällig auf der Karte, und auch Daniel hatte nicht einfach so eine Kopie dieser Weltkarte in seinen Unterlagen.«

»Dir reicht es noch nicht, daß ein Türke – und Pirat – im Jahr 1513 den amerikanischen Kontinent gemalt hat? Als hätte Kolumbus ihn auf einer seiner Karavellen mitgenommen!«

»Du hast ja nicht unrecht«, stimmte Proxi zu und strich mit den Handflächen einen Zettel glatt, den sie gefaltet aus der Tasche ihres Holzfällerhemds gezogen hatte. »Das Gebiet der Antillen ist, wie Piri Reis selbst einräumt, von einer Karte des Kolumbus übernommen. In einer der Inschriften gibt er an, vier zeitgenössische portugiesische Karten, weitere ältere aus der Zeit Alexanders des Großen sowie einige Karten benutzt zu haben, die sich auf mathematische Berechnungen stützen.«

»Da hast du's!« rief ich triumphierend. »An der Karte des Piri Reis ist gar nichts Seltsames dran.«

»Außer natürlich dieser Quellenangabe«, fuhr Proxi unerschütterlich fort, »von der du zugeben mußt, daß sie nicht sehr konkret ist. Doch an der Karte aus dem Topkapi-Palast fallen noch mehr Dinge auf. So erscheinen darauf die Falkland-Inseln, die offiziell erst 1592 entdeckt wurden. Es sind die Anden abgebildet, auf die Pizarro bekanntlich erst 1524 auf seiner ersten und unvollständigen Expedition in Richtung Süden gestoßen ist. Es taucht ein Lama auf, ein Säugetier, das 1513 noch unbekannt war, außerdem die Quelle und der Verlauf des Amazonas. Im Meer sind auf Höhe des Äquators zwei große Inseln abgebildet, die es heutzutage nicht mehr gibt. Die modernen Unterwassersonden haben dort aber zwei Gipfel ausgemacht, die zu einer Bergkette gehören, die den Atlantik von Nord nach Süd durchzieht. Und dasselbe gilt für eine Inselgruppe, die erst 1958 unter dem antarktischen Eis entdeckt wurde.«

Ich saß wie angewurzelt da und hielt die Luft an. In diesem Augenblick hätte man eine Stecknadel fallen hören. Ich glaube, sogar das System, das immer lauschte, horchte auf.

»Und das ist noch nicht das beste an der Karte des Piri Reis.« Proxi hob die Augen von ihrem Spickzettel und schaute mich ungerührt an. »Das Schärfste kommt noch. Wie du selbst bemerkt hast, Root, endet die Südspitze Feuerlands nicht im Meer an der Magellanstraße, wo die Ozeane sich miteinander verbinden. Statt dessen zieht sich der Kontinent in die Länge und geht über in eine merkwürdige Antarktis ohne Eis. Nun gut, als man die Karte 1929 entdeckt, wurde dies für eine weitere Ungenauigkeit gehalten. Sie wurde einfach auf die Unkenntnis zurückgeführt, die zu der Zeit herrschte, als die Karte angefertigt wurde. Aber ...«

»Aber ...?«

»Aber akustische Sondierungen, die in der Gegend von Forschungsschiffen durchgeführt wurden, haben ergeben, daß es diese Landbrücke zwischen Südamerika und der Antarktis gegeben haben muß. Und zwar genau wie auf der Karte des Piri Reis verzeichnet, nur daß sie heute unter dem Meeresspiegel liegt. Anscheinend ragte sie vor der letzten Eiszeit darüber hinaus und war begehbar. Die letzte Eiszeit soll wohlgemerkt einschließlich all ihrer Varianten und dazwischenliegenden warmen Epochen zweieinhalb Millionen Jahre gedauert haben, sie liegt bereits zehn- oder elftausend Jahre zurück. Jedenfalls kann man die Antarktis im übertragenen Sinne – oder vielleicht sogar wissenschaftlich exakt – als Halbinsel des amerikanischen Kontinents bezeichnen.«

Ich fluchte und rieb mir energisch das Gesicht, während Jabba ein spöttisches Auflachen unterdrücken mußte.

»Der Gipfel des Wahnsinns war erreicht, als Satellitenaufnahmen zu der Entdeckung führten, daß unter dem antarktischen Eis ebenfalls Festland ist. Das war bis 1957 nicht bekannt. Man fand heraus, daß die Küstenlinie, die Berge, die Buchten und die Flüsse, die auf den Infrarotfotos aus dem Weltall zu sehen sind, exakt mit dem übereinstimmen, was unser Freund, der türkische Pirat, gezeichnet hat. Es gibt nicht die kleinste Abweichung dabei. Piri Reis hat zweifellos die Antarktis von anderen Karten kopiert, allerdings von Karten, die erstaunlich alt sein müssen, weil sie den Kontinent nicht so zeigen, wie er seit zehntausend Jahren ist, sondern, wie er war, bevor er vom Eis bedeckt wurde.«

Ich schürzte perplex die Lippen und brauchte eine Ewigkeit, bis ich zwei zusammenhängende Worte herausbrachte. »Und natürlich ...«, stotterte ich schließlich, »ist eine Fälschung deshalb ausgeschlossen, weil die Karte 1929 in Istanbul entdeckt wurde, während die Satellitendaten aus dem Jahr 1957 stammen.«

»Ganz genau«, bestätigte Jabba, der weiter auf und ab ging. »Los, Proxi, es gibt da noch ein paar Sächelchen mehr.«

»Noch mehr?« rief ich aus.

»Ja, mein Lieber, ja. Keine Angst, ich bin gleich fertig ...« Sie hob die Tasse an die Lippen und trank einen Schluck, obwohl ihr Kaffee längst kalt sein mußte. »Die verflixte Karte benutzt ein Meßsystem, das als die ›Acht Winde‹ bezeichnet wird. Frag mich nicht, was das ist, ich hab's beim besten Willen nicht kapiert. Irgendwie funktioniert es wohl so, daß die verschiedenen Teile der Karte mit einem Zirkel in Winkeln von etwa zwanzig Grad zentriert werden. Neben diesem anscheinend archaischen System arbeitet die Karte noch mit einer griechischen Meßeinheit, die ›Stadion‹ heißt und 186 Metern entspricht. Wenn man das Ganze nun in moderne geographische Größen umrechnet, ist die Karte – und jetzt paß gut auf …« Proxi tippte mir mit ihrem Zeigefinger an die Stirn. »… in all ihren Proportionen und Entfernungen absolut exakt. Obwohl sie auf den ersten Blick verzerrt und irreal aussieht, als wimmelte es vor geographischen Fehlern, stellt sich heraus, daß sie exakt ist wie die besten unserer heutigen Karten und die geographische Breite und Länge aller Punkte auf dem Globus perfekt wiedergibt. Die geographische Breite ist bereits seit undenklichen Zeiten bekannt, weil man dafür nur die Sonne benötigt. Aber die Längenberechnung gibt es erst seit dem 18. Jahrhundert, und zwar konkret …« Sie schaute auf ihre Notizen. »… seit 1761. Dafür sind nämlich Kenntnisse in sphärischer Trigonometrie nötig und spezielle Meßinstrumente, die es vorher noch gar nicht gab. Trotzdem hat Piri Reis auf der Grundlage der alten Karten, die er abgezeichnet hat, die Meridiane genau angegeben, und seine Berechnungen sind absolut korrekt … was ein ziemlicher Schlag für unser Weltbild ist!«

Sie faltete ihren Zettel vorsichtig zusammen und steckte ihn zurück in die Hemdtasche, womit sie ihren Vortrag für beendet erklärte.

In meinem Kopf drehte sich alles, während ich versuchte, dem Ganzen einen Sinn abzuringen. Ich fühlte mich wie in einem Flugzeug, das von Turbulenzen erschüttert wird und kurz davor steht, im Sturzflug abzuschmieren und auf dem Boden zu zerschellen. Wie zum Teufel war Daniel in eine solche Geschichte hineingeraten? Wie kam mein Bruder mit seinem Quadratschädel dazu, sich in derartig abwegige Gefilde zu verirren?

»Weißt du, warum wir Informatiker so schlechte Liebhaber sind?« fragte Jabba und setzte sich wieder vor seine leere Kaffeetasse.

»Du vielleicht«, widersprach ich ihm und wappnete mich innerlich gegen einen weiteren grausigen Informatikerwitz.

Jabba war nicht zu bremsen. »Weil wir immer versuchen, den Job so schnell wie möglich zu erledigen, und wenn wir fertig sind, glauben wir, die vorherige Version verbessert zu haben.«

»O nein!« jaulte ich und warf mich mit gespielter Verzweiflung über den Tisch, worauf sich Proxi vor Lachen ausschüttete.

Wir ließen Luft ab. Dauerstreß und Ungewißheit hatten wie ein unerträglicher Druck auf uns gelastet, so daß nun einfach die Ventile geöffnet werden mußten. Beiläufig schaute ich auf die Uhr. Es war inzwischen Viertel vor sechs geworden.

»Meine Oma steht gleich auf«, bemerkte ich, das Gesicht noch auf die Tischplatte gedrückt.

»Na und?« keuchte Jabba. »Beißt sie etwa?«

Proxi lachte weiter aus vollem Hals, als würde sie sich den Nebel aus dem Gehirn blasen.

»Quatsch! Ich müßte nur eigentlich längst im Krankenhaus sein.«

»Geh doch! Wir arbeiten inzwischen in deinem Büro weiter.«

»Wann bist du wieder da?« Proxi verschränkte die Arme und machte es sich auf dem Stuhl bequem.

»Bald. Im Grunde braucht mich da ja keiner. Ona, meine Mutter, Clifford und meine Oma sind ein perfekt aufeinander eingespieltes Team. Aber ich will kurz nachsehen, wie es Daniel geht.«

»Dann ...«, flötete die Stimme meiner Großmutter von der Tür her. Jabba und ich fuhren hoch, »... komm doch mit für eine Stippvisite und fahr wieder!«

Wir hatten sie nicht kommen hören. Plötzlich stand sie da, mit perfekt frisierten Haaren, in ihrem eleganten farbigen Morgenmantel und den dazu passenden Hausschuhen. Sie schaute uns an.

»Oma! Wie hast du es geschafft, aufzustehen und dabei das System auszutricksen?«

Doña Eulàlia Monturiol schritt wie eine Königin auf die Espressomaschine zu. »Aber Arnauchen ...« Meine Großmutter nannte mich Arnauchen, seit ich klein war. »... es ist doch nur ein gewöhnlicher Bewegungsmelder. So was habe ich auch zu Hause zum Schutz vor Einbrechern. Man braucht sich doch nur langsam zu bewegen!«

Jabba und Proxi platzten los.

»Dann mußtest du dich aber ganz schön langsam bewegen!« protestierte ich.

»Nichts da! Ich kenne mich mit den Dingern gut aus. Du solltest sie empfindlicher einstellen!« Zufrieden lächelnd, goß sie sich eine große Tasse Milchkaffee ein und stellte sie in die Mikrowelle. »Hallo Jabba! Hallo Proxi! Tut mir leid, daß ich euch noch nicht begrüßt habe!«

»Aber ich bitte Sie, Doña Eulàlia!« antwortete Proxi freundlich. »Ihr Morgenmantel ist übrigens wunderschön. Er gefällt mir sehr.«

»Ja? Wenn du wüßtest, wie billig der war!«

»Wo haben Sie ihn denn gekauft?«

»In Kuala Lumpur, vor zwei Jahren.«

Proxi sah mich entzückt an und zog eine Augenbraue leicht nach oben.

»Also meinst du, Oma«, griff ich ein, um sie wieder aufs Thema zurückzubringen, »daß ich dich ins Krankenhaus bringen, eine Weile dableiben und dann wieder nach Hause fahren soll?«

»Na klar, mein Junge!« Ihre toupierten Locken schwangen bestätigend. »Ich weiß zwar nicht, was ihr da gerade treibt, aber es scheint sehr interessant zu sein!«

Proxi öffnete den Mund – und stöhnte dann auf. Ich hatte ihr unter dem Tisch, zwar nur mit nackten Füßen, einen solchen Tritt verpaßt, daß ihr die Worte im Hals steckenblieben.

»Es geht um Firmenangelegenheiten, Oma.«

Sie drehte sich zu mir um, bewaffnet mit einer Serviette, ihrer großen Tasse Milchkaffee und einer Keksdose, und näherte sich dem Tisch. Unter ihrem Blick sackte ich langsam in mir zusammen.

»Wann lernst du wohl, Arnauchen«, sagte sie langsam und in scharfem Tonfall, »daß du deine Großmutter nicht belügen kannst!«

Ich richtete mich wieder auf: »Oma, ich kann dir jetzt nichts erklären!«

»Habe ich dich darum gebeten? Ich wiederhole nur, was ich dir schon immer gesagt habe: Deine Oma hat einen Röntgenblick.«

»Ah ... das haben Sie aus einem Film, stimmt's?« unterbrach sie Jabba, impulsiv wie immer.

Meine Großmutter kicherte und knabberte an einem Keks. »Los, nun verschwindet schon aus der Küche und laßt mich in Ruhe frühstücken!« Doch dann konnte sie sich das Lachen nicht verkneifen, und wir hörten auf dem Weg ins Studio, wie sie husten mußte.

»Bei deiner Oma habe ich immer das Gefühl, wieder zehn Jahre alt zu sein«, bemerkte Jabba perplex.

»Man muß die Zügel bei ihr kurz halten. Wenn du sie nicht bremst, tanzt du schließlich nach ihrer Pfeife.«

»Sie ist süß, aber ziemlich gerissen für eine Oma!« Proxi lachte. »Du hast sie ja im Griff, nicht wahr, Arnauchen?«

»Tja«, gab ich zu, »es hat mich einiges gekostet, aber ich habe es geschafft.«

»Man sieht's ... Warum gehen wir nicht in den Garten?«

»Wozu?« wollte Jabba wissen.

»Um uns die Köpfe durchpusten zu lassen.«

»Wir könnten in den Spielsalon von Ker-Central runtergehen und uns ein bißchen am Simulator austoben. Hast du Lust, Root?«

»Wir spielen jetzt nicht am Simulator!« Proxi war entschieden. »Wir spielen unter der Woche schon genug. Ich brauche frische Luft und den Himmel über mir. Mein Hirn ist völlig blockiert.«

»Geht ihr beide doch raus!« sagte ich. »Währenddessen dusche ich und ziehe mich an.«

»Du siehst doch gut aus. Warum willst du denn ...«

»Proxi ...«, tadelte Jabba sie.

»Wir warten im Garten auf dich.«

Ich ging lächelnd in mein Schlafzimmer, fest entschlossen, eine ganze Weile unter der Dusche zu bleiben. Der Monitor im Badezimmer beharrte darauf, mir immer und immer wieder meine Oma zu zeigen, wie sie jeden Schrank und jede Schublade in der Küche durchsuchte. Keine Ahnung, was zum Teufel sie da trieb, aber mir schwante nichts Gutes. Jabba und Proxi dagegen spazierten Hand in Hand im Garten umher, als wäre in den letzten Tagen nichts Bemerkenswertes passiert. Wenn man sie so sah, wäre man nicht darauf gekommen, daß sie zwei Geheimnissen wie dem des Aymara und der Karte des Piri Reis auf der Spur gewesen waren. Dieser Gedanke machte mich augenblicklich unempfindlich gegen die tausend Nadelstiche des heißen Wassers, das mit starkem Druck auf mich niederprasselte.

Es war alles ein Wahnsinn. Alles. Wurden wir langsam paranoid? Ein merkwürdiger Fluch in einer Sprache, die mathematischen Gesetzen gehorchte. Ein geheimnisvolles Volk, die Aymara, das diese Sprache verwendet und wahrscheinlich das Inkareich begründet hatte. Die unmögliche Karte eines türkischen Piraten, die auf einem damals unbekannten Andengipfel diesen riesigen, monsterhaften Kopf zeigte. Dazu eine durchgedrehte Doctora, die meinen Bruder des Diebstahls bezichtigte, und zwei seltsame Geisteskrankheiten mit nur *scheinbaren* Symptomen, die mit diesem seltsamen Fluch etwas zu tun hatten. Der Kreis schloß sich, und ich war wieder am Anfang. Dabei hatte ich die Quipus, Tocapus, Yatiri, die verformten Schädel, Tiahuanaco, den Zeptergott von Tiahuanaco, seinen Kopf und seinen Sockel und schließlich Sarmiento de Gamboa vollkommen beiseite gelassen ... das heißt, alles war weiterhin *lawt'ata*. Wenn Daniel mir doch nur etwas sagen könnte! Mir helfen könnte, Licht in dieses Dunkel zu bringen ...! Was hatte er noch an jenem Abend gesagt, als Ona und ich bei ihm im Krankenhaus gewesen waren? Er hatte etwas von einer Sprache gefaselt, der Ursprache, dessen war ich mir fast sicher. Doch ich konnte mich nicht mehr an seine genauen Worte erinnern. Da ich der Meinung gewesen war, er würde phantasieren, hatte ich nicht richtig zugehört … Ich stemmte die Hände gegen die Fliesen in der Dusche, kniff die Augen fest zusammen und runzelte die Stirn – ein vergeblicher Versuch, jene wenigen Sätze, die mir jetzt, nur sechs Tage später, so wichtig erschienen, dem Vergessen zu entreißen. Es hatte etwas mit dieser Sprache zu tun gehabt, nur was?

Während ich mich abtrocknete und anzog, kreisten meine Gedanken weiter um diese flüchtige Erinnerung. Ich berührte sie mit den Fingerspitzen, bekam sie aber nicht zu fassen … Da klingelte das Telefon. Ich richtete den Blick auf den Bildschirm in meinem Schlafzimmer. Dort erschienen prompt Telefonnummer und Name der anrufenden Person. Weder das eine noch das andere sagte mir etwas: Von einem Joffre Viladomat Was-weiß-ich hatte ich bisher noch nie etwas gehört.

»Anruf ablehnen«, befahl ich dem System und zog mir mit einem Schuhlöffel die Turnschuhe an, was mir ersparte, Knoten und Schleifen aufzumachen. Dreißig Sekunden später rief dieser Joffre Viladomat wieder an. »Anruf ablehnen«, wiederholte ich, und der Rechner meldete zum zweiten Mal das Besetztzeichen weiter. Doch auch dadurch ließ sich Viladomat nicht abwimmeln. Ich schätze, daß ich zu jeder anderen Zeit alle von diesem Anschluß stammenden Anrufe einfach kategorisch abgewiesen hätte, aber ich war wohl gerade nicht in bester Form. Beim dritten Mal ging ich ran, wenn auch ziemlich genervt. Als ich die unvergeßliche Altstimme einer absolut hassenswerten Person vernahm, erstarrte ich.

»Herr Queralt?« Warum stattete die Natur so unerträgliche Personen wie diese Doctora mit einem so perfekten Werkzeug wie dieser Stimme aus? »Guten Tag, hier ist Marta Torrent, die Leiterin der Abteilung, in der Ihr Bruder arbeitet.«

»Keine Sorge, ich kann mich gut an Sie erinnern. Sie wünschen?« Ich kam aus dem Staunen kaum heraus.

»Hoffentlich stört es Sie nicht, daß Mariona mir Ihre Nummer gegeben hat!« Ihre melodiöse Stimme war wirklich einmalig.

»Sie wünschen?« wiederholte ich, ohne auf ihre Umschweife einzugehen.

Sie schwieg einen Augenblick. »Ich merke schon, daß Sie ärgerlich sind. Ehrlich gesagt, bin ich der Meinung, daß Sie keinen Grund dazu haben. Ich bin es, die verärgert sein müßte, und trotzdem rufe ich Sie an.«

»Doctora Torrent, bitte, sagen Sie mir endlich, was Sie wünschen!«

»Also, ich kann Ihnen das Material, das Sie mir gestern gezeigt haben, nicht einfach überlassen. Sie glauben, daß ich versuche, mir Daniels Forschungsergebnisse unrechtmäßig anzueignen. Das sehen Sie falsch. Ich würde gern in Ruhe mit Ihnen darüber reden ...«

»Verzeihung, aber ich meine mich daran zu erinnern, daß Sie Daniel des Diebstahls bezichtigt haben!«

»Zugegeben. Nur ein Teil der Dokumente ist mein Eigentum. Der andere gehört wirklich Daniel, dabei ist offensichtlich, daß er sich diese Dokumente erst später besorgt hat. Señor Queralt, die Angelegenheit ist ausgesprochen heikel. Wir sprechen über eine sehr wichtige Arbeit, die viele Jahre der Forschung gekostet hat. Bitte verstehen Sie, daß es für die akademische Welt eine Katastrophe wäre, wenn auch nur eine der Unterlagen verloren ginge oder in die falschen Hände geriete. Sie sind Informatiker und können sich daher nicht im entferntesten die Bedeutung dieses Materials vorstellen. Bitte geben Sie es mir zurück.«

Nicht nur ihre Stimme erinnerte an eine Fernsehansagerin, sondern auch ihre Wortwahl und Betonung. Aber weder Stimme noch Ausdrucksweise konnten verhehlen, wie eilig es die Doctora hatte, an die Dokumente zu kommen.

»Warum warten Sie nicht ab, bis Daniel sich wieder erholt hat?«

»Sich wieder erholt hat?« fragte sie ironisch. »Glauben Sie wirklich, daß er sich wieder erholen wird? Denken Sie doch mal nach, Señor Queralt.«

Marta Torrent hatte erneut die Grenze überschritten, diesmal endgültig.

»Zeigen Sie ihn doch an, wenn Sie die Dokumente haben wollen!« brachte ich wütend hervor und unterbrach die Verbindung mit der Escape-Taste. »Alle Anrufe dieser Nummer zurückweisen«, donnerte ich, »außerdem alle vom Inhaber dieser Nummer, wer auch immer es ist, ob Marta Torrent oder das Institut für Anthropologie der Universität Bellaterra.«

Mit großen Schritten lief ich aus dem Schlafzimmer und fragte mich, warum zum Teufel ich mich mit Leuten dieser Sorte abgeben mußte. Gesetzt den Fall, Daniel war wirklich ein Dieb, was ich für absolut ausgeschlossen hielt, und gesetzt den Fall, daß alles stimmte, was diese Hexe sagte – konnte sie sich die Dokumente nicht auf andere Weise zurückholen? Mußte sie meinen Bruder beleidigen, mich sonntags nachmittags zu Hause anrufen und andeuten, daß Daniel nie wieder gesund werden würde? Was zum Teufel hatte sich diese Frau gedacht? Hatte sie denn überhaupt kein Gewissen? Das mit der Anzeige hatte ich ernst gemeint. Ich würde ihr erst dann glauben. Allerdings bezweifelte ich stark, daß ich es jemals auch nur im entferntesten für möglich halten würde, daß mein Bruder Daniel sich Forschungsmaterialien auf illegalem Wege angeeignet haben konnte. Schon als wir klein waren, hatte er jedesmal einen Zettel hingelegt, wenn er sich etwas von mir nahm! Mein Bruder konnte gar nichts stehlen oder etwas nutzen, was ihm nicht gehörte. Davon war ich überzeugt. Also gab es nur den einen Schluß: Marta Torrent hatte etwas in Daniels Dokumenten entdeckt, das sie so sehr interessierte, daß sie dafür bereit war zu verletzen, zu beleidigen und niederträchtig zu lügen. Ona hatte sie damit vielleicht überzeugen können, aber nicht mich. Die Doctora hatte das Pech gehabt, auf mich zu stoßen. Sie würde es noch sehr schwer haben, wenn sie meinte, sich die Arbeit meines Bruders unter den Nagel reißen zu können. Leiterin eines Universitätsinstituts wird man nicht, wenn man ein Herz aus Gold hat. Nur die Leithammel, die wahren Haifische, können bei solcher Konkurrenz gedeihen. Und gute Menschen wie mein Bruder waren normalerweise ihre Opfer, waren die Stufen, auf die getreten wird, damit andere aufsteigen konnten. Ich hatte mich hilfesuchend an die Torrent gewandt und damit ein Ungeheuer geweckt. Ich hätte Daniels Material niemals ans Licht zerren dürfen. Doch jetzt war nicht die Zeit für Selbstvorwürfe. Jetzt ging es darum, so schnell wie möglich herauszufinden, was die Doctora in den Unterlagen gesehen und was ihre Gier geweckt hatte.

Montagmorgen erwachte ich um acht. Ein langer, harter Arbeitstag stand mir bevor, aber ich hatte nicht diesen Montagsblues wie sonst immer. Nichts war mehr so, wie es gewesen war, bevor Daniel krank wurde. Ich mußte nicht in mein Büro gehen und mir von Núria die lange Reihe vorgesehener Besuche und Besprechungen anhören, mich dabei meines Sessels bemächtigen und über das System mit den Kanälen weltweiter Wirtschafts- und Börseninformationen verbinden. Ich mußte weder Videokonferenzen mit New York, Berlin oder Tokio abhalten noch mich mit Technikern und Programmierern von Expertensystemen, Neuronalnetzen, generischen Algorithmen oder diffuser Logik zusammensetzen. Meine einzige Verpflichtung bestand darin, entspannt in der Sonne zu frühstücken und auf die Ankunft von Jabba und Proxi zu warten. Wir hatten uns am Abend zuvor für neun Uhr verabredet. Dann waren die beiden nach Hause gegangen und hatten – das muß hier mal gesagt werden – in meinem Büro einen Trümmerhaufen hinterlassen.

Meine Großmutter kam wie angekündigt aus dem Krankenhaus zurück, als ich gerade meinen Tee schlürfte und im Garten den anbrechenden Morgen genoß. Die Art, wie sie mit den Absätzen klapperte, schnaufte und mit Magdalena und Sergi sprach, ließ darauf schließen, daß sie kurz vor einem Headcrash war.

Wie ein Hurrikan stob sie in den Garten und zog sich die dicke Jacke aus, die sie nachts im Krankenhaus gerne trug. Bei meinem Anblick lösten sich ihre angespannten Gesichtszüge in ein liebevolles Lächeln auf, das jedoch von einem Stoßseufzer unterbrochen wurde: »Als ich deine Mutter zur Welt gebracht habe, ging's mir wohl zu gut!« war das erste, was sie sagte, während sie sich neben mir in einen Sessel fallen ließ und mir als Gruß mit der Hand über die unrasierte Wange strich.

»Nimm sie einfach nicht so ernst, Oma!« Ich rekelte mich genüßlich und reckte dabei die Arme in den strahlendblauen Himmel. Sobald meine Mutter und meine Großmutter ein paar Tage zusammen waren, brach der dritte Weltkrieg aus. Diesmal hatten die Feindseligkeiten auf sich warten lassen, da sie sich bisher kaum gesehen hatten. Doch wie zu erwarten, waren sie schließlich an diesem Tag bei einer ihrer kurzen Begegnungen am Schichtende aufgetreten. »Du weißt doch, wie sie ist.«

»Deshalb sage ich es ja. Herrgott, wie komme ich bloß zu einer derart engstirnigen Tochter?! Ja, ihr Vater war ein Hallodri, aber er war doch nicht auf den Kopf gefallen. Woher das Mädchen das nur hat? Wenn du wüßtest, wie oft ich mich das schon gefragt habe!«

Das Mädchen, wie sie sagte, hatte die Schwelle zu den Sechzigern bereits überschritten.

»Wie war die Nacht?« fragte ich, um das Thema zu wechseln.

Meine Großmutter senkte den Blick auf die Teekanne und strich traurig die Ecke meiner Serviette glatt. »Daniel war sehr unruhig. Er hat nicht aufgehört zu reden.«

Wir schwiegen und betrachteten Sergi, der diskret hinter den Oleanderbüschen vorbeiging.

»Möchtest du was trinken?« fragte ich sie.

»Ein Glas heiße Milch.«

»Fettarm?«

»Bleib mir bloß weg damit! Ich trinke doch kein Spülwasser! Nein, richtig normale Vollmilch.«

Ich brauchte mir nicht die Mühe machen, darum zu bitten.

Das System übertrug den Wunsch an Magdalena, egal, in welchem Teil des Hauses diese sich gerade aufhielt. »Gestern abend war er doch ganz ruhig«, bemerkte ich in Gedanken an meinen kurzen Besuch.

»Gestern abend, ja«, nickte sie und knetete sich das plattgedrückte Haar mit einer müden Handbewegung in Form, »ich weiß auch nicht, was danach mit ihm los war. Jedenfalls war es unmöglich, ihn zum Schlafen zu bewegen, trotz der Tabletten. Schrecklich!«

»Hat er Anstalten gemacht aufzustehen?« fragte ich hoffnungsvoll.

»Nein, gerührt hat er sich nicht«, murmelte meine Großmutter resigniert. »Er war besessen von seiner Beerdigung. Er wollte, daß wir ihn in den Sarg legen und begraben. Als ich ihm erklärte, daß die Toten heutzutage eingeäschert werden, hat er Gott sei Dank nicht weiter darauf bestanden ... Woher hat er bloß diese fixe Idee?«

»Das ist das Cotardsyndrom, Oma.«

Sie verzog den Mund, schaute mich an und widersprach mir mit einem sanften Kopfschütteln. »Sag mal, Arnauchen ... Was Lola, Marc und du da treibt, das hat doch was mit Daniel zu tun, oder?!«

Ein Sonnenstrahl näherte sich langsam meiner Tasse und schickte mir plötzlich einen Blitz in die Augen. Ich kniff sie zusammen und nickte.

Doña Eulàlia seufzte wieder. »Hilft es euch, wenn ich dir erzähle, was dein Bruder nachts so von sich gibt, oder ist das dummes Zeug?«

Was für eine kluge, feinfühlige Frau! Sie schaffte es immer wieder, mich zu überraschen. Ich lächelte und strich mir das Haar aus der Stirn. »Du bist genial! Erzähl.« Ich beugte mich zu ihr hinüber und gab ihr einen schmatzenden Kuß.

Sie wedelte mit der Hand in der Luft, um mich zu verscheuchen, streifte mich aber noch nicht einmal. »Ich erzähle es dir unter der Bedingung, daß du mich eine Zigarette rauchen läßt, ohne mir das Leben schwerzumachen.«

»Oma, bitte!« protestierte ich. »In deinem Alter solltest du das nicht!«

»Genauer gesagt: In meinem Alter kann ich so was endlich tun!« Flink holte sie ein wunderschönes ledernes Zigarettenetui aus ihrer Handtasche und zog eine Zigarette mit goldenem Filter heraus. »Ihr jungen Leute habt ja keine Ahnung mehr, was gut ist.«

»Missionier hier nicht rum.«

»Habe ich dir meinen Glauben aufdrängen wollen? Ich spreche vom Genießen! Außerdem – wenn du mir eine Predigt halten willst, geh ich auf mein Zimmer, und jeder hat seine Ruhe. Allerdings erzähle ich dir dann auch nichts von dem, was Daniel so redet.«

Ich schluckte meinen Protest runter, doch als sie die erste Rauchwolke ausstieß, legte ich besorgt die Stirn in Falten, damit sie wußte, was ich dachte. Das Erstaunliche war, daß meine Großmutter erst sehr spät, mit ungefähr sechzig, angefangen hatte zu rauchen, beeinflußt von ihren durchgeknallten Freundinnen. Seitdem gab es kein Essen und keine Feier, bei der sie nicht schließlich ihr Zigarettenetui hervorholte.

»Mariona hat mir erklärt, daß diese komischen Wörter, die Daniel immer von sich gibt, aus einer Sprache sind, über die er an der Universität geforscht hat.« Sie lehnte sich im Korbsessel zurück. »Quechua oder Aymara, da ist sie sich nicht sicher. Und verlang nicht von mir, daß ich sie dir wiederhole. Aber er redet auch viel von einer Kammer unter einer Pyramide, besonders, wenn er nervös ist. Dann redet er von dieser Kammer und davon, daß dort die Ursprache versteckt sei.«

Ich richtete mich ruckartig auf, stützte die Ellenbogen auf den Tisch und starrte sie gebannt an. »Was genau sagt er über diese Ursprache?«

Meine Oma schien überrascht von meiner Reaktion, aber ihr Blick verlor sich sofort wieder in den Büschen um uns herum. »Nicht viel. Ich dachte, ehrlich gesagt, es sei dummes Zeug. Na ja, er wiederholt ständig, daß die Ursprache aus Klängen mit natürlichen Eigenschaften besteht, oder so ähnlich.« Ihre Nasenlöcher weiteten sich, und sie preßte die Lippen zusammen, als sie diskret ein Gähnen unterdrückte. »Er sagt, diese Klänge seien in der Kammer unter der Pyramide. Außerdem meine ich verstanden zu haben, daß die Pyramide oben eine Tür hat.« Sie seufzte betrübt. »Wie traurig, mein Gott! Mein armer Enkel! Glaubst du, daß Dani wieder gesund wird?«

In der Tür zum Wohnzimmer erschien Magdalena mit einem Tablett, auf dem sie ein Glas Milch balancierte. Hinter ihr tauchte Jabba auf wie ein riesiger Schatten, und neben ihm Proxi, deren lange Beine in den Stretch-Jeans endlos wie bei einer Karikatur wirkten. Sie mußten sich gleich literweise Gel ins Haar geschmiert haben, und da Jabbas sehr lang und Proxis tiefschwarz war, wirkte der Kontrast irgendwie seltsam.

»Guten Morgen, guten Morgen!« Jabba ließ sich mit Wucht in einen der Korbsessel fallen, der knarrte, als würde er auseinanderbrechen. Glücklicherweise waren die Sessel solide und hatten gut gepolsterte Leinenkissen. »Einfach geil, nicht zur Arbeit zu müssen!«

Proxi setzte sich mit dem Rücken zur Sonne zwischen meine Großmutter und mich. Mit großen Augen starrte sie auf die Zigarette, die meine Großmutter in der Hand hielt, und auf den Rauch, der in sanften Kringeln in den Himmel aufstieg.

»Kommen Sie gerade aus dem Krankenhaus, Doña Eulàlia?«

Auf den Lippen meiner Großmutter zeichnete sich ein erschöpftes Lächeln ab. »Genau. Wenn es euch nichts ausmacht, gehe ich schlafen.« Sie stand so langsam auf, als wäre ihr Körper bleischwer. »Ich weiß, daß es unhöflich ist, einfach zu gehen, wo ihr gerade erst gekommen seid. Aber ich bin hundemüde. Daniel hat eine sehr unruhige Nacht hinter sich. Du erzählst es ihnen, nicht wahr, Arnauchen?«

»Mach dir keine Sorgen, Oma. Schlaf schön!«

»Ruhen Sie sich aus, Doña Eulàlia«, wünschte ihr Proxi.

»Gute Nacht, Kinder«, murmelte meine Großmutter schläfrig und trug das Glas Milch und den Rest ihrer Dosis Teer und Nikotin ins Haus.

»Wollt ihr noch was frühstücken?« fragte ich Jabba und Proxi, nachdem sie verschwunden war.

»Nein danke, haben wir schon«, erklärte Proxi. »Außerdem hättest du bestimmt nicht genug für dieses Krümelmonster. Jabba vertilgt morgens Berge.«

»Hat Daniel eine schlechte Nacht hinter sich?« Jabba wechselte schnell das Thema. Die dicke Fettschicht, die ihn schützte, war für ihn etwas sehr Intimes. Zu seinem Spitznamen war er gekommen, nachdem sein Bruder *Krieg der Sterne* und darin den gleichnamigen riesigen, weichen Wurm gesehen hatte, der als Kopf der Weltraum-Mafia Harrison Ford alias Han Solo verfolgte, um ihm das Geld abzuknöpfen, das er Jabba schuldete.

»Er war sehr unruhig.« Ich drehte meinen Sessel in die Sonne. Es tat gut, die warmen Strahlen zu spüren, ohne das Gefühl haben zu müssen, daß das Büro schon auf mich wartete. »Er bewegt sich noch immer nicht. Meine Großmutter hat mir gerade einiges von dem erzählt, was er so phantasiert. Ich habe das Gefühl, daß sein Hirn weitaus besser funktioniert, als alle meinen.«

»Was sagt er denn?« fragte Proxi interessiert.

»Er redet was von einer Ursprache.«

»Was du nicht sagst!« Jabba sprang auf und rückte seinen Sessel dicht an meinen heran. »Die Ursprache, also Aymara?«

»Nein, das Aymara erwähnt er nicht. Er behauptet nur, daß es eine Ursprache gibt, die aus natürlichen Klängen besteht. In seiner ersten Nacht im Krankenhaus haben Ona und ich gehört, wie er was Ähnliches gesagt hat, aber ich hatte das bis gerade vollkommen vergessen. Er sagte, daß es eine Ursprache gibt, die sich aus den natürlichen Klängen aller Lebewesen und Dinge zusammensetzt.«

»Das Aymara?« beharrte der dicke intergalaktische Wurm.

»Quatsch, über das Aymara hat er doch gar nichts gesagt!« Ich war genervt.

»Okay, aber ich bin sicher, daß er das Aymara meint.«

»Und wovon spricht er noch?«

»Sitzt ihr gut? Also hört zu: Daniel wiederholt ständig, daß diese Klänge in einer Kammer versteckt sind, daß diese Kammer unter einer Pyramide liegt und daß diese Pyramide oben eine Tür hat.«

Im Garten breitete sich eine solche Stille aus, daß man trotz der Lärmschutzwände ganz leise Verkehrslärm hören konnte. Ein Blick genügte, und wir sprangen wie auf Kommando auf und liefen ins Büro. Wo war noch diese Zeichnung von meinem Bruder mit der dreistufigen Pyramide, der gehörnten Schlange und der Aufschrift ›Kammer‹? Weil ich es im Büro von Marta Torrent gesehen hatte, wußte ich, daß diese Pyramide nichts anderes war als der Sockel, auf dem der Zeptergott am Sonnentor von Tiahuanaco steht. Die Kammer in der Pyramide hatten wir damit schon gefunden. Das einzige, was fehlte, war die Tür an der Spitze. Aber vielleicht war diese Zeichnung ja mehr so etwas wie ein Plan, und die reale Pyramide lag womöglich unter dem Sonnentor!

»Okay«, murmelte Proxi, nachdem sie die Skizze studiert hatte. »Ich glaube, die Puzzleteile fügen sich zusammen. Wir sollten die Sache mit den Chroniken bis heute mittag hinter uns bringen.«

Folgsam wie die Lämmer gehorchten wir. Ich nahm mir wieder die dreibändige *Neue Chronik und gute Regierung* vor, Jabba schnappte sich die beiden beeindruckenden Bände der *Königlichen Kommentare der Inka* und Proxi die *Crónica del Peru* von Pedro de Cieza de León sowie die *Suma y narración de los Incas* von Juan de Betanzos. Während die beiden es sich in breiten Sesseln gemütlich machten, setzte ich mich an meinen normalen Arbeitsplatz am Schreibtisch. In dieser Situation waren die vielen Rechner auf einmal zu nichts anderem nütze, als synchron und in Wellenlinien das Logo von Ker-Central schonend über die Bildschirme gleiten zu lassen. Aber welches andere Hilfsmittel hätte einer Gruppe von Informatikern auch einfallen sollen, die sich an einem außergewöhnlichen und fremden Thema die Zähne ausbeißen wollten? Manchmal hatte ich den Eindruck, daß nicht Blut, sondern ein Strom von

Bits durch meine Adern floß und daß ich mich aus Codezeilen zusammensetzte. Ich behauptete gern im Spaß, daß mein Körper die Hardware sei, mein Gehirn die Software und meine Sinnesorgane die Benutzeroberfläche, auf der die Daten ein- und ausgegeben wurden. Hatte es je eine Welt ohne Computer gegeben? Was waren das für Menschen gewesen, die noch nicht über das Netz kommunizieren konnten? Wie nur hatten sie im Mittelalter ohne Handy überlebt? Und kannten die Inka wirklich noch keine Glasfaserkabel und DVD? Die Vergangenheit war schon komisch. Vor allem, weil diese Menschen sich von uns eigentlich nicht unterschieden. Und trotzdem, trotz all unseres technischen Fortschritts war die Welt, in die wir hineingeboren wurden, noch immer absurd und unsere Zeit voller Wahnsinn – Terroranschläge, Kriege, politische Lügen, Umweltverschmutzung, Ausbeutung, religiöser Fanatismus ... –, so daß die Menschen längst den Glauben an Außergewöhnliches verloren hatten. Und nun war es an uns, das Gegenteil zu beweisen. Uns blieb nichts anderes übrig, als uns auszuliefern, uns dem Mysterium hinzugeben.

Den restlichen Vormittag über blätterte ich in Guamáns Chronik, betrachtete die Bilder und suchte über das Inhaltsverzeichnis nach der geringsten Anspielung auf die Colla, die Aymara oder Tiahuanaco – das dort als Tiauanaco auftauchte, eine Schreibweise, die ich meiner Liste hinzufügte: Tiahuanaku, Tiahuancu, Tihuanaku, Tiaguanacu und Tiahuanaco. Anstelle weiterer Hervorhebungen meines Bruders oder wichtiger Zusatzinformationen fand ich nur Kuriositäten, die nichts mit unserer Suche zu tun hatten. Die minutiöse Beschreibung von Foltertechniken und Strafen, die den Indios durch Staat und Kirche angetan worden waren, konnte es mit jedem Horrorfilm aufnehmen. Die Unterteilung der Gesellschaft in Rassen und Klassen, die mit der Entstehung eines Rassengemischs aus Spaniern und Indios einherging, war einfach unglaublich.

Nicht nur ich konnte nichts wirklich Nützliches mehr entdecken, auch Proxi pfefferte ihren Juan de Betanzos nach weniger als einer halben Stunde in die Ecke. Nur Jabba hatte mit Garcilaso de la Vega ein bißchen mehr Glück. Der Inka Garcilaso schien die Aymara mit einem ganz anderen Volk zu verwechseln, das an einem Ort namens Apurímac angesiedelt war, der vom Collao und vom Titicacasee ziemlich weit entfernt war. Die Colla erwähnte er nur im Zusammenhang mit ihrer Niederlage gegen die Inka und um sich als guter Christ über die Freizügigkeit der Colla-Frauen aufzuregen, die vor ihrer Heirat mit ihrem Körper machen konnten, was sie wollten. Über die Anlage von Tiahuanaco und seine Bauwerke sagte er kaum etwas. Er beschränkte sich darauf, die gigantische Dimension der verwendeten Quadersteine zu kommentieren: ›… Steine, die so groß sind, daß man sich wundert, wie sie von Menschenhand dorthin gelangen konnten, zumal es im großen Umkreis weder Felsen noch Steinbrüche gibt, aus denen sie stammen könnten … Die größte Verwunderung aber erwecken die riesigen Torbögen. Viele von ihnen sind aus einem einzigen Stein gehauen … Und diese Riesensteine und die Torbögen bestehen aus einem einzigen Stück, deren Herstellung ungläubiges Staunen hervorruft und die Frage, mit welchen Instrumenten oder Werkzeugen sie behauen wurden.‹ Im Anschluß gab der Verfasser mit größter Seelenruhe zu, daß er diese Informationen aus der Chronik des Pedro de Cieza de León abgeschrieben hatte, in welche sich Proxi zuvor vertieft hatte. Die einzige wirklich bemerkenswerte Neuigkeit, die Jabba bei Garcilaso aufstöberte, war ein Satz in Klammern am Anfang des siebten Buchs. Darin erklärte der Autor, der mütterlicherseits von Langohren abstammte, daß die Inka allen Einwohnern des Reichs das Erlernen der ›Allgemeinen Sprache‹, also des Quechua, befohlen hatten, wozu eigens Lehrer in die Provinzen geschickt worden waren. Und dann ergänzte Garcilaso de la Vega leichthin: ›Und man muß wissen, daß die Inka noch eine andere, eigene Sprache hatten, die sie unter sich verwendeten und die als heilige Sprache von den anderen Indios weder verstanden wurde noch erlernt werden durfte.‹

»Ich könnte schwören«, murmelte Jabba nachdenklich, »das schon mal ganz ähnlich irgendwo gelesen zu haben.«

»Ganz bestimmt!« Auch ich erinnerte mich.

Proxi nickte. »Jabba, du hast doch selbst erzählt, daß du bei deinen Nachforschungen über die Aymara und ihre Sprache auf ein Dokument gestoßen bist, in dem es heißt, daß die von den Yatiri zum Heilen von Krankheiten verwendete Sprache die Geheimsprache war, die die Langohren untereinander benutzten.«

»Stimmt ja!« Er schlug sich mit der Hand vor die Stirn. »Ich Esel! Die Yatiri!«

›Ich bin tot, weil die Yatiri mich gestraft haben.‹ Plötzlich schoß mir der Satz meines Bruders durch den Kopf. Und schlagartig fiel es mir wie Schuppen von den Augen: Die Yatiri waren schließlich das Adelsgeschlecht der Aymara und stammten direkt von der Tiahuanaco-Kultur ab, deren Angehörige von den Inka verehrt und von den eigenen Leuten als große Weise und Philosophen angesehen wurden. Sie waren außerdem sonderbare Ärzte, die wie Hexer mit Worten heilten. Sie beherrschten wohl eine geheime, magische Sprache, die sie mit den Langohren gemein hatten. Wenn sie aber mit Worten heilen konnten, warum sollten sie dann nicht auch mit Worten Krankheiten hervorrufen können? Und wenn die heilige Sprache, von der Garcilaso schrieb, nichts anderes war als das Aymara? Wenn nun das Aymara diese perfekte, mathematische Sprache war, die Ursprache, deren Klänge dem Wesen der Geschöpfe und Dinge entsprangen? Doch warum sollten die Yatiri meinen Bruder bestrafen wollen?

»Die Puzzleteile fügen sich zusammen«, bemerkte Proxi zum zweiten Mal. Ihr war nicht aufgefallen, daß ich mit den Gedanken kurz nicht bei der Sache gewesen war. »Wißt ihr, was ich glaube? Ich glaube, daß alles, was wir bisher herausgefunden haben, auf zwei Punkte hinausläuft: auf Tiahuanaco und die Yatiri. Hört mal zu, was Cieza de León schreibt.«

Im Hintergrund arbeitete mein Gehirn weiter: Pedro Sarmiento de Gamboa hatte Peru von 1570 bis 1575 bereist und die Berichte von der Generalvisite geschrieben. In diesen fünf Jahren war er in Tiahuanaco auf die Yatiri gestoßen, obwohl die Stadt damals nur noch ein Trümmerhaufen gewesen war. Er hatte eine Karte angefertigt und einen Weg eingezeichnet, der von Tiahuanaco aus direkt in den Urwald führte, an einen zweifellos wichtigen Ort. Und als er die Karte gerade beendet hatte, wurde er von der Inquisition der Hexerei bezichtigt. Man sperrte ihn in einen geheimen Kerker in Lima, weil er angeblich eine Tinte entwickelt hatte, die jedes nur erdenkliche Gefühl in demjenigen hervorrufen konnte, der las, was mit ihr geschrieben worden war.

»Cieza wurde 1548 zum offiziellen Chronisten Westindiens ernannt.« Proxi hatte ihre Füße auf den Rand des alten Rattantischs gestützt. »Er bereiste die wichtigsten Orte Perus und berichtete ausgesprochen detailliert über das, was er sah und hörte.«

»Berichtete er auch darüber, daß die Colla-Frauen Sex vor der Ehe hatten?« fragte ich spöttisch.

Proxi reagierte mürrisch. »Klar ... Und er war noch nicht mal Priester! Ein Glück, daß ich nicht damals gelebt habe!« rief sie genervt aus. »Bei so vielen altmodischen Machos wär ich bestimmt gestorben!«

»Gut, und was schreibt er sonst so über die Colla?« Jabba wechselte schnell das Thema, um nicht am Ende selbst in die Schußlinie zu geraten.

»Zum Beispiel, daß sie deformierte Schädel hatten.«

»Wirklich?« Ich war ganz Ohr.

»Hör zu: ›Auf den Köpfen tragen sie wollene Mützen, die wie Mörser aussehen und die sie *Chullos* nennen. Und alle haben sie langgezogene Schädel mit flachem Hinterkopf, die ihnen bereits im Kindesalter eingedrückt und verformt werden, so wie ich es hier niederschreibe.‹«

»Das Mützchen heißt *Chullo*!« Ich lachte. »Wie ›chulo‹ für Angeber. Aber irgendwas stimmt hier nicht. Warum schreibt er, daß allen Colla die Köpfe bereits im Kindesalter eingedrückt wurden? Mir hat die Doctora gesagt, daß die Schädeldeformation nur unter den Mitgliedern der Oberschicht üblich war. Sie haben sich dadurch von den anderen abgehoben.«

»Hier sagt doch jeder was anderes«, murrte meine Lieblingssöldnerin. »Jeder Archäologe und jeder Anthropologe vertritt seine Version der Dinge. Aus diesem Wirrwarr fabrizieren die Historiker anschließend eine Art allgemeingültige Theorie und machen dabei um gewisse Fragen einen Bogen, damit sie sich nicht die Finger verbrennen.«

»Und warum sprechen sie sich nicht ab?« protestierte Jabba. »Das würde einiges erleichtern.«

»Niemand kann über seinen Schatten springen, Marc«, schulmeisterte ich. »Oder soll ich dir noch mal den Krach um die Miccinelli-Dokumente auseinanderklamüsern?«

»Nein, vielen Dank!« rief er entsetzt. »Schnell, Proxi, erzähl lieber, was Cieza noch schreibt.«

»Mal sehen, wo war ich stehengeblieben …? Hier. Paßt auf, ich geb euch eine Zusammenfassung, und dann gucken wir uns die Infos über Tiahuanaco genauer an, okay? Also, die Colla haben Cieza de León berichtet, sie stammten von einer sehr alten, vorsintflutlichen Zivilisation ab, von der sie allerdings nicht viel wüßten. Es soll ein sehr mächtiges Volk gewesen sein, das bereits vor der Zeit der Inka große Tempel hatte und mächtige Priester, um seinen Glauben zu pflegen. Dann aber soll es die alten Götter verraten haben, weil eines Tages Viracocha der großen Lagune des Titicaca entstiegen sei, um die Sonne zu erschaffen und die Nebel zu besiegen, in die nach der Sintflut die ganze Welt gehüllt gewesen war. Wie die alten Ägypter hat dieses Volk seine Toten mumifiziert und ihnen große Bauwerke aus Stein errichtet, die *Chullpas* genannt wurden.«

»Und was schreibt er über Tiahuanaco?«

Proxi ließ den Blick über die Seiten wandern und blätterte vor und zurück, bis sie die gesuchte Stelle gefunden hatte. Sie strich die Seite glatt und begann zu lesen: »›Ich für meinen Teil halte diese Ruinen für die ältesten in ganz Peru, und so glaubt man, daß einige dieser Bauwerke lange vor der Herrschaft der

Inka errichtet wurden; denn ich habe Indios erzählen hören, daß die Inka die großen Bauwerke in Cuzco nach der Form gebaut haben, welche sie an der Mauer oder Wand gesehen haben, die man in diesem Dorf findet.‹«

»Was für eine Art, sich auszudrücken! Geht's noch umständlicher?«

»Halt die Klappe, Jabba! Proxi, bitte lies weiter.«

»›Ich fragte die in diesem Ort Gebürtigen unter Zeugenschaft von Juan Varagas (der jener ist, welchem sie anbefohlen sind), ob diese Bauwerke zur Zeit der Inka errichtet wurden, und er lachte über meine Frage und bestätigte, was ich bereits berichtet habe, nämlich daß sie schon erbaut waren, bevor diese regierten, und sie nicht sagen noch bestätigen könnten, wer ihr Baumeister sei, daß aber ihre Vorfahren sie gelehrt hätten, alles sei in einer Nacht entstanden, was dort zu sehen sei.‹«

»Was zum Teufel wollte er denn damit sagen?« polterte Jabba und rutschte in seinem Sessel hin und her. Er erinnerte mich an einen Löwen im Käfig.

»Daß die Colla ihm folgendes versichert haben: Tiahuanaco wurde lange vor der Ankunft der Inka erbaut, und zwar sämtliche Gebäude in einer einzigen Nacht.«

»Außerdem gibt Cieza«, fuhr Proxi unerschütterlich fort, »eine detaillierte Beschreibung der Ruinen, so wie er sie bei seinem Besuch vorgefunden hat. Hast du eine Karte von Tiahuanaco, Root?«

»Bis jetzt habe ich keine gebraucht.«

»Also, wenn wir das Sonnentor lokalisieren und verstehen wollen, was Cieza schreibt, sollten wir uns eine runterladen.«

Ich rührte mich nicht. »Das machen wir nachher. Jetzt gibt's erst mal was zu essen.«

Proxis Gesicht hellte sich auf, als sei sie kurz davor gewesen zu verhungern. Gerade wollte sie aus dem Sessel aufspringen, da ertönte ein kurzes Arpeggio, und eine Nachricht erschien auf den Bildschirmen. Unglaublich: Nach einer fast vier Tage dauernden Suche unter Ausnutzung sämtlicher Kapazitäten hatte das System soeben das Paßwort zu Daniels Computer herausgefunden.

Würde mir jemand ankündigen, daß mein Bruder eines Tages Präsident der Vereinigten Staaten werden wird, ich würde es wahrscheinlich nicht glauben. Legte man mir bombensichere Beweise vor, müßte ich es schließlich akzeptieren, bliebe aber bis zum Tag der Amtsübernahme skeptisch und hielte das Ganze auch dann noch für einen seltsamen Traum, aus dem ich wieder erwachen würde.

Nun, genau so fühlte ich mich, als ich das Paßwort sah, das sich mein Bruder zum Schutz seines Computers ausgesucht hatte:

(˘›Dån¥ëL‹¯)

Nicht mehr und nicht weniger als zwölf Zeichen, doppelt soviel wie normal, von denen einige außerdem so exotisch waren, daß kein Mensch sie jemals erraten hätte. Niemand benutzte so ein Paßwort, niemand hatte die Phantasie dazu oder war so vorsichtig. Außerdem erlaubten nur wenige Anwendungen Zeichenfolgen dieser Länge, ganz zu schweigen von den seltenen Schriftzeichen. Das Programm mußte entweder ausgesprochen hochwertig oder im Gegenteil absolut billig, das heißt von Freizeithackern geschrieben worden sein. Daß Daniel mit so viel Hirnschmalz und Umsicht diesen für ihn so untypischen Aufwand getrieben hatte, war erstaunlich. Hatte ich ihn unterschätzt?

Auch Jabba und Proxi trauten ihren Augen nicht. Beide waren erst sprachlos, äußerten dann jedoch die feste Überzeugung, daß dieses Paßwort nicht auf Daniels Mist gewachsen sein konnte.

»Sei mir nicht böse, Root!« Proxi, die Expertin in Fragen Sicherheit, ließ eine Hand auf meine Schulter fallen. »Dein Bruder hat doch viel zu wenig Ahnung von Computern. Woher sollte er allein den ASCII-Code kennen? Ich leg die Hand dafür ins Feuer, daß er das Paßwort irgendwo kopiert hat.«

»Ist ja jetzt auch egal …«, stotterte ich fassungslos.

»Genau. Im Moment ist das doch Wurscht.« Jabba zog sich

die Hose so weit hoch, wie es sein Bauch zuließ. »Wir sollten das Paßwort abspeichern und erst mal essen gehen.«

Selbstverständlich schickten wir ihn und seinen Bärenhunger in die Wüste und drangen unverzüglich in die Eingeweide von Daniels Laptop vor, unsicher und gespannt, was uns erwartete. Ein Blick auf die Festplatte und das Pfadverzeichnis zeigte mir, daß die wenigen Ordner ungewöhnlich viel Speicherplatz benötigten. Das Rätsel löste sich in Wohlgefallen auf, als ich sah, daß sich die Unterverzeichnisse der Ordner unendlich verzweigten in unzählige Bilddateien und riesige Anwendungen (unter denen sich auch das Schutzprogramm mit dem Paßwort befand). Wir spielten die Dateien auf den Zentralrechner, um sie mit sechs Händen von verschiedenen Terminals aus untersuchen zu können.

In der Regel kann ein Computerprogramm nur funktionieren, wenn es zuvor in die kalte, binäre Sprache des Rechners übersetzt wurde, das heißt in lange Reihen von Nullen und Einsen, deren Bedeutung den meisten Menschen verschlossen bleibt. Deshalb werden Programmiersprachen benutzt, mit denen dem Rechner in alphanumerischer Form mitgeteilt wird, was er tun soll. In diesen Code werden häufig Kommentare und Erklärungen eingefügt, von denen der Anwender am Rechner nichts weiß. Sie helfen anderen Programmierern, die Funktionsweise der Anwendung zu verstehen, um sie nötigenfalls überarbeiten zu können. Nun, als wir den Code des Paßwort-Programms vor uns hatten, wurde klar, daß wir damit nicht gerechnet hatten.

Ein Computerprogramm ist einem Musikstück, einem Buch, einem Film oder einer kulinarischen Kreation nicht unähnlich, denn seine Struktur, sein Rhythmus, sein Stil und seine Zutaten verweisen immer auf den Autor. Ein Hacker ist ein Mensch, der mit geradezu ästhetischer Leidenschaft programmiert. Er identifiziert sich mit einer Kultur, die mehr ist als eine spezielle Form des Seins, der Kleidung oder der Lebensführung. Es ist vielmehr eine Art Begeisterung für die Schönheit und Perfektion von Programmcodes. Damit der Code eines Programms diese besondere Schönheit aufweist, muß er nur zwei elementare Normen erfüllen: Er muß einfach und klar sein. Wenn du es schaffst, den Rechner einen Befehl mit einer einzigen Anweisung ausführen zu lassen, wozu brauchst du dann hundert oder tausend? Wenn es eine brillante, saubere Lösung für ein konkretes Problem gibt, wozu solltest du dann Teile anderer Programmcodes kopieren und sie irgendwie zusammenkleistern? Wenn die Funktionen klar und deutlich voneinander abzugrenzen sind, wozu dann den Code mit Sprung- und Rücksprungbefehlen verkomplizieren, die am Ende nur seine Funktionsweise bremsen?

Wir hatten es hier eindeutig mit einer schmutzigen Variante zu tun, der Arbeit eines oder mehrerer unerfahrener Programmierer, die aus anderen Anwendungen Tausende unnützer Befehlszeilen kopiert und in ein Programm eingefügt hatten, das wie durch ein Wunder trotzdem funktionierte. Der Code sah aus wie einer dieser Schulaufsätze, für die man früher ganze Seiten aus Büchern und Enzyklopädien abschrieb und daraus eine lesbare Collage zusammenkleisterte, die man abschließend mit einem aufgeblasenen Kommentar schmückte.

»Was für ein Dreck ist das denn!« Jabba heulte entsetzt auf.

»Habt ihr die Kommentare gesehen?« Proxi tippte mit dem Zeigefinger auf den Bildschirm.

»Kommt mir bekannt vor ...«, murmelte ich und kaute auf der Unterlippe herum. »Kommt mir irgendwie bekannt vor. Das hab ich schon mal gesehen.«

»Ich auch.« Meine Lieblingssöldnerin scrollte im Text schnell nach oben und unten.

»Ich könnte schwören, daß das aus Fernost kommt«, wagte ich zu behaupten. »Pakistan, Indien, Philippinen ...«

»Philippinen«, bestätigte Proxi absolut überzeugt. »Aus dem Institut für Informatik der AMA-Universität in Manila.«

»Erinnere mich an deine Gehaltserhöhung.«

»Wann genau soll ich dich daran erinnern?«

»Hab ich nur so gesagt.«

»Ah nein, das kommt überhaupt nicht in die Tüte!« Jabba ließ keine Gelegenheit aus. »Ich bin Zeuge!«

»Ist ja gut!« stammelte ich und drehte meinen Sessel in Proxis Richtung. »Wir sprechen drüber, wenn wir diese Geschichte hinter uns haben. Versprochen! Jetzt erzähl erst mal, was du noch über diese Programmierer weißt, Proxi.«

»Studenten im letzten Jahr ihres Informatikstudiums. Die AMA-Universität ist die prestigeträchtigste auf den Philippinen. Sie liegt im Finanzdistrikt von Makati. Aus ihren Hörsälen sind wahre Genies hervorgegangen, wie dieser Onel de Guzmán, Autor des ›I love you‹-Virus, der weltweit fünfundvierzig Millionen Rechner verseucht hat. Ganz zu schweigen von den vier Wochen harter Arbeit, die es mich gekostet hat, um eine Ansteckung unserer Systeme zu verhindern. Diese Jungs programmieren, um sich das Studium zu finanzieren oder um im Westen Arbeit zu finden. Sie sind schlau, arm und haben Zugang zum Internet. Sie müssen Geld verdienen und Aufmerksamkeit erregen.«

»Und wie kommt Daniel an so ein Programm?«

»Ich hab die Kommentare durchsucht«, erläuterte Jabba. »Hab aber nichts gefunden. Ich bezweifle sehr, daß das Programm irgendwo publiziert worden ist, denn die Zeitschriften wählen normalerweise sehr sorgfältig aus, was sie veröffentlichen. Der Name des Programms sagt auch nicht viel: ›Jovi-Key‹ … vielleicht ›Schlüssel des Jovi‹? Schwer zu sagen. Es könnte höchstens sein, daß Daniel es im Internet aufgestöbert hat, aber das würde mich wundern, denn die Programme, die gratis ins Internet gestellt werden, haben ein Copyright. Dieses hat keins.«

»Was nicht normal ist!« Proxi hob den Zeigefinger in die Luft wie ein Pantokrator.

»Da hast du recht.« Ich war perplex.

Es war drei Uhr, und wir machten zähneknirschend eine Pause, um auf der Terrasse zu essen. Keine halbe Stunde später hockten wir jedoch wieder im Studio und arbeiteten uns in die Tiefen des Laptops vor. Magdalena brachte uns Tee und Kaffee, und über dem Öffnen und Lesen von Dateien und dem Studium von Fotos und Texten schoß die Zeit nur so dahin.

Alles war da. Wir hatten uns nicht getäuscht. Mit äußerster Präzision waren wir Daniels Schritten gefolgt und hatten in einer intensiven, anstrengenden Woche das nachvollzogen, was er, völlig auf sich gestellt, in sechs Forschungsmonaten herausgefunden hatte. Aber Daniels Anstrengung hatte sich gelohnt. Die durch die archivierten Dokumente belegten Entdeckungen waren echt faszinierend. Mein intelligenter Bruder hatte ganze Arbeit geleistet, und der dahintersteckende Aufwand erklärte, warum er erschöpft und nervlich am Ende gewesen war.

Seinen chaotischen Notizen und Graphiken war zu entnehmen, daß er bei der Untersuchung des Quechua-Quipu der Miccinelli-Dokumente im Auftrag von Marta Torrent immer wieder auf große Schwierigkeiten gestoßen und schließlich zu der Überzeugung gelangt war, daß diese Knotensprache kein reines Quechua sein konnte. Im Verlauf seiner Nachforschungen hatte er bei Garcilaso de la Vega eine Anspielung auf die Geheimsprache der Langohren entdeckt, die sich letztendlich als das Aymara herausgestellt hatte, auch wenn es von Elementen des Quechua durchsetzt war. Daniel hatte – genau wie wir später – entdeckt, daß etwas am Aymara seltsam war, hatte deshalb die Arbeit an den Knotenschnüren aufgegeben und begonnen, sich auf die Tocapus zu konzentrieren und die eingewebten Quadratmuster zu studieren. Die Lektüre von Guamán Poma und den anderen Chronisten hatte ihn nämlich auf den Gedanken gebracht, daß die Tocapus das Schriftsystem der ›heiligen Sprache‹ sein könnten. Je mehr er über die Tocapus herausfand, desto überzeugter war er, daß sich ein altes Geheimnis dahinter verbarg. Eines, das mit der Macht der Worte zu tun hatte. Er stieß auf die Yatiri, auf Tiahuanaco, und zu unserer Überraschung brachte er den seltsamen Kopfkult der Aymara mit der erwähnten Macht der Worte in Zusammenhang. Deshalb begann er, Fotos von Schädelformationen zu sammeln, und schließlich weckte die Karte des Piri Reis seine Aufmerksamkeit. Daniel hatte vermutet, daß die Aymara (oder die Colla oder Pukara) zu Urzeiten, vielleicht einige Jahrtausende vor unserer Zeit, einen Gott verehrt hatten, der dem Humpty Dumpty mit der Riesenbirne ähnlich war. Deshalb hatte er sich bemüht, das Alter der Karte zu erfahren. Er wollte herausfinden, in welchem historischen Moment die Aymara diese Verehrung des Gottes mit dem Riesenkopf entwickelt hatten, welchen er ebenfalls in dem späteren und vermenschlichten Zeptergott erblickte, auch wenn er sich nicht sicher war, ob diese Abbildung wirklich einen Gott darstellte, wie immer behauptet wurde. Viracocha jedenfalls konnte schon gar nicht gemeint sein – den hielt mein Bruder für eine Erfindung der Inka kurz vor Ankunft der Spanier.

Daniel hatte offensichtlich zahlreiche Anläufe gebraucht, um die Tocapu-Texte zu entziffern, denn auf dem Laptop fanden sich Hunderte eingescannter Reproduktionen entsprechender Stoffe und Keramikobjekte. Er hatte verzweifelt Beispiele und noch mehr Beispiele gespeichert, um den Schlüssel zu finden, der beweisen würde, daß diese geometrischen Muster in Wahrheit ein Schriftsystem waren. Es gab zahllose Unterverzeichnisse mit digitalen Reproduktionen, die ohne jeden erkennbaren Sinn katalogisiert waren, benannt mit langen Ketten zusammenhangloser Ziffern.

Doch dann stießen wir tatsächlich auf das Programm, das meinem Bruder schließlich den Schlüssel geliefert hatte. Es hieß JoviLoom (vielleicht ›Jovis Webstuhl‹?), hatte wie sein Zwilling JoviKey kein Copyright und bestand aus Millionen offensichtlich geklauter Befehlszeilen, die schlecht strukturiert und noch schlechter miteinander verbunden waren. Trotzdem funktionierte das Machwerk wieder einmal unerwartet gut, abgesehen davon, daß es fast die ganze Festplatte blockierte. Wir hätten ein paar weitere Köpfe gebraucht sowie einige Arbeitswochen, um es gründlich zu studieren. Aber uns reichte, was wir gesehen hatten. Immerhin wußten wir jetzt, daß die philippinischen Hacker offensichtlich Fans von Bon Jovi waren.

JoviLoom war im Grunde ein Datenbankprogramm. Soweit nichts Ungewöhnliches. Auch die Tatsache, daß es statt Informationsfolgen Bilder verwaltete, war nicht weiter spektakulär. Von dieser Art von Programmen gab es Hunderte. Erstaunlich war jedoch, daß sich, wenn man es öffnete, zwei vertikale Fenster nebeneinander auftaten. Im ersten erschien eine Übersicht von über zweihundert winzigen Tocapus, die in Dreierreihen angeordnet waren und die man einzeln anklicken und in das daneben gelegene Fenster ziehen konnte, um das Muster eines jeden Stoffs zu reproduzieren. Wenn man bestätigt hatte, daß man mit dem ›Weben‹ des gewünschten Textes fertig war, verwandelte das Programm den Entwurf in eine kontinuierliche Reihe von Tocapus und durchsuchte diese nach identischen Abfolgen. Wenn es welche fand, teilte es die Reihe jeweils beim ersten Buchstaben (oder Tocapu) der gefundenen Abfolge (oder des gefundenen Worts) und startete die Suche neu ab dem zweiten Tocapu des Musters. JoviLoom tat also ungefähr das, was man bei diesen Buchstabenrätseln tun muß, um in einer ›Buchstabensuppe‹ Wörter zu identifizieren, herauszusuchen, die nicht nur horizontal, sondern auch vertikal, diagonal und invertiert verlaufen können. So konnte man zum Beispiel aus einem rechteckigen Umhang, der mit einer bestimmten Anzahl von Tocapus verziert war, unzählige Kombinationen extrahieren. Am Ende ergaben sie eine Reihe von Grundmustern (genau wie im Buchstabenrätsel), hinter denen sich die angenommenen Wörter versteckten. Sie wurden dann von JoviLoom nach einer logischen Ordnung gemäß ihrer ursprünglichen Lage zusammengestellt und getrennt. Wenn der Text auf diese Weise aufgebaut, das heißt, an die lateinische Grammatik angepaßt war, mußte er nur noch übersetzt werden – was JoviLoom allerdings nicht tat. Das Programm beschränkte sich großzügig darauf, eine anarchische Version aus augenscheinlich wild durcheinandergewürfelten lexikalischen Wurzeln und Suffixen des Aymara anzubieten. Offensichtlich konnte ein einziges Tocapu sowohl einen Buchstaben darstellen (es gab nur Konsonanten!) wie auch eine Silbe aus zwei, drei und sogar vier Buchstaben, oder sogar ein ganzes Wort. Wir schlossen daraus, daß jedes einzelne Tocapu einerseits eine symbolische, andererseits eine phonetische Bedeutung hatte, also gleichzeitig für ein Konzept oder eine Sache und für einen Klang stand. Doch JoviLoom verband manchmal auch zwei oder drei Tocapus zu einer einzigen Endung oder Wurzel.

»Ich glaube, das sind dann zusammengesetzte Wörter, so wie ›Fußtritt‹ oder ›Kilometerzähler‹.« Jabba war in seinem Element.

»Schalt dein Hirn ab, du Schlauberger!« befahl ihm Proxi.

JoviLoom konnte auch eine Druckversion des Ergebnisses erstellen, aber für die paar Aymara-Worte, die wir inzwischen kannten, erübrigte sich das.

»Und wenn diese absurde Handvoll Konsonanten gar kein Aymara ist?« Der Gedanke alarmierte mich.

»Und was zum Teufel soll es dann sein?« gab Jabba zurück.

Zweifel nagte an uns, und ein bleiernes Schweigen machte sich breit, denn uns wurde schlagartig bewußt, daß wir gefangen waren. Wir hatten nichts in der Hand, um zu überprüfen, ob dieses Kauderwelsch ohne Vokale wirklich mit der Sprache der Colla übereinstimmte. Ausgerechnet in diesem Moment mußte meine Großmutter hereinplatzen, um sich auf dem Weg ins Krankenhaus von uns zu verabschieden. Die Arme verließ das Haus, ohne daß mehr als ein Knurren über unsere Lippen gekommen wäre.

Doch zum Glück entdeckten wir bald darauf in einem der Ordner mehrere Dateien mit bereits fraktionierten Buchstabensuppen sowie gleichnamige Textdateien, in denen die jeweilige Version in lateinischen Buchstaben gespeichert war. Daniel hatte die Wörter rekonstruiert und vervollständigt, und – oh Wunder! – der resultierende Text war tatsächlich auf Aymara. Selbstverständlich waren diese Rekonstruktionen für uns weiterhin Kauderwelsch, aber jetzt konnten wir zumindest einige Ausdrücke in den Wörterbüchern von Ludovico Bertonio und Diego Torres Rubio nachschlagen. Außerdem hatte mein Bruder einige Dateien sogar übersetzt, zum Beispiel *Amayan Marcapa hiuirinacan ucanpuni cuna huchasa camachisi* oder, was dasselbe ist: ›Vom Toten in seinem Dorf die Sterblichen in diesem immer irgendeine Sünde begangen wird‹. Angesichts dieses Wirrwarrs befanden wir, daß wir an einem toten Punkt angelangt waren. Inzwischen war es zudem dunkel geworden, und Clifford und meine Mutter erwarteten uns seit über einer Stunde zum Abendessen ...‹

Obwohl das Ergebnis dieses Tages kaum noch zu übertreffen war, machten wir unsere spektakulärste Entdeckung am Tag darauf, einem Dienstag, und zwar kurz nachdem wir mit der Arbeit begonnen hatten. Fast zufällig stießen wir im Laptop auf ein ziemlich großes Dokument mit dem Titel *Tiahuanaco.doc*, das aus unerfindlichen Gründen in einem der riesigen Bilderordner abgespeichert war. Begeistert stellten wir fest, daß darin übersetzte Aymara-Texte zusammengestellt waren, deren Originale wir in der gewaltigen digitalisierten Sammlung von Stoffen und Keramikobjekten vermuteten. Die Fragmente waren unterschiedlich lang, einige sehr umfangreich und andere mit ein oder zwei Zeilen sehr kurz. Aber alle berichteten sie von einem mystischen und heiligen Ort namens Taipikala, so daß wir zunächst nicht verstanden, warum in aller Welt der Dateiname Tiahuanaco lautete. Taipikala bedeutete Daniel zufolge ›Stein in der Mitte‹ oder ›mittlerer Stein‹. Dort, in Taipikala, war der erste Mensch geboren worden als Sohn einer vom Himmel herabgestiegenen Göttin namens Oryana und eines irdischen Tieres. Nachdem Oryana siebzig Geschöpfe geboren und so ihre kuriose Mission mit Zins und Zinseszins erfüllt hatte, kehrte sie in die Tiefen des Weltalls zurück. Ihre zahlreiche Nachkommenschaft jedoch – anscheinend Giganten, die Hunderte von Jahren lebten – errichtete ihr zu Ehren Taipikala, wo sie jahrtausendelang verehrt wurde, bis ein schreckliches Erdbeben (das Himmel, Sonne und Sterne verdunkelte) und eine anschließende Sintflut den ›Mittelstein‹ und fast die gesamte Bevölkerung versinken ließen, so daß die Rasse der Giganten für immer unterging. Deren kränkliche und geschwächte Nachkommen waren in jeder Generation ein wenig kleinwüchsiger und starben früher. Da sie die Lehren Oryanas weitertrugen und es verstanden, die natürlichen

Klänge zu nutzen und die heilige Sprache zu sprechen, waren sie weiterhin Yatiri.

Ich glaube, an diesem Punkt merkten wir langsam, wie der Hase lief. Wenn wir den Mythos reduzierten und uns nur auf die signifikanten Daten konzentrierten, bestätigte die aus verstreuten Tocapu-Fragmenten zusammengestoppelte Legende, was wir auf unsere Weise herausgefunden hatten. Es sah ganz danach aus, als sei Taipikala mit Tiahuanaco identisch, und der Fortgang des Textes bestätigte unsere Vermutung.

Lange Zeit nach der Sintflut tauchte Willka, die Sonne, endlich wieder auf, und zwar aus dem Nebel über einer großen Lagune namens Kotamama (Titicaca?), an der Taipikala lag. Dort erblickten sie zum ersten Mal die erschöpften – und wahrscheinlich halb erfrorenen – Menschen, die fürchteten, sie könne wieder verschwinden. Sie begannen, der Sonne auf jede nur erdenkliche Weise mit Zeremonien und Opfern zu huldigen. Unter der Herrschaft der weisesten Yatiri, die Capaca genannt wurden, erstand die Stadt Taipikala langsam wieder aus den Ruinen. Sie machten den Sonnenkult zum Mittelpunkt ihrer neuen, schrecklichen Religion. Willka durfte nicht wieder verschwinden, denn von ihr hing der Fortbestand der menschlichen Rasse ab. Ginge Willka wieder fort, müßten alle sterben und mit ihnen die gesamte Natur. Also wurde die Sonne zu einem Gott und Taipikala zu ihrer heiligen Stadt. In Taipikala wurde Willka mit großem Pomp an den Stein der Sonnenwende gekettet, den sogenannten ›Stein zum Anbinden der Sonne‹: Eine lange, dicke Goldkette sollte die Sonne in der Raumzeit festhalten. Trotzdem befreite sie sich ab und zu und verschwand, und das Entsetzen kam über die Einwohner Taipikalas. Doch die Capaca banden sie wieder an den Stein und ließen sie nicht mehr fort. Sie vergaßen Oryana nicht, aber die war nicht mehr da, und Willka war unmittelbar für die praktischen Zwecke sehr viel bedeutender. Auch Thunupa war ein wichtiger neuer Gott. Er war aus der Angst geboren und verkörperte die Macht des Wassers und des Blitzes, der den Sturm ankündigt. Auch wenn Thunupa nicht so bedeutend war wie Willka, ergänzten sich die beiden in ihrer Aufgabe, eine neue Katastrophe zu verhindern. Seit der Sintflut hatten sich die Regenzeiten auf seltsame Weise verändert, so daß die frühere Fruchtbarkeit der Erde dahin war. Auch deshalb waren Willka und Thunupa, die Sonne und das Wasser, die wichtigsten Götter des Taipikala-Pantheons.

Die Yatiri wurden zu den Bewahrern der alten Weisheit und bekleideten daher bald die einflußreichsten weltlichen und geistigen Ämter. Die Welt hatte sich sehr verändert. Sogar die Kotamama-Lagune, die früher bis zu den Hafenkais von Taipikala reichte, hatte sich zurückgezogen, doch die Yatiri konnten weiterhin Krankheiten heilen und die Sonne tagtäglich am Himmel halten. Bald waren die Yatiri eine besondere Kaste geworden: Sie sprachen eine eigene Sprache, widmeten sich der Beobachtung der Sterne und konnten die Zukunft vorhersagen. Sie lehrten auch, wie das Wasser von der großen Lagune bis zu den entlegenen Pflanzungen geführt werden konnte, um trotz der Kälte, die seit der Sintflut die Gegend heimsuchte, gute Ernten zu ermöglichen. Der heiligste Ort von Taipikala war die Pyramide des Reisenden, die abseits von den anderen Gebäuden lag. In ihr wurden die Goldtafeln aufbewahrt, auf denen alles niedergeschrieben war, was die Yatiri über das Universum und das Leben wußten, damit es nicht in Vergessenheit geriete: die Erinnerung an die Schöpfung der Welt, die Ankunft Oryanas, die Geschichte der Giganten, der Sintflut und der Wiedergeburt der Menschheit nach der Rückkehr der Sonne. Außerdem umschloß die Pyramide des Reisenden wichtige Zeichnungen, die das Firmament und die Erde vor und nach der Katastrophe abbildeten, und sie beherbergte den Körper des Reisenden und sein Gepäck zum Bereisen der Welten für den Tag, an dem er aus dem Jenseits zurückkehren würde.

Obwohl wir diese Aymara-Legenden sehr unterhaltsam fanden, mußten wir zugeben, daß sie nicht mehr waren als Kindermärchen, die uns keine wirklich interessanten Informationen lieferten. Viele der Textfragmente, die mein Bruder ehrfürchtig zusammengetragen hatte, priesen die Weisheit, den Mut und die übernatürlichen Kräfte der Yatiri und ihrer Capacas. Da sie auf Textilien und Keramiken festgehalten worden waren, die sehr viel später datierten, war jedoch offensichtlich, daß ihre Botschaften von mystischen Verbrämungen und einer gewissen Nostalgie geprägt waren und uns nicht wirklich nutzten. Die Yatiri hatten große Taten vollbracht, na und? Wie schön für sie!

Proxi verfluchte längst Taipikala, und Jabba hatte sich auf der Suche nach Eßbarem in die Küche verkrümelt, da tauchte endlich die erste wirklich brauchbare Information auf: In den Adern der Yatiri, als Priester der Göttin Willka und direkten Nachfahren der Riesenkinder Oryanas, floß heiliges Blut, das nicht verunreinigt werden durfte. Deshalb waren sie gezwungen, sich nur untereinander fortzupflanzen.

»Donnerwetter! Endlich mal was Erfreuliches!« rief Proxi mit plötzlicher Befriedigung aus. »Die Kaste der Yatiri bestand nicht nur aus Männern!«

»Ist doch logisch, daß es auch Frauen gegeben haben muß!« Jabba war dabei, den Inhalt einer Kekstüte in sich hineinzustopfen. »Bis jetzt hat das bloß kein Dokument erwähnt.«

»Das ist es ja gerade!« Proxi deutete anklagend mit dem Zeigefinger auf uns. »Ihr haltet es für selbstverständlich, daß sich die geschlechtslosen Wörter nur auf Männer beziehen!«

»Stimmt doch gar nicht!« Ich sprang auf. »Es ist nur so, daß Daniel den maskulinen Pluralartikel vor das Wort ›Yatiri‹ setzt.«

»Und was ist Daniel wohl?« knurrte sie verächtlich. »Ein Mann! So ist das eben immer. Jabba, erinnerst du dich daran, was wir über die Grammatik des Aymara in bezug auf das Genus gelesen haben?«

Jabba nickte mit vollem Mund, kaute aber eifrig weiter.

Also fuhr Proxi fort: »In dieser perfekten Sprache gibt es keine Geschlechtsunterschiede. Es gibt kein ›sie‹ und kein ›er‹, kein ›ihr‹ und kein ›sein‹.«

»Ist eh alles dasselbe«, nuschelte Jabba, Kekskrümel versprühend.

»Auch Artikel und Adjektive haben kein Geschlecht. Es gibt zum Beispiel nicht die Unterscheidung zwischen ›eine neue‹ und ›ein neuer‹ oder ›eine hübsche‹ und ›ein hübscher‹.«

»Ist beides dasselbe.«

»Ganz genau. Also kann das Wort ›Yatiri‹ sich sowohl auf Männer als auch auf Frauen beziehen.«

»Ob das nun stimmt oder nicht …«, wagte ich einzuwerfen, »ist im Augenblick ziemlich Wurscht. Okay, es gab auch Frauen unter den Yatiri, aber was mir viel wichtiger erscheint, ist diese Geschichte mit dem heiligen Blut, das nicht verunreinigt werden durfte. Erinnert euch das nicht an die Langohren?«

Jabba wollte mir antworten, hatte aber den Mund voll und verschluckte sich fast. Er hustete, klopfte sich dabei auf die Brust und schob die Kekstüte von sich – und damit wohl auch die Versuchung, die davon ausging. Er runzelte die Stirn: »Hast du denn nicht gemerkt, daß diese Geschichte im Grunde die gleiche ist wie die über Viracocha, nur ohne Viracocha? Das mit den zwei Menschenrassen, den Giganten, die er mit Feuersäulen und der Sintflut zerstört hat, und der anderen, aus der die Inka hervorgingen?! Die Legenden ähneln sich sogar in dem Abschnitt über die Sonne. Hast du nicht gesagt, daß Viracocha sie aus dem Titicacasee gezogen hat, um nach der Sintflut den Himmel zu beleuchten?«

Ich fluchte über meine mangelnde Auffassungsgabe. Jabba war schneller gewesen, und wieder einmal hatte er recht. Um meine Verlegenheit zu überspielen, starrte ich auf den Bildschirm des Laptops und tat, als hätte mir die Überraschung die Sprache verschlagen.

Während Jabba und ich uns wieder daranmachten, die Auswahl an Tocapu-Texten meines Bruders durchzulesen, begann Proxi an einem der anderen Rechner zu arbeiten. Ich sah, daß sie sich mit verschiedenen Suchmaschinen plagte, fragte aber nicht nach. Sie würde sich schon bemerkbar machen, wenn sie gefunden hatte, was sie suchte.

Die von Daniel angefertigte Chronik ging mit dem Bericht über ein großes Erdbeben weiter, dem Hunderte von Menschen zum Opfer fielen, ebenso die meisten Gebäude Taipikalas, an denen bereits der Zahn der Zeit, das vorherige Beben und die darauffolgende Sintflut genagt hatten. Es war nichts mehr zu retten. Angesichts des Umfangs der Katastrophe mußten folgenschwere Entscheidungen getroffen werden, was zu ernsthaften Auseinandersetzungen unter den herrschenden Capacas führte. Die Gründe für die entscheidende Konfrontation wurden allerdings nicht näher erläutert in dem knapp zwei Seiten langen Gedicht oder Lied, dessen Verse, unterbrochen von der Leier wiederkehrender Refrains, daran erinnerten, wie schmerzhaft der Zusammenstoß gewesen war und wie würdig und ehrenvoll die Parteien gekämpft hatten. Der Zwist wurde durch den Abzug einer stattlichen Gruppe von Capacas aus der Stadt beigelegt, gefolgt von Yatiri und Bauern, die über die Anden in einem Exodus gen Norden zogen. Nach langer Wanderung kamen sie schließlich in ein reiches, sonniges Tal, das sie für geeignet hielten, um dort ein zweites Taipikala zu gründen, welches sie Cuzco tauften, den ›Nabel der Welt‹, in Anlehnung an den ›Mittelstein‹. Doch die Dinge liefen nicht so wie geplant, und aus den ständigen Kriegen gegen die Nachbarvölker ging ein Kriegsherr hervor, der Yatiri Manco Capaca, auch als Manco Capac bekannt – nicht mehr und nicht weniger als der erste Inka.

Während wir die Aymara-Version der Geschichte kennenlernten, vermischten sich vor unseren Augen wieder einmal Wahrheit und Legende. Aber das war noch nicht alles: Die Capacas aus Cuzco behielten ihre Priester- und Heilerfunktion und wurden mit der Zeit ›Kamili‹ genannt. Das Wissen um ihre Herkunft verlor sich jedoch in den Aufstiegswirren des Imperiums. Sie gingen in der Gruppe der Kallawaya-Ärzte auf, die den langohrigen Inka-Adel behandelten. Ihnen wurde nachgesagt, sie hätten eine eigene, geheime Sprache, die niemand verstünde und die ihnen als Erkennungszeichen diente. Während sich die Spur dieser Yatiri-Gruppe also unaufhaltsam verwischte, bescheinigten die Texte den Yatiri von Taipikala das Überleben trotz großer Schwierigkeiten. Das Erdbeben hatte das Gesicht der Stadt ein für allemal verändert. Mit der Zeit vermischten sich ihre Bewohner mit der Bevölkerung der Umgebung, und souveräne Kleinstaaten entstanden (Canchi, Cana, Lupaca, Pacaje, Caranga, Quillaca ...).

»Ich hab's!« rief Proxi plötzlich aus. »Hört mal, was ich in einer Zeitschrift aus Bolivien gefunden habe: ›Die Ureinwohner nannten sie Tiahuanaco. Sie erzählten, daß hundert Jahre zuvor der Inca Pachakutej die Ruinen betrachtet und zu einem ankommenden Boten gesagt habe: *Tiai Huanaku*, was soviel heißt wie ›Setz dich, Guanako‹. Dieses Guanako bedeutet gleichzeitig ›wildes Lama‹ und ›Dummkopf‹. Jedenfalls entstand so der Name der Stadt. Wahrscheinlich wollte man vor den spanischen Eroberern geheimhalten, daß die in der Vergangenheit verlorene Stadt Taipikala hieß, also ›Mittelstein‹. Und man wollte erst recht nicht verraten, daß dort, am Mittelstein des Universums, der Gott Viracocha die Schöpfung begonnen hatte.«[2]

»Ich glaube, diesen Blödsinn mit dem ›Setz dich, Guanako‹ hab ich schon bei Garcilaso de la Vega gelesen«, bemerkte Jabba verächtlich.

»Aber damit haben wir jetzt die Bestätigung«, unterstützte ich Proxi, »daß Taipikala der ursprüngliche Name Tiahuanacos ist, auch wenn uns das vorher schon ziemlich klar war.«

»Eine Kleinigkeit fehlt noch«, verkündete meine Söldnerin und wandte sich wieder ihrem Bildschirm zu. »Der Beweis, daß Taipikala-Tiahuanaco einen Hafen am Titicacasee hatte.«

»Den zu finden wird schwierig werden«, bemerkte ich. »Vor allem, weil der See ja auch den Namen gewechselt hat.«

»Schwieriger als das, was wir schon herausgefunden haben?« Sie lächelte ironisch, und ihre wunderschönen dunklen Augen blitzten gescheit.

Ich konnte verstehen, was Jabba jenseits der seltsamen Unregelmäßigkeit ihrer Gestalt an ihr gefunden hatte. »Nein, das nicht«, gab ich zu.

»Dann laßt mich mal ein Weilchen in Ruhe arbeiten.«

»Aber du verpaßt die Story der Yatiri!« Jabba griff wieder zur verwaisten Kekstüte.

»Die erzählt ihr mir später.«

Die Gruppe von Yatiri, die nach dem Erdbeben in Taipikala geblieben war, mußte die Stadt, die nur noch vage an ihre einstige Größe erinnerte, wieder mit Leben füllen. Die Yatiri kämpften um die Bewahrung ihres alten Wissens und paßten sich an ein Leben in den Ruinen an. Sie bauten einige der Tempel und Wohnhäuser wieder auf, konnten aber die riesigen Steine nicht mehr so problemlos bewegen wie ihre Vorfahren, die Giganten. Taipikala sollte nie mehr in der Sonne strahlen wie zuvor, auch wenn die Gold- und Silberplatten an den Türen und Mauern der Stadt und die Edelsteine an ihren Stelen, Reliefs und Skulpturen überdauert hatten. Die Böden und Terrassen, die in der Glanzzeit rot und grün geleuchtet hatten, waren verblaßt, und die Anlage war nahezu verlassen. Die Yatiri flüchteten sich in ihr Studium des Sternenhimmels und pflegten weiter ihre Wortheilkunst. Da sie in die Zukunft blicken konnten, erfuhren sie früher als andere, daß ein großes Heer von Eindringlingen vor der Tür stand und ihre Welt dem Untergang geweiht war. Sie begannen Vorbereitungen zu treffen.

»Mann, wenn das alles stimmt ...!« murmelte Jabba neben mir.

»Was dann?«

»Stell dir mal vor, wie viele Geschichtsbücher umgeschrieben werden müßten!« Er lachte so laut auf, daß ich um den Schlaf meiner Großmutter fürchtete.

»Mich würde es eher beunruhigen, die Giganten in die Lehrpläne aufnehmen zu müssen.«

»Na gut, du hast recht. Ist eh alles erfunden. Gefällt dir das besser?«

Ich sagte nichts, mußte aber lächeln. Im Grunde hatte mich die Vorstellung, ein Freiheitskämpfer zu sein, immer gereizt. Ich war Hacker aus Überzeugung und fand die Idee geradezu umwerfend, die Geschichtsbücher umzuschreiben, damit die Kinder in den Schulen sich mit den Giganten, der Karte des Piri Reis und allem auseinandersetzen mußten, was das etablierte Wissen in Frage stellte.

Langsam näherten wir uns dem Ende von Daniels Textsammlung (die Datei hatte dreißig Seiten, und wir waren inzwischen auf Seite fünfundzwanzig), und die Geschichte wurde immer interessanter. Ein langer Abschnitt erklärte, daß die Yatiri aus Taipikala in Anbetracht der wiederholten Warnung der Sterne vor einem feindlichen Heer beschlossen, sich als Bauern und Händler unter die Bevölkerung der nahen Colla-Reiche zu mischen. Bevor sie jedoch die Mauern Taipikalas für immer verlassen konnten, hatten sie noch eine wichtige Aufgabe zu erfüllen: Sie mußten den Reisenden verstecken. Denn sie konnten nicht fortziehen, ohne seinen Körper und die Grabbeigaben gut geschützt zu wissen. Auch waren die Pyramide und die Grabkammer deutlich auf einem Relief am Portal des Bauwerks zu erkennen. Also ersetzten sie es durch ein anderes und verbargen die Pyramide in zwei Jahre währender Arbeit unter einem Hügel aus Erde und Steinen. Dann fiel eines Nachts Sternenregen vom Himmel, einmal, zweimal, und der zweite Sternenregen war noch viel stärker als der erste und zeichnete sich durch beeindruckende Sternschnuppen aus. So wurde den Yatiri die Ankunft eines zweiten Heeres angekündigt, welches das erste besiegen und die Welt für immer verändern sollte. Da schrieben sie ihre Geschichte auf Goldtafeln nieder, auf denen sie auch festhielten, wo sie sich verstecken würden. Über einen der verborgenen Gänge, die von geheimen Orten aus zur Pyramide führten, drangen sie ein letztes Mal in die Grabkammer vor, stellten Goldtafeln hinein und trafen weitere Schutzvorkehrungen, um den Zugang zu versiegeln. Sie würden alles in ihrer Macht Stehende tun, um Willka am Himmel zu halten. Sollte die Sonne aber jemals wieder verschwinden, würden die überlebenden Menschen ihr Vermächtnis finden.

Und dann kamen die Incap rúnam ...
»Damit sind bestimmt die Inka gemeint.«
»Wahrscheinlich.«
Die Yatiri hatten sich unter die Bevölkerung der eroberten Dörfer und Städte gemischt und sahen sie einmarschieren. Ihr Anführer war Pachacuti (oder Pachakutej, wie eine boliviani-

sche Zeitschrift ihn nannte). Der neunte Inka war ungewöhnlich groß, hatte ein rundes Gesicht und trug ein rötliches Gewand mit zwei langen Tocapu-Streifen vom Hals bis zu den Füßen, dazu einen weiten grünen Umhang. Die Stadt Taipikala verlor ihren Namen und wurde fortan von den Incap rúnam Tiahuanaco genannt. Der Name blieb bis zur Ankunft der Viracochas. So nämlich tauften die Inka die Spanier, weil sie dem Gott Viracocha so ähnlich waren: weiß und bärtig und mit einer Sprache, die klang wie ein Bergbach in seinem steinigen Bett. Die Menschen hatten panische Angst vor den Viracochas, diesen gierigen Wesen, die das Gold, das Silber und die Edelsteine raubten, die Männer und Kinder versklavten und töteten und die Frauen vergewaltigten. Wie die Incap rúnam Jahre zuvor den Gott Viracocha mitgebracht hatten, so brachten nun die Spanier ihren eigenen Gott mit, allerdings setzten sie ihn mit Peitschen- und Stockhieben durch, zerstörten die alten Tempel und bauten mit den Steinen überall ihre Kirchen.

»In dieser großartigen Epoche«, bemerkte ich gedankenverloren, »muß Pedro Sarmiento de Gamboa in El Collao, dem Gebiet um Tiahuanaco, auf die Yatiri gestoßen sein. Wir sprechen also vom Jahr 1575.«

»Vierzig Jahre nachdem Pizarro den letzten Inka in Cajamarca umgebracht und das Inkareich erobert hatte«, ergänzte Proxi.

»Ganz genau.«

Aber schlimmer noch als die Sklaverei, die Folter und die neue Religion waren die tödlichen Fieber, an denen die Bevölkerung nach der Ankunft der spanischen Eroberer zugrunde ging. Wo immer diese vorbeizogen, starben die Ureinwohner zu Tausenden, dahingerafft von seltsamen Krankheiten, die die Yatiri nicht kannten und daher nicht zu heilen vermochten. Auch sie begannen dahinzusiechen, und bevor niemand mehr übrigblieb, um das alte Wissen zu bewahren, beschlossen sie, den Plan weiter zu verfolgen, der sie aus Taipikala hatte fortziehen lassen. Eines Tages brachen sie auf. Niemand wußte, wohin, doch einige wenige kurze Gedichte künden von der

Freude der Aymara darüber, daß ihnen die Flucht gelungen war.

Und das war alles. Daniel hatte nichts weiter hinzugefügt. Wir suchten die Festplatte gründlich nach weiterer Information ab, fanden aber nichts. Noch nicht einmal eine von ›Jovi-Loom‹ angefertigte Transkription des Fluchs, was uns besonders überraschte.

»Wißt ihr, was meine Mutter mir immer erzählt hat, als ich klein war?« fragte Jabba mich und Proxi (die nebenher mit ihren eigenen Nachforschungen beschäftigt war). »Daß wir Spanier die südamerikanischen Indios weniger grausam behandelt hätten als die Engländer die Indianer Nordamerikas. Daß wir viele kleine Mischlinge gezeugt hätten, während die nordamerikanischen Indianer nahezu ausgerottet worden seien. Deshalb würden jetzt nur noch wenige in den Reservaten leben, während die Indios in Südamerika als gute Christen in ihren eigenen Ländern geblieben seien.«

Jabbas Mutter kam zwar aus der Hauptstadt Madrid, aber auch meine Mutter hatte mir eine ähnliche Story erzählt, als ich klein war. Diese befremdliche Vorstellung unserer Mütter war zweifellos das Ergebnis der nationalistischen und katholischen Erziehung unter Franco. Die Argumente mußten bis zum Erbrechen und in alle Ewigkeit wiederholt worden sein, um das kollektive Gewissen zu beruhigen. Wenn die Engländer schlimmer waren als wir, dann konnten wir Spanier nicht so schlecht sein; dann waren wir vergleichsweise gute Menschen mit einer wunderbaren Geschichte. Zwar hatte Katalonien nicht an der Seite Kastiliens an der Eroberung Amerikas teilgenommen – das Königreich Kastilien hatte den Kontinent entdeckt und daher allen Reichtum für sich reklamiert –, aber von der zweiten Reise des Kolumbus an waren wir Katalanen, Aragonesen und Valencianer nach Westindien gereist und hatten uns dort niedergelassen.

»Und was sagst du zur Geschichte der Yatiri, Jabba?« Ich strich mir mit der Hand über mein Bärtchen.

»Keine Ahnung …« Er dachte einen Augenblick nach und

riß dann erschrocken die Augen auf. »Wir müssen doch wohl nicht nach Tiahuanaco reisen, um die Pyramide des Reisenden zu suchen?!«

Auf die Idee war ich noch gar nicht gekommen.

»Also jetzt, wo du's sagst …«

Sein Blick verdüsterte sich. Bei der Vorstellung, in ein Flugzeug zu steigen, erstarrte er jedesmal vor Schreck. Trotzdem flog er. Er flog sogar in die entlegensten Winkel der Welt, ohne sich zu weigern oder Theater zu machen. Allerdings war er immer davon überzeugt, daß er nie wieder festen Boden unter den Füßen spüren würde. Auf jeder Flugreise fügte er sich in sein Schicksal – sein vermeintlich tödliches Schicksal.

»Wir sollten uns Tiahuanaco vorknöpfen«, schlug er vor, »und alles über die Pyramide des Reisenden herausfinden. Vielleicht ist sie vor Jahrhunderten geplündert worden, und es ist gar nichts mehr drin!«

»Vielleicht.«

Da räusperte sich Proxi laut und vernehmlich. »Wie viele Karten von Tiahuanaco wollt ihr haben?«

»Wie viele hast du denn?« Ich beugte mich über die Tastatur meines Rechners, und Jabba tat es mir an einem der anderen Computer nach.

»Drei oder vier sind ganz akzeptabel. Der Rest taugt nichts.«

»Dann schick sie an den Drucker.«

»Ich will sie erst ein bißchen bearbeiten. Sie sind ziemlich klein und haben eine niedrige Auflösung.«

»Ich guck mir mal alle Websites über Tiahuanaco an«, informierte ich Jabba, »und du suchst derweil nach Tiahuanacu, Tihuanaco und sämtlichen anderen möglichen Schreibweisen.«

»Ich helfe euch«, warf meine Lieblingssöldnerin ein.

Der Laserdrucker spuckte die Teile der zweiten Karte aus, als Magdalena eintrat und uns zum Essen rief. Wir hatten einige stürmische Tage hinter uns, und die Arbeit, die noch vor uns lag, war nicht weniger aufwühlend: Die Suche nach Tiahuanaco im Netz hatte mir über 3300 Dokumente geliefert, die überprüft werden mußten, und Jabba und Proxi hatte kein besseres Schicksal ereilt. Entweder wir grenzten die Suche ein, oder wir würden darüber alt und grau werden. Aber zunächst mußten wir mal essen.

Mit dampfenden Kaffeetassen kehrten wir ins Büro zurück. Wir hatten einen langen Abend vor uns. Beim Zusammenkleben der Karten mit Tesa und Klebestift fühlten wir uns zurückversetzt in unsere Schulzeit. Wir hefteten die derart rekonstruierten Karten mit Reißzwecken an die Wände, um eine bessere Vorstellung von der Ausgrabungsstätte zu bekommen. Im Zentrum zwischen dem Norden am oberen und dem Süden am unteren Rand drängten sich drei der wichtigsten Bauwerke. Kolossal und majestätisch überragte die Akapana, eine riesige, siebenstufige Pyramide mit einer Grundfläche von ungefähr vierzigtausend Quadratmetern, die anderen, obwohl nur noch zehn Prozent der Originalsteine vorhanden waren. Den Fachleuten zufolge hatte sie als Wasserspeicher und Materiallager und darüber hinaus religiösen Zwecken gedient. In anderen Dokumenten lasen wir, daß sie eine Sternwarte gewesen sein sollte. Erst vor kurzem waren die Archäologen auf ein komplexes Netz seltsamer, im Zickzack verlaufender Kanäle in ihrem Inneren gestoßen, die für gewöhnliche Leitungen gehalten wurden –, was natürlich nur eine Vermutung war. Zunächst dachten wir, daß Akapana vielleicht ›der Reisende‹ bedeutete. Ein Reinfall für uns, denn die wortwörtliche Übersetzung lautete sowohl ›Von hier aus wird gemessen‹ als auch ›Hier sitzt eine weiße Wildente‹.

»Wenn uns Daniel bloß helfen könnte!« seufzte Proxi.

»Wenn uns Daniel helfen könnte, säßen wir jetzt nicht hier«, gab Jabba zurück, und ich nickte.

Nördlich von der Akapana waren zwei weitere Gebäude zu sehen: Das rechte, sehr kleine, stellte sich als der halb unterirdische Tempel heraus – der mit den Wänden voller eingefügter Köpfe, die korrekt Nagelköpfe hießen, wie mir inzwischen bekannt war –, und das andere, sehr viel größere, war der Kalasasaya, ein Zeremonialtempel unter freiem Himmel aus rotem Sandstein und grünlichem Andesit mit über zehntausend Quadratmetern Grundfläche. Er war als flacher, erhöhter Platz über der Erde errichtet worden und von einer Stützmauer umgeben, hinter der ein großer rechteckiger Hof lag, zu dem man über sechs in den Fels gehauene Stufen hinabsteigen mußte. Offensichtlich war dieser riesige Tempel aus über fünf Meter hohen und hundert Tonnen schweren Steinquadern erbaut worden. Sie waren laut Website des Museums von Tiahuanaco zum Teil aus über dreihundert Kilometer entfernten Steinbrüchen herbeigeschafft worden.

»Uff! Wie haben die das gemacht? Die kannten doch das Rad noch gar nicht!«

»Vergiß es, Proxi!« befahl ich. »Wir haben nicht die Zeit, jedes Rätsel zu lösen.«

»Also, mich erinnert das Ganze ja irgendwie an die ägyptischen Pyramiden«, bemerkte Jabba. »Dieselben riesigen Steine, dasselbe Rätselraten darum, wie die Steine ohne das Rad transportiert werden konnten, dieselbe Bauweise ...«

»Und das heilige Blut«, ergänzte ich spöttisch. »Vergiß das heilige Blut nicht. Die ägyptischen Pharaonen heirateten ihre Schwestern, weil sie ebenfalls die Reinheit des Blutes bewahren mußten. Und sie dachten, sie wären Kinder der Sonne. Wie hieß der Sonnengott noch gleich? Aton? Ra?«

»Mach dich nur lustig! Aber wer zuletzt lacht, lacht am besten.«

»Hört euch das mal an!« Proxi starrte auf den Bildschirm.

»Noch mehr komisches Zeug?« fragte ich.

»Ich hab was gefunden über einen gewissen Arthur Posnansky, einen Schiffsingenieur, Kartographen und Archäologen. Er hat in der ersten Hälfte des 20. Jahrhunderts mehr als hundert Werke über Tiahuanaco geschrieben. Dieser Typ hat sein ganzes Leben der Erforschung der Ruinen gewidmet und ist zu dem Schluß gekommen, daß sie von einer Zivilisation erbaut worden sein müssen, die uns wissenschaftlich und technologisch weit überlegen war. Nachdem er die gesamte Anlage vermessen, kartographiert und mittels komplizierter Berechnungen unter Berücksichtigung der veränderten Position der Erde in bezug auf die Sonne analysiert hatte, kam er zu dem Ergebnis, daß Tiahuanaco vor vierzehntausend Jahren errichtet worden sein muß. Das wiederum würde sich mit der Geschichte der Yatiri decken.«

»Ich wette, daß die Archäologen an den Hochschulen diese Theorie nicht ernst nehmen«, bemerkte ich.

»Selbstverständlich nicht! Laut geltender Lehrmeinung kann es vor zehntausend Jahren einfach keine Hochkultur gegeben haben. Damals, so muß man annehmen, hüllte sich der Mensch in Felle und lebte in Höhlen, um sich vor der Kälte der letzten Eiszeit zu schützen. Trotzdem gibt es eine beträchtliche Gruppe von Archäologen, die Posnanskys Ergebnisse für richtig hält und sie mit Klauen und Zähnen verteidigt. In Bolivien ist Posnansky anscheinend auch lange nach seinem Tod noch eine Berühmtheit.«

»Kann denn Tiahuanaco wirklich schon vor vierzehntausend Jahren erbaut worden sein?« staunte Jabba.

»Was weiß ich ...«, entgegnete ich. »Alles an Tiahuanaco ist seltsam.«

Stieg man die Treppe in den Kalasasaya-Tempel hinab, schritt man durch ein großes Felsentor und erblickte rechts im Hintergrund die Silhouette des Sonnentors mit dem Relief des Zeptergotts und dem vermutlichen Grundriß der Kammer der natürlichen Klänge. Wir beschlossen jedoch übereinstimmend, uns der Kammer erst zu widmen, nachdem wir die restlichen Ruinen studiert hätten, um uns auf bekanntem Terrain zu bewegen. Am Fuße des Treppchens also fand man mitten im Hof des Kalasasaya-Tempels eine seltsame menschenförmige Skulptur, die Ponce-Monolith genannt wurde. Sie war etwa zwei Meter hoch und stellte ein merkwürdiges Wesen mit Quadrataugen dar. Einige der Archäologen behaupteten kategorisch, es handele sich um das Standbild eines Monarchen oder Priesters, aber sicher wissen konnte man das nicht. Außerdem befanden sich im Hof weitere kuriose Statuen von Menschen einer unbekannten Ethnie mit großen Schnurrbärten sowie Kinnbärtchen, wie ich selbst eines trug.

»Bedeutet Kalasasaya nun ›der Reisende‹ oder nicht?« Jabba wurde langsam ungeduldig.

»Nein«, antwortete Proxi. »Hab gerade gelesen, daß es ›die rechten Pfeiler‹ bedeutet.«

»O Mann!«

Auch im Templete, dem halb unterirdischen Tempel im Osten des Kalasasaya-Tempels, befanden sich Stelen bärtiger Männer.

»Es fällt mir auf«, bemerkte Jabba, »daß es hier ein bißchen viele Bärtige gibt, wo doch die indianischen Ureinwohner Amerikas gar keinen Bartwuchs haben, richtig?«

»Richtig«, gab ich zurück.

»Wenn man sich Tiahuanaco anschaut, kann man das kaum glauben!«

Direkt links des Kalasasaya-Tempels erhob sich ein weiteres kleines Bauwerk, das etwa so groß war wie der Templete, nämlich Putuni, ›Der angemessene Ort‹. Von dem quadratischen Palast waren nur ein paar Quadersteine der Fassade sowie das Eingangsportal übrig, welches früher durch einen großen Stein verschlossen wurde, um den Palast uneinnehmbar zu machen. Die spanischen Eroberer erwarteten angesichts dieser Vorrichtung, daß sich dahinter große Schätze verbergen mußten. Sie zerstörten viel und fanden nichts anderes als eine Ansammlung leerer Steinkästen von einem Meter dreißig Breite, einem Meter vierzig Länge und einem Meter Höhe. Trotz ihrer nahezu quadratischen Form und ihrer Größe wurden diese Kästen von den Spaniern für Särge gehalten, so daß Putuni seitdem als ›Palast der Sarkophage‹ bekannt ist, ohne daß es Beweise für oder gegen eine solche Annahme gäbe. Es wurde einfach vorausgesetzt, daß sich in jedem dieser Kästen eine Mumie mit allen notwendigen Utensilien für ihre Reise ins Jenseits befunden hatte. Denn für die Aymara war der Tod eine Art Reise mit Rückfahrkarte ins Leben – sie glaubten an so was Ähnliches wie die Wiedergeburt. Für sie war ein Toter nur ein *Sariri*, ein Reisender.

»Wir haben es!« brüllte ich.

»Spinn nicht rum, Arnau!« schnaubte Proxi. »Wir haben überhaupt noch nichts. Putuni ist keine Pyramide, okay?«
»Und was ist mit dem Reisenden?«
»Jabba, bitte sag ihm, er soll den Mund halten!«
»Sei still, Root.«

Die Akapana-Pyramide, der Templete, der Kalasasaya-Tempel und der Putuni-Palast bildeten den kompakten Kern im Zentrum des Ausgrabungsgebiets von Tiahuanaco. Verstreut um diesen gab es allerdings viele mehr oder weniger gut erhaltene Gebäude, von denen die meisten in den Texten über die Anlage nicht einmal erwähnt wurden. Entsprechend waren sie auch nicht auf den Karten eingezeichnet. Vier dieser Bauwerke wurden jedoch hier und da namentlich genannt, nämlich Kantatallita, Quirikala, Puma Punku und Lakaqullu. Entmutigt befürchteten wir schon, bald ein großes Problem zu haben, sollte keines davon der Beschreibung entsprechen, die Daniel im Delirium von sich gab. Selbst in Tiahuanaco Hand anzulegen und Ausgrabungen vorzunehmen lag jedenfalls außerhalb unserer legalen wie ökonomischen und zeitlichen Möglichkeiten.

Von Kantatallita oder dem ›Licht der Morgenröte‹ waren nur ein paar über das Gelände verstreute Fragmente übriggeblieben, darunter eine eigenartige Tür, die oben in einem Bogen auslief. Wir entnahmen den verschiedenen Websites, daß die vier Wände des Kantatallita nach den vier Himmelsrichtungen ausgerichtet worden waren. In dem Innenhof vermuteten einige die Werkstatt der Architekten Tiahuanacos, da dort Modelle einiger Paläste, Ornamentelemente und Bauteile gefunden worden waren. Andere hielten das Bauwerk für einen Tempel zu Ehren der Venus, neben Sonne und Mond einer der hellsten Himmelskörper und auch als Morgenstern bekannt, was den Namen des Ortes erklären könnte. Diese Theorie wurde bestätigt durch zahlreiche auf die Venus anspielende Motive, die sich unter den Ornamentfragmenten befanden. Vielleicht diente das Gebäude ja gleichzeitig als Tempel und als Werkstatt. Jedenfalls konnte niemand etwas mit Sicherheit sagen.

Quirikala oder Kerikala, der ›Steinofen‹, diente wahrscheinlich den Priestern Tiahuanacos als Residenz. Das Bauwerk war nur wenig erforscht, und es existierten nur noch wenige, ziemlich zerstörte Mauern, die für weitere Untersuchungen kaum etwas hergaben. Wie so viele Steine in Tiahuanaco waren auch die Quader Quirikalas für den Bau historischer Gebäude in La Paz und anderen Städten der Umgebung benutzt worden. Die schwersten Steine waren für die Eisenbahnstrecke Guaqui–La Paz sogar zu Schotter zerkleinert worden – so waren Putuni, Kalasasaya und die Mehrzahl der Statuen für immer verschwunden.

Beim Puma Punku sah die Sache anders aus. Zwar stand dort auch nicht mehr viel, man ging jedoch davon aus, daß es ein bedeutender Ort gewesen sein mußte. Das ›Tor des Puma‹ wurde immerhin als der zweitwichtigste Tempel nach der Kalasasaya-Anlage bezeichnet, auch wenn die meisten Quellen ihn als eine Pyramide beschrieben, die genauso groß und majestätisch gewesen sein mußte wie die Akapana-Pyramide. Nur von weitem bildeten sie eine Art Paar, denn der Abstand zwischen ihnen betrug einen Kilometer. Das Puma Punku lag im Südwesten. Die archäologischen Erkundungen hatten ergeben, daß der größte Teil des ›Tors des Puma‹ noch unter der Erde verborgen war. Die Ausgrabungen sollten in Angriff genommen werden, sobald ausreichend Geld dafür da wäre. Auch die Puma-Punku-Pyramide hatte anscheinend sieben abwechselnd rot, grün, weiß und blau gefärbte Stufen gehabt und war von einem weiten Areal umgeben gewesen, das man durch vier Portale betrat, die dem Sonnentor ähnelten. Es waren nur die zerstörten Überreste dreier Tore übrig, die alle Reliefs mit Sonnenmotiven aufwiesen. Zwischen den Ruinen und Fragmenten, die nahezu alles bedeckten, waren noch einige Quadersteine des Fußbodens erkennbar. Sie wogen beeindruckende hundertdreißig Tonnen und waren damit die kolossalsten Steinblöcke, die jemals aus einem Steinbruch Südamerikas geschlagen wurden. Doch das ›Tor des Puma‹ barg noch andere Geheimnisse.

Proxi war begeistert: »Endlich! Das ist es, wonach ich gesucht habe!«

» Fast hättest du's aufgegeben, stimmt's?« stichelte Jabba.

Überraschenderweise grenzte ein Teil des Areals von Puma Punku an zwei große Hafenbecken, hinter denen sich nichts als trockenes Land und felsige Klippen erstreckten, was auf den Betrachter paradox wirkte. Obwohl der Titicacasee fast zwanzig Kilometer entfernt war, hatten geologische Untersuchungen maritime Ablagerungen und Fossilien zutage gebracht, die eindeutig von Wassertieren stammten. Auch fanden sich auf dem Gelände des Puma Punku unzählige Reste von Friesen mit Fischmotiven.

»Die Geschichte der Yatiri, die Daniel rekonstruiert hat, stimmt!« rief Proxi zufrieden aus. »Die Kotamama-Titicaca-Lagune reichte bis an die Kaimauern des Hafens von Taipikala-Tiahuanaco. Ist das nicht phantastisch?«

»Wiederhol das bitte!« lachte ich. »Da ist dir ja ein perfekter Zungenbrecher gelungen.«

»Macht bloß nicht so einen Wind!« knurrte ein schlechtgelaunter dicker Wurm. »Unsere Pyramide des Reisenden haben wir jedenfalls noch nicht gefunden, und jetzt bleibt nur noch dieses lächerliche Lakaqullu übrig.«

»Immer mit der Ruhe. Sie ist bestimmt da!« fühlte ich mich verpflichtet zu sagen. Als wir jedoch anfingen, uns über den ›Steinhaufen‹ – wie der Name übersetzt hieß – schlau zu machen, hätte ich mir am liebsten auf die Zunge gebissen: Lakaqullu war, um es in Worte zu fassen, eine winzige Erhebung, verloren im Norden von Tiahuanaco, relativ weit entfernt von den anderen Gebäuden. Nur noch ein steinernes Tor war übrig, das als ›Mondtor‹ bekannt war, obwohl es mit dem ›Sonnentor‹ nichts gemein hatte.

»Erste Voraussetzung erfüllt!« verkündete Proxi.

»Wovon sprichst du?« fragte ich sie.

»Ach nichts, ich rede mit mir selbst. Hör nicht hin.«

Auch wenn es dort absolut nichts mehr zu bestaunen gab, mußte Lakaqullu anscheinend der heiligste und gefürchtetste Ort in Tiahuanaco gewesen sein. Es waren zwar noch keine Ausgrabungen erfolgt, aber man hatte in einer gewissen Tiefe des Hügels eine Unmenge jahrhundertealter Menschenknochen, insbesondere Schädel, gefunden.

»Zweite Voraussetzung erfüllt!« verkündete Proxi kryptisch. Doch mehr mußte sie nicht sagen. Jabba und ich hatten inzwischen begriffen, daß wir uns dem Ziel näherten: Gemäß der Chronik der Yatiri lag die Pyramide des Reisenden weitab vom Rest der Gebäude und war der heiligste Ort von Taipikala. Die Schädel waren nur ein weiterer Hinweis, daß wir auf der richtigen Spur waren.

Nach Aussage der Fachleute war das Mondtor genau wie das Puma Punku und andere Gebäude unvollendet geblieben, so als hätten die Erbauer es eilig gehabt zu verschwinden und Hammer und Meißel von einem Tag auf den anderen fallengelassen. Dadurch blieb von dem Ort nur der traurige Anblick eines schmucklosen Türsturzes und der von zwei Türpfosten unterbrochenen Leere.

»Dritte Voraussetzung erfüllt, meine Herren!« verkündete Proxi triumphierend.

»Ich kann dir nicht folgen«, bemerkte ich nervös.

»Die Yatiri sind doch Hals über Kopf aus Taipikala geflüchtet, als sie in den Sternen lasen, daß die Incap rúnam nahten und hinter ihnen die Spanier. Um die Pyramide des Reisenden zu schützen, haben sie diese eilig unter einem Erd- und Steinhaufen vergraben. Sie haben das ursprüngliche Tor weggeschafft, auf dessen Reliefs die Pyramide und die darunterliegende Kammer abgebildet waren, und ein schmuckloses Tor auf den Hügel gestellt. Ich glaube nicht, daß sie Zeit hatten, alles gepflegt zu hinterlassen. Apropos, Jabba, du hockst doch auf den Wörterbüchern. Wie lautet das Aymara-Wort für ›Pyramide‹? Wie würde also ›Pyramide des Reisenden‹ auf Aymara heißen?«

»Liebling, du nervst!« beschwerte sich Marc und reckte den Oberkörper, um an die Bücher zu kommen.

»Dann ...«, stammelte ich, »muß die dreistöckige Pyramide des Zeptergotts unter diesem Hügel liegen!«

»Hilf du Jabba, Root! Ich gucke mal, was ich hier noch finde.«

Wenn Proxi die Arbeit organisierte, widersprach ihr niemand, noch nicht einmal ich – und ich war ihr Chef! Also schnappte ich mir eines der Wörterbücher und begann zu suchen. Nach einer Weile und leiser Beratung mit Jabba, um Proxi nicht zu stören, machten wir eine weitere Entdeckung, die wir meiner Lieblingssöldnerin mitteilten. Sofort glättete sich ihre Stirn. Die Aymara hatten kein Wort für ›Pyramide‹. Für sie waren diese Bauwerke Nachahmungen von Bergen, und so wurden sie auch benannt: Hügel, Bergzug, Berg, Haufen, Erhebung …

»Zusammenfassend?«

»Zusammenfassend«, erklärte ich, »lautet das Aymara-Wort für Pyramide ›qullu‹.«

»Wie in ›Lakaqullu‹?«

»Wie in ›Lakaqullu‹«, bestätigte ich, »was außer ›Steinhaufen‹ auch noch ›Steinpyramide‹ heißt.«

»Das haben doch die Yatiri angelegt, um den Reisenden zu verbergen: eine Pyramide aus Erde und Steinen.«

»Und du, hast du schon gefunden, wonach du gesucht hast?« fragte Jabba, als wäre das hier ein Wettbewerb.

»Na klar!« rief sie lächelnd aus. »Die Regierung Boliviens hat ein bestens verlinktes Internetportal und eine hervorragende Seite mit Tourismusinformationen. Wenn du nach Tiahuanaco suchst …« Sie betätigte rasch ein paar Tasten, um den Artikel in den Vordergrund zu holen. »… stößt du unter anderem auf folgenden Satz: ›Das Mondtor steht auf einer rechteckigen, dreistufigen Pyramide.‹ Spitze, was?«

»Nur das?« fragte ich nach einer Pause. »Mehr nicht?«

»Was willst du denn noch?« fragte sie überrascht. »Gib dich zufrieden, Junge. Wir haben die einzige dreistufige Pyramide von ganz Tiahuanaco gefunden!« Sie rollte die Augen und sah Jabba an. »Und der Typ da fragt, ob die Anmerkung über das Mondtor noch mehr hergibt. Herrje, Root, du bist vielleicht komisch!«

»Dieser ganze Mist macht mich eben nervös.«

»Macht dich nervös?« fragte Jabba. »Was zum Teufel macht dich denn daran nervös?«

»Kapiert ihr das denn nicht?« Ich stand auf. »Jetzt wird's ernst. Der ganze Wahnsinn stimmt! Der Fluch existiert, die perfekte Sprache existiert, es existieren sogar Typen, die behaupten, daß sie von Giganten abstammen und über die Macht der Worte verfügen ... Und es gibt zu allem Überfluß eine verfluchte dreistufige Pyramide in Tiahuanaco!« Ich stürzte mich auf Daniels Unterlagen und wühlte in den Papieren, bis ich fand, was ich suchte. Proxi und Jabba beobachteten mich gebannt. Endlich hatte ich begriffen, daß dieses Spiel sehr real und äußerst gefährlich war. Mein Bruder litt weder an Agnosie noch am Cotardsyndrom!

»Hörst du nicht, Dieb?« begann ich aufgeregt zu lesen, ohne die Stimme zu dämpfen. »Du bist tot. Du hast damit gespielt, den Balken von der Tür zu nehmen. Du wirst den Totengräber rufen, noch heute nacht. Die anderen sterben alle überall für dich. Ach, diese Welt wird nicht mehr sichtbar sein für dich! Gesetz, verschlossen mit Schlüssel.« Ich wedelte mit dem Zettel in der Luft. »Das ist es, was mein Bruder hat!«

Ich ließ mich still in einen Sessel fallen. Auch Jabba und Proxi schwiegen. Einige sehr lange Minuten blieben wir mit unseren Gedanken allein. Wir waren nicht verrückt, aber als vernünftig konnte man uns auch nicht gerade bezeichnen. Die Situation war aberwitzig. Und trotzdem schien der phantastische Gedanke, Daniel mit Hilfe jener verfluchten Magie zu heilen, mehr denn je der einzige Ausweg zu sein. Medikamente würden meinem Bruder niemals helfen. Es war kein Kraut gewachsen gegen eine Gehirnprogrammierung, die auf Aymara von den Yatiri niedergeschrieben worden war. Die einzige Hoffnung, sie rückgängig zu machen, bestand darin, dieselbe Sprache zu benutzen, dieselbe Magie oder Hexerei anzuwenden, denselben Zauber oder was auch immer es war, das die Geheimworte der Priester des alten Taipikala an sich hatten. Aus irgendeinem rätselhaften Grund hatte jemand in den magischen Text (der vermutlich von einem der unzähligen Tocapu-Stoffe stammte, die digitalisiert in Daniels Computer gespeichert waren, und der von diesem vermaledeiten JoviLoom in das lateinische Alphabet umgewandelt und von meinem Bruder mehr schlecht als recht übersetzt worden war) einen Fluch eingebaut. Ein Dieb sollte bestraft werden, der etwas gestohlen hatte, das sich hinter einer Tür verbarg ... oder unter einem Tor?

»Hey!« schrie ich und sprang auf. »Mir ist was eingefallen!«

Die beiden schauten mich an wie Zombies.

»Daniel hat doch ausschließlich Material gesammelt, das mit Tiahuanaco in Zusammenhang steht, richtig?«

Beide nickten.

»Der Fluch stammt aus Tiahuanaco! Mein Bruder wußte von der Kammer. Er hat schließlich eigens eine Zeichnung vom Sockel des Zeptergotts gemacht, auf der klar und deutlich angegeben ist, wo das Gold der Yatiri mit ihrem gesamten Wissen versteckt sein muß. Und er wird nicht müde, in seinem Delirium zu wiederholen, daß in dieser Kammer das Geheimnis der Macht der Worte verborgen ist. Er hat wirklich die Existenz der Pyramide des Reisenden entdeckt: Die Kammer liegt in einer Pyramide, sagt er, und die Pyramide hat oben eine Tür. Lakaqullu, Leute, Lakaqullu! Er wußte, wie man dorthin gelangen konnte, und als er es herausfand, stieß er auf den Fluch, den Fluch, der die Kammer schützt.«

Proxi zwinkerte und versuchte mitzukommen. »Aber ...«, zögerte sie, »warum macht der Fluch uns nichts aus?«

»Weil wir kein Aymara können. Wer den Code nicht kennt, dem kann er auch nichts anhaben.«

»Aber wir haben die Transkription des Aymara-Texts«, beharrte sie. »Und wir haben sie gelesen.«

»Ja, aber ich wiederhole, sie kann uns nichts anhaben, weil wir kein Aymara können. Der Code funktioniert über Klänge, über diese verfluchten natürlichen Klänge. Wir können den Aymara-Text lesen, aber wir würden ihn nie richtig aussprechen. Daniel dagegen schon. Und das hat er getan. Deshalb hat der Fluch ihn getroffen.«

»Also ...« Jabba überlegte laut: »Also enthält der Code ... in Wirklichkeit so eine Art von Virus!«

»Genau! Ein schlafendes Virus, das nur unter bestimmten Bedingungen aktiviert wird. Wie diese Computerviren, die am Jahrestag eines Attentats oder an einem Freitag, den Dreizehnten, anfangen, dir die Festplatte zu löschen. In diesem Fall wird die Programmierung vom Klang ausgelöst, von einem bestimmten Klang, den wir nicht reproduzieren können.«

»Also würde das Virus die Aymara-Muttersprachler befallen oder überhaupt jeden, der das Aymara beherrscht«, vermutete Proxi. »Zum Beispiel auch Marta Torrent, oder?«

Ich zögerte. »Ich weiß es nicht. Es könnte sein. Wenn sie den Fluch hört oder laut liest.«

»Wir sollten es ausprobieren!« schlug Jabba vor. »Los, rufen wir sie an!«

Proxi und ich lächelten.

»Auf jeden Fall steht eins fest, wir müssen nach Tiahuanaco fliegen, um in die Kammer zu kommen«, beschloß ich.

»Aber ... bist du verrückt!« Marc schnellte hoch und baute sich vor mir auf. »Ist dir klar, was du da sagst?«

Ich blickte ihn eisig an, bevor ich antwortete. »Mein Bruder wird nicht wieder gesund, wenn wir nicht in diese Kammer eindringen und nach einer Lösung suchen: Das weißt du genausogut wie ich.«

»Und was machen wir, wenn wir da sind?« gab er zurück. »Einen Spaten nehmen und anfangen zu graben? Oh, es tut mir leid, verehrter Herr bolivianischer Wachtmeister, ich wußte nicht, daß das hier eine geschützte Ausgrabungsstätte ist!«

»Hast du vergessen, was in der Chronik über die Yatiri stand?« fragte Proxi ihn.

Jabba war so nervös, daß er sie verständnislos anschaute.

»Nachdem sie den Berg aufgeschüttet hatten, der heute Lakaqullu heißt, mußten sie noch mal in die Kammer zurück. Das gelang ihnen – ich zitiere aus dem Gedächtnis – über einen der beiden verborgenen Gänge, die von geheimen Orten aus zur Pyramide führten. Und als sie wieder herauskamen, fügten sie weitere Schutzschilde hinzu.«

»Der genaue Ausdruck war aber nicht ›Schutzschilde‹«, korrigierte ich.

»Ist doch egal«, knurrte sie. »Ich dachte, ihr seid intelligent.«

»Und du willst, daß wir diese Gänge finden?« fragte Jabba sie ungläubig. »Ich darf dich daran erinnern, daß seitdem viel Gras über die Sache gewachsen ist, und das meine ich nicht nur im übertragenen Sinne.«

Proxi, die bis dahin sitzengeblieben war, stand auf, um sich die Karten von Tiahuanaco genauer anzusehen. »Wißt ihr was? Es ist mein Beruf, Sicherheitslücken in den leistungsstärksten Computerprogrammen aufzuspüren, die es auf dem Markt gibt, einschließlich unserer eigenen. Ich sage nicht, daß ich die Beste bin, aber ich bin sehr gut und weiß, daß es in Taipikala eine Lücke gibt, die ich finden kann. Die Yatiri waren hervorragende Programmierer, aber sie haben ihren Code nicht versteckt, damit er auf ewig verborgen bliebe. Wozu hätten sie sonst ihre Geschichte für die Überlebenden einer zweiten Sintflut in all diese Goldtafeln geritzt?« Sie stemmte die Hände in die Taille und schüttelte entschlossen den Kopf. »Nein, der Eingang zur Kammer existiert, da besteht kein Zweifel. Er ist nur gut versteckt und getarnt, damit er nicht gefunden wird, bevor ihr Inhalt tatsächlich gebraucht wird. Sie haben die Kammer vor Dieben geschützt, aber nicht vor menschlicher Not. Und noch was: Ich bin mir hundertprozentig sicher, daß die Kammer zugänglich ist und der Eingang genau vor unserer Nase liegt. Das Problem ist nur, daß wir ihn nicht sehen.«

»Vielleicht liegt es daran, daß wir uns das Sonnentor noch nicht vorgenommen haben?« schlug Jabba vor.

»Vielleicht können wir ihn auch nur finden, wenn wir vor Ort in Tiahuanaco auf die Suche gehen!« gab ich zurück.

Proxis schwarze Augen sprühten förmlich vor Vergnügen, als sie sich zu uns umdrehte. »Los, in die Hände gespuckt! Marc, du suchst alle Fotos vom Sonnentor zusammen, die du finden kannst, und druckst sie in hoher Auflösung aus. Und du, Root, holst dir alle Infos über das Sonnentor und lernst sie auswendig. Ich übernehme den Zeptergott.«

Jabba konnte seine Befriedigung über diese Vorgehensweise nicht verhehlen. Sein Vorschlag hatte gewonnen ... Nur fürs erste, schwor ich mir.

Sekunden später steckte meine Großmutter ihren Kopf diskret durch den Türspalt, um sich zu verabschieden. Diesmal waren wir etwas höflicher und antworteten ihr mit freundlichem, wenn auch geistesabwesendem Lächeln. Hätte ich geahnt, wieviel Zeit bis zu unserem Wiedersehen verstreichen würde, ich wäre mit absoluter Sicherheit aufgestanden, um ihr einen Kuß zu geben und adieu! zu sagen. Aber ich wußte es nicht, und so ging sie, ohne daß ich auch nur den Mund aufmachte. Es war kurz nach sieben, und mein Körper begann zu knarzen wie ein alter Stuhl.

»Warum suchen wir nicht nach einem Dokument, aus dem zumindest indirekt hervorgeht, daß das Sonnentor früher mal in Lakaqullu gestanden haben kann?« fragte Jabba plötzlich.

Proxi lächelte ihn begeistert an: »Gute Idee. Ich mach's.«

»Grenz die Suche ein!« Jabba stellte sich neben sie, ging in die Hocke und stützte die Ellenbogen auf dem Tisch auf.

»›Tiahuanaco‹, ›Lakaqullu‹ und ›Tor‹?«

»Mensch, noch mehr! Schreib auch ›Sonnentor‹ dazu und ›versetzen‹, weil die Yatiri es doch versetzt haben!«

»Okay. Los geht's.«

Ich konzentrierte mich weiter auf meinen Kram und suchte alles zusammen, was zum Sonnentor zu finden war, und das war nicht wenig.

»Nur fünf Dokumente?« hörte ich Jabba sagen. »Ziemlich mau, oder?«

Proxi antwortete nicht. Ich drehte mich zu ihr um. Sie tippte gerade mit dem Finger auf den Bildschirm, um auf etwas zu zeigen, und ich sah bereits den riesigen Fingerabdruck vor mir, den sie hinterlassen würde. Da beugten sich beide wortlos über den Monitor und erstarrten für eine Weile. So lange, daß ich die Rückenansicht Jabbas schließlich nicht mehr ertrug, aufstand und zu ihnen hinüberging. »Was ist los?«

Jabba und Proxi schien es die Sprache verschlagen zu haben.

»Hey, ich bin's!« Ich trat näher. Jabba rückte ein Stück zur Seite, damit ich einen Blick auf den Bildschirm werfen konnte, und ich quetschte mich zwischen die beiden.

Das erste, was ich sah, war ein recht schmeichelhaftes Foto einer lächelnden Marta Torrent. Es prangte auf der Website einer bolivianischen Tageszeitung, die *El nuevo día* hieß. Die Schlagzeile berichtete, daß die berühmte spanische Anthropologin soeben in La Paz angekommen sei, um an den Ausgrabungen teilzunehmen, die in Tiahuanaco durchgeführt würden. Der Rest der Nachricht, die übrigens ganz aktuell war, nämlich von ebenjenem Dienstag, dem vierten Juni, faßte zusammen, daß Señora Torrent freundlicherweise, direkt nachdem sie das Flugzeug verlassen hatte, dem Reporter Rede und Antwort gestanden habe, trotz der Erschöpfung nach der langen Reise. Sie wolle sich dem Archäologenteam um Efraín Rolando Reyes anschließen, das kürzlich mit Ausgrabungen in Puma Punku begonnen habe, um den Zwilling der Akapana-Pyramide freizulegen oder zumindest einen Teil davon. Dieser unvergleichlichen Frau, von Beruf Anthropologin und Archäologin aus Leidenschaft, die hervorragende Kontakte zur bolivianischen Regierung und zu den kulturellen und wirtschaftlichen Kreisen des Landes habe, sei es zu verdanken, daß die Ausgrabungen an der Pyramide von Puma Punku vom Bolivianischen Programm für Strategische Forschungen (BPSF) unterstützt würden. ›Die Herausforderung ist immens und wird mehrere Monate in Anspruch nehmen. Wir müssen tonnenweise Erde bewegen‹, habe sie gesagt. Die spanische Doctora, der die Feldforschung mehr zusage als die Arbeit am Schreibtisch, stamme aus einer Archäologenfamilie mit langer Forschungstradition in Tiahuanaco. Bereits ihr Großonkel Alfonso Torrent sei ein enger Mitarbeiter von Arturo Posnansky gewesen, und ihr Vater Carlos Torrent habe sein halbes Leben in Tiahuanaco verbracht, um die präinkaische Zeit zu rekonstruieren und das Sonnentor zu studieren. Sie habe die familiäre Leidenschaft geerbt, und ihr Familienname helfe ihr über viele der Hindernisse hinweg, denen sich Forscher so häufig gegenübersähen. Ein Beweis dafür sei die Erlaubnis, Probeausgrabungen in Lakaqullu durchzuführen, die sie erst wenige Tage zuvor telefonisch von Spanien aus eingeholt habe. ›Da Lakaqullu eines der kleineren Monumente ist, wird es nicht weiter beachtet. Ich werde beweisen, daß dies ein Fehler ist.‹ Und der Reporter schloß mit dem Zitat: ›Der Erfolg ist gewiß.‹

»Sie ist ... in Bolivien!« Proxi war entsetzt.

Jabba spie einen derartigen Schwall Schimpfworte aus, daß der Doctora auf der anderen Seite des Atlantiks die Ohren klingeln mußten. Und ich stand ihm in nichts nach, fluchte auf katalanisch und spanisch und benutzte sämtliche englische Beleidigungen, die ich kannte. Mir kochte das Blut in den Adern: Die überstürzte Reise der Torrent nach Bolivien konnte nur eins bedeuten: Sie wollte sich die Entdeckung meines Bruders unter den Nagel reißen.

»Sie sucht nach der Kammer!« zischte ich haßerfüllt.

»Sie weiß von der Sache mit Lakaqullu ...«, sagte Jabba perplex.

»Sie weiß alles, die alte ...!«

»Ruhig Blut, Proxi.«

»Wie, ruhig Blut? Wie soll ich da ruhig bleiben, Marc? Siehst du denn nicht, daß sie die Kammer vor uns finden wird? Sie wird uns alles vermasseln, und Daniel kann nicht geholfen werden!«

»Die Vorbereitung der Ausgrabungen in Lakaqullu wird sie Zeit kosten.« Ich packte mir an den Kopf – um mir die Haare zu raufen oder vielleicht, um die Mordgedanken aufzuhalten.

»Und diese Zeit nutzen wir für unsere Reise nach Tiahuanaco!« Proxi klang entschlossen.

Jabba wurde leichenblaß und wirkte verstört.

»Treib Núria auf!« brüllte ich das System an.

Auf dem Wandbildschirm war zu verfolgen, wie der Rechner mehrere Nummern gleichzeitig anwählte, bis auf eine davon geantwortet wurde. Núria war zu Hause. Man konnte ihrer Stimme den Schreck darüber anhören, daß ich so unerwartet abends bei ihr anrief. Ich beruhigte sie und erklärte ihr, daß ich sie nur um einen kleinen Gefallen bitten müßte: »Besorg mir drei Plätze im nächsten Flieger nach Bolivien!«

»Soll ich ins Büro kommen?«

»Nein, nicht nötig. Wähl dich ins System ein, und mach es von zu Hause aus.«

»Brauchst du sie bis gestern oder gibst du mir ein paar Minuten?«

»Bis gestern.«

»Hab ich mir gedacht. Okay, ich schick dir gleich die Reservierungen.«

Jabba und Proxi hatte es nicht auf ihren Stühlen gehalten. Sie hatten sich neben mich gestellt und beobachteten alles mit ernster Miene.

»Wie lange dauert der Flug nach Bolivien?« fragte Jabba stirnrunzelnd.

»Keine Ahnung«, sagte ich. Ich war noch nie nach Amerika geflogen. »Bestimmt nicht lange. Immerhin hat mich Marta Torrent noch am Sonntagabend angerufen. Sie muß sofort oder spätestens gestern, also Montagmorgen, losgeflogen sein. Immerhin hat sie drüben schon ein Interview gegeben, das heute in der Zeitung erschienen ist. Demnach sind es wahrscheinlich acht bis zehn Stunden.«

»Mann, bist du weltfremd, Root! Du hast leider eine klitzekleine Kleinigkeit vergessen ...«, Jabba setzte sich wieder an den Rechner. »Zwischen hier und dort gibt es eine Zeitverschiebung von mindestens sechs bis sieben Stunden.«

3. Teil

Jene lange Reise mit Marc als Alptraum zu bezeichnen wäre stark untertrieben. Auf der ersten Teilstrecke von Barcelona zum Flughafen Schiphol in Amsterdam konnten wir ihn kein einziges Mal dazu bewegen, die Augen zu öffnen oder seine um die Armlehnen gekrampften Finger ein wenig zu lockern, geschweige denn, ein Wort zu sagen. Er saß da wie versteinert, qualvolle Angst stand ihm ins Gesicht geschrieben. Proxi, die das alles bereits kannte, genoß die Reise ungemein und schlug pausenlos neue Gesprächsthemen vor, ohne dem Drama neben sich Beachtung zu schenken. Ich aber war noch nie mit Jabba geflogen. Erstaunlich, mit welchem Kraftaufwand er die Stirn runzelte, die Augen zukniff, die Lippen zusammenpreßte und sich an seinen Sitz klammerte. Gebannt starrte ich dieses faszinierende Schauspiel an. Egal, ob man ihn ansprach oder ihm ein Glas Wasser anbot, seine Muskeln entspannten sich nicht eine Sekunde. Als wir gegen neun Uhr morgens auf dem riesigen Flughafen Schiphol landeten, war er völlig erschöpft, von der Anspannung käseweiß und verschwitzt und sein Blick glasig wie der eines Sterbenden. Wir liefen durch die Läden und tranken etwas in einer der Flughafen-Cafeterias (unser Anschlußflug ging erst um elf). Endlich kehrte Leben in ihn zurück, und er war wieder der bissige, spitzzüngige Jabba, den wir so gut kannten.

Doch der Eindruck täuschte, denn kaum riefen die Lautsprecher unseren KLM-Flug nach Aruba und Lima auf, verwandelte er sich erneut in eine dicke Salzsäule, und seine Bewegungen wurden steif und mechanisch wie die eines Roboters. Zu allem Unglück gerieten wir auf halber Strecke in starke Turbulenzen, die eine gute Dreiviertelstunde anhielten. Jabba knirschte mit den Zähnen, seine Arme und Hände verkrampften sich noch mehr, und er preßte sich so fest gegen seine Kopfstütze, daß ich fürchtete, sie könne abbrechen. Nie hatte ich jemanden so leiden sehen. Für mich stand ein für allemal fest, daß ich an seiner Stelle niemals, nicht einmal betrunken, in ein Flugzeug steigen würde, auch wenn mein Leben davon abhinge. Nein, wirklich, das war es nicht wert. Es erschien mir unmenschlich, daß jemand etwas derartiges durchmachen mußte, noch dazu ein großer, kräftiger Typ und Maulheld wie Jabba. Schließlich mußte nicht jeder gerne fliegen.

Gegen drei Uhr nachmittags Ortszeit landeten wir auf dem Flughafen Reina Beatrix auf der Antilleninsel Aruba, wo wir bereits einen Zeitvorsprung von ungefähr fünf Stunden gegenüber Spanien gewonnen hatten, und um vier Uhr flogen wir weiter. Und wenn alles planmäßig lief, würden wir noch bei Tageslicht in Peru landen. Mit der Erddrehung zu fliegen und die Sonne in nahezu unveränderter Position neben sich zu haben war ein eigenartiges Erlebnis. Der Tag verging, aber für uns trat er irgendwie auf der Stelle. Der arme Jabba wollte nichts von dem Essen wissen, das man ihm anbot. Er war ein Wrack, als wir endlich in Lima auf dem Flughafen Jorge Chávez festen Boden betraten. Fünfzehn Flugstunden waren weit mehr, als er ertragen konnte. Sein verschwitztes Haar hatte einen erdigen Farbton angenommen und klebte ihm am Kopf wie ein Helm.

»Ist ihm denn auf einem Flug schon mal was passiert, wovon er mir nie erzählt hat?« fragte ich Proxi. Wir stiegen in den Bus, der uns zum Terminal bringen sollte. In Peru war es kalt, viel kälter als in Spanien, so daß ich meinen Jackenkragen hochschlug.

»Nein, ihm ist nie etwas passiert«, entgegnete sie. »Flugangst muß nicht unbedingt eine konkrete Ursache haben. Natürlich *kann* sie eine haben, aber das, worunter Jabba leidet, ist eine Angststörung, die er einfach nicht kontrollieren kann. Ich glaube, du machst dir besser keine Sorgen mehr um ihn, Root. Du wirst ihn nicht heilen können.«

»Aber ... sieh ihn dir doch an«, flüsterte ich ihr ins Ohr, damit Jabba mich nicht hörte. »Er sieht aus wie ein Zombie. Und das schon, seit wir heute morgen in El Prat abgehoben haben!«

»Hör auf mich, Arnau«, sagte sie in energischem Ton. »Laß ihn. Es ändert eh nichts. Jabba ist überzeugt, daß Fliegen sein Tod ist, und malt sich pausenlos aus, wie er und ich letzte panische Minuten durchleben, während wir senkrecht in die Tiefe stürzen. Wahrscheinlich stellt er sich auch in allen Einzelheiten vor, wie das Flugzeug am Boden zerschellt. Das legt sich wieder, wenn wir in Bolivien angekommen sind.«

»Der verrückte Affe«, murmelte ich.

»Was sagst du?«

»Ich hab mal gelesen, die alten Griechen hätten diese zügellose überbordende Phantasie, bei der einen schreckliche Bilder verfolgen, das Herz rast und man richtiggehend krank wird, den ›verrückten Affen‹ genannt.«

»Ja, das ist eine gute Definition. Gefällt mir. ›Der verrückte Affe.‹« Der Bus war mittlerweile gerammelt voll, so daß wir uns an den Metallstangen festhalten mußten. Langsam setzte er sich in Bewegung und rollte im Dämmerlicht des beginnenden Abends über das weite, offene Flugfeld. Wir hatten noch eine gute Stunde Zeit bis zu unserem nächsten und letzten Flug.

»Eigentlich müßte ich mal meine Großmutter anrufen«, sagte ich nachdenklich. »Ich konnte mich nicht von ihr verabschieden, und ich will wissen, wie es Daniel geht.«

»In Spanien ist es schon nach Mitternacht, Root«, antwortete sie mit einem Blick auf die Uhr.

»Ich weiß, deshalb will ich sie ja anrufen. Jetzt sitzt sie im Krankenhaus und liest.«

»Oder schläft.«

»Oder plaudert auf dem Gang mit einer Altersgenossin. Das ist wohl das wahrscheinlichste.«

»Mir dreht sich alles«, sagte Jabba auf einmal zu unserer Überraschung.

»Das kommt bestimmt von der Erschöpfung.« Proxi strich ihm mit der Hand übers Gesicht.

Nachdem wir eineinhalb Stunden in einer Bar verbracht und vergeblich darauf gewartet hatten, daß unser Flug nach Bolivien aufgerufen wurde, erkundigten wir uns am Informationsschalter nach dem Grund. Zum Glück, denn sonst hätten wir gar nicht mitbekommen, daß das Flugzeug der Taca Airlines, das uns nach La Paz bringen sollte, wegen unbekannter technischer Probleme erst zwei Stunden später starten würde. Ich nutzte die Zeit, um mit meiner Großmutter zu plaudern. Sie erzählte mir, Daniel ginge es unverändert und man wolle seine Behandlung nochmals umstellen. Als ich ihr erzählte, wie schlecht Jabba den Flug vertragen hatte und daß ihm vor Anspannung ganz schwindelig sei, war sie gleich alarmiert.

»Mein Gott, und ihr seid noch nicht mal in La Paz!« rief sie besorgt. »Geh jetzt gleich zu einem Schalter und bitte für euch beide um Sauerstoff«, befahl sie. »Wie wird es ihm erst in La Paz ergehen!«

»Warum denn, Oma?«

»Wegen der Höhenkrankheit, Arnauchen, die Höhenkrankheit ist etwas ganz Gravierendes! Ich sag's dir nur, weil es mich schon ein paarmal erwischt hat. Tut mir den Gefallen, geht langsam und atmet tief und ruhig, wenn ihr in Bolivien ankommt. Und trinkt viel Wasser, jeder mindestens zwei oder drei Liter!«

Wir hatten in der Hektik gar nicht an diese sonderbare Höhenkrankheit gedacht, die uns in La Paz drohte. Eigentlich hätte der gesunde Menschenverstand uns sagen müssen, daß man bei einer Reise in ein Andenland damit rechnen mußte, diese unangenehme, durch Sauerstoffmangel ausgelöste Krankheit zu bekommen, weil die Luft dort so dünn ist. Jabba würde sie wohl am wenigsten ausmachen, da er fast jedes Wochenende irgendwelche Dreitausender bestieg.

»Ihr könntet wenigstens in La Paz um Sauerstoff bitten«,

schlug sie vor. »Aber wenn euch das zu peinlich ist, bestellt zumindest einen Cocatee. *Mate de coca* nennen sie diesen Kräutertee, *Mate*, wie in Argentinien. Du wirst sehen, der wirkt Wunder.«

Obwohl ich wußte, daß es ihr nichts ausgemacht hätte, verkniff ich mir einen sarkastischen Kommentar. Nein, ich wollte mir lieber nicht vorstellen, wie meine ehrenwerte Großmutter halluzinogene Substanzen zu sich nahm.

Endlich, kurz vor Mitternacht bolivianischer Zeit, landeten wir auf dem Flughafen El Alto in La Paz. Der Name El Alto, der Hohe, paßte gut, denn er lag immerhin über viertausend Meter hoch. Leider war es auch entsprechend kalt, so daß sich unsere Kleidung in jeder Hinsicht als geradezu lächerlich unzureichend erwies. Wir hatten Barcelona vor fast vierundzwanzig Stunden verlassen, und trotzdem war der Tag für uns derselbe geblieben, es war immer noch Mittwoch, der 5. Juni. Während des Fluges hatte man uns rechtzeitig über die Auswirkungen der Höhenkrankheit informiert und uns die Mittel genannt, mit denen man sie bekämpfen könne – es waren die gleichen, die meine Großmutter mir empfohlen hatte. Und auf der Fahrt in einem Radiotaxi zu unserem Hotel im Stadtzentrum – das ausgerechnet in der Calle Tiahuanacu lag – wurde unser Zustand tatsächlich besorgniserregend: Uns wurde schwindelig, und wir bekamen kalte Schweißausbrüche, Kopfschmerzen, Ohrensausen und Herzrasen. Glücklicherweise nahm man sich unser im Hotel sogleich mit liebenswürdigem Lächeln und verständnisvoller Miene an.

»Es kommt sofort ein Arzt zu Ihnen«, sagte die Empfangsdame. »Und der Zimmerservice wird Ihnen ein Täßchen *Mate de coca* bringen. Sie werden sehen, wie gut der Ihnen tut. Und wenn Sie erlauben, möchte ich Ihnen einen Rat mit auf den Weg geben: wenig essen, langsam gehen und alleine schlafen. Wir wünschen Ihnen einen angenehmen Aufenthalt in La Paz.«

Anders als man hätte annehmen können, hatten die Bolivianer keinen übermäßig starken Akzent, was mich wunderte. Ich hatte etwas viel Auffälligeres erwartet. Natürlich verwendeten sie ihre eigenen Ausdrücke und Redewendungen und sprachen das spanische ›c‹ und ›z‹ irgendwie komisch aus, mehr wie ein ›s‹. Aber ihre Aussprache klang sogar weicher als das uns so vertraute Spanisch der Kanaren. Nach kurzer Zeit fiel mir der Unterschied nicht mal mehr auf, und erstaunlicherweise begannen wir, einen eigentümlichen katalanisch-bolivianischen Tonfall anzunehmen, der uns lange Zeit begleiten sollte.

Der bittere *Mate de coca* und die Sorochipil-Tabletten, die uns der Hotelarzt verschrieb, milderten zwar die unangenehmen Symptome, doch ich war erst nach zwei Tagen so weit wiederhergestellt, daß ich das Zimmer verlassen konnte. Mein Körper fühlte sich bleischwer an, und das Atmen war eine einzige Qual. Meine Großmutter rief mehrmals an, um sich nach meinem Befinden zu erkundigen, aber ich konnte am Telefon kaum mehr als ein ersticktes Stöhnen hervorbringen. Proxi, die rasch wieder auf den Beinen war, schaute immer mal vorbei und erzählte mir, Jabba schliefe so fest, daß sie ihn nicht einmal durch Wasserspritzen ins Gesicht wach bekäme. Auf meinem Krankenlager fühlte ich mich meinem Kollegen sehr nahe. Das einzig Gute an diesen beiden Tagen war, daß wir uns an die Zeitumstellung gewöhnten, und Jabba verarbeitete die Reise.

Am Freitagnachmittag konnten wir endlich ein paar Schritte zu Fuß wagen. La Paz ist eine ruhige Stadt, in der es kaum Verbrechen gibt, abgesehen von Diebstahlsdelikten an höhenluftverwirrten Touristen. So schlenderten wir in aller Ruhe, Ausweise und Geld in diversen Innentaschen bei uns tragend, durch die Stadt und genossen die fremdartige Umgebung, die unzähligen neuen Farben und Gerüche. Hier lief das Leben langsamer – vielleicht wegen des Sauerstoffmangels, wer weiß – und vermittelte einem ein unbekanntes Gefühl der Ruhe. Am Ende fast jeder Straße hatte man einen freien Blick auf die fernen, hohen Berge mit den verschneiten Kuppen, die die Talmulde von La Paz umgaben. Im Hotel hatte man uns erzählt, die Indios stellten die Bevölkerungsmehrheit dar, doch auf der Straße begegneten wir auch vielen Weißen und Mestizen, den sogenannten *cholos*. Wir staunten nicht schlecht, als uns klar wurde, daß die hiesigen Indios nichts anderes waren als waschechte Aymara, Nachkommen der einstigen Herren und Besitzer des Landes. Sie pflegten jene großartige Sprache, die – unfaßbar, aber wahr – allgemein als ein verachtenswürdiges Indiz für Analphabetismus und mangelnde Bildung galt. Es fiel uns schwer, diese absurde Sicht der Dinge zu akzeptieren. Hingerissen betrachteten wir die dunkelhäutigen Straßenverkäufer mit ihrem bläulichschwarzen Haar und die Mestizinnen in ihren weiten Röcken und mit ihren Melonen auf dem Kopf, als hätten wir richtige Yatiri aus Taipikala vor uns. Ich war so begeistert, daß ich einen der Verkäufer, der sich hinter einem Tisch mit Touristensouvenirs verschanzt hatte, bat, ein paar Sätze auf Aymara zu sagen. Der Mann schien mich zuerst nicht zu verstehen, doch als er die Boliviano-Scheine in meiner Hand sah, begann er, so etwas wie ein Gedicht aufzusagen. Wir verstanden natürlich kein Wort, doch das störte uns nicht im geringsten. Es genügte uns, endlich gesprochenes, echtes Aymara zu hören. Und Mann, das war eine verdammt holprige Sprache. Eine Sprache, wie ich sie noch nie im Leben gehört hatte. Sie glich einem unrhythmischen Getrommel, einer wirren Klangfolge, bei der manche Silben von seltsam aspirierten Lauten begleitet wurden und sonderbaren Gurgel-, Schnalz- und Klicklauten, die tief aus der Kehle zu kommen schienen. Eine Weile lauschten wir reglos und ungläubig diesem Sturzbach fremdartiger akustischer Effekte. Dann verabschiedeten wir uns dankend von dem Verkäufer, der uns mit einem freundlichen *Jikisinkama* – eine Art »auf Wiedersehen« – ziehen ließ. Wir setzten unseren Spaziergang rund um die San-Francisco-Kirche fort und spürten unterwegs, wie die Höhenkrankheit sich in abgeschwächter Form zurückmeldete. Hier und da gaben Geschichtenerzähler im Kreis lauschender Zuhörer ihre Fabeln zum besten, und die Stände mit Stoffen, magischen Objekten, Halsketten, Figürchen und Alpacamützen lockten immer mehr Käufer an – Einheimische und Touristen wie uns.

»Waren das die berühmten natürlichen Klänge?« wagte Proxi schließlich erstaunt zu fragen.

Wir hatten uns alle drei dick in unsere Jacken und Mäntel eingemummelt, denn während in Spanien der Sommer mit herrlichem Wetter Einzug hielt, begann hier auf der Südhalbkugel der rauhe Winter und damit die Trockenzeit.

»Ganz sicher waren sie das«, murmelte ich und trat achtsam auf die Pflastersteine. Durch die enge, von Menschen wimmelnde Straße bahnten sich nur einige Motorräder im Schneckentempo ihren Weg. La Paz war eine Stadt mit ockergelben und braunen Häuserwänden, von denen sich die auffälligen Farben der Ponchos, Röcke, Hüte und Decken der Aymara abhoben. Die niedrigen Häuser hatten kleine, mit Blumen geschmückte Gitterbalkons, auf denen Wäsche zum Trocknen hing.

»Die Ursprache«, lästerte Jabba, der Mühe hatte, geradeaus zu blicken, »vielleicht sogar die Sprache von Adam und Eva, die aus natürlichen Klängen besteht und aus den gleichen Elementen gemacht ist wie Dinge und Lebewesen. Ein toller Rohstoff, wenn so was dabei rauskommt!«

»Unglaublich, wie der Typ mit Mund und Kehle diese ganzen Pfeif- und Klicklaute erzeugt hat. Das soll sogar etwas bedeuten. Was für ein Kauderwelsch!«

»Also, tut mir ja leid«, schaltete sich meine Lieblingssöldnerin ein, während sie sich einem der Stände näherte, »aber dieses Kauderwelsch ist, ob es nun von Adam und Eva stammt oder nicht, die vollkommenste Sprache der Welt. Außerdem ist sie der eigentliche Programmiercode, der die Geheimnisse der Yatiri enthält.«

Der Verkäufer des kleinen Straßenstands war sichtlich beeindruckt von Proxis letzten Worten und begann aufgeregt zu gestikulieren: »Haben Sie die wunderschönen Sachen hier gesehen? Ich bin Yatiri und kann Ihnen die besten Lamaföten und die wirkungsvollsten Amulette anbieten. Schauen Sie nur, schauen Sie nur ... Wollen Sie Heilkräuter, Viracocha-Stäbe, Cocablätter? Ich versichere Ihnen, auf dem ganzen Markt werden Sie keine besseren finden.«

»Sind Sie Yatiri?« fragte ihn Proxi betont beiläufig.

»Natürlich, Señorita! Dies hier ist ja der Markt der Hexen und Wunderheiler. Wir alle hier sind Yatiri.«

»Ich glaube, wir sollten uns ein paar Bolivienreiseführer besorgen«, flüsterte mir Jabba ins Ohr. »Entweder wir sind auf dem falschen Dampfer, oder irgendwas ist hier nicht ganz koscher.«

»Wir sind nicht als Touristen hier.« Ich rieb mir die eiskalte Nase. »Wir sind hier, um in die Geheimkammer der Lakaqullu-Pyramide zu gelangen.«

Während ich das sagte, überlegte ich, ob ich dem vorgeblichen Yatiri einen Viracocha-Stab abkaufen sollte. Nicht zu Forschungszwecken, sondern als Mitbringsel für meinen Neffen. Die Viracocha-Stäbe waren jämmerliche, aus Holz geschnitzte und grell bemalte Nachahmungen der Stäbe des Gottes vom Sonnentor, an deren Ende Troddeln aus Lamawolle baumelten. Schließlich entschied ich mich dagegen. Ich konnte mir lebhaft Onas Gesicht vorstellen, wenn ich ihrem Sohn etwas schenkte, mit dem er zu Hause fröhlich alles kurz und klein schlagen konnte. Sie würde mich kopfüber die Treppe hinunterwerfen.

»Na gut, lassen wir den Tourismus. Aber ich warne dich, wir machen uns allmählich lächerlich.«

An einer Bushaltestelle, wie die Bolivianer die improvisierten Haltepunkte der alten Lieferwagen oder *movilidades* nannten, die für den städtischen Personentransport eingesetzt wurden, stießen wir auf ein kleines Touristenbüro und nahmen einen Stadtplan und ein paar Broschüren mit. Doch schon nach einem kurzen Blick merkten wir, daß der Plan uns wenig nützte, da es keine Straßenschilder gab. Auch informierten die Broschüren kaum über das, was um die nächste Straßenecke lag, geschweige denn über so notwendige Dinge wie ein gutes Restaurant, in dem man zu Mittag oder zu Abend essen konnte. Immerhin beschrieb ein Artikel den sogenannten Hexenmarkt, auf dem wir eben gewesen waren und wo die Yatiri – laut Broschüre »das Aymara-Wort für Heilkundige« – traditionelle Heilmittel und Glücksbringer verkauften. Wir beschlossen, nicht zu verzagen und noch eine Weile durch das Labyrinth der gepflasterten Gassen mit den Häusern im unverwechselbaren Kolonialstil zu schlendern, vorbei an eleganten Stadthäusern und im Andenbarock erbauten Kirchen voller eigenartiger, heidnisch anmutender Inka-Motive.

In der Bar des alten Hotels París, das an einer Ecke der Plaza Murillo lag, aßen wir schließlich zu Abend. Wir verschlangen blindlings alles, was uns serviert wurde – und das war eine Menge und äußerst scharf. Als erstes aßen wir eine Suppe mit Mais, Maniok und Quinoa, die nicht besser hätte sein können. Weiter ging es mit einem aus Kartoffeln, Bohnen und Käse bestehenden sogenannten Paceño und einer Fleisch-Jakhonta, die Proxi und ich nur noch mit Mühe probieren konnten. Jabba hingegen, der inzwischen vollkommen wiederhergestellt war und einen Dreitagehunger mitgebracht hatte, vertilgte sie vollständig und mühelos. Die *mesera* – wie hier die Kellnerinnen hießen (die Kellner waren die *garsones)* – stellte sich uns als Mayerlin vor und empfahl uns den Besuch eines unweit vom Restaurant in der Calle Jaén gelegenen Nachtlokals namens La Naira. Dort könnten wir uns noch ein Täßchen *Mate* genehmigen und vor dem Schlafengehen Enriqueta Ulloa, eine berühmte Aymara-Sängerin, sowie die Gruppe Llapaku anhören: Andenfolklore vom Feinsten.

Die Straßen waren auch um diese Uhrzeit noch von lautem Stimmengewirr, einem Gemisch aus Spanisch und Aymara, erfüllt. Grell stach das Geschrei der fahrkartenverkaufenden Kinder daraus hervor, die die langen Fahrtrouten aufsagten. Dabei hielten sie sich an den ausgeleierten Türen der Fahrzeuge fest, aus denen sie gefährlich weit heraushingen, was aber niemanden weiter zu beunruhigen schien. Die Händler auf den kleinen volkstümlichen Märkten, die wir zuvor durchstreift hatten, machten sich gerade auf den Heimweg, mit dikken Säcken auf dem Rücken, die gut und gerne zwei-, dreimal so schwer waren wie ihre Träger. Eine sonderbare Welt war das, in der keiner pausenlos mit dem Handy telefonierte oder durch die Gegend hetzte noch den Blick abwandte, wenn dieser zufällig den eines anderen traf. Nein, hier schauten die Menschen einem fest in die Augen und lächelten, was einen verunsicherte, ja, regelrecht verlegen machte. Nicht immer stellt das, was wir zu sehen bekommen, die größte Überraschung dar, möge es sich noch so sehr von der gewohnten Umgebung unterscheiden. Manchmal zählt mehr, was man unbewußt mit den anderen vier Sinnen aufnimmt. Jedenfalls vermittelte uns alles um uns herum, daß wir in einer anderen Welt waren, in einer anderen Dimension.

Im überfüllten Nachtklub La Naira lauschten wir in stickiger Atmosphäre der wunderschönen Musik, die Llapaku auf typischen Andeninstrumenten spielte (dem Charango, der aus zwei Schilfrohren bestehenden Siku-Flöte und Trommeln) und genossen Enriqueta Ulloas wirklich erstaunliche, vibrierende und obertonreiche Stimme. Wir bedauerten, nicht lange bleiben zu können, da wir vorhatten, am nächsten Tag früh aufzustehen. Doch wir kehrten beschwingt und energiegeladen in unser Hotel zurück, bereit für alles, was uns erwartete.

Dem Ratschlag des Geschäftsführers unseres Hotels folgend, standen wir um sechs Uhr morgens auf (es war noch stockdunkel), um gegen sieben Uhr fertig zu sein und ein Taxi nach Tiahuanaco zu nehmen. Die Taxis in La Paz haben den Nachteil, daß es sich um Gemeinschaftstaxis handelt, die sozusagen als Mini-Busse fungieren. Will man ohne fremde Begleitung fahren, muß man ein Radiotaxi-Unternehmen anrufen und von vornherein klarstellen, daß man um jeden Preis einen Wagen für sich allein haben will. Der Grund, warum wir mit dem Taxi zu den Ruinen fuhren, war, daß die Busse – falls man sie überhaupt als solche bezeichnen konnte –, die auf der siebzig Kilometer langen Strecke nach Tiahuanaco verkehrten, eigentlich nichts anderes waren als alte, PS-starke Lastwagen. Mit ihnen reisten Menschen, Waren und Tiere gemeinsam auf engstem Raum zusammengepfercht. Wenn wir aber geglaubt hatten, im Taxi zu reisen hieße, wie im eigenen Auto durch Barcelona zu fahren, hatten wir uns gewaltig getäuscht. Die Landstraße war schmal und voller Schlaglöcher. Und unser Fahrer bemühte sich, jeden vor uns herfahrenden Wagen in gefährlichen Manövern zu überholen, ganz egal, ob wir dabei dicht an steilen Hochlandhängen entlangrasten oder mit quietschenden Reifen am äußersten Rand des Asphalts durch die Kurven jagten. Uns kamen die knapp zwei Stunden bis Tiahuanaco vor wie eine Ewigkeit, und als wir aus dem Taxi stiegen, waren wir ganz steif vor Angst und konnten kaum geradeaus denken.

Aber: Wir waren angekommen. In Tiahuanaco. Oder, besser gesagt, in Taipikala, dem ›mittleren Stein‹. Wir hatten den Ort so eingehend studiert, daß wir ihn zu kennen glaubten wie unsere eigenen vier Wände. Auch hier umgaben uns die verschneiten Berge mit ihren atemberaubenden Gipfeln, aus denen der Illimani herausragte, ein über sechstausend Meter hoher, angeblich heiliger Berg. Ich war es nicht gewohnt, so weit in die Ferne zu schauen. In der Stadt begrenzten Hochhäuser einem auf angenehme Weise die Sicht, und bei der Arbeit übernahmen dies die Computerbildschirme. Ich war ganz erschlagen von den unzähligen weißen Gipfeln in der Ferne und dem weiten, wolkenlosen Himmel. Unser Taxifahrer, der den stattlichen Namen Yonson Ricardo trug, setzte uns am Haupteingang der Anlage ab und versprach, zur Essenszeit wieder dazusein. Er würde den Morgen im nahe gelegenen Dörfchen Tiahuanaco verbringen, das größtenteils mit Steinen aus dem Ruinenfeld erbaut worden war.

Trotz der eisigen Morgenkälte genossen wir die milde Wärme der Sonnenstrahlen, als wir den sanften Hang nach Taipikala hinaufstiegen. Das archäologische Gelände war, so weit der Blick reichte, von Stacheldraht umzäunt. Sich außerhalb der Besuchszeiten hier einzuschleichen würde schwierig sein. Als ich meine Brieftasche herauszog, um die Eintrittskarte zu bezahlen, fiel mir plötzlich eine Kleinigkeit ein: »Und wenn die Doctora auf einmal vor uns steht?«

Jabba und Proxi versuchten gerade, unter den wachsamen Blicken der beiden hinter dem Zaun postierten Sicherheitsleute, den Eintrittspreis von fünfzehn Bolivianos pro Kopf in Münzen zusammenzukriegen.

Sie sahen mich verblüfft an. Dann zuckte Jabba mit den Schultern, und die pragmatischere Proxi griff sich einen breiten Panamahut von einem Händler und stülpte ihn mir über. Wie auf einer Tafel am Fenster des Kartenhäuschens zu lesen stand, konnten Touristen hier alles mögliche erstehen, von Sonnenhüten und -brillen bis zu Schirmen und in Falthocker verwandelbaren Spazierstöcken.

»Fertig«, sagte sie. »Jetzt schieb dir noch die Haare unter den Hut. Ich glaube nicht, daß sie dich wiedererkennen würde, wenn sie hier überhaupt irgendwo ist.«

»Nein, natürlich nicht. Ich brauch mir nur noch die Beine abzuschneiden und einen halben Meter zu schrumpfen.«

»Mensch, Root, heute ist Samstag, und samstags wird nicht gearbeitet! Sie ist bestimmt in La Paz. Komm, bleib cool.«

»Und wenn sie uns doch zufällig über den Weg läuft?«

»Dann grüßt du sie, wenn du Lust hast, und wenn nicht, dann eben nicht«, meinte Jabba.

»Aber sie kapiert bestimmt sofort, daß wir hier sind, um dasselbe zu suchen wie sie.« Ich ließ nicht locker, und der Mann am Schalter wurde langsam ungeduldig.

»Jetzt sei nicht bockig, und kauf dir endlich deine Eintrittskarte!« knurrte Jabba. »Sie kennt ja nur dich. Und wir haben sie auf dem Foto gesehen und können sie erkennen, bevor sie dich bemerkt.«

Kaum beruhigt, zahlte ich und trat über die Schwelle, die uns Einlaß in die geheimnisvolle Stadt gewährte. Und sofort vergaß ich alles, was ich mir in meinen kühnsten Träumen je vorgestellt hatte. Taipikala war eine Pracht, war gigantisch, überwältigend ... Nein, eigentlich war es noch viel mehr als das: Es war unglaublich schön. Ungehindert strich der Wind über grenzenlose, ruinenbedeckte Weiten. Vor uns schlängelte sich ein Weg zum Templete, der zunächst nichts war als ein großes, viereckiges Loch im Erdboden. Rechts daneben lag die erhöhte Plattform des Kalasasaya-Tempels. Die über fünf Meter hohen und hundert Tonnen schweren Steinblöcke der weitläufigen Kultstätte waren trotz der Entfernung gut zu erkennen. Hier war alles riesig und strotzte vor Größe und Energie, und selbst das überall wuchernde Unkraut nahm dem Ort nichts von dieser Herrlichkeit.

»Ich glaub, ich hab Halluzinationen«, murmelte meine Lieblingssöldnerin, während wir auf den halb unterirdischen Tempel zugingen. »Ich sehe die Yatiri regelrecht vor mir.«

»Da bist du nicht die einzige«, flüsterte ich.

Wortlos liefen wir durch den in etwa zwei Meter Tiefe gelegenen Templete und schauten uns die seltsamen, aus der Wand ragenden Nagelköpfe an.

Jabba war der erste, dem etwas Merkwürdiges auffiel: »He, Leute! Ist das hier nicht der Kopf eines Chinesen?«

»Ach, komm schon!« spottete Proxi und starrte neugierig in die angegebene Richtung.

Und tatsächlich, der Kopf mit den eindeutig schrägen Augen war unbestreitbar der eines Menschen aus Fernost. Zwei oder drei Köpfe höher saß ein anderer mit den unverwechselbaren Zügen eines Afrikaners: breite Nase, ausgeprägte Lippen ... Nachdem wir die Mauer in beide Richtungen abgelaufen waren und uns oben wie unten sämtliche Köpfe angeschaut hatten, stand für uns fest, daß unter den hundertfünfundsiebzig Köpfen, die das am Eingang erstandene Begleitheft erwähnte, alle Rassen der Welt mit ihren typischen Gesichtszügen vertreten waren: vorspringende Wangenknochen, dünne und dicke Lippen, breite und schmale Stirnpartien, vorstehende Augen, runde Augen, Schlitzaugen, tiefliegende Augen ...

»Was sagt das Heft dazu?« wollte ich wissen.

»Es gibt gleich mehrere Erklärungen«, erwiderte Proxi, die es an sich genommen hatte. »Einerseits vermutet man, die Krieger aus Tiahuanaco hätten die Angewohnheit gehabt, nach kriegerischen Auseinandersetzungen die abgeschlagenen Köpfe ihrer Feinde hier zur Schau zu stellen. Im Lauf der Zeit sollen sie dann in Stein gehauen worden sein, um sie zu verewigen. Andererseits heißt es, dieser Ort sei möglicherweise eine Art medizinische Lehranstalt gewesen, in der vermittelt wurde, wie man bestimmte Krankheiten diagnostiziert. Diese Krankheiten könnten in den verschiedenen Gesichtern abgebildet sein. Tja, da sich aber weder das eine noch das andere nachprüfen ließe, bewiesen die Nagelköpfe höchstwahrscheinlich nur, daß Tiahuanaco mit den verschiedenen Kulturen und Rassen der Welt in Berührung gekommen ist.«

»Mit Schwarzen und Chinesen?« fragte Jabba verwundert.

»Darüber steht hier nichts.«

»Lieber Junge ...« Ich legte meinem Freund väterlich eine Hand auf die Schulter. »Niemand hat auch nur den blassesten Schimmer, was es mit dieser geheimnisvollen Stadt auf sich hat, also ist immer derjenige der Dumme, der die neueste Version der Geschichte präsentiert. Aber, was soll's. Basteln wir uns einfach unsere eigene.« Ein Jammer, dachte ich, daß der bolivianische Staat nicht genug Geld besaß, um in Tiahuanaco gründliche Ausgrabungen vornehmen zu lassen. Und eine Schande, daß die internationalen Organisationen nicht die nötigen Mittel bereitstellten, um dem Land bei dieser Aufgabe zu helfen. War denn niemand daran interessiert herauszufinden, was es mit dieser merkwürdigen Stadt auf sich hatte?

»Und der Typ hier mit dem Bart?« Jabba wies auf eine der drei steinernen Grabsäulen, die in der Mitte der Tempelanlage emporragten. Sie war die größte der drei und zeigte das in Stein gemeißelte Abbild eines Mannes mit riesigen runden Augen, dickem Schnurrbart und einem hübschen Spitzbärtchen. Er trug einen langen Umhang, und rechts und links neben ihm waren zwei vom Boden bis zu seinen Schultern reichende Schlangensilhouetten abgebildet.

»Im Führer steht, es handele sich um einen König oder Hohenpriester.«

»Es lebe die Phantasie! Können die nicht mal eine andere Platte auflegen? Allmählich wird es langweilig.«

»Da steht noch, daß diese Schlangen neben ihm in der Tiahuanaco-Kultur Wissen und Weisheit symbolisiert hätten.«

»Aha, das ist also die Bedeutung dieses gehörnten Reptils in der Kammer von Lakaqullu.«

»Los, weiter«, befahl ich und näherte mich der Treppe, um

zur Kalasasaya-Anlage hinüberzugehen. Außer uns liefen nur einige wenige vereinzelte Besucher in den Ruinen umher, außerdem eine Schülergruppe in Begleitung ihres Lehrers, die in unserer Nähe einen Höllenlärm veranstaltete. Daß die Anlage so menschenleer war, vergrößerte meine Angst vor einer Begegnung mit der Doctora. Wenn diese Frau in Bolivien wirklich so gute Beziehungen hatte, brauchte sie uns nur bei der Polizei wegen Diebstahls archäologischer Stücke anzuzeigen. So könnte sie uns kurzerhand aus dem Weg räumen und verhindern, daß wir vor ihr in die Kammer gelangten. Ihr Wort stünde dann gegen das unsere.

Wir stiegen bedächtig die große Freitreppe der Kalasasaya-Anlage hinauf, und nach und nach tauchte vor unseren Augen eine vertraute majestätische Gestalt auf: der Ponce-Monolith, so benannt nach seinem Entdecker, dem Archäologen Carlos Ponce Sanjinés. Doch trotz seiner imposanten Erscheinung, die den weiten, freien Platz der Kalasasaya-Anlage zu beherrschen schien, wanderten unsere Blicke und Schritte automatisch und zielstrebig weiter, dem am entfernten Ende des Platzes gelegenen Tempel entgegen, wo sich unverkennbar das Sonnentor erhob. Hier hatte die Geschichte für uns ihren Anfang genommen, mit den Reliefs auf diesem Tor und der von Daniel eingezeichneten dreistufigen Pyramide, auf der der Zeptergott thronte. Mir schnürte sich auf einmal die Kehle zu. Wie hätte mein Bruder es genossen zu erleben, wie seine Vorstellungen Wirklichkeit wurden und die Bestätigung seiner Entdeckungen in greifbare Nähe rückte! Ich konnte ihn förmlich neben mir spüren, schweigsam, ruhig, aber mit einem breiten, zufriedenen Lächeln auf dem Gesicht. Er hatte geschuftet wie ein Sklave, um dem Geheimnis der Yatiri auf die Spur zu kommen. Und gerade als er im Begriff war, es zu lüften, war er zum Gefangenen seiner eigenen Entdeckungen geworden. Eines Tages, wenn er wieder gesund war, würde ich diese Reise noch einmal gemeinsam mit ihm machen.

Wir gingen auf das große Tor zu, und es war, je näher wir ihm kamen, als würden wir von einer Art magnetischem Feld angezogen, das ebenso stark zu sein schien wie die Gravitation.

Der Anblick der sich vor dem Himmel abzeichnenden Silhouette ließ mich zurückdenken an den Abend vor unserer Reise. Nachdem ich Núria gebeten hatte, Flug und Hotel für uns zu buchen, war uns noch etwas Zeit bis zum Abendessen geblieben. Danach wollten Jabba und Proxi nach Hause, um ihre Sachen zu packen. Also arbeiteten wir weiter und suchten nach zusätzlichen Informationen über das Tor, den einzigen Ort Tiahuanacos, den wir noch näher erkunden mußten. Marc suchte nach Bildern und druckte sie aus, Lola fahndete nach dem mysteriösen Zeptergott, und ich ordnete das bereits vorhandene Material.

Von der Doctora wußte ich, daß das Tor über dreizehn Tonnen wog, was die entsprechenden Internetseiten bestätigten. Die Maße wurden allerdings unterschiedlich beziffert, wenn auch in den meisten Fällen mit drei Meter Höhe und vier Meter Breite. Über die Tiefe fand ich keine widersprüchlichen Angaben, alle sprachen von einem halben Meter.

Das Sonnentor war in gewisser Weise ein Durchgang vom Nirgendwo ins Nichts. Über seinen ursprünglichen Standort wurde spekuliert, niemand schien zu wissen, woher es wirklich stammte. Die einen erkannten in ihm – aufgrund einer entfernten Ähnlichkeit – das fehlende vierte Tor des Puma-Punku-Tempels, andere betrachteten es als Teil eines verschwundenen Monuments. Wieder andere meinten, es gehöre zur Akapana-Pyramide ... Niemand wußte etwas Genaueres. Dabei war das eigentlich Rätselhafte die Frage, wie ein dreizehn Tonnen schwerer Stein von seinem ursprünglichen Standort fortbewegt und kopfüber an seinen heutigen Platz in der Anlage von Kalasasaya gekippt werden konnte. Das Monument wies einen breiten, tiefen Riß auf, der von der rechten oberen Ecke der Toröffnung schräg nach oben verlief und den Fries spaltete. Der Legende nach hatte ein Blitzeinschlag diesen Schaden verursacht. Gewiß waren Gewitter auf der Hochebene keine Seltenheit, doch ein solches Phänomen hätte einem Monolithen aus härtestem Trachyt schwerlich einen derartigen Riß zufügen können. Es war eher zu vermuten, daß er beim Umkippen beschädigt worden war, aber eindeutig nachweisen konnte man auch das nicht.

In die Rückseite des Tores waren so perfekt gestaltete Nischen und Gesimse gefügt, daß man sich verwundert fragte, wie sie ohne die Hilfe moderner Maschinen hatten ausgearbeitet werden können. Das gleiche galt für den Fries auf der Hauptfassade mit seinem genau in der Mitte sitzenden eindrucksvollen Zeptergott. Der Gott fiel zwar in Proxis Bereich, doch las man die Beschreibungen des Tores, fiel es schwer, die Aussagen über den Gott vom Rest zu trennen. Bei meinen Nachforschungen entdeckte ich, daß in fast allen Texten behauptet wurde, das Männchen ohne Füße stelle den Inkagott Viracocha dar. Das zeigte mir erneut, wie dünn die Fakten in diesem Bereich gesät waren. Dabei hatten die meisten Fachleute diese Theorie seit langem verworfen, wie ich von der Doctora wußte. Allerdings schien das vielen Autoren nicht bekannt zu sein. So würde der Zeptergott noch lange Viracocha bleiben. Und die achtundvierzig ihn flankierenden Figürchen – vierundzwanzig zu jeder Seite, in je drei Achterreihen angeordnet – würden weiterhin angeblich achtundvierzig Cherubime darstellen. Schlicht und einfach deshalb, weil sie Flügel hatten und ein Knie beugten, wie im Lauf erstarrt oder in ehrfürchtiger Anbetung. Und obwohl einige von ihnen auf dem menschlichen Körper wunderschöne Kondorköpfe trugen, würden sie im Auge des Betrachters bis zum Beweis des Gegenteils weiterhin kleine, geflügelte, mit Engeln vergleichbare Geister bleiben.

Einige der anerkanntesten Archäologen stellten ganz unverhohlen die sonderbare Theorie in den Raum, der Fries habe als Bauernkalender gedient. Die Figuren des Frieses stellten demzufolge nichts anderes dar als die dreißig Tage des Monats, die zwölf Monate des Jahres, die beiden Sonnenwenden und die beiden Tagundnachtgleichen. Vielleicht stimmte diese Theorie ja, aber man mußte schon über sehr viel Phantasie verfügen – oder zumindest über bessere Kenntnisse als ich –, um eine derart gewagte These aufzustellen. Was auch für die Behauptung mancher Experten galt, der Kalender auf dem Sonnentor sei unter Umständen der Venuskalender mit seinen auf zehn Monate verteilten zweihundertneunzig Tagen.

Meine Skepsis und mein Mißtrauen waren schon fast ausgereizt, da erlebte ich eine Riesenüberraschung. Bei der weiteren Lektüre stieß ich auf eine außerordentlich verblüffende Behauptung. Ein Forscher namens Graham Hancock hatte entdeckt, daß auf dem Sonnentor einige bereits vor mehreren Jahrtausenden ausgestorbene Tiere abgebildet waren. Tiere, die zu einer Zeit gelebt hatten, in der den Wissenschaftlern zufolge Tiahuanaco noch gar nicht existiert haben konnte. Anscheinend waren in den unteren Teil des Frieses, im vierten Zierstreifen, der mir nicht besonders aufgefallen war, unverkennbar die Köpfe zweier Exemplare des Cuvieronius-Elefanten eingemeißelt. An jedem Ende des vier Meter langen Türsturzes saß einer, und an einer anderen Stelle der Kopf eines Toxodonten. Das Unglaubliche daran war, daß beide Arten gegen Ende der Eiszeit, also vor zehn- bis zwölftausend Jahren, wie viele andere Arten von der Erdoberfläche verschwunden waren. Warum, das wußte bis heute niemand.

Ich stand von meinem Platz vor dem Computer auf und nahm mir sämtliche Vergrößerungen des Sonnentores vor, die Jabba aus dem Laserdrucker holte. Obwohl ich den vierten Streifen deutlich sah, erkannte ich nur verschwommen die Reliefformen. Ich dachte eine Weile nach und ging dann ins Zimmer meiner Großmutter, wo ich eine ihrer Lesebrillen vorzufinden hoffte. Ich hatte Glück, auf dem Nachttisch lagen gleich zwei in ihren Brillenetuis. Als ich mit den improvisierten Lupen in mein Büro zurückkehrte, reichte ich die eine Jabba, der mir wie ein Setter auf den Fersen war, der Beute gewittert hat. Den Toxodonten, einen dem Rhinozeros ähnlichen Pflanzenfresser ohne Nasenhorn, entdeckten wir nirgends, vielleicht weil die Fotos zu verschwommen waren. Aber den Cuvieronius, das Ebenbild des heutigen Elefanten, machten wir sofort ausfindig. Mit seinen großen Ohren, seinem Rüssel und den Stoßzähnen war er unverwechselbar. Vom Rand aus gezählt, waren unter der dritten und vierten senkrechten Reihe geflügelter kleiner Geister mehrere Cuvieronii in den Stein gearbeitet. Es war merkwürdig, die Tatsache bestätigt zu finden, daß das Sonnentor über zehntausend Jahre alt sein mußte. Denn die Künstler von Tiahuanaco konnten unmöglich jemals einen Elefanten zu Gesicht bekommen haben, da es in Südamerika nie welche gegeben hatte. Also konnte es sich hier nur um den Cuvieronius handeln, diesen vorsintflutlichen Mastodonten. Seine fossilen Überreste bezeugten, daß er bis zu seinem plötzlichen und unerklärlichen Aussterben vor zehn-, zwölftausend Jahren auf dem amerikanischen Kontinent gelebt hatte.

»Und wann, meinen die Archäologen, wurde Tiahuanaco erbaut?« fragte Jabba verwirrt.

»Zweihundert Jahre vor unserer Zeitrechnung.«

»Also vor zweitausendzweihundert Jahren, oder?«

Ich bejahte mit einem kehligen Grunzen.

»Aber ... dann kann das doch gar nicht stimmen. Es sprechen sowohl diese netten Tierchen dagegen als auch Piri Reis' Karte, das vermutete Alter der Aymara-Sprache und die Geschichte der Yatiri ...«

Genau in diesem Moment sprang Proxi begeistert von ihrem Stuhl auf. Ihre Augen glänzten. »Ich erspare euch das Drumherum und komme gleich zur Sache«, rief sie. »Laut den jüngsten Forschungen zu unserem Thema scheint es sich bei dem Zeptergott in Wirklichkeit um Thunupa zu handeln. Erinnert ihr euch? Der Gott der Sintflut, des Regens und des Blitzes.«

»Wahnsinn! Tiahuanaco ist wirklich ein Nest«, spottete ich.

»Angeblich sind diese Flecken auf seinen Wangen Tränen«, erklärte sie weiter, »und die Stäbe symbolisieren seine Macht über Blitz und Donner. Unser Freund Ludovico Bertonio führt in seinem berühmten Wörterbuch ein sehr seltsames Detail an: Nach der Konquista soll aus Thunupa ein gewisser Ekeko geworden sein, ein Gott, der bei den Aymara heute noch viele Anhänger hat. Dem Archäologen Carlos Ponce Sanjinés zufolge ist der Regen, der ja hier etwas Seltenes ist, zu einem Synonym des Überflusses geworden. Und Ekeko ist der Gott des Überflusses und des Glücks.«

»Sehr einfallsreich«, murmelte Jabba.

Proxi ließ sich nicht beirren. »Die Aymara verehren Thunupa also nach so vielen Tausenden von Jahren immer noch. Ist das nicht sagenhaft? Wie ihr wißt, befindet sich der Lageplan der Kammer unter den kleinen Füßchen dieses Gottes und ...«, sie zog das letzte Wort in die Länge und betonte laut, was folgte: »... der Name des Gottes hat eine ganz besondere Bedeutung.« Ein zufriedenes Lächeln breitete sich auf ihrem Gesicht aus. »Wißt ihr, was *Thunu* auf Aymara heißt?«

»Wenn du mich in Bertonios Wörterbuch nachschauen läßt ...« Ich machte Anstalten aufzustehen.

»Du kannst gerne nachschauen, wo du willst, aber ich kann es dir auch erzählen. *Thunu* bedeutet auf Aymara ›das, was verborgen ist‹, wie zum Beispiel die Pflanzenzwiebel in der Erde. Und die Endung *pa* verbindet *Thunu* mit der dritten Person Singular. Mit anderen Worten, Thunupa heißt, daß unter der Gottesfigur etwas verborgen ist. Der Gott gibt an, wo genau.«

Jabba und ich schwiegen eine Weile. Wir mußten erst einmal gedanklich verdauen, daß wir ein weiteres entscheidendes Mosaiksteinchen gefunden hatten.

»Vielleicht ist es ja wirklich so einfach«, bemerkte Jabba unsicher.

»Es ist nicht einfach!« Proxi lächelte immer noch. »Es ist perfekt.«

»Aber es sagt uns eigentlich nichts Neues! Wir wußten doch schon, daß der Gott auf die Kammer weist. Aber wo sind die Eingänge?«

»Denk doch mal logisch, Arnauchen. Wenn bis jetzt alles auf dem Fries des Sonnentores zu finden war, wird darauf auch stehen, wo die Geheimgänge beginnen. Und wenn dem so ist – wie eigentlich zu erwarten wäre –, haben wir den Schlüssel von Anfang an direkt vor der Nase gehabt, oder?«

Ich sah sie mit offenem Mund und weitaufgerissenen Augen an.

»Guck dir mal diese Vergrößerung des Zeptergottes an«, fuhr

sie ungerührt fort und reichte mir ein bedrucktes Blatt Papier.
»Beschreib mir die dreistufige Pyramide.«

»Also ... wie ihr Name schon sagt, hat die Pyramide drei Stufen. Im Innern der Pyramide gibt es eine Reihe seltsamer Tiere und ein Rechteck mit einer gehörnten Schlange.«

»Was noch?«

»Nichts weiter, aber wenn du willst, kann ich dir auch den Gott beschreiben.«

»Was hält denn der Gott in den Händen?«

»Die Stäbe.«

»Und wohin zeigen die Stäbe?«

»Wohin sollen sie schon zeigen ...?« murmelte ich genervt, aber dann fiel mir etwas auf. »Eigentlich müßten sie nach oben weisen, stimmt's?«

Sie lächelte.

»Ja, der Gott hält sie verkehrt herum: Die Schnäbel der Kondore, oder was immer das für Tiere sind, zeigen nach ...«

»Nach ...?«

»Nach unten. Ein bißchen sonderbar, oder?«

»Und wohin zeigen die umgedrehten Stäbe?«

»Auf diese komischen Dinger, die aus der ... der Pyramide herausragen. Mensch ... du hattest recht«, murmelte ich und gab ihr das Blatt Papier zurück, das sie auf dem Tisch liegenließ.

Ich ärgerte mich über mich selbst. Wie konnte ich nur so blöd sein? Ich hatte diese Dinger an der Pyramide zwar immer wieder vor Augen gehabt, hatte sie aber nie wirklich beachtet. Eben weil sie so sonderbar waren. Ich hatte sie für Verzierungen gehalten, für Ornamente, von denen es ja reichlich gab. Mein Verstand hatte sie völlig außer acht gelassen, weil er sie unerklärlich fand.

»Wie du siehst«, schloß Proxi ihre Erläuterungen, »führt von der untersten Pyramidenstufe aus eine horizontale Linie nach rechts und links. Man könnte sie für den Boden halten. Seltsamerweise steigt sie nach einem kurzen Stück wieder an und bildet auf beiden Seiten so etwas wie einen Schacht, der mit zwei skurrilen, unsinnigen Gegenständen zugedeckt ist.«

»Die erinnern an ...«, Jabba zögerte und studierte erneut die Abbildung des Gottes. »Ich weiß eigentlich nicht, woran. Symbolisieren sie vielleicht Helme?«

»Na klar. Oder außerirdische Tiere oder Raumschiffe ... Guck doch mal, auf jedem dieser Dinger sitzt ein einzelnes tiefes, rundes Auge, das genauso aussieht wie die Augen des Gottes. Na ja, was soll's. Eigentlich glaube ich nicht, daß sie etwas anderes sind als Hinweise. Dort, wo diese Dinger in Tiahuanaco auftauchen, liegen wahrscheinlich die Öffnungen zu den Gängen. Was meinst du, Root?«

Ich erinnerte mich nicht mehr, was genau ich ihr geantwortet hatte, aber ich muß wohl mit ihrer These einverstanden gewesen sein.

Die ganze abendliche Diskussion vor dem Kofferpacken war mir jedenfalls lebhaft in Erinnerung gekommen, als wir auf das reale, leibhaftige Sonnentor zuschritten. Die Höhenkrankheit mochte zwei ganze Tage aus meinem Leben gelöscht haben, doch jene letzten Arbeitsstunden in Barcelona hatte sie fraglos verschont. Und nun standen wir hier. Vor dem Sonnentor. Nur durch einen dünnen Drahtzaun von ihm getrennt. Ich starrte sofort auf die Gottesfigur in der Mitte, die vor unseren Augen, echt und zum Greifen nah, in all ihrer Erhabenheit und mit den von der Sonne erzeugten Schatten wie ein kleines Ungeheuer aussah, das etwas Böses im Schilde führt. Das also war Thunupa, der Gott der Sintflut und des Regens, und der Gott, der ein Geheimnis verbarg ... Die runden Augen blickten ins Leere, die v-förmig angewinkelten Arme hielten die beiden Stäbe (laut dem Heft, das Proxi bei sich trug, eine Schiffsschraube und eine Schleuder), und an Ellbogen und Gürtel hingen menschliche Köpfe. Auf der Brust oder vielmehr auf dem Brustschild wiederholte sich das Bild der kleinen Schlange, die auch in der Geheimkammer zu seinen Füßen lag. Und in diese Kammer wollten wir gelangen, auch wenn wir immer noch nicht recht wußten, wie.

Jetzt hatten wir sie vor uns, die dreistufige Pyramide, durch deren Inneres die vielen in Puma- und Kondorköpfen endenden Gänge liefen und in der sich die beiden wie Schächte aussehenden Seiteneingänge befanden, jeder von ihnen mit einem Kriegerhelm – oder außerirdischen Tier oder mit Augen besetzten Raumschiff – verschlossen.

Jabba, der pausenlos das Tor abschritt, von links nach rechts und wieder zurück, stieß beim Anblick seiner Freunde, der Cuvieronius-Elefanten, Bewunderungsrufe aus. Die Tiere waren so eindeutig erkennbar, daß die Gleichgültigkeit der Wissenschaft – die vorgab, sich nach dem empirisch Prüfbaren zu richten – regelrecht zum Himmel schrie. Hier hatten wir den endgültigen Beweis, daß zumindest das Tor errichtet worden sein mußte, als es auf der Hochebene von diesen Mastodonten wimmelte – also vor mindestens elftausend Jahren. Und doch schien sich niemand darum zu scheren, ebensowenig wie um die Karte des Piri Reis. Unwillkürlich fragte ich mich nach dem Warum. Es mußte doch einen Grund geben. Die Angst, sich lächerlich zu machen, konnte nicht allein ausschlaggebend sein, um seriöse Forschung von vornherein abzulehnen. Im Mittelalter, ja, da hatte die Inquisition jede Ketzerei mit dem Tode bestraft, aber heute? Was steckte heute hinter dieser Ignoranz?

»Da wären wir also«, stellte Proxi fest und machte ein paar Aufnahmen mit ihrer winzigen Digitalkamera. Wir hatten ein gutes tragbares Computersystem dabei, mit dem wir im Hotel arbeiten konnten. Wir brauchten die Bilder nur auf einen der Laptops herunterzuladen, die notwendigen Vergrößerungen zu machen und auszudrucken. Bis jetzt hatten wir allerdings wegen der Höhenkrankheit noch nichts installiert. Allmählich bekam ich Gewissensbisse bei dem Gedanken an die vielen E-Mails von Núria, die vermutlich auf Antwort warteten.

»Kaum zu glauben«, bemerkte ich. »Noch vor einer Woche dachten wir nicht im Traum daran, mal nach Taipikala zu reisen. Und jetzt sind wir hier.«

»Ich hoffe, die Strapaze hat sich gelohnt«, brummte Jabba, der auf seiner Inspektionsrunde der verschiedenen Cuvieronius-Elefanten gerade an uns vorbeitapste.

»Kommt, wir haben keine Zeit zu verlieren. Es gibt noch viel zu sehen.«

Von der Akapana war allerdings nicht mehr viel übrig, nur einige riesige Steinterrassen auf einem grasbewachsenen Hügel. Daß hier eine siebenstufige Pyramide gestanden haben sollte, war eine reine Glaubenssache, denn nichts deutete darauf hin. Im oberen Bereich des Hügels, den wir von der Rückseite her erklommen, tat sich eine Grube auf, einst vermutlich ein Auffangbecken für das durch die – erst kürzlich entdeckten – gewundenen Kanäle geleitete Regenwasser. Diese Kanäle konnte noch niemand so richtig einordnen. Selbst wenn man annahm, daß sie zu einem Kanalisationssystem gehörten, blieb die Frage offen, warum sie diese sonderbare Form besaßen – sie waren ohnehin vor neugierigen Blicken verborgen.

Proxi lachte spitz. »Also, wenn ihr glaubt, das hier sei der totale Reinfall, dann macht euch auf einiges gefaßt. Dieses Lakaqullu ist nicht viel besser.«

»Im Gegenteil«, meinte ich niedergeschlagen und versuchte mir vorzustellen, was es zu sehen gab an einer Stelle, an der sich eine vollständig vergrabene Pyramide befand.

Je höher die Sonne stieg und je weiter der Morgen fortschritt, um so angenehmer wurden die Temperaturen. Schließlich knöpften wir unsere Jacken auf und zogen die Pullover aus, die wir uns um die Taille schlangen. Irgendwann war ich sogar froh, den Panamahut auf dem Kopf zu haben. Wir alle waren natürlich unendlich dankbar für unser bequemes Schuhwerk, mit dem wir die Hügel erklimmen und über den unebenen Boden laufen konnten, ohne daß uns die überall herumliegenden scharfkantigen Überreste alter behauener Steine etwas anhaben konnten. Auch die Zahl der Besucher nahm mit der Wärme zu, schon tauchten hier und dort vereinzelte Gruppen auf. Die lärmenden Schüler hatten wir allerdings aus den Augen verloren – bestimmt gingen sie nun ihrer sitzenden schulischen Tätigkeit nach –, und an ihrer Stelle begannen uns die Zikaden mit ihrem monotonen Schnarren die Ohren vollzuzirpen.

Der Weg durch die Ruinen führte uns weiter bis zum Puma-

Punku-Tempel, der einen Kilometer entfernt von seinem vermutlichen Zwilling, der Akapana-Pyramide, lag. Dort wiesen die Ornamente tatsächlich Meeresmotive auf, und auch hier mußte der perfekt bearbeitete Stein offensichtlich von den Aymara mit etwas wie einem Bohrer bearbeitet worden sein. Uns umgab wieder das gewohnte wilde Durcheinander wuchtiger Steinbrocken – bis wir über etwas völlig Unerwartetes stolperten, als wir um den Hügel herumwanderten: In einem mit Draht eingezäunten Bereich fanden offenbar Ausgrabungen statt. Die Leute, die dort arbeiteten, waren alle einheitlich gekleidet. Sie hatten Mützen, Cowboy- oder Panamahüte auf dem Kopf und trugen Hemden, kurze Hosen und robuste Stiefel, aus denen die Strümpfe hervorguckten. Wir sahen etwa ein Dutzend Personen Trittleitern hoch- und heruntersteigen und Kisten von einer zur anderen Seite tragen. Am Rande des umzäunten Areals stand ein großes Armee-Stoffzelt (wahrscheinlich das Hauptquartier), auf dem das Logo der UNAR prangte, der ›Unidad Nacional de Arqueología Regional‹.

»Von wegen, samstags wird nicht gearbeitet«, bemerkte ich ironisch.

»Sei still und dreh dich um.« Jabba packte mich am Arm.

»Was ist denn los?«

»Da ist sie, erkennst du sie nicht?« flüsterte Proxi. Sie hatte abrupt dem Lager den Rücken gekehrt und bewegte sich langsam in die entgegengesetzte Richtung. »Die mit dem roten Hemd.«

Bevor ich es meinen Freunden nachtat, erhaschte ich noch einen flüchtigen Blick auf die Frau, die Proxi meinte. Das war nie und nimmer Marta Torrent. »Das ist sie nicht«, sagte ich leise, während wir uns entfernten wie Touristen, die sich verlaufen hatten. »Das ist nicht die Doctora.«

»Ich habe ihr Gesicht genau gesehen, also trödel nicht rum, sondern geh weiter.«

»Mensch, Leute, macht mal halblang«, sagte ich. »Die Frau im roten Hemd hatte weder die Figur noch die Haltung einer eingebildeten, affektierten Fünfzigjährigen, oder? Die hier war völlig verstaubt und hatte tolle Beine.« Wir hatten inzwischen den Hügel umrundet und die Ausgrabungsmannschaft aus dem Blick verloren.

»Aber Jabba hat dir doch gesagt, daß wir ihr Gesicht erkannt haben! Sogar das weiße Haar lugte unter dem Hut hervor!«

»Ich wette, was ihr wollt, daß ihr euch beide irrt.«

Im Geiste sah ich eine ältere, elegant gekleidete Frau vor mir, die ein Wildlederkostüm trug, dazu Stöckelschuhe, eine Perlenkette und ein breites Silberarmband. Auf ihrer Nase saß eine schmale Brille, ein dünnes blaues Metallgestell. Ihre Bewegungen waren vornehm, ihre Stimme und ihre ganze Art zu reden einfach distinguiert. Was zum Teufel sollte sie mit dieser viel jüngeren Frau mit Cowboyhut verbinden, die dreckige Stiefel, ein schmutziges kurzärmeliges Hemd und alte Militärshorts trug und Kisten schleppte wie ein Hafenarbeiter? Also wirklich! Dafür hätte sie schon Jekyll und Hyde sein müssen.

»Na gut, dann haben wir uns geirrt. Aber laßt uns trotzdem hier verschwinden für den Fall, daß sie zufällig kommt.«

Wir hasteten zurück Richtung Akapana-Pyramide, als sei uns der Teufel auf den Fersen.

»Vielleicht sollten wir ganz abhauen«, murmelte Jabba nachdenklich.

»Yonson Ricardo wird ab Punkt ›Uhr vierzehn‹ auf uns warten«, rief uns Proxi in Erinnerung, den Taxifahrer nachahmend, der uns mit dieser sonderbaren, typisch bolivianischen Uhrzeitangabe überrascht hatte. »Bis dahin sind es noch etwas über zwei Stunden.«

»Wir haben doch die Nummer seines ›Funktelefons‹«, konterte ich mit dem landesüblichen Wort für ›Handy‹.

»Nein, wir können jetzt noch nicht hier weg«, erwiderte sie entschlossen. »Wir müssen die Eingänge zur Kammer von Lakaqullu finden, wie geplant. Laßt uns mal überlegen, wie uns das gelingen könnte. Und wenn wir dabei ständig aufpassen müssen, daß uns keiner zu nahe kommt.«

An der nächsten Wegkreuzung bogen wir nach links ab zum

Putuni-Komplex, dem Palast der Sarkophage. Laut unserem Heft hatten dort die Priester von Tiahuanaco gewohnt, in Zimmern mit rötlichen Wänden, die sich rings um sonderbare Löcher im Boden erhoben. Diese Auskunft verblüffte uns einigermaßen. Unsere Nachforschungen in Barcelona hatten ergeben, daß die Capacas und Yatiri im Kerikala residiert hatten, dem Gebäude, das wir als nächstes besichtigen wollten. Nun gut, hier gab es ohnehin nicht mehr viel zu sehen, noch nicht einmal jenes vermeintlich unüberwindliche Tor war stehengeblieben, von dem die Konquistadoren irrtümlich vermutet hatten, es verbergen sich dahinter große Schätze.

Kerikala war die vorletzte Enttäuschung, obwohl ich so etwas eigentlich nicht sagen sollte. Wollte man sich zum Richter über die Vergangenheit aufschwingen, könnte man ebensogut die Akropolis in Athen als einen lächerlichen Abklatsch ehemaliger Größe betrachten. In unserem Fall ließ sich aber nicht leugnen, daß Konquistadoren und Einheimische gemeinsam diesen Ort systematisch und gründlich zerstört hatten. Das nahe Dorf Tiahuanaco (besonders dessen Kathedrale) und die Eisenbahnlinie La Paz – Guaqui mochten Nationalstolz befeuern und eine wichtige gesellschaftliche Funktion erfüllen. Doch nichts konnte die Verwüstung rechtfertigen, der ein so wichtiger und unwiederbringlicher Ort wie Taipikala zum Opfer gefallen war, den man ungeniert als Steinbruch mißbraucht hatte.

Endlich erreichten wir das nördlich von Kerikala gelegene Lakaqullu. Wir konnten es kaum fassen, daß wir wirklich dort waren, obgleich sich dieses *dort* in einem Satz zusammenfassen ließ: Es war ein kleiner Haufen rötlicher Erde mit vier Steinstufen, die zu einem Tor aus grünlichem Andesit führten. Das Tor wiederum war ein so schlichtes, schmuckloses Steinobjekt, daß es auch aus einer beliebigen modernen Backsteinfabrik hätte stammen können. Um uns herum breitete sich bis zu dem Tiahuanaco eingrenzenden Stacheldrahtzaun hohes Gestrüpp aus. Wer sich anstrengte, konnte hinter der Umzäunung Lastwagen und Busse über die Landstraße rollen sehen.

»Ist das alles?« Ich war mißmutig. Ich weiß nicht, was ich

erwartet hatte, vielleicht etwas Auffälligeres, Schöneres oder, im Gegenteil, etwas so Häßliches, daß es einem ins Auge stach. Jedenfalls war Lakaqullu das Ärmlichste und Kläglichste von allem, was wir an diesem Morgen in Taipikala inspiziert hatten. Hier gab es nichts, und wenn ich nichts sage, meine ich es wörtlich: nichts.

Wir standen allein vor den Stufen. Die übrigen Touristen, die die Anlage besichtigten, hielten es offenbar nicht einmal für nötig, bis hierher zu laufen. Dieser Ort lag weitab von den übrigen Ruinen und war, wie gesagt, nicht gerade sehenswert.

»Hör mal, Root«, fragte Proxi herausfordernd, »stehst du fest mit beiden Beinen auf der Erde?«

»Klar. Denkst du, ich schwebe?«

»Unter deinen Schuhen liegt nämlich das Geheimnis verborgen, das deinen Bruder wieder zur Vernunft bringen könnte.«

Ich sagte nichts darauf. Proxi hatte recht, unter meinen Füßen, wie tief auch immer, gab es eine Kammer, die die Yatiri versiegelt hatten, bevor sie in die Verbannung gegangen waren. Und darin verbarg sich das Geheimnis ihrer seltsamen Programmiersprache. Sollte es für meinen Bruder überhaupt eine Hoffnung geben, jemals wieder ein eigenständiges Leben führen zu können, dann ruhte sie unter meinen Schuhen, wie meine Lieblingssöldnerin gesagt hatte. Hier war sie, die heilige Stätte, der wichtigste Ort in ganz Taipikala. Die Yatiri hatten viele wertvolle Dinge dort zurückgelassen, weil sie gehofft hatten, eines Tages wiederzukommen oder zumindest einer in Not geratenen Menschheit zu helfen. Doch das wußte niemand außer uns und vielleicht der Doctora. Immerhin hatte sie mit Pauken und Trompeten verkündet, sie wolle der Welt beweisen, daß Lakaqullu ein bedeutender Ort sei.

»Also gut«, begann ich mit neuem Elan. »Wir werden uns aufteilen. Irgendwo hier müssen Hinweise zu finden sein, wo der Zugang zu den Schächten ist.«

»Das Tor ist der Mittelpunkt«, erklärte Jabba und erklomm die Stufen. Dann stellte er sich direkt davor hin, breitete die Arme aus und berührte die Türpfosten mit den Händen.

»Wenn die dreistufige Pyramide rechteckig ist, wie wir gelesen haben, und es zwei Eingangsschächte gibt, wie auf dem Sockel des Gottes Thunupa angedeutet, ist anzunehmen, daß dieses Tor hier die Richtung angibt. Also gehst du, Root, von hier aus nach rechts«, er wies mir mit der rechten Hand den Weg, »und du, Proxi, gehst nach links.«

»Hör mal, du Großmaul.« Entrüstet stemmte sie die Hände in die Seiten. »Und was machst du?«

»Wache stehen, für den Fall, daß die Doctora kommt. Ihr wollt doch nicht, daß sie uns erwischt, oder?«

»Mann, bist du dreist!« rief ich lachend und marschierte vom rechten Pfosten des Mondtores aus nach Osten.

»Das kannst du wohl laut sagen!« rief Proxi, die die entgegengesetzte Richtung einschlug.

Mit einem mulmigen Gefühl im Bauch stapfte ich durchs kniehohe Gebüsch. Mein natürlicher Lebensraum war die Stadt mit ihrer Luftverschmutzung, ihrem Beton und ihrer Hektik, und der gewohnte Boden unter meinen Füßen war der Asphalt. Die tiefe Stille ringsum, untermalt vom unaufhörlichen Zirpen der Grillen, überforderte mein Gehör. Und durch die Natur zu streifen und im Gestrüpp herumzustaksen, in dem sich die beunruhigende Anwesenheit unbekannten Getiers erahnen ließ, bekam mir überhaupt nicht. Ich war nie eines dieser Kinder gewesen, die Käfer, Seidenraupen oder Eidechsen gesammelt hatten. In meine jetzige Wohnung in Barcelona verirrte sich trotz des Gartens nicht eine einzige Fliege, nicht die kleinste Ameise und auch kein anderes Insekt – Sergi tat alles, um dies zu verhindern. Ich war ein Stadtmensch, gewohnt, abgasgeschwängerte und klimatisierte Luft einzuatmen, ein flottes Auto durch überfüllte Straßen zu lenken und mittels fortschrittlichster Technologie mit der Welt zu kommunizieren. Die freie Natur war einfach Gift für mich. Gebt mir einen Punkt, wo ich stehen kann, und ich werde die Welt bewegen, hatte Archimedes gesagt; gebt mir eine Glasfaserleitung und einen Computer, und ich werde es mit der Welt aufnehmen. Ich stelle sie sogar auf den Kopf, aber laßt mich nicht wie

Heidi durch Wiesen und Felder laufen, das macht mich ganz krank.

Ich war nun einmal hier, und so arbeitete ich mich wohl oder übel durchs Unkraut vorwärts, das Rückgrat gekrümmt wie ein baumwollpflückender Sklave. Mit den bloßen Händen schob ich das Dickicht auseinander und suchte den Erdboden nach etwas ab, das wie ein Helm, ein außerirdisches Tier oder ein Raumschiff aussah. Da hatte ich mir was eingebrockt!

»Du driftest ab, Arnau!« rief Jabba hinter mir her. »Geh ein bißchen weiter nach rechts!«

»Mach's doch selbst!« zischte ich durch die Zähne – und tat, was er sagte.

Ganz langsam, Schritt für Schritt, kam ich voran, wich den von Gesträuch überwucherten kantigen Steinen aus, mit denen das Gelände übersät war, und paßte auf, daß mir keine der riesigen Ameisen in den Finger biß.

Ich hatte keine dreißig Meter zurückgelegt, da hörte ich hinter mir einen Aufschrei. Rasch drehte ich mich um und sah, wie Jabba in Proxis Richtung die Stufen hinunterlief. Ich überlegte nicht lange und rannte ebenfalls los. Hoffentlich war Proxi nichts passiert, hoffentlich hing die ganze Aufregung damit zusammen, daß wir einen der Eingänge gefunden hatten.

Als ich die beiden erreichte, kniete Proxi mit einem Bein auf der Erde und wischte mit der Hand etwas ab, das mich an eine dieser kleinen steinernen Gedenktafeln erinnerte, in die irgendein geschwollener Text eingraviert ist. Jabba kniete ebenfalls auf dem Boden, und ich tat es ihm nach, vom Laufen noch ganz außer Atem. In der Mitte der Tafel war unser Kriegerhelm oder Raumschiff abgebildet, genau wie auf der dreistufigen Pyramide zu Thunupas Füßen. Hätten wir nicht gewußt, daß all dies einem vor fünf- oder sechshundert Jahren ersonnenen Plan gehorchte, wir hätten die Tafel für einen der vielen steinernen Überreste gehalten, die hier überall herumlagen. Doch obwohl sie kaum aus dem Boden ragte und in roter Erde unter Gestrüpp und wildwucherndem Gesträuch verborgen war, war sie nichts Geringeres als das Schloß, das es uns erlauben (oder uns daran hindern) würde, in die Kammer der Yatiri hinabzusteigen.

»So, und was nun?« fragte ich und half, den Stein mit der Hand zu säubern.

»Sollen wir versuchen, ihn hochzuheben?« schlug Jabba vor.

»Und wenn uns jemand beobachtet?«

»Proxi, halt die Augen auf.«

»Warum ich?« protestierte sie beleidigt.

»Weil das Hochheben von Steinen nun einmal Männerarbeit ist«, erklärte Jabba ihr in väterlichem Ton.

Sie stand langsam wieder auf und klopfte sich die Hände an der Hose ab. »Ihr seid wirklich Idioten.«

Jabba und ich begannen, jeder auf einer Seite an der Steinplatte zu ziehen, aber der schwere Brocken rührte sich keinen Millimeter von der Stelle.

»Idioten …?« schnaufte ich, während ich noch einmal mit neuem Schwung an der Platte zog. »Warum Idioten?«

Auch der zweite Versuch führte zu nichts. Also begannen wir, den Stein zu zweit in eine Richtung zu drücken, um zu sehen, ob wir ihn so von der Stelle bewegen konnten. Vielleicht saß er ja nicht allzutief im Boden.

»Weil man zwar ein Paßwort unter Einsatz roher Gewalt knacken kann, wie das von Daniels Computer. Ein Code aber läßt sich nur mit Grips entschlüsseln. Und ich brauche euch ja wohl nicht daran zu erinnern, daß die Yatiri mit Codes gearbeitet haben, ihr Schlauberger. Ein Code ist eine Sprache. Und eine Fremdsprache lernt man nicht, indem man sich auf gut Glück Millionen von Wörtern einprägt in der Hoffnung, daß einige davon der Sprache angehören, die man lernen will. Aber genau das tut ihr im Grunde gerade.«

Ich richtete mich auf, die Hände ins schmerzende Kreuz gedrückt, und starrte sie an. »Und was will uns das sagen?«

»Daß ihr aufhören sollt, euch wie Trottel zu benehmen. Schaltet doch mal euren Verstand ein.«

Nun ja, das klang irgendwie sinnvoll. Da diese ganze Geschichte eher ein Quiz war, kam man wohl wirklich mit Gewalt nicht weiter. »Und wie kriegen wir's dann auf?« fragte ich. Jabba hatte sich im Schneidersitz auf die Erde gesetzt wie ein dickbäuchiger Buddha.

»Ich weiß nicht.« Proxi runzelte die Stirn und fotografierte die Platte mehrmals von verschiedenen Seiten. »Aber es steht ja alles auf dem Sonnentor. Also sollten wir uns das noch einmal näher anschauen. Vielleicht haben wir was übersehen bei der Fülle der Details.«

»Das Problem ist, daß es fast ›Uhr vierzehn‹ ist«, sagte ich mit einem Blick auf Kapitän Haddock.

Wir schwiegen nachdenklich.

»Und ich habe einen Wahnsinnshunger«, verkündete Jabba, als sei das etwas Neues.

»Gehen wir«, beschloß Proxi. »Wir sagen Yonson Ricardo, er soll uns zu einem Restaurant in der Nähe bringen. Da essen wir erst mal, und nachmittags kommen wir wieder her.«

Ich bückte mich und warf die Erde, die wir von der Steintafel entfernt hatten, wieder drauf, um sie zu verdecken. Marc schob und klopfte mit der Hand die Sträucher zurecht. Dann machten wir uns auf den Weg zum Ausgang.

»Alles, was wir in Barcelona herausgefunden haben, stimmt wirklich!« Ein zufriedener Unterton war aus Proxis Stimme herauszuhören.

Und sie hatte recht. Das war ein echt gutes Gefühl.

Am Ausgang lehnte Yonson Ricardo mit breitem Lächeln auf dem Gesicht an einer der Türen seines Radiotaxis und wartete. Auch er hatte allen Grund, zufrieden zu sein, denn an diesem Tag würde er einen Haufen Geld verdienen, ohne viel dafür zu tun. Wir baten ihn, uns zu einem nahe gelegenen Restaurant zu bringen, da wir vorhätten, nachmittags noch einmal zurückkommen. Er strahlte noch mehr.

Wieder raste er wie ein Wahnsinniger bis nach Tiahuanaco, das nur ein paar Minuten von den Ruinen entfernt lag, und schoß wie ein Blitz durch den Ort. Tiahuanaco war ein hübsches Dorf mit niedrigen Häusern, das sauber und ordentlich wirkte. In den Straßen boten die Händlerinnen der Aymara mit ihren bunten, bauschigen Röcken, ihren Fransenumhängen und ihren unter einer Melone hervorbaumelnden langen, schwarzen Zöpfen ihre Waren feil: getrocknete Pfefferschoten, Zitronen und lila Kartoffeln. Yonson Ricardo erklärte uns, Aymara-Frauen, die ihre Melone schräg aufsetzten, seien ledig, und die verheiratet, die sie gerade trügen.

»Señores, die Kathedrale von Tiahuanaco! San Pedro!« verkündete er plötzlich, als wir an einer kleinen, im Kolonialstil erbauten Kirche vorbeisausten, an deren Gitter viele alte Fahrräder lehnten.

Natürlich hatten wir keine Zeit für einen zweiten Blick, denn wir waren längst weit entfernt, als seine Ankündigung verhallte. Ich hätte die Kathedrale gerne besichtigt, um nachzusehen, ob auf den Steinen noch Reste alter bildhauerischer Arbeiten im Tiahuanaco-Stil zu finden waren, doch Yonson Ricardo hielt bereits inmitten einer großen Staubwolke vor einem ockerfarbenen Häuschen. Auf die Fassade waren in weißen Buchstaben die Worte ›Hotel Tiahuanacu‹ gepinselt. An der Hauswand hing ein großes Schild, das für Taquiña Export, Boliviens berühmtestes Bier, warb.

»Das beste Restaurant des Orts!«

Wir stiegen aus und wechselten verstohlene Blicke, die unsere ernsten Zweifel an dieser Feststellung ausdrückten. Yonson Ricardo verschwand in der Küche, sobald er uns Gastón Rios, dem Hotelbesitzer, vorgestellt hatte. Dieser geleitete uns auf ausgesprochen liebenswürdige Art zu einem kleinen Tisch und empfahl uns gegrillte Forelle. Die Sonne schien durch die Fenster, und das Reden der zahlreichen Gäste bildete eine dichte Geräuschkulisse, so daß wir uns fast nur schreiend unterhalten konnten.

»Offenbar kassiert unser Taxifahrer in der Küche seine Kommission dafür, daß er uns Touristen hierhergebracht hat«, sagte Proxi lächelnd.

»In diesem Land muß man clever sein«, erwiderte ich. »Die Leute hier sind sehr arm.«

»Die ärmsten in ganz Südamerika. Das habe ich in der Zeitung gelesen, als ihr wegen der Höhenkrankheit flachgelegen habt. Über sechzig Prozent der Bevölkerung leben unter der Armutsgrenze. Die diktatorischen Regime, die hier in den siebziger Jahren regierten, haben die Auslandsschulden auf über vier Milliarden Dollar hochgetrieben. Dabei ist dieses Geld noch nicht einmal dem Land zugute gekommen. Laut einem Typen, der in einem Artikel erwähnt wurde, sind nahezu drei Viertel des Geldes auf Privatkonten bei amerikanischen Banken gelandet. Seitdem müssen die Bolivianer höhere Steuern aufbringen, und viele haben ihre Arbeit verloren. Medizinische Versorgung und Schulbildung sind völlig unzureichend. Und das alles, weil sie Geld zurückzahlen müssen, das ein paar Gauner in die eigene Tasche gewirtschaftet haben. Die Ärmsten von allen sind die Indios. Denen bleibt nichts anderes übrig, als Coca anzubauen, um zu überleben.«

»Das kapier ich einfach nicht«, rief Jabba wütend. »Wenn du in Spanien bei einer Bank einen Kredit beantragst, wollen sie sogar die Taufurkunde deiner Mutter sehen. Aber wenn ein x-beliebiges Land, das von schamlosen Gaunern regiert wird, den Internationalen Währungsfonds oder die Weltbank um Kredite in Millionenhöhe bittet, dann heißt es mal eben: Kein Problem, hier sind die Millionen, Amigos. Ihr könnt damit machen, was ihr wollt. Und dann? Dann müssen sich alle krummlegen, und manche verhungern sogar, damit die Millionen zurückgezahlt werden können. Also ehrlich, das kapier ich einfach nicht!«

Mit einer Menge Wut im Bauch diskutierten wir weiter und ersannen Lösungen, die wir drei jämmerlichen, unbedeutenden Einzelwesen niemals würden umsetzen können. Dabei aßen wir eine undefinierbare, kräftig gewürzte Suppe mit merkwürdigen Kartoffeln darin. Als man gerade unsere Teller abräumte und jedem eine Forelle servierte, öffnete sich die Tür des Gastraumes. Und herein kam eine Gruppe von Leuten in Hemd, kurzer Hose und robusten Lederstiefeln. Allen voran ging die Doctora – ja, sie war es tatsächlich – und unterhielt sich mit dem Typen neben ihr mit kahlgeschorenem Kopf,

Brille und einem kurzen, angegrauten Bart. Ihnen folgte ein Trupp junger Archäologen, die lauter waren als der ganze Speisesaal zusammen. Mit einer Freundlichkeit, die Respekt und Ehrfurcht erkennen ließ, trat Don Gastón auf sie zu und führte sie zu einem großen Tisch im hinteren Teil des Raumes, der für sie vorbereitet zu sein schien.

Mir stockte das Blut in den Adern. Wenn sie uns sah, waren wir verloren. Meine Freunde hatten ihre Ankunft ebenfalls bemerkt. Wie erstarrt schauten wir der Doctora hinterher. Glücklicherweise hatte sie uns nicht entdeckt, da die Unterhaltung mit Don Gastón und dem Kahlkopf sie völlig in Beschlag nahm. Die Gruppe setzte sich um den langen Tisch, alle redeten und lachten. Sie wirkten zufrieden.

Proxi flüsterte uns etwas zu, das wir nicht verstehen konnten. »Was sagst du?«

»Daß wir nicht hierbleiben können«, schrie sie.

»Aber gehen können wir auch nicht. Wenn wir aufstehen, hat sie uns.«

»Und was machen wir jetzt?« stammelte Jabba.

Es war schon zu spät. Aus dem Augenwinkel konnte ich beobachten, wie Marta Torrent gedankenverloren den Blick durch den Gastraum schweifen ließ und er plötzlich an unserem Tisch und dann an mir hängen blieb. Sie musterte mich aufmerksam, und ihr heiterer Gesichtsausdruck wich einem ernsten, höchst konzentrierten.

»Sie hat mich entdeckt.«

»So ein Mist!« Jabba schlug mit der flachen Hand auf den Tisch.

Es hatte keinen Zweck, weiter Verstecken zu spielen. Ich mußte mich diesem Blick stellen und ihr meinerseits zu verstehen geben, daß ich sie erkannt hatte. Also wandte ich ihr mein Gesicht zu, musterte sie genauso ernst wie sie mich und tat so, als ließe mich der stumme Schlagabtausch kalt. Keiner von uns beiden machte auch nur die Andeutung einer Begrüßung, und keiner wandte den Blick ab. Ich kannte ihr Spiel bereits, so daß es mich nicht unvorbereitet traf. Ich jedenfalls würde nicht derjenige sein, der nachgab oder sich einschüchtern ließ. Und so verharrten wir einige Sekunden, die mir vorkamen wie eine Ewigkeit.

Als die Situation allmählich unerträglich wurde, beugte der Kahlkopf sich zur Doctora und sagte etwas zu ihr. Ohne den Blick von mir zu wenden, antwortete sie ihm, erhob sich, schob den Stuhl zurück und ging um den Tisch herum auf mich zu. Wie ein Spiegelbild ahmte ich sie nach, stand von meinem Stuhl auf, ließ die Serviette zusammengeknüllt neben meinem Teller liegen und ging ebenfalls los. Aber nur ein paar Schritte, nicht so weit, daß wir uns auf halbem Weg getroffen hätten. Sie sollte in mein Territorium kommen müssen und nicht umgekehrt. Also blieb ich stehen, Jabba und Proxi den Rücken zugewandt. Ich bin sicher, daß sie meine Absicht durchschaute.

Meine Freunde hatten sie also bei den Ausgrabungsarbeiten des Puma Punku ganz richtig erkannt. Ich war es, der sich geirrt hatte, geblendet von einer allzustarren Vorstellung, wie diese Frau auszusehen hätte und angezogen sein müßte. Leider wirkte sie mit ihrem neuen Äußeren viel jünger und natürlicher, viel menschlicher. Und das irritierte mich mächtig. Doch zum Glück richtete sie weiter diesen eisigen Blick auf mich. Er gab mir das Gefühl, einen Feind vor mir zu haben, und das half mir, gelassen zu bleiben. Ihr weißes Haar war zerzaust und wies noch den kreisrunden Abdruck des Hutes auf, und ihre Arbeitskleidung machte sie gute zehn Jahre jünger. Diese überraschende Verwandlung ließ mich nicht unberührt, zumal sie jetzt unmittelbar vor mir stehenblieb. Wir müssen ein eigenartiges Bild abgegeben haben, denn ihr Kopf reichte mir nur bis zum Hals. Dabei schien sie eigentlich nicht kleiner zu sein als ich. So intensiv war ihre Ausstrahlung.

»Ich wußte, daß ich Sie sehr bald hier treffen würde, Señor Queralt«, stimmte sie mit ihrer schönen, tiefen Stimme den Begrüßungsdialog an.

»Auch ich war sicher, Ihnen hier in Tiahuanaco zu begegnen, Doctora Torrent.«

Wir schwiegen kurz und blickten uns herausfordernd an.

»Warum sind Sie hier?« wollte sie wissen, obwohl sie diesbezüglich keinerlei Zweifel zu hegen schien. »Weshalb sind Sie hergekommen?«

»Ich weiß, daß Ihnen das egal ist«, erwiderte ich und verschränkte die Arme vor der Brust, »aber mein Bruder ist für mich der wichtigste Mensch auf der Welt, und ich bin zu allem bereit, um ihm zu helfen.«

Sie sah mich sonderbar an, und zu meiner Überraschung erschien ein kleines Lächeln auf ihrem Gesicht. »Tja, dann hat Daniel mir entweder noch mehr gestohlen als die Unterlagen, die Sie in mein Büro mitgebracht haben, oder Sie und Ihre Freunde ...« Sie blickte kurz zu dem Tisch hinter mir. »... sind besonders schlau und haben in wenigen Tagen das geschafft, was uns Jahre harter Arbeit gekostet hat.«

»Ich werde darüber hinwegsehen, daß Sie meinen Bruder erneut des Diebstahls bezichtigen. Es hat keinen Zweck, mit Ihnen zu diskutieren, Doctora Torrent. Wer zuletzt lacht, lacht am besten. Sie werden es noch bedauern, meinen Bruder in dieser Weise verunglimpft zu haben. Ach, natürlich ...« Ich trat zur Seite und fuhr in übertrieben höflichem Ton fort: »Dies sind meine Freunde, Lola Riera und Marc Martí. Das ist Doctora Torrent, von der ich euch so viel erzählt habe.«

Beide waren aufgestanden und reichten ihr die Hand. Die Doctora schüttelte sie, ohne daß sich ihre Miene aufhellte. Genaugenommen lächelte keiner von uns.

Dann wandte sie sich wieder an mich. »Wie Sie gesagt haben, Señor Queralt, wer zuletzt lacht, lacht am besten. Machen Sie sich da mal keine Sorgen. Aber eines sage ich Ihnen lieber gleich, da ich nicht weiß, welches Ihre wahren Absichten sind. In Tiahuanaco gilt jede Ausgrabung, die ohne die notwendige behördliche Genehmigung begonnen wird, als ein schweres Vergehen. Und das wird hierzulande mit Haftstrafen geahndet. Das könnte Sie und Ihre Freunde für den Rest Ihres Lebens hinter Gitter bringen.«

»Ganz recht, Doctora. Aber ich darf Sie meinerseits daran erinnern, daß auch in Spanien Diebstahl, Plagiat oder ähnlicher Mißbrauch von akademischem Forschungsmaterial bestraft wird. Mit Ihrem Ruhm könnte es dann für immer vorbei sein, ebenso mit Ihrem Universitätsposten und Ihrem guten Ruf.«

Sie lächelte ironisch. »Vergessen Sie das nur nicht.« Sie drehte sich um und entfernte sich langsam, mit diesem geschmeidigen Gang, der mir schon in Barcelona an ihr aufgefallen war und absolut nicht zu ihrem momentanen Aufzug paßte.

Ich nahm ebenfalls wieder Platz, während Marc und Lola noch immer dastanden wie zwei Stehaufmännchen.

»Wollt ihr euch nicht endlich hinsetzen?« fuhr ich sie wütend an. »Es ist nichts passiert, okay? Also kommt essen, unsere Forellen werden kalt.«

»Unglaublich!« Proxi ließ sich wie ein nasser Sack auf ihren Stuhl fallen. »Echt ein starkes Stück! Habt ihr gehört, wie sie uns gedroht hat?«

»Und ob ich es gehört habe«, entgegnete Jabba. »Mir wird ganz schlecht bei der Vorstellung, ich könnte noch mit sechzig in einem bolivianischen Gefängnis sitzen.«

»Ach was, alles Quatsch! Habe ich euch nicht gesagt, wie sie ist? Habe ich euch nicht gewarnt? Jetzt habt ihr's selbst erlebt! Sie ist zu allem bereit, nur damit wir ihr nicht ihre große Entdeckung vermasseln! Eine Entdeckung, die sie allein meinem Bruder verdankt!«

Marc und Lola warfen mir einen merkwürdigen Blick zu, und ich wußte, daß es Marta Torrent gelungen war, sie zu verunsichern.

»Bist du dir sicher, Arnau? Bitte sei nicht beleidigt, aber ... bist du dir ganz sicher?«

Ich schnalzte mit der Zunge und seufzte. »Du kennst doch Daniel, Proxi. Mehr kann ich dazu nicht sagen.«

Zerknirscht ließ sie den Kopf hängen. »Du hast recht, entschuldige bitte. Aber diese Frau hat etwas unheimlich Überzeugendes an sich. Sie wäre fähig, dem Heiligen Geist höchstpersönlich Zweifel einzuflößen!«

»Sosehr ich mich auch bemühe«, fügte Jabba mißmutig hinzu,

»ich kann mir einfach nicht vorstellen, daß Daniel etwas klaut. Aber ich muß zugeben, diese blöde Kuh hat es geschafft, daß ich ihm für einen Moment mißtraut habe.«

»Also, fahren wir wieder nach Tiahuanaco oder nicht?« fragte Proxi mich.

»Natürlich fahren wir wieder hin. Auch wenn wir heute nicht viel weiter kommen sollten, können wir zumindest versuchen herauszufinden, wie man in die Kammer gelangt.«

In düsteres Schweigen gehüllt, aßen wir zu Ende, und nachdem wir bezahlt hatten, verließen wir das Lokal, ohne die Doctora noch eines Blickes zu würdigen. Yonson Ricardo brachte uns zurück zu den Ruinen und versprach, um ›Uhr sechs‹ wieder dazusein und uns nach La Paz zu fahren. Doch unsere gute Laune vom Vormittag war verflogen, wir waren niedergeschlagen und ernst. Und da es auf den Spätnachmittag zuging, spürte man die empfindlich zunehmende Kälte des Hochlandes.

Wie zerschundene Schiffsbrüchige kehrten wir zum Sonnentor zurück und versuchten, im Licht des sich neigenden Tages die vielen Einzelheiten in Augenschein zu nehmen, die sich in den Darstellungen dieses wundervollen Kunstwerkes verbargen, besonders in der überladenen Figur des Gottes Thunupa. Jede noch so kleine Kleinigkeit schien uns voller Bedeutung. Doch irgendwie war ich mit dem Kopf ganz woanders, und es fiel mir schwer, mich auf die Suche zu konzentrieren. Meine Gedanken schweiften ab, gefangen von den runden Augen des Gottes, die in mein Inneres hinabzutauchen schienen und dort das vertraute Echo einer fernen, unbekannten Vergangenheit hervorriefen. Ich wußte, daß hier eine Wahrheit verborgen lag, aber mir fehlte das richtige Werkzeug, um sie deuten zu können. Meine Unwissenheit machte mich hilflos. Ich wollte verstehen, warum ganz normale Durchschnittsmenschen wie Marc, Lola und ich vor Tausenden von Jahren dieses beinlose Wesen verehrt hatten. Und warum das, was heute nur noch eine Touristenattraktion war, einst ein mächtiger – vielleicht gefürchteter, vielleicht geliebter – Gott gewesen war. Ich fragte mich, warum er zwei auf dem Kopf stehende Stäbe in den Händen hielt, die niemand einzuordnen wußte. Und warum die Wissenschaft so sehr um ihren Ruf als unfehlbare Instanz bangte. Warum sie derart Angst davor hatte, Wahrheiten zu akzeptieren, die sich ihrem Verständnis entzogen, oder sich Fragen zu stellen, die zu unbequemen Antworten führen konnten.

Da ich mich ausgelaugt fühlte und die sauerstoffarme Luft mir das Atmen erschwerte, ließ ich mich auf den nackten Boden sinken, setzte mich dem Drahtzaun gegenüber hin und schlug die Beine übereinander wie ein Indio, ohne mich um die Riesenameisen zu scheren, die mir die Beine hochkrabbelten. Ich hatte es satt, nicht weiterzukommen, und es war mir egal, ob die verehrte Doctora oder irgend jemand sonst vorbeikam und mich hier wie einen ungehobelten Touristen auf der Erde sitzen sah. Jabba und Proxi hatten sich ein paar Schritte entfernt, um das Tor aus einer gewissen Distanz ins Visier zu nehmen. Ich selbst aber saß fast genau unter dem Tor und hatte nicht vor, mich von der Stelle zu rühren. Mit dem Gefühl der Resignation, den weiten Weg hierher gemacht zu haben, um am Ende doch kläglich zu scheitern, blickte ich hoch zu Thunupa, so als könne der Gott mich aus dem Dilemma befreien.

Und er tat es. Plötzlich war mir, als hätte es gefunkt, als ginge mir schlagartig ein strahlendhelles Licht auf. Dort, wo ich saß, befand ich mich genau zu Thunupas Füßen. Als ich nach oben geschaut hatte, war mein Blick auf das Tor plötzlich ein ganz anderer gewesen. Und diese neue Ansicht des Gottes hatte mir ganz unverhofft die Erleuchtung gebracht! Wieso hatten wir nicht früher daran gedacht? Man mußte ihn anflehen!

»Man muß ihn anflehen!« schrie ich aufgeregt. »Kommt, kommt! Hier liegt die Lösung. Man muß die Hilfe des Gottes erflehen!«

Jabba und Proxi, die beide angerannt kamen, begriffen augenblicklich, was ich meinte. Sie knieten sich neben mich und schauten hoch zu Thunupa, dem Gott der Sintflut, den man um Hilfe bitten mußte, wenn sich eine ähnliche Katastrophe zu wiederholen drohte.

»Seht ihr es?« brüllte ich. »Seht ihr es? Guckt euch die Stäbe an!«

Aus unserer Position sah man, daß die Enden der Stäbe mit den Kondorschnäbeln in den runden, tiefen Löchern steckten, die den Augen des Gottes glichen. Sie ähnelten jenen, die in den als Schachtabdeckung dienenden Helmen, Raumschiffen oder außerirdischen Tieren saßen. Von hier aus war ganz deutlich zu erkennen, daß der Gott die beiden Stäbe in die runden Löcher schob.

»Das war es!« rief Proxi fasziniert. »Und es war so einfach!«

»Ja, man muß ihn anflehen! Nur wenn man vor dem Gott auf Knien liegt, kann man seine Botschaft erkennen.«

»Was ja auch Sinn macht«, meinte Jabba. »Wie du schon gesagt hast, Proxi, haben die Yatiri vor ihrem Verschwinden die Erklärung, wie man in die Kammer gelangt, zwar versteckt, aber doch so, daß man sie im Notfall finden können sollte. Und man fleht ja auch erst, wenn man etwas dringend braucht. Guck dir außerdem mal die Haltung dieser Hampelmänner auf den seitlichen Streifen an: Es sieht aus, als würden sie inständig um etwas bitten. Das hätte uns eigentlich früher auffallen müssen!«

»Du hast recht.« Ich musterte die geflügelten Pseudo-Cherubime. »Sie sagen einem, was man tun muß. Wieso haben wir das bloß vorhin nicht gesehen?«

»Weil wir sie nicht weiter beachtet haben. Obwohl die Yatiri alles deutlich sichtbar hinterlassen haben.«

»Nein, nein ... Hier stimmt was nicht. Dieses Tor ist viel älter«, widersprach Proxi nachdenklich. »Es wurde Tausende von Jahren vor der Ankunft der Inka und der Spanier errichtet.«

»Aber es könnte doch sein, daß all dies seit der Sintflut geplant war.« Ich stand auf und klopfte mir die Hosen ab. »Und daß die Capaca und die Yatiri des 16. Jahrhunderts nur einen Plan umgesetzt haben, der Tausende von Jahren vor ihrer Zeit geschmiedet worden ist. Vergeßt nicht, daß sie Geheimnisse und Kenntnisse besaßen, die von Generation zu Generation weitergegeben wurden. Dies hier kann durchaus eines ihrer

Geheimnisse gewesen sein. Sie waren besondere Menschen, die wußten, was zehntausend Jahre früher passiert war, und auch, was sie im Fall einer Katastrophe oder Invasion zu tun hatten.«

»Das sind doch alles wilde Spekulationen!« protestierte Jabba. »Im Grunde wissen wir noch nicht einmal, ob die Eingänge sich öffnen lassen. Wozu also hinterfragen wir Sachen, die wir doch nie wissen werden?«

»Jabba hat recht«, murmelte Proxi und erhob sich. »Jetzt müssen wir erst einmal ausprobieren, ob wir einen Stab mit einem Kondorkopf in das Auge der Figur auf der Steinplatte stecken können.«

»Als ob das so einfach wäre! Wo um alles in der Welt ...?« Da fiel es mir ein: »Die Stäbe, die die Yatiri in La Paz, auf dem Markt der Wunderheiler, verkaufen!«

»Wollen wir hoffen, daß dieser Hexenmarkt auch sonntags stattfindet«, brummte Jabba.

»Los, gehen wir«, sagte ich. »Heute sind wir ja sowieso nur hergekommen, um das Terrain zu sondieren. Wir sind doch gar nicht darauf eingestellt, in die Pyramide zu gelangen.«

»Morgen haben wir jedenfalls viel zu tun«, meinte Proxi und steuerte in Richtung Ausgang auf den freien Platz des Kalasasaya zu. »Also ruf mal Yonson Ricardo auf seinem ›Funktelefon‹ an und sag ihm, daß er uns abholen soll.«

Am Sonntagmorgen standen wir spät auf und frühstückten gemütlich, bevor wir zum Markt aufbrachen. Glücklicherweise fand er, wie wir im Hotel in Erfahrung bringen konnten, täglich statt. So genossen wir die Sonne und schlenderten bis zur Calle Linares in der Nähe der San-Francisco-Kirche, um dort die Yatiri des 21. Jahrhunderts zu treffen, die anscheinend keine Ahnung von ihrem wahren Ursprung und ihren Vorfahren hatten. Der Markt war brechend voll, so daß uns nichts übrigblieb, als uns mit der Menschenmasse treiben zu lassen, die sich zu unserer Verzweiflung mit der Trägheit eines Gletschers vorwärtsbewegte. Wenn die Bolivianer doch nur wüßten, wie ein Samstagnachmittag in Barcelona auf den Ramblas oder dem Passeig de Gràcia aussah.

»Möchten Sie, daß ich Ihnen die Zukunft aus den Cocablättern lese, Señor?« fragte mich an einem der Stände eine Yatiri mit rundem Gesicht und Apfelbäckchen. Mich erstaunte immer wieder, wie unbekümmert und selbstverständlich einem hier Cocablätter angeboten wurden. Ich mußte mir ins Gedächtnis rufen, daß die Cocapflanze in dieser Gegend seit Jahrtausenden als gängiges Mittel gegen Hungergefühle, Müdigkeit und Kälte eingesetzt wurde. »Nein, vielen Dank«, antwortete ich. »Aber haben Sie vielleicht Viracocha-Stäbe?«

Die Frau warf mir einen unergründlichen Blick zu. »Das ist doch Unfug, Señor«, erwiderte sie, während der Menschenstrom mich langsam weiterschob, »Souvenirs für Touristen. Ich bin eine echte Kallawaya … eine Yatiri«, erklärte sie mir. Sie dachte bestimmt, mein überraschtes Gesicht sei auf Ahnungslosigkeit zurückzuführen, doch das Gegenteil war der Fall. Denn ich erinnerte mich genau daran, daß laut der Geschichte der Yatiri aus Taipikala jene Capaca, die nach Cuzco gegangen waren und dort weiter ihre Funktion als Heiler der aristokratischen Langohren ausgeübt hatten, als ›Kallawaya‹ bekannt waren. »Ich kann Ihnen jede Medizin anbieten, die Sie brauchen«, fuhr sie fort. »Ich habe Kräuter gegen jede Krankheit, sogar gegen Liebeskummer. Amulette gegen böse Geister und Gaben für die Pachamama.«

»Nein, danke, ich möchte nur Viracocha-Stäbe.«

»Dann gehen Sie in die Calle Sagárnaga«, sagte sie freundlich. »Dort finden sie welche.«

»Und welche Straße ist das?« Bei dieser Frage mußte ich schon den Kopf nach ihr recken. Doch sie hörte mich nicht mehr. Sie hatte sich anderen potentiellen Kunden zugewandt.

Auf den Tischen der einzelnen Stände war ein farbenfrohes Sammelsurium unterschiedlichster Wundermittel ausgebreitet. Was überall angeboten wurde, waren Lamaföten, die im Sonnenlicht reichlich abstoßend aussahen. Sie glichen vierbeinigen mumifizierten Hühnern, deren Haut sich beim Austrocknen oder durch Räuchern schwärzlich verfärbt hatte. Sie wurden gleich zu mehreren und wie Trophäen ausgestellt. An den größten und üppigsten Ständen fand man sie in großer Zahl. Dort prangten sie neben Zellophantüten, die bunten Bonbontüten ähnelten, aber etwas ganz anderes sein mußten. Oder neben Flaschen, die mir wegen ihrer mit gelbem oder rotem Aluminiumpapier umwickelten Korken wie Champagnerflaschen vorkamen, jedoch einen auf einer seltsamen Kräutermischung basierenden Schaumwein enthielten. Auf manchen Tischen lagen Unmengen kleiner Papierumschläge nebeneinander, die mich an diese Tütchen mit Blumensamen erinnerten. Doch sie enthielten keine Samen, sondern Heilkräuter, mit denen man einen Zauber bewirken oder einem Zauber begegnen konnte. Nun ja, man mußte all das gesehen haben, um es zu glauben. Und an jedem Stand freuten sich ein oder zwei Yatiri ihres Wissens und ihres Lebens und schienen fest überzeugt von der heilbringenden Kraft ihrer Ware.

Proxi fotografierte in einem fort, hier ein Aymara-Kind, das wassergefüllte Luftballons verkaufte, dort eine Alte, die bunte Strickwaren feilbot. Die Muster ähnelten stark den Tocapus, mit denen ihre Vorfahren sich einst schriftlich verständigt hatten. Und Jabba, der in dieser Hinsicht kein Risiko scheute, schob sich so ziemlich alles in den Mund, was man ihm zu probieren gab, ohne sich um Hygiene oder mögliche Nebenwirkungen zu scheren. Allerdings machte ich mir keine weiterreichenden Gedanken um ihn, da er einen stählernen Magen besaß – im Gegensatz zu mir, dem allein vom Zuschauen, wie er kleine Knöchelchen unbekannter Herkunft ablutschte und Pasten von fragwürdiger Farbe löffelte, schlecht wurde. Zum Glück tauchten hinter der nächsten Ecke Buden auf, in denen keine Nahrungsmittel, sondern Gebrauchsartikel angeboten wurden, für die Region typische Wollmützen, die sogenannten *Chullos*, kurzbeinige Puppen, Ketten, billige Parfums, merkwürdig geformte weibliche Figürchen ...

»Hast du die gesehen?« Jabba zeigte auf eine Gruppe von zehn, fünfzehn kleinen Statuen, die schwangere Frauen mit großen Ohren und länglichem Oberkopf darstellten. »Oryana!«

»Wollen Sie eine Urmutter Oryana?« fragte der Verkäufer sofort, als er unser Interesse bemerkte.

»Urmutter Oryana?« wiederholte ich.

»Die Schutzgöttin des Hauses.« Der Yatiri hob eines der Figürchen hoch. »Sie schützt das Heim, die Familie und besonders Schwangere und Mütter.«

»Unglaublich«, sagte Jabba leise, »sie verehren Oryana nach Jahrtausenden immer noch!«

»Ja, aber sie wissen nicht, wer sie wirklich ist«, erwiderte ich. Mit einer Handbewegung gab ich dem Verkäufer zu verstehen, daß ich mir gerne seine Puppen mit den Stummelbeinen anschauen würde. Eines dieser kleinen Monster war vielleicht genau das richtige Geschenk für Dani.

»Möchte der Señor einen Ekeko, unseren Glücksgott?«

Jabba und ich warfen uns einen vielsagenden Blick zu, während der Verkäufer mir ein weißhäutiges Männchen mit Schnurrbart reichte, dessen kurze Beine denen des Viracocha aus Tiahuanaco ähnelten. Das war nicht weiter verwunderlich. Schließlich war der Zeptergott kein anderer als Thunupa, der Gott des Regens und der Sintflut, der als Ekeko bis in die Gegenwart überlebt hatte. Die Puppe trug die typische, konisch geformte Andenwollmütze mit den Ohrenklappen und hielt eine scheußliche Gitarre in den Händen.

»Den willst du doch wohl nicht kaufen, oder?« Jabba war entsetzt.

»Ich brauche ein Geschenk für meinen Neffen«, erklärte ich todernst und gab dem Verkäufer die fünfundzwanzig Bolivianos, die er dafür verlangte.

»Was du brauchst, ist ein Psychiater. Das arme Kind wird jahrelang unter Alpträumen leiden.«

Alpträumen? Sicher, Ekeko sah nicht besonders ansprechend aus, aber ich war mir sicher, daß Dani seinen Wert zu schätzen wissen und ihn mit dem größten Vergnügen kaputtmachen würde.

»Hier, hier!« Proxi winkte zu uns herüber und zeigte auf einen Stand, an dem haufenweise Viracocha-Stäbe angeboten wurden.

Auf einem Holztisch lagen Dutzende von Stäben mit Kondorköpfen. Zur großen Freude des Yatiri erstanden wir fünf davon, das heißt alle, die zwischen achtzig Zentimeter und einem Meter lang waren. Auf diese Größe schätzten wir nämlich den Thunupa am Sonnentor und seine echten Stäbe.

Wir aßen im selben Stadtviertel zu Mittag und schlenderten den Nachmittag über wie Touristen durch die Straßen, bis es Zeit wurde, ins Hotel zurückzukehren. Es blieb noch einiges zu tun. Das Abendessen ließen wir uns auf Jabbas und Proxis Zimmer bringen, das größer war als meines. Wir konzentrierten uns auf die praktische Seite der Aufgabe, die uns am nächsten Tag erwartete. Zunächst aber begab ich mich ins Internet, um nach meiner Post zu sehen. Es waren achtundzwanzig E-Mails eingegangen, die meisten von Núria. Ich las sie alle und faßte in einer einzigen langen E-Mail meine Antworten zusammen. In der Zwischenzeit hatte Proxi die Digitalkamera an den anderen Laptop angeschlossen und lud die Fotos herunter, die sie in Tiahuanaco gemacht hatte. Die Bodenplatte von Lakaqullu vergrößerte sie auf Originalgröße und druckte sie Ausschnitt für Ausschnitt auf unserem kleinen Reisedrukker aus.

Möglicherweise würden wir ja Glück haben, und einer der Stäbe paßte in die Vertiefung im Helm, doch was danach kam, lag vollkommen im dunkeln. Wir wußten nur, daß wir vermutlich durch gänzlich unbeleuchtete Gänge würden laufen müssen, die über fünfhundert Jahre nicht betreten worden waren. Vielleicht stießen wir dabei auf irgendwelches Getier oder auf Fallen. Am allerwichtigsten war, daß wir das JoviLoom-Programm mitnahmen, denn falls wir bis zur Kammer des Reisenden gelangten und dort nicht in der Lage waren, die Inschriften auf den Goldtafeln zu entziffern, hätten wir den weiten Weg umsonst gemacht. Das Übersetzungsprogramm war also unentbehrlich, weshalb alle Akkus unseres Laptops (der Originalakku und Ersatzakkus) geladen und einsatzbereit sein mußten.

Wir machten eine Liste von allem, was wir am nächsten Tag vor unserem Aufbruch nach Tiahuanaco kaufen mußten. Natürlich durfte das Material nur wenig Platz einnehmen, damit die Wächter am Eingang nicht auf uns aufmerksam wurden. Es war uns nicht entgangen, daß sie stichprobenartig Handtaschen und Rucksäcke untersucht hatten. Den Reiseführern zufolge versuchten dreiste Touristen häufig, Steine aus dem Ruinenfeld als Souvenir mitzunehmen. Unser anfängliches Vorhaben, uns nachts, außerhalb der Öffnungszeiten, einzuschleichen, hatten wir bereits verworfen. Denn nach unserem ersten Tiahuanaco-Besuch fanden wir den Gedanken selbstmörderisch, im Dunkeln auf dem steinigen Gelände umherzuirren und uns womöglich zu verletzen oder gar das Genick zu brechen. Wir würden die Anlage nachmittags aufsuchen, bei Tageslicht, und uns die Tatsache zunutze machen, daß Lakaqullu kaum besichtigt wurde und es in dem Teil nur wenige Sicherheitsvorkehrungen gab.

Am nächsten Tag durchstreiften wir das Zentrum von La Paz in allen Richtungen und liefen durch die luxuriösen Wohnviertel Sopocachi und Obrajes im tiefer gelegenen Teil der Stadt. Dort befanden sich Einkaufszentren, Banken, Kunstgalerien und Kinos, und wir kauften in verschiedenen Läden unsere Ausrüstung zusammen: drei LED-Stirnlampen der Marke Petzl, drei Mini-Maglite-Taschenlampen, die schmal waren wie Kugelschreiber und nicht länger als ein Handteller, mehrere dünne Rollen Kletterseil, Schutzhandschuhe, ein kleines Bushnell-Fernglas, einen Silva-Kompaß Modell Eclipse-99 und mehrere Wenger-Multifunktionsmesser. Es mag paradox erscheinen, daß wir in einem so armen und verschuldeten Land ohne Probleme derart teure Markenartikel fanden. Aber Bolivien war ein typisches Bergsteigerziel, und aufgrund der Nähe des Landes zu den USA gelangten die besten und modernsten Produkte viel früher dorthin als zu uns nach Spanien. Das mußten wir zu unserem Erstaunen vor allem in den Computerfachgeschäften feststellen. Die Frage, ob die Mehrheit der Bevölkerung die teuren Artikel kaufen konnte, stand natürlich auf einem ganz anderen Blatt – sie blieben wohlhabenden Einheimischen und betuchten Touristen vorbehalten.

Mittags kehrten wir ins Hotel zurück und riefen Yonson Ricardo an, um zu fragen, ob er uns am Nachmittag wieder nach Tiahuanaco bringen könnte.

»Nein, das wird nicht gehen«, sagte er ohne Bedauern. »Mein Taxiteam hat heute frei, und ich könnte Probleme mit der Gewerkschaft kriegen. Aber ich werde Sie guten Händen anvertrauen. Mein Sohn Freddy bringt Sie mit seinem Privatwagen hin, und Sie zahlen ihm die gleiche Summe wie mir neulich. Ist das in Ordnung?«

Gerecht war das nicht, weil wir den Vater für einen ganzen Arbeitstag bezahlt hatten und vom heutigen Montag bereits die Hälfte verstrichen war. Außerdem war Freddy kein Taxifahrer. Aber es war sinnlos, sich wegen solcher Lappalien das Leben schwerzumachen oder über die verlangten Bolivianos zu diskutieren. In Euro umgerechnet ergaben sie einen lächerlich niedrigen Betrag. Also akzeptierten wir den Vorschlag.

Es zeigte sich, daß Freddy ein noch leichtsinnigerer Fahrer war als sein Vater. In Gedanken waren wir jedoch bei dem, was vor uns lag. Da war es fast egal, ob er in eine mit Tieren beladene alte Karre raste oder der Wagen aus einer der Hochlandkurven flog und sich mehrmals überschlug.

Glücklicherweise geschah nichts dergleichen, und wir erreichten Taipikala lebend, unsere Viracocha-Stäbe in den Händen haltend wie originelle, soeben auf dem Hexenmarkt erstandene Souvenirs. Niemand machte Anstalten, unsere Taschen zu durchsuchen. Wir kauften unsere Eintrittskarten und betraten seelenruhig die Anlage. Als erstes wollten wir bei den Ausgrabungen am Puma Punku vorbeischauen, um uns zu vergewissern, daß die Doctora dort war. Ja, das war sie. Ich konnte sie durch das Fernglas ganz deutlich an einem Tisch sitzen und etwas in ein großes Heft schreiben sehen. Wir wanderten also beruhigt zur Lakaqullu-Pyramide, machten aber vorsichtshalber einen großen Umweg über den Templete.

Als der Putumi-Palast hinter uns lag, waren wir schließlich allein auf dem weiten, freien Gelände, das uns von unserem Ziel trennte. Keine Menschenseele war in Sicht, und der kühle Wind, der von keinem Bauwerk mehr aufgehalten wurde, blies uns kräftig um die Ohren und zerrte erbarmungslos am Gestrüpp. Wir liefen schweigend nebeneinanderher, ein mulmiges Gefühl im Bauch. Jabba und Proxi hielten sich an der Hand. Und ich zog mich tiefer und tiefer in mich selbst zurück, kauerte mich gleichsam innerlich zusammen, wie immer, wenn ich Angst hatte. In Spanien hatte ich keinerlei Hemmungen, bestimmte Vorschriften zu verletzen, etwa mein *tag* an einer bewachten oder streng verbotenen Stelle zu hinterlassen oder mir über meinen Computer heimlich Zugang zu offiziellen Datenbanken zu verschaffen und durchzuziehen, was ich mir vorgenommen hatte. Nie im Leben wäre ich jedoch freiwillig auf den Gedanken gekommen, unbefugt auf archäologisches Gelände vorzudringen, geschweige denn auf die Gefahr hin, es zu beschädigen, und noch dazu in einem fremden Land. Ich hatte keine Ahnung, was alles passieren konnte. Aber ich spürte, daß ich die Situation nicht wirklich im Griff hatte, und das machte mich unruhig und nervös. Von außen war mir das allerdings nicht anzumerken, sicheren Schrittes ging ich weiter, und meine Bewegungen blieben entschlossen. Mir schoß der sarkastische Gedanke durch den Kopf, daß die Doctora und ich uns in einer Beziehung ziemlich ähnlich waren: Wir verstanden es beide, unsere wahren Gefühle zu verbergen.

Die zweite Steinplatte mit dem eingemeißelten Helm lag genauso weit vom Mondtor entfernt wie die erste, allerdings in östlicher Richtung. Wir hatten gleich zu Beginn versucht, sie ausfindig zu machen, da es ja sein konnte, daß wir unsere Stäbe in beide Löcher gleichzeitig stecken mußten. Diese zweite Platte sah genauso aus wie die erste, allerdings war sie stärker beschädigt. Da wir nun schon einmal hier waren, beschlossen wir, auch hier anzufangen, um keine Zeit zu verlieren. Jabba hielt den kleinsten, achtzig Zentimeter langen Stock fest in der Hand und schob ihn langsam in das Auge des außerirdischen

Tieres, so weit, wie es das Loch zuließ. Und auf einmal begannen die Platte und mit ihr das sie unmittelbar umgebende Gestrüpp langsam und lautlos abzusinken. Jabba und ich standen jeder noch mit einem Fuß darauf. Erschrocken sprangen wir zurück, weg von dem schmalen Aufzug, der in den Tiefen der Erde verschwand.

Proxi stieß einen Jubelschrei aus und kauerte sich nieder, um hinunterzugucken. »Der Eingang!« rief sie über das Geräusch mahlender Steine hinweg, das aus der Tiefe drang.

Mein Herz raste, und ich spürte, wie mir in der dünnen Luft schwindelig wurde. Ich mußte mich schnell hinsetzen. Doch ich war nicht der einzige. Marc, der weiß war wie ein Laken, ließ sich gleichzeitig mit mir zu Boden sinken.

»Was ist denn mit euch los?« fragte Proxi überrascht, ihr Blick wanderte zwischen uns hin und her. Da sie sich hingekniet hatte, um in den Schacht hinunterzuschauen, befanden sich unsere Köpfe auf gleicher Höhe.

»Was für eine beschissene Luft die hier haben!« entfuhr es Jabba, der wie ein Fisch auf dem Trocknen nach Luft schnappte.

»Ha, ha«, japste ich, »gib nur der Luft die Schuld!«

Wir blickten uns an und mußten lachen. Da saßen wir nun wie zwei Betrunkene, während Proxi vor Begeisterung strahlte.

»Mit uns ist echt nichts los«, sagte Jabba zu mir. Nach und nach kehrte etwas Farbe in sein Gesicht zurück.

»Da hast du vollkommen recht.«

Aus den Tiefen der Erde drang ein furchteinflößender Grabgeruch zu uns herauf, ein Hauch erdiger Feuchtigkeit, bei dem sich einem der Magen umdrehte. Ich beugte mich neben Proxi über das Loch und erblickte eine Reihe gefährlich schmaler Steinstufen, die sich in dem finsteren Abgrund verloren. Ich holte meine Taschenlampe heraus und schaltete sie ein. Die Stufen reichten so tief hinunter, daß man das Ende nicht sehen konnte.

»Müssen wir da wirklich runter?« stammelte Jabba.

Eine Antwort erübrigte sich. Ohne lange zu überlegen, stand

ich auf, schnallte mir den Riemen meiner Stirnlampe um den Kopf, schaltete das Licht ein und begann, in voller Montur vorsichtig die steile Freitreppe hinabzusteigen, die zum Mittelpunkt der Erde zu führen schien. Auf den Stufen war nicht einmal genug Platz, um mit dem ganzen Fuß aufzutreten. Ich verdrehte meine Füße also bei jedem Schritt und setzte sie seitlich auf, um nicht bei der erstbesten Gelegenheit das Gleichgewicht zu verlieren. Je weiter ich in die Tiefe vordrang, um so stärker weitete sich die vor mir liegende Wand, wölbte sich von mir weg und wurde zu einer Decke, so daß ich mich bald nirgendwo mehr abstützen konnte. Ich blieb einige Sekunden unentschlossen stehen.

»Was ist los?« fragte Proxis Stimme aus beachtlicher Höhe.

»Nichts.« Ich kletterte weiter hinab in die Tiefe und erstickte das verzweifelte Rufen meines Überlebensinstinktes im Keim. Ich spürte meinen Puls an den Schläfen, kalter Schweiß trat mir auf die Stirn. Und um meine Beine zum Weitergehen zu bewegen, zwang ich mich, an meinen Bruder zu denken, der weit weg in Barcelona mit durchgeschmorten Synapsen in einem Krankenhausbett lag.

»Hier ist nichts mehr zum Festhalten«, warnte ich die anderen. »Das Loch ist so breit geworden, daß ich nirgends mehr mit den Händen drankomme.«

»Leuchte mal in alle Richtungen.«

Doch sosehr ich meinen Kopf auch hin- und herdrehte und meine Umgebung ausleuchtete, um mich herum war nichts als Leere. Erst dort, wo meine Arme schon nicht mehr hinreichten, wurde diese Leere durch Steinwände begrenzt, große Quader, wie man sie in ganz Tiahuanaco fand und die auch hier sauber ineinandergefügt waren. Zum Glück wurden die Stufen jetzt allmählich breiter und tiefer.

»Alles klar, Root?« Jabbas kräftige Stimme wurde von den Mauern des Schachtes zurückgeworfen.

»Alles klar«, rief ich laut, mehr um mir Mut zu machen, denn eigentlich war überhaupt nichts klar.

Der Abstieg zog sich länger hin, als mir lieb war. Verglichen mit diesem Schacht waren sämtliche senkrechten Tunnels im Untergrund von Barcelona achtspurige Autobahnen. Meine Handflächen waren verschwitzt, und ich vermißte meine Kletterausrüstung. Denn eins wußte ich genau: Beim geringsten Ausrutscher auf dem schwarzen, schmierigen Moos, mit dem die Stufen überzogen waren, würde ich mir unten auf dem Steinboden sämtliche Knochen brechen. Und falls ich dann überhaupt noch lebte, hätten Jabba und Proxi große Mühe, mich aus diesem Loch herauszuholen. Deswegen bewegte ich mich so langsam und vorsichtig wie möglich weiter abwärts und suchte immer zuerst nach einem sicheren Halt für den einen Fuß, bevor ich den anderen versetzte, alle Sinne hellwach, um nicht ins Schwanken zu geraten.

Das erste Anzeichen dafür, daß es dem Ende entgegenging, war eine kaum wahrnehmbare Luftveränderung. Plötzlich war es nicht mehr so drückend, die Luft wurde leichter und trokkener. Ich schloß daraus, daß ich mich einem großen Raum näherte. Eine Minute später beleuchtete meine Stirnlampe die Mündung des Schachts und den Anfang eines Gangs, der so breit war, daß wir bequem zu dritt hindurchgehen konnten.

»Ich sehe das Ende«, verkündete ich. »Da ist ein Gang.«

»Endlich hört diese verdammte Treppe auf!« wetterte Jabba über mir.

Ich hüpfte von der letzten Stufe und leuchtete in den vor mir liegenden Tunnel. Es würde uns nichts anderes übrigbleiben, als ihm zu folgen. Kurz darauf tauchte Proxi hinter mir auf, und das Geräusch von Jabbas Schritten kündigte an, daß auch er sich jeden Moment zu uns gesellen würde.

»Weiter?« Eigentlich war das eher eine Aufforderung als eine Frage.

»Weiter«, erwiderte Proxi beherzt.

In der gleichen Reihenfolge, in der wir die Treppe hinuntergestiegen waren, betraten wir den Tunnel. Er war sehr lang, eine Art waagerechter, quadratisch angelegter Schacht. Boden, Decke und Wände bestanden aus großen, glattpolierten Steinquadern. Ich wußte nicht, was ich am Ende dieses sich endlos hinziehenden Ganges erwartet hatte, jedenfalls sicher nicht das, was auf einmal auftauchte. Vor Schreck gefror mir fast das Blut in den Adern. Schweigend stellte Proxi sich dicht neben mich und umklammerte meinen Arm, während unsere beiden Stirnlampen einen riesigen Kondorkopf anstrahlten, der uns aus blinden Augen vom Ende des Ganges her entgegenblickte.

»Mensch«, raunte sie, als sie sich von dem plötzlichen Schrecken erholt hatte. »Das haut einen um!«

Ich hörte einen hohen Pfiff. Ein dritter Lichtkegel wanderte über das Ungeheuer, und ich wußte, daß Jabba angekommen war und wie wir den riesigen Schädel betrachtete, der etwa drei Meter vor uns den Gang verschloß.

»Und was machen wir jetzt?« fragte Jabba verstimmt.

»Keine Ahnung.«

Von der Decke des Tunnels aus wölbte sich der steinerne Kopf zu einer hohen, breiten Stirn. Zwei große, kreisrunde Augen saßen über einem riesigen, senkrecht abfallenden Schnabel. Er lief nach unten spitz zu und berührte beinahe den Boden. Auf beiden Seiten war ein wenig vom unteren Teil des Schnabels zu erkennen. Proxi machte mehrere Aufnahmen mit der Digitalkamera, die wegen der Dunkelheit automatisch die höchste Blitzintensität wählte und deren grelles Aufleuchten mich zusammenzucken ließ.

»Hier geht es nicht weiter«, sagte Jabba.

»Das werden wir ja sehen.« Proxi steckte die Kamera wieder ein und trat entschlossen auf die wuchtige Skulptur zu. Es schien, als brauche sich nur mal eben der Riesenschnabel zu öffnen, um meine Lieblingssöldnerin mit einem Haps zu verschlingen.

»Warte! Mach keinen Quatsch!« schrie Jabba.

Ich drehte mich zu ihm um, und die Lichtstrahlen meiner Taschenlampe tanzten über den Kondor und die Wände. Mir war, als hätte ich da etwas neben dem Kopf des Vogels gesehen. Ich achtete nicht weiter auf meine Kollegen, sondern leuchtete erneut alles ab, bis ich zu meiner Rechten ein sonderbares eingerahmtes Feld mit gemeißelten Zeichen darin entdeckte.

»Oh, oh ...« Jetzt hatte auch Proxi es bemerkt.

»Ich hoffe, das ist nicht einer von diesen Aymara-Flüchen«, sagte Jabba.
»Denk dran, sie können uns nichts anhaben«, flüsterte ich.
»Da bin ich mir nicht so sicher.«
Wir näherten uns vorsichtshalber ganz behutsam der Wand und standen schließlich, im Rücken das äußerst bedrohlich wirkende rechte Profil des riesigen Kondorschnabels, vor fünf in den Felsen gehauenen und mit einer dünnen steinernen Leiste umrandeten Tocapus.
»Hol mal den Laptop raus«, sagte Proxi, die den Fotoapparat schon wieder einsatzbereit in den Händen hielt. »Wir müssen die Tocapus mit JoviLoom übersetzen.«
»Das könnte ins Auge gehen!« warnte Jabba.
Mit einem besorgten Seitenblick auf die Skulptur hockte ich mich hin und lehnte mich dagegen, während ich den Computer aus der Tasche nestelte und einschaltete. Dann ließ ich mich im Schneidersitz nieder, und als das Betriebssystem hochgefahren war, startete ich das Übersetzungsprogramm meines Bruders. Die beiden Fenster öffneten sich, und mit der kleinen Laptopmaus zog ich die fünf Tocapus, die in die Wand gemeißelt waren, von einem Fenster ins andere hinüber. Das erste enthielt eine Raute, das zweite eine Art Sonnenuhr mit einer waagerechten Linie in der Mitte, das dritte etwas Ähnliches wie eine langgezogene, stark gewellte Tilde, das vierte ein aus drei kleinen, sich kreuzenden Linien bestehendes Sternchen und das fünfte zwei kurze, waagerecht übereinanderliegende Striche, ähnlich einem Gleichheitszeichen.
Ich bestätigte, daß ich mit dem Kopieren und Einfügen fertig war, und das Programm begann, Wortgruppen aufzurufen, zu sortieren und neu anzuordnen. Es dauerte nicht lange, bis das merkwürdige Ergebnis auf dem Bildschirm erschien: ›Sechs geschnitten durch zwei Wurzel von drei‹.
»Sechs geschnitten durch zwei Wurzel von drei?« rief ich überrascht.
»Ein Bruch …?« Jabba konnte nicht glauben, was er da hörte. Er hatte die Augen tellergroß aufgerissen. »Ein Bruch! Was

zum Teufel sollen wir mit einer lächerlichen, absurden Bruchrechnung anfangen? Was nützt es uns zu wissen, daß sechs, geteilt durch zwei, drei ergibt?«

»So steht es aber nicht da.«

»Aber das soll es doch bedeuten!«

»Das wissen wir nicht.«

»Willst du mir weismachen, daß ...?«

»Hier ist noch mehr!« rief Proxi von der anderen Seite des Kondors zu uns herüber.

Ich griff den Laptop beim Deckel, sprang auf und lief hinter Jabba her, der schon losgerannt war. Links neben dem Riesenbiest waren fünf ganz ähnliche Tocapus wie auf der rechten Seite in den Stein gehauen und mit der gleichen schmalen Leiste umrandet.

»So was Verrücktes!« Ich trat an das neue Tocapu-Feld heran. Das erste, vierte und fünfte Tocapu waren identisch mit denen auf der anderen Seite, während das zweite und dritte sich von ihnen unterschieden. Als mich die fragenden Blicke meiner beiden Kollegen trafen, wußte ich, daß ich mich wieder auf den Boden setzen und die Zeichen in das Jovi-Programm eingeben mußte. Und erneut ergab die Übersetzung lauter Unsinn: »›Sechs vergrößert in fünf Wurzel von drei.‹«

»Also, mir ist es egal, daß die Yatiri ihre Wände mit mathematischen Formeln schmückten«, sagte Jabba. »Die Sache ist doch die, daß uns dieses kleine Vögelchen«, und er versetzte dem riesigen Schnabel ein paar geräuschvolle Klapse, »den Durchgang versperrt. Es ist vorbei. Schluß, aus. Laßt uns wieder rauf ans Licht klettern.«

»Vielleicht geht es darum, ein Problem zu lösen«, überlegte ich laut.

»Ja, ja, und wenn wir schlau genug sind und es lösen, öffnet sich der Kopf des Kondors wie eine Tür, und wir können hindurch. Tolle Art, einer angeblich in Schwierigkeiten steckenden Menschheit zu helfen! Eine schöne Bande ...«

»Hört mal, ihr beiden«, unterbrach ihn Proxi und machte unserer kleinen Auseinandersetzung ein Ende. »Wir haben es mit zwei klaren, einfachen Aufgabenstellungen zu tun: Auf der einen Seite steht ›Sechs geschnitten durch zwei Wurzel von drei‹, und auf der anderen ›Sechs vergrößert in fünf Wurzel von drei‹. Die gleiche Zahl, also die sechs, wird einmal durch zwei geteilt und einmal mit fünf malgenommen, und in beiden Fällen ist das Ergebnis drei. Da steckt doch was dahinter.«

»Ja. Aber was?«

»Der Unterschied. Es muß der Unterschied sein«, meinte sie. »Die eigentliche Information steckt in den abweichenden Tocapus.«

»Also los. Vielleicht muß man auf die betreffenden Tocapus drücken oder so. Versuch es mal. Dann sehen wir ja, was passiert.«

Entschlossen trat Proxi an das Feld mit den Figuren, vor dem wir gerade standen, und drückte auf das zweite und dritte Tocapu. Nichts geschah.

»Eines ist klar«, erklärte sie, »die geben nicht nach, die sitzen felsenfest.«

»Versuchen wir es im rechten Feld.«

Wir gingen hinüber, und Proxi wiederholte ihren Versuch. Aber auch hier tat sich nichts.

»Genau wie auf der anderen Seite«, murmelte sie. »Man kann die Tocapus nicht reindrücken.«

»Und die übrigen?« fragte ich.

Sie versuchte es wieder und schüttelte, ohne sich umzudrehen, den Kopf.

»Gehen wir noch mal zum ersten Feld, um auf die verbliebenen Tocapus zu drücken.«

Doch wieder scheiterten wir kläglich. Keines der zehn Tocapus reagierte auf Druck. Sie saßen nicht lose, sondern waren wirklich unmittelbar in den Stein gemeißelt worden.

»Das verstehe ich nicht«, sagte meine Lieblingssöldnerin. »Und was nun?«

»Vielleicht läuft es auf etwas anderes hinaus. Vielleicht sind diese beiden Felder nur ein Beispiel, ein Muster, das einem zeigen soll, wie man auf die Lösung kommt.«

»Klar, und dann posaunen wir sie in alle Welt«, rief Jabba spöttisch. »Das ist doch absurd!«

»Nein, ist es nicht! Laß mich mal überlegen«, entgegnete ich. »Es muß etwas dahinterstecken.«

»Was soll das Ganze denn für einen Sinn haben? Angeblich haben die Yatiri doch ihr Geheimnis verborgen, damit eine bedrohte, hilfsbedürftige Menschheit etwas davon hat, oder? Das hier dagegen gleicht einem Hindernislauf! Und außerdem – wer sagt uns denn, daß es sich um eine Denkaufgabe handelt? Das können wir doch gar nicht wissen!«

»Wenn du dich da mal nicht täuschst, Jabba«, antwortete ich. »Hier sind keine Notrationen aufbewahrt. Die Yatiri waren nicht das Rote Kreuz. Hier lagern keine Medikamente und keine Decken. Was sie versteckt haben, bevor sie weggegangen sind, ist eine Lehre ... Und wenn es dabei, wie wir annehmen, um die Macht der Worte geht, um so etwas wie einen mündlichen Programmiercode, dann war es durchaus sinnvoll, verschlüsselte Zugangscodes anzubringen. Mag ja sein, daß das hier keine Aufgabe ist. Aber vielleicht wollen die Yatiri uns mit den Tocapus was beibringen. Ich glaube, beim Lösen dieses Rätsels werden wir etwas erfahren, das uns später nützlich sein wird.«

»Gib dir keine Mühe, Root«, sagte der Jabba-Wurm schnippisch, die Arme in die Seiten gestemmt, und sah mich von der Seite an. »Oder ist es dir noch nicht aufgefallen? Wenn diese beiden Felder nur Muster sind, müßte es ein drittes geben, in das man die Lösung eingibt. Und wo ist das, na?«

»Hier!« schrie Proxi von irgendwoher.

»Was zum Teufel ...?« Ich sprang auf und lief hinter Jabba her, der bereits losgestürmt war, um Proxi zu suchen. Zum Glück hielt der breite Rücken meines Kollegen auch mich auf, als er plötzlich bremste und leicht ins Wanken geriet. Denn als wir um den Schnabel herumlaufen wollten, wären wir fast über den Körper meiner Lieblingssöldnerin gestolpert, die, den Rücken auf den Boden gepreßt, ihren Kopf unter den des Vogels geschoben hatte.

»Hier sind neun Tocapus«, tönte eine durch die große Steinskulptur gedämpfte Stimme. »Soll ich sie dir beschreiben, Root, oder guckst du sie dir selbst an?«
Teufel, war diese Frau verwegen.
»Warum versuchst du nicht, sie dir zu merken, und gibst sie selbst in den Computer ein?«
»Okay, gute Idee«, erwiderte Proxi und kroch aus ihrem Versteck hervor.
»Was hast du dir bloß dabei gedacht, dich da drunterzulegen, du verrücktes Huhn?« schimpfte Jabba.
»Na, war doch logisch, oder? Es fehlte ein Tocapu-Feld, und irgendwo mußte es ja sein. Da blieb nur noch der Kopf des Kondors.«
»Aber sich einfach so, ohne nachzudenken, auf den Boden zu legen. Und wenn sie die Dinger oben drauf eingraviert hätten?« gab ich zu bedenken.
»Na ja, das wäre dann natürlich der nächste Schritt gewesen.« Seelenruhig nahm sie mir den Laptop aus den Händen. Wir sahen zu, wie sie geschickt den elektronischen Webstuhl bediente. Dann seufzte sie tief, hob den Kopf und warf uns einen ratlosen Blick zu. »Zwei geschnitten durch zwei Wurzel von eins«, murmelte sie. »Zwei vergrößert in fünf Wurzel von ...«
»Von was?«
»Das steht hier nicht. Hast du vergessen, hier sind nur neun Tocapus, in den beiden seitlichen Feldern befinden sich insgesamt zehn.«
»Das muß man doch herausfinden können«, sagte ich. »So schwierig kann das nicht sein ... Wenn wir die vier Sätze genau analysieren, müßten wir eigentlich die verborgene Logik verstehen und den Code herausfinden können. Mal sehen ...« Ich nahm den Laptop wieder an mich, startete das Textverarbeitungsprogramm und tippte die vier Prämissen ein.» ›Sechs geschnitten durch zwei Wurzel von drei‹, ›Sechs vergrößert in fünf Wurzel von drei‹, ›Zwei geschnitten durch zwei Wurzel von eins‹, ›Zwei vergrößert in fünf Wurzel von ... ‹, hier setzen wir x ein, okay? Und jetzt schreiben wir das Ganze noch mal

mit Zahlen auf. Nehmen wir an, Jabba hatte recht, und es handelt sich um Fälle von einfacher Division und Multiplikation: Sechs durch zwei ist drei, und sechs mal fünf ist dreißig.«

»Nein, in dem Satz steht drei, nicht dreißig«, verbesserte der Wurm mich pedantisch.

»Ja, aber eine Sache haben wir nicht berücksichtigt. Die Doctora hat mir erklärt, daß die Inka und die präinkaischen Kulturen, trotz ihrer großen mathematischen und astronomischen Kenntnisse, keine Null kannten. Deshalb hatten sie keine Ziffer für das Nichts oder die Leere.«

»Okay, Root, verstanden«, sagte Proxi. »Aber die Kulturen, die keine Null kannten, und davon gab es viele, konnten Zehner, Hunderter, Tausender und so weiter bestens darstellen. Sie benutzten einfach andere Symbole. Oder sie wiederholen ein und dasselbe Symbol so oft wie nötig. Deine Theorie ist also falsch.«

»Nein, sie ist nicht falsch, denn wir sprechen ja von Wurzeln, von dem unreduzierbaren und unveränderbaren Bestandteil eines Wortes oder einer Rechenoperation. Vergiß nicht, daß das Aymara aus Wurzeln besteht, an die unendlich viele Suffixe angehängt und auf diese Weise alle möglichen Sätze gebildet werden können. Achtet mal auf die beiden Sätze ›Sechs geschnitten durch zwei Wurzel von drei‹ und ›Sechs vergrößert in fünf Wurzel von drei‹. Wenn man in dem Ergebnis aus der Multiplikation mit fünf die Null streicht, ist die Wurzel genau dieselbe wie bei der Division durch zwei.«

»Was bedeutet, daß das Anhängen von Nullen die Wurzel selbst nicht verändert«, überlegte Proxi laut. »Die Wurzel bleibt dieselbe. Man nimmt einfach dasselbe Zeichen oder Symbol, das man auch zur Darstellung der Zehner und Hunderter verwendet.«

»Ganz genau! Und jetzt wirf mal einen Blick auf die zweite Rechenoperation: ›Zwei geschnitten durch zwei Wurzel von eins‹ und ›Zwei vergrößert in fünf Wurzel von x‹, wie wir gesagt haben, das heißt: Zwei mal fünf ist gleich zehn. Die Wurzel ist folglich eins.«

»Wenn ich das richtig kapiere«, warf Jabba ein, »ist es so, daß es auf dasselbe hinausläuft, wenn man die Nullen wegläßt. Egal, ob man durch zwei teilt oder mit fünf multipliziert.«
»Absurd, oder?« sagte ich grinsend.
»Nein, nein«, entgegnete Proxi, »im Rahmen einer Zahlensymbolik ist es stimmig: Wenn du die Leere wegläßt, das Nichts, für das die Null steht, und das Wichtige behältst, nämlich die Wurzel, was macht es dann für einen Unterschied, ob du dividierst oder multiplizierst? Das Ergebnis bleibt das gleiche.«
»Na gut.« Jabba gab sich geschlagen. »Aber was nützt es uns, das zu wissen?«
Lächelnd wandte sich Lola ihm zu, nahm seinen großen Kopf in beide Hände und gab ihm einen Kuß auf die Wange. Ich war überrascht, da die beiden ihre Gefühle im allgemeinen nicht vor anderen zeigten.
»Auch wenn es nicht so aussieht«, sagte sie zu mir, »in diesem Körper eines Sumo-Ringers steckt ein gefühlvoller und intelligenter Kern.«
Und noch bevor der erstaunte Jabba reagieren konnte, stand sie auf, legte sich mit einer geschickten Körperbewegung erneut flach auf den Bauch und kroch unter den Schnabel des Kondors, vor dem sie nicht den geringsten Respekt zu haben schien. Dann drehte sie sich auf den Rücken und tastete ganz vorsichtig den Stein ab. Und auf einmal, ohne daß wir gesehen hätten, was genau sie tat, setzte sich die riesige aus Stirn, Augen und einem Teil des Schnabels bestehende obere Kopfhälfte in Bewegung. Gleichzeitig brach ein schreckliches, nach Stein und Metall klingendes Getöse los, das an zwei aneinanderreibende Steinfliesen erinnerte oder an eine eiserne Brücke, über die ein Lastwagen rollt. Allerdings konnte das, was da ächzte und grollte, kein Eisen sein, da Eisen im präkolumbischen Amerika noch nicht bekannt war.
Erschrocken stürzte Jabba zu Proxi hinüber, so rasend schnell, daß ich erst verstand, was er tat, als er sie schon an den Füßen gepackt hatte und unter dem Kopf hervorzog. Ich war starr vor

Schreck. Die ganze Szene hatte etwas Surreales: Im Schneidersitz auf dem Boden hockend, beobachtete ich, wie Jabba an Proxi zerrte, während sich über ihnen der Schnabel des Kondors wie das Visier eines Helms unter so ohrenbetäubendem Lärm öffnete, daß man glaubte, das Ende der Welt sei gekommen. Würde er uns alle drei verschlingen? Ich war zu keiner Bewegung fähig.

Nein, der Kopf verschlang uns nicht. Er verharrte genau unter der Decke und gab den Blick frei auf einen neuen Gang, der dem aufs Haar glich, in dem wir uns gerade befanden.

Jabba war kreideweiß und schnaubte vor Wut. »Was zur Hölle hast du dir dabei gedacht?« fuhr er Proxi wütend an. »Hast du sie nicht mehr alle? Du hättest dich und uns umbringen können!«

»Erstens: Schrei mich nicht an«, erwiderte sie, ohne ihn anzusehen, und stand vom Boden auf, »und zweitens wußte ich ganz genau, was ich tat. Also beruhige dich, Mann, sonst wird dir wieder schwindelig.«

»Mir ist schon schwindelig bei dem Gedanken, daß du hättest tot sein können, zerquetscht von diesem alten Stein da!«

Sie ging achselzuckend auf den Schlund des Vogels zu. »Aber ich bin nicht tot, und ihr auch nicht, also kommt, laßt uns weitergehen.«

»Wie hast du das gemacht, Proxi?« fragte ich und folgte ihr ins Innere des geöffneten Schnabels. Der wütende Jabba rührte sich nicht vom Fleck.

»Das Naheliegende. Da die Wurzel aus ›Zwei vergrößert in fünf‹ die Eins war und nur ein Tocapu unter allen neunzehn diese Zahl darstellte, nämlich das in ›Zwei geschnitten durch zwei Wurzel von eins‹, habe ich mich noch mal unter den Kondorschädel gelegt. Und das Tocapu, das laut JoviLoom das Zeichen für eins ist, hat tatsächlich auf Druck reagiert. Den Rest weißt du ja.«

Sie erklärte mir dies, während wir im Schlund des Vogels verschwanden und in den neuen Gang gelangten. Gerade wollte ich Jabba zurufen, er solle sich beeilen und verdammt noch mal endlich kommen, als ich meinte, ein metallisches Klicken zu hören. Und unmittelbar darauf begann der Schnabel des Kondors, sich langsam wieder zu schließen.

Erschrocken drehte Proxi sich um: »Marc!« schrie sie aus vollem Hals, aber das Grollen des Steins überdeckte ihre Stimme. »Marc, Marc!«

Gerade rechtzeitig, bevor das steinerne Visier sich vollends schloß, sprang mein dicker Freund kopfüber durch die Öffnung wie in ein Schwimmbecken. Ich bangte kurz um seine Beine, die noch draußen hingen, als plötzlich – Proxi und ich zerrten verzweifelt an Jabbas Händen – aus der linken Wand eine fast ein Meter breite Mauer seitlich auf uns zukam und begann, den hinteren Teil des Kopfes zu verschließen. Obwohl Proxi sofort zur Seite weichen mußte, um nicht erfaßt zu werden, schafften wir es zum Glück im allerletzten Moment, Jabba mit dem entscheidenden Ruck zu uns herüberzuziehen. Er war verdreckt und voller Schrammen, aber er hatte es geschafft.

Erschöpft ließ ich mich zu Boden fallen, streckte mich lang hin und blickte hoch zur Decke des Gangs, wo der Lichtkegel meiner Stirnlampe im beschleunigten Rhythmus meiner Atmung hin- und herhüpfte. Die erdrückende, sauerstoffarme Luft um uns herum machte aus jeder körperlichen Anstrengung eine übermenschliche Tat, bei der ich mir fast die Seele aus dem Leibe pustete.

»Tu mir das nie wieder an, Marc«, hörte ich Proxi flüstern. »Hast du mich verstanden? Sei nie wieder so stur.«

»Okay«, antwortete er zerknirscht.

Ich versuchte aufzustehen, doch ich schaffte es nicht, es kostete mich ungeheure Kraft. Ich hätte nichts dagegen gehabt, mich ein Weilchen auszuruhen und Atem zu schöpfen. Aber wer war schon so verrückt, sich im Innern einer seit Jahrhunderten in der Erde vergrabenen Tiahuanaco-Pyramide auf einem harten Steinboden auszuruhen? In einem Gang zu hokken, den bestimmt alle möglichen Biester bewohnten und dessen einzigen Ausgang eine verschiebbare Mauer und ein riesiger Kondorkopf versperrt hatten? Nein, das war wirklich nicht gerade empfehlenswert. Also nahm ich meine ganze Willenskraft zusammen und schaffte es schließlich, mich aufzusetzen und meinen Kopf auf die gebeugten Knie zu legen.

Auf einmal sah ich klar und deutlich vor mir, wo ich mich befand. Vor meinem geistigen Auge tauchte der in Thunupas Sockel auf dem Sonnentor eingravierte Lageplan auf. Und ich erinnerte mich, daß auf der Oberseite der Mittelkammer, in der sich die gehörnte Schlange befand, vier lange Hälse mit Pumaköpfen saßen und an den Seiten und unterhalb sechs Hälse mit Kondorköpfen. Das hieß, wir hatten gerade den ersten Kondorkopf auf der rechten Seite durchquert (da wir ja durch den Schacht auf der Ostseite des Mondtores hereingekommen waren) und befanden uns jetzt im Hals. Wenn ich mich nicht täuschte, würden wir am Ende eines stetig ansteigenden Tunnels, der bis ins Zentrum der Pyramide führte, auf die Mauern der Kammer stoßen.

»He, ihr zwei!« rief ich lächelnd. »Wenn ihr mal 'nen Moment mit den Kindereien aufhört, erzähl ich euch was Interessantes.«

»Spuck's aus.«

Ich erklärte ihnen das mit dem Kondorhals, aber das schien sie nicht weiter zu beeindrucken. Natürlich, es war nichts Neues, wir wußten ja alle, daß auf dem Sockel ein Lageplan abgebildet war. Mir war jedoch bisher nicht vollkommen klargewesen, daß der Ort, an dem wir uns befanden, genau dem entsprach, was unter dem Zeptergott eingraviert war.

»Los, gehen wir«, sagte ich und quälte mich hoch. »Jetzt müßten wir auf eine Freitreppe oder so was stoßen.«

»Hoffen wir mal, daß es so etwas ist und nicht wieder eine bescheuerte Prüfung«, knurrte Jabba.

»Was hast du mir gerade versprochen?« Proxi warf ihm einen bitterbösen Blick zu.

»Ja, ja, ist schon gut! Ich beschwere mich ja gar nicht.«

»Davon merkt man aber nichts«, sagte ich zu ihm und trabte los.

»Ich halte, was ich verspreche!«

»Wir werden sehen, ob das stimmt. Jedenfalls wäre meine Oma leichter zu ertragen als du.«

»Ich würde sie sofort gegen den hier eintauschen!« sagte Proxi lachend.

Da bemerkte ich auf einmal – ich hängte mir gerade die Tasche über die Schulter – genau rechts neben mir dicht an der Wand eine Steinsäule. Sie erinnerte mich an diese kleinen Parkbrunnen, die genau die richtige Höhe haben, damit Kinder mit fremder Hilfe daraus trinken, aber nicht mit dem Wasser spielen können. Ich bewegte mich langsam darauf zu. Auf der Säule lag eine Steintafel, wie ein Buch auf einem Pult. Sie war so groß wie ein Schreibblock und voller kleiner, regelmäßig verteilter Löcher.

Jabba und Proxi kamen näher, um sie sich anzusehen.

»Was ist das?« fragte Jabba.

»Glaubst du, ich kenne mich hier besser aus als du?« Ich legte mir die Steinplatte auf den Kopf. »Ein Hut.«

»Steht dir überhaupt nicht.« Proxi musterte mich mit Kennerblick. Kurz darauf blendete sie mich mit ihrem Blitzlicht.

»Sollen wir die Tafel mitnehmen?«

»Na klar«, erwiderte sie. »Ich würde sagen, sie lag absichtlich hier, damit wir sie mitnehmen. Wer weiß? Vielleicht brauchen wir sie später.«

Also steckte ich sie in meine Tasche, und als ich mir diese wieder über die Schulter wuchtete, stellte ich fest, daß ihr Gewicht sich verdoppelt hatte.

Dann wagten wir uns weiter vor, achteten unterwegs auf jedes noch so kleine Detail. Doch obwohl ich überzeugt war, daß wir sehr bald auf eine Treppe oder eine Rampe stoßen würden, verlief der Gang weiterhin völlig eben, und es war keinerlei Steigung zu spüren.

»Irgendwie gefällt mir das nicht«, murmelte ich, nachdem etwa fünfzehn Minuten verstrichen waren.

»Mir auch nicht«, sagte Proxi. »Wir müßten uns eigentlich durch den Hals des Kondors bergauf arbeiten, um zur Außenmauer der Kammer zu gelangen, doch wir bleiben die ganze Zeit auf gleicher Höhe.«

»Wie lange hat es gedauert, bis wir den ersten Gang hinter uns hatten?« fragte Jabba.

»Etwa zehn Minuten«, erwiderte ich.

»Dann sind wir schon zu weit gelaufen.«

Kaum hatte Jabba das gesagt, da tauchte vor uns ein weiterer Kondorkopf auf. Er war ein gutes Stück kleiner als der vorherige und saß genau in der Mitte einer dicken Steinmauer. Ich spürte, wie meine Stimmung abrupt ins Bodenlose sank. Die Wände rechts und links neben dem Kopf waren vollständig mit ziemlich großen Tocapus bedeckt. Mir kam der starke Verdacht, daß uns hier eine neue Aymara-Falle erwartete.

»Da wären wir also«, sagte Proxi. Wir waren mit ausdruckslosen Gesichtern vor dem Vogel stehengeblieben. »Hol den Laptop raus, Root.«

»Das wollte ich gerade tun«, entgegnete ich, doch ehrlich gesagt, versuchte ich mir gerade vorzustellen, wie Jabba sich mühsam durch diesen kleinen steinernen Kopf quetschte, falls es sich dabei wirklich um den nächsten Durchgang handelte.

»Nein, nein, warte«, rief mein Kollege plötzlich und entfernte sich. »Seht mal! Das hier sind die knienden Figuren, die sich auch neben dem Zeptergott befinden!« Er tippte mit dem Zeigefinger auf einige der Tocapus auf der rechten Wand. Dann zeigte er nach oben, nach unten, zur einen Seite ... Die kleinen geflügelten Wesen, die manche Leute für Engel hielten, waren kreuz und quer über den Aymara-Text verteilt.

»Die auf dieser Seite haben alle einen Kondorkopf.«

»Ja, wie auf dem Tor.«

»Und die hier«, Proxi hatte sich auf die linke Seite gestellt, »haben Menschenköpfe.«

»Ergeben sie ein bestimmtes Muster? Sind sie symmetrisch angeordnet?« wollte ich wissen und trat ein wenig zurück, um die Mauer mit einem Blick erfassen zu können. Ich zählte die Tocapus in der obersten Reihe – in jedem der beiden Felder waren es fünf – und die in den ersten Spalten: zehn. Insgesamt kam ich also auf hundert Tocapus, fünfzig auf jeder Seite. Zehn von ihnen waren geflügelte Wesen: rechts fünf mit Kondorköpfen und links weitere fünf mit Menschenköpfen. Meine Fragen bedurften nun keiner Antwort mehr. Denn in der Gesamtsicht waren die zehn abweichenden Elemente schnell ausfindig gemacht und die sich aus ihnen ergebende Form leicht zu erkennen: zwei Pfeilspitzen, die von beiden Seiten auf den Kopf in der Mitte zeigten. Wären sie nicht durch diesen Kondor getrennt gewesen, sie hätten ein X gebildet.

»Siehst du«, sagte Proxi, »perfekte Symmetrie.«

»Wir sollten den Text übersetzen, um zu wissen, was er bedeutet«, schlug Jabba vor.

Plötzlich drang aus den Tiefen des langen Ganges ein fernes Grollen und Rumpeln. Wir fuhren erschrocken zusammen.

»Was zum Teufel war das?«

»Ruhig Blut, mein Freund«, sagte Jabba provozierend. »Uns kann gar nichts Schlimmes passieren, wir sind hier unten ja schon eingeschlossen. Und solltest du es noch nicht gemerkt haben: Falls wir es nicht schaffen, dieses neue Rätsel zu lösen, sitzen wir fest, bis wir bei lebendigem Leibe vermodert sind.«

Ich starrte ihn schweigend an. Dieser entsetzliche Gedanke war mir natürlich längst gekommen, aber ich hatte ihn schnellstens verdrängt. Wir würden nicht hier drinnen sterben, dessen war ich mir sicher. Mein Bauchgefühl sagte mir, daß mein Stündlein noch nicht geschlagen hatte. Ja, ich weigerte mich, die Möglichkeit ins Auge zu fassen, daß wir eine der auftauchenden Schwierigkeiten nicht meistern könnten. Wie und mit welchen Mitteln auch immer, wir würden zu dieser Kammer gelangen.

Mein ruhiger, kühler Blick schien ihn zu verunsichern. Er schlug beschämt die Augen nieder und wandte sich erneut den Tocapus auf der rechten Seite zu.

Das war jetzt wirklich nicht der richtige Moment für Schuldzuweisungen und dicke Luft. Daher bemühte ich mich, ihn aus der peinlichen Lage zu befreien, in die er sich hineingeritten hatte. »Wie sagen wir immer in Barcelona?« Er drehte sich nicht um. »Die Welt ist voller verschlossener Türen, und wir sind dazu geschaffen, sie alle zu öffnen.«

»Der Satz hängt in meinem Büro an der Wand«, sagte Proxi fröhlich. Ich merkte, wie sie Jabba mit ihrer guten Laune ebenfalls einen Rettungsring zuwarf.

»Okay«, entgegnete er, drehte sich wieder um und zeigte uns ein schiefes Lächeln. »Ihr habt es geschafft, den eingefleischten Informatiker in mir zu wecken. Aber macht mich später für nichts verantwortlich.«

Er nahm den Laptop und setzte sich vor das linke Feld – das, auf dem die geflügelten Figuren Menschenköpfe trugen. Dann begann er, die Tocapus in JoviLoom einzugeben, während Proxi und ich die Wand mit den Tierfiguren untersuchten. Dabei wurde uns klar, daß wir weder zu Hause auf den Fotos noch auf dem echten Sonnentor die sonderbaren Details wahrgenommen hatten, die diese Menschlein aufwiesen. Sie schienen zu laufen, wenn man sie auf eine bestimmte Weise ansah. Genausogut konnte man in ihnen auch kniende Menschen in flehender Haltung erkennen. Der Künstler hatte diese zweideutige Haltung sicher ganz bewußt erzeugt. Er wollte wohl keinen allzu deutlichen Hinweis hinterlassen, daß man Thunupa anflehen mußte, um herauszufinden, wie man in die Lakaqullu-Pyramide kam. Alle Figuren hatten Flügel, sehr große Flügel, die man hier, aus der Nähe betrachtet, allerdings auch für im Wind flatternde Umhänge halten konnte. Sie trugen alle einen umgedrehten Stab wie den in Thunupas linker Hand. Doch auf ihren Stäben saß kein Kondorkopf, sondern der Kopf eines Tieres, das aussah wie eine Ente mit hochgedrücktem Schnabel oder wie ein Fisch mit einem riesigen Maul. Die auf der rechten Seite eingemeißelten Figuren mit den Vogelköpfen blickten nach oben, zum Himmel, und ihre Körper waren der Mitte, dem steinernen Kondor zugewandt. Diejenigen mit den Menschenköpfen, vor denen Jabba mit dem Laptop saß, wandten Körper und Blick dem großen Kopf in der Mauer zu.

»Also«, sagte Jabba schließlich, »das hier ist zwar eine wörtliche, aber nicht sehr verständliche Übersetzung. Der Text lautet in etwa: ›Die Personen halten sich am Boden fest, senken ihre Knie in die Erde und richten ihre Augen ins Nutzlose‹.«

»Das ist ja irre!« rief ich verblüfft. »Die Welt hat sich im Laufe der Jahrhunderte kein bißchen verändert!«

Jabba stand auf, ging zur zweiten Wand und vertiefte sich erneut in die Arbeit. Sein Stimmungswandel war beruhigend.

»Die Personen klammern sich an die Erde, knien nieder und richten ihre Augen ins Nutzlose?« fragte mich Proxi, als wüßte ich die Antwort auf dieses Rätsel. Ich beschränkte mich darauf, mit den Schultern zu zucken. Ich verstand nämlich genausoviel wie sie: nichts. Noch immer fesselten mich die kleinen geflügelten Geister. Ihr Aussehen allein war eigenartig. Doch die Zeichnungen auf ihren Körpern waren noch merkwürdiger, zum Beispiel die langen Schlangen auf den Flügeln oder Umhängen oder die kleinen Labyrinthe auf ihrer Brust und die Hälse und Köpfe, die aus ihren Beinchen, ihren Armen und ihrem Bauch herauswuchsen. Von den unerklärlichen Stäben und Knöpfen auf ihren Gesichtern und den Symbolen auf ihren Kopfbedeckungen ganz zu schweigen. Sie waren eine Mischung aus Mensch, Tier und Maschine. Undefinierbar und höchst sonderbar.

»Hier kommt der zweite Text«, meldete Jabba. »›Die Vögel erheben sich, um zu fliegen, flüchten rasch und richten ihre Augen in den Himmel‹.«

»Ich glaube, wir können damit nichts anfangen«, bemerkte ich.

»Ich glaube, doch«, entgegnete Proxi. »Wir wissen zwar noch nicht, zu was die Sätze nütze sind, aber ich bin mir sicher, daß sie nicht zufällig hier stehen.«

»Leute, die über die Macht der Worte verfügen«, rief Jabba mit dem Eifer eines frisch Bekehrten, »sollen unzusammenhängende philosophische Weisheiten auf eine verschlossene Tür geschrieben haben, die wir öffnen müssen? Komm, Root, gebrauch mal deinen Verstand!«

»Okay, okay! Trotzdem. Bestimmt sind sie der Schlüssel, mit dem man den Schnabel dieses Kondors öffnen kann.«

»Also los, nachdenken!« Jabba winkte uns herbei, damit wir uns neben ihn setzten.

»Vorher muß ich euch erzählen, was ich entdeckt habe«, verkündete Proxi und ging auf das Feld mit den Vogelköpfen zu. »Alle Tocapus sind in den Stein gemeißelt. Aber die Figuren sind wie Knöpfe. Man kann sie reindrücken. Genau wie vorhin das Tocapu, das eine Eins darstellte und den Mechanismus in Gang setzte. Hier muß man wahrscheinlich eine bestimmte Kombination eingeben wie an einem Geldautomaten.« Und sie begann nacheinander auf die Figürchen zu drücken, um uns zu zeigen, daß sie nachgaben wie die Tasten eines Schaltpults.

»Nein!« schrie eine entsetzte Stimme hinter uns. »Stop! Halt! Nicht weitermachen!«

In Bruchteilen von Sekunden begann der Boden zu vibrieren und auseinanderzubrechen, als würde er von einem Erdbeben erschüttert. Die Steinquader, die mit einer erstaunlichen Exaktheit ineinandergefügt waren, verschoben sich, und wir konnten gerade noch von jenen herunterspringen, die in die Tiefe sanken. Und plötzlich, einige angsterfüllte Sekunden später – denn viel länger dauerte das Erdbeben nicht –, breitete sich über allem eine vernichtende Stille aus, und wir wußten, daß die Katastrophe vorüber war. Ich lag wie gelähmt auf der Steinfliese, auf die ich gestolpert war, als ich begriffen hatte, daß ein Quader unter meinen Füßen nachgab.

»Geht es Ihnen gut?« fragte die Stimme, die uns soeben aus der Tiefe des Gangs heraus lauthals gewarnt hatte. Und als ich sie erneut hörte, kam sie mir erschreckend bekannt vor. Dieses tiefe Timbre, diese Altstimme und diese Sprachmelodie konnten zu niemand anderem gehören als zu Doctora Marta Torrent. Aber ich hatte keine Zeit für sie, keine Zeit für verletzte Gefühle oder die Frage, was in aller Welt sie hier verloren hatte. Denn ich mußte erst einmal wissen, was aus Proxi und Jabba geworden war.

»Wo seid ihr?« schrie ich. »Marc! Lola!«

»Hilf mir, Arnau!« brüllte mein Freund irgendwo hinter mir. Ich sprang hastig auf und erkannte unter einer feinen Staubwolke Jabbas massigen Körper, bäuchlings auf einem Quader, der durch einen meterbreiten Spalt von meiner Steinplatte getrennt war. Kopf und Arme hingen ins Leere. »Proxi fällt! Hilf mir!«

Ich machte einen Satz zu ihm hinüber und warf mich neben ihm auf den Boden. Noch nie im Leben hatte ich solche Angst gehabt wie in diesem Augenblick, als ich Lola sah, der das Entsetzen ins Gesicht geschrieben stand. Sie hing über dem Abgrund einer bodenlosen Spalte, gehalten nur von Jabbas Hand, und starrte uns verzweifelt an. Ich robbte so weit an den Rand, wie ich konnte, streckte den Arm aus, packte sie am Handgelenk und zog mit aller Kraft. Nach und nach gelang es uns zu zweit, sie ein Stück hochzuholen. Es war sehr, sehr mühsam, so als risse eine unsichtbare Kraft sie in die Tiefe und vervielfache ihr Gewicht. Sie sah uns nur an, mit flehendem Blick, den Mund von panischer Angst verschlossen. An einer leichten Berührung merkte ich, daß jemand seinen Fuß dicht neben mich stellte, und dann reckte sich ein weiterer Arm Proxi entgegen, ergriff ihren Ellbogen und half uns beim Hochziehen. Zu dritt gelang es uns, Lola rasch wieder nach oben zu holen, und endlich setzte sie ihren Fuß auf den Stein, auf dem unser aller Gewicht lastete. Erst jetzt, als sie in Jabbas Armen lag, begann sie stumm zu schluchzen, und die Angst machte sich Luft. Und erst jetzt erkannte ich die Doctora. Die Arme in die Seiten gestemmt, schnaufte sie vor Anstrengung und musterte meine Freunde und mich mit finsterer Miene.

Ich legte Lola eine Hand auf die Schulter. Sofort wandte sie mir das Gesicht zu, löste sich von Jabba und umarmte mich, noch immer weinend. Auch ich drückte sie fest an mich und spürte, wie sich mein galoppierender Pulsschlag langsam beruhigte. Es war einfach unfaßbar, daß Proxi um ein Haar vor unseren Augen ums Leben gekommen wäre. Als sie mich losließ und wieder in Jabbas Arme zurückkehrte, drehte ich mich zur Doctora um. »Danke«, fühlte ich mich verpflichtet zu sagen. »Danke für Ihre Hilfe.«

»Was sie getan hat, war sehr unvorsichtig«, sagte sie, freundlich wie immer.

»Mag sein. Sie dagegen haben sich garantiert noch nie geirrt und haben deshalb kein Verständnis für anderer Leute Fehler.«

»Ich habe mich schon sehr oft geirrt, Señor Queralt, ich habe jedoch mein ganzes Leben bei archäologischen Ausgrabungen zugebracht und weiß, wie sehr man aufpassen muß. Für Sie und Ihre Freunde ist das alles neu. Ich kann nur sagen, daß in so einer Umgebung die eigene Wachsamkeit nie nachlassen darf.«

Ich schaute mich um. So weit das Licht meiner Stirnlampe reichte, hatte sich der Boden des Gangs auf ein paar vereinzelte Steinquader reduziert, die wie Inseln voneinander getrennt waren, nicht durch Wasser, sondern durch breite Bodenspalten. Zum Glück war uns der Weg nicht vollkommen versperrt, sondern man konnte ohne allzugroßes Risiko von einem Stein zum nächsten springen. Aber ehrlich gesagt hatte die Lage sich für mich von Grund auf geändert, und für Marc und Lola erst recht. Wir wußten jetzt, daß uns bei jedem Schritt, den wir taten, Gefahr drohte. Ganz reale Todesgefahr.

»Wie tief geht es dort hinunter?« fragte ich die Doctora.

»Etwa zehn Meter.«

»Können wir hier wieder zurück nach oben?«

»Das glaube ich nicht.« Ihre Stimme klang ruhig, gefaßt. »Der erste Kondorkopf und die Wand dahinter haben den Ausgang auf dieser Seite versperrt.«

»Also müssen wir weitergehen.«

Sie sagte nichts.

»Wie haben Sie uns entdeckt?« fragte ich, ohne mich umzudrehen. »Wie sind Sie hierhergelangt?«

»Ich wußte, daß Sie kommen würden«, erwiderte sie. »Ich wußte, was Sie vorhatten, und habe mich darauf eingestellt.«

»Aber Sie waren doch bei der Ausgrabung beschäftigt. Und es war niemand in der Nähe, als wir den Eingang entdeckt haben.«

»Doch. Einer der Stipendiaten hat am Hügel von Kerikala

Wache gestanden. Ich hatte ihn gebeten, Lakaqullu durchs Fernglas zu beoachten und mir Bescheid zu geben, wenn Sie auftauchen würden. Und obwohl der Eingang durch Gestrüpp verborgen war, habe ich ihn ohne große Mühe gefunden, denn ich hatte Sie hineinsteigen und in der Erde verschwinden sehen.«

Jetzt drehte ich mich doch um und blickte sie an. Sie schien gelassen und wirkte wie immer sicher und von sich selbst überzeugt.

»Und Sie sind allein in den Schacht gestiegen und durch den Gang gelaufen?«

»Ich war Ihnen dicht auf den Fersen. Im Grunde konnte ich die ganze Zeit dem Licht Ihrer Lampen folgen. Ich kam gerade dazu, als Sie Ihren Freunden berichteten, was ich Ihnen in meinem Büro über die Nichtexistenz der Null in der Tiahuanaco-Kultur erklärt hatte.«

Also hatten wir ihr die Methode zum Öffnen des ersten Kondorkopfes auf dem Tablett serviert.

»Und wann gedachten Sie, uns die frohe Botschaft Ihrer Anwesenheit kundzutun?« fragte ich mit mühsam unterdrückter Wut.

»Im passenden Moment.«

»Natürlich.«

Wir steckten in einem ganz schönen Schlamassel. Einerseits ließ sie nicht locker, versuchte, um jeden Preis von unseren Entdeckungen und denen meines Bruders zu profitieren. Andererseits aber genügte ein Wort von ihr, um uns in den Knast zu bringen. Denn schließlich hatten wir die bolivianischen Gesetze übertreten, hatten uns Zutritt verschafft zu diesem weltweit einzigartigen archäologischen Monument, das zum Weltkulturerbe gehörte. Das Zünglein an der Waage stand genau in der Mitte, und die beiden Schalen waren auf gleicher Höhe, zumindest bis wir Bolivien verließen. Falls wir es verließen.

»Hören Sie, Doctora.« Ich hatte leichte Kopfschmerzen, schloß die Augen und massierte mir sanft die Stirn. »Lassen Sie uns eine Vereinbarung treffen. Ich will hier nichts anderes finden als eine Lösung für die Krankheit meines Bruders. Wenn Sie uns helfen« – um nicht zu sagen, ›wenn Sie uns nicht anzeigen und uns erlauben weiterzumachen‹ –, »können Sie sich alles, was wir entdecken, als Ihr Verdienst anrechnen, einverstanden? Ich bin sicher, Daniel verzichtet lieber auf akademische Ehren, als für den Rest seines Lebens in seinem jetzigen Zustand dahinzuvegetieren.«

Die Doctora musterte mich ein paar Sekunden mit einem rätselhaften Blick, bis sich ein Lächeln auf ihrem Gesicht andeutete. Tja, wer würde da nicht lächeln, wenn man ihm schenkte, was er sich am sehnlichsten wünschte? »Ich nehme Ihr Angebot an.«

»Gut. Was wissen Sie von dieser ganzen Geschichte?«

Wieder lächelte sie geheimnisvoll und schwieg. Mir schlug das Herz bis zum Hals.

»Viel mehr, als Sie glauben, Señor Queralt«, sagte sie schließlich, »und zweifellos viel mehr als Sie und Ihre Freunde. Also lassen Sie uns keine Zeit mehr verlieren und an die Arbeit gehen. Wir müssen einen Aymara-Code entschlüsseln, erinnern Sie sich?«

Jabba und Proxi, die Arm in Arm dastanden, schienen beeindruckt. Ihrem Gesichtsausdruck entnahm ich, daß sie mit meiner Entscheidung einverstanden waren, friedlich mit der Doctora zu kooperieren. Ein Kräftemessen oder eine Herausforderung wären in diesem Augenblick und bei so ungleichen Bedingungen auch alles andere als sinnvoll gewesen. Doch ich nahm mir vor, sobald wir wieder zu Hause wären, die besten Anwälte Spaniens zu engagieren, um ihr den größten Prozeß aller Zeiten anzuhängen und sie endgültig zu vernichten. Damit rechnete die Doctora gewiß nicht. Wir konnten also einstweilen die Waffen ruhen lassen. Alles zu seiner Zeit.

Die Doctora hüpfte vorsichtig von Stein zu Stein, bis sie so dicht wie möglich vor der Mauer mit dem Kondorkopf stand. Zu meinen Füßen hatte sie einen alten, kaputten Rucksack zurückgelassen.

»Mal sehen ... Was haben wir denn hier?« murmelte sie,

während sie sich die Tocapus anschaute.«›Die Personen bleiben am Boden, knien nieder und heften ihren Blick auf das Unnötige‹, und hier, ›Die Vögel fliegen auf, kommen rasch voran und heften ihren Blick in die Höhe‹.«

Wir waren verblüfft. Die Doctora las Aymara so flüssig, als sei es ihre Muttersprache, und stellte zudem die Jovi-Übersetzung ziemlich in den Schatten. Mit den folgenden Erklärungen wollte sie uns wahrscheinlich zeigen, wie gut sie das Thema beherrschte.

»Diese Sätze«, sagte sie und verschränkte die Arme vor der Brust, »sind ein Wortspiel, bei dem das Bild von Passivität und Stillstand jenem von Bewegung und Wandel gegenübersteht: Die Menschen verharren fest auf der Erde, während die Vögel sich fortbewegen, indem sie die Erde durch den Himmel ersetzen. Kurzum, wir sprechen hier von der Anwendung dynamischer Kräfte zur Erlangung einer Veränderung.«

Ich weiß nicht, ob sie erwartete, daß wir etwas sagten, aber da sie so redete, als hielte sie eine Vorlesung, schwiegen wir.

»Jedenfalls tauchen hier die Wesen, die das Sonnentor anbeten, unter den Text gemischt auf und bilden zwei dreieckige Figuren, deren Scheitelpunkte zum Kopf des Kondors weisen. Würden wir beide Felder als ein einziges, großes betrachten und die Zeilen und Spalten von eins bis zehn durchnumerieren wie auf einem Schachbrett ...«, nachdenklich drückte sie mit Daumen und Zeigefinger die Unterlippe zusammen, »würde das Gesamtbild sich von Grund auf ändern. Denn dann hätten wir zwei sich in der Mitte kreuzende diagonale Linien, von denen eine aus zwei Vögeln und drei Menschen bestünde und die andere aus zwei Menschen und drei Vögeln.«

»Fünf«, entfuhr es Proxi, die den Erklärungen aufmerksam gefolgt war. »Auf beiden Diagonalen sitzen je fünf Figuren. Ich erwähne das nur, weil ich davon überzeugt bin, daß dies hier etwas mit der vorigen Aufgabe zu tun hat, bei der man mit fünf multiplizieren und durch zwei dividieren mußte.«

»Hier geht es zweifellos um eine Aneignung von Wissen und Fähigkeiten«, erwiderte Señora Torrent. »Sie bringen uns etwas bei und bitten uns, es praktisch anzuwenden. Sind wir würdig, Zugang zu einer höheren Macht zu erlangen, oder verschließt uns im Gegenteil unsere geistige Unfähigkeit die Türen?«

Ich war platt, als ich die beiden so reden hörte, besonders die Doctora. Sie argumentierte rein wissenschaftlich und hatte eindeutig pädagogisches Talent. Und Proxi, unsere Proxi, begriff blitzschnell, worum es ging, und reagierte entsprechend.

»Hören Sie mal, Doctora ...«, unterbrach Jabba sie. »Können Sie nicht reden wie ein ganz normaler Mensch? Müssen Sie sich immer so gewählt ausdrücken?«

Marta Torrent musterte ihn aus zusammengekniffenen Augen, so als konzentriere sie sich, um ihn im nächsten Augenblick mit Gammastrahlen zu bombardieren und in eine Plasmapfütze zu verwandeln. Ich dachte: ›Wenn wir jetzt nicht dazwischengehen, gibt es gleich Krieg.‹ Doch nein, die Szene belehrte mich eines Besseren: Dieser Blick der Doctora war der Auftakt zu einem unbändigen Lachen. Statt beleidigt und wie eine wilde Furie zu reagieren, prustete sie los. Ihr Lachen breitete sich im Gang mit seinem durchlöcherten Boden aus und wurde vervielfacht von den Wänden zurückgeworfen, bis uns schließlich ein wahrer Bacchantinnen-Chor zu umringen schien.

»Oh ..., das tut mir leid, Señor ...!« Sie versuchte, das Lachen zu unterdrücken. »Ich ... entschuldigen Sie, ich erinnere mich nicht an Ihren Namen.«

»Marc. Ich heiße Marc«, antwortete er widerwillig.

Ich dachte nur: ›Bond. James Bond.‹ Aber ich schwieg.

»Marc, entschuldigen Sie. Ich wollte Ihnen nicht auf die Nerven gehen. Wissen Sie, meine Kinder und die Studenten machen sich auch immer lustig über meine Art zu reden. Deshalb fand ich das so witzig. Ich hoffe, ich habe Sie nicht beleidigt.«

Jabba schüttelte den Kopf und wandte ihr scheinbar gleichgültig den Rücken zu, aber ich, der ihn gut kannte, wußte, daß die Antwort ihm gefallen hatte. Langsam wurde die Lage ungemütlich.

»Also gut, mal sehen«, murmelte Proxi und stellte sich neben die Doctora. »Wenn wir die Zeilen und Spalten von eins bis zehn durchnumerieren, wie Sie gesagt haben, sieht man, daß die Diagonale mit den drei Kondoren und den zwei Menschen fünf Figuren enthält, die in den Kästchen 2–2, 4–4, 6– 6, 8–8 und 10–10 sitzen. Auf der Diagonale mit den drei Menschen und den zwei Kondoren sitzen sie dagegen in 1–10, 3 – 8, 5–6, 7–4 und 9–2. Die regelmäßigere der beiden Diagonalen ist also die mit den drei Kondoren.«

In der Zwischenzeit hatte ich auf die Schnelle Verschiedenes im Kopf durchgerechnet und war zu dem Ergebnis gekommen, daß die unregelmäßige Reihe mathematisch keinen Sinn ergab. Die regelmäßige dagegen entsprach eindeutig den ersten fünf ganzen Zahlen, die bei einer Division durch zwei und einer Multiplikation mit fünf dieselbe Wurzel ergaben.

»Man muß auf die fünf Figuren der Diagonale mit den drei Kondoren drücken«, sagte der Megawurm in diesem Moment.

»Und warum?« fragte ich genervt. Schon wieder war Jabba mir zuvorgekommen.

»Siehst du es denn nicht, Root?« fragte Proxi vorwurfsvoll. »Zwei, vier, sechs, acht und zehn ergeben, durch zwei geteilt und mit fünf multipliziert, dieselbe Wurzel, während in der anderen Reihe keine Logik steckt.«

»Ja, so weit war ich auch schon. Aber warum muß man auf alle fünf Figuren drücken?«

»Weil es fünf sind, Señor Queralt, fünf verteilt auf zwei Tafeln. Fünf und zwei, die Zahlen der ersten Prüfung. Und wenn man außerdem den in den Sätzen enthaltenen Gedanken aufgreift, bedeuten die Kondore Bewegung, während die Menschen für die Unbeweglichkeit stehen. Die Diagonale mit den fünf durch zwei teilbaren und mit fünf multiplizierbaren Ziffern enthält drei Kondore, während die andere drei Menschen enthält.«

»Die Zahl drei wird wohl was mit der nächsten Prüfung zu tun haben«, bemerkte Jabba.

Proxi runzelte die Stirn. »Geht's vielleicht auch positiver?«

»Was habe ich denn jetzt schon wieder gesagt?«

»Nun ... Und wenn wir auf diese Figurenkombination drücken und danach der Boden unter unseren Füßen nachgibt?« Ich hatte noch immer ein mulmiges Gefühl.

»Der Boden wird nicht nachgeben«, knurrte Proxi. »Der Gedankengang ist in sich total logisch und stimmig. Sauber wie eine Endlosschleife.«

»Was ist denn das, eine Endlosschleife?« fragte die Doctora.

»Eine Reihe kodierter Anweisungen, die in endloser Abfolge immer wieder aufeinander verweisen«, erklärte Proxi ihr. »So etwas wie: ›Wenn Marc rothaarig ist, zu Arnau gehen, und wenn Arnau lange Haare hat, wieder zu Marc zurückkehren.‹ Das hört nie auf, weil es eine unfehlbare logische Konstruktion ist.«

»Außer wenn ich mir die Haare schneide und Marc sich seine blond färbt. Dann wäre sie nicht mehr unfehlbar.«

Jabba und ich lachten. Der Witz war gut, aber die beiden Frauen schienen sich nicht im geringsten darüber zu amüsieren.

»Wie dem auch sei«, wechselte ich das Thema, unbeholfen ein letztes Lächeln unterdrückend. Ich versuchte, möglichst klug daherzureden, um meine verlorene Würde wiederzuerlangen. »Drei von uns müßten zurückgehen bis zu dem Gangabschnitt, in dem der Boden noch intakt ist. Und einer müßte hierbleiben, der, der mit einem Seil abgesichert, die Tastenkombination eingibt. Sollte der Boden nachgeben, könnten wir anderen drei ihn halten.«

»Was soll das heißen ›wir anderen drei‹? Willst du dich etwa drücken?« fragte Jabba vorsichtig.

»Weder du noch ich kommen in Frage, weil wir zu schwer sind, verstehst du? Eine der beiden Frauen muß es machen. Hier geht es nicht um innere Werte, sondern um überflüssiges Gewicht.«

»Das war deutlich, Señor Queralt«, pflichtete die Doctora mir gelassen bei. »Ich werde auf die Tocapus drücken.« Und als sie sah, daß Proxi protestieren wollte, hob sie abwehrend die Hand. »Ich will Sie nicht beleidigen, Lola, aber ich bin zierlicher als Sie und deshalb leichter. Ende der Diskussion. Geben Sie mir das Seil und entfernen Sie sich.«

»Sind Sie sicher, Marta?« Proxi schien noch nicht überzeugt. »Ich gehe regelmäßig klettern und käme vielleicht besser zurecht.«

»Das werden wir sehen. Ich habe mein Leben lang auf Ausgrabungsstätten gearbeitet und weiß, wie man an einem Seil hoch- und runterklettert. Also gehen Sie. Los. Wir dürfen keine Zeit mehr verlieren.«

Im Handumdrehen hatten wir mit dem Seil eine Art Brustgeschirr für die Doctora geknüpft und sprangen von Steinquader zu Steinquader zurück in den Tunnel, bis wir sicheren Boden erreichten. Dann seilten auch wir uns an, damit wir so kräftig wie möglich ziehen konnten, falls es zum Absturz kam. Von unserem Standpunkt aus warfen unsere Lampen nur ein schwaches Licht auf die hintere Wand, so daß wir nicht beobachten konnten, was die Doctora tat. Ich wartete mit angespannten Muskeln darauf, daß alles in die Luft flog, als plötzlich über unseren Köpfen ein Grollen einsetzte, wie ein in weiter Ferne beginnender Donner. Als wir hochschauten, sahen wir im Schein unserer Lampen, daß sich aus der Mitte der Decke ein schmaler Streifen Gestein löste und langsam zu uns herunterfuhr.

»Señora Torrent!« schrie ich aus vollem Hals. »Ist alles in Ordnung?«

»Alles bestens.«

»Kommen Sie schnell hierher. Wir müssen Ihr Seil losmachen und weg sein, bevor das da auf uns runterkommt!«

»Was ist los?« fragte sie. Ihre Stimme klang jetzt näher.

»Hören Sie!« brüllte Jabba. »Jetzt ist keine Zeit für Erklärungen! Beeilen Sie sich!«

Das Seil in unseren Händen entspannte sich. Wir zogen, bis Señora Torrent mit einem letzten Sprung bei uns anlangte. Inzwischen war der steinerne Deckenstreifen schon so tief gesunken, daß er uns zu zerquetschen drohte. Wir verteilten uns an den Seitenwänden, preßten uns dagegen wie Briefmarken, und trotzdem hätte das steinerne Etwas um ein Haar den Bauch des Megawurms gestreift. Erst jetzt erkannten wir, daß sich das Ding schräg nach unten bewegt hatte und um was es sich eigentlich handelte: Es war eine lange Treppe, die genau oberhalb des kleinen Kondorkopfes ansetzte und vor unseren Füßen endete, so daß wir praktisch gleich hinaufsteigen konnten. Doch diese Erkenntnis allein vermochte uns noch nicht dazu zu bewegen, uns von den Wänden zu lösen. Mit glasigem Blick blieben wir ängstlich, wo wir waren, und unsere Nasenflügel wehrten zitternd den Staub ab, der von der Decke rieselte.

Als erste von uns vieren fand Proxi ihre Stimme wieder. »Meine Damen und Herren«, flüsterte sie bebend, »der Hals des Kondors.«

»Des ersten oder des zweiten?« fragte Jabba mit einem Stimmchen, das nicht aus seinem Körper zu kommen schien. Er drückte sich noch immer mit eingezogenem Bauch flach gegen die Wand.

»Des ersten«, behauptete ich, ohne mich zu rühren. »Denk mal an Thunupas Lageplan.«

Die Doctora musterte uns düster. »Sind Sie so schlau, wie Sie aussehen«, fragte sie, »oder haben Sie das alles aus den Unterlagen, die angeblich Ihrem Bruder gehören, Señor Queralt?«

Noch bevor ich ihr antworten konnte, schaltete sich Proxi ein: »Wir nehmen an, daß Daniel das meiste herausgefunden hat. Denn seine Unterlagen haben uns auf die Spur gebracht und es uns ermöglicht, seine Entdeckungen zu überprüfen. Aber es stand nicht alles in den Unterlagen.«

»Ich schreibe nie alles auf, was ich weiß«, murmelte Marta Torrent und fuhr sich mit den Händen durch die Haare, um sie vom Staub zu befreien.

»Wahrscheinlich, weil Sie nicht alles wissen.« Ich ging auf die erste Treppenstufe zu, von der aus zwei dicke Ketten in die Höhe führten. »Oder weil Sie nichts wissen.«

»Das wird es sein«, erwiderte sie zynisch.

Vorsichtig begann ich, die Treppe hochzusteigen, die vom

Himmel gefallen war. Schmal, wie sie war, und ohne Handlauf, glich sie der Zahnreihe einer Säge.

»Ist das hier Gold?« hörte ich Proxi ungläubig fragen. Ich drehte mich um. Sie untersuchte eine der Ketten.

»Ist das Gold?« echote ich verblüfft.

Die Doctora wischte mit der Hand über die Kettenglieder, um die Staubschicht zu entfernen, mit der sie überzogen waren, und das Licht ihrer Stirnlampe, die viel größer und älter war als unsere, beleuchtete glänzendes Gold. Proxi machte zur Abwechslung mal wieder ein paar Fotos. Sollte es uns je gelingen, diesen Ort zu verlassen, besäßen wir eine phantastische Bilddokumentation unserer Odyssee.

»Ja, das ist Gold«, sagte Marta Torrent bissig. »Aber das sollte uns nicht weiter überraschen. In dieser Gegend gab es damals Unmengen von Gold, bis wir Spanier kamen. Außerdem galt es wegen seiner erstaunlichen Eigenschaften in Tiahuanaco als heilig. Wußten Sie, daß Gold von allen Edelmetallen die erstaunlichsten Eigenschaften besitzt? Es reagiert nicht, rostet also nicht, und ist so geschmeidig und formbar, daß es sich genausogut zu haarfeinen Fäden oder zu großen, widerstandsfähigen Kettengliedern wie diesen hier verarbeiten läßt. Die Zeit kann ihm nichts anhaben noch irgendeine in der Natur vorkommende Substanz. Gold ist ein ausgezeichneter elektrischer Leiter, ruft keine Allergien hervor und ist nicht reaktiv. Und nicht zu vergessen, sein Lichtbrechungsindex ist einer der höchsten überhaupt, da es sogar infrarote Strahlen reflektiert. Man hat sogar die Motoren der Raumschiffe damit überzogen, weil es das einzige Metall ist, das den dort entstehenden extrem hohen Temperaturen standhält, ohne zu zerschmelzen wie Schokolade in der Hand.«

In der Chronik der Yatiri, die mein Bruder anhand verstreuter Texte zusammengestellt hatte, hieß es in der Tat, sie hätten ihr schriftliches Vermächtnis in Gold hinterlassen, da dies in ihren Augen heiliges Metall von ewiger Dauer war. Aber warum hatte eine auf Ethnolinguistik spezialisierte Anthropologin sich so eingehend mit diesem Metall befaßt? Ihr Blick wanderte zwischen uns dreien hin und her, als stünde uns die Frage ins Gesicht geschrieben.

»Ich war erstaunt, als ich entdeckte, daß die Yatiri ihre Texte auf Goldtafeln niedergeschrieben haben, wie Sie ja sicher wissen. Ich verstand nicht, warum. Ich dachte, wenn sie ihre Botschaften auf einem wirklich stabilen Untergrund hinterlassen wollten, hätten sie doch zum Beispiel Steinplatten nehmen können. Dennoch scheinen sie größten Wert darauf gelegt zu haben, auf Gold zu schreiben, und das hat mich neugierig gemacht. Nun, zweifellos ist Gold weitaus geeigneter als Stein, da es unveränderlich und widerstandsfähig ist.«

»Deshalb schrieben sie auf Goldtafeln«, wiederholte Proxi. »Und die verwahrten sie in der Kammer des Reisenden, bevor sie Taipikala verließen.«

Doctora Torrent lächelte wieder. »Taipikala, in der Tat. Und der Reisende ... Menschenskind, Sie wissen ja alles!«

»Wollen wir hier Wurzeln schlagen?« murrte ich und begann, langsam die Treppe zu erklimmen.

Niemand antwortete, alle setzten sich in Bewegung und folgten mir. Warum hatte die Doctora so ausführlich über das Gold gesprochen? Uns geradeheraus nach dem zu fragen, was wir wußten, wäre ihr zu plump gewesen. Also hatte sie uns eine Falle gestellt. Besonders auffällig hatte sie bei der Erwähnung von Thunupa reagiert, hatte darin den weniger verbreiteten Namen des Zeptergottes erkannt und uns zu verstehen gegeben, daß ihr Kenntnisstand sich mit unserem auf gleicher Höhe befand. Als ich in ihrem Büro mit ihr gesprochen hatte, hatte sie Thunupa gar nicht erwähnt. Und genauso hatte sie reagiert, als es um Tiahuanacos geheimen Namen Taipikala und um den Reisenden ging. Sie versuchte, uns irgendwie zu vermitteln, daß sie sich mit der ganzen Geschichte bestens auskannte. Doch dieser eine Satz von ihr ging mir nicht aus dem Kopf: ›Ich war erstaunt, als ich entdeckte, daß die Yatiri ihre Texte auf Goldtafeln niedergeschrieben haben, wie Sie ja sicher wissen.‹ Dieses ›wie Sie ja sicher wissen‹ war keine Frage gewesen, sondern eine Feststellung. Alles, was sie uns über das Edelmetall erzählt hatte, waren für jedermann zugängliche Fakten, belanglose Informationen. Nur dieser eine Satz nicht. Ganz offensichtlich hatte sie eine Reaktion von uns erwartet. Wollte sie testen, ob wir von den Goldtafeln wußten? Und tatsächlich hatte sie bekommen, was sie wollte. Denn Proxi hatte ihr in ihrer Antwort zwei aufschlußreiche Dinge verraten: Sie hatte Taipikala und den Reisenden erwähnt. Somit war die Doctora nun genau im Bilde über den Umfang unserer Kenntnisse. Und auf ihre Art hatte auch sie uns mitgeteilt – für den Fall, daß es uns interessierte –, was sie selbst wußte. Dabei wollte sie betonen, wieviel mehr das war, weil sie ja sogar so nebensächliche Details wie die über das Gold gründlich erforscht hatte.

Und die Geheimnisse der Yatiri? Warum hatten sie ihr bedeutendstes Wissen in dieser Weise geschützt? In der *Chronik* stand klar und deutlich: Sollte noch einmal eine weltweite Katastrophe oder eine Sintflut eintreten wie die zur Zeit der Giganten, würden die Überlebenden ihr Vermächtnis finden können, ein Vermächtnis, das ihnen den Schlüssel zu beachtlicher Macht geben würde. Aber vielleicht würde diese Macht ihnen gar nicht helfen zu überleben, Nahrungsmangel oder Krankheiten zu überstehen, sondern das Vermächtnis an sich würde erhalten bleiben, statt für immer verlorenzugehen. Also hatten sie mit dem Bau der Pyramide des Reisenden ein ganz bestimmtes Ziel verfolgt: Sie wollten gar nicht einer in Schwierigkeiten steckenden Menschheit Hilfe anbieten, wie wir angenommen hatten, als wir den von meinem Bruder vorgezeichneten Gedankengang weiterverfolgt hatten. Nein, sie wollten verhindern, daß ihr Wissen für immer verlorenging. Und offenbar war es ihnen auch egal gewesen, auf welche Art und Weise besagte Macht genutzt wurde. Ihnen war nur wichtig gewesen, daß sie überdauerte.

Als mir das klarwurde, war ich wie vor den Kopf gestoßen. Mit jeder neuen Stufe, auf die ich meinen Fuß setzte, veränderte sich mein Blick auf die Dinge. Wir waren mit einer falschen Vorstellung hergekommen, einer Vorstellung, die uns die Sicht auf die Wahrheit verstellt hatte. Keiner von uns war auf den Gedanken gekommen, daß wir durch unseren Zugriff auf das geheime Wissen der Yatiri in den Besitz einer weltweit einmaligen und einzigartigen Macht gelangen würden. Einer Macht, die so Außergewöhnliches zu leisten vermochte wie das, was meinem Bruder zugestoßen war. Aber *ein* Mensch hatte vielleicht doch die richtige Vorstellung gehabt und sich deshalb seinen möglichen Konkurrenten aggressiv entgegengestellt. Verhielt sich Señora Torrent so, weil sie zu wissen glaubte, wieviel uns am Besitz dieses seltenen und gefährlichen Privilegs lag? Wollte sie selbst es um jeden Preis erlangen? Und wenn ja, zu welchem Zweck? Um ihre Entdeckungen in anthropologischen Fachzeitschriften zu veröffentlichen und akademische Auszeichnungen zu erhalten? Von diesem neuen Standpunkt aus betrachtet, erschien eine solche Absicht geradezu lächerlich. Welche Regierung der Welt würde eine derartige Macht in den Händen einer Universitätsprofessorin belassen? Deshalb also hatte sie bei ihrem Anruf gesagt, sie könne mir Daniels Material nicht überlassen und die Situation sei sehr heikel! Welche Worte hatte sie genau benutzt …? ›Wenn auch nur eine der Unterlagen verlorenginge oder in die falschen Hände geriete, wäre das eine Katastrophe für die akademische Welt.‹ Für die akademische Welt oder für die ganze Welt? ›Sie können sich nicht im entferntesten die Bedeutung dieses Materials vorstellen.‹ Nein, damals hatte ich es mir nicht vorstellen können, aber jetzt ja. Deshalb war es immens wichtig, daß die Doctora nicht an das Wissen der Yatiri herankam.

Am oberen Ende der Treppe angelangt, stand ich vor einer eindrucksvollen Mauer aus großen Steinblöcken. Sie begrenzte einen dunklen Gang, der sich nach rechts und links fortsetzte. Wenn unsere Annahmen stimmten, handelte es sich um die Außenwand der Kammer des Reisenden oder Kammer der gehörnten Schlange, und der Gang führte wie ein Chorgang um den ganzen Raum herum. Wir würden also sowohl in der einen als auch in der anderen Richtung zum Eingang gelangen.

»Endlich!« seufzte Proxi, als sie neben mir ankam.

Ich beugte mich zu ihr hinunter und flüsterte ihr ins Ohr: »Lola, hör mir mal genau zu. Die Doctora darf nicht mit uns in die Kammer.«

»Spinnst du?« rief sie und trat einen Schritt zurück, um einen Blick auf mein Gesicht zu werfen.

Für einen kurzen Moment blendete mich ihre Stirnlampe. Ich zwinkerte, lauter funkelnde Sternchen vor Augen, die sich mir in die Netzhaut eingebrannt hatten. »Du kannst nicht zulassen, daß sie dort hineingeht, Lola. Sie will die Macht der Worte.«

»Wir doch auch.«

»Was tuschelt ihr denn da, ihr beiden?« fragte Jabba laut, als er die letzte Treppenstufe erreichte. Gleich hinter ihm tauchte die Doctora auf.

Lola sah mich an, als sei ich verrückt geworden, und drehte sich zu ihm um. »Nichts. Irgendein Blödsinn von Root.«

»Dann hör auf, Blödsinn zu reden, Root.«

»Root ...?« wunderte sich Marta Torrent. »Warum werden Sie denn ›Wurzel‹ genannt?«

»Das ist mein ...« So was Blödes, einem Greenhorn die Internetspitznamen erklären zu müssen! »... mein *nick,* mein *tag.* Im Internet reden wir uns untereinander mit Pseudonymen an. Das machen alle. *Root* nennt man das Hauptverzeichnis eines Ordnersystems, das Wurzelverzeichnis sozusagen. Bei Computern, die mit dem Betriebssystem Unix arbeiten, bezieht sich *Root* auf den Hauptnutzer.«

»Und Ihre Spitznamen lauten Brocksi und Jab-Ba, oder?« fragte sie Marc und Lola.

»Meiner ist Proxi und Marcs Jabba. Proxi kommt von Proxy mit Ypsilon, so heißt ein Spezialrechner, der als Server den Internetzugang ermöglicht und die Inhalte der aufgesuchten Seiten speichert, damit man beim nächsten Mal schneller hinkommt. Eine Art Filter also, der den ganzen Prozeß beschleunigt und gleichzeitig dazu dient, den Nutzer vor Viren, Würmern und sonstigem Dreck zu schützen, der im Netz zirkuliert. Ich arbeite in der Sicherheitsabteilung von Ker-Central, Roots, äh, Arnaus Firma. Deswegen der Name Proxi.«

»Und Jab-Ba ...?« Ihr Blick wanderte zu dem rothaarigen Megawurm, dessen Gesichtsausdruck sich bedrohlich verfinsterte.

»Jabba bedeutet gar nichts«, brummte er, kehrte ihr den Rücken zu und trabte rechts herum los.

»Im Ernst?« fragte sie überrascht. »Nichts?«

Lola und ich warfen uns einen flüchtigen Blick zu, und ich bat die Doctora mit gesenkter Stimme, sie möge nicht weiter fragen.

»Mir kommt er nämlich irgendwie bekannt vor«, antwortete sie leise. »Ich glaube, ich habe ihn schon mal gehört.«

»Jot-a-be-be-a. Aus *Krieg der Sterne*«, zischte Proxi durch die Zähne.

»*Krieg der* ...?« Auf einmal schien sie sich an die Figur zu erinnern, von der wir sprachen, denn sie riß die Augen auf und lächelte. »Ja klar! Ich weiß.«

»Verraten Sie's ihm nicht«, flüsterte ich und eilte hinter Jabba her, der sich genervt entfernte. Als ich ihn erreicht hatte, legte ich ihm kollegial einen Arm um die Schultern und sagte halblaut: »Wir können nicht zulassen, daß die Doctora mit in die Kammer kommt.«

»Sei nicht paranoid, Mann. Wir wissen doch noch nicht mal, ob wir selber reinkommen.«

»Glaubst du wirklich, daß sie die Macht der Worte nur haben will, um die Entdeckung in einer Fachzeitschrift zu veröffentlichen?«

Jabba schien auf Anhieb zu kapieren, auf was ich hinauswollte. Er nickte langsam und warf mir einen verschwörerischen Blick zu.

Der Gang zog sich endlos hin. Obwohl wir uns auf einer höheren und daher kleineren Ebene der Pyramide befanden, mußte die in ihrer Mitte gelegene Kammer gewaltige Ausmaße besitzen. Es dauerte wirklich eine halbe Ewigkeit, bis wir eine der vier Seiten abgelaufen waren. Der Boden war fest, und in der drückenden Luft schwebten unsichtbare Teilchen, die das Atmen schwer und die Luft zäh machten. Allerdings wanderten wir innerlich beschwingt durch den breiten Gang mit der hohen Decke, da wir das unbestimmte Gefühl hatten, kurz vor dem Ziel zu sein. Jenseits der Mauer, die sich zu unserer Linken erhob, lag das Geheimnis verborgen, das der Anlaß für unsere Atlantiküberquerung gewesen war. Nur eins bereitete mir Kopfzerbrechen. Ich hatte keine Ahnung, wie wir die Doctora aufhalten und ihr den Zugang zur Kammer verwehren konnten.

»Darf ich Sie etwas fragen?« sagte sie genau in diesem Moment in das allgemeine Schweigen hinein.

»Nur zu«, brummte Jabba.

»Wie ist es Ihnen eigentlich gelungen, in so kurzer Zeit die Aymara-Sprache zu lernen?«

»Wir haben kein Aymara gelernt«, erwiderte ich keuchend. Das Gehen strengte mich ziemlich an. »Wir benutzen ein Übersetzungsprogramm, das wir im Computer meines Bruders gefunden haben.«

»Was Sie nicht sagen.« Es sollte belustigt klingen, doch Marta Torrents Gesichtsausdruck strafte die vorgespielte Heiterkeit Lügen. »JoviLoom.«

»Kennen Sie es?« wunderte sich Proxi.

Die Doctora lachte. »Natürlich! Es gehört ja mir.«

»Ja, natürlich!« platzte ich heraus. »Alles gehört Ihnen, nicht wahr, Doctora? JoviLoom, JoviKey, die Universidad Autónoma in Barcelona ... Warum nicht gleich die Welt, Señora Torrent? Die Welt gehört auch Ihnen, nicht wahr, und wenn nicht jetzt, dann bald, stimmt's?«

Sie zog es vor, meine Tirade zu ignorieren. »Sie haben also auch JoviKey? Alle Achtung ...«

Gleich würde hier ein Atomkrieg ausbrechen. Sollte sie auch nur versuchen zu behaupten, Daniel hätte ihr auch diese Programme gestohlen, würde ich sie gefesselt in dieser Pyramide zurücklassen, wo ein grauenvoller Tod sie erwartete.

»Wissen Sie, was der Name dieser Programme bedeutet?« fragte sie herausfordernd.

»*Jovi-Webstuhl* ...?« antwortete Proxi. »*Jovi-Schlüssel?*«

»Ja, genau«, sagte sie, »Jo-vi. Von Joffre Viladomat, meinem Mann.«

Ohrenbetäubende Glockenschläge hallten schmerzhaft durch mein Gehirn. Ich mußte stehenbleiben und schwankte leicht, so als hätte man meinen Kopf als Klöppel benutzt. »Joffre Viladomat?« stammelte ich. Das war doch der Name, der zu Hause auf meinem Computerbildschirm erschienen war, als Señora Torrent mich angerufen hatte.

Nun hielten auch die anderen inne und sahen mich an, und mit besonderer Befriedigung tat es die Doctora, die sich ein grausam triumphierendes Lächeln nicht verkneifen konnte.

»Joffre Viladomat. Für seine Freunde seit den Universitätsjahren auch Jovi.«

»Ist Ihr Mann Programmierer?« fragte Jabba erstaunt.

»Nein, mein Mann ist Volkswirt und Anwalt. Er besitzt eine Handelsgesellschaft auf den Philippinen. Sie vermittelt zwischen den Exportwirtschaftszonen Südostasiens und spanischen Firmen.«

»Ich glaube nicht, daß ich das verstanden habe«, brummte Marc.

»Joffre kauft Artikel, die in Südostasien hergestellt werden, und verkauft sie an interessierte Firmen. Man könnte sagen, er ist eine Art Zwischenhändler, der den spanischen Firmen den Erwerb von Waren erleichtert, die mit niedrigen Produktionskosten hergestellt wurden. Sein Büro ist in Manila, von dort aus kauft und verkauft er so unterschiedliche Artikel wie Jeans, Haushaltsgeräte, Fußbälle oder Computerprogramme. Vor Jahren habe ich ihn mal gebeten, mir Anwendungen zu besorgen, mit denen ich Aymara-Texte übersetzen und meinen Laptop mit einem Paßwort sichern konnte. Joffre beauftragte eine philippinische Softwarefirma, und nach ein paar Monaten schickte er mir JoviKey und JoviLoom, die nach meinen Anweisungen und auf meine Datenbanken zugeschnitten worden waren.«

»Sie wollen also sagen, daß Ihr Mann«, stotterte Proxi, vor Wut ganz rot im Gesicht, »Erzeugnisse kauft, die in der Dritten Welt von Sklavenarbeitern unter menschenunwürdigen Bedingungen hergestellt wurden. Und daß er sie an bekannte spanische Markenfirmen weiterverkauft, die auf diese Weise Kosten für eine Fabrik vor Ort sowie Steuern und die Sozialversicherungsbeiträge für unsere spanischen Arbeiter sparen?«

Marta lächelte halb ironisch und halb zerknirscht. »Wie ich sehe, sind Sie mit den Facetten der globalen Wirtschaft vertraut. Nun ja, genau das macht Joffre. Und natürlich ist er nicht der einzige.«

Ihrem Gesicht und ihrer Stimme hätte ich entnehmen können, daß sich hinter ihren Worten irgendeine komplizierte persönliche Geschichte verbarg – aber in diesem Augenblick hatte ich keinerlei Sinn für Feinheiten. Ich fühlte mich vernichtet. Besiegt. Nichts außer der grauenvollen, alptraumhaften Entdeckung zählte, daß mein Bruder diese Computerprogramme gestohlen hatte – und, wer weiß, vielleicht auch die Unterlagen, die wir in seinem Büro gefunden hatten, wie es die Doctora stets behauptet hatte. Ich wiederhole, daß in diesem Augenblick nichts zu mir durchdrang, ich hatte dichtgemacht. Ich konnte einfach nicht glauben, daß Daniel etwas derartiges getan haben sollte. Mein Bruder war nicht so, er war kein Dieb, er war keiner, der sich einfach etwas nahm, das jemand anderem gehörte. Außerdem hatte er es gar nicht nötig. Warum sollte er sich heimlich fremdes Forschungsmaterial, zum Beispiel das seiner Chefin, aneignen wollen, wo er doch selbst eine phantastische Karriere vor sich hatte und in ein paar Jahren aus eigener Kraft noch viel mehr würde erreichen können? Fragen über Fragen ... Warum nur hatte er diese verfluchten Programme klauen müssen? Ich konnte nicht mehr umhin, an ihm und seiner Aufrichtigkeit zu zweifeln. Und das ausgerechnet jetzt, wo er selbst krank und verteidigungsunfähig in einem Krankenhausbett lag. Verflucht noch mal, Daniel! Ich hätte dir doch viel bessere Anwendungen als diesen stümperhaften Jovi-Mist besorgen können! Du brauchtest ein Übersetzungsprogramm für Aymara? Ich hätte Himmel und Erde bewegt, um dir eins zu beschaffen!

»Arnau.«

Ich habe es so oft wiederholt, Daniel! Sag mir einfach, was du brauchst. Aber du sagtest immer, nein, nein, du brauchtest nichts. Okay, aber wenn du was brauchst, dann sag es mir. Ja, ja, ich sag's dir schon. Du hast dich immer gegen meine Hilfe gesträubt. Immer hast du dieses typische Gesicht aufgesetzt, dieses schweigende Stirnrunzeln. Aber warum mußtest du diese beiden Programme stehlen? Dein Bruder ist Programmierer und hat eine Computerfirma, verdammt. Und Dutzende von Programmierern, die für ihn arbeiten! Mußtest du dir die Hände schmutzig machen? Mußtest du ausgerechnet die Software deiner Chefin klauen? Dieser Marta Torrent, die du immer so kritisiert hast? Und warum hast du sie kritisiert, he? Du warst es doch, der sie beklaut hat! Warum, warum hast du sie kritisiert? Warum hast du ihr vorgeworfen, sie würde von deiner Arbeit profitieren, wo du doch von ihrer profitiert hast?

»Arnau!«

»Was!« schrie ich. »Was, was, was!«

Meine Stimme prallte gegen die steinernen Wände, und ich wachte auf. Vor mir standen Marc, Lola und die Doctora und sahen mich besorgt an.

»Geht es dir gut?« fragte Lola.

Aus Gewohnheit, so nehme ich an, führte ich einen automatischen Checkup durch. Nein, es ging mir nicht gut, es ging mir schlecht, sogar sehr schlecht. »Natürlich geht es mir gut!« fauchte ich sie an.

Marc schaltete sich ein. »He, du! Hör auf, ja? So brauchst du nicht mit ihr zu reden!«

»Ruhe, ihr beiden!« rief Lola und schob Marc weg von mir. »Alles in Ordnung, Arnau, keine Sorge. Wir beruhigen uns jetzt wieder, okay?«

»Ich will hier weg«, sagte ich angewidert.

»Tut mir leid, Señor Queralt«, sagte die Doctora leise und stellte sich mir in den Weg – zur Treppe zurück zu wollen war eine dumme Idee von mir, da an Rückkehr nicht mehr zu denken war. Es gab keinen Weg zurück, keinen Ausgang.

Doch in diesem Moment war mir das egal. Ich wußte nicht, was ich tat und was ich sagte. »Was tut Ihnen leid?« erwiderte ich barsch.

»Es tut mir leid, daß ich Ihnen weh getan habe.«

»Das ist ja nicht Ihre Schuld.«

»Zum Teil schon, weil ich unbedingt wollte, daß Sie die Wahrheit erfahren. Um das zu erreichen, habe ich nicht Ruhe gegeben und nicht darüber nachgedacht, daß ich Sie damit verletzen könnte.«

»Ach, was wissen Sie denn schon?« rief ich verächtlich. »Lassen Sie mich in Ruhe!«

»Jetzt reiß dich aber zusammen«, schimpfte Jabba hinter mir.

»Ich tue, was mir paßt. Laßt mich doch alle in Ruhe.« Ich warf meine Tasche hin und rutschte, zusammensackend wie eine Marionette, mit dem Rücken an der Kammerwand entlang zu Boden. »Nur ein paar Minuten. Geht ohne mich weiter. Ich hole euch schon ein.«

»Wir lassen dich doch nicht einfach hier zurück, Root!« entgegnete Proxi besorgt. Sie kniete sich vor mich hin und wies mit einer Geste auf die schroffen, furchterregenden Schatten ringsum. »Denk dran, wir sind viele Meter unter der Erde, eingeschlossen in einer Hunderte oder Tausende von Jahren alten präkolumbischen Pyramide.«

»Laß mich, Proxi. Ich brauch 'ne Verschnaufpause.«

»Sei nicht kindisch, Root«, ermahnte mich Jabba liebevoll. »Wir wissen ja, daß das ein Tiefschlag für dich war und daß du fix und fertig bist, aber wir können dich nicht hierlassen, versteh das doch.«

»Ich brauch 'ne Verschnaufpause«, wiederholte ich stur.

Proxi seufzte und stand wieder auf. Nach kurzer Zeit hörte ich, wie sich die drei entfernten, und wenig später waren ihre Lichter nicht mehr zu sehen. Ich blieb allein zurück. Mit meiner Stirnlampe als einziger Lichtquelle saß ich auf dem Boden, die Arme um die angezogenen Knie geschlungen, und dachte nach. Dachte nach über meinen Bruder, diesen Idioten, diesen im wahrsten Sinne des Wortes hirnlosen Idioten. Was für einen Wahnsinn er sich geleistet hatte. Plötzlich hatte ich das Gefühl, ihn gar nicht zu kennen. Ich hatte immer angenommen, er hätte wie jeder Mensch auch seine Macken und Abgründe, nur kam mir jetzt der Verdacht, daß diese Abgründe tiefer und finsterer waren, als ich geglaubt hatte. Mir gingen lauter Erlebnisse mit ihm durch den Kopf, Teile von Unterhaltungen, die wir im Lauf der Jahre geführt hatten. Und auf geheimnisvolle Weise verschmolzen all diese bruchstückhaften Erinnerungen zu einer konkreten Vorstellung, die auf einmal bestimmte Dinge erklärte, die zu analysieren ich mir nie die Mühe gemacht hatte. Ich sah ihn vor mir, Daniel, wie er über mich lachte, weil ich alles erreicht hatte, ohne je meinen Fuß in eine Universität gesetzt zu haben. Daniel, wie er vor der versammelten Familie behauptete, ich sei der lebende Beweis dafür, daß nicht zu studieren sich viel eher rechnete, als sich Tag und Nacht wie er in Bücher zu vertiefen. Meinen Bruder Daniel, der trotz seiner glänzenden Karriere nie einen Euro in der Tasche hatte und Frau und Kind versorgen mußte. Ich sah ihn vor mir, wie er widerstrebend Geld von unserer Mutter annahm. Wie er hartnäckig meine Hilfsangebote ablehnte ... Daniel Cornwall, mein Bruder, dieser Mensch, den alle schätzten wegen seiner Herzlichkeit und seines freundlichen Wesens. Eigentlich lag es auf der Hand, daß er sich immer gewünscht hatte, so etwas Ähnliches zu sein wie ich. So erfolgreich. Und daß er es am liebsten erreicht hätte, ohne sich so zu plagen, wie er es für viel weniger, für fast nichts, an der Universität tun mußte. Welche andere Erklärung konnte es geben? Auf einmal erinnerte ich mich daran, daß Daniel der erste gewesen war, der diese blöde Haltung meiner Familie mir gegenüber unterstützt hatte, von wegen das Glück sei stets auf meiner Seite gewesen und hätte mich mein Leben lang begleitet.

Wenn ich es mir recht überlegte, hatte er im Alleingang einen langwierigen Prozeß beschleunigen wollen. Er wollte alles, und zwar sofort. Deshalb hatte er die erste Gelegenheit ergriffen, die seine Chefin ihm mit der Erforschung der in Quechua gehaltenen Quipus geboten hatte. Irgendwie war er dabei auf Marta Torrents Forschungsmaterial über die Tocapus und das Aymara gestoßen und hatte gedacht, daß er so schneller haben konnte, was das Schicksal ohnehin für ihn bereithielt. Wie ich war er ein Siegertyp, ein cleverer Kerl, der das Glück beim Schopfe zu packen wußte. Wie ich, der ich ohne einen Universitätsabschluß in der Tasche reich geworden war. Ich konnte ihn förmlich vor mir sehen, im Gespräch mit meiner Mutter, während die beiden das Märchen ausschmückten, in dem ich der ewige Glückspilz und Faulpelz war. Wie sonst ließe sich der Kauf von Keralt.com durch die Chase Manhattan Bank erklären? Das alles war doch der pure Zufall gewesen und hatte nichts zu tun mit dem Wert des von mir geplanten, entwickelten und vergrößerten Unternehmens. Dabei hatte ich dafür wie ein Ochse geschuftet. 24-Stunden-Tage gehabt. Bis jetzt war es mir egal gewesen, daß meine Familie so dachte. Es ging mir auf die Nerven, klar. Alle Familien haben eben ihre Macken. Es lohnte sich nicht, sich darüber zu ärgern oder gegen dieses falsche Bild anzukämpfen. Es hatte mir genügt, daß meine Großmutter die Wahrheit kannte und anerkannte. Aber jetzt nicht mehr. Jetzt zeigte sich das wahre Ausmaß dieser Angelegenheit, denn sie hatte zu einem erheblich größeren Problem geführt: Sie hatte meinen Bruder ins Unglück gestürzt. Wollte Marta Torrent ihn wegen Diebstahls anzeigen, so würde Daniel damit fertig werden müssen. Es wäre das Ende seiner Karriere als Dozent und Forscher. Und er würde dafür geradestehen müssen vor unserer Mutter, unserer Großmutter, Clifford und Ona – und später einmal, falls er nicht rehabilitiert würde, auch vor seinem Sohn. Unter Umständen würde er sogar für eine Weile ins Gefängnis müssen, womit sein Leben endgültig verpfuscht wäre.

Ich betrachtete den Lichtkreis, den meine Stirnlampe auf den Boden und die gegenüberliegende Wand warf, und langsam dämmerte mir, wo ich war und warum. Der Zorn war verebbt, die Wirklichkeit hatte mich wieder. Natürlich war mein erster Gedanke, warum zum Kuckuck ich dies hier durchstehen sollte, nur um einem Blödmann wie Daniel zu helfen. Doch zum Glück sah ich ein, daß nicht einmal er es verdient hatte, den Rest seines Lebens dahinzuvegetieren. Wir mußten trotz allem weiter versuchen, ihn zu retten. Eines Tages würde man dann die Dinge richtigstellen und möglicherweise mit Marta aushandeln müssen, was auszuhandeln war. Mein Gott, und ich hatte ihr ein mordsmäßiges Gerichtsverfahren an den Hals gewünscht! Ab sofort würde ich meine Worte, Absichten und Gedanken herunterschlucken müssen. Dafür aber würden Daniel und ich, sobald er wieder dazu imstande war, ein ernstes Gespräch führen müssen, ein Gespräch, das er so bald nicht vergessen würde.

Seufzend stand ich auf und hängte mir meine schwere Tasche über die Schulter. In diesem Augenblick leuchteten nur wenige Meter entfernt drei Lichtkegel auf.

»Geht es dir besser?« fragte Proxis Stimme.

»Aber ... Seid ihr denn gar nicht weitergegangen?«

»Wir konnten dich doch nicht einfach hier allein lassen, du Dummkopf!« entrüstete sich Marc. »Wir haben nur so getan, haben unsere Stirnlampen ausgemacht und uns hier hingesetzt, um auf dich zu warten.«

»Also gut, gehen wir«, sagte ich und gesellte mich zu ihnen.

Schweigend nahmen wir unseren Marsch wieder auf, während ich meinen trüben Gedanken nachhing. Im Grunde wußte ich, wie wichtig diese Sache hier war.

Nach kurzer Zeit erreichten wir die Ecke, an der unser Gang endete und sich zur Linken ein neuer anschloß. Als wir auf den ersten riesigen, aus der Kammerwand ragenden Pumakopf stießen, wußten wir, daß wir auf dem richtigen Weg waren. Denn laut dem Lageplan des Gottes Thunupa befanden sich in diesem Teil des Tunnels vier von diesen Köpfen. Die mittleren zwei sollten zu beiden Seiten des Eingangs zur Kammer der gehörnten Schlange angebracht sein. Vorsichtshalber untersuchten wir diesen kurz, doch hier gab es keine Tocapus, sondern nur einen eindrucksvollen, furchterregenden Kopf. Ohren und Maul schienen einem Puma zu gehören, doch eigentlich sah er eher aus wie ein merkwürdiger Clown mit runder Nase und einem Schlangenkopf als Mund.

»Also, ich glaube, das soll so eine Art Pumaface sein. Wißt ihr, was ich meine?« fragte Jabba.

Natürlich wußten wir es nicht.

»Es gab in der Antike einen Gott, der sich einen Löwenkopf übergestülpt hat wie einen Helm und über dessen Rücken ein Löwenfell hing.«

»Herkules«, sagte ich. »Aber der war kein Gott.«

»Na ja, egal. Auf jeden Fall reichte ihm der Tierkopf nur bis zur Nase und ließ Mund und Unterkiefer frei. Ich finde, dieses Tier sieht genauso aus: wie ein Typ, der einen Raubtierkopf trägt, wobei sein Gesicht halb frei bleibt. So als trüge er eine Maske.«

Ja, er hatte recht. Diese ganze taipikalische Kunst, oder wie auch immer sie hieß, war irgendwie eigenartig. Aus unterschiedlichen Perspektiven kam man jedesmal auf eine andere Interpretation, die trotzdem schlüssig war. Proxi, diese Nervensäge, schoß wieder eine ganze Fotoserie, als könnte ihr Apparat unbegrenzt Bilder speichern. Sie mußte die größte im Handel erhältliche Speicherkarte besitzen, anders konnte ich mir nicht erklären, warum sie so endlos weiterfotografieren konnte.

Nach ein paar Minuten setzten wir unsere Entdeckungsreise rund um die Kammer des Reisenden fort. Trotz meiner seelischen Verfassung entging mir nicht, daß die Doctora schweigsam war und abwesend wirkte. Ich überlegte, ob ich mich bei ihr für all die Unverschämtheiten entschuldigen sollte, die ich seit dem Tag, als ich in ihrem Büro in der Universidad Autónoma aufgetaucht war, losgelassen hatte. Aber ich schlug mir den Gedanken rasch aus dem Kopf, denn dies war weder der richtige Ort noch die richtige Zeit – und eigentlich hatte ich auch keine Lust dazu. Ich hatte schon genug Ärger am Hals, da brauchte ich nicht noch zusätzliche Komplikationen.

Endlich, nach etwa zweihundert Metern, stießen wir auf den zweiten Pumakopf, der aus der linken Mauer herausragte.

»Der Eingang!« rief Proxi freudestrahlend.

Als wir auf der Höhe des Tiers angekommen waren, kam dahinter eine riesige Tür in Sicht. Jedenfalls sah es so aus wie eine Tür, dabei war es nichts anderes als eine gigantische quadratische, glattpolierte Steinplatte. Sie reichte von der Decke bis zum Boden und war etwa vier Meter hoch und zwei Meter breit.

»Und da ist der andere Kopf«, sagte Marta Torrent.

Tatsächlich, zu beiden Seiten der großen steinernen Tür saß je ein Pumakopf, der dem entsprach, den wir uns genauer angeschaut hatten.

»Und die Tocapus?« fragte mein Freund.

»Vielleicht ist das Feld unter den Köpfen«, meinte Proxi, »so wie beim ersten Kondor. Kommt, wir legen uns auf den Boden.«

»He, Moment mal!« rief Jabba und hielt sie blitzschnell am Arm fest, damit sie ihm nicht entwischte. »Du bleibst mal schön brav, okay? Ich werde mich selbst auf den Boden legen.«

»Und warum?«

»Weil ich Lust dazu habe. Und weil ich es leid bin, dir das Leben retten zu müssen. Zwei Katastrophen reichen mir, auch wenn es heißt, aller guten Dinge sind drei. Also geh zur Seite und laß mich das machen.«

Proxi stellte sich neben Marta und murmelte irgend etwas, und ich sah, wie die Doctora lächelte. Wahrscheinlich antwortete sie etwas Witziges, aber ich verstand nicht, was. Doch urplötzlich änderte sich ihr Gesichtsausdruck. Ich schaute zur Tür, ihrem Blick und dem Licht ihrer Stirnlampe folgend. Genau in der Mitte der Tür war ein kleines Rechteck zu sehen, das irgend etwas enthielt.

»Warte, Marc«, rief ich und trat ganz nah heran. »Hier ist was. Guck mal.«

Das Rechteck befand sich etwa zehn Zentimeter über meinem Kopf. Ich mußte mich auf die Zehenspitzen stellen, um es erkennen zu können. Auch mein Freund, der kaum kleiner war als ich, sah die winzigen Tocapus, die dort eingemeißelt waren, aber Proxi und Marta Torrent (vor allem letztere) hätten sie nicht einmal dann sehen können, wenn sie auf einem Trampolin herumgehopst wären. Es war eines dieser Tocapu-Felder, mit denen wir es bereits mehrmals zu tun gehabt hatten, aber kleiner und dazu noch an einer wirklich ungünstigen Stelle.

»Gib mir mal das Fernglas, Jabba«, hörte ich Proxi sagen.

»Es ist in deiner Tasche. Aber du brauchst es gar nicht erst zu versuchen, es wird nicht klappen. Du bist zu nah dran, um die Schärfe richtig einstellen zu können.«

»Hast ja recht.«

»Gib mir deinen Fotoapparat, Proxi«, sagte ich. »Ich mache ein Foto davon, und wir schauen es uns auf dem Bildschirm an.«

»Gute Idee.« Sie gab mir den winzigen Apparat.

Ich wählte nach Gefühl einen Bildausschnitt und machte mehrere Aufnahmen. Dann begann ich den Inhalt der Speicherkarte auf den Laptop zu überspielen. Proxi hatte bereits stolze zweiundsechzig Fotos gemacht, dazu noch in hoher Auflösung. Es dauerte also eine ganze Weile, bis wir uns endlich den Inhalt des neuen Tocapu-Feldes auf dem Bildschirm ansehen konnten. Ich wollte gerade laut verkünden, daß ich Jovi-Loom starten würde, da hörte ich, wie die Doctora über meine Schulter hinweg den Text vorzulesen begann.

»›Hörst du nicht, Dieb? Du bist tot, weil du es gewagt hast, den Stab von der Tür zu nehmen. Noch diese Nacht wirst du laut den Bestatter rufen ... ‹«

»Hören Sie auf, Marta«, rief Proxi aufgeregt und klappte schlagartig den Laptop zu.

»Was ist denn los?« fragte die Doctora erschrocken.

»Genau diese Worte hat Daniel gerade übersetzt, als er krank wurde.«

»Ach so ...«

»Ich kann Ihnen den Rest sagen, wenn Sie wollen. Ich habe die Übersetzung hier.« Ich öffnete den Laptop wieder, um die Kopie des Dokumentes zu suchen.

»Sie kennen also auch das Geheimnis des Aymara, der vollkommenen Sprache?« fragte Jabba die Doctora, während ich von einem Unterverzeichnis zum nächsten sprang.

»Natürlich kenne ich es.« Sie wischte sich mit der Hand über die Stirn. »Mein Vater, Carlos Torrent, hat es entdeckt. Nachdem er viele Jahre zusammen mit Aymara an Ausgrabungen gearbeitet hatte, erzählten sie ihm von dieser geheimnisvollen Fähigkeit. Sie sagten, die alten Yatiri hätten die Macht besessen, Menschen mit Worten zu heilen oder krank zu machen. Überdies hätten sie die Gabe verleihen können, Musikinstrumente zu spielen, ohne sie erlernt zu haben. Angeblich konnten sie schlechte Menschen in gute verwandeln und umgekehrt und die Seelenverfassung jedes beliebigen Menschen und sogar dessen Persönlichkeit verändern. Mein Vater hielt das natürlich für Legenden. Aber als ich durch die Tocapus das Schriftsystem des Aymara entdeckte, fand ich viele Hinweise auf diese Macht. Also wußte ich, daß tatsächlich stimmte, was mein Vater für Einbildung gehalten hatte. Die Capacas, die Priester aus Tiahuanaco, beherrschten das alte *Jaqui aru,* die ›menschliche Sprache‹. Dabei handelte es sich um die bis heute praktisch unverändert gebliebene Aymara-Sprache. Sie wurde bis zur Eroberung des Altiplano durch die Inka und die Spanier gesprochen und hat sich nicht gewandelt. Denn alle Sprecher hielten sie für heilig. Leider unterlag sie im Lauf der Zeit gewissen Einflüssen des Quechua und des Spanischen. Sie hat sich also nicht verändert, nein, in keinster Weise. Sie hat aber einige wenige neue Wörter aufgenommen.«

»Hier ist es«, unterbrach ich sie. »›Hörst du nicht, Dieb? Du bist tot, du hast es gewagt, den Balken von der Tür zu nehmen. Du wirst den Totengräber rufen, noch heute nacht. Die anderen sterben alle überall für dich. Ach, diese Welt wird nicht mehr sichtbar sein! Gesetz, verschlossen mit Schlüsseln.‹«

»Das ist noch nicht alles«, erklärte Proxi der Doctora. »Daniel konnte es nicht fertig übersetzen. Genau an der Stelle erkrankte er am Cotardsyndrom und an der Agnosie.«

»Das heißt, er denkt seitdem, er sei tot«, fügte ich erklärend hinzu. »Er schreit, man solle ihn beerdigen, und erkennt nichts und niemanden wieder.«

»Ich verstehe«, sagte sie. »Also handelt es sich um eine Art Fluch gegen den, der diese Tür öffnet, um etwas zu stehlen. Das läßt ja schon die Eingangsfrage erahnen: ›Hörst du nicht, Dieb?‹ Die Botschaft richtet sich also an Diebe. Also an Personen, die beabsichtigen, an sich zu bringen, was hinter der Tür liegt. Die Indios hier aus der Gegend haben ihre Häuser und Tempel übrigens nie verschlossen. Nicht weil sie Schlösser und Schlüssel nicht gekannt hätten, sondern weil sie keine brauchten. Schlösser benutzten sie nur, um wichtige Staatspapiere oder den Schatz der Stadt zu schützen. Sonst nicht. Deshalb wunderten sie sich auch, daß die Spanier Sperren und Riegel anbrachten, und dachten, sie hätten Angst vor ihnen. Noch heute legt ein Aymara, wenn er aus dem Haus geht, einen Stab über seine Tür als Zeichen dafür, daß er nicht da ist. Kein Nachbar oder Freund würde es wagen, sein Haus zu betreten. Entfernt jemand diesen Stab, dann nur, um einzubrechen. So ist auch der Satz mit dem Stab in der Warnung zu verstehen. Ich glaube, dieser Text funktioniert wie eine Art Alarmsystem gegen Diebstahl. Er wendet sich an den Dieb höchstpersönlich: Kommst du, um dir zu nehmen, was dir nicht gehört, wird dir all dies zustoßen. Hast du aber nicht vor, etwas zu stehlen, wird der Fluch keine Wirkung zeigen und dir nichts anhaben können. Bedenken Sie, daß er mit Tocapus geschrieben ist. Er sollte also mit ziemlicher Sicherheit speziell aymarasprachigen Dieben den Eintritt verwehren.«

»Nicht unbedingt«, wandte ich ein, denn mich störte der Gedanke, daß dieser Fluch nur Diebe – Leute wie Daniel? – treffen konnte. »Die Felder, mit denen wir es vorhin zu tun hatten, waren ebenfalls auf Aymara und mit Tocapus geschrieben. Allerdings waren es Rätsel oder Kombinationen, mit denen man die Kondorköpfe öffnen oder Treppen herunterholen konnte.«

»Wir haben da eine andere Theorie, Señora Torrent«, erklärte ihr Jabba, der begriffen hatte, worauf ich hinauswollte. »Wir glauben, daß der Fluch jeden trifft, der Aymara kann, wie

Daniel und Sie. Es ist eine Art Code, der über die natürlichen Laute funktioniert, diese aberwitzigen Laute der vollkommenen Sprache, die wir hier gehört haben. Diese sonderbare Mischung aus Zungenschnalzern, kehligen Reibe- und gutturalen Knacklauten. Daniel und Sie können diese Laute hervorbringen und verstehen, sei es auch nur im Kopf, beim stummen Lesen. Wir aber nicht, deshalb kann uns der Fluch nichts anhaben.«

Die Doctora dachte kurz darüber nach. »Hören Sie«, sagte sie schließlich, »ich glaube, Sie irren sich. Ich befasse mich schon viel länger als Sie mit diesem Thema. Ich habe Daniel damit beauftragt, die Quipus, also die Knotentexte im Quechua, zu erforschen, weil ich selbst keine Zeit dazu hatte. Denn ich widme mich seit zwanzig Jahren fast ausschließlich dem Aymara und den Tocapus. Ich nehme an, Sie kennen auch die Geschichte der Miccinelli-Dokumente, also will ich Ihnen die Einzelheiten lieber ersparen. Es sollte Ihnen reichen, daß Daniel, aus meiner Sicht als Fachbereichsleiterin, der am besten geeignete Wissenschaftler war, mit Laura Laurencich, meiner Kollegin aus Bologna, zusammenzuarbeiten. Er ist intelligent, brillant, ehrgeizig. Ich gab ihm eine Aufgabe, die jeder gerne in seinem Lebenslauf stehen hätte. Ich setzte mein ganzes Vertrauen in ihn, zog ihn anderen, erfahreneren Dozenten vor, die eigentlich ältere Rechte besaßen. Ich habe an ihn geglaubt, an sein Talent. Ich wäre nie auf die Idee gekommen, er könnte von seinem freien Zugang zu meinem Büro und meinen Archiven profitieren, um sich Material von mir anzueignen, das mich viele Jahre Arbeit gekostet hat und das zudem gut geschützt war. Glaubte ich zumindest ... Niemals hätte ich Daniel so etwas zugetraut. Deshalb hat es mir die Sprache verschlagen, als Sie, Señor Queralt, mit Unterlagen bei mir aufgetaucht sind, die niemand außer mir je zuvor zu Gesicht bekommen hatte.«

Sie hielt einen Moment inne, irritiert darüber, daß sie indirekt dieses brisante Thema angeschnitten hatte. Ein wenig schuldbewußt sah sie mich an.

»Zurück zum Thema«, fuhr sie fort, »aufgrund meiner Erfahrung auf diesem Gebiet, die sehr viel größer ist als Daniels oder Ihre, bin ich überzeugt, daß die Yatiri keine universell gültigen Verwünschungen äußerten. Also auch keine Verwünschungen, die sogar den Verfasser eines Textes hätten treffen können. Verstehen Sie, was ich meine?« Sie taxierte uns, als seien wir Studenten in einer ihrer Vorlesungen. »Die Tocapu-Felder bei den Kondorköpfen kann man nicht gerade als große Romane bezeichnen, oder, Señor Queralt? Die Kurztexte beim ersten Kondor bestanden aus nur fünf Tocapus. Diese wiederholten sich dazu noch im nächsten Feld und erneut in dem Feld unter dem Schnabel, in das man die Lösung eingeben mußte. Es handelte sich stets um einfache Serien aus mehreren Figuren. Ich weiß nicht, ob Sie Zeit hatten, sie genauer zu betrachten – sie geben einem sogar visuell Hilfestellung, die richtige Antwort zu finden. Um es also auch ohne Aymara-Kenntnisse zu schaffen. Man brauchte nur ihre Anordnung und Abfolge zu beachten. Genauso war es mit den großen Feldern beim zweiten Kopf. Man konnte das Rätsel durch Betrachtung lösen. Man mußte nur sorgfältig die Verteilung der Figuren auf den beiden Linien analysieren, die das X bildeten. Hier haben wir dagegen einen vollständigen Text, der sich mit einer Warnung an Diebe wendet, die das Aymara lesen können. Wenn, wie Sie gesagt haben, Marc, der Inhalt jeden träfe, der die richtigen Laute aussprechen und verstehen kann, wären die Yatiri und ihre Capacas ja selbst dem Fluch zum Opfer gefallen. Glauben Sie mir. Diese seltsame Macht funktioniert nicht auf diese Weise. Sie ist so perfekt, daß sie den spezifischen Empfänger einer Botschaft genau unterscheiden kann. Deshalb meine ich, Sie können mich beruhigt den Text lesen lassen. Natürlich wird er uns nicht erklären, wie man die Tür öffnet. Aber möglicherweise enthält er etwas Interessantes.« Sie seufzte tief. »Jedenfalls wäre das Schlimmste, was passieren könnte, daß Sie recht hätten. Dann würde ich von den gleichen Symptomen befallen wie Daniel.« An dieser Stelle lachte sie überraschend auf. »Dann suchen Sie bitte intensiv nach einem Gegenmittel für Ihren Bruder und mich, Señor Queralt.«

Der lange Vortrag hatte uns verwirrt. Was konnten wir ihr schon entgegenhalten? Wir sahen einander zögernd an, und nachdem Jabba mit einem Kopfnicken seine Zustimmung gegeben hatte, holte ich das Foto des in die Tür eingravierten Tocapu-Feldes auf den Bildschirm zurück. Ich reichte den Laptop der Doctora.

Ohne zu zögern, nahm sie die Übersetzung wieder auf: »Mal sehen: ›Überall sterben die anderen für dich, und, o weh, auch die Welt wird für dich nicht mehr sichtbar sein. Das ist das Gesetz, das mit einem Schlüssel verschlossen ist, das Gesetz, das gerecht ist. Du darfst den Reisenden nicht stören. Du hast kein Recht, ihn zu sehen. Du bist schon nicht mehr hier, nicht wahr? Du bittest schon flehentlich darum, man möge dich begraben, und du erkennst weder deine Verwandten noch deine Freunde. Mögen diese Worte unseren verlorenen Ursprung und unser Schicksal schützen.‹«

Echt stark, dachte ich und beobachtete die Doctora aufmerksam – Jabba und Proxi taten das gleiche. Marta Torrent stand einfach da, glücklich und zufrieden. Ihr war nichts passiert.

Triumphierend sah sie uns an. »Genial, finden Sie nicht? Mir geht es gut. Die Macht hat erraten, daß ich nicht vorhabe, etwas zu stehlen. Vielleicht spielt es aber auch eine Rolle, daß ich weiß, daß ich nicht vorhabe, etwas zu stehlen, und deshalb hat mich der Fluch nicht getroffen.«

Weshalb war sie dann hier? Wir waren doch alle bis zu dieser Tür vorgedrungen, weil wir uns etwas aneignen wollten. Etwas, das nicht uns gehörte. Und wir wollten keineswegs einer notleidenden Menschheit helfen, sondern nur einen Dieb retten. Einen jener Diebe, gegen die der Fluch schützte. Obwohl ich es gewohnt war, die Logik kompliziertester Codes nachzuvollziehen, war ich verblüfft über soviel Mehrdeutigkeit. Dafür gab es nur eine Erklärung: Das Bewußtsein des einzelnen bestimmte die Wirkung der Worte, und damit wurden alle übrigen möglichen Konsequenzen bedeutungslos. Was allerdings damit auch nichtig geworden zu sein schien, war mein Argwohn gegen die Doctora. Daß sie frisch und munter vor uns stand, bewies, daß ihre Absicht über jeden Verdacht erhaben war. Von wegen Weltherrschaft. Von wegen die Böse wie im Comic. Wenn skrupelloser Diebstahl, pures Machtstreben ihre Absicht gewesen wäre, hätte es ihr wie Daniel ergehen müssen. Er hatte leider Martas Unterlagen aus bewußt egoistischen Motiven gestohlen, und deshalb war es ihm so ergangen. Auch wenn er bestimmt nicht im Traum gedacht hätte, daß der Fluch, den er wohl auf irgendeinem Stoff entdeckt hatte, ausgerechnet auf der Tür zur Kammer des Reisenden stand. Wer wohl ursprünglich das Muster kopiert hatte, und woher dieser jemand es hatte? Wie dem auch sei: Das eigene schlechte Gewissen hatte meinem Bruder diesen schrecklichen Streich gespielt.

»Nun gut ...«, grummelte Jabba, der verstohlen einen Blick auf die riesige polierte Steinplatte warf, »unser Problem bleibt, daß wir noch immer nicht wissen, wie wir sie öffnen sollen.«

»Ich weiß es«, verkündete Proxi ganz unerwartet. Sie warf beide Arme in die Luft und schwenkte sie triumphierend hin und her.

»Du weißt es?« fragte ich verdattert.

»Ach was, Quatsch«, rief Jabba resigniert. »Sie nimmt uns auf den Arm. Laßt sie nur reden.«

»Mensch, Jabba! Hast du jemals erlebt, daß ich über so was Witze mache?«

»Meinst du damit, du weißt wirklich, wie diese Tür aufgeht?« Jabba war ehrlich erstaunt.

»Aber natürlich!« sagte sie hochzufrieden – und schürzte die Lippen: »Na ja, zumindest glaube ich, es zu wissen.«

»Warum erklären Sie es uns dann nicht, Lola?« fragte die Doctora neugierig.

Statt einer Antwort blinzelte Proxi mich geheimnisvoll an. Mir rutschte das Herz in die Hose.

»Arnau weiß es. Sprich, Orakel.«

»Ich soll was wissen?«

»Was hast du denn Schweres in deiner Tasche?«

Ich runzelte nachdenklich die Brauen, und auf einmal fiel es mir wieder ein. »Die Steintafel mit den vielen Löchern.«

Marta Torrent sah mich fragend an.

»Als wir den ersten Kondorkopf hinter uns hatten«, erklärte ihr Proxi, während ich die Tasche öffnete, um die Platte herauszuholen, »haben wir eine Steinplatte gefunden, die etwa so groß ist wie das Feld auf dieser Tür. Sie hat außerdem lauter Löcher, die mehr oder weniger die Größe der Tocapus in diesem Feld haben. Wenn wir diese Platte auf das Feld halten, kommt bestimmt genau das heraus, was wir suchen.«

»Gut kombiniert.« Die Doctora wandte sich zu mir. »Geben Sie sie mir?« Sie streckte mir die Hand entgegen. Es wäre ganz schön unhöflich von mir gewesen, sie ihr zu verweigern. »Ich sehe schon. Sie hat offenbar die gleiche Größe wie das Feld hier, und auch die Löcher scheinen ungefähr so groß zu sein wie die Tocapus.«

»Also funktioniert die Platte wie eine Schablone. Sie läßt die wichtigen Tocapus frei«, sagte ich. »Oder aber man muß auf die frei bleibenden Tocapus drücken.«

»Und wie kriegen wir heraus, wie herum wir sie drehen müssen?« fragte Jabba.

»Das wird sich zeigen, wenn wir sie gegen die Tür halten.«

Doch so einfach war das nicht. Zwar gelang es mir, die steinerne Schablone vor das Feld zu legen, nur konnte dann keiner mehr die Tocapus sehen. Und wenn Jabba die schwere Tafel hielt, nützte uns das bißchen, was ich sah, auch nichts, weil ich es nicht verstand. Wir wagten auch nicht, auf die Tocapus zu drücken, ohne ihre Bedeutung zu kennen, aus Angst, es würde das gleiche passieren wie bei der vorherigen Aufgabe: der Boden würde einfach nachgeben oder die Decke über unseren Köpfen einstürzen. Deshalb beschlossen wir zur Sicherheit, auf die bewährte Fotomethode zurückzugreifen. Als Orientierung zeichnete Jabba mit einem Kuli einen winzigen Punkt auf den unteren Teil der Steinplatte, danach hielt er sie gegen das Feld, und ich machte mit gestreckten Armen ein Foto davon. Dann drehten wir die Tafel um und wiederholten das Ganze. Nachdem beide Bilder im Laptop gespeichert und aufgerufen waren, ging Marta ans Werk.

»Das erste Foto bedeutet nichts«, war ihr Kommentar, während sie sich den Bildschirm genau anschaute, »aber auf dem zweiten erscheint ganz deutlich ein Text: ›Nimm den Stab von der Tür, und es wird für dich sichtbar werden, was verschlossen ist, der Reisende und die Worte, Ursprung und Schicksal.‹«

»Ja, gut«, murrte ich widerwillig. »Aber wie entfernen wir den verdammten Stab von der Tür? Eine tolle Hilfe! Ich sehe überhaupt keinen Stab.«

»Immer mit der Ruhe«, sagte Jabba, »den Stab brauchen wir nicht. Wir werden auf die Tocapus drücken.«

»Und wenn der Boden sich senkt?«

»Wer nicht wagt, der nicht gewinnt«, bemerkte Proxi. »Was sagen Sie dazu, Doctora?«

»Probieren wir es aus. Bei dem geringsten Anzeichen von Gefahr rennen wir los.«

»Oder klammern uns an die Pumaköpfe«, schlug Jabba grinsend vor.

Da ich der größte war, kam mir die Ehre zu, nacheinander auf die von der Tafel ausgesparten Aymara-Symbole zu drücken. Kaum war ich mit dem letzten fertig, da hörte ich auf Höhe meines Bauchnabels ein Zischen wie von plötzlich entweichender Druckluft. Erschrocken fuhr ich zurück und sah, wie sich eine senkrecht in der Tür sitzende steinerne Leiste löste. Sie war etwa so dick wie ein Besenstiel und reichte über die ganze Länge der Tür. Die Leiste bewegte sich auf mich zu.

»Mann, hab ich mich erschrocken!« Mein Herz raste. »Ich dachte, gleich kracht hier alles zusammen.«

»Geh mal zur Seite, Arnau«, sagte Jabba. »Mach uns auch ein bißchen Platz.«

»Ein weiterer Beweis für die handwerkliche Geschicklichkeit der Tiahuanaco-Kultur«, murmelte Señora Torrent bewundernd. »Ich habe noch nie zuvor so perfekt aneinandergefügte Steinplatten gesehen. Noch vor wenigen Sekunden war diese Stange unsichtbar.«

Die lange Strebe wurde in der Mitte von einem kleinen, aus der Vertiefung herausragenden Steinstab gehalten.

»Und was nun?« fragte Jabba. »Drehen wir die Stange, ziehen wir dran oder schieben wir sie wieder rein?«

»›Nimm den Stab von der Tür, und es wird für dich sichtbar werden, was verschlossen ist‹«, zitierte die Doctora.

»Laßt mich mal.« Proxi baute sich vor der Tür auf und bewegte ihre Finger wie eine Pianistin oder, besser gesagt, wie ein Dieb, der nach der richtigen Zahlenkombination eines Tresors sucht.

Doch kaum hatte sie die Steinstrebe umfaßt und behutsam daran gezogen, da löste sie sich aus ihrer Halterung und fiel ihr in die Hände, die unter der unerwarteten Last ein wenig schwankten. Proxi blickte immer noch verdutzt und enttäuscht darauf, als plötzlich die Steinplatte, von der Strebe befreit, zu kreischen und zu ächzen begann. Ein Mechanismus zog sie langsam nach oben: Die Kammer des Reisenden machte die Tore weit.

Unwillkürlich hatten wir uns in einer dichten Reihe vor der sich langsam vergrößernden Öffnung aufgestellt. Schweigend und erwartungsvoll standen wir bereit, dem Unerhörtesten oder Merkwürdigsten gegenüberzutreten, das wir je gesehen hatten. Marta Torrent, die als erste in den Raum blicken konnte, schrie verblüfft auf. Ich hatte noch die Steinplatte vor dem Gesicht. Doch obwohl ich mich hätte bücken können, war ich wie gelähmt – und das nicht nur wegen der kalten Luft, die uns entgegenschlug. Als das Licht meiner Stirnlampe schließlich in die Kammer vordrang und sich in tiefer Finsternis verlor, entfuhr auch mir ein kehliger Laut des Staunens. Kaum einen Meter vor unseren Füßen breitete sich ein Meer aus glänzendem Gold aus, das sich bis zum unsichtbaren Ende jenes präinkaischen Lagerraumes erstreckte, dessen Ausmaße eher an ein ganzes Gewerbegebiet erinnerten. Goldplatten ohne Zahl, alle etwa einen Meter hoch und über eineinhalb Meter breit, standen dort akkurat aneinandergelehnt und bildeten saubere, sich bis in den verborgenen hinteren Teil des Raumes fortsetzende Reihen. Nur in der Mitte war ein schmaler Gang frei geblieben. Es war unmöglich zu erkennen, wie viele Reihen sich links und rechts anschlossen, denn auch die seitlichen Ränder konnten wir nicht mit dem Blick erfassen. Eine ungeheure Menge. Es würde Jahre harter Arbeit bedeuten, all dies zu übersetzen. Und an einer solchen Arbeit würden sich viele Leute beteiligen müssen, bis das vollendet wäre. Wie viele Tafeln sich wohl allein in unserem Blickfeld befanden? Fünfzigtausend, hunderttausend, fünfhunderttausend? Eine unfaßbare Zahl! Wo war der Anfang, wo das Ende? Waren sie womöglich nach irgendeinem unbekannten System geordnet? Oder nach Themen, Epochen, Capacas …?

Marta Torrent war auch die erste, die den Raum betrat. Sie machte einen zögernden ersten Schritt, dann einen zweiten und blieb stehen. Auf ihrem Gesicht spiegelten sich die glitzernden Funken, die unsere Stirnlampen jenem Meer aus Gold entlockten, auf das sich in fünfhundert Jahren nicht das winzigste Staubkörnchen gelegt zu haben schien. Sie war fasziniert und ergriffen. Dann streckte sie die rechte Hand aus, um die erste Tafel vor sich zu berühren. Doch sie war noch zu weit weg. Unsicher und schwankend wie ein kleiner Kahn in einem Wirbelsturm tat sie den letzten Schritt. Und konnte nun endlich ihre Hand auf das Metall legen. Wir meinten förmlich, einen bläulichen Blitz zu sehen, der bis zur Decke einen strahlenden Lichtbogen erzeugte, eine elektrische Entladung beim ersten Kontakt. Die Doctora hockte sich vor die Goldplatte und strich mit der Hand so zart über die eingravierten Tocapus, als streichele sie das zerbrechlichste Kristall der Welt. Dies mußte für sie der absolute Höhepunkt jahrzehntelangen Forschens und Suchens sein. Ich fragte mich, was diese merkwürdige Frau wohl empfinden mochte angesichts der vollständigsten und ältesten Bibliothek einer verlorenen Kultur, mit der sie sich nun schon so viele Jahre befaßt hatte? Ein unvergleichliches Gefühl mußte das sein.

Ich war der nächste, der die Kammer betrat. Doch im Gegensatz zur Doctora blieb ich nicht stehen, um die in Gold festgehaltenen Texte zu bewundern. Ich ging weiter, den Mittelgang entlang, flankiert von Marc und Lola, die sich fasziniert umschauten. Die kalte Luft im Raum roch irgendwie nach Autowerkstatt, ja, es stank nach einer Mischung aus Öl und Benzin.

»Was steht auf der Tafel, die Sie sich gerade ansehen, Señora?« fragte Jabba, als er an ihr vorbeikam.

Marta Torrent antwortete mit ihrem eigentümlichen Cellotimbre: »Hier ist die Rede von der weltweiten Sintflut und dem, was anschließend geschah.«

Unwillkürlich mußte ich lachen. Das war so, als hätte ich Núria gefragt, wie sie das Wochenende verbracht hätte, und sie hätte mir seelenruhig erzählt, sie habe in der Internationalen Raumstation zu Abend gegessen und die Chinesische Mauer besichtigt. Die Unverhältnismäßigkeit von Frage und Antwort löste bei mir einen unaufhaltsamen Lachanfall aus. Aber wie sollte man in einer solchen Situation auch anders reagieren?

»Worüber lachst du, Arnau?« wollte Lola wissen. Unsere Bildreporterin stellte sich neben mich und knipste, was das Zeug hielt.

»Über das, was wir hier alles erleben.« Ich lachte immer noch und konnte mich gar nicht beruhigen.

Da lachte sie mit, und Marc ließ sich anstecken. Schließlich fiel sogar die Doctora, die jetzt hinter uns stand, in ihr Lachen ein. Unser Gelächter hallte in der riesigen Kammer der gehörnten Schlange wider, riesig wie eine Lagerhalle, nein, ein ganzes Industriegebiet. Nachdem wir eine ganze Weile an den Millionen von Goldtafeln vorbeigelaufen waren, begann mich eine Frage zu beunruhigen: Wo genau befand sich das Heilmittel für Diebe wie Daniel? Auf welcher dieser goldenen Platten stand, wie jemand, der sich für einen Toten hielt, seinen Verstand zurückerlangen konnte? Dann sagte ich mir, es sei sicher noch zu früh, sich Sorgen zu machen. Vielleicht würde es ja der Doctora gelingen, die Tafeln ausfindig zu machen, auf denen von der Macht der Worte die Rede war. Doch eine innere Stimme warnte mich: Das, von dem ich angenommen hatte, es wäre von hier aus nur eine Kleinigkeit, würde im Gegenteil zu einer jahrelangen mühseligen Arbeit werden. Einer Arbeit mit ungewissem Erfolg. Mein Gott, wieso hatten wir uns eingebildet, das Heilmittel für Daniel verberge sich in dieser verfluchten Kammer? Meines Wissens konnte auf der ganzen Welt nur Marta Torrent Aymara lesen. Doch die wäre nicht einmal in meinen kühnsten Träumen dazu fähig, eine solch umfangreiche Aufgabe zu bewältigen. Und selbst wenn man all diese Daten in ein Heer von Computern eingäbe, die eine verbesserte JoviLoom-Version benutzten, müßten sämtliche Einwohner Barcelonas jahrzehntelang Tag und Nacht davorsitzen. Ich spürte, wie mir das Herz langsam in die Hose rutschte, doch ich beschloß, nicht zu früh aufzugeben. Ich würde bis zum Ende des Ganges weitergehen. Womöglich hatten die Yatiri das Heilmittel ja dort an erreichbarer Stelle deponiert.

In dieser riesigen Halle glichen wir hilflos dahintreibenden Schiffbrüchigen. Bis wir endlich, endlich in der Ferne eine Mauer erblickten, die den Raum begrenzte. Wir beschleunigten unseren Schritt. Im Licht der kleinen, aber kräftigen Mini-Maglite-Lampen, die wir zur Verstärkung der Stirnlampen hervorgeholt hatten, erkannten wir am Fuß der Wand eine Art großen Behälter, auf dem mehrere Kisten zu stehen schienen.

Je näher wir kamen, um so deutlicher zeichneten sich die vor uns liegenden Gebilde ab. Was genau sie darstellten, war uns jedoch schleierhaft. Sie ähnelten nichts, was wir kannten. Auch aus nur einem Steinwurf Entfernung vermochten wir nicht zu erraten, worum es sich handelte. Wir mußten ganz nah herangehen, auf eine steinerne Stufe steigen und uns über die undefinierbaren Objekte beugen, um ihre Funktion zu erkennen: Was man für einen Altar hätte halten können, war ein riesiger goldener, etwa vier Meter langer und einen Meter hoher Sarkophag. Er erinnerte an die Sarkophage der ägyptischen Pharaonen. Mit einem kleinen Unterschied: Das Kopfteil dieses Sarges lief spitz zu. Die vier Kisten, von denen wir angenommen hatten, sie stünden auf diesem altarähnlichen Objekt, waren ebenfalls Särge. Ungewöhnlich große Särge. Sie ruhten auf Steinkonsolen, die in unterschiedlicher Höhe aus der Wand ragten. Zwei Tafeln von der gleichen Größe wie das große Podest waren zu beiden Seiten des Sarkophags in die Wand eingelassen. In die linke war ein Tocapu-Text eingraviert, in die rechte so etwas wie eine kubistische Landschaft.

In diesem Moment drang ein ohrenbetäubendes Dröhnen aus der Richtung, aus der wir gekommen waren. Erschrocken fuhren wir herum.

»Was zum Teufel geht hier vor?« rief Jabba.

Einen Augenblick lang fürchtete ich, die riesige Halle werde in sich zusammenstürzen. Doch das Geräusch kam uns irgendwie bekannt vor. Es hallte von einer ganz bestimmten Stelle herüber ...

»Die Tür geht zu«, brüllte ich.

»Rennt!« schrie Jabba, packte Proxi an der Hand und setzte zu einem sinnlosen Spurt durch den Mittelgang an, seine Freundin hinter sich herziehend.

Weder die Doctora noch ich folgten. Es hatte keinen Zweck loszurennen. Die Tür war viel zu weit weg. Und da verstummte das Geräusch auch schon wieder.

»Kommt zurück«, rief ich, mit beiden Händen ein Sprachrohr formend. »Wir können da nicht mehr raus.«

Niedergeschlagen und wütend kehrten sie zurück.

»Warum haben wir nicht daran gedacht, daß das passieren könnte?« schnaubte Marc, der vor Wut fast platzte.

»Weil wir nicht so schlau sind wie die Yatiri«, entgegnete Marta Torrent.

Als die Aufregung sich gelegt hatte, wandten wir uns wieder den goldenen Sarkophagen zu, diesmal jedoch ernst und besorgt. Unsere gute Laune war dahin. Und während wir die glänzenden Kisten betrachteten, schien sich jeder von uns schweigend zu fragen, wie zum Teufel wir hier wieder rauskommen sollten.

Um nicht tatenlos herumzustehen, stiegen wir die nächste steinerne Stufe hoch. Was wir da erblickten, verschlug uns die Sprache: In die Sarkophagdeckel waren menschliche Formen eingraviert – zumindest in die Deckel des Hauptsarkophags und der beiden neben ihm. Sonderbare, sehr realistisch wirkende männliche Figuren. Und wenn diese Gravuren der Wirklichkeit entsprachen, dann maßen die abgebildeten Männer etwa dreieinhalb Meter, trugen stattliche Bärte und hatten einen nach oben länglich verformten Schädel.

»Die Giganten …?« fragte Lola erschrocken.

Die Antwort blieb uns im Hals stecken. Wenn hier Giganten aufgebahrt waren, dann stimmte, was in der Chronik der Yatiri stand. Und zwar Wort für Wort.

»Das kann nicht sein …«, rief ich schließlich ungehalten. »Nein, das glaube ich einfach nicht! Hilf mir mal, Jabba!« Ich stellte mich an die eine Seite des Hauptsarkophags und schob die Finger so unter den Deckel, daß ich ihn würde hochheben können. Truhe und Deckel fühlten sich glatt und kalt an.

Marc, der ebenfalls verärgert war, imitierte meine Bewegungen wie ein Schatten, und mit der Kraft der Wut gelang es uns, den schweren goldenen Deckel hochzuhieven. Er glitt erst sanft zur Seite, dann fiel er schwer und laut polternd neben dem Sarkophag zu Boden. Ein stechender Geruch nach Benzin stieg mir in die Nase.

Da hörten wir hinter uns die Stimme der Doctora. »Was für eine Dummheit!« Wir sahen, daß Lola sich neben sie gestellt hatte. Beide blickten uns entrüstet an. »Wollen Sie eine seriöse Erforschung dieser Grabstätte mit einem Schlag unmöglich machen? Hat Ihnen denn niemand gesagt, daß man bei einer archäologischen Entdeckung nichts anfassen darf?«

»Ihr habt gerade den größten Mist verzapft«, rief Proxi. Sie hatte die Arme in die Seiten gestemmt und warf Jabba einen vernichtenden Blick zu. »Es war absolut unnötig, diesen Sarkophag zu öffnen.«

Ich für meinen Teil war nicht bereit, mich schuldig zu fühlen. »Doch, es war nötig«, sagte ich mit Nachdruck. »Es ist mir egal, ob ein Heer von Archäologen hier einmarschiert und diesen Ort für die nächsten hundert Jahre versiegelt, falls wir überhaupt jemals aus dieser Pyramide wieder herauskommen. Aber jetzt gehört er uns, und wir haben sehr hart dafür gearbeitet, ein Mittel zu finden, das Daniel seinen Verstand wiedergibt. Und weißt du was, Proxi? Ich glaube, hier ...«, ich wies mit einer weit ausholenden Geste auf die hinter uns liegende Halle, »finden wir es nicht. Oder wärst du fähig, genau *die* Goldtafel ausfindig zu machen, auf der steht, wie das gehen soll? Wenn in diesem Sarkophag ein Gigant liegt, kann ich zumindest mit der Gewißheit weggehen, daß die Yatiri die Wahrheit gesagt haben. Und dann bestünde noch Hoffnung. Wenn nämlich eh keine mehr besteht, setze ich mich ruhigen Gewissens wieder in den Flieger nach Hause und warte, daß die Medikamente und die Zeit ihre Wirkung tun.«

Als ich meine Rede beendet hatte, warf ich einen Blick nach unten auf das, was wir da soeben freigelegt hatten. Fast wäre ich vor Schreck tot umgefallen: Ein breites goldenes Gesicht sah mich aus leeren Katzenaugen an, die in einem riesigen Kopf mit konisch verlängertem Schädel saßen. Und auf diesem Schädel prangte ein ganz aus Juwelen gefertigter Chullo mit zwei großen runden Ohrenschützern, ebenfalls aus Gold, mit türkisfarbenen Mosaiksteinen besetzt. Mein Blick wanderte vom Kopf zum Körper und blieb an einem stark beschädigten Brustschild aus weißen, roten und schwarzen Perlen hängen. Sie waren wie Sonnenstrahlen rund um den Humpty Dumpty angeordnet, den wir von Piri Reis' Karte kannten. Und auf dem Brustschild ruhte eine höchst merkwürdige, aus kleinen silbernen und goldenen Menschenköpfen bestehende Kette. Die Arme der Mumie waren unverhüllt und von einer hauchdünnen, pergamentartigen Haut überzogen, unter der sich ein fast zu Staub zerfallener Knochen erahnen ließ. An den Handgelenken trug die Mumie breite Armreife aus winzigen Meeresmuscheln. Die Zeit hatte diese verschont, anders als die riesigen Hände, die an geröstete Adlerkrallen erinnerten und auf der goldenen, von dem Brustschild halb verdeckten Brust ruhten. Die Knochen sahen aus wie mit Sand gemalt. Ihre Größe war erschreckend. Lola und die Doctora traten neben mich. Unwillkürlich schraken sie zurück. Die Beine des Reisenden – denn dies war zweifellos der Reisende, der berühmte Sariri, den die Yatiri so sehr zu schützen suchten – bedeckte ein stark angegriffener Fransenstoff, auf dem noch das ursprüngliche Tocapu-Muster zu erkennen war. Und die Füße, die riesigen Füße, steckten in goldenen Sandalen.

Wir standen vor den Überresten des Reisenden, eines über drei Meter großen Giganten. Der endgültige Beweis, daß die Legende vom Inkagott Viracocha, dem sogenannten ›Alten Mann im Himmel‹, auf Wahrheit beruhte. Ganz in der Nähe von Tiahuanaco hatte er also wirklich eine erste Menschheit gegründet, ein Volk von Giganten, das ihm mißfiel, worauf die Sintflut alles vernichtete. Und zugleich bekräftigte die Existenz dieses Giganten wiederum, was in der Yatiri-Chronik stand: daß eine Göttin namens Oryana vom Himmel herabgestiegen und aus ihrer Verbindung mit einem irdischen Tier eine Menschheit von Giganten geboren worden war. Giganten, die Hunderte von Jahren lebten, bis sie einer schrecklichen Katastrophe zum Opfer fielen, bei der die Sonne erlosch. Die folgende Sintflut ließ alle krank und schwach zurück und verwandelte sie in die heutigen kleinen, kurzlebigen Menschen.

Marc sagte laut, was mir durch den Kopf ging: »Irgendwie ärgert es mich, daß die Bibel mit ihrer Sintflut recht behalten soll. Und das gerade jetzt, wo niemand mehr daran glaubt.«

»Warum denn das, Marc?« rief Marta Torrent, deren Blick gebannt auf dem Reisenden ruhte. »Im Gegenteil, ich bin fest davon überzeugt, daß es wirklich eine Sintflut gegeben hat. Nicht nur, weil die jüdisch-christliche Bibel davon berichtet, Jahwe habe den Menschen gezürnt und deshalb beschlossen, sie in einer großen, vierzig Tage und vierzig Nächte dauernden Flut zu ertränken. Sondern weil die Viracocha-Legende genau das gleiche besagt. Ebenso die mesopotamische Mythologie, in deren Gilgamesch-Epos berichtet wird, der Gott Enlil habe eine Sintflut geschickt, um die Menschheit zu zerstören. Ein Mann namens Ut-Napischtim soll daraufhin eine Arche gebaut haben, in der er sämtliche Pflanzensamen und Tierarten der Erde rettete. Die gleiche Sage findet man in der griechischen Mythologie. Und auch in der chinesischen, laut der ein gewisser Yu dreizehn Jahre lang gigantische Kanäle anlegte, die einen Teil der

Bevölkerung vor den Verwüstungen der Sintflut bewahrten. Wollen Sie noch mehr hören?« Sie drehte sich zu Jabba um. »In den heiligen Büchern Indiens, dem Bhagavata Purana und dem Mahabharata, wird die Sintflut in allen Einzelheiten geschildert und auch die Geschichte vom Helden und seinem rettenden Schiff erwähnt. Die australischen Aborigines pflegen den Mythos von der Großen Sintflut, die die Welt zerstörte, damit eine neue Gesellschaftsordnung aufgebaut werden konnte. Und die Indianer Nordamerikas überliefern eine ähnliche Geschichte, ebenso die Eskimos und fast alle afrikanischen Volksstämme. Finden Sie das nicht merkwürdig? Ich schon. Und zwar sehr.«

Na, meinetwegen. So viele Übereinstimmungen konnten wirklich kein Zufall sein. Vielleicht hatte es ja eine weltweite Sintflut gegeben. Vielleicht mußten die Mythen und Legenden einer wissenschaftlichen Prüfung unterzogen werden, einer laizistischen, unparteiischen Interpretation, bei der die wahre Geschichte jenseits aller Glaubensfragen enthüllt würde. Warum ihr von vornherein jede Gültigkeit absprechen? Möglicherweise enthielten diese Legenden wichtige Wahrheiten, die wir nur deswegen nicht akzeptieren wollten, weil sie nach Aberglauben und Weihrauch rochen.

»Und wann soll das gewesen sein?« fragte Jabba skeptisch.

»Das ist ein weiterer interessanter Punkt«, sagte die Doctora und beugte sich hinunter, um den kurzen Fransenrock des Reisenden zu untersuchen. »Soweit ich weiß, stimmen darin fast alle Versionen überein. Vor etwa achttausend bis zwölftausend Jahren.«

»Am Ende der Eiszeit …«, murmelte ich und mußte unwillkürlich an die Karte des türkischen Piraten denken, an die nostratischen Sprachen und das mysteriöse Aussterben Hunderter von Arten auf dem gesamten Planeten – so auch des Cuvieronius und des Toxodonten.

Aber Marta Torrent überhörte meinen Einwurf. »›Dies ist Dose Capaca, der mit sechshundertdreiundzwanzig Jahren auf die Reise ging‹«, las sie laut vor.

»Steht das auf dem Stoff, der die Beine bedeckt?« fragte

Proxi und besah sich interessiert die zerbrechlichen Überreste des Giganten.

»Ja«, antwortete Marta Torrent, »aber vielleicht sind dieser Stoff und der Schmuck jüngeren Datums als der Leichnam. Das können wir nicht wissen.«

Dann ging sie gedankenversunken auf die Goldtafel mit den Tocapus zu, die zur Linken der Sarkophage in die Mauer eingelassen war. Sie hob den Kopf, damit Licht auf die Gravierungen fiel, und begann zu übersetzen: »›Ihr habt gelernt, wie man die Sprache der Götter schreibt, und ihr lest diese Worte. Ihr habt es verdient, auch ihre Klänge kennenzulernen. Kommt und sucht uns. Weder der Tod der Sonne noch das strömende Wasser, noch die dahinfließende Zeit haben uns vernichtet. Kommt, und wir werden euch helfen zu leben. Sagt: Wir werden euch suchen, denn wir wollen lernen. Bringt keinen Krieg, denn dann werdet ihr uns nicht finden. Wir wollen, daß ihr nur den Wunsch nach Wissen mitbringt.‹«

Ihre wundervolle Stimme, die einer Radiosprecherin hätte gehören können, hatte den Worten einen so feierlichen Klang verliehen, daß Marc, Lola und ich baff vor Staunen reglos dastanden.

»Das ist ein Scherz, oder?« bemerkte ich. Es hatte mich Mühe gekostet, überhaupt zu reagieren.

»Sieht nicht so aus, Señor Queralt.«

»Aber ... Die können doch unmöglich noch existieren. Das haben sie geschrieben, bevor sie fortgingen. Es ist mehr als unwahrscheinlich, daß sie heute noch irgendwo leben und auf die Ankunft von Besuchern warten, die hier vorbeikommen und ihre Botschaft lesen.«

»Von diesen Leuten ist nichts mehr übrig!« tönte Marc. »Wäre jemand ihnen begegnet, hätte man es doch erfahren. Außerdem ergibt die Botschaft keinen Sinn. Sie beginnt mit einer lächerlichen Frage, die alles Nachfolgende entkräftet. Da haben sich ein paar Betrüger einen Scherz erlaubt.«

»Warum ist die Frage lächerlich?« Die Doctora musterte ihn verwundert.

»Woher wollen die denn wissen, daß, wer es bis hierher geschafft hat, auch in der Lage ist, diese Goldtafeln zu entziffern? Selbst wir haben nicht die geringste Ahnung, wie wir aus dieser Pyramide herausfinden sollen! Wenn Sie und das Jovi-Loom-Programm Ihres Mannes nicht wären, hätte keiner von uns lange genug überlebt, um diese verdammte Tocapu-Schrift zu entschlüsseln.« Jabba schien echt sauer zu sein. Trotz der kühlen Luft zeichneten sich auf seinem Hemd an Rücken und Hals große Schweißflecken ab. »Darf ich Sie daran erinnern, daß wir hier eingesperrt sind und unsere letzte Mahlzeit schon Stunden zurückliegt? Wenn wir nicht rauskriegen, wie wir wieder ans Tageslicht kommen, krepieren wir in wenigen Tagen. Die Zeit ist also zu knapp, und die Bedingungen sind zu miserabel, um ohne fremde Hilfe eine Sprache zu erlernen.«

»Da täuschen Sie sich, Marc«, erwiderte die Doctora ernst. »Betrachten Sie diese Wand einmal ganz genau. Achten Sie auf diese Zeichnungen.« Sie zeigte auf ein Band, das etwas weiter oben an der Wand entlanglief und eine Serie von Relieffiguren und -zeichen enthielt.

Gehorsam schritten wir im Gänsemarsch an der Wand entlang, den Blick auf die Reliefs geheftet. Sie bestanden jeweils aus einem großen Tocapu und einer nachfolgenden, im Tiahuanaco-Stil dargestellten Szene. Aus dieser erschloß sich der Sinn des vorangegangenen Tocapus, wie in einer Lesefibel für Schulanfänger.

»Sehen Sie mal: Das erste Tocapu an der Wand steht auch in der Botschaft an erster Stelle«, erklärte uns Marta Torrent. »Das zweite und dritte bedeuten, wie Sie an den Zeichnungen erkennen können, das Verb ›verstehen‹ oder ›begreifen‹, hier in Kombination mit dem Suffix der dritten Person und dem der vollendeten Tätigkeit, also des Perfekts. Diese entsprechen wiederum dem zweiten und dritten Tocapu im Text, und so geht es weiter. Beim Lesen der Tafeln ist mir besonders aufgefallen, daß die Botschaft ausschließlich mit Tocapus bildlichen und symbolischen Inhalts geschrieben wurde. Kein einziges stellt ein Lautzeichen für einen phonetischen Buchstaben oder eine phonetische Silbe dar. Die Botschaft wurde offenbar mit der Absicht verfaßt, sie an der Wand bildlich darstellen zu können. Schauen Sie sich nur mal dieses Männchen an, das mit einem kleinen Hammer und einem zierlichen Meißel eine Platte bearbeitet. Das Tocapu davor ist die Wurzel des Verbs ›schreiben‹.«

»Das hieße also«, sagte ich, ohne stehenzubleiben, »die Yatiri hinterlassen eine Nachricht, die man in kürzester Zeit übersetzen oder zumindest verstehen kann. Sie gehen davon aus, daß sie ihr Einladungsschreiben an Leute richten, die weder ihre Sprache noch ihre Schrift beherrschen. Soweit bestens durchdacht. Was aber, wenn die Konquistadoren bis hierher vorgedrungen wären? Stellt euch nur mal einen Augenblick vor, Pizarro und seine Leute kämen hier hereingeritten. Glaubt ihr wirklich, die hätten gemerkt, daß die Zeichnungen eine Art lithographisches Lehrbuch sind?«

»Das bezweifle ich sehr, Señor Queralt«, antwortete Marta Torrent, die wie ich von den einzigartigen Darstellungen an der Wand begeistert war. »Vor allem deswegen, weil die Yatiri sich große Mühe gegeben haben, diesen Ort zu verstecken. Ich muß Sie ja wohl nicht daran erinnern, was wir alles durchgemacht haben, um hierherzugelangen. Aber selbst wenn Pizarro in diese Kammer eingedrungen wäre – was er zum Glück nicht ist, denn dann wäre von alldem hier nichts mehr übrig –, er wäre außerstande gewesen, das zu verstehen. Er war nämlich Analphabet, mit Buchstaben konnte er nichts anfangen. Und sein Heer aus Gaunern und Abenteurern ebensowenig, wie Sie sich wohl denken können. Vielleicht hätte ein Priester, der die lateinische Sprache beherrschte, den Sinn der Zeichen verstanden. Aber er wäre ohnehin zu spät gekommen. Das ganze Gold hier wäre dann bereits fortgeschafft und zu Goldbarren eingeschmolzen gewesen, um nach Spanien verschifft zu werden. Er hätte also weder die Einladungen an der Wand vorgefunden noch die Tafel dort drüben mit der Landkarte, die wir uns noch gar nicht angesehen haben.«

Wie Aufziehpuppen machten wir alle gleichzeitig kehrt und

marschierten zurück zu den Sarkophagen, bis wir die von der Doctora erwähnte Tafel erreicht hatten.

»Hör mal, Proxi«, sagte ich und legte ihr einen Arm um die Schultern. »Warum machst du nicht mal ein Foto von unserem Señor Dose Capaca und dieser Landkarte hier?«

»Die Karte, okay, aber mir ist nicht wohl bei dem Gedanken, den Giganten zu fotografieren. Das Licht könnte ihm schaden. In Museen darf man das ja auch nicht.«

»Aber doch nur, damit man sich am Ausgang die Postkarten kauft!« rief Jabba.

»Nein, Marc, nein«, schaltete sich die Doctora rasch ein. »Lola hat recht. Das gebündelte Licht des Blitzes könnte die chemischen Eigenschaften der Mumie verändern und einen biologischen Zerfallsprozeß auslösen. Ich möchte Sie sogar darum bitten, den Deckel wieder auf den Sarg zu heben, damit der Sauerstoff dem Reisenden nicht etwa schadet.«

»Apropos Sauerstoff«, sagte ich, während ich Jabba beim Ellbogen faßte und zum Sarkophag mitzog, um der indirekten Anweisung Folge zu leisten. »Warum riecht es hier eigentlich nach Benzin? Ist euch das nicht aufgefallen?«

»Keine Sorge, Señor Queralt. Dafür gibt es eine logische Erklärung. Beim Mumifizieren, wie man es in dieser Gegend Südamerikas praktizierte, benutzte man große Mengen Teer, ein bei der Öldestillation gewonnenes Nebenprodukt. Außerdem verwendete man verschiedene Harzsorten. Sie wurden mit Teer vermischt und geräuchert und entfalteten ebenfalls einen starken Geruch nach Benzin, auch noch nach Hunderten von Jahren.«

»Nach Tausenden von Jahren, Doctora«, stieß Jabba keuchend hervor, während wir gemeinsam den Deckel wieder auf den Sarkophag hievten. »Denn so viele stecken diesem Capaca in den Knochen.«

Unterdessen fotografierte Proxi die sonderbare, in die zweite Goldtafel eingravierte Landkarte.

»Ich weiß nicht, was ich dazu sagen soll, Marc«, murmelte Marta Torrent, »ich bin keine Bioarchäologin, und mein Wissen über Mumifizierung beschränkt sich auf die in Peru zur Zeit der Inka praktizierten Verfahren. Trotzdem ist es erstaunlich, wie gut dieser Leichnam erhalten ist. Ich habe keine Ahnung, wie die Yatiri es geschafft haben, dieser Mumie eine Haltbarkeit von acht- oder gar zehntausend Jahren zu verleihen. Ich finde das absolut erstaunlich. Ja, wirklich, absolut einmalig.«

»Einmalig oder nicht«, erwiderte ich und ging wieder zu ihr hinüber, »die ganze Halle riecht nach Benzin, obwohl die fünf Leichen in schweren Goldsarkophagen liegen.«

Sie schwieg einige Augenblicke, dann kniff sie erneut mit Daumen und Zeigefinger die Unterlippe zusammen. Es war eine typische Geste und erinnerte mich stark an meine Mutter und deren Lieblingspantomime mit dem Titel *Intensives Nachdenken*. »Also«, sagte die Doctora schließlich gelassen, »wenn wir die Yatiri treffen, fragen wir sie, in Ordnung?«

Jabba lachte laut los. »Sehr gut, Doctora, sehr gut!« rief er. Er schüttelte sich regelrecht vor Lachen, das in der großen Kammer widerhallte. Dabei bemerkte er nicht, daß Lola, Marta Torrent und ich ihn mit ernster Miene ansahen.

»Was ist los, Leute, was ist los?« fragte er auf einmal erstaunt und rieb sich die Tränen aus den Augen. »Fandet ihr das nicht witzig?«

Und da fiel der Groschen. »O nein! Davon will ich nichts wissen! Ich denke gar nicht daran, bei so einer Wahnsinnsaktion mitzumachen! Wo wir noch nicht mal wissen, wie wir hier rauskommen sollen! Seid ihr eigentlich von allen guten Geistern verlassen?«

Wir starrten ihn wortlos an. Man hätte uns für drei gemeingefährliche Irre halten können, die ihr Opfer mit kalten Blicken einschüchtern, bevor sie mit mörderischen Absichten langsam auf ihn zugehen. Doch zum Glück war kein Zeuge anwesend, außer natürlich Jabba selbst, und den konnte man leicht mit einem ordentlichen, in Gehalt ausgedrückten Schmiergeld zum Schweigen bringen.

»In einem hat er ja recht«, sagte Proxi, ohne sich zu rühren. »Erst müssen wir hier rausfinden.«

»Okay«, war mein intelligenter Beitrag.

»Na gut, dann marschiert mal los«, spottete Marc und setzte sich auf das Steinpodest, auf dem der Sarkophag stand. »Es ist spät, und ich habe Hunger. Außerdem bin ich müde und könnte dringend 'ne Dusche vertragen. Oh, ... es ist ja schon halb zwölf! Na, dann bleiben wir doch lieber hier, was meint ihr? Wir könnten hier schlafen, und morgen sehen wir dann weiter.«

»Sei still, Marc«, warnte ihn Proxi und setzte sich neben ihn. »Hattest du nicht beim zweiten Kondor gesagt, der eingefleischte Informatiker in dir sei geweckt worden? Warum schaltest du nicht dein wunderbares Hirn ein und analysierst die Lage? Tu so, als müßtest du einen schwierigen Code knakken.«

Ich setzte mich vor den beiden auf den Boden und warf meine Tasche achtlos neben mich. »Setzen Sie sich zu uns, Señora Torrent«, lud ich die Doctora ein. »Vielleicht fällt uns gemeinsam etwas ein.«

»Nun, erst mal könnten Sie mich einfach nur Marta nennen«, antwortete sie und hockte sich im Schneidersitz neben mich. An diesem verfluchten Ort war es ganz schön kalt.

»Gut, aber eigentlich gefällt es mir, wenn Sie mich Señor Queralt nennen. Das sagt nämlich sonst keiner.«

Jabba und Proxi lachten.

»Weil du nicht wie ein Señor aussiehst, liebes Arnauchen«, scherzte Proxi. »Mit deiner Mähne, dem Ohrring und diesem Ziegenbärtchen erinnerst du mich eher an einen romantischen Dichter oder Maler aus dem neunzehnten Jahrhundert als an einen Geschäftsmann.«

So scherzten wir noch eine Weile. Wir mußten uns einfach mal wieder abreagieren. Die Erschöpfung war groß, und es tat gut, für einen Moment die Wirklichkeit um uns herum, die Sarkophage inbegriffen, zu vergessen. Dann schwiegen wir.

»Wir haben noch keinen Rundgang durch die ganze Kammer gemacht«, bemerkte ich nach einer Weile.

»Stimmt«, sagte Jabba. »Vielleicht vertrödeln wir hier gerade kostbare Zeit, während irgendwo eine Tür einladend offensteht.«

»Hör auf zu träumen«, meinte Lola und strich ihm mit der Hand eine widerspenstige Strähne aus dem Gesicht.

»Na gut, jedenfalls so etwas Ähnliches. Ein Loch in der Decke oder so was. Ich finde, wir sollten uns aufteilen. Wir sind vier Leute, oder? Also eine Wand des Raumes für jeden. Und wenn wir nichts entdecken ...«

»Die Idee gefällt mir nicht«, unterbrach ich ihn. »Denn wer die Wand mit dem Eingang abkriegt, muß erst den ganzen Gang zurück oder an einer der Seiten außen herum. Das kostet zu viel Zeit. Ich schlage vor, wir bilden zwei Mannschaften. Wir starten hier bei den Sarkophagen, jede Mannschaft sucht eine Seite ab, und an der Eingangstür treffen wir uns wieder. Da können wir dann ausprobieren, ob wir sie nicht doch aufbekommen. Wenn nicht, kehren wir durch den Mittelgang zurück und fangen noch einmal hier vorne an. Irgendwo muß es ja einen Ausgang geben.«

Mein Vorschlag fand allgemeine Zustimmung, er war eben sehr gut. Aber wir kamen gar nicht erst in die Verlegenheit, ihn auszuprobieren. Noch bevor wir uns trennten, fiel uns nämlich ein, daß wir das steinerne Podest, auf dem der Sarkophag des Reisenden stand, noch gar nicht richtig untersucht hatten. Und siehe da, genau dort, wo Jabba sich hingestellt hatte, um den Deckel zu heben und zu schließen, entdeckten wir ein weiteres Tocapu-Feld. Kaum zu glauben, Jabba hatte mit beiden Beinen auf diesem Feld gestanden, ohne etwas zu bemerken. Zum Glück war nichts passiert. Wenn die Halle beleuchtet gewesen wäre, hätten wir das Feld sofort gesehen, aber da wir nur über unsere Stirnlampen verfügten, hatte der Bereich hinter dem Sarkophag die ganze Zeit über völlig im Dunkeln gelegen.

»Steht hier was Wichtiges, Marta?« fragte Lola vornübergebeugt.

Die Doctora betrachtete das Feld genau und nickte. »›Ihr habt gelernt, wie man die Sprache der Götter schreibt. Kommt und sucht uns, und wir werden euch helfen zu leben. Bringt keinen Krieg, denn dann werdet ihr uns nicht finden. Wir wollen, daß ihr nur den Wunsch nach Wissen mitbringt.‹«

»Aber ist das nicht dasselbe, was da oben auf der Goldtafel steht?« fragte Jabba.

»Nicht ganz.« Marta legte die Stirn in Falten. »Es stimmt nur ein Teil überein«, sie drehte sich um und reckte den Hals. »Hier finde ich nur einige Sätze aus der Botschaft, aber nicht alle.«

»Na gut«, lachte ich, »auf ein neues. Schalten wir unser Hirn ein.«

»Und welche Sätze fehlen?« erkundigte sich Proxi.

Marta Torrent las mit halb verrenktem Hals: »Es fehlt ein Teil der Eingangsfrage, und zwar der: ›und ihr lest diese Worte‹. Dann fehlt der komplette nächste Satz: ›Ihr habt es verdient, auch ihre Klänge kennenzulernen‹. Der folgende Satz steht da, ist aber mit dem fünften verknüpft, so daß ein einziger daraus wird und ein ganzer Teil verschwindet, nämlich: ›Weder der Tod der Sonne noch das strömende Wasser, noch die dahinfließende Zeit haben uns vernichtet‹. Und dann fehlt auch noch der sechste Satz: ›Sagt: Wir werden euch suchen, denn wir wollen lernen‹. Der Rest ist wieder gleich.«

»Das ergibt doch überhaupt keinen Sinn«, murmelte Proxi verstimmt.

»Ich glaube nicht, daß die Lösung in den fehlenden Teilen steckt«, bemerkte ich, »sondern in dem, was sie haben stehenlassen.«

»Auch dann ergibt es keinen Sinn«, murrte Jabba und zog sich das Hemd aus der Hose, um sich bequemer auf den Boden setzen zu können. »Könnten Sie es bitte noch mal wiederholen, Marta?«

»›Ihr habt gelernt, wie man die Sprache der Götter schreibt‹«, las sie noch einmal mit tonloser Stimme. »›Kommt und sucht uns, und wir werden euch helfen zu leben. Bringt keinen Krieg, denn dann werdet ihr uns nicht finden. Wir wollen, daß ihr nur den Wunsch nach Wissen mitbringt.‹«

»Irgendwas ist da faul«, brummte ich und strich mir gereizt

über mein Bärtchen.« »Keine Ahnung, was, aber ich kann es riechen.«

Marta ging zu ihrem Rucksack und holte eine kleine Feldflasche heraus, die im Schein unserer Lampen metallisch funkelte. Da merkte ich erst, daß ich ausgetrocknet war wie eine Wüste.

»Wollen Sie auch ein bißchen Wasser?« Sie bot uns die Flasche an. »Wir haben schließlich schon seit Stunden nichts mehr getrunken.«

»Ja, bitte!« Proxis Flehen kam aus tiefster Seele.

»Mann, was für Idioten wir drei sind! Warum haben wir nicht daran gedacht, Wasser mitzunehmen? Wir besitzen einen tollen, brandneuen Silva-Kompaß, raffinierte Wenger-Multifunktionsmesser und ein erstklassiges Bushnell-Fernglas, aber wenn es wirklich drauf ankommt, haben wir kein Wasser und nichts zu essen dabei. Glückwunsch!«

»Es ist nicht genug für alle vier da«, sagte die Doctora. »Also trinken Sie bitte nicht zuviel.«

Ich erinnere mich noch, was für ein Gefühl das war, als die Flüssigkeit durch meine Kehle lief und mir kalt in den leeren Magen sickerte. Mein einziger Gedanke war, daß wir uns am Riemen reißen mußten. Oder wir würden, wie Marc gesagt hatte, in wenigen Stunden in einer verheerenden körperlichen Verfassung sein.

»Sie hätten nicht vielleicht auch was zu essen dabei, Marta?« Jabbas Gesicht verriet seine Gedanken.

»Nein, tut mir leid. Ich habe nur Wasser dabei. Aber machen Sie sich keine Sorgen, wir werden nicht mehr lange hier unten sein. Wir müssen nur noch ein kleines Rätsel lösen. Und da uns das heute schon so oft gelungen ist, dürfen wir ruhig ein wenig zuversichtlich sein.«

Da ging mir plötzlich ein Licht auf, und zwar genau dort, wo meine Stirnlampe saß. »Wäre es nicht möglich, daß sich auch dieses Rätsel nur durch Anschauen lösen läßt, Marta? So wie es Ihrer Meinung nach bei den anderen war? Sie haben behauptet, man könnte auf die richtige Antwort kommen, wenn man Reihenfolge, Anordnung und Wiederholung der Tocapus analysiert.«

Überrascht zog sie die Augenbrauen hoch und lächelte. »Damit könnten Sie recht haben, Arnau.«

»Wenn es um Codes geht«, sagte ich und öffnete den Laptop, »bin ich eben gut.«

»Wir auch«, platzte Jabba heraus. »Hast du Aufnahmen von dem Text auf der Goldtafel gemacht, Proxi?«

»Ja, natürlich sind sie noch im Apparat.«

»Dann mach mal eine von dem Feld auf dem Boden«, bat ich sie. »Dann vergleichen wir anschließend beide auf dem Bildschirm. Wenn es da eine logische Struktur gibt, dann finden wir sie bestimmt.«

Und wir fanden sie. Die Doctora hatte recht. Alle Rätsel der Yatiri konnte man sowohl anhand ihres Inhalts als auch anhand ihrer äußeren Form lösen. Falls diese Burschen noch lebten, mußten es ganz außergewöhnlich kluge Menschen sein. Als wir die beiden Fotos – das von der Tafel und das von den Boden-Tocapus – nebeneinander aufriefen, entdeckten wir eine Wiederholung. Eine einzige, und die lieferte uns die Lösung des Problems. Sie war so schlicht und deutlich, daß man angesichts dieser Komposition nur in Staunen und Bewunderung geraten konnte. Ich hätte eine Menge Geld lockergemacht, um den Yatiri, die Yatiri, zu Ker-Central zu holen, die dieses knifflige Ratespiel ausgeknobelt hatten.

Ausgangspunkt war ein ganz einfacher Grundgedanke: Ein Satz lieferte einem den Schlüssel beziehungsweise er selbst *war* der Schlüssel und enthielt gleichzeitig den Kerngedanken der Botschaft. Dieser Satz lautete ›Sagt: wir werden euch suchen, denn wir wollen lernen.‹ Das war alles. Um aus dieser Kammer herauszukommen, mußten wir nur *sagen:* ›Wir werden euch suchen, denn wir wollen lernen.‹ Die Tocapus, die diesen einen Satz bildeten, waren die einzigen des langen, die sich im kürzeren Text wiederholten. Deswegen also hatten die Yatiri diese Sätze aus der Gesamtbotschaft herausgelöst. ›Wir werden euch suchen‹ bildete man aus den Tocapus, die in den Phrasen

›Kommt und sucht uns‹ und ›wir werden euch helfen zu leben‹ vorkamen. Man brauchte dabei nur die Zeichen zu vertauschen, die das jeweilige Subjekt des Verbs angaben. Das ›denn‹ blieb unverändert. Es steckte in ›Bringt keinen Krieg, denn dann werdet ihr uns nicht finden‹. ›Wir wollen‹ war der Anfang des letzten Satzes, ›Wir wollen, daß ihr nur den Wunsch nach Wissen mitbringt‹, und ›lernen‹ war das Wurzeltocapu von ›gelernt‹ und steckte in ›Ihr habt gelernt, wie man die Sprache der Götter schreibt‹. Klar und einfach, wie ein guter Code eben sein muß.

Kaum hatten wir in der richtigen Reihenfolge auf die Tocapus gedrückt, die diesen Lösungssatz bildeten, da öffnete sich das Feld in der Mitte. Der riesige Steinquader teilte sich auf einmal in der Mitte, und die beiden Hälften senkten sich ab wie zwei Luken, die den Kielraum eines Schiffes verschließen. Sie gaben den Blick frei auf eine schmale, abwärts führende Treppe. Es mag sonderbar klingen, aber das beeindruckte uns nicht weiter. Wir waren einfach ausgelaugt, waren fix und fertig. Wir wünschten uns nichts sehnlicher, als endlich herauszukommen aus der verdammten Pyramide des Reisenden, nachdem wir ja bereits das Vergnügen gehabt hatten, ihn zu begrüßen. Wir wollten dringend zurück an die Oberfläche, wollten den Himmel sehen, saubere Luft atmen, ausgiebig zu Abend essen und dann nur noch ins Bett fallen und zwölf oder fünfzehn Stunden am Stück schlafen.

Wir gingen die Treppe hinunter, ohne uns dabei von einer wichtigen Kleinigkeit beirren zu lassen: daß wir statt hinaufweiter hinunterstiegen. Doch zum Glück nicht lange. Nach etwas mehr als zwanzig Stufen erreichten wir einen schmalen, felsigen Gang, durch den wir eine gute Stunde lang geradeaus liefen. Es wurden zwei Stunden. Und als allmählich die dritte Stunde sturen Geradeauslaufens für uns schlug, wußten wir, daß Tiahuanaco-Taipikala bereits Kilometer hinter uns lag und wir uns, dem Kompaß zufolge, westlich davon befanden.

Endlich, um fast vier Uhr morgens, stießen wir – mehr tot als lebendig – auf eine Treppe, die nach oben führte. Allerdings nicht ohne Schlußpointe.

Kaum hatte ich den Fuß auf die erste Stufe gesetzt – ich lief an der Spitze – und mich vergewissert, daß sie nicht von glitschigem schwarzen Moos überzogen war, durchbrach die rauhe Stimme des hinter mir hertapsenden, ausgebrannten Jabba das dumpfe Schweigen.

»Root, du hast was übersehen.«

Ich drehte mich um. Was er von mir wollte, war mir eigentlich egal, ich sah ihn stumm an, dieses Schwergewicht mit dunklen Ringen unter den Augen und rötlichen Schatten auf dem fahlen Gesicht. Unbewegt deutete er auf die Wand, in der sich neben dem Treppenaufgang etwa auf halber Höhe eine Nische befand.

Ich ging einen Schritt zurück, stellte mich vor die Vertiefung in der Wand und beleuchtete die Nische. Vor mir lag wie auf dem Pult, das wir hinter dem ersten Kondorkopf entdeckt hatten, ein steinerner Gegenstand, der ›Nehmt mich mit‹ zu sagen schien. Es war ein einfacher Ring, ähnlich einem dicken, schweren Armreif. Der flache, runde Stein mit einem Durchmesser von zirka zwanzig Zentimetern war ungefähr vier oder fünf Zentimeter dick und hatte in der Mitte ein Loch. Die Doctora, das Schlußlicht der Kolonne, überholte Proxi – selbst sie war nicht im geringsten begeistert über die Entdeckung – und trat neben Jabba, um den Gegenstand näher zu untersuchen.

»Ist Ihnen aufgefallen, daß dort ein Pfeil eingraviert ist?« fragte sie müde.

Tatsächlich. Auf der Oberseite des steinernen Reifens war eine einfache, aus zwei zusammenlaufenden Strichen bestehende Pfeilspitze eingraviert.

»Sollen wir diesen Donut etwa mitnehmen?« fragte Jabba verächtlich. Kein Zweifel, er hatte Hunger.

»Ich würde sagen, ja«, antwortete ich. »Aber diesmal ist jemand anders dran mit Tragen, ich habe vorhin schon die schwere Platte geschleppt.«

»Mann, bist du kleinlich«, sagte er matt, griff aber trotzdem mit der rechten Hand nach dem Steinring. Doch kaum hatte er ihn an sich genommen, da hörte man oben an der Treppe ein

Quietschen und Schleifen von Zahnrädern und Rollen. Noch bevor wir reagieren konnten, streifte uns ein Hauch frischer Luft, drang uns verlockend in die Nase und bis in die Lunge.

»Der Ausgang!« rief ich erleichtert und rannte mit klopfendem Herzen blindlings die Treppe hinauf. Ich mußte raus aus diesem Loch.

Das erste, was ich sah, war der Himmel, ein wunderschöner, sternenübersäter Himmel. So ein riesiges Sternenmeer hatte ich noch nie angestaunt. Dann schaute ich mich um. Weites, freies, tiefschwarzes Land umgab uns. Erst jetzt spürte ich die eisige Kälte, und mir war, als hätte man mich plötzlich in eine Gefriertruhe gesteckt. Wegen des Temperatursturzes mußte ich niesen, und während die anderen nacheinander aus der Erde hervorgekrochen kamen und ihre Platzangst abschüttelten, verbrauchte ich gleich mehrere Papiertaschentücher. Es herrschten sicher mehrere Grad unter Null, und wir trugen nur die leichte Kleidung, die wir am Vortag angezogen hatten. Auch Jabba und Proxi erfaßte plötzlich ein vehementer Niesreiz, und ein wahres Konzert begann. Nur Marta blieb verschont, sie schien geradezu immun zu sein gegen die frostige Kälte des nächtlichen Altiplano. Ich beobachtete, wie sie seelenruhig erst in die eine, dann in die andere Richtung blickte und sich schließlich für die zweite entschied.

»Das Dorf Tiahuanaco ist nicht weit«, sagte sie und marschierte los, hinaus in die dunkle sibirische Steppe.

Mit gezückten Taschentüchern folgten wir ihr.

»Woher wissen Sie das?« fragte ich sie zwischen zwei Niesern.

»Weil dieser Berggipfel dort drüben«, sie zeigte auf einen riesigen, fernen Schatten, den man in der Finsternis kaum wahrnahm, »der Illimani ist, der heilige Berg der Aymara. Und dort drüben liegt das Dorf. Ich kenne diese Gegend genau. Ich habe als kleines Mädchen oft hier gespielt.«

»In dieser Einöde?« fragte Lola überrascht.

»Ja, in dieser Einöde«, murmelte sie. »Mit drei Monaten bin ich zum ersten Mal mit meinen Eltern nach Bolivien gereist.

Dann war ich immer nur während des Schuljahres in Barcelona, und das hat sich erst geändert, als ich heiratete, Kinder bekam und das Studium beendete. Eigentlich bin ich halb Bolivianerin. Ich war mit den Kindern aus dem Dorf Tiahuanaco befreundet, und wir durften den ganzen Tag auf diesen Feldern hier herumlaufen. Vor fünfunddreißig Jahren wußte man hier noch nicht mal, was ein Tourist ist.«

Vor Kälte schlotternd und mit klappernden Zähnen liefen Marc, Lola und ich eilig hinter Marta Torrent her. Es dauerte eine gute halbe Stunde, bis wir das Dorf erreichten, wo wir uns schnurstracks zu Don Gastóns Hotel begaben. Der Wirt, in langer Unterhose und Flanellunterhemd, guckte ganz entgeistert, als er uns vor der Tür stehen sah. Doch er erkannte Marta, bat uns rasch herein und weckte das ganze Haus. Man brachte uns Decken und heiße Brühe, und der Kamin wurde mit solchen Mengen von Brennholz versorgt, als müßte ein ganzes Dampfschiff befeuert werden. Marta gab Don Gastón eine kurze Erklärung, die er ohne Zögern akzeptierte. Danach begleitete er uns auf die Zimmer und versprach, uns vor jeglicher Störung zu schützen. Ich duschte noch rasch, dann legte ich mich ins Bett und sank endlich in tiefen, festen Schlaf.

4. Teil

Ich wachte gegen fünf Uhr nachmittags auf, und als ich in den Speiseraum hinunterkam, warteten Marc und Lola dort bereits fertig angezogen auf mich, in die bolivianische Presse vertieft. Während ich frühstückte, erzählten sie mir, die Doctora sei nach dem Mittagessen aufgebrochen. Sie habe uns eine Nachricht samt Telefonnummer hinterlassen mit der Bitte, uns gleich nach unserer Rückkehr in La Paz bei ihr zu melden.

Don Gastón berechnete uns als Martas Freunden nur den Mindestpreis für einen Tag Aufenthalt, ohne Essen oder sonstige Extras, und organisierte eines der spärlichen Taxis für die Rückfahrt nach La Paz. Zwei *Cholas* mit schwarzen Zöpfen und Hüten begleiteten uns. Nachdem sie ihre schweren bunten Stoffbündel auf dem Gepäckträger verstaut hatten, machten sie während der gesamten Fahrt den Mund nicht auf. Bestimmt aus Luftmangel, denn Proxi und ich saßen neben ihnen auf dem Rücksitz – für Jabba war dort kein Platz.

Kaum hatten wir die Hotelhalle betreten, fühlten wir uns wie zu Hause. Alles, was wir erlebt hatten, kam uns im nachhinein so unglaublich vor, daß wir lieber nicht weiter darüber nachdachten. Wir hatten das Gefühl, als hätte sich ein Riß in der Zeit ereignet und Monate oder Jahre seien verstrichen. In unseren Köpfen klaffte ein ähnlicher Riß. Die Stunden hatten sich erstaunlich in die Länge gezogen. Es schien uns unfaßbar, daß wir erst am Vortag von hier aufgebrochen sein sollten. Schweigend fuhren wir im Aufzug nach oben und gingen alle drei in mein Zimmer.

Marc wirkte nervös. »Wohin mit dem Donut?« fragte er, sobald ich die Zimmertür hinter uns geschlossen hatte. Lola warf sich gleich aufs Sofa und stellte, ohne lange zu überlegen, den Fernseher an. Sie mußte erst wieder zur Besinnung kommen, und der blöde Kasten gab ihr irgendwie das Gefühl von Normalität.

»Wir sollten ihn im Safe aufbewahren.«

Die Hotelzimmer verfügten alle über einen verborgenen Safe im Schrank. Er garantierte nicht gerade für optimale Sicherheit, aber zumindest bot er einen minimalen Schutz für die wertvollsten Stücke. Vor unserer Abreise hatte ich meine Kapitän-Haddock-Uhr im Safe eingeschlossen.

»Am besten, wir sperren den Laptop und Proxis Digitalkamera gleich mit weg.«

»Warum? Aus den Augen, aus dem Sinn mit den ganzen Beweisen, oder was?« Ich nahm am Schreibtisch Platz und fuhr den Computer hoch.

»Wir müssen alle gespeicherten Fotos löschen und das gesamte Material auf CD brennen. Die bewahren wir dann zusammen mit dem Ring im Safe auf. Die übrige Ausrüstung lassen wir draußen, damit wir gleich an die Arbeit können.«

»Hast du noch nicht genug?« Lola klang gereizt.

»Nein, glaub mir, ich will nichts weiter als rausgehen, was Leckeres essen und uns anschließend einen dieser Klubs mit Livemusik suchen. Und wenn wir erst einmal dort sind, mach ich die gesamten Biervorräte des Lokals platt.«

»Die Hälfte des Biers gehört jedenfalls mir«, verkündete Jabba.

»O. k., die Hälfte«, sagte ich. »Aber nicht ein Bier mehr.«

»Was für einen Stuß redet ihr denn da?« wunderte sich Proxi. »Ihr trinkt doch gar nicht!«

»Liebste Lola«, sagte ich. »Das interessiert mich nicht die Bohne. Heute will ich mich betrinken, egal, wie.«

»Ich auch«, pflichtete mein Freund mir bei.

Natürlich würden wir das nicht. Wir machten uns beide nicht viel aus Alkohol – außer zu besonderen Anlässen oder an Festtagen, wenn wir, wie alle anderen auch, ein gutes Glas Wein oder einen Schluck Cava durchaus zu schätzen wußten. Aber die Sprüche, dieses Machogehabe, schmeichelten nun mal unserem männlichen Ego.

Während ich alle Fotos, Daten und Dokumente auf einer CD abspeicherte, setzte mein Kollege sich in Bewegung, um in seinem Zimmer zu duschen und sich umzuziehen. Das einzige, was Lola bewegte, war ihr rechter Daumen beim Zappen. Ich wollte gerade den Steinring mit der gebrannten CD im Safe verstauen, da fiel mir an seiner Unterseite eine merkwürdige Kerbe ins Auge. Die Vertiefung hatte die Form eines Dreiecks mit zwei gleich langen Seiten und einer dritten, die etwas kürzer und leicht nach außen gebogen war, wie bei einem dreieckigen Stück Manchegokäse. Ich hätte es Lola gerne gezeigt, besann mich aber eines Besseren – sie hätte mich mit Sicherheit gelyncht – und verstaute kurzerhand den Steinring im Metallkasten.

Als wir das Hotel verlassen wollten, schlug Jabba vor, wir sollten rasch noch Marta anrufen. Allmählich begannen wir uns zu erholen. Wir kamen wieder zu uns, obwohl wir immer noch nicht wahrhaben wollten, was für unglaubliche Dinge wir in den Tiefen von Taipikala erlebt hatten.

»Heute werden wir uns jedenfalls nicht mehr bei ihr melden«, sagte ich. »Morgen ist auch noch ein Tag.«

»Sie wartet doch. Ruf sie wenigstens an und sag ihr, daß wir uns morgen sehen.«

»Hör auf zu nerven.«

»Wer hat die Telefonnummer?« Jabba schaltete auf stur.

»Ich habe sie«, sagte Proxi, »aber ich werde sie dir nicht geben. Ich bin Roots Meinung. Morgen ist auch noch ein Tag. Jetzt laßt uns im besten Restaurant von La Paz essen gehen. Ich lechze nach verpesteter Luft und feiner Küche, nach Massen von Menschen und ordentlichem Straßenlärm um mich herum.«

»Ich bin dabei.« Entschlossen strebte ich dem Ausgang zu, wo uns der Portier die Tür aufhielt.

Doch Jabba ließ nicht locker. Er lag uns die ganze Zeit in den Ohren, während wir begierig den modernen Teil von La Paz in uns aufnahmen, mit den Hochhäusern, den Straßen, den Verkehrsampeln – die übrigens kein Mensch beachtete –, der grellen Großstadtbeleuchtung, den Menschenmengen und den von den Dächern herabblinkenden Leuchtreklamen ... Kurz, all den Wundern der Zivilisation. Aber mein Kollege konnte einfach nicht ertragen, daß Marta Torrent die ganze Zeit vergeblich auf unseren Anruf wartete. Dabei rief mir allein die Erwähnung ihres Namens nicht nur blitzartig die Pyramide des Reisenden in Erinnerung, sondern ließ auch die Wut über die Sache mit Daniel in mir wieder hochkochen. Immer wenn das Thema zur Sprache kam, fing es in meinem Inneren an zu rumoren. Aus lauter Verzweiflung zog ich, um ihn zum Schweigen zu bringen, schließlich das Handy hervor. Zwischen zwei Gängen erlesenster europäischer Küche wählte ich die Nummer auf dem Zettel, den Lola mir über den Tisch schob. Es meldete sich ein Mann mit stark bolivianischem Akzent. Als ich mich vorgestellt und nach Marta gefragt hatte, reichte er mich an sie weiter. Das Ganze war ziemlich surreal. Erst vor wenigen Stunden hatten wir uns von dieser Frau verabschiedet. Mich kostete dieser Anruf reichlich Überwindung, denn ich hatte aufgehört, Marta aus tiefstem Herzen zu hassen. Deshalb fühlte ich mich jedoch ihr gegenüber schuldig, wobei erschwerend hinzukam, daß alles, was wir gemeinsam durchgestanden hatten, ein seltsames Band der Vertrautheit zwischen uns geknüpft hatte. Das erschien mir allerdings in dem Moment vollkommen unwirklich. Es war, als telefonierte ich mit einer früheren Geliebten, die ich nach einer gescheiterten Beziehung, in der die Liebe am Ende in tödlichen Haß umgeschlagen war, plötzlich wegen einer Notlage wiedersehen mußte.

»Arnau, wo seid ihr?« fragte sie als erstes. Der Klang ihrer Stimme zerrte bereits an meinen Nerven.

»Beim Abendessen in einem Restaurant.« Ich nahm die Serviette vom Schoß, legte sie auf den Tisch und rutschte auf dem Stuhl herum.

»In welchem?«
»Im *La Suisse*.«
»Ach, dann seid ihr ja in Sopocachi, gleich hier um die Ecke!«
»Ja, genau. Beim Essen.«
»Hättet ihr Lust, wenn ihr fertig seid, noch auf einen Kaffee bei Freunden von mir vorbeizukommen?«
Ich war kurz davor, ihr eine schroffe Abfuhr zu erteilen, aber dann riß ich mich zusammen. Statt dessen drückte ich die Stummtaste, warf einen Blick in die Runde und gab den Vorschlag weiter: »Marta Torrent lädt uns nach dem Essen auf einen Kaffee ein. Was meint ihr?«
»Wo?« wollte Marc wissen. Proxi verzog nur widerwillig das Gesicht und schüttelte vehement den Kopf.
»Bei Freunden.«
»Meinetwegen, einverstanden«, sagte der Megawurm, der sich gerade genüßlich mit Schweizer Käsesorten vollstopfte. »Und was sagst du, Proxi?«
»Ich sage schon seit mindestens einer Stunde ›nein‹, Root, lieber morgen.«
Ich betätigte die Stummtaste erneut und hielt mir das Handy ans Ohr. »Ist es von hier aus weit bis zu Ihren Freunden?« erkundigte ich mich.
»Ach was! Nur ein paar Schritte von dort, wo Sie gerade sind«, sagte Marta.
Proxi durchbohrte mich mit ihren Blicken.
»Geben Sie mir die Adresse durch. Wir sind in einer Stunde da.« Ich schaute auf die Uhr. »Punkt halb zehn.«
Als ich auflegte, hatte ich ein Messer vor der Nase.
»Waren wir uns nicht einig, daß wir vor morgen nichts unternehmen würden?« Proxi starrte mich aus bedrohlich funkelnden Augen an.
Ich nickte zerknirscht.
»Ja und …?« Das Messer rückte ein paar Millimeter näher.
»Ich bin neugierig«, versuchte ich mich zerknirscht herauszureden. »Marc wollte doch hingehen, und ich wollte wissen,

warum der Doctora soviel daran liegt, uns ausgerechnet heute abend zu sehen. Ich hatte gedacht, es könnte was Wichtiges sein. Außerdem«, ich musterte interessiert meinen Teller, »je eher wir das zu Ende bringen, um so besser. Wir können nicht ewig in Bolivien bleiben, solange mein Bruder noch im Krankenhaus liegt.«

Die Erwähnung Daniels hatte ein betretenes Schweigen zur Folge.

»Vielleicht gelingt es uns ...«, stammelte Proxi nach einer Weile. »Vielleicht könnte es uns ja gelingen ...«

»Ihn gesund zu machen?« half ich ihr weiter.

»Ja«, flüsterte sie und blickte mir in die Augen. »Was willst du tun? Wirst du das Problem ansprechen?«

»Keine Ahnung. Vermutlich werde ich mit der Doctora reden müssen und sie fragen, was sie vorhat, so was in der Art. Danach werden wir weitersehen. Im Moment«, ich zögerte, »hab ich keine Ahnung, ich will noch gar nicht dran denken.«

»Du könntest der Fakultät einen ansehnlichen Betrag überweisen ...«, schlug Jabba vor.

»Marta Torrent wirkt nicht käuflich«, fiel Proxi ihm ins Wort.

Nein, ganz gewiß nicht. Wir schwiegen eine Weile, und dann schwatzten wir über Belanglosigkeiten, bis wir aufbrachen. Wir machten uns gemächlich auf den Weg zur Plaza Isabel la Católica und bogen dort in die Calle Pedro Salazar ein, bis wir vor der San-Francisco-Siedlung standen, einem hochherrschaftlichen Wohnkomplex im Kolonialstil mit leicht andalusischem Einschlag, weißen Hauswänden, vergitterten Fenstern und vielen Pflanzen.

Als wir klingelten, erfaßte uns das Licht einer Überwachungskamera.

»Hallo«, sagte die Doctora aus der Sprechanlage. »Folgen Sie der Hauptstraße bis zum Ende. Dort sehen Sie zu Ihrer Rechten dann das Haus. Es heißt ›Los Jazmines‹.«

Allem Anschein nach war das ein Wohnpark für die eher wohlhabenden Leute. Die kleine Allee, der wir folgten, war nicht nur sehr gepflegt und gut beleuchtet, sondern zu beiden

Seiten von hübschen bunten Blumenkübeln gesäumt. Das Haus ›Los Jazmines‹ entpuppte sich als kleine zweistöckige Villa mit rotem Ziegeldach und einer mächtigen doppelflügeligen Holztür. Ein Flügel stand offen und gab den Blick auf eine strahlende Marta frei. Sie bot ein gänzlich verändertes Bild, das den Indiana-Jones-Eindruck der Ausgrabungen ebenso vergessen ließ wie die Universitätsprofessorin aus Barcelona mit ihrem Wildlederkostüm.

»Kommen Sie herein«, sagte sie geradezu herzlich. »Wie fühlen Sie sich? Haben Sie sich ein wenig ausruhen können?«

»Noch nicht so richtig«, sagte Proxi so höflich wie scheinheilig. »Und Sie?«

»Ach, mir geht es prächtig!« Marta trat beiseite, um uns reinzulassen. Hinter ihr erwartete uns bereits ein Pärchen mit ausgebreiteten Armen, das Marta uns vorstellte: »Darf ich Sie mit Doctora Gertrude Bigelow und ihrem Mann, dem Archäologen Efraín Rolando Reyes, bekannt machen? Ich arbeite mit ihm seit fast zwanzig Jahren in Tiahuanaco zusammen, stimmt's Efraín?«

»Eher länger«, scherzte er. »Freut mich, Sie kennenzulernen, meine Freunde.« Efraín Rolando war der Glatzkopf, mit dem Marta am vorigen Samstag Don Gastóns Restaurant betreten hatte. Der Typ mit Brille und graumeliertem Bart. Frau Doktor Bigelow war eine großgewachsene Nordamerikanerin mit widerspenstigem gewelltem Haar, das sie zum Knoten hochgebunden trug. Ihr dürrer Körper war in eine lange sommerliche Kutte mit Blumenmuster gehüllt – »gekleidet« konnte man dazu kaum sagen. Beide trugen Ledersandalen.

»Gertrude«, sagte Marta, »ist eine echte Doktorin der Medizin, daher Doctora. Nicht wie Efraín und ich, die wir den Doktor nur in einem geisteswissenschaftlichen Fach haben.«

Ich habe mich schon immer damit schwergetan, neue Leute kennenzulernen und mit Fremden warm zu werden. Warum nur war aller Welt so sehr daran gelegen, auszugehen und die Nähe anderer zu suchen, nach dem Motto: je mehr Leute, desto besser? Warum strebten die meisten danach, so viele

Freunde wie möglich zu haben? Als sei das ein Triumph – und das Gegenteil eine Katastrophe. Ich mußte mir wie üblich einen Ruck geben und drückte dem Archäologen und der Frau Doktor die Hand, während Marta uns weiter vorstellte. Anschließend wurden wir in den Salon gebeten, einen großen Raum, der vollgestopft war mit allen möglichen merkwürdigen und meist häßlichen Objekten im Tiahuanaco-Stil. Über dem breiten weißen Sofa hing eine große eingerahmte Schwarzweißaufnahme der Ruinen in der Abenddämmerung, die deutlich verriet, wofür Efraíns Herz schlug.

Wir nahmen an einem niedrigen rechteckigen Tisch Platz, der wie alle Möbel im Salon aus hellem Holz war. Frau Doktor Bigelow verschwand diskret durch die Tür, nachdem sie Marta signalisiert hatte, sie solle ihr nicht folgen, sondern uns Gesellschaft leisten.

»Ich will Sie erst mal auf den neusten Stand bringen«, sagte Marta. »Efraín und Gertrude wissen bereits von unserer Entdeckung letzte Nacht. Efraín und mich verbindet seit vielen Jahren unser gemeinsames Interesse an der Tiahuanaco-Kultur und ihren großen Geheimnissen. Wir sind alte Verbündete, auch was die Forschungsarbeiten betrifft, zu denen Ihr Bruder das Material aus meinem Büro entwendet hat, Arnau.«

»Was das betrifft, Marta ...«, begann ich, doch sie gebot mir mit einer energischen Handbewegung Einhalt.

»Darüber wollen wir uns jetzt nicht streiten, Arnau. Dafür haben wir später noch reichlich Zeit. Im Augenblick sind nur zwei Dinge von Belang. Erstens, Daniel zu heilen. Und zweitens, unsere Forschung weiter voranzutreiben. Wollen wir reinen Tisch machen? Falls sich unsere Interessen decken, werden wir alle zusammenarbeiten, ist das für Sie in Ordnung?«

Wortlos stimmten wir zu, wobei Jabba, Proxi und ich merkwürdigerweise alle zur gleichen Zeit die Gelegenheit nutzten, es uns auf unseren Stühlen bequemer zu machen.

»Machen Sie sich keine Vorwürfe wegen der Sache mit Daniel«, sagte der Archäologe. »Vor allem Sie, Arnau. Marta und ich würden uns wünschen, daß wir alle an einem Strang ziehen und dieses Thema erst einmal ruhen lassen. Ja, ich weiß, als Außenstehender hat man gut reden, aber ich versichere Ihnen, daß es unserem Projekt nur schaden kann, wenn wir weiter darauf herumreiten. Am besten, wir halten uns an das Wesentliche, einverstanden?«

Erneut nickten wir und rutschten auf den Stühlen herum. In diesem Augenblick kehrte Frau Doktor Bigelow mit einem schweren Tablett zurück. Marta und Efraín beugten sich vor, um den ganzen Nippes und die Zeitschriften vom Tisch zu räumen. Dann hatten wir für ein paar Minuten alle Hände voll zu tun, um Kaffeetassen, Servietten und Kaffeelöffel zu verteilen und Kaffee, Milch und Zucker herumzureichen. Als alle einschließlich der Gastgeberin zu ihrer Zufriedenheit versorgt waren, setzten wir unser Gespräch fort.

»Hier in Bolivien«, begann Marta, »wimmelt es von Legenden über geheime alte Kulturen, die angeblich im Dschungel überlebt haben. Das Amazonasgebiet umfaßt sieben Millionen Quadratkilometer. Mit anderen Worten, Lateinamerika besteht fast ausschließlich aus Urwald, nur die Küstenregionen an den Rändern sind besiedelt. Demnach findet man solche Legenden hier überall. Die Existenz unermeßlicher Schätze, von jahrtausendealten Kulturen und prähistorischen Ungeheuern gehört quasi zum lateinamerikanischen Volksgut. Auch die Legenden von Eldorado oder Paitití, der berühmten goldenen Stadt, die hier in Bolivien gelegen haben soll. Selbstverständlich glaubt niemand wirklich an diese Dinge, zumindest nicht offiziell. Tatsache ist allerdings, daß die Regierungen der Anrainerstaaten des Dschungelgebiets und des Amazonasbeckens alle paar Jahre erneut Expeditionen aussenden auf der Suche nach Goldminen und unentdeckten Indianerstämmen.«

»Und haben sie Erfolg?« Mein spöttisches Lächeln verging mir schlagartig, als ich den ersten Schluck aus meiner Tasse nahm ... Im Leben hatte ich noch keinen so starken und dickflüssigen Kaffee probiert. Und das sollte der herrliche bolivianische Kaffee sein, oder hegte man in diesem Haus eine Vorliebe für Zyanid?

»Ja, in der Tat«, sagte Frau Doktor Bigelow, was mich überraschte, denn bis dahin hatte sie noch kein einziges Mal den Mund aufgemacht. »Sie sind tatsächlich erfolgreich. Ich selbst habe mehrmals als Mitglied des Ärzteteams teilgenommen, und immer sind wir mit wirklich interessantem Material heimgekehrt. Zweimal wurden kleine Gruppen von unbekannten Indianerstämmen entdeckt. Sie bombardierten uns, sobald sie uns sahen, mit Pfeilen, bevor sie die Flucht ergriffen. Sie wollen keinen Kontakt zum weißen Mann.«

Sie sprach mit stark nordamerikanischem Akzent, sehr nasal und mit ganz weichem ›r‹, fast ohne Spuren des lieblichen, für das Bolivianische so typischen Singsangs. Vielleicht war das in ihrem Mund einfach unvereinbar, wenngleich ihr das Spanische sonst flüssig über die Lippen kam.

»Man vermutet, daß im Regenwald noch einige hundert unentdeckte Volksgruppen leben«, erklärte uns der Archäologe. »Als das Land mit dem größten Dschungelanteil hat Brasilien noch riesige Reservate. Dort ist Goldsuchern, Holz- und Ölkonzernen sowie Wilderern der Zutritt verboten, seitdem man rein zufällig aus der Luft unbekannte Indianerstämme gesichtet hat. Die Politik tendiert aktuell dazu, diese vor dem Kontakt mit der Zivilisation zu schützen und so vor dem Aussterben, etwa durch Ansteckung mit unseren Krankheiten, zu bewahren.«

»Na ja, Efraín«, warf seine Frau ein, während sie die Tassen einsammelte und auf das Tablett stellte, »man kann wohl kaum behaupten, die Reservate würden unerwünschte Eindringlinge abschrecken.«

»Ja, ich weiß, mein Engel!« sagte er lächelnd. »Aber das war doch zumindest theoretisch der dahinterstehende Gedanke, nicht wahr?«

Auf der Glatze des Archäologen spiegelten sich bei jeder Kopfbewegung schillernde Lichtpunkte. Immer noch spürte ich am Gaumen den bitteren Nachgeschmack des gräßlichen Kaffees, und die ganze Mundhöhle klebte vor Kaffeesatzresten, die sich anfühlten wie feiner Sand.

»Sehen Sie, meine Freunde«, Efraín strich sich mit der Hand über den Bart, »die meisten meinen ja, alles sei bereits entdeckt, kartographiert und lokalisiert. Weit gefehlt, das ist ein großer Irrtum. Es gibt immer noch Flecken auf der Erde, zu denen kein Satellit vordringt und von denen wir nicht wissen, was sich dort befindet. Dazu gehört zum wesentlichen Teil auch der Regenwald im Amazonasgebiet. Die Geographen nennen das ›weiße Flecken‹.«

»Früher sprach man von *Terra incognita*«, sagte Marta und führte ihre Tasse zum Mund. Ich wartete auf eine Reaktion, ob sie sich übergeben oder zumindest angewidert das Gesicht verziehen würde. Doch nein, sie schien ihn ganz vorzüglich zu finden.

»Versuchen Sie mal, eine Karte von der Urwaldregion, der bolivianischen *Selva*, zu besorgen«, riet uns Efraín, den ich auf etwa fünfzig Jahre schätzte. »Es existieren keine Karten davon.«

»Also, mir ist noch nie ein weißer Fleck aufgefallen …, ich meine geographische, von denen Sie sprechen. In keinem Atlas und auf keiner Weltkarte«, verkündete Jabba.

»Üblicherweise sind sie in der Farbe des umliegenden Gebiets eingefärbt«, erklärte ihm der Archäologe. »Haben Sie schon mal von der endlosen Suche nach den Quellen des Nils im 19. Jahrhundert gehört?«

»Na klar«, sagte Marc. »Ich habe 'ne Menge Filme darüber gesehen und mir mit alten Videospielen zu dem Thema die Augen verdorben. Burton und Stanley und all so was, oder?«

Doch der Archäologe überging den Einwurf. »Wußten Sie, daß auch in unseren Tagen, mitten im 21. Jahrhundert, die Quellen zahlloser Flüsse noch unentdeckt sind? Flüsse, von denen wir also nicht wissen, wo sie entspringen? Ja, wundern Sie sich nicht. Ich habe Ihnen ja schon gesagt, daß die Satelliten nicht alles erfassen können. Und wo der Dschungel sehr dicht ist, also fast überall, ist es unmöglich herauszufinden, was sich darunter verbirgt. Zum Beispiel der Río Heath. Keiner weiß, wo die Quelle ist, dabei markiert er immerhin die Grenze zwischen Peru und Bolivien.«

»Das ist ja alles gut und schön«, warf ich ein, »aber worauf wollen Sie hinaus?«

»Er will die Hypothese untermauern, daß die Yatiri tatsächlich existieren«, erklärte Marta. »Daß sie höchstwahrscheinlich die ganze Zeit über im verborgenen weitergelebt haben. Folglich wäre es absolut nicht unlogisch, selbst eine Expedition zu organisieren. Ähnlich wie Lope de Aguirre im 16. Jahrhundert auf der Suche nach dem sagenumwobenen Eldorado. Allerdings entschied er sich letztendlich für die Gründung eines unabhängigen Königreichs mitten im Urwald.«

»Sie haben da nur eine winzige Kleinigkeit vergessen, Marta«, erwiderte ich sarkastisch. »Wir wissen nicht, wo sich die Yatiri aufhalten. Mit anderen Worten, wir wissen nicht, ob sie überhaupt irgendwo im Amazonasgebiet leben. Finden Sie es nicht etwas gewagt, sich auf eine reine Vermutung zu stützen? Vielleicht halten sie sich ja in irgendeiner Andenhöhle versteckt oder haben sich unter die Bevölkerung eines Dorfs gemischt. Warum nicht?«

Sie starrte mich sekundenlang geistesabwesend an, als zögere sie, ob sie mich wegen meiner totalen Ignoranz eher rücksichtsvoll behandeln oder ganz einfach plattmachen sollte. Zum Glück bremste sie sich. »Wie schlecht doch Ihr Gedächtnis ist, Arnau! Erinnern Sie sich denn nicht mehr an die Karte von Sarmiento de Gamboa?« Ihre Lippen verzogen sich zu einem spöttischen Lächeln. »Sie selbst haben mir doch eine Kopie in mein Büro gebracht. Ich darf doch wohl daraus schließen, daß Sie sie studiert haben? Ich habe die zerrissene Karte vor etwa sechs Jahren im Hydrographischen Archiv in Madrid aufgestöbert. Erinnern Sie sich noch an die Botschaft? ›Weg der Yatiri-Indianer – Zwei Monate über Land. Dies bezeuge ich, Pedro Sarmiento de Gamboa, in der Stadt der Könige am zweiundzwanzigsten Februar fünfzehnhundertfünfundsiebzig.‹«

Ich war sprachlos. Natürlich. Meine Nachforschungen über diese Landkarte voller Markierungen, die aussahen wie Ameisenspuren, hatten mich zum Amazonas geführt. Allerdings war mir das zum damaligen Zeitpunkt überhaupt nicht wichtig vorgekommen.

»Man muß die Karte nur auf die von Bolivien legen.« Marta lehnte sich bequem auf dem Sofa zurück. »Dann erkennt man, daß darauf der Titicacasee abgebildet ist und dazu die Ruinen von Tiahuanaco. Von dort aus führt ein Weg eindeutig ins Amazonasgebiet. Ich bin deshalb überzeugt, daß es vollauf gerechtfertigt ist, die Suche nach den Yatiri wiederaufzunehmen.«

Lola hatte – was gar nicht ihre Art war – die ganze Zeit über noch hartnäckiger geschwiegen als Frau Doktor Bigelow. Nun beugte sie sich plötzlich mit betont gelangweilter Miene vor und setzte die Tasse auf dem Tisch ab, ohne das Gebräu angerührt zu haben: »Das haben wir zwar in der Kammer des Reisenden so gesagt, Marta, doch jetzt, hier in der Stadt, bei einer Tasse Kaffee, sehen die Dinge doch etwas anders aus. Ich möchte Sie daran erinnern, daß die Karte auf der Goldtafel nichts anderes war als eine Zeichnung aus Linien und Strichen, die ins Nichts führten. Tut mir leid, aber ich würde ein solches Unternehmen für reinen Wahnsinn halten.«

»Bisher haben wir diese Karte noch gar nicht richtig ausgewertet, Lola«, erwiderte Marta Torrent ruhig. »Wir haben auch das graphische Material noch nicht gesichtet, das Sie klugerweise in der Pyramide abfotografiert haben. Wir, und damit meine ich Gertrude, Efraín und mich, wir alle drei, sind bereit, einen Versuch zu wagen. Efraín und ich, weil wir schon unser ganzes Leben lang an diesem Thema arbeiten. Und Gertrude kennt sich, wie sie Ihnen bereits erzählt hat, gut in der Frage der unentdeckten Indianervölker aus. Sie ist überzeugt, daß wir die Yatiri ausfindig machen könnten. Wenn Sie uns nicht begleiten wollen, würde ich Sie bitten, uns zumindest alles relevante Material zur Verfügung zu stellen.« Sie schaute mich unverwandt an, in Erwartung einer Antwort. »Als Gegenleistung«, fuhr sie angesichts meines hartnäckigen Schweigens fort, »würde ich die Angelegenheit mit Daniel vergessen, natürlich nur in gewissen Grenzen. Aber das könnten wir später noch aushandeln.«

Jetzt erkannte ich sie wieder. Endlich gab sich die Marta Torrent zu erkennen, die ich in ihrem Universitätsbüro kennengelernt hatte. Wenn sie sich von ihrer zynischen Seite zeigte, fühlte ich mich sicher, ruhig und gewappnet, sie mit ihren eigenen Waffen zu schlagen. Allein daß sie wieder einen Rock trug, Ohrringe und denselben breiten Silberarmreif, half mir, sie einzuschätzen.

»Halt, stop, Marta«, kam mir Frau Doktor Bigelow zuvor. »Es ist ja in Ordnung, daß du das mit Daniel vergessen willst, doch du hast dir noch nicht einmal angehört, was sie von der Idee einer Expedition halten. Vielleicht ist es ja gar nicht nötig, etwas auszuhandeln. Was meinen Sie?« fragte sie uns drei.

Spielten sie etwa den guten und den bösen Polizisten, um uns aus der Reserve zu locken? Oder zeigte sich da nur wieder mein generelles Mißtrauen gegenüber meinen Mitmenschen?

»Was meinst du, Arnau?« fragte mich Lola.

Diesmal kam mir Marc zuvor: »Wir wollen nur, daß Daniel vom Fluch der Aymara erlöst wird. Wenn Sie unbedingt vorhaben, sich durch den Urwald zu schlagen, ist das Ihr Problem. Wir könnten Ihnen gern die Dokumente überlassen. Unter der Bedingung, daß er gesund wird, das heißt, wenn Sie uns die Medizin besorgen ...«

»Laß mich mal, Marc«, unterbrach ich ihn. Mein Kollege preschte mir zu schnell vor. Im Grunde genommen wollte er um jeden Preis verhindern, daß wir plötzlich in eine obskure Amazonasexpedition hineingerieten. Ich konnte ihn ja verstehen, aber ich war nicht seiner Meinung. »Zu Anfang unseres Gesprächs haben Sie und Efraín uns angeboten, an einem Strang zu ziehen. Sie haben von Teamarbeit gesprochen. Jetzt aber sehe ich, daß Sie in Wirklichkeit nur an dem Material interessiert sind und daran, uns aus dieser Geschichte herauszuhalten.«

»Das stimmt nicht«, schaltete sich der Archäologe ein. »Ich gebe Ihnen mein Wort. Sie wissen doch, wie impulsiv Marta ist. Sie vertraut erst einmal keinem. Habe ich recht, meine Liebe?«

»Ja, stimmt, Efraín«, murmelte sie und fügte quasi als Entschuldigung hinzu: »Es war etwas voreilig von mir. Das tut mir leid. Ich neige dazu, anderen vorzugreifen, und ich weiß natürlich, daß eine Reise in den Urwald für Sie undenkbar ist. Daraus habe ich kurzerhand gefolgert, daß Sie unser Angebot ablehnen würden, sich der Expedition anzuschließen. Ich habe befürchtet, Sie könnten das Material einfach mitnehmen oder sich weigern, uns davon profitieren zu lassen.«

Meine Muskeln entspannten sich wieder, und ich beruhigte mich. An ihrer Stelle hätte ich genauso gedacht. Nur wäre ich nicht so direkt gewesen, es auch zu sagen. Nun, ich konnte ihren Argwohn verstehen.

»Also, was sagen Sie?« fragte uns die Medizinerin. »Begleiten Sie uns?«

Als Jabba den Mund zu einer Antwort öffnete, verpaßte Proxi ihm einen so kräftigen Fußtritt, daß mir das bloße Zusehen weh tat. Verständlicherweise klappte mein Freund seinen Mund wieder zu.

»Ich für meinen Teil komme jedenfalls mit«, sagte ich ernst. »Der Gedanke gefällt mir zwar überhaupt nicht, aber ich glaube, ich muß es versuchen. Es ist immerhin mein Bruder, der Hilfe braucht. Ich bin zwar überzeugt, daß Sie Ihr Möglichstes tun werden, um die nötige Medizin für ihn aufzutreiben, dennoch könnte ich nicht einfach still hier sitzen und abwarten. Und entschuldigen Sie meine Offenheit – ich würde, wenn Sie das Mittel dann doch nicht mitbrächten, immer denken, ich sei schuld. Weil ich nicht dabei war oder Ihnen zuwenig an der Sache lag. Oder weil Sie so auf ihr vorrangiges Ziel fixiert waren, daß Sie sie ganz aus den Augen verloren haben. Also muß ich wohl oder übel mitkommen. Für meine Freunde kann ich natürlich nicht sprechen. Sie haben schon mehr als genug für Daniel getan und müssen selbst entscheiden.« Ich schaute Marc und Lola erwartungsvoll an.

Jabba schwieg, die Stirn gerunzelt.

»Würdest du uns die Zeit vom Urlaub abziehen?« fragte mich Lola mißtrauisch.

»Selbstverständlich nicht!« Ich war leicht gekränkt. »So ein Fiesling bin ich doch nun auch wieder nicht, oder?«

»'tschuldige, Arnau. Einem Chef muß man grundsätzlich mißtrauen. Noch dazu, wenn man mit ihm befreundet ist. Das sind die schlimmsten.«

»Ich weiß nicht, wo du das herhast, meine Liebe.« Ich war sauer. »Ich glaube kaum, daß du Grund zur Klage hast.«

»Nein, das nicht«, sagte sie. »Aber meine Mutter hat mir von klein auf eingetrichtert, man könne nie vorsichtig genug sein. Und als Softwareexpertin für Sicherungsprogramme kann ich das nur unterstreichen. Na schön, wenn du uns die Zeit nicht vom Urlaub abziehst, schließe ich mich an.«

»Da habe doch wohl auch ich ein Wörtchen mitzureden, oder?« protestierte Jabba. »Ich bin absolut nicht einverstanden, daß eine solche Entscheidung über meinen Kopf hinweg gefällt wird. Ich werde nicht in den Urwald gehen. Lieber würde ich sterben, als auch nur einen Fuß in diese gefährliche Gegend zu setzen! Okay, ich liebe die Natur, immer vorausgesetzt, sie ist normal, also europäisch ..., ohne wilde Tiere und ohne Indianer, die den weißen Mann mit Pfeilen empfangen.«

Proxi und ich blickten uns an.

»Arnau ist viel feiger als du«, stachelte sie ihn an. »Und selbst er geht, ohne zu murren.«

»Es ist ja auch sein kranker Bruder. Nicht meiner.«

»Na gut«, Lola wandte sich ostentativ von ihm ab, »wenn das so ist, kommst du eben nicht mit. Dann gehen nur Root und ich. Du kannst ruhig nach Barcelona fahren und dort auf uns warten.«

Das blieb nicht ohne Wirkung. Die Vorstellung, von der Gruppe getrennt zu sein, ausgeschlossen, und nach Barcelona zurückgeschickt zu werden wie ein Paket, war mehr, als er ertragen konnte. Dazu wollte Lola allein, ohne ihn, in der Weltgeschichte herumreisen und würde womöglich einem anderen in die Arme laufen – bekanntlich wirkt der Regenwald aphrodisierend, und die Ureinwohner sind verführerisch schlank.

Jabba verzog reumütig das Gesicht. »Wie könnte ich denn zulassen, daß du ohne mich gehst?« protestierte er hilflos, mit jämmerlichem Blick. »Und wenn dir was zustößt?«

»Es wird mir schon jemand helfen, keine Sorge.«

Marta, Efraín und Gertrude starrten uns entgeistert an. Sie waren nicht sicher, ob es sich bei der Szene vor ihren Augen um einen ernsthaften Konflikt oder nur um stinknormales Gekabbel handelte. Mit der Zeit sollten sie sich daran gewöhnen und uns nicht mehr so ernst nehmen, doch bei dieser ersten Begegnung mit unserer Art zu diskutieren wirkten sie ziemlich ratlos.

Irgend etwas mußte geschehen. Diese für unsere Gastgeber ziemlich peinliche Situation durfte sich nicht länger hinziehen. Ich beschloß, ein Machtwort zu wagen. »Schon gut, jetzt hör auf, hier den Trottel zu spielen, na los«, sagte ich. »Du kommst mit, und zwar friedlich. Du weißt doch, Lola wird niemals zugeben, daß sie Angst hätte, ohne dich zu gehen.«

»Wie bitte!« Lola starrte mich entgeistert an. »Arnau, du bist echt ein Idiot.«

Ich zwinkerte ihr vielsagend zu, damit sie verstand, daß dies alles zu meiner Taktik gehörte, doch sie ignorierte mich.

»Einverstanden, ich komme mit«, gab Marc sich geschlagen. »Aber du übernimmst die Kosten.«

»Na klar.«

Marta, die bereits in der Pyramide Gelegenheit gehabt hatte, Jabba ein wenig kennenzulernen, reagierte als erste: »Wunderbar. Dann ist es also entschieden. Wir sechs machen uns zusammen auf. Was halten Sie davon, wenn wir morgen hierbleiben, um die Goldkarte zu studieren?«

Ich stimmte zu. »Was ist mit Ihren Ausgrabungen in Tiahuanaco?« wollte ich wissen.

»Aufgeschoben bis nach unserer Rückkehr, aufgrund bürokratischer Verzögerungen«, sagte Efraín mit einem breiten Grinsen. »Und wie wäre es jetzt mit einem ordentlichen Schluck Tarija-Schnaps? Sie haben im Leben garantiert keinen besseren Tropfen probiert.«

Beladen mit unserer gesamten Computerausrüstung und dem Material, das wir aus der Pyramide geholt hatten (den Steinring eingeschlossen), nahmen wir am nächsten Tag ein Taxi und begaben uns gleich vormittags zu Efraín und Gertrude. Offensichtlich quartierte sich Marta immer bei ihnen ein. Es war quasi ihr Zweitwohnsitz in Bolivien, da sie, wie sie uns erzählte, jedes Jahr mindestens sechs Monate dort verbrachte. Ich fragte mich, was sie wohl für eine Ehe führte, wenn ihr Mann auf den Philippinen lebte und sie ständig auf Achse war – von einem Ende der Welt zum anderen, allerdings in der entgegengesetzten Richtung. Nun, das ging mich nichts an, was Proxi nicht daran hinderte, tagelang Spekulationen über das Thema anzustellen.

Jener 12. Juni, ein Mittwoch, präsentierte sich herbstlich frisch, so daß es uns nichts ausmachte, ihn zu opfern, um über dem verflixten abstrakten Plan aus der Grabkammer zu brüten. Wir mußten herausfinden, was er bedeutete. Deshalb hatte Efraín seit dem frühen Morgen alle seine Freunde und Bekannten in den Ministerien und beim Militär abgeklappert. Er wollte eine möglichst detailgenaue und aktuelle Karte von Bolivien auftreiben. Ein paar bei den Ausgrabungen in Tiahuanaco beschäftigte Stipendiaten und ein Rekrut brachten sie kurz nach unserer Ankunft vorbei. Wir waren erstaunt, als wir sahen, wie viele weiße Flecken mit der Aufschrift »keine Daten« es in Bolivien gab – insbesondere im Amazonasgebiet. Selbstverständlich handelte es sich hier nicht um Landkarten für den Hausgebrauch, weit gefehlt. Es waren die besten und maßstabsgetreuesten offiziellen Karten des Landes, trotzdem hatte man mit bunten Markierungen weißer Flecken nicht gespart. Efraín hatte Karten angefordert, bei denen die Urwaldregionen in größerem Maßstab abgebildet waren. Diese erwiesen sich als besonders problematisch. Erst als ich all die weißen Gebiete sah, verstand ich, was er uns am Vorabend erklärt hatte: Die Welt ist weder ganz erforscht noch vollständig kartographiert, und selbst die Satelliten können nicht alles vom Himmel aus erfassen, sosehr man es uns auch einzureden versucht.

Wir vergrößerten die Zeichnungen von der Goldtafel sowie die Karte von Sarmiento de Gamboa unter Zuhilfenahme des Computers und der Drucker von Efraín und Gertrude – und aktualisierten dabei gleich ein wenig ihre Windows-Dienstleistungsprogramme, um sie sicherer und effizienter zu machen. Nun würden die berühmten blauen Bildschirme mit ihren Hinweisen auf vermeintlich gravierende Störungen nicht mehr auftreten.

Besagte Vergrößerungen ergaben, daß beide Karten an den entscheidenden Stellen übereinstimmten, und zwar perfekt. Zu unserer Überraschung stellten wir fest, daß genau dort, wo Sarmientos Karte aufhörte, auch die der Goldtafel endete. Allerdings war auf ihr ein längeres Stück Weg eingezeichnet, das abrupt in ein Dreieck mündete, dessen Form identisch war mit dem Stück Manchegokäse auf der Unterseite des Rings. Ich erzählte den anderen sofort von meiner Entdeckung vom Vortag und holte den steinernen Ring aus der Tasche hervor, um ihnen den Fund zu zeigen.

»Ich verstehe nicht, welchen Zusammenhang es da geben könnte.« Marta untersuchte den Ring gründlich und legte ihn behutsam auf den Tisch. »Es muß eine Art Visitenkarte sein. Das Ende des Weges bedeutet, daß dort die Stelle ist, wo sich die Yatiri aufhalten.« Sie zeigte mit dem Finger auf das entsprechende Wegstück auf der Goldkarte. »Wir müssen nur noch diese Skizze auf die Militärkarten legen, um ihren Rückzugsort genau zu lokalisieren.«

Das war leichter gesagt als getan. Die Landkarten der Militärs waren so groß wie Bettlaken, während unsere im Vergleich dazu eher an Servietten erinnerten. Folglich wirkten auch unsere Vergrößerungen entsprechend mickrig. Um nicht verrückt zu werden oder uns die Augen zu verderben, mußten wir extra einen stark vergrößerten Ausdruck von der Zeichnung auf der Goldkarte machen. Als wir ihn endlich vorliegen hatten, stellten wir eine Lampe auf das hintere Ende des großen Eßtischs, den eine Glasplatte bedeckte. Nun konnten wir die Route korrekt lesen und mit Bleistift auf die Militärkarte übertragen. Im

Licht der Lampe sahen wir deutlich die schwarze Linie der Skizze, sobald wir an einen der größten weißen Flecken Boliviens, quasi in geographisches Niemandsland, gerieten. Der eingezeichnete Weg führte unerbittlich mitten in dieses Nichts hinein und endete in dem klar erkennbaren auslaufenden Dreieck – eine winzige Pyramide in einer gigantischen Einöde.

»Was für eine Region ist das?« fragte ich entmutigt.

»Also Arnau, mein Lieber!« tadelte mich Lola. »Siehst du denn nicht, daß dort in der Mitte klar und deutlich ›Keine Daten‹ steht?«

»Ja, natürlich.« Efraín setzte sich die Lesebrille auf und beugte sich über den Tisch. »Das ist im Nordosten Boliviens, zwischen den Provinzen Abel Iturralde und Franz Tamayo.«

»Sind die Provinzen hier nach Personen benannt?« wunderte sich Marc.

»Viele ja«, klärte Gertrude ihn lächelnd auf. »Während der Diktatur wurden einige zwangsweise umgetauft. Franz Tamayo war bis 1972 das berühmte Gebiet von Campolicán.«

»Ach, du lieber Gott, jetzt wird mir alles klar!« Der Archäologe richtete sich auf. »Unser Weg zu den Yatiri-Indianern führt uns direkt in den Madidi-Nationalpark, eines der wichtigsten Naturschutzgebiete ganz Südamerikas.«

»Und warum ist dann da alles weiß?« Lola zeigte auf den riesigen weißen Fleck. »Wenn es sich um ein Naturschutzgebiet handelt, müßte das Innere doch bekannt sein.«

»Ich habe versucht, es Ihnen zu erklären, Lola«, seufzte der Archäologe. »Es ist ein Naturschutzgebiet von gigantischen Ausmaßen. Sehen Sie, was hier steht: neunzehntausend Quadratkilometer. Wissen Sie, wie groß das ist? Ungeheuerlich. Am grünen Tisch Grenzlinien zu ziehen ist eine Sache und den Fuß dorthin zu setzen eine ganz andere. Abgesehen davon gehört nicht die gesamte *Terra incognita* hier zum Naturpark. Bedenken Sie, daß ein bolivianischer Nationalpark zwangsläufig an den Landesgrenzen enden muß. Hier sieht man deutlich, daß die unerforschte Region sich bis weit nach Peru und Brasilien hineinzieht. Und, schauen Sie, diese feine Schraffierung hier ist ebenfalls geschütztes Gebiet. Teile des Parks, die sich nicht im geographischen Niemandsland befinden.«

»Dort ist nur Urwald eingezeichnet«, hielt Marc ihm entgegen.

»Was sonst sollte in einem Naturpark am Amazonas eingezeichnet sein?« Marta zeigte auf Tiahuanaco: »Das heißt also, daß die Yatiri Taipikala um 1575 verlassen haben, also genau zu der Zeit, als Sarmiento de Gamboa unerklärlicherweise Kenntnis von ihrer Fluchtroute erhielt. Davor lebten sie überall zerstreut in den Dörfern des Altiplano. Sie mischten sich unter die Bauern oder starben zuhauf an den von den Spaniern aus Europa eingeschleppten Krankheiten.« Der Finger der Doctora zeichnete behutsam die Bleistiftlinie auf der Militärkarte nach. »Sie brachen in Richtung La Paz auf, das sie aber nie erreichten, nahmen den Weg über die hohen, schneebedeckten Gipfel der Cordillera Real, zu deren Überwindung sie das Flußtal des Río Beni nutzten. Vielleicht besaßen sie Boote, vielleicht auch nicht, schwer zu sagen, obwohl die eingezeichnete Route eindeutig den Wasserläufen folgt.«

»Aber die Konquistadoren hätten eine Gruppe von Booten voller Indios doch sofort entdeckt«, gab Proxi zu bedenken.

»Ohne Zweifel«, stimmte die Doctora zu, und sowohl Efraín als auch Gertrude nickten. »Daher kann man sich auch nur schwer vorstellen, wie es ihnen gelungen sein sollte. Wenn es sich überhaupt so abgespielt hat. Denken wir außerdem an die Aussage von Sarmiento de Gamboa: ›Zwei Monate über Land‹. Vielleicht marschierten sie ja zu Fuß, gaben sich als Handelskarawane aus, um die gepäckbeladenen Lamas zu erklären. Oder sie waren in kleinen Gruppen unterwegs, in Familienverbänden, obwohl das weitaus gefährlicher gewesen wäre, vor allem mitten im Urwald. Sehen Sie mal, wie die Route hier vom Río Beni abweicht und mitten in den Dschungel hineinführt, in unerforschtes Gebiet.«

»Das gehört doch zum Madidi-Nationalpark«, stellte ich fest. »Hat man dort Zutritt?«

»Nein«, sagte Gertrude. »Alle Parks unterliegen einem strikten Reglement. Um hineinzugelangen, braucht man Sondergenehmigungen, die nur zu Studien- oder Forschungszwecken ausgestellt werden. Jetzt halten die zuständigen Stellen oft die Hand auf, weil Ökotouristen und Abenteuerreisende in diesen Schutzgebieten allmählich zu wichtigen Einnahmequellen werden. Das gilt auch für die lokalen Indianergemeinden. Allerdings müssen sich die Besucher, die eine Genehmigung bekommen, an verbindliche Routen halten. Diese führen nicht allzuweit in den Dschungel hinein und bergen daher keine großen Gefahren.«

»Welche Art von Gefahren?« fragte Marc gequält.

»Kaimane, Giftschlangen, Jaguare, Insekten…«, zählte Gertrude ungerührt auf. »Apropos! Sie werden sich impfen lassen müssen«, sagte sie und sah uns alle drei an. »Sie sollten unverzüglich eine Apotheke aufsuchen, um sich dort die Spritzen zu besorgen. Und anschließend müssen Sie sich in die Internationale Poliklinik begeben, gar nicht weit von hier. Dort lassen Sie sich am besten gegen Gelbfieber und Tetanus impfen.«

»Und wir müssen uns die Spritzen selbst kaufen?« fragte mein Freund verwundert.

»Na ja, das Impfen ist gratis, aber die Spritzen muß man mitbringen.«

»Ist es denn wirklich nötig, das jetzt gleich machen zu lassen?« fragte ich wenig begeistert.

»Ja«, erwiderte Gertrude. »Je eher, desto besser. Wir sollten das nicht auf die lange Bank schieben, schließlich wollen wir so bald wie möglich aufbrechen. Ich begleite Sie, wenn Sie wollen. In dreißig Minuten sind wir wieder zurück.«

Bevor wir mit unseren Sachen, angeführt von der Medizinerin, das Haus in Richtung Apotheke verließen, drehte ich mich noch einmal zu Efraín und Marta um: »Vielleicht denken Sie inzwischen darüber nach, wie zum Teufel wir rechtfertigen sollen, daß wir in den Madidi-Park wollen. Mit welchem Forschungsprojekt wir die Eintrittsgenehmigung erhalten.«

»Sie werden es kaum glauben«, entgegnete der kahle Archäologe, »genau das hatten wir vor.«

In der Internationalen Poliklinik ließen wir uns widerspruchslos piksen, obwohl mir der Ort nicht besonders geheuer war. Doch die hygienischen Verhältnisse waren annehmbar. Als ich zuversichtlich war, daß ich nicht an einer Infektion oder einem Abszeß sterben würde, hielt ich mutig den Arm hin. Allerdings hatte ich Angst vor Nebenwirkungen. Gegen Tetanus war ich geimpft worden, und ich konnte mich nicht erinnern, daß die Impfung eine Reaktion ausgelöst hätte, aber die gegen Gelbfieber machte mir Sorgen, selbst als man mir sagte, daß sie höchstens leichte Kopfschmerzen und eine leicht erhöhte Temperatur hervorrufen konnte. Und tatsächlich fühlte ich mich den Rest des Tages über ziemlich krank – wenn auch zugegebenermaßen nur dann, wenn ich daran dachte.

Wir trafen erst um die Mittagszeit wieder bei Gertrude und Efraín ein und machten uns auf in ein nahe gelegenes Restaurant. Ich wartete, bis wir beim zweiten Gang angelangt waren – geschmortes Lamafleisch –, um das Problem erneut anzusprechen, das mich bedrückte: »Und? Haben Sie sich überlegt, wie wir an die Genehmigungen kommen?«

Marta und der Archäologe tauschten einen verschwörerischen Blick.

»Ganz einfach. Wir werden keine beantragen«, eröffnete Efraín uns und legte das Besteck auf dem Tellerrand ab.

Seine Frau Gertrude fuhr wie von der Tarantel gestochen hoch: »Aber, um Himmels willen, Efraín! Was sagst du? Ohne Genehmigung? Da kommt man gar nicht hinein!«

»Ich weiß, mein Engel, ich weiß.«

»Ja und ...?« Ihre Stimme hatte etwas Beschwörendes.

»Mein Gott, jetzt stellen Sie sich doch nicht so an!« Plötzlich verfiel der Archäologe ins respektvolle »Sie«, was in Bolivien allerdings traditionell dem familiärsten Umgangston entspricht. »Sie wissen genau, daß man sie uns auf keinen Fall erteilen würde.«

»Wieso denn nicht?« protestierte seine Frau und fuhr dann genauso bolivianisch vertraulich fort: »Sie müssen Ihren Freunden im Ministerium doch nur von unseren Forschungen über die Yatiri erzählen.«

»Und wie lange, glauben Sie, würde es dauern, bis die Presse davon Wind bekäme? Sie wissen, wie die Dinge hier laufen. Bevor wir auch nur einen Fuß in den Park gesetzt hätten, würden schon zig Archäologen das Gebiet durchkämmen, und man könnte die Geschichte der Yatiri in allen Zeitungen lesen.«

»Aber, Efraín, wir können nicht einfach so in den Urwald einmarschieren, ohne daß jemand davon erfährt. Das ist vollkommen verrückt!«

»Da bin ich ganz deiner Meinung, Gertrude«, meldete Marta sich zu Wort, »und das weiß Efraín. Außerdem benötigen wir im Dschungel ortskundige Führer, also Ureinwohner, ganz abgesehen davon, daß die drei da«, sie deutete auf Jabba, Proxi und mich, »noch nie in der ›grünen Hölle‹ gewesen sind. Wir könnten uns ja vielleicht alleine durchschlagen, aber sie nicht. Sie wären verloren.«

»Nicht, wenn wir gut auf sie aufpassen, meine Liebe.« Der Archäologe beugte sich beschwörend vor. »Hören Sie! Ist Ihnen überhaupt klar, wie wichtig die Sache ist? Wenn auch nur das Geringste durchsickert, bedeutete es das Ende für unsere Arbeit. Und damit nicht genug. Stellen Sie sich vor, das Wissen der Yatiri geriete in die Hände skrupelloser Menschen. Haben Sie schon mal daran gedacht, daß die Macht der Yatiri sich zu einer Sicherheitsfrage von nationaler Tragweite entwickeln könnte? Falls diese Menschen tatsächlich im Urwald ein geheimes Wissen horten. Das darf jedenfalls nicht irgendwelchen Waffenhändlern in die Finger fallen.«

Ich mochte den Archäologen. Er gehörte zu denen, die Klartext redeten. Auch ich hatte in der Pyramide des Reisenden bereits ein solches Szenario entworfen, als ich Marta ganz anderer als wissenschaftlicher Interessen verdächtigt hatte. Efraín hatte in seiner nüchternen Analyse eine realere Bedrohung erkannt: Wir hatten es hier mit, bildlich gesprochen, hochsensiblem Material zu tun, quasi mit angereichertem Uran, und wenn wir nicht aufpaßten und die Kontrolle verloren, drohte womöglich eine Katastrophe.

»Aber das läßt sich kaum vermeiden, wenn wir sie tatsächlich ausfindig machen.« Marta wandte sich wieder ihrem Teller mit dem Lamafleisch zu, das langsam kalt zu werden drohte.

»Nein, nicht wenn wir unsere Erkenntnisse in der internationalen Fachpresse publik machen und so die Gefahr entschärfen! Wenn wir uns die Sache aus den Händen nehmen lassen, enden die Yatiri womöglich noch als Versuchskaninchen auf der Militärbasis in Guantánamo. Und wir sechs verschwinden am Ende einfach, zum Beispiel durch einen mysteriösen Unfall.« Bei dem Wort zeichnete er Anführungsstriche in die Luft. »Versteht ihr, was ich meine? Die Macht der Worte, der Sprache, und die Kontrolle über das menschliche Gehirn durch die Klänge sind doch für jede Regierung ein gefundenes Fressen. Wir hingegen wollen wissenschaftlich fundiert forschen, als Historiker und Archäologen. Deshalb müssen wir alle nur erdenklichen Vorkehrungen treffen, damit niemand Wind davon bekommt.«

»Ich weiß nicht, ob du nicht ein wenig übertreibst, Efraín«, brummte Marta. »Vielleicht kommst du der Wahrheit auch zu nahe. Jedenfalls halte ich Vorsicht für die Mutter der Porzellankiste. Ich habe nicht vor, unser aller Leben aufs Spiel zu setzen.«

»Die größte Gefahr für uns stellt, wie du weißt, sowieso der Urwald dar«, lenkte er ein. »Und wenn wir meinem Vorschlag folgen, ist die größte Schwierigkeit, die drei da mit in die ›grüne Hölle‹ zu nehmen. Aber ich sage noch einmal: Wir können sie beschützen.«

Dessen war ich mir allerdings nicht ganz so sicher. Mein oberstes Ziel war, meinem Bruder zu helfen. Damit, daß ich mich den Pumas in den Rachen warf, war ihm und mir jedenfalls nicht geholfen. »Und warum verpflichten wir nicht ein paar Ureinwohner als Führer, so wie Marta vorgeschlagen hat?« Ich trank einen großen Schluck Mineralwasser gegen meinen trockenen Hals.

»Weil uns ohne offizielle Genehmigung keiner von ihnen begleiten würde«, erklärte Efraín. »Vergessen Sie nicht, daß die Parkwächter aus den Indianersiedlungen in den Naturschutzgebieten stammen. Sie stellen den *Sernap,* den Nationalen Sicherheitsdienst der Schutzgebiete. Wer würde sich im Urwald, den sie bewachen sollen, auch besser auskennen als die Indianer selbst? Welchen Führer wir auch unter Vertrag nehmen, er wäre immer der Vetter, der Bruder, der Onkel oder der Nachbar eines der Bewacher des Madidi-Parks. Wir kämen also nicht weit, machen Sie sich da mal keine Illusionen. Im übrigen sind es sehr kleine Gemeinden, Dörfer mit nur ein paar hundert Einwohnern. Verschwindet einer von ihnen, wissen immer alle, wohin, mit wem und zu welchem Zweck er gegangen ist.«

»Selbst wenn wir sie mit einer ordentlichen Geldsumme schmieren?« beharrte ich auf meiner Idee.

»Auf diese Weise würden wir wenig vertrauenswürdige Führer bekommen«, sagte Gertrude ernst. »Eines Tages, wenn wir am wenigsten damit rechnen, würden sie uns einfach im Stich lassen und alles an Material und Lebensmitteln mitnehmen, was sie tragen können. Den Gedanken sollten wir uns also gleich aus dem Kopf schlagen.«

»Aber wir können doch nicht ohne Führer gehen, oder?« Marc klang gequält. »Das wäre ja reiner Selbstmord.«

»Aber wir haben doch die beste Führerin, die wir uns wünschen können!« Efraín lehnte sich mit stolzgeschwellter Brust zurück. »Was sagst du dazu, Marta?«

Marta nickte zustimmend und schaute mit einem verhaltenen Lächeln zu Gertrude hinüber, obwohl ich nicht den Eindruck hatte, daß sie wirklich überzeugt war.

»Fällt dir denn jemand Besseres ein als sie?« insistierte der Archäologe.

Marta schüttelte heftig den Kopf, doch mir entging nicht der Schatten des Zweifels, den sie hinter ihren zurückhaltenden Gesten und dem angestrengten Lächeln verbarg.

Im Bemühen, den Enthusiasmus ihres Gatten zu rechtfertigen, erklärte uns Gertrude unbefangen, sie habe in den letzten fünfzehn Jahren für *Relief International* gearbeitet. Das sei eine nichtstaatliche nordamerikanische Hilfsorganisation, die den

Einsatz mobiler Ärzte bei entlegenen Gruppen von Ureinwohnern in der ganzen Welt organisierte. Sie hatte die Ärzteteams koordiniert, die in die abgelegenen ländlichen Andendörfer geschickt wurden, und selbst in einem dieser Teams mitgearbeitet. Zwangsläufig hatte sie sich mehrmals tief in den tropischen Regenwald vorgewagt, um eine der abgeschieden lebenden Indianergruppen zu erreichen. Darüber hinaus hatte das bolivianische Ministerium für Gesundheit und Soziales sie um ihr Mitwirken bei zwei offiziellen Expeditionen auf der Suche nach unberührten Indianerstämmen im eigenen Land gebeten.

»Gerade aufgrund meiner Erfahrung muß ich sagen«, schloß sie, »daß ich allein als Führerin der geplanten Expedition nicht genüge. Schließlich wollen wir mit drei Personen, die noch nie im Leben den Urwald betreten haben, in unbekanntes Gebiet vordringen.«

»Selbst dann nicht, wenn wir sie ununterbrochen im Auge behalten?« fragte Efraín enttäuscht.

»Man müßte ständig auf sie achtgeben, und damit nicht genug«, sagte sie. »Wir dürften sie wirklich nicht eine Sekunde aus den Augen lassen.«

»Jeder von uns Erfahrenen würde einen Neuling unter seine Fittiche nehmen.« Efraín legte entschlossen beide Hände auf den Tisch. »Wir werden sie ununterbrochen beaufsichtigen und ihnen möglichst alles beibringen, was wir über die im Urwald lauernden Gefahren wissen. Ich verbürge mich dafür, daß wir sie heil und unbeschadet wieder zurückbringen.«

Die Vorstellung, wie ein Kindergartenkind behütet zu werden, versöhnte mich etwas mit dem Gedanken an die Reise, und ich entdeckte die gleiche Erleichterung auf den Gesichtern von Marc und Lola.

»Da gibt es nur noch ein Problem, Efraín«, wandte die Medizinerin ein. »Hast du bedacht, wie teuer es uns zu stehen kommen wird, falls sie uns im Park erwischen? Das gäbe einen Heidenskandal.«

»Na ja«, mischte ich mich ein, »wenn sie uns entdecken, dann nur, weil sie beschlossen haben, weiße Flecken zu füllen.

Ich glaube kaum, daß das ausgerechnet zum jetzigen Zeitpunkt geschehen wird, oder? Und was den Skandal betrifft, so ist der doch wohl Teil des Deals. Wir gehen das Risiko ein, um meinem Bruder zu helfen. Und Sie haben ja wohl Ihre eigenen Gründe, sich auf die Suche nach den Yatiri zu begeben. Marta hat das gestern überzeugend erklärt. Schließlich arbeiten Sie und Efraín schon ihr ganzes Leben lang an diesem Thema. Und Sie, Gertrude, hoffen auf Yatiri zu stoßen, die seit fünfhundert Jahren keinen Kontakt mehr zu anderen Menschen gehabt haben. Das ist Ihr Lohn.«

Gertrude lächelte. »Sie irren sich, Arnau«, sagte sie in geheimnisvollem Ton. »Das ist nur ein Bruchteil meines Lohns.«

Marta und Efraín tauschten lächelnd wissende Blicke aus.

»Was meinen Sie damit, Gertrude?« Lolas Instinkt war geweckt.

»Seit ich in das Geheimnis der Yatiri eingeweiht bin«, die Medizinerin legte vielsagend ihr Besteck auf dem Teller ab und strich sich verstohlen das Haar glatt, »beschäftigt mich das, was Sie die Macht des Wortes nennen. Die Eigenschaft des Aymara, mit Hilfe von Klängen Wirkung auf die Menschen auszuüben, macht mich als Ärztin ungeheuer neugierig. So war ich die letzten Jahre bemüht, meine Arbeit bei *Relief* mit der wissenschaftlichen Erforschung lautlicher Einflüsse auf das menschliche Gehirn zu verbinden. Ich habe meine eigene Theorie in dieser Frage, und mein Interesse ist es herauszufinden, ob ich damit richtig liege, Lola.«

Am Tisch kehrte Stille ein.

»Ja, und ... wie lautet diese Theorie?« wagte ich interessiert zu fragen. Es war zumindest ein Hoffnungsschimmer.

»Ach, das ist zu langweilig«, entschuldigte sie sich mit ausweichendem Blick.

»Na, erzähl schon, mein Engel!« protestierte ihr Mann. »Siehst du denn nicht, daß sie sterben vor Neugier? Wir haben Zeit genug dafür.«

»Erzähl es ihnen, Gertrude«, pflichtete Marta ihm bei. »Sie verstehen dich schon.«

Gertrude Bigelow fing an, mit ein paar Krümeln auf dem Tischtuch zu spielen. »Na schön«, sagte sie. »Wenn Sie etwas fragen wollen, nur zu.« Mit einer hastigen Geste verschränkte sie die Arme vor der Brust und holte Luft.

»Schauen Sie«, begann sie, »in den letzten fünfzig Jahren hat es große Fortschritte bei der Erforschung des menschlichen Gehirns gegeben. Vorher war unser Wissen gleich null. Und auf einmal fing alle Welt an zu erforschen, was dieses so vollkommene Organ alles zu tun vermag. Bis jetzt ist es uns noch immer ein einziges Rätsel. Wir nutzen erst fünf Prozent seiner ungeheuren Kapazitäten, und doch haben wir eine Menge Fortschritte gemacht. Wir sind in der Lage, einigermaßen vollständig die verschiedenen Funktionen einzelnen Hirnarealen zuzuordnen, das Gehirn gleichsam zu kartographieren. Wir wissen auch, daß in unserem ununterbrochen arbeitenden Gehirn eine unendliche Zahl von Wellen ausgesendet wird. Die elektrischen Impulse bewirken, daß die einzelnen Neuronen oder Neuronengruppen bestimmte chemische Stoffe ausschütten, die wiederum unsere Stimmungen und Gefühle kontrollieren und damit auch die durch sie ausgelösten Verhaltensweisen. Diese Botenstoffe oder Neurotransmitter wirken, obwohl sie überall zirkulieren, in speziellen Gehirnarealen ganz unterschiedlich. Man kennt über fünfzig Neurotransmitter, doch sieben davon sind die wichtigsten: Dopamin, Serotonin, Acetylcholin, Noradrenalin, Glutamat und die bekannten Opiate Enzephalin und Endorphin.«

»Moment mal.« Marc hob die Hand. »Wollen Sie damit sagen, daß diese Botenstoffe unsere Gefühle auslösen?«

»Genauso ist es«, bestätigte Gertrude.

»Aber das ist ja phantastisch!« rief er begeistert aus. »Wir sind also programmierbare Maschinen. Genau wie die Computer.«

»Und der Code, der unser Handeln bestimmt, sind diese Neurotransmitter«, fügte ich hinzu.

»Genau.« Marcs Ingenieursgehirn bewegte sich wie immer in Quantenschritten. »Würden wir quasi mit Neurotransmittern schreiben, könnten wir die Menschen programmieren.«

»Lassen Sie mich zunächst fortfahren«, bat Gertrude mit ihrem markanten nordamerikanischen Akzent. »Hier handelt es sich nicht um eine Theorie. Was ich Ihnen beschrieben habe, ist seit vielen Jahren bewiesen, und inzwischen wissen wir weitaus mehr. Was sagen Sie dazu, Marc, daß ich, indem ich eine bestimmte Region Ihres Schläfenlappens stimuliere und bestimmte Neuronen aktiviere, bei Ihnen eine tiefe mystische Erfahrung in Gang setzen könnte? Sie wären dabei felsenfest überzeugt, Sie könnten Gott sehen. Es ist empirisch erwiesen, daß das tatsächlich möglich wäre. Ebenso wie die Tatsache, daß es kein spezifisches Areal im Gehirn gibt, wo Empfindungen wie etwa Glück zu lokalisieren wären. Dagegen ist der Schmerz sehr wohl lokalisierbar, der physische wie der seelische, und ebenso die Angst. Die Ausschüttung von Dopamin in Ihrem Gehirn löst bei Ihnen ein Wohlgefühl aus, aber nur so lange, wie der Neurotransmitter aktiv ist. Ist das nicht mehr der Fall, verschwindet dieses Gefühl oder Empfinden wieder. Sind Sie sehr beschäftigt oder auf eine Arbeit konzentriert, bleibt ein Teil Ihres Gehirns blockiert, und zwar die sogenannte Kleinhirnmandel, die für negative Emotionen zuständig ist. Deshalb heißt es auch, Arbeit sei die beste Medizin. Worauf ich hinauswill ist folgendes. Furcht und Liebe, Enthaltsamkeit und sexuelle Begierde, Hunger, Haß, Gelassenheit, all diese Gefühle entstehen, weil ein chemischer Botenstoff durch eine kleine elektrische Entladung aktiviert wird. Es gibt sogar eine spezielle Art von Neurotransmittern, die sogenannten peptischen Neurotransmitter, die weitaus präziser arbeiten. Sie können zum Beispiel bei jedem von uns bewirken, daß er oder sie die Farbe Gelb haßt, Lust hat, Musik zu hören oder ein Buch zu lesen, oder sich zu Rothaarigen hingezogen fühlt.« Sie schaut lächelnd in Lolas Richtung.

»Oder daß er Angst vorm Fliegen hat«, ergänzte Marc.

»Genau.«

»Das heißt also, daß die Sprache der Aymara eine Art elektromagnetische Wirkung besitzt«, sagte Proxi bestimmt, »die die Yatiri zu nutzen verstehen.«

»Nein, Lola«, Gertrude schüttelte den Kopf, wobei ihr Haar erneut in Unordnung geriet. »Wenn meine Theorie zutrifft, und genau das will ich auf dieser Reise herausfinden, ist es noch viel simpler. Ich glaube, daß das Aymara mit Abstand die vollkommenste Sprache ist, die es gibt. Efraín und Marta haben mir das oft versichert. Und obwohl ich das Aymara kaum verstehe, weiß ich, daß sie recht haben. Meiner Meinung nach ist das Aymara ein perfektes Vehikel, um das Gehirn mit Klängen und Tönen zu bombardieren. Sie alle kennen doch sicher die klassische Filmszene, wo ein sehr hoher oder schriller Ton ein Glas zerspringen läßt? Das Gehirn reagiert ganz ähnlich, wenn man es mit Klangwellen bombardiert.«

»Es zerspringt?« scherzte Jabba.

»Nein. Es gerät in Schwingungen. Es reagiert auf die von den Klangwellen hervorgerufene Vibration. Nach meiner festen Überzeugung wird von unseren Stimmwerkzeugen für das Aymara eine bestimmte Art von Wellen gebildet. Gelangen diese über das Ohr ins Gehirn und aktivieren die Neurotransmitter, lösen sie die verschiedenen Gemütszustände und Gefühle aus. Und wenn die hyperspezialisierten peptischen Neurotransmitter aktiviert werden, kann so ein Wort fast alles bewirken.«

»Aber was ist mit dem Aymara, das noch heute gesprochen wird?« Der Gedanke beunruhigte mich. »Warum hat es nicht die gleiche Wirkung? Doch nicht wegen des spärlichen Einflusses des Quechua und des Spanischen in den letzten fünf-, sechshundert Jahren?«

»Nein, ich glaube nicht«, erläuterte Gertrude Bigelow. »Meine Theorie lautet eben, daß das Aymara das perfekte Vehikel ist, um Töne zu erzeugen, die das Gehirn sozusagen aus dem Takt bringen. Aber in welcher Reihenfolge oder Anordnung müssen sie hervorgebracht werden, um die gewünschte Wirkung zu erzielen? Genügte ein einziger Laut des Fluchs, um Ihren Bruder krank zu machen, oder war es eine bestimmte Lautkombination? Ich für meinen Teil nehme an, daß die Yatiri die entsprechenden Worte in einer genau vorgeschriebenen Reihenfolge aussprechen.«

»Mit einem Wort: die guten alten magischen Formeln.« Lola triumphierte. Sie sah ihre eigene Theorie bestätigt. »Ich will das ja nicht banalisieren, bestimmt nicht, aber haben Sie schon mal daran gedacht, daß der alte Hexenspruch aus den Märchen, das berühmte *Abrakadabra*, die Prinzipien Ihrer Theorie von der Aktivierung der Neurotransmitter untermauern könnte?«

»Es wäre doch interessant, dem einmal nachzugehen!« hieb ich in die Kerbe.

»Jetzt mach mal halblang. Ich kenn dich doch!« rief Marc gespielt ängstlich. »Du bringst es noch fertig, alles stehen- und liegenzulassen und dich Hals über Kopf in diese Sache zu stürzen.«

»Wann hätte ich das schon mal getan?« fragte ich verärgert.

»Ach, oft.« Lola kannte keine Gnade. »Das letzte Mal an dem Tag, als du ein rätselhaftes Dokument mit ein paar Wörtern in Aymara entdeckt hast, die etwas mit der Erkrankung deines Bruders zu tun zu haben schienen.«

Gertrude, Marta und Efraín hörten uns verblüfft zu.

»Na schön, es wäre jedenfalls spannend.« Ich schmollte und war nicht bereit, mich so einfach unterkriegen zu lassen.

»Ganz Ihrer Meinung, Arnau«, sagte Gertrude Bigelow lächelnd. »Deshalb werde ich Efraín und Marta auch in dieses verrückte Abenteuer folgen. Das einzige, was ich will, ist herausfinden, ob meine Theorie stimmt.«

Efraín grinste zufrieden und schaute uns mit Besitzerstolz an. »Na, was ist?« fragte er. »Machen wir uns nun auf die Suche nach den Yatiri oder nicht?«

Wir alle willigten ein, ohne mit der Wimper zu zucken, selbst Marc. Wir wußten, daß wir vermutlich dem größten Schwachsinn der Geschichte zustimmten. Das Ganze war einfach absurd, unvernünftig – und gerade darin lag der Reiz.

»Wann geht's los?« Proxi hob ihre Tasse mit dem bitteren, dickflüssigen bolivianischen Kaffee in die Höhe. Ich kannte diesen speziellen Glanz in ihren dunklen Augen. Er zeigte sich immer vor großen Herausforderungen.

Mir wäre es offengestanden lieber gewesen, man hätte auch

der vor uns liegenden Aufgabe mit Tastatur und Bildschirm beikommen können. Doch das war unmöglich. So ließ ich mich lieber von der allgemeinen Euphorie anstecken.

»Sobald wir die nötige Ausrüstung besorgt, uns mit den geographischen Gegebenheiten vertraut gemacht, den Transport gesichert und Ihnen einen Schnellkurs im Überleben unter Dschungelbedingungen erteilt haben«, scherzte Efraín. »Wir können also voraussichtlich am Montag aufbrechen.«

Nach der Rückkehr aus dem Restaurant hatte die versammelte Mannschaft noch eine schier unendlich lange Liste zusammengestellt. Mit ihr in den Händen verließen Lola und ich am Donnerstag morgen das Hotel, um die Einkäufe zu erledigen. Wir hatten auf einem Zettel alle Geschäfte notiert, in denen wir die Ausrüstung besorgen wollten. Die reichte von Zelten, Hängematten und Moskitonetzen über Teller, Filter und Tabletten zur Trinkwasseraufbereitung bis hin zu Toilettenpapier und Insektenschutzmittel. Wir waren den ganzen Tag pausenlos unterwegs und sorgten dafür, daß unsere Einkäufe in unser Hotel geliefert wurden. Von dort aus wollten wir am folgenden Montag aufbrechen – nicht ohne vorher den Großteil unserer Sachen bei Efraín und Gertrude vorbeigebracht und brav unsere Hotelrechnung beglichen zu haben. Wir wollten schließlich nicht wegen Zechprellerei gesucht werden. Wir wagten uns nur ganz vorsichtig, nach Macheten zu erkundigen, mit denen wir eine Schneise in den Urwald schlagen wollten. Doch der Verkäufer zeigte uns seelenruhig die verschiedenen Modelle, eines schärfer, größer und gefährlicher als das andere. Er empfahl uns eines aus deutscher Herstellung von einer Marke, die, wie er versicherte, die besten Stahlklingen fertigte. Unser Einkaufsbummel kostete einen Arm und ein Bein und eine Menge Schweiß. In der Zwischenzeit machte Marta Torrent sich auf den Weg nach El Alto, in den oberen Teil der Stadt, wo der internationale Flughafen lag. Dort befand sich auch das Terminal der TAM. Das Luftfrachtunternehmen der Armee war die einzige Gesellschaft, die Flüge von La Paz nach Rurrenabaque anbot, einem Dorf, das allen Besuchern des Madidi-Nationalparks als Ausgangspunkt diente. Die einzige alternative Beförderungsart war die Landstraße durch die Yungas, die jedoch als die sogenannte Straße des Todes traurige Berühmtheit erlangt hatte wegen der häufigen, durch enorme Steigungen und gefährliche Haarnadelkurven bedingte Verkehrsunfälle. Mal abgesehen von diesem einleuchtenden Grund, sie zu meiden, war da auch noch das Zeitproblem: Über Land brauchte man fünfzehn bis zwanzig Stunden, um Rurrenabaque zu erreichen. Das allerdings nur in der trockenen Jahreszeit, denn wenn es regnete, konnte man nie wissen ...

Wir hatten Glück, obwohl wir bis zur letzten Sekunde bangten. Marta bekam die letzten sechs Flugtickets für Montag, den 17. Juni. Wir befanden uns mitten in der Touristensaison, und wegen der großen Nachfrage wurden zusätzliche Flüge eingesetzt. Alles in allem kostete uns der Spaß siebenhundert Euro plus eine Anzahlung für die Rückflugtickets. Wir kannten das genaue Datum noch nicht, schätzten aber, daß wir irgendwann gegen Ende des Monats zurückwollten. Daher reservierten wir vorsorglich einen Flug, denn wir wollten bei der großen Nachfrage nicht am Ende ohne Rückfluggelegenheit dasitzen.

Gertrude hatte einige Schwierigkeiten, unsere Reiseapotheke zusammenzustellen. Ihre Funktion als Organisatorin von *Relief International* in Bolivien war dabei nicht immer hilfreich. Von den Zulieferern, die mit ihrer Hilfsorganisation zusammenarbeiteten, erhielt sie problemlos die Grundausstattung, etwa Schmerzmittel, Verbandszeug, Antibiotika, Spritzen und Einwegnadeln. Doch es gelang ihr zunächst nicht, unterderhand das Schlangengift-Immunserum zu besorgen, das sogenannte polyvalente Antivenin, sowie die dazugehörige Impfpistole. Mit diesen und ähnlichen Problemen schlug sie sich ganze drei Tage herum, von Donnerstag bis Samstag.

Efraín und Marc studierten in der Zeit Karten des Madidi auf der Suche nach dem günstigsten Weg, um unbemerkt in den Park zu gelangen. Beim Surfen im Netz stießen sie auch auf ein Interview mit einem gewissen Pedro Pellisier Sanchiz. Der Bekannte von Efraín und Marta war der ehemalige Direktor des Völkerkundemuseums von Bolivien und hatte die einzige existierende Bevölkerungskarte des Landes erstellt. In dem Gespräch zeigte sich Pellisier Sanchiz überzeugt von der Existenz noch unentdeckter Stämme in dem Gebiet des Madidi, etwa im unbekannten Quellgebiet des Río Heath und im Tal des Río Colorado. Am meisten aber überraschte, daß er behauptete, eine dieser nicht erfaßten Gruppen seien die Toromonas, ein Stamm, der im 19. Jahrhundert auf rätselhafte Weise während des Kautschukkrieges von der Bildfläche verschwunden war. Der Legende nach waren die Toromonas enge Verbündete der Inka, denen sie nach ihrer Niederlage gegen die Spanier halfen, mit den immensen Schätzen in den Urwald zu flüchten – was anscheinend den Mythos vom verlorenen, im Amazonasgebiet versteckten Eldorado oder Paitití genährt hatte. Die Toromonas galten seit mehr als einem Jahrhundert als verschollen und waren offiziell für ausgestorben erklärt worden. Pellisier Sanchiz' Annahme bestärkte uns in unserer Überzeugung, daß es sich mit den Yatiri vielleicht ganz ähnlich verhielt. Im Grunde genommen wußte niemand genau, was sich in den weißen Flekken befand. Auch die glücklosen Expeditionen in das Gebiet ließen das vermuten, etwa die des britischen Colonels Percy Harrison Fawcett im Jahre 1911, der damit betraut worden war, die Grenzen zwischen Bolivien und Peru sowie zwischen Brasilien und Paraguay zu kennzeichnen. Oder die des Norwegers Lars Hafskjold im Jahr 1997, von dem man nie wieder etwas hörte, nachdem er das Gebiet betreten hatte.

Der Madidi-Park war gewissermaßen ein geographisches schwarzes Loch. Trotzdem vermutete man dort, wie in einem Bericht der *National Geographic* vom März 2000 und in einem Bericht in *Conservation International*[3] zu lesen war, die Region mit der weltweit größten Artenvielfalt. Dort seien zum Beispiel mehr Vogelarten zu finden als auf dem gesamten nordamerikanischen Kontinent.

Marc und Efraín gaben ihre Informationen und Erkenntnisse

täglich an uns weiter, wenn wir beim Essen zusammensaßen. Sie führten uns immer deutlicher die Ungeheuerlichkeit, ja den Wahnsinn dieser Expedition vor Augen, zu der wir uns verpflichtet hatten. Keiner sagte etwas dazu, doch ich fragte mich, ob wir nicht einen schwerwiegenden Fehler begingen und womöglich ähnlich wie der britische Colonel oder dieser norwegische Forscher enden würden. Aus einem Impuls und dem Wunsch heraus, die Nabelschnur zur Zivilisation nicht völlig zu kappen, kaufte ich mir am Tag vor der Abreise eine kleine Ausrüstung, bestehend aus einem GPS-Handgerät, um zu jedem Zeitpunkt unsere Position überprüfen zu können, einem Ladegerät mit Solarzellen für die Batterien meines Handys und meines Laptops – den ich um jeden Preis in den Urwald mitnehmen wollte. Ich würde nicht sterben, ohne der Welt eine letzte Nachricht zukommen zu lassen. Zumindest eine Mitteilung, wo sie unsere Leichen finden konnten, damit sie nach Spanien überführt würden.

Sonntag rief ich spät in der Nacht meine Großmutter an und redete eine ganze Weile mit ihr. Wenn es jemanden gab, der Verständnis für diesen Wahnsinn aufbringen konnte, dann war es meine Großmutter. Sie zeigte sich nicht im geringsten überrascht von dem, was ich ihr voller Begeisterung erzählte. Fast hätte ich geschworen, daß sie am liebsten mit mir getauscht und ihr Leben in der ›grünen Hölle‹ aufs Spiel gesetzt hätte – übrigens der einzige Ausdruck, den Efraín, Marta und Gertrude benutzten, wenn sie vom Amazonasgebiet sprachen. Meine Großmutter bat mich eindringlich, auf der Hut zu sein und keine unnötigen Risiken einzugehen, verlangte aber nicht, mir das Abenteuer aus dem Kopf zu schlagen. Meine Großmutter strotzte nur so vor Energie und würde bis zum letzten Atemzug die lebendigste Person auf Erden bleiben. Wir vereinbarten, daß sie meiner Mutter nichts verraten würde, und ich versprach ihr, mich so bald wie möglich bei ihr zu melden. Sie erzählte mir von ihrem Plan, Daniel mit nach Hause zu nehmen. Ein längerer Krankenhausaufenthalt mache keinen Sinn. Ich war drauf und dran, ihr das mit den aus Martas Büro geklauten Forschungsunterlagen zu beichten. Letztendlich behielt ich es aber für mich, weil mir eins klar war: Falls uns während der Expedition etwas Schlimmes zustieße, wäre das Vergehen meines Bruders aus der Welt. Deshalb war es nicht nötig, meine Großmutter damit zu quälen. Ich konnte es ihr immer noch erzählen, wenn ich unversehrt wieder in Barcelona gelandet war.

Noch am Sonntag – wir hatten längst die gesamte Ausrüstung beisammen – luden Marc und Efraín weitere Informationen über den Madidi-Park aus dem Netz herunter. Gertrude, Marta, Lola und ich lasen sie kurz durch, reichten sie Seite für Seite weiter, sobald sie aus dem Drucker kamen. Der Park war am 21. September 1995 von der bolivianischen Regierung eingerichtet worden, und zwar so, daß er sich nahtlos an die übrigen Nationalreservate anschloß, den Manuripi Heath, das Kordilleren-Naturschutzgebiet Apolobamba und das Naturreservat zum Schutz der Biosphäre Pilón Lajas. Dort herrschte ein tropisches Klima, warm bei nahezu hundert Prozent Luftfeuchtigkeit, wodurch jede körperliche Anstrengung ein einziger Alptraum werden würde. Die Luftaufnahmen und Satellitenfotos zeigten, daß der Süden sich durch tiefe Täler und steile Hänge auszeichnete, während die Gebirgslandschaft der subandinischen Region Höhen von bis zu zweitausend Metern erreichen konnte. Das bedeutete, daß wir möglichst diesen Bergen den Rücken kehren und uns durch flaches Gebiet bewegen mußten, wenn es unsere Route zuließ. Dazu würden wir zunächst dem Tal des Río Beni folgen und erst später in Richtung der Hänge und Täler im Süden abbiegen.

»Irgend etwas stimmt da nicht.« Lola erhob sich vom Sofa und ging mit sorgenvoller Miene zu den militärischen Karten hinüber, die immer noch aufgeschlagen auf dem Tisch lagen. »Wenn die Entfernung zwischen Taipikala und dem Punkt auf dem goldenen Plan, wo sich die Spuren verlieren, unseren Berechnungen zufolge ungefähr vierhundertfünfzig Kilometer beträgt und man bei einer Fußwanderung durch diese Berge, ohne sich zu sehr zu beeilen, an einem Tag fünfzehn bis zwanzig Kilometer schaffen kann, dann ist da etwas falsch. Man würde nämlich weniger als einen Monat bis zu dem besagten Dreieck brauchen und nicht zwei, wie es bei Sarmiento de Gamboa heißt.«

»Na schön, in unserem Interesse hoffe ich, daß du dich irrst«, sagte Jabba. »Vergiß nicht, daß wir nur Vorräte für fünfzehn Tage besorgt haben.«

»Mehr könnten wir auch gar nicht mitschleppen«, gab ich zu bedenken.

Für die Berechnung unserer Lebensmittelvorräte hatten wir von der Gesamtstrecke natürlich abgezogen, was wir mit dem Flugzeug zurücklegen würden, also den Weg von La Paz nach Rurrenabaque. Von dort aus blieben noch etwas über hundert Kilometer, die uns von dem Dreieck auf der Karte trennten. Unsere Unerfahrenheit, mögliche Zwischenfälle und die Tatsache, daß wir uns den Weg mit der Machete freischlagen mußten, einbezogen, hatten wir die Essensvorräte eher großzügig bemessen. Wir durften ja auch die hundert Kilometer für den Rückweg nicht vergessen. Unsere Vorräte waren so reichlich, daß wir überzeugt waren, sogar noch mit Büchsen im Rucksack zurückzukehren. Wir waren lieber übervorsichtig, als womöglich hungern zu müssen. Denn wenn wir uns einmal im Urwald befanden, konnten wir uns nirgendwo mehr etwas besorgen, und ich wollte mir die Erfahrung ersparen, zusehen zu müssen, wie mein Freund Marc Baumstämme annagte oder in die erstbeste Schlange biß, die ihm über den Weg kroch.

In der Nacht vor unserem Abflug tat ich kein Auge zu. Bis zum Morgengrauen saß ich da und beantwortete Núrias letzte E-Mails mit geschäftlichen Fragen, erstaunt, daß auf einmal Licht durch die Ritzen der Fensterläden sickerte. Es war einer dieser Momente, wo man nicht weiß, wie man in eine Situation geraten ist. Ich jedenfalls hätte nicht zu sagen gewußt, wie es mich dorthin verschlagen hatte. Nur ganz entfernt erinnerte ich mich an den Boykott der Foundation TraxSG und an den Anruf meiner Schwägerin, Daniel sei krank. Bis zu dem Tag hatte ich ein angenehmes Leben geführt. Vielleicht einsam – na schön, verdammt einsam –, aber ich hatte mir zumindest eingebildet, zufrieden zu sein mit dem, was ich tat und was ich erreicht hatte. Und dann hatten sich die Ereignisse überschlagen, ohne daß ich Zeit zum Nachdenken gefunden hätte. Was hatte ich in diesem Hotel, Tausende Kilometer von zu Hause entfernt, überhaupt zu suchen? Im nachhinein kam es mir so vor, als hätte ich in einer Luftblase gelebt, ohne zu wissen, wann und wie ich dort hineingeraten war. Vielleicht war ich ja schon in sie hineingeboren worden. Als mir dieser Gedanke durch den Kopf schoß, wußte ich, daß er zutraf. Wenn je alles wieder so würde wie zuvor, würde ich Ker-Central so lange weiterführen, bis ich es satt hätte. Dann würde ich das Unternehmen verkaufen und mir etwas anderes suchen. Eine andere Tätigkeit, ein anderes Geschäft, das mich mehr interessierte. So war es immer gewesen. Sobald etwas in Routine erstarrte und mich nicht mehr Tag und Nacht umtrieb, gab ich es auf und machte mich erneut auf die Suche nach dem Inhalt der Luftblase: einer neuen Aufgabe, die mich zwang, über mich hinauszuwachsen. Einer Aufgabe, die mich am Nachdenken hinderte. Die es mir ermöglichte, mit mir allein zu sein. Ohne weitere Verpflichtungen als die zu beobachten, wie das Sonnenlicht durch Fensterritzen sickerte.

Vielleicht würde ich ja aus dem Regenwald nicht zurückkehren, dachte ich. Vielleicht waren die Gefahren, die uns dort erwarteten, eine Nummer zu groß für uns drei Grünschnäbel, zwei Laien und eine Pseudoexpertin. Trotzdem fühlte ich mich besser denn je. Hier, außerhalb der Luftblase, mit Blick auf das echte Leben, riskierte ich weitaus mehr, als mir ein Computervirus einzufangen oder durch eine Fehlinvestition ein paar Millionen zu verlieren. Allmählich dämmerte mir, daß sich mir da draußen mehr bot, jenseits meiner engen virtuellen Welt, in der ich es zufrieden war, meine Lieblingsmusik zu hören oder meine Bücher zu lesen oder meine liebsten Bilder zu betrachten. Im Grunde genommen würde ich Daniel danken müssen, wenn er erst wieder gesund war – aber erst nach einer ordentlichen

Tracht Prügel, natürlich im übertragenen Sinn. Danken dafür, daß er es mir ermöglicht hatte, mein perfektes, abgezirkeltes Leben zu verlassen. Die ganze Sache mit dem Aymara hatte meine Routine durchbrochen, hatte mich gezwungen, mich mit einem Teil meiner selbst auseinanderzusetzen, der mir bisher verborgen geblieben war. Hatte ich das Leben jemals intensiver gespürt als in dem Augenblick, als ich über den mit Goldtafeln vollgestellten Boden im Bauch einer präinkaischen Pyramide lief? Oder als ich wie ein Verrückter versuchte, die losen Enden der von den spanischen Chronisten über die Eroberung Lateinamerikas im 16. Jahrhundert überlieferten Daten zusammenzubringen? Wie ließ sich in Worte fassen, was ich in diesem Augenblick empfand? Fast hätte ich zu behaupten gewagt, daß mich etwas Ähnliches antrieb wie eine Leidenschaft. Eine Leidenschaft, die mir das Herz rasen und mich mit großen Augen staunen ließ.

Als Marc und Lola mich gegen zehn Uhr morgens zum Frühstück abholten, saß ich noch in den Kleidern vom Vortag da, im Sessel eingenickt, die nackten Füße auf dem Tisch.

An dem Morgen stand mir noch ein wichtiger Schritt bevor: Ich sollte mir eine Glatze rasieren, bevor wir das Flugzeug der TAM nach Rurrenabaque bestiegen. Marta hatte mich gewarnt, lange Haare seien im Urwald die größte Attraktion für Ungeziefer jeglicher Art.

Das Flugzeug hob mittags vom Militärflugplatz El Alto ab, und während der fünfzig Minuten bis zu unserer Ankunft veränderten sich sowohl die Landschaft als auch das Klima radikal: Von der trockenen Kälte des mehr oder weniger besiedelten Altiplano, viertausend Meter über dem Meeresspiegel, wechselten wir in eine dreitausend Meter tiefer gelegene drückend schwüle Urwaldregion. Ich war überzeugt, daß die Militärs uns wegen der Macheten, Messer und Klingen festnehmen würden, sobald unsere hundertsoundsoviel Kilo Gepäck durch die Sicherheitskontrolle geschleust würden. Doch viel zu wenige Flughäfen auf der Welt führen selbst nach dem Attentat vom 11. September derartige Kontrollen durch – und der von El Alto schon gar nicht. Unsere gefährlichen Waffen gelangten ohne die geringsten Schwierigkeiten in den Frachtraum. Efraín erklärte uns, es sei auf allen Flügen in Urwaldregionen üblich, daß die Passagiere eine solche Ausrüstung mitnähmen, und daher betrachte man sie nicht als Waffen. Wie wir gehofft hatten, verlangte man auch keine Ausweise von uns. Zum Glück, denn sowohl Marc als auch Lola und ich hatten nichts weiter dabei als unsere spanischen Personalausweise. Wir wollten nicht riskieren, unsere Reisepässe, die uns am Ende wieder nach Hause bringen sollten, im Urwald zu beschädigen oder gar zu verlieren. Der arme Marc schwitzte Blut und Wasser während des Flugs. Obwohl die Reise kurz und recht angenehm war, schwor er mit kaum vernehmbarer Stimme, er würde, wenn überhaupt, nur per Schiff nach Spanien zurückkehren. Er ließ sich auch nicht belehren, daß es die großen Schiffahrtslinien, die noch zu Zeiten der Titanic Seereisen über den Atlantischen Ozean angeboten hatten, schon lange nicht mehr gab. Er schwor Stein und Bein, daß er entweder eine Schiffspassage auftreiben oder für den Rest seines Lebens in Bolivien bleiben würde. Der Transit der TAM, oder die *Buseta,* wie man dort sagte, brachte uns zu den Büros der Gesellschaft mitten in Rurrenabaque. Wir waren direkt auf der Landepiste ausgestiegen, wenn man diese mit hohem Gras überwucherte Wiese so nennen will, die nicht von Leuchtmarkierungen, sondern vom Urwald begrenzt wurde. Bei Regen verwandelte sich der Boden dieser Schneise bestimmt in einen einzigen unpassierbaren Sumpf, stellte Lola entsetzt fest.

Im Zentrum von Rurrenabaque gerieten wir in den bunten Haufen Touristen jeglicher Nationalität, die dort auf die Zutrittsgenehmigung für den Nationalpark warteten. Wir flüchteten uns erst einmal in eines der Dorflokale, um etwas zu essen, bevor wir uns eine Transportmöglichkeit in die Nähe der Stelle organisierten, von der aus wir uns in den Madidi-Park schleichen wollten. Wir hatten Glück, denn am Anleger – dem neuralgischen Treffpunkt von Rurrenabaque – stand nur noch ein Toyota direkt am Ufer des Río Beni. Wir konnten ihn für wenige Bolivianos bei seinem Besitzer mieten, einem alten Indio vom Tacana-Stamm, der sich als José Quenevo vorstellte. Zeichen- und wortreich erklärte er sich bereit, uns für einen kleinen Aufpreis persönlich zu fahren, wohin wir wollten. Der Río Beni bot zu dieser Abendstunde ein faszinierendes Bild: Das Flußbett war so breit wie vier Autobahnen nebeneinander, und am anderen Ufer konnte man die Häuser aus Lehmziegeln mit Palmdächern von San Buenaventura erahnen, dem kleinen Nachbardorf von Rurre (wie die Bewohner ihren Ort abkürzten). Sieben oder acht Holzkanus, lang wie Eisenbahnwaggons und so schmal, daß die Insassen in einer Reihe hintereinanderhockten, verkehrten mit Gemüse und Vieh beladen zwischen beiden Ortschaften. Aus irgendeinem Grund fühlte ich mich trotz der drückenden Hitze einfach großartig beim Anblick der Landschaft mit ihren grünen Hügeln, dem breiten Fluß und dem blauen Himmel mit den weißen Wattewolken: Der riesige Rucksack, den ich auf dem Rücken trug, wurde mir nicht schwer, und ich sprang zuversichtlich und leicht wie eine Feder hinten auf Don Josés schmutzigen Transporter. Efraín nahm vorne neben dem Fahrer Platz und bat ihn, uns zum nahe gelegenen Ort Reyes zu fahren, wo wir für einige Tage unser Lager aufzuschlagen gedachten. Doch nach weniger als einer halben Stunde Fahrt klopften wir, wie zuvor vereinbart, von hinten gegen die Fahrerkabine und riefen – damit Don José uns gut verstehen konnte – Efraín laut zu, wir wollten schon hier aussteigen und den Rest zu Fuß gehen. Unser Fahrer hielt seelenruhig mitten auf der unwegsamen Piste nach Reyes an. Wir waren keinem Fahrzeug begegnet, und weit und breit war keine Menschenseele zu sehen. Bevor er uns mitten in der Einöde zurückließ, riet Don José uns, wir müßten uns beeilen, wenn wir noch vor Einbruch der Dunkelheit ankommen wollten. Vor uns läge noch eine gute Stunde Fußmarsch. Die Sonne brannte auf uns nieder, nur leicht abgemildert durch unsere Hüte, die wir vorsorglich mitgebracht hatten. Ich trug den Panamahut, den ich mir in Tiahuanaco gekauft hatte, um meine langen Haare vor

Martas Blicken zu verbergen. Und obwohl meine Haare jetzt in La Paz in einer Mülltonne vermoderten, leistete er mir hervorragende Dienste nicht nur als Sonnenschutz, sondern auch gegen die Moskitoschwärme. Sie umschwirrten uns trotz des Insektenmittels wie graue Wolken.

Kaum war Don José nach langen, umständlichen Wendemanövern auf dem Rückweg nach Rurre und aus unserem Blickfeld verschwunden, standen wir mutterseelenallein am Rande des Regenwalds. Efraín zog eine der Landkarten aus der Hosentasche und breitete sie auf dem Boden aus. Mit Hilfe meines GPS-Empfängers bestätigten wir unsere Vermutung, daß wir uns ganz in der Nähe einer Kontrollstation der Parkwächter befanden. Unser Plan sah vor, uns bis zum Einbruch der Dunkelheit versteckt zu halten, um uns dann direkt an der Nase des schlafenden Wächters vorbei in den Park zu schleichen. Ein ausgesprochen gefährliches Manöver, denn wir riskierten, in der Dunkelheit einen Puma, eine Schlange oder einen wild gewordenen Tapir aufzuschrecken. Doch wir wollten nur so weit vordringen, bis wir unbemerkt die Grenze hinter uns gebracht hatten, und uns dann irgendwo bis zum Sonnenaufgang verkriechen und schlafen. Eine lange Woche ununterbrochener Fußmärsche lag vor uns, immer der auf der Goldkarte eingezeichneten Route folgend. Ich hatte sie selbst Punkt für Punkt auf den GPS übertragen, so daß er uns die Richtung weisen konnte.

Wir drangen in den östlichen Teil des Dschungelgebiets ein. Dort war er weniger dicht bewachsen, und die schlanken Palmen behinderten uns kaum. Außerdem fiel uns das Laufen leicht. Wir waren gut ausgeruht und voller Tatendrang, was, wie Marta und Gertrude uns erklärten, an dem Höhenunterschied vom Andenhochland zum viel tiefer gelegenen Dschungel lag. Die Wirkung der Höhenkrankheit kehrte sich quasi um, da die Luft hier im Tiefland sauerstoffhaltiger war.

»Dieser Effekt wird noch ein paar Tage anhalten«, sagte Gertrude, die das Schlußlicht unserer Marschkolonne bildete. »Wir sollten das möglichst ausnutzen.«

Wer für wen verantwortlich sein sollte, hatten wir noch am Abend zuvor einvernehmlich geregelt: Marc war Gertrude zugefallen, weshalb er jetzt den vorletzten Platz in unserer Kolonne einnahm. Da Lola Marta zugeteilt worden war, lief sie direkt vor Marc. Und ich gehörte zu Efraín, der vorneweg marschierte und uns den Weg mit der Machete in der Hand bahnte. Da ich um einiges größer war als er, mußte ich allerdings häufig den Kopf einziehen, um mich nicht im Gesicht zu verletzen.

Während wir uns vorwärts kämpften, veränderte sich fast unmerklich die Vegetation. Das Unterholz – Gräser, Gestrüpp und die Sträucher in Bodennähe – wurde immer dichter und undurchdringlicher. Die von wuchernden Pflanzen und Schlinggewächsen erdrückten Palmen bekamen dickere Stämme und standen immer enger zusammen. Schließlich bildeten sie fünfzehn bis zwanzig Meter über unseren Köpfen mit ihren Wipfeln ein Dach, das kaum mehr Licht hindurchließ. Die infolge der hohen Luftfeuchtigkeit fast klebrige Schwüle begann ihren Tribut zu fordern. Zum Glück hatten wir uns spezielle Dschungelkleidung gekauft: Wir alle trugen langärmelige Hemden, die sofort den Schweiß aufsogen und schnell trockneten, wenn sie einmal naß wurden. Sie sorgten für einen optimalen Temperaturausgleich, bei Kälte wie bei Wärme. Unsere Hosen waren nicht nur aus elastischem Material, sondern atmungsaktiv, wind- und wasserabweisend und im Handumdrehen, je nach Bedarf, in lang oder kurz verwandelbar.

Eine halbe Stunde nachdem wir die Straße verlassen hatten, stießen wir schließlich auf eine Lichtung. Dort begrüßte uns ein riesiges Schild: »Willkommen – Welcome. Nationalpark und autonom verwaltetes Naturschutzgebiet«, und darunter die witzige Zeichnung eines sich an den Buchstaben entlanghangelnden Affen auf gelbem Grund. Unmittelbar hinter dem Schild blockierte, halb vom üppiggrünen Dickicht überwuchert, eine kleine Holzhütte mit Palmendach den Durchgang in das Schutzgebiet. Zu unserer Verblüffung schien das Häuschen leer zu sein. Weit und breit war keine Spur eines menschlichen Wesens, ob Wachtposten oder nicht, zu entdecken. Efraín ging schweigend nach hinten zu Gertrude, legte ihr eine Hand auf die Schulter und schob sie zurück, damit sie vom Wachhäuschen aus nicht gesehen werden konnte. Alle sechs verkrochen wir uns im Dickicht, legten lautlos unsere Rucksäcke ab, um zu warten, bis es richtig dunkel war. Der Boden, auf dem wir hockten, schien brodelnd heiß wie ein dampfender Ofen. Überall knackte und knirschte es, und als die Dämmerung einbrach, wurden die Geräusche immer lauter und schließlich ohrenbetäubend: Das Zirpen der Zikaden vom Tag wich dem schrillen Kreischen der nächtlichen Grillen und der Grashüpfer, in das ein seltsames Geheul von oben aus den Baumwipfeln einstimmte. Dazu gesellte sich der ungeheure Lärm, den die Frösche des nahe gelegenen Río Beni mit ihrem Quaken und Trommeln veranstalteten. Als reichte das noch nicht, um moderne Städter wie Marc, Lola und mich an den Rand des Nervenzusammenbruchs zu bringen, füllte sich die undurchdringliche Dunkelheit um uns herum allmählich mit kleinen flackernden Lichtern, die uns umschwirrten. Sie stammten von widerwärtigen Insekten, die unsere drei Begleiter mit flinken Handbewegungen einfingen, während sie entzückt flüsterten: »Glühwürmchen, wie hübsch!« Nun, diese ach so hübschen Glühwürmchen waren keine niedlichen Nektarsammler, sondern immerhin an die vier Zentimeter lange, also eher gigantische Glühwürmer, die loderten wie Leuchtfeuer.

»Hier sind die Dinge generell sehr groß, Arnau«, erklärte mir Gertrude leise. »Im Amazonasgebiet ist alles überproportional und gewaltig.«

»Erinnerst du dich an den britischen Colonel Percy Harrison Fawcett, der 1925 hier in der Gegend verschollen ist?« fragte mich Efraín flüsternd. »Nun, er war ein Freund von Sir Arthur Conan Doyle, dem Erfinder von Sherlock Holmes. Sir Arthur hat diesen wunderbaren Roman mit dem Titel *Die verlorene Welt* geschrieben. Darin kommen Riesentiere vor. Anscheinend haben ihn die Schilderungen des Colonels von seinen Abenteuern hier in der Gegend dazu inspiriert.«

Wortlos nahm ich den Hut ab und versuchte mit wildem Gefuchtel die Glühwürmchen zu verjagen. Diese verstanden das wohl im vollen Bewußtsein ihrer Größe und Überzahl absichtlich als Einladung zu einem lustigen Spielchen und versteiften sich darauf, mir immer näher auf den Leib zu rücken. Mein empfindlichster Körperteil war mein seit der Kopfrasur ungeschützter Nacken, und beim bloßen Gedanken, eines dieser Insekten könnte mich dort auch nur mit den Flügeln streifen, bekam ich eine Gänsehaut. Ich hatte mich noch nicht daran gewöhnt, den Hals frei zu haben. In dem Augenblick, glaube ich, beschloß ich zum ersten Mal, etwas an meiner Einstellung zu ändern. Um mich herum war alles Natur in ihrer ursprünglichsten und wildesten Form. Hier handelte es sich nicht um meinen sorgfältig gehegten und von einem Gärtner fachmännisch gepflegten Garten in der Stadt, der darauf achtete, daß kein Ungeziefer in mein Haus gelangte. Hier besaß ich keinerlei Entscheidungsgewalt. Ich konnte meine Umgebung, anders als die häusliche, nicht im geringsten beeinflussen. In Wahrheit waren wir die Eindringlinge, und so lästig mir die Hitze, die Insekten und das dichte Gestrüpp auch waren, entweder ich paßte mich an, oder ich würde zum Störfaktor für die Expedition und mich selbst werden. Was hatte es für einen Sinn, ständig daran zu denken, daß ich Tausende von Kilometern entfernt ein Haus voller riesiger, an ein System künstlicher Intelligenz angeschlossener Bildschirme besaß, das allein dazu diente, mein Leben bequem, sauber und angenehm zu gestalten …? Instinktiv nahm ich das Handy aus dem Rucksack und schaltete es ein, um zu probieren, ob es funktionierte. Die Batterie war geladen, und der Satellitenempfang ging auch. Ich seufzte erleichtert. Immerhin hatte ich noch Verbindung zur Zivilisation und hoffte, es würde in den nächsten zwei Wochen so bleiben.

»Heimweh nach Barcelona?« fragte mich Marta Torrent im Flüsterton. Ich konnte ihr Gesicht nicht sehen, da die Sonne längst untergegangen war.

»Scheint so.« Ich schaltete das Handy wieder aus und steckte es weg.

»Das ist der Dschungel, Arnau«, sagte sie. »Hier nützt Ihnen Ihre Technik wenig.«

»Ich weiß. Ich werde mich schon dran gewöhnen.«

»Vertun Sie sich nicht, Señor Queralt«, scherzte sie leise. »Seit wir La Paz verlassen haben, zählt Ihr bloßer Wille nichts mehr. Der Dschungel wird Ihnen das noch einbleuen. Achten Sie darauf, ihn zu respektieren, sonst werden Sie es teuer bezahlen.«

In diesem Moment fragte Efraín: »Gehen wir?«

Wir willigten alle ein und standen auf, um unsere Habseligkeiten einzusammeln. Es war offensichtlich, daß sich hier nirgendwo ein Parkaufseher herumtrieb, und um diese Uhrzeit würde auch keiner mehr auftauchen. Wir riskierten also nichts, wenn wir einfach in aller Offenheit hineinmarschierten.

»Ist es nicht ungewöhnlich, daß ein Eingang unbewacht ist?« fragte Lola, während sie sich an ihrem Platz in die Reihe einordnete.

»Ja, natürlich ist es ungewöhnlich«, sagte Gertrude, ohne weiter ihre Stimme zu dämpfen, während sie sich den Rucksack wieder auf den Rücken schnallte, »aber doch recht häufig.«

»Vor allem an diesen Nebeneingängen, zu denen sich kaum ein Tourist verläuft.« Efraín trat entschlossen auf die Lichtung. Die Dunkelheit war so dicht, daß ich ihn kaum sehen konnte, obwohl er unmittelbar vor meiner Nase lief.

Wir folgten dem engen Durchgang, der sich um das Schild und das leere Häuschen herumschlängelte, und gelangten schließlich in den Madidi-Park. Die Geräusche des Dschungels waren ebenso erschreckend wie die Stille, die ab und zu eintrat, ohne daß wir wußten, warum. Auf einmal und völlig überraschend konnte alles um uns her abrupt verstummen, und wir hörten unsere Schritte im Laub rascheln, doch dann waren die Geräusche, die Schreie und die seltsamen Pfiffe ebenso schlagartig wieder da.

Sobald der Eingang ein- bis zweihundert Meter hinter uns lag, blieb Efraín stehen, und ich hörte ihn herumhantieren, bis, zunächst schwach und dann hell und kräftig, das Licht seiner Campinggaslampe aufschien und uns den Weg beleuchtete. Marc zündete seine ebenfalls an, und Marta, die hinter mir lief, tat es ihnen gleich, so daß wir rascher und sicherer vorankamen und schon bald ein freies Plätzchen im Dickicht an einem kleinen Bach fanden. Wir beschlossen, dies sei der perfekte Ort für ein Nachtlager. Seit wir die Gaslampen angezündet hatten, umschwirrten uns riesige Nachtfalter. Gertrude ließ uns das Gelände penibel absuchen, bevor wir anfingen, unsere Zelte dort zu errichten. Im Dschungel gibt es, wie sie sagte, eine ganze Reihe ziemlich gefährlicher Ameisen, und wir mußten sichergehen, daß wir uns nicht in der Nähe eines Nests oder eines wegen seiner Ausmaße leichter erkennbaren Termitenhügels niederließen. Wir stellten die Zelte in einem zum Bach hin offenen Halbkreis auf und zündeten ein Feuer an, um wilde Tiere zu verjagen, die eventuell von unserem Geruch oder dem unseres Essens angelockt würden. Laut Gertrude waren die wilden Tiere gar nicht so wild. Sie neigten zur Flucht, sobald sie Menschen in der Nähe witterten – es sei denn, sie waren hungrig und die Beute wirkte schutzlos. Dann wäre das Drama natürlich perfekt. Doch ein richtiges Feuer, beruhigte sie uns, könne uns die ganze Nacht über schützen.

Wir aßen ausgiebig zu Abend und blieben, da es noch früh war – die Uhr zeigte erst kurz nach acht –, noch wach, um ein wenig zu plaudern und die angenehme Temperatur zu genießen. Ich war nie bei den Pfadfindern oder in einem Zeltlager gewesen und gehörte auch keinem Wanderclub an. Zum ersten Mal in meinem Leben saß ich mit anderen ums Lagerfeuer. Doch ich hätte nicht zu sagen vermocht, ob es mir gefiel. Wir sprachen nur über die Dinge, die wir drei Grünschnäbel beachten mußten, wollten wir unversehrt bleiben. Der Himmel über uns war von so großen, hell leuchtenden Sternen übersät, wie ich es noch nie gesehen hatte, und nur diese Kerle, die über die Macht der Worte verfügten, waren schuld daran, daß ich mich in dieser außergewöhnlichen Lage befand. Ich schwieg, während die anderen redeten, schaute in Marcs und Lolas vom

Feuer erleuchtete Gesichter und wußte, daß sie sich wohl fühlten. Sie freuten sich, dabei zu sein. Und auf die eine oder andere Weise würden sie ihren Weg finden, die vor uns liegenden Schwierigkeiten zu meistern. Rein rationale Gründe hatten mich zu diesem Abenteuer in freier Natur bewegt. Die Lichtung in unmittelbarer Nähe des sauberen, friedlich dahinplätschernden Bächleins mochte zwar idyllisch sein, aber ich fühlte mich nicht wohl. Die Umgebung unterschied sich in meinen Augen nicht grundlegend von dem Teil der ›grünen Hölle‹, den wir am Abend durchquert hatten, wo es einen ständig und überall stach, biß und juckte.

Gegen zehn Uhr legten wir uns endlich schlafen, nicht ohne die Lebensmittel vorher fein säuberlich verstaut und alle Essensreste abgewaschen zu haben, um keine nächtlichen Besucher anzulocken. Efraín und Gertrude teilten sich natürlich ein Zelt, doch ich schlief bei Marc und Lola bei Marta, damit ich nicht allein mit Marta unter demselben kunststoffbeschichteten Zeltdach nächtigen mußte.

Trotz des guten Wetters und obwohl wir uns in der Trockenzeit befanden, zog sich der herrliche Sternenhimmel gegen Mitternacht zu, als wir alle schliefen oder es zumindest – wie in meinem Fall – krampfhaft versuchten. Ohne daß wir uns erklären konnten, woher auf einmal die Wolken gekommen waren, entlud sich ein irrer Platzregen über uns, begleitet von einem stürmischen Südwind, der beinahe die Heringe unserer Zelte aus dem Boden gerissen hätte. Das Feuer ging aus, und weil das Holz naß war, konnten wir kein neues anzünden. Wir mußten Wache halten, wollten wir nicht irgendeinem Raubtier zum Fraß fallen. Als es endlich Tag wurde und das Unwetter weiterzog, waren wir total erschöpft, durchnäßt und halb erfroren. Die Temperatur war, wie mein GPS anzeigte, auf fünfzehn Grad gefallen – für den tropischen Regenwald mehr als ungewöhnlich, aber phantastisch für den Marsch, der uns an dem Tag bevorstand, wie Gertrude zufrieden feststellte.

Zum Frühstück stopften wir uns mit Kalorien voll und bahnten uns dann mit Hilfe der Machete den Weg in Richtung

Nordosten. Das war in der Tat so ermüdend, daß wir uns an der vordersten Front regelmäßig ablösen mußten. Beim zweiten Durchgang begann meine rechte Hand zu schmerzen, und als ich zum dritten Mal an der Reihe war, hatte ich bereits einige schmerzhafte Blasen, die jeden Moment aufzuplatzen drohten. Gertrude stach sie mir auf, schmierte sie mit Salbe ein und bandagierte mir ganz behutsam die Hand. Und bald mußte sie bei Marta, Lola, Marc und auch sich selbst ebenso verfahren. Der einzige, der ungeschoren davonkam, war Efraín, der von den Ausgrabungen in Tiahuanaco genug Schwielen an den Händen hatte. Unter diesen Bedingungen – der Dschungel troff noch vom nächtlichen Regenguß, und der Boden hatte sich in einen einzigen rutschigen Brei verwandelt, in dem unsere Füße bis zu den Knöcheln versanken – kamen wir kaum voran. Das wurde weiter erschwert, weil die Insekten an jenem Morgen, vielleicht infolge des Unwetters, besonders aggressiv waren. Ihre Angriffslust steigerte sich, je höher die Sonne stieg. Doch das eigentliche Problem waren weder die Insekten noch der Sumpf oder das Unterholz, ja nicht einmal die Bäume, inzwischen nicht mehr nur Palmen, sondern eine Mischung aus vielerlei Arten. Nein, die größte Schwierigkeit stellten die schlanken Lianen dar, die wie Weihnachtsschmuck von den Ästen hingen und solide, holzartige Wände bildeten, die wir mit einem Machetenhieb durchtrennen mußten. Das Ganze war der reinste Alptraum, ja, die Hölle. Und als wir in der Nähe eines Bächleins, das zwar auf unseren Karten als dünne hellblaue Linie eingezeichnet war, aber keinen Namen zu haben schien, zum Essen haltmachten, waren wir vollkommen fertig. Nur Marc schien auf den ersten Blick stabiler als der Rest, doch auch er war kaum noch in der Lage, ein Wort herauszubringen. Mit ausgestreckten Armen, als bäten wir um Almosen, blieben wir an dem kleinen Wasserlauf sitzen. Plötzlich brach Lola in dröhnendes Gelächter aus. Und ohne zu wissen, wie uns geschah, prusteten wir alle wie auf Kommando los. Wir bekamen aus lauter Verzweiflung einen solchen Lachanfall, daß wir gar nicht mehr aufhören konnten.

»Ich glaube, das war das Schlimmste, was mir je im Leben passiert ist!« rief Efraín aus und ließ seinen Kopf auf Gertrudes Schulter sinken. Noch immer konnte er vor Prusten kaum reden.

»Das glaube ich nicht nur«, sagte Marta. »Ich bin fest davon überzeugt.«

»Was sollen erst wir dazu sagen«, brummte Marc und fuchtelte mit seinen verbundenen Händen, um die uns umschwirrenden Insekten zu verscheuchen.

»Verstehen Sie jetzt, warum es die ›grüne Hölle‹ heißt?« wollte Gertrude wissen.

»Ich weiß nicht, ob ich unter diesen Bedingungen zwei Wochen durchhalte.« Ich schlug mir mit der verbundenen Hand auf den Nacken, um einen Moskito zu erschlagen.

»Wir werden uns schon daran gewöhnen«, sagte Lola mit einem aufmunternden Lächeln. »Du wirst schon sehen.«

»Wir sind doch gerade erst am Anfang!« Efraín streifte sich den Rucksack von den Schultern, um aufzustehen. »Keine Sorge, Kumpel, man kann immer mehr, als man glaubt. Warten Sie erst mal ab, in ein paar Tagen sind Sie perfekte Indianer.«

»Ich fühle mich fast schon so«, brummte ich im Brustton der Überzeugung.

Efraín zog sich plötzlich Hemd und Stiefel aus und stieg, ohne zu zögern, mit Hose und allem ins Wasser und planschte so wild herum, daß er uns alle naß spritzte. Er hatte es wirklich nötig, man hätte ihn leicht für eine Lehmskulptur halten können. Es war ein Uhr mittags, und wir waren seit sechs Uhr auf den Beinen. Mir kam es wie eine Ewigkeit vor. Während Efraíns Dschungelkoller auf die anderen abfärbte und sie ebenfalls ins Wasser stiegen, um sich zu säubern und ein wenig herumzualbern, konsultierte ich die Karte und das GPS. Zu meinem Entsetzen stellte ich fest, daß wir kaum mehr als sechs Kilometer hinter uns gebracht hatten. Unsere Position betrug 14° 17′ südliche Länge und 67° 23′ östlicher Breite. Selbst wenn wir im Dschungel auf eine Landstraße stießen, würden wir am Abend nicht die für unser Nachtlager vorgesehene Stelle erreichen. Der Plan, mehr als zwanzig Kilometer pro Tag zurückzulegen, war hirnrissig gewesen. Genauso wie die Vorstellung, wir hätten überschüssige Kraft einzusetzen, weil wir von den Hochanden kamen und mehr Sauerstoff im Blut hätten.

»Nur Mut, Arnau«, redete ich mir selbst gut zu. »Schlimmer kann es nicht mehr kommen.« Da auch meine Haut von einer dicken, getrockneten Lehmkruste überzogen war, beschloß ich, daß ich ebenfalls dringend ein Bad vertragen konnte. Im Leben war ich noch nicht so dreckig gewesen, alles an mir klebte, und ich stank. Sicher gehörte auch das zu den neuen Erfahrungen, die ich tapfer ertragen mußte, aber es widerstrebte doch all meinen Grundsätzen.

Der Nachmittagsmarsch wurde kaum besser, nur kamen wir noch ein bißchen langsamer voran. Wir waren erschöpft, und die schweren Rucksäcke machten uns zu schaffen. Lola trug obendrein noch einen Plastikbeutel mit zwei riesigen Schnecken, die sie in der Nähe des Bachs gefangen hatte. Es schien ihr nichts auszumachen, diese beiden Tierchen mitzuschleppen, deren spiralförmige Häuser kaum kleiner waren als Hefeschnecken. Auf unserem Weg entdeckten wir breite Ameisenstraßen, die sich durchs Dickicht zogen. Da jede einzelne Ameise mehr als zwei Zentimeter lang war, erreichte die Prozession beachtliche Ausmaße. Die längste Ameisenstraße, auf die wir stießen, bestand aus rötlichen Tierchen, die mit ihren Kauwerkzeugen riesige Blattstücke zu einem imposanten, fast einen halben Meter hohen Erdhaufen schleppten.

»Ist das ein Termitenhügel?« fragte Lola.

»Nein«, sagte Gertrude. »Termitenhügel sind weitaus größer. Das ist nur ein Ameisenhügel. Manchmal errichten Ameisen ganz ähnliche Bauten. Sie schützen damit die Öffnungen ihrer unterirdischen Gänge.«

Marc stieß einen bewundernden Pfiff aus. »Das müssen ja gigantische unterirdische Labyrinthe sein!«

Doctora Bigelow nickte. »Wahrscheinlich laufen wir schon seit einigen Kilometern ahnungslos über sie hinweg.«

»Sind die hier gefährlich?« wollte Marta sofort wissen.

»Das weiß ich nicht. Aber ich würde sie sicherheitshalber lieber nicht anfassen. Davon kann man tagelang hohes Fieber und Schmerzen bekommen.«

Vor Einbruch der Dunkelheit machten wir endlich auf einer kleinen freien Fläche zwischen zwei Bäumen halt.

»Hier werden wir die Nacht verbringen.« Efraín rammte mit einem lässigen Schwung aus dem Handgelenk die Machete in den Boden.

»Hier?« wunderte sich Marc. »Hier können wir die Zelte doch gar nicht aufstellen.«

»Wir werden sie auch nicht aufstellen, Herr Informatiker«, sagte der umtriebige Archäologe. »Heute schlafen wir unterm Moskitonetz in unseren Hängematten.«

»Unter freiem Himmel?« murrte ich.

»Unter freiem Himmel. Bei dem Schlamm können wir keine Zelte aufstellen.«

»Laßt uns erst den Boden absuchen«, mahnte Gertrude, »und die Baumrinden ebenfalls. Danach sehen wir, ob wir bleiben können.«

Auf dem Boden gab es tatsächlich Ameisen, aber nur schmale Reihen von kleinen hintereinandermarschierenden Tierchen, die nicht gefährlich wirkten. Nachdem wir die Lebensmittel für unser Abendessen hervorgeholt hatten, schnürten wir die Rucksäcke fest zu und zündeten die Gaslampen an, um uns für die Nacht einzurichten. Wir waren völlig erschöpft. Zusätzlich entfachten wir ein großes Lagerfeuer, um unsere Mahlzeit aufzuwärmen und zum Schutz vor Tieren. Ich weiß noch, wie benommen ich mich während des ganzen Abendessens fühlte, doch keiner blieb verschont: Als wir fertig waren, mußten wir alle unsere Teller, Gläser und das Besteck mit dem Wasser aus unseren Feldflaschen abwaschen. Anschließend befestigte jeder seine Hängematte in angemessener Höhe an den dicken Baumstämmen und band die Lianen so zusammen, daß sie nicht störten. Dann hängten wir die Moskitonetze an den untersten Ästen auf und breiteten sie über uns aus, immer darauf bedacht, daß kein Insekt hineingeriet. Dann legten wir uns schlafen. Doch obwohl ich in der vorherigen Nacht kein Auge zugetan hatte, fiel es mir schwer, Schlaf zu finden: Wie um Himmels willen sollte man in dieser Hängematte liegen, ohne daß sie unter dem Gewicht des Körpers in der Mitte schmerzhaft durchhing und sich an den Enden abrupt im rechten Winkel nach oben straffte? Ich war wohl nicht der einzige, der unruhig war, denn ich konnte das Quietschen der an den Baumstämmen entlangratschenden Kordeln hören, wenn Marc und Lola in ihren frei baumelnden Netzen herumrutschten und wie ich vor Schmerzen stöhnten wegen der blauen Flecken und Blasen, die sie sich im Laufe des Tages zugezogen hatten. Vor lauter Müdigkeit war ich nicht mehr in der Lage, sie anzusprechen.

Ich hatte das Gefühl, ich müßte mich völlig ruhig halten, egal wie sehr mich die Muskeln schmerzten, denn nur so hatte ich überhaupt eine Chance einzuschlafen. Und als ich meine erschöpften Augen im Licht des Lagerfeuers noch einmal kurz aufschlug, erschrak ich beim Anblick von uns sechs weißen Schmetterlingskokons. Denn diese baumelten über einem Haufen giftgelber Schlangen mit rombenförmigen schwarzen Flecken auf dem Rücken und winzigen funkelnden Äuglein. Der Boden war übersät von ihnen. Das Blut gefror mir in den Adern, und ich stöhnte auf, weil mein Körper sich in der verfluchten Hängematte anfühlte wie von tausend Nadelstichen gepeinigt. »Efraín«, rief ich so wenig hysterisch, wie ich konnte.

Doch Efraín schlief, leise schnarchend, den Schlaf der Gerechten und hörte mich nicht.

»Gertrude«, beharrte ich. »Efraín.«

»Was ist los, Root?« fragte Lola, die sich in ihrer Hängematte hin- und herwälzte wie eine Frühlingsrolle, um einen Blick auf mich werfen zu können.

Schweigend zeigte ich mit dem Finger auf den Boden. Sie blickte hinunter und verstand. Entsetzt riß sie den Mund auf, schrie drauflos, ein schrilles, nicht enden wollendes Kreischen. Sofort brach ein Heidenlärm im Dschungel los, überall krakeelte, brüllte, zwitscherte, gurrte, pfiff und heulte es drauflos. Doch Proxis Gebrüll überbot sie alle an Lautstärke.

Das panische Rufen der anderen, die durch den Krach wach wurden, gesellte sich plötzlich noch zu dem ganzen Getöse.

»Was ist denn los?« meldete sich Gertrude. Efraín griff noch im Halbschlaf nach der Machete, die er innerhalb seines Moskitonetzes in den Baumstamm gerammt hatte, und zog sich mit der anderen Hand den Hut vom Gesicht.

Lola schrie immer noch wie am Spieß, und Marc hörte nicht auf zu fluchen, daß es einem in den Ohren weh tat. Marta war die einzige, die, aus dem Schlaf hochgeschreckt, nicht die Fassung verlor.

Ich war noch wie benommen und zeigte immer wieder mechanisch nach unten. Als Gertrudes Blick meiner Geste folgte, entdeckte sie schließlich die Biester, die zusammengerollt oder im Zickzack wie ein Teppich den gesamten Boden unseres Schlafplatzes bedeckten.

»Schon gut, schon gut ...«, sagte sie ganz ruhig. »Kriegt euch wieder ein.«

»Was zum Teufel ist denn überhaupt los?« schimpfte Efraín, der nur mit Mühe die Augen aufbekam.

»Keine Sorge, Paps«, sagte seine Frau. »Da unten liegt nur eine Familie Pukararas, die sich ein wenig am Feuer wärmen wollen, sonst nichts.«

»Sonst nichts?« schrie Marc entsetzt.

»Hören Sie, Gertrude«, sagte ich. »Verstehen Sie denn nicht, was das bedeutet?«

»Natürlich verstehe ich das. Pukararas sind die größten Giftschlangen aus der Familie der Klapperschlangen, die es gibt. Allerdings besitzen die Pukararas gar keine Klappern. Von ihnen stammt übrigens das Antivenin, das Gegengift, das ich in meiner Reiseapotheke dabeihabe. Aber sie ernähren sich nur von Kleintieren und sind eigentlich für Menschen nicht gefährlich. Die Wärme hat sie angelockt. Wir müssen sie einfach nur in Frieden lassen. Sobald das Feuer heruntergebrannt ist, werden sie sich entfernen.«

»Im Dschungel wimmelt es nur so von ihnen«, bestätigte Marta seelenruhig.

»Stimmt. Seien Sie unbesorgt. Achten Sie nur darauf, daß Sie unterwegs auf keine treten und sie nicht aufscheuchen. Hier in unseren Hängematten sind wir vorerst sicher. Letzte Nacht waren sie bestimmt auch im Camp, und hat das jemand bemerkt?«

»Zum Glück nicht!« rief ich resigniert.

»Sobald das Feuer aus ist, verziehen sie sich, glauben Sie mir.«

»Na schön«, sagte Marc, »aber dann kommen die Pumas, die Löwen und die Hyänen ...«

»Hier gibt es keine Löwen, Marc«, klärte ihn Gertrude seelenruhig auf und versuchte, es sich in ihrer Hängematte bequem zu machen.

»Soll das etwa heißen, daß es Hyänen gibt?« fragte mein Freund erschrocken.

»Jetzt schlafen Sie endlich«, grummelte Efraín, der sich schon wieder in seinem Kokon zusammengerollt hatte.

In der Nacht tat ich erneut kein Auge zu. Wie denn auch bei all den Pukararas, die sich direkt unterhalb meiner Lenden schlängelten. Das war bereits die zwei Nacht. Noch nie hatte ich mich so ausgeliefert gefühlt. Bisher waren alle bedrohlichen Situationen in meinem Leben berechenbar gewesen, etwa der Sturz in den Abwässerkanal von Barcelona oder einige virusinfizierte Computer. Sie hatten mich jedenfalls nie in Todesgefahr gebracht. Aber jetzt war ich dermaßen erschöpft, daß mein Gehirn nicht mehr richtig funktionierte, ich schwitzte vor Panik aus sämtlichen Poren, und halb benommen, wie ich war, schossen mir ununterbrochen neue Schreckensbilder durch den Kopf.

Als das Lagerfeuer allmählich erlosch, begannen die Pukararas tatsächlich, sich zu verziehen. Doch die zwei restlichen Stunden bis zum Morgengrauen verbrachte ich in einem unruhigen Dämmerzustand. Es war die reinste Folter, bei der mich die absurdesten Bilder verfolgten. Ich wollte nur noch nach

Hause. Bei meiner Großmutter sein, mit meinem Neffen spielen, meinen Bruder sehen. Fern der Heimat erschienen sie mir in meiner Hängematte unendlich kostbar. Wenn man an seine Grenzen stößt, unmittelbar vor dem Abgrund steht – oder es zumindest denkt –, verschwindet alles Unwesentliche von selbst. Nur das wirklich Wesentliche hat Bestand. Ich analysierte die Reihenfolge, in der meine Wünsche aufgetaucht waren: zuerst meine Wohnung, das heißt mein Umfeld, mein Heim, gleichsam ein Abbild meiner selbst. Es war die Zuflucht, wo ich mich sicher fühlen konnte, wo es meine Bücher gab, meine Lieblingsmusik, meine Konsolen für die Videospiele, meine Filmsammlung, meinen Garten ... Dann meine Großmutter, die außergewöhnlichste Person auf der Welt, die ich als meine direkte Verbindung zum Leben und zu meinen Wurzeln verstand – wenn man das dazwischenliegende Glied meiner alles andere als klugen, oberflächlichen und charakterschwachen Mutter einmal ignorierte.

»Auf, auf, Freunde! Zeit zu frühstücken!«

Unser Wecker, der gute Efraín, hatte entschieden. Um fünf Uhr morgens hatten wir ausgeschlafen zu sein. Als ich aus meiner Hängematte sprang, quälte mich Muskelkater am ganzen Körper.

Wir marschierten sieben Stunden ohne Pause, ertrugen die drückende Hitze, die uns dieser neue Tag bescherte, und bahnten uns mühselig unseren Weg durch das Dickicht aus Schlingpflanzen. Meine Hände und die der anderen waren dermaßen zerschunden, daß wir sie kaum noch spürten, aber was machte das schon? Wir drei Grünschnäbel hatten uns in Zombies verwandelt, in Roboter. Und wenn ich schon völlig am Ende war, wie mochte es erst Marc und Lola gehen. Ihre Gesichter waren gespenstisch bleich und leblos, wie durch einen Zauberspruch nur stümperhaft von den Toten auferweckt. Wenn wir so weitermachten, würden wir niemals an unser Ziel gelangen.

In der folgenden Nacht konnten wir wieder die Zelte nicht aufstellen, so daß sich das unangenehme Abenteuer mit den Pukararas wiederholte. Doch mein Körper hatte die Faxen dicke, und endlich gelang es mir, einmal richtig durchzuschlafen und einigermaßen ausgeruht aufzuwachen. Es wäre ein perfekter Morgen gewesen, hätte uns nicht dichter Nebel eingehüllt, weswegen ich nicht erkennen konnte, was da schwer wie eine Dogge auf meinen Beinen lastete. Als ich mich in der Annahme umdrehte, es handele sich um einen Ast oder um den Rucksack eines meiner Kameraden, der schon wach war, und aufstehen wollte, zeigte sich, daß die vermeintliche Dogge vier flinke Pfoten mit scharfen Krallen besaß, die mich durchs Hosenbein kratzten.

»Mist! Was ist das?« rief ich aus, und während ich mühsam durch den Nebel hindurch zu erkennen versuchte, was zum Teufel da auf meinem Körper herumtrampelte, schoß mir Adrenalin in heftigen Schüben durch die Adern.

Von dem Baumstamm, an dem ich die Enden meiner Hängematte festgeknüpft hatte, starrte mich unter einem Panzer hervor ein Augenpaar an: eine Riesenechse, prächtig gemustert in Grün, Braun und Gelb lag dort, länger als mein Arm, reglos auf der Lauer. Den seltsam gespaltenen Schwanz hatte sie aufgestellt, und ihr Kamm, groß wie ein Fächer, war bedrohlich geschwollen.

»Verlassen Sie ganz langsam Ihre Hängematte, Arnau«, sagte Gertrude.

»Wie langsam?« fragte ich, ohne mich zu rühren.

»So als hätten Sie alle Knochen gebrochen.«

»Verstehe. Tut mir eh alles weh.«

»Ist der giftig oder so was in der Art?« fragte Lola ängstlich, während ich mich mühsam Millimeter für Millimeter, ohne zu wackeln, aus der Hängematte hangelte, bis ich auf dem Boden landete.

»Nein, eigentlich nicht«, sagte Gertrude belustigt. »Diese Geckos oder Amazonasechsen sind vollkommen harmlos.«

Ich kam mir vor wie ein Trottel, daß ich darauf hereingefallen und in einer völlig unmöglichen Haltung aus meiner Hängematte geklettert war. Doch mit den Füßen sicher auf dem Boden, konnte ich auch wieder lachen, und mein Puls normalisierte sich. Bei meiner Landung auf der Erde war das arme Tier hochgeschreckt und den Stamm hinauf davongeflitzt.

»Habt ihr bemerkt, daß er zwei Schwänze hat?« fragte Efraín, der das Feuer wieder anzündete, um Frühstück zu machen.

»Einfach gräßlich!« rief Lola.

»Diese Geckos haben zwei Schwänze«, erklärte uns der Archäologe, während Marta das Wasser zum Kochen aufsetzte, »denn sie fallen ihnen sehr leicht ab, und da ihnen dann gleich ein neuer nachwächst, bewirkt jeder kleine Schnitt, jede Schramme am ersten Schwanz sofort, daß ein zweiter wächst.«

»Wie ekelig, also bitte!« Lola schrie fast. »Können wir nicht endlich das Thema wechseln?«

»Na, der Tag fängt ja gut an«, seufzte ich.

Marc kaute schon auf seinen Haferkeksen mit Schokolade herum. »Also, ich fand ihn hübsch. Ich hätte gerne ein Foto gemacht, um ihn als Hintergrundbild auf den Computer im Büro zu laden.«

Wir hatten unsere Digitalkameras mitgenommen, und Efraín hatte seine ebenfalls dabei, doch hätte auch nur einer seine aus dem Rucksack hervorgekramt, um Jabba, diesem Megawurm, den perversen Wunsch zu erfüllen, ich hätte ihm glatt den Hals umgedreht. Die Kameras waren schließlich dafür gedacht, unsere Begegnung mit den Yatiri festzuhalten und nicht abstoßende Tiere zu knipsen. »Du bist wohl nicht ganz richtig im Kopf«, sagte ich verächtlich zu Marc. »Der Gecko hätte auf deinen Beinen schlafen sollen. Ich würde zu gern dein Gesicht sehen, wenn du morgens deinen Computer hochfährst.«

»Ich bewahre mir immer eine schöne Erinnerung an alle, die mit mir das Bett geteilt haben«, scherzte er.

»Er meint mich«, stellte Lola mit einem gelangweilten Seufzer klar.

An dem Tag schafften wir eine ordentliche Strecke, so daß wir insgesamt auf dreiundzwanzig Kilometer kamen. Der Muskelkater verschwand beim Laufen, und die Hände bekamen Schwielen anstatt der schmerzhaften Blasen. Meine Nägel waren schmutzig und eingerissen, und der mit Schweiß vermischte Lehm färbte meine Haut bräunlich, eine Farbe, die sich mit dem Wasser der namenlosen Flüsse und Tümpel, auf die wir unterwegs stießen, nicht mehr abwaschen ließ. Auch die geschwollenen Füße in den Stiefeln spürte man nicht mehr oder das unmenschliche Gewicht der Rucksäcke im Kreuz und auf den Schultern. Man gewöhnt sich eben an alles.

Am Samstag trennten uns nach unseren Berechnungen nur noch wenige Tage von unserem Ziel – inzwischen hatten wir mehr als sechzig Kilometer zurückgelegt. Wir befanden uns auf unerforschtem Terrain, und die Landschaft veränderte sich auf wundersame Weise: Die Bäume wurden sehr viel größer und erreichten Höhen von dreißig, fünfunddreißig Metern, wo sie ein nahezu undurchlässiges Dach bildeten. Wir mußten unseren Weg in beklemmendem Dämmerlicht fortsetzen. Es war rundum kalt und finster, ohne jede Spur von Leben. Nur die Klettergewächse, Lianen und Schlingpflanzen gediehen so üppig, daß die Baumstämme kaum noch zu erkennen waren, obwohl manche mit mehr als drei Metern Durchmesser wahre Dschungelriesen waren. Die Blumen verschwanden, und zurück blieb eine Landschaft, die sich ausschließlich aus Grüntönen zusammensetzte. Der Boden war von immer dichterem Gestrüpp überwuchert, das von Stacheln starrte, die uns Haut und Hosen zerrissen, bis der windabweisende Stoff und das schweißabsorbierende Futter in jämmerlichen Fetzen an uns herunterhingen. Wir wickelten uns Tücher um die Beine, um uns nicht zu verletzen, doch vergeblich: Die spitzen Dornen dieser Pflanzen waren rasiermesserscharf. In dieser Natur waren Besucher nicht willkommen, dachte ich, wenn man menschliche Gesichtspunkte überhaupt auf diese so andersartige Gegend übertragen konnte. Selbst der Geruch änderte sich, alles muffelte modrig und verfault.

Am Sonntag wurde es noch schlimmer. Die Bäume drängten sich immer dichter zusammen, als wollten sie uns den Weg versperren. Wir hatten alle Kleidung übereinandergezogen, die wir dabeihatten, ja selbst die Handtücher hatten wir uns um

Gesicht und Arme, vor allem aber um die Beine gewickelt. Doch es war unmöglich, sich nicht zu verletzen. Dieser Wald schien uns regelrecht vertreiben zu wollen, uns zumindest zu warnen, wir sollten besser umdrehen und dorthin zurückkehren, wo wir hergekommen waren.

Als wir abends um das Feuer saßen, waren wir alle mit kleinen Flecken von Wundsalbe übersät, wie fremdartige Tiere mit gescheckter Haut. Wir unterhielten uns darüber, wie beschwerlich es für die Yatiri gewesen sein mußte, sich mit ihrem gesamten Hab und Gut und den Familien im Schlepptau durch dieses Dickicht zu kämpfen. Eine solche Heldentat war kaum vorstellbar. Keiner konnte es sich erklären.

»Vielleicht haben wir uns ja verlaufen«, argwöhnte Marc und stocherte mit einem grünen Ast in der Glut. Es war harte Arbeit gewesen, dieses kleine Fleckchen Erde vom Unterholz zu befreien und von allen möglichen Insekten und Schlangen zu säubern.

»Ich versichere dir, daß wir auf dem richtigen Weg sind«, sagte ich nach einem Blick auf das GPS. »Wir sind nicht von der auf der Karte aus der Pyramide des Reisenden eingezeichneten Route abgewichen.«

Efraín, der noch seinen Teller mit Abendessensresten – Reis mit Dosengemüse – in Händen hielt, grinste breit. »Ist euch eigentlich klar, daß wir morgen oder übermorgen auf sie stoßen müssen?«

Auf allen Gesichtern zeigte sich so etwas wie Genugtuung.

»Könnten sie denn eine Stadt wie Taipikala mitten in einer Gegend wie dieser erbaut haben?« fragte Gertrude mit leuchtenden Augen.

»Ich kann es kaum erwarten, das herauszufinden.« Marta ließ sich bequem auf ihren Rucksack zurücksinken. »Wenn, dann muß das ein überwältigender Ort sein ... und voller Leben«, sagte sie mit einer gewissen Euphorie. »Vor allem voller Leben. Ich glaube, das wäre die größte Erfüllung für mich, ein bewohntes Tiahuanaco zu betreten, strotzend vor Betriebsamkeit. Was meinst du, Efraín?«

»Ich weiß nicht ...«, sagte er mit einem jungenhaften Grinsen. »Ja, doch, ich glaube, ich würde mich wie ein König fühlen. Als erster Archäologe die Gelegenheit zu einer solchen Zeitreise zu haben! Ein lebendiges Tiahuanaco ... Ehrlich, ich weiß es nicht. Das übersteigt meine Vorstellungskraft.«

»Ich will ja kein Spielverderber sein«, unterbrach ihn Lola, während sie sich die Stiefel aufschnürte, »aber habt ihr euch überlegt, wie sie bis zu hundert Tonnen schwere Steine hierhergeschleppt haben sollen? Nichts für ungut, aber ich bezweifle doch stark, daß es in dieser Region Andesitsteinbrüche gibt.«

»Die gibt es auch nicht in der Nähe von Tiahuanaco«, wandte Marta ein. »Auch dorthin mußten sie die Steine von weit her heranschaffen.«

»Ja, gut, aber durch den Dschungel?« beharrte meine Freundin trotzig. »Und die Konquistadoren? Irgend jemand müßte es doch bemerkt haben, wenn solch kolossale Felsbrocken in den Dschungel geschleppt worden wären. Noch dazu in eine so abgelegene Gegend.«

»Einer meiner Kollegen«, sagte Efraín, »ein namhafter bolivianischer Archäologe, hat eine sehr gute Theorie aufgestellt, wie die Bewohner von Tiahuanaco diese gigantischen Steine bewegt haben könnten. Seinen Berechnungen zufolge wären zweitausendsechshundertundzwanzig Arbeiter nötig, um einen Andesitbrocken von zehn Tonnen mittels langer Lederschnüre aus ich weiß nicht mehr wie vielen Vicuñahäuten über einen mit mehreren Millionen Quadratmetern Schotter bedeckten Boden zu schleifen.«

»Ah, alles klar!« Marc stieß einen übertriebenen Seufzer der Erleichterung aus, als er diese beruhigende Nachricht hörte. »Dann sind ja alle Probleme gelöst! Wir fangen nur mal eben sämtliche Vicuñas im Altiplano ein, schlachten und häuten sie, und basteln aus ihren Häuten lange, reißfeste Schnüre, an die sich zweitausendsechshundertundzwanzig Personen hängen können. Die haben vorher eine so große Menge Schotter herbeigeschafft, daß sie genausogut den Berg Illimani hätten bedecken können, dazu die Tausende von Litern Wasser, die nötig sind, um den Kies zu befeuchten. Dann brauchten sie sie nur noch an die achtzig oder hundert Kilometer weit über den rutschigen Lehmboden zu schleppen. Nur daß es von diesen mehr als zehn Tonnen wiegenden Brocken in Tiahuanaco ja nicht nur einen, sondern Tausende gibt.« Er seufzte noch einmal und stocherte dann seelenruhig weiter in der Glut. »Vollkommen problemlos. Alles klar.«

»Das erinnert mich an diese Hollywoodfilme«, sagte ich, »wo Tausende von jüdischen Sklaven unter Peitschenhieben die Felsbrocken für den Bau der ägyptischen Pyramiden heranschleppen.«

»Also, das ist sowieso falsch«, sagte Efraín. »Neuesten Erkenntnissen zufolge gab es in Ägypten gar keine Sklaven.«

Ich achtete nicht mehr auf Efraíns Worte. In meinem Kopf riß Charlton Heston als Moses in *Die zehn Gebote* dem ägyptischen Sklaventreiber die Peitsche aus der Hand und drosch auf die Sklaven ein.

»Aber diese Kalkulation mit den zweitausendsechshundertundzwanzig Mann kann man doch nicht auf die hundert Tonnen Fels in Tiahuanaco übertragen, oder?« fragte Lola unsicher.

»Nein, natürlich nicht«, sagte Marta. »Diese Berechnungen erklären schließlich weder den Transport von hundert Tonnen Gestein noch den von zweitausendsechshundertundzwanzig Mann. Nicht mal den von fünfzig oder dreißig der Steine. Es ist bloß eine Hypothese. Allerdings die am weitesten akzeptierte, mangels Alternativen. Wirklich davon überzeugt ist niemand.«

»Also«, schloß meine Lieblingssöldnerin nachdenklich, »wenn eh niemand weiß, wie sie transportiert wurden, könnten sie doch genausogut auch in den Dschungel befördert worden sein.«

»Na ja, zumindest hoffen wir das«, pflichtete Marta ihr lächelnd bei.

»Warten wir ab«, murmelte ich mit einem gespielten Gähnen.

»Es ist nicht mehr weit, mein Freund«, sagte Efraín im Brustton der Überzeugung.

Es war tatsächlich nicht mehr weit. Nachdem wir uns am

Sonntag und am Montag mühselig mit der Machete vorwärtsgekämpft hatten durch das Dickicht der biegsamen und doch holzigen Stengel von Schlingpflanzen, die die Bäume bedrohlich umarmten, wurde das Unterholz am Dienstag vormittag allmählich lichter. Die Baumstämme rückten so weit auseinander, daß wir ohne Machete vorankamen. Die Sonne schien wieder ungehindert durch die hohen Wipfel, und ihre Strahlen berührten den Boden, so daß uns das Laufen Freude machte. Vor uns schienen sich breite, freie Wege abzuzeichnen, die als enge Breschen begannen, sich dann zunehmend öffneten und in einen immer lichteren Wald führten.

Plötzlich stolperte ich über etwas. Ich breitete die Arme aus, um nicht das Gleichgewicht zu verlieren, und fing mich gerade noch an Efraíns Rücken ab.

»Arnau!« rief Marta, die mich an meinem Rucksackriemen aufhielt.

»Beinahe hätte ich mir den Hals gebrochen«, fluchte ich, den Boden dort absuchend, wo ich den Halt verloren hatte. Die spitze Kante eines eindeutig von Menschenhand bearbeiteten Steins ragte aus dem Boden. Alle bückten sich, um ihn in Augenschein zu nehmen.

»Wir sind ganz in der Nähe«, wiederholte Efraín triumphierend.

Kaum fünfzig Meter weiter stießen wir auf eine niedrige, mit dichtem grünen Moos bewachsene Mauer aus großen Steinen, die ähnlich ineinandergefügt waren wie die von Tiahuanaco. Das Gebrüll einer Affenfamilie schreckte uns auf.

»Wir sind am Ziel«, verkündete Lola und kam nach vorne, um sich neben mich zu stellen.

»Und die Yatiri?« wollte Marta wissen.

Neben den Geräuschen des Waldes war kein Laut zu hören und – außer unseren – keine menschliche Stimme. Es war auch nichts zu sehen, nur die grüne, teilweise eingefallene Mauer. Eine dunkle Vorahnung beschlich mich.

»Gehen wir weiter«, murmelte Efraín und folgte dem Pfad nach rechts.

»Einen Augenblick, Efraín«, rief Gertrude. Sie hatte ihren Rucksack auf die Erde fallen lassen und schnürte ihn gerade rasch und geschickt auf. »Warte bitte.«

»Was denn?« brummte er ungeduldig.

Statt einer Antwort zog Gertrude etwas Ähnliches wie eine Kreditkarte aus ihrem Rucksack und hielt es in die Höhe, damit wir es sehen konnten. »Komme, was wolle«, sagte sie ernst, »ich muß die Stimmen der Yatiri aufzeichnen.« Bei diesen Worten zog sie ihre Bluse an einer Seite aus der Hose und klebte sich das winzige graue Aufnahmegerät an die milchweiße Haut des Bauchs. Es sah aus wie eines dieser Heftpflaster für Nikotinsüchtige, die sich das Rauchen abgewöhnen, nur unwesentlich größer.

»Falls sie nicht einverstanden sind, nicht wahr?« sagte Lola.

»Genau. Ich will kein Risiko eingehen. Ich brauche ihre Stimmen, um diese später zu analysieren.«

»Aber reicht die Qualität solcher Aufnahmen denn?«

»Es arbeitet digital«, erklärte Gertrude, »und macht gute Tonaufnahmen. Das einzige Problem sind die Batterien. Die halten nur drei Stunden. Aber das wird wohl reichen.«

Nach wenigen Metern entdeckten wir einen Eingang. Drei Tore, haargenau wie das Mondtor von Lakaqullu, bildeten ein perfekt erhaltenes Portal von wahrhaft gigantischen Ausmaßen. Im oberen Teil des mittleren erahnte man ein Tocapu quasi als Adelswappen. Der Ort war verlassen. Die Yatiri waren offensichtlich vor langer Zeit von dort weggezogen, doch nur Gertrude traute sich, es laut auszusprechen: »Sie sind nicht mehr da«, sagte sie.

Das genügte, um uns alle von dieser unumstößlichen Wahrheit zu überzeugen.

»Dann kannst du ja das Aufnahmegerät getrost wieder wegstecken«, murmelte Efraín enttäuscht.

Nein, die Yatiri waren nicht mehr da. Diese mysteriöse Stadt, die man jenseits des eindeutig im Tiahuanaco-Stil gehaltenen Portals nur erahnen konnte, war ein einziges Trümmerfeld, verlassen, verfallen und vom Urwald wieder überwuchert.

Obwohl wir wußten, daß wir dort nichts finden würden, gingen wir durch das Tor und folgten schweigend einer Art Straße. Auf beiden Seiten entdeckten wir zweistöckige, aus perfekt ohne Mörtel zusammengefügten Steinquadern errichtete Häuser. Viele waren schon verfallen, doch manche waren noch vollständig erhalten, einschließlich der mit Steinziegeln gedeckten Dächer. Und alles in Grün, einem leuchtenden Grün, das infolge der Luftfeuchtigkeit, die sich niederschlug, im Sonnenlicht schillerte.

Wir folgten der Straße, bis wir zu einem weitläufigen viereckigen Platz gelangten, wahrscheinlich dem Kalasasaya-Tempel nachempfunden. In der Mitte stand auf einem Sockel aus schwarzem Stein ein gigantischer Monolith in der typischen Gestalt des bärtigen Giganten von Tiahuanaco. Dieses Mal fiel uns besonders die große Ähnlichkeit mit dem Reisenden auf, der in der geheimen Grabkammer der Pyramide von Lakaqullu ruhte: mehr als drei Meter hoch, Raubtieraugen, lange Ohren mit dem typischen flachen, runden Ohrschmuck der Aymara und Inka und der lange, kegelförmige Schädel infolge der Deformation der vorderen und hinteren Schädelknochen. Die Yatiri waren zweifellos hiergewesen und lange genug geblieben, um eine neue Stadt im gleichen Stil zu errichten wie die, welche sie auf dem Altiplano zurückgelassen hatten. Über den gesamten Platz verteilt fanden sich Steinstelen wie die von Tiahuanaco, mit Bilderreliefs von stilisierten menschlichen Gestalten mit Bart, die mit ihren Blicken den vier von den Ecken des Platzes ausgehenden Straßen folgten. Über eine von ihnen waren wir auf den Platz gelangt.

»In die Richtung«, befahl Efraín und wandte sich nach rechts.

Während wir hinter dem Archäologen her in die angegebene Richtung liefen, über eine mit der vorherigen vollkommen identischen Straße, wurde mir erst bewußt, daß wir die Anstrengungen der Dschungelwanderung mit ihren tausenderlei Gefahren ganz umsonst auf uns genommen hatten: Die Yatiri waren nicht da, und wir wußten nicht, was aus ihnen geworden war. Die Karte auf der Goldtafel endete genau an dem

Punkt, wo wir uns jetzt befanden. Und wir hatten keine Ahnung, wohin wir uns noch wenden sollten, und vor allem, wozu? Vielleicht existierten die Yatiri ja nirgendwo mehr. Das war am wahrscheinlichsten. Vielleicht waren sie längst in alle Winde verstreut, ausgestorben oder von wilden Indianern angegriffen und getötet worden. Hier war für uns Endstation, hier endete unsere Hoffnung. Von jetzt an gab es für uns nichts mehr zu tun. Oder doch: die Millionen Goldtafeln aus der Pyramide des Reisenden zu übersetzen, damit eines Tages eventuell ein Weg gefunden wurde, um Daniel zu heilen. Falls er – und wir alle – nicht schon längst tot waren. Der verfluchte Dschungel, die Reise, die Insektenstiche und Gefahren, alles umsonst. Wir standen wieder mit leeren Händen da. Vielleicht konnte ich durch eine Verbesserung von Martas JoviLoom den Übersetzungsprozeß der Goldtafeln beschleunigen und die Bildgebung automatisieren. Wenn sich irgendwie mit dem Übersetzungsprojekt, das zweifellos von Spanien und Bolivien gemeinsam gefördert und unter Martas und Efraíns Leitung bleiben würde, Geld verdienen ließe, könnte sich die gesamte Übersetzungszeit verkürzen. Vielleicht tauchte die Information, die ich benötigte, direkt zu Beginn auf oder schon recht bald. Es bestand ja auch noch die Möglichkeit, daß sich irgendwo auf der Welt ein Neurologenteam fände, das den Fluch mit irgendeiner Droge oder einem sich noch in der Erprobungsphase befindlichen Behandlungsverfahren unwirksam machen konnte. Hatte man nicht in Zeiten des Kalten Krieges mit verschiedenen Methoden der Gehirnwäsche, mit mentaler Gleichschaltung und ähnlichem experimentiert? Vielleicht mußte ich die Angelegenheit nur von einer anderen Seite neu angehen. Glücklicherweise spielte Geld keine Rolle, und außerdem würde ich KerCentral verkaufen. Das Unternehmen fing sowieso an, mich anzuöden.

Die Straße war lang, und der Urwald hatte in den Pflasterritzen kräftige Wurzeln geschlagen, so daß sich der Boden an vielen Stellen hob. Endlich stießen wir auf einen wuchtigen Bau, ein Palast oder eine vornehme Residenz. Er schien sich in einem guten Zustand zu befinden, und Efraín wandte sich dem Eingang zu.

»Sie erwarten doch wohl nicht, daß wir da rein gehen, oder?« fragte Marc mißtrauisch.

»Wir müssen herausfinden, was mit den Yatiri geschehen ist«, sagte der Archäologe.

»Aber vielleicht ist das Gebäude nicht mehr sicher«, gab Marta zu bedenken.

»Wenn wir auf einsturzgefährdete Stellen achten, können wir es wagen, kurz hineinzugehen«, beharrte Efraín, ohne uns in die Augen zu sehen.

Da war mir, als hätte sich im oberen Teil des Gebäudes etwas bewegt. Bestimmt eine Spiegelung der Sonne oder der Schatten eines Vogels, denn ich hörte auch ein hohes Trillern genau an der Stelle, so daß ich mich nicht weiter darum kümmerte. Ich war in Gedanken bei Efraín, der wie angekündigt entschlossenen Schritts im Palast verschwunden war.

»Efraín, laß den Unsinn!« rief Marta ihm hinterher. »Komm raus, wir wollen uns noch ein wenig in der Stadt umsehen!«

»Hören Sie«, rief Gertrude, indem sie ihre Hände zu einem Trichter formte. »Kommen Sie auf der Stelle da raus, Paps! Ich sage es zum letzten Mal!«

Doch der Archäologe antwortete nicht. Wir folgten ihm, ängstlich, daß ihm etwas passiert sei. Gertrude war ehrlich besorgt, denn an einem Ort wie diesem war man stets in Gefahr.

Auf einmal befanden wir uns in einem geräumigen Saal mit zum Teil eingestürzten Wänden. Von dort führte ein prachtvoller Treppenaufgang in die Höhe. Wir stiegen vorsichtig in den ersten Stock hinauf, während durch das Dach immer wieder der freie Himmel blitzte.

Plötzlich erschien der Archäologe oben auf dem Treppenabsatz, ein breites Grinsen im Gesicht. »Ihr könnt euch nicht vorstellen, was für wundervolle Dinge es hier oben zu sehen gibt!« Und ohne Luft zu holen, fuhr er fort: »Kommt nicht weiter hoch. Boden und Mauerwerk sind in einem erbärmlichen Zustand.«

»Ach nein! Gerade, wo es spannend wird, sollen wir wieder rausgehen?« beklagte sich Lola.

»Was denn für wundervolle Dinge«, fragte ich, bereits wieder auf dem Weg nach unten.

»Hier gibt es ein paar prächtige Reliefs an den Wänden«, erklärte Efraín, der die Stufen zu uns herabkam. »Und unter den Kletterpflanzen kann man erkennen, daß sie grün und rot bemalt sind, wie die in Tiahuanaco. Sie müssen Heimweh nach ihrer alten Stadt gehabt haben. Es gibt auch eine Kopie der bärtigen Figur von dem Platz, über den wir gekommen sind.«

»Hast du Fotos gemacht?« fragte Gertrude, als sie die Kamera in seiner Hand bemerkte. Die Medizinerin hatte sich beruhigt, als sie sah, daß ihr Mann wohlauf war, und blickte ihn jetzt mit gerunzelter Stirn tadelnd an.

Doch Efraín war so glücklich, daß er nichts bemerkte. »Später zeige ich sie euch«, sagte er. »Jetzt laßt uns schleunigst von hier verschwinden.«

Aus dem Augenwinkel bemerkte ich plötzlich einen großen Schatten, der sich blitzschnell aus einer Nische in der halb verfallenen Mauer links von mir löste. Ich warf den Kopf herum, konnte aber nichts mehr entdecken. Allmählich begann ich an meinem Verstand zu zweifeln und dachte, ich litte unter irgendwelchen Halluzinationen. Hartnäckig und mißtrauisch, wie ich nun mal bin, ging ich zu der Stelle, um mich mit eigenen Augen zu vergewissern.

»Was ist los, Arnau?« fragte Marta, der auffiel, daß ich mich von der Gruppe entfernte.

»Nichts«, log ich. »Ich will nur nachsehen, was sich dahinter befindet.«

Doch da war wirklich nichts. Als ich vorsichtig um die Ecke lugte, war nichts da. Kein Zweifel, die Tage im Dschungel hatten mir den Verstand geraubt.

Wir traten wieder ins Sonnenlicht hinaus und folgten weiter der Straße, um nach anderen irgendwie interessanten Gebäuden Ausschau zu halten. Doch oft war nur die Außenmauer erhalten, der Rest lag in Trümmern unter wucherndem Gestrüpp und gigantischen Bäumen begraben. Schließlich gingen wir denselben Weg zurück und beschlossen, da es Zeit fürs Mittagessen war, die Mahlzeit auf dem Platz einzunehmen. Wir wollten unser Lager am Fuße des Monolithen aufschlagen und den schwarzen Steinsockel als Ablage für unsere Rucksäcke und die übrige Ausrüstung umfunktionieren. Während wir Wasser für eine Suppe auf dem Gaskocher erhitzten, kamen wir überein, daß wir noch nicht bereit waren, das Handtuch zu werfen: Wir wollten die gesamte Stadt durchforsten, bis wir herausgefunden hatten, was aus den Yatiri geworden war und warum sie fortgegangen waren. Und wenn es uns auch noch gelang zu entdecken, wohin, um so besser.

»Ja, um so besser«, bekräftigte Marc, der eine Büchse öffnete. »Wir haben allerdings nicht mehr genügend Vorräte, um die Verfolgung aufzunehmen. Wir sind hier einen Tag später als geplant eingetroffen, so daß unsere Lebensmittel nur noch für sechs Tage reichen. Für sieben, wenn wir den Gürtel enger schnallen, aber nicht mehr.«

»In Ordnung, sobald wir hier fertig sind, machen wir uns auf den Heimweg«, bestimmte Efraín.

»Haben Sie nicht gehört? Wir können nicht bleiben. Unsere Vorräte reichen dafür nicht mehr«, schimpfte Marc.

»Es wird uns nicht schaden, wenn wir am letzten Tag etwas weniger essen«, sagte Gertrude. »Sobald wir den Madidi hinter uns haben, werden wir die verlorenen Kilos schnell wieder draufbekommen.«

»Hören Sie, Gertrude, machen Sie keine Witze«, polterte mein Freund los. »Ihnen mag es ja nichts ausmachen, einen ganzen Tag durch den Dschungel zu wandern, ohne etwas zu essen. Mir schon. Und hier weiterzusuchen ist reine Zeitverschwendung.«

»Wir haben die Koordinaten dieses Orts«, kam Lola Marc zu Hilfe. Sie kannte ihn gut genug, um zu wissen, wie unangenehm er werden konnte, sobald er nicht genug zu essen bekam. »Wenn wir wollen, können wir ja mit einem Helikopter noch einmal hierher zurückkommen.«

Efraín und Marta schauten sich an und nickten zustimmend.

»In Ordnung«, sagte Marta. »Gleich nach dem Essen packen wir unsere Sachen zusammen und brechen auf.«

»Tut mir leid, Root«, sagte Lola und schaute mich schuldbewußt an.

»Mir tut es auch leid«, murmelte Marc.

»Ich weiß nicht, warum ihr das sagt«, erwiderte ich, obwohl ich es sehr wohl wußte. Während der vorangegangenen Diskussion hatte ich mir genau darüber den Kopf zerbrochen: Wenn etwas in dieser Stadt darauf hindeutete, daß die Yatiri noch irgendwo weiterlebten, würde ein rascher Aufbruch uns daran hindern, sie aufzuspüren. Folglich müßte mein Bruder so lange in seinem geistesabwesenden Zustand verharren, bis wir bequem an Bord eines Helikopters zurückkämen. Andererseits bestand auch die Möglichkeit, daß wir keinen Hinweis finden würden. Das liefe dann aufs gleiche hinaus. Marta hatte mir ja bereits klargemacht, daß mein Wille hier im Dschungel nicht zählte. Eigentlich war das schon seit Beginn von Daniels Erkrankung der Fall, und das war die große Lektion, die ich jetzt auf die harte Tour lernen mußte. Ich, ein Typ, der immer alles unter Kontrolle haben wollte. Einer, der nichts anpackte, was er nicht lenken und regeln konnte.

»Ich verspreche Ihnen, Arnau«, sagte Marta in feierlichem Ton, als könnte sie meine Gedanken lesen, »daß ich alles in meiner Macht Stehende tun werde, um Daniels Problem so rasch wie möglich zu lösen.«

»Danke«, sagte ich trocken, mehr um meine Enttäuschung zu verbergen, als um ihr Versprechen zurückzuweisen. An dieses würde ich sie nicht nur erinnern. Zur rechten Zeit würde ich es als ernsthaftes neues Projekt aufgreifen, um selbst daran mitzuwirken.

»Wer hat das Steinobjekt aus Tiahuanaco dabei?« fragte Efraín in diesem Augenblick mit einem seltsamen Gesichtsausdruck. Er hatte eine Hand auf den Sockel der Statue gestützt.

»Ich«, sagte Marc.

»Würde es Ihnen etwas ausmachen, es mir zu geben?«

»Es steckt aber zuunterst in meinem Rucksack«, murrte Marc. »Ich müßte alles auspacken.«

»Na los, dann tun Sie das. Ich verspreche auch, daß ich Ihnen eine riesige Portion bolivianischen Quinoa-Eintopf spendiere.«

Das Verhalten des Archäologen kam uns allen seltsam vor. Wir behielten ihn die ganze Zeit im Auge, während Marc auf der Suche nach dem Ring alles durchwühlte.

»Schon gut! Ich erkläre es ja sofort!« platzte Efraín heraus. Unsere erwartungsvolle Haltung brachte ihn zum Lachen. »Kommt mal her und seht, was ich zufällig hier zu Füßen des Giganten entdeckt habe.«

Gertrude, Lola und Marta waren bei ihm, noch bevor er zu Ende gesprochen hatte, und betrachteten die Stelle neben der Hand des Archäologen. Als ich hinzukam, erkannte ich über ihre Köpfe hinweg eine kleine Erhebung im schwarzen Stein. Sie hatte die Form einer Scheibe Manchegokäse und ein ganz ähnliches Format wie die dreieckige Vertiefung im Donut.

Marc kam mit dem Steinring und reichte ihn Efraín, der ihn auf den Vorsprung legte und bestätigte, daß er perfekt paßte. Der Ring ließ sich keinen Millimeter bewegen. Die angefügte Spitze des Pfeils deutete eindeutig auf die Ecke des Platzes, von der eine der Straßen abging, der wir noch nicht gefolgt waren. Sie lag genau zwischen der, über die wir gekommen waren, und der, die zu dem Palast mit den Reliefs führte.

Da ertönte über uns ein ohrenbetäubend schriller Pfiff, der jedenfalls unmöglich von einem Tier stammen konnte. Uns blieb kaum Zeit, den Kopf zu heben, um nachzusehen, woher dieser unangenehme Laut kam, als alle Dächer rund um den Platz sich plötzlich mit überlangen bewaffneten Gestalten füllten. Sie zielten mit schrecklichen Lanzen auf uns. Das war so rasch gegangen, daß keiner von uns Zeit hatte, mit der Wimper zu zucken, keiner sagte ein Wort, schrie oder machte einen Mucks. Unfähig, uns zu rühren, betrachteten wir, zu Salzsäulen erstarrt, diese Szenerie, die aus Dantes *Inferno* zu stammen schien. Dutzende nackter Indianer bedrohten uns von den Terrassen und Dächern mit ihren Lanzen.

Ich zweifelte nicht eine Sekunde, daß diese Stangen mit den scharfen Spitzen äußerst gefährlich waren. Vielleicht bewahrte mich die Unerfahrenheit davor, die bekanntlich verwegen macht – ich hatte noch nie im Leben eine solche Waffe gesehen, außer natürlich im Film –, vor Angst zu schlottern. Aber diese ellenlangen Speere, die fast so lang sein mochten wie ihre Träger, erfüllten mich mit Panik. Ich konnte quasi spüren, wie sie qualvoll mein Fleisch durchbohrten. Die wilde Aufmachung der Indianer verstärkte noch meine Angst. Wir konnten sie von unserem Standpunkt aus nicht deutlich erkennen, doch es schien, als hätten sie die Gesichter mit furchterregenden schwarzen Masken bedeckt, die einem förmlich das Blut in den Adern gefrieren ließen.

Die Sekunden verstrichen.

»Was machen wir?« flüsterte ich gerade laut genug, daß meine Kameraden mich hören konnten, nicht aber die Indianer auf den Dächern. Doch diese Wilden mußten über das Gehör eines Raubtiers verfügen, denn wie aus Protest gegen meine Worte oder als Drohung stießen sie erneut diesen schrillen Pfiff aus, bei dem einem fast das Trommelfall zerplatzte. Tiefes Schweigen breitete sich im umliegenden Dschungel aus.

Aus dem Nichts heraus schoß eine Lanze mit scharfem Zischen haarscharf an meiner Hüfte vorbei und bohrte sich tief in einen unserer Rucksäcke. Das dumpfe Geräusch, als sie den wasserabweisenden Stoff zerriß, wiederholte sich mehrere Male. Ich vermutete, daß sie aus verschiedenen Richtungen unser Gepäck beschossen, wohl in der Absicht, uns in Schach zu halten und zum Schweigen zu bringen. Das war ihnen allerdings gelungen: Meinen Freunden ging es sicher wie mir. Eine tödliche Kälte stieg von den Füßen immer höher bis zum Kopf, eine Kälte, die jede Kraft aus den Muskeln weichen ließ und jeden Versuch zu atmen im Keim erstickte. Da tauchte vor uns auf der Straße, auf die der Pfeil am Steinring deutete, eine Gestalt auf. Es handelte sich um den Anführer dieses Trupps, denn er war umringt von fünf stolzen, verwegenen Leibwächtern mit finsteren Gesichtern. Sie schritten bedächtig und würdevoll, so als fühlten sie sich uns armen Fremden, die wir das Pech hatten, unseren Fuß auf gefährlichen Boden gesetzt zu haben, weit überlegen. Wenn wir zufällig auf einen dieser unentdeckten Indianerstämme gestoßen waren, die Weiße quasi als Warnung töteten, damit niemand mehr ihr Territorium betrat, dann waren wir geliefert. Das war in den letzten Jahren mehrfach in Brasilien geschehen, wie Gertrude uns erzählt hatte, als an Umkehr nicht mehr zu denken war. Unsere leblosen Körper würden irgendwo in der Nähe einer zivilisierten Ortschaft auftauchen, sozusagen als unübersehbare, strategisch geschickt plazierte Warnung auftauchen: »Betreten verboten.«

Der Anführer, Befehlshaber, Kazike, Häuptling oder was auch immer, blieb vor mir stehen. Weil ich hinter den anderen über ihre Köpfe hinweg zugeschaut hatte, stand ich nun in der ersten Reihe, also in der Schußlinie. Der hochgewachsene, schlanke Mann war größer, als ich es vom Durchschnitt der bolivianischen Urbevölkerung kannte. Auch seine Haut hatte eine andere Färbung, ein rötliches Braun an Stelle des üblichen Kupferbrauns. Er war barfuß, trug einen langen Lendenschurz, der ihm bis zu den Knien reichte, und einen prächtigen Kopfschmuck aus Vogelfedern. In seinem Gesicht prangte eine große Tätowierung in Form eines schwarzen Quadrats – die ich für eine Maske gehalten hatte. Das Viereck reichte oben bis direkt unter die Wimpern des unteren Augenlids, und unten bildete es eine Linie von den Mundwinkeln bis zu den Ohren. Natürlich war das keine Farbe, die man mit ein bißchen Wasser hätte abwaschen können, sondern eine Tätowierung nach allen Regeln der Kunst. Die fünf Begleiter wiesen die gleiche auf, nur in Dunkelblau. Seine Gesichtszüge waren gestochen scharf und kantig, den geraden, feinen Linien der Aymara ähnlicher als den runden der Amazonasstämme.

Der Kerl schaute mich an, fixierte mich eine ganze Weile, ohne ein Wort zu sagen. Vielleicht hielt er mich wegen meiner Größe irrtümlicherweise für den Anführer dieser Gruppe von

Weißen. Und da ich keine Möglichkeit sah, ihn eines Besseren zu belehren, hielt ich seinem Blick stand, mehr aus Angst denn um mich aufzuspielen. Als er das Anstarren leid war, trat er ebenso gemessenen wie würdigen Schritts zur Seite und pflanzte sich vor meinen Begleitern auf, so daß ich ihn aus dem Blick verlor. Ich wagte es natürlich nicht, zur Seite zu schielen, doch das Schweigen dauerte an. Ich schloß, daß er wohl ebenso verfuhr wie bei mir. Plötzlich brummte der Kerl etwas. Ich erwartete, daß uns die Lanzen jetzt erbarmungslos durchbohren würden, doch das taten sie nicht. Da wurde er ungeduldig und wiederholte die gleichen Worte noch einmal fast schreiend. In der Stille des Platzes wurde das Echo seiner dröhnenden Stimme von allen Seiten kreuz und quer zurückgeworfen. Oben in den Baumkronen fingen die Brüllaffen wieder an draufloszukreischen. Als er seine Aufforderung zum dritten Mal auf reichlich unwirsche Weise wiederholte, drehte ich mich ganz behutsam um und sah, daß Marc und Gertrude sich ebenfalls umblickten. Der Häuptling hob den rechten Arm, so daß der Steinring in seiner Hand sichtbar wurde. Er zeigte mit dem linken Zeigefinger darauf und wiederholte zum vierten Mal das, was sich wie eine reichlich barsche Frage anhörte.

Es war Gertrude, die es wagte, vielleicht aufgrund ihrer früheren Erfahrungen im Umgang mit – bekannten oder unbekannten – Amazonasstämmen, in unserem Namen zu antworten. »Dieser Gegenstand«, sagte sie mit der sanften, behutsamen Stimme einer Raubtierdompteuse, die auf das schwierigste ihrer Tiere einredet, »haben wir in Tiahuanaco gefunden ... in Taipikala.«

»Taipikala!« rief der Federgeschmückte triumphierend aus, und zu unserer Überraschung stimmten alle Männer, seine Eskorte und die auf den Dächern Postierten, mit ein und wiederholten voller Begeisterung das Wort. Doch damit schien der Anführer sich offensichtlich noch nicht zufriedenzugeben, denn anschließend hob er den Steinring erneut in die Höhe und ließ, an Gertrude gewandt, einen unverständlichen Wortschwall los.

Sie hielt seinem Blick stand, ohne mit der Wimper zu zucken, und – sagte nichts. Das schien ihn zu ärgern, denn schließlich trat er ein paar Schritte auf sie zu, blieb weniger als einen Meter vor ihr stehen, hielt ihr den Ring unter die Nase und wiederholte seine rätselhafte Frage.

»Sag etwas, mein Engel«, flüsterte Efraín ihr flehend zu. »Sag ihm egal was.«

Der Kazike warf ihm einen vernichtenden Blick zu, während einer seiner Leibwächter die Lanze hob und auf den Archäologen zielte.

Gertrude wurde nervös. Ihre Hände zitterten, während sie im gleichen ruhigen Ton wie zuvor die gesamte Geschichte des Rings zu erzählen begann: »Wir haben ihn in Taipikala gefunden, nachdem wir Lakaqullu verlassen hatten, wo wir in der Grabkammer des Reisenden eingesperrt waren, des ... *sariri*.«

Doch der Kazike schien von keinem der magischen Worte beeindruckt, die Gertrude Bigelow sich auszusprechen bemühte.

»Wir waren dort«, fuhr Gertrude fort, »auf der Suche nach den Yatiri, den Erbauern von Tai...«

»Yatiri!« rief der Kerl aus und hob mit zufriedenem Gesichtsausdruck den Steinring ein weiteres Mal in die Luft. Als seine gesamte Truppe einstimmte, war es mit der Stille im Dschungel vorbei.

Offensichtlich hatte das ausgereicht. Der Anführer und seine fünf Männer zogen an uns vorbei, vollzogen eine Kehrtwendung und marschierten zur Straße zurück, über die sie aufgetaucht waren. Gleichzeitig verschwanden die Reihen der Lanzenwerfer von den Dächern. Wer wie ich insgeheim gehofft hatte, damit sei alles ausgestanden und sie würden abziehen, der hatte sich schwer getäuscht: Von allen Seiten tauchten die Lanzenwerfer kurz darauf wieder auf und füllten den Platz. Der Häuptling blieb auf halbem Weg stehen. Er drehte sich um und musterte uns. Dann machte er eine seltsame Handbewegung, woraufhin sich eine Horde Männer aus ihren Reihen löste und sich wie besessen auf uns stürzte, als wollten sie uns erschlagen. Wider Erwarten zogen sie aber an uns vorbei und blieben vor dem Monolithen stehen, packten unsere Rucksäcke und die übrigen Sachen, die dort herumlagen, und brachten sie dem Anführer. Mit einer eleganten Handbewegung befahl er, alles zu vernichten. Vor unseren ungläubigen Augen rissen diese Wandalen unsere durchlöcherten Rucksäcke auf und verstreuten den Inhalt auf der Erde: Sie zerfetzten die Kleidungsstücke, die Zelte, die Landkarten, die Lebensmittel, zerbrachen die Zahnbürsten, die Rasierapparate, zertrümmerten mit Steinen alles, was aus Metall war (Feldflaschen, Becher, Büchsen, Gertrudes Reiseapotheke mit dem gesamten Inhalt, die Macheten, die Scheren, Kompasse ...), zerschlugen erbarmungslos die Handys, Digitalkameras, das GPS und meinen Laptop. Und für den Fall, daß sie irgend etwas nicht vollständig zerstört hatten, beförderten einige von ihnen die Reste der ganzen Bescherung mit Fußtritten auf einen Haufen. Ein anderer, sehr alter Indianer rieb eine geraume Weile zwei Stöckchen aneinander, die er aus einem kleinen Fellbeutel gezogen hatte, bis Rauch aufstieg und es ihm gelang, eine Handvoll strohiges Gras anzuzünden, womit er den Stapel unserer Habseligkeiten in Brand setzte. Am Ende dieser grausamen Zeremonie war absolut nichts mehr übrig außer den Hängematten, die sie sorgsam von den übrigen Sachen getrennt und beiseite gelegt hatten. Nur diese und das, was wir am Leibe trugen, überlebten die barbarische Aktion. Selbst wenn sie anschließend beschlossen, uns am Leben zu lassen, wäre diese Geste der Gnade vollkommen wertlos. Ohne Nahrung, Kompaß oder Macheten hatten wir nicht die geringste Chance, je in die Zivilisation zurückzukehren. Ich war mir sicher, daß uns alle sechs dieser Gedanke beschäftigte. Das wurde mir unmittelbar bestätigt, als ich hinter mir ein unterdrücktes Schluchzen vernahm, das nur von Lola stammen konnte.

Anschließend, während der Stapel noch qualmte, näherte sich je ein Indianer einem von uns, und sie führten uns im Gefolge des Häuptlings, seines Geleitzugs und seiner Krieger zum Ausgang des Platzes. Jetzt erst begannen meine Neuronen zu reagieren und die losen Enden zu verknüpfen. Vielleicht deshalb, weil wir ausgerechnet die von dem Pfeil auf dem Steinring markierte Straße wählten – ebendie, über die der Anführer erschienen war. Jedenfalls brauchte man nur eins und eins zusammenzuzählen: Die Indianer hatten uns seit unserer Ankunft in der Ruinenstadt beobachtet, hatte ich doch selbst flüchtig gesehen, wie sie heimlich um uns herumschlichen. Und dann tauchten sie ausgerechnet in dem Augenblick auf, als wir den Steinring auf den Sockel des Monolithen legten. Außerdem hatte der Gefiederte den Ring an sich genommen und mit ihm in der Hand auffällig reagiert, als Gertrude die magischen Worte »Taipikala« und »Yatiri« aussprach. Jetzt, nachdem sie jeden Fluchtversuch vereitelt hatten, führten sie uns in die Richtung ab, in die der Pfeil auf dem Ring wies. Alle diese Fakten ließen nur zwei Schlüsse zu. Entweder waren diese Kerle echte Yatiri, wenn auch wieder in die Barbarei zurückgefallen und verroht, ähnlich wie die Schülergruppe in William Goldings *Der Herr der Fliegen*. Oder man brachte uns zu den Yatiri. Das heißt, wir hatten erreicht, was wir wollten, wenn wir es uns auch weder auf diese Weise noch in diesem Augenblick erträumt hatten.

»Hören Sie«, faßte Efraín sich ein Herz, wohl um uns Mut zu machen. »Haben Sie gemerkt, daß sie uns nichts zuleide getan haben, uns dafür aber in die richtige Richtung schleppen?«

Der Indianer, der ihn am Arm festhielt, schüttelte ihn ungerührt, um ihn zum Schweigen zu bringen. Bei Jabba wäre das kaum gegangen, denn der übertraf seinen Aufpasser sowohl an Länge als auch an Breite. Doch obwohl Efraín jeden durchschnittlichen Bolivianer überragte, reichte er seinem Bewacher kaum bis zur Schulter. Meiner, ebenfalls von stattlicher Größe, war zwar einen Kopf kleiner als ich, aber ich hatte nicht das geringste Interesse, ihn nervös zu machen. Schon gar nicht jetzt, wo ich wußte, daß sie uns nicht töten, sondern an unser Ziel bringen würden.

Während wir die Stadt durch ein anderes ähnliches Tor verließen wie das, durch das wir gekommen waren, und anschließend große, holprige und verfallene Stufen hinunterstiegen, analysierte ich weiter die Situation. Ich kam zu dem Schluß, daß es bis zu unserem Ziel nicht weit sein konnte, da sie alle unsere Essensvorräte vernichtet hatten und selbst außer ihren Lanzen nichts bei sich trugen. Die Tatsache, daß sie die Hängematten verschont hatten, konnte bedeuten, daß wir diese Nacht im Dschungel verbringen müßten. Oder aber, sie wollten die Netze für sich behalten. Dann würden wir noch vor Einbruch der Dunkelheit bei den Yatiri eintreffen.

Da mir nicht alle Informationen bekannt waren, stellten sich auch die Schlußfolgerungen als falsch heraus: Weder vor Einbruch der Dunkelheit oder am nächsten Tag, noch während der darauffolgenden Woche trafen wir auf die Yatiri. Die Hängematten waren tatsächlich für uns gedacht, für diese Nacht und viele weitere Nächte, die noch folgen sollten.

Wir marschierten den ganzen Nachmittag über schmale Pfade, die sich auf mysteriöse Weise im Dickicht vor uns auftaten. Die Indianer besaßen weder Macheten noch sonst irgend etwas Scharfes, womit sie das Gestrüpp hätten beseitigen können. Man konnte sich schwer vorstellen, wie diese Durchgänge entstanden sein mochten. Trotzdem waren sie da, und zwar mit vielen merkwürdigen Windungen und Kehrtwendungen. Erst Tage später erfuhren wir, daß die Tiere auf der Suche nach Wasser und Nahrung solche Schneisen bildeten. Die Indianer fanden sie instinktiv und nutzten sie für ihr Fortkommen. Aus ihrer Sicht war es Energieverschwendung, sich mühsam mit der Machete einen Weg zu bahnen, wo es doch eine soviel weniger aufwendige Methode gab.

Diese Wildwechsel oder Trampelpfade begannen und endeten meist an kleinen Rinnsalen, Seen, Quellen, Wasserfällen oder in Sumpfgebieten – wir durchquerten auch solche in diesen Tagen. Am ersten Nachmittag folgten wir einem schmalen Bachbett mit schwärzlich grünem Wasser stromaufwärts, bis die Nacht hereinbrach. Zu beiden Seiten des Bachlaufs bildeten Kolonnaden hoher Bäume eine Wand zwischen Wasser und Land, dicht umrankt von Büschen und Gestrüpp. Mit ihrem üppigen, ineinander verschränkten Geäst warfen sie in unbeschreiblicher Höhe dunkle Schatten über unseren Köpfen. Die Luftwurzeln vieler dieser Giganten hingen wie Gardinen herab und versperrten uns den Weg. Doch statt sie, wie wir bisher, mit Messern zu kappen, schoben die Indianer sie mit den Händen beiseite, anscheinend unempfindlich gegen das Stechen der reichlich vorhandenen Dornen. Die Luft war klebrig feucht, und als der Anführer aus einem unerfindlichen Grund befahl, einen Moment anzuhalten, wirkte die Stille an diesem schattigen Ort bedrückend. Die Stimmen warfen Echos, als befänden wir uns in einer Höhle.

Einmal wurden wir von elefantengroßen Bremsen attackiert ein anderes Mal von Zitteraalen. Mit ihren großen Köpfen streiften sie unsere nackten Beine dort, wo die Hosen zerrissen waren, und versetzten uns Stromschläge, die sich anfühlten wie kräftige Nadelstiche.

An der finstersten Stelle des Bachbetts ertönten plötzlich schrille Schreie, die in meinen Ohren wie Seelen im Fegefeuer gellten. Ein Schauer lief mir den Rücken hinunter, und ich bekam vor lauter Panik eine Gänsehaut. Die Indianer hingegen reagierten erleichtert, blieben stehen und bedeuteten uns mit Gesten, wir sollten uns ruhig verhalten. Sie reckten die Hälse und hielten nach etwas Ausschau, von dem wir nicht wußten, was es war. Die Schreie setzten sich in einem unharmonisch dissonanten Chor fort. Mein Bewacher streifte sich ein Lederband von der Schulter, an dem ein winziges Kästchen und zwei Stöcke hingen, die er geschickt zu einem zusammensteckte. Aus dem Kästchen holte er einen kurzen Pfeil, der an einem Ende eine kleine eiförmige Verdickung hatte, und steckte ihn mit dem einen Ende in das, was zweifellos ein echtes Blasrohr war, das erste, das ich zu sehen bekam. Er setzte es an die Lippen und beobachtete weiter aufmerksam die hohen Baumwipfel, die sich wie ein Kuppeldach über uns wölbten. Die Wächter meiner Freunde taten es ihm nach, so daß wir vorübergehend frei waren. Trotzdem wagten wir nur, uns ein paar aufmunternde Blicke zuzuwerfen und uns tröstend zuzulächeln. Die Schreie der Seelen im Fegefeuer wurden allmählich deutlicher, und etwas wie ›Tokano, Tokano‹ schälte sich heraus. Schließlich machten ein paar Ureinwohner das Versteck des Sängerchors ausfindig. Auf einmal war eine Folge kurzer dumpfer Knalle zu hören wie Schüsse aus Luftgewehren, und ein Geräusch wie von fallenden Gegenständen aus großer Höhe im Geäst. Leider plumpste eines dieser Viecher nur Zentimeter neben mir herunter und wirbelte eine solche Menge Wasser auf, daß ich eine gehörige Dusche verpaßt bekam. Es entpuppte sich als ein prächtiger, ziemlich fetter Tukan mit einem beachtlichen Schnabel von fast zwanzig Zentimetern Länge und Schwanzfedern in den unglaublichsten Gelb- und Orangetönen. Unglücklicherweise war er noch nicht ganz tot – der Pfeil steckte ihm zwischen Brust und einem der Flügel. Als mein Bewacher ihn packen wollte, wehrte er sich vehement und mit lautem Gezeter, was die anderen Indianer offensichtlich erschreckte. In heller Aufregung drängten sie meinen Bewacher mit lauten Rufen zur Eile. Doch bevor dieser reagieren konnte, tauchten Tausende von bisher unsichtbaren Vögeln wie aus dem Nichts über uns auf und hüpften unter furchterregendem Gekreische mit ausgebreiteten Riesenflügeln und aufgerissenen Schnäbeln wie wild von Ast zu Ast. Das versetzte mich dermaßen in Panik, daß ich die Arme unwillkürlich schützend vor das Gesicht riß. Zum Glück schaffte es mein Bewacher noch rechtzeitig – bevor diese entfernten Verwandten von Alfred Hitchcocks *Die Vögel* uns zerfleischten –, das verletzte Federvieh zu bändigen: Er drehte ihm erbarmungslos den Hals um. Mit dem Verstummen seines letzten kläglichen Krächzers fand die Attacke ein abruptes Ende. Die Tukane verschwanden im Dickicht, als seien sie nie dagewesen.

Lola war kreidebleich und stützte sich auf Marta, die, obwohl sie nicht viel besser aussah, ihren Arm um Gertrudes Schultern gelegt und sie an sich gezogen hatte. Marc und Efraín waren wie versteinert, unfähig, sich zu rühren oder auch nur einen Mucks von sich zu geben. Als die Indianer ihnen und mir die toten Vögel in die Arme legten, starrten wir uns völlig apathisch an, ohne recht zu merken, was wir trugen. Der Dschungel, den wir hier erlebten, hatte nichts mit dem zu tun, den wir bisher kennengelernt hatten. Wenn ich mir eingebildet hatte, den Ausdruck ›grüne Hölle‹, den Marta, Gertrude und Efraín so häufig benutzten, allmählich zu verstehen, so war das ein Riesenirrtum. Was wir bisher erlebt hatten, war ein fast zivilisierter, geradezu zahmer Urwald im Vergleich zu dem Wahnsinn, dem wir in dieser unbändigen Wildnis begegneten. Meine Wut und Panik legten sich, als ich einen naheliegenden Gedanken hatte: Wenn etwas in der virtuellen Welt der Computer nur funktionierte, wenn der entwickelte Code schlicht und einfach, ohne sinnlose Schnörkel und überflüssige Anweisungen auskam, so mußten in der Wirklichkeit der ›grünen Hölle‹ ähnliche Regeln herrschen. Wer hier den Code kannte und ihn korrekt anzuwenden verstand, für den funktionierte alles reibungslos. Das war der Fall für unsere Begleiter, die Indianer. Vielleicht wußten sie mit einem Computer oder einer simplen Verkehrsampel nichts anzufangen. Doch die Lebenswelt, in der wir uns jetzt befanden, kannten sie wie ihre Westentasche. Daher hatten sie die Attacke der Tukane vorhergesehen, als deren schwer verletzter Artgenosse diese kläglichen Laute ausstieß. Und sie hatten genau gewußt, was zu tun war, nämlich ihn töten und so zum Schweigen bringen. Wo wir, die technisch versierten Großstadtgewächse, nur Blätterwerk, Baumstämme und Wasser sahen, erkannten sie die Zeichen des Codes, nach dem die ›grüne Hölle‹ funktionierte, und wußten angemessen darauf zu reagieren. Als ich mir diese tätowierten, primitiv wirkenden Indianer noch einmal genauer anschaute, war ich mir sicher, daß wir gar nicht so unterschiedlich waren. Wir nutzten unsere Fähigkeiten nur in einer ganz anderen Umgebung, in die wir zufällig hineingeboren waren. Daß sie über kein elektrisches Licht verfügten oder nicht von acht bis drei arbeiteten, hieß noch lange nicht, daß sie dümmer waren. Nein, sie waren sogar privilegiert, weil sie verstanden, die Fülle an natürlichen Ressourcen vor ihrer Nase schlau und effizient zu nutzen. Der Respekt, den ich in diesem Augenblick ihnen gegenüber empfand, sollte im Laufe der folgenden Tage noch wachsen.

An dem Abend aßen wir gegrillten Tukan – das Fleisch erwies sich als sehr zart und saftig – mit Leguaneiern, die unsere Gastgeber so selbstverständlich aus verschiedenen Astlöchern holten, als nähmen sie sie aus dem Regal eines Supermarkts. Die imposanten Echsen verharrten starr und reglos auf dem Baumstamm und sahen zu, wie die Indianer seelenruhig ihre Eier mitnahmen. Diese waren ziemlich groß, ungefähr vier Zentimeter lang, und sowohl roh als auf den heißen Steinen im Lagerfeuer gebraten richtig lecker. Zum Nachtisch verschlangen wir überreife Früchte in reichlichen Mengen. Sie waren so groß wie dicke Äpfel, mit vielen Kernen und nur wenig Fruchtfleisch, rochen und schmeckten merkwürdigerweise wie Ananas. Wir aßen in Obhut der Indianer mehr und besser als diese faden Konserven aus Büchsen, Gläsern oder in Pulverform bisher. Und als wir unsere Hängematten aufhängten – die Indianer hatten ihre eigenen aus feinen Pflanzenfasern, die zusammengefaltet in eine Hand paßten –, schlief ich schließlich ohne Sorge ein. Ich träumte, ich führe mit meinem Auto in die Calle Xiprer, um Daniel und seine Familie zu besuchen, und hätte die ganze Straße frei, um zu parken, wo ich wollte, ohne den Wagen auf dem Gehweg abstellen zu müssen. All das konnte ich meinen Leidensgenossen nicht erzählen, weil unsere Aufpasser uns nicht miteinander reden ließen, bis sie zwei Tage später befanden, es sei nicht mehr notwendig, uns zu bewachen, da wir uns in unser Schicksal fügten.

Eigentlich hatten wir das ziemlich schnell getan, bald sogar gerne und voller Staunen, nämlich bereits in der ersten Nacht nach dem Abendessen. Unsere freundlichen Gastgeber scharten sich um das Feuer und erzählten. Es mußten lustige Dinge sein, denn sie lachten sich halb tot. In diesen Geschichten oder Legenden fiel immer wieder ein bestimmtes Wort, meist wenn sie auf sich selbst oder auf alle Anwesenden zeigten. Das Wort lautete ›Toromonas‹. Hatte dieser Mann mit seiner Karte der Einwohner Boliviens am Ende womöglich recht? Ich tauschte einen vielsagenden Blick mit Marta. Wie hieß er noch gleich? Ach ja, Pedro Pellisier Sanchiz … Lebten tatsächlich noch Toromonas, Mitglieder dieses angeblich während des Kautschukkriegs im 19. Jahrhundert ausgestorbenen Stamms? Die Verbündeten der Inka sollten ihnen bei der Flucht vor den Spaniern geholfen haben, im Regenwald des Amazonas unterzutauchen, der Legende zufolge mitsamt dem mythischen Eldorado. Hatten die Toromonas nicht den eigentlichen Inka geholfen, sondern den weisen Yatiri? Unseren priesterlichen *Capaca* aus dem Volk der Aymara, dem »Volk aus uralten Zeiten«, das aus Tiahuanaco oder Taipikala stammte? Wir wußten, daß sie den Eldorado nicht mitgenommen, sondern in der Grabkammer des Reisenden zurückgelassen hatten. Dafür hatten sie sich ihren wichtigsten Schatz bewahrt: ihre heilige Sprache, das alte *Jaqui Aru*, die »menschliche Sprache«, deren Laute oder Klang eine Einheit mit der Natur der Lebewesen und der Dinge bilden sollten.

Die Toromonas hatten jedenfalls die magischen Worte auf dem Platz der Ruinenstadt wiedererkannt. Und wir hörten an jenem Abend am Lagerfeuer unser Schlüsselwort, so daß zwischen uns und ihnen eine Nähe entstand, die viel verbindender sein sollte, als wir es in dem Augenblick ahnen konnten.

In der ersten Woche waren wir ununterbrochen auf den Beinen, folgten Schneisen oder Flüssen und drangen immer tiefer in den Dschungel vor, der sein Erscheinungsbild stetig änderte. Mal erschien er uns freundlich, ja überwältigend, etwa als wir auf dem Gipfel eines Gebirges angelangt waren. Rundum erstreckte sich zu unseren Füßen soweit das Auge reichte ein dichter Teppich aus Baumwipfeln in unzähligen Grüntönen, mit unbeweglichen weißen Wölkchen gesprenkelt. Dann wieder erwies er sich als aggressiver, als der schlimmste Feind, und man mußte ununterbrochen auf der Hut sein, etwa vor den Bissen der Ameisensoldaten oder den Stichen der Moskitos, Wespen, Taranteln ... Auch vor Schlangen, Fledermäusen, Kaimanen oder Piranhas – der Fisch, der im Amazonasgebiet am häufigsten vorkommt – mußte man sich in acht nehmen. Unzählige Male begegneten uns Pumas oder Jaguare, von denen jedoch keiner Anstalten machte, uns anzugreifen. Auch Falken,

Adler, Affen und Ameisenbären (übrigens sehr lecker, ähnlich wie Gänsefleisch) bekamen wir zu Gesicht. Die Indianer bewahrten die langen Krallen des Ameisenbären auf und schliffen sie sich, wann immer wir eine Pause machten, zu gefährlich scharfen Messern zurecht. Mit der Zeit gewöhnten Marc, Efraín und ich uns daran, uns mit Hilfe solcher Krallen zu rasieren. Wir waren regelrecht besessen davon, die Toromonas zu beobachten und von ihnen zu lernen. Marc und ich hatten immer behauptet, die Welt sei voller geschlossener Türen und wir dazu geboren, sie zu öffnen. Hier waren es die Indianer, die den Schlüssel zur ›grünen Hölle‹ besaßen, und ich wollte von ihnen lernen, den Code des Dschungels zu entschlüsseln. Marc und Lola machten sich über mich lustig, doch als Vollblutanthropologin begleitete mich Marta, wenn ich mich unauffällig einer Gruppe von Indianern anschloß, die einer seltsamen Verrichtung nachgingen. Sie ließen uns ungehindert herumlaufen, halb mitleidig, halb spöttisch, wie Eltern unbeholfener Kleinkinder. Bald merkten sie wohl, daß wir ehrlich interessiert waren. Sie gewährten uns einen Sonderstatus innerhalb unseres kleinen Trupps und riefen uns sogar beim Namen, wenn sie auf etwas stießen, was interessieren könnte. Nur eine Lektion hätte ich mir gerne erspart.

Zwei oder drei Tage nachdem wir die Ruinen verlassen hatten, bemerkte ich einen riesigen Abszeß an der rechten Wade. In der Annahme, es handle sich um die ganz ordinäre Entzündung eines der Tausende von Stichen, kleinen Kratzern und Schnittwunden, die wir uns im Laufe des Tages zuzogen, schenkte ich ihm keine weitere Beachtung. Doch kurz darauf begann die Geschwulst zu eitern und weiter anzuschwellen. Schließlich bereitete sie mir so unerträgliche Schmerzen, daß ich anfing zu hinken. Als dann noch ein ganz ähnlicher Furunkel auf meinem linken Handrücken auftauchte und anschwoll, bis die Hand einem Boxhandschuh glich, begann Gertrude sich ernsthaft Sorgen zu machen. Da sie weder Antibiotika noch Schmerzmittel dabeihatte, sah sich die Medizinerin außerstande, mir zu helfen. An dem Tag, als Marc und Efraín mir unter die Arme greifen mußten, um mich beim Laufen zu stützen, fiel den Toromonas auf, daß mit mir etwas nicht stimmte. Einer von ihnen – der alte Pyromane, der unsere Habseligkeiten angezündet hatte – verlangte, daß man mich auf den Boden legte und untersuchte meine Hand und die Wade mit der abgeklärten Haltung eines Landarztes, der sein Leben lang immer die gleichen Krankheiten zu sehen bekommt. Er steckte sich die Blätter einer tabakähnlichen Pflanze in den Mund und kaute sie eine ganze Weile durch, bis ihm brauner Speichel aus den Mundwinkeln rann. Ich fühlte mich so schlecht, daß ich nicht einmal meine Hand zurückzuziehen versuchte, als der Alte langsam auf die höllisch schmerzhafte Entzündung spuckte. Anschließend beobachtete er den Abszeß aufmerksam. Ein kleiner Krater öffnete sich an der Oberfläche, und etwas, das sich bewegte, kroch aus meiner Hand. Ich schimpfte und fluchte mir die Seele aus dem Leib, bis ich heiser war, während Marc und Efraín mich mit aller Kraft am Boden festhielten. Lola fiel in Ohnmacht und mußte sich mit Marta entfernen, der es auch nicht viel besser ging. Nur Gertrude verfolgte den Vorgang aufmerksam. Der alte Indianer zog schließlich mit spitzen Fingern aus meiner geschwollenen Hand eine bestimmt zwei Zentimeter lange weiße Larve hervor, die sich widerstandslos packen ließ, wohl betäubt von dem Tabaksud, den der alte Indianer freundlicherweise für mich bereitet hatte. Die zweite Larve herauszuschälen erwies sich als weitaus schwieriger. Sie war noch größer und hatte sich fest in mein Fleisch gekrallt. In Zeichensprache erklärte mir der Alte, der Medizinmann des Stamms, daß es Bremsenlarven waren, die wie Mücken bestimmte Personen anderen vorzögen. Logischerweise erwachte in Gertrude Bigelow der Forschergeist. Die Ärztin und Hobbyanthropologin folgte von dem Augenblick an dem Schamanen wie ein Schatten, restlos fasziniert von dem, was sie lernte.

Nach dieser widerwärtigen Erfahrung geriet ich jedesmal in Panik, sobald sich mir eine Bremse näherte, und auch meine Kameraden entwickelten eine ausgeprägte Phobie gegen diese

Insekten. Am Ende halfen wir uns gegenseitig, sie zu vertreiben, denn sie stachen selbst durch die Kleidung hindurch. Das einzig Gute war, daß die Abszesse sich auf der Stelle schlossen, sobald der Alte die Larven herausgezogen hatte. Sie heilten in wenigen Tagen mit Hilfe eines Öls ab, das die Indianer aus der Rinde eines Baums gewannen – mit seinen dunkelgrünen Blättern und weißen Blüten ähnelte er dem Jasmin –, in den sie einfach die Kralle des Ameisenbären hineinrammten. Die Art, wie der Schamane meine Schmerzen linderte, stand jedoch auf einem anderen Blatt: Sie verlangten, daß ich mich in der Nähe eines Wassertümpels mit nackten Füßen auf die feuchte Erde stellte. Dort strich er mir mit den dicken Köpfen mehrerer Zitteraale über die Waden. Unnötig zu erwähnen, daß das eine Reihe elektrischer Schläge auslöste. Diese wirkten merkwürdigerweise betäubend, wodurch der Schmerz für mehrere Stunden vollkommen verschwand.

Diese Indianer verstanden es, in ihrer Umwelt alles zu finden, was sie benötigten. Aus einem Baum, der viel an Wasserläufen wuchs, gewannen sie ein weißes Harz, das durchdringend nach Kampfer roch und sowohl die gefürchteten Ameisen als auch Zecken vertrieb. Sie brauchten bloß ein Stück Rinde abzureißen, und schon floß das Harz. Anschließend strichen sie es sich auf verschiedene Körperpartien oder verteilten es an den Bäumen, an denen sie ihre Hängematten befestigten. Im Laufe der Zeit machten wir es ihnen natürlich nach – das ist immer noch die beste Art zu lernen. Und als unsere Kleidung restlos zerfetzt war, kamen wir auf die ausgezeichnete Idee, das über den Knien abzuschneiden, was von unseren Hosen noch übrig war, und die kleinen Verletzungen und Prellungen in Kauf zu nehmen. Am Ende spürten wir sie tatsächlich nicht mehr.

Wie sehr ich mich veränderte, war mir selbst kaum bewußt. Und nicht nur ich, sondern auch meine Gefährten aus der Zivilisation, wir paßten uns schließlich perfekt dem täglichen Rhythmus des Dschungellebens und den fremden Gewohnheiten der Toromonas an. Trotz der Feuchtigkeit und der ständigen Insektenstiche erfreuten wir uns während der gesamten

Reise ausgezeichneter Gesundheit. Das lag Gertrude zufolge daran, daß sumpfige und dicht mit Unterholz bewachsene Gegenden, in denen die tropische Hitze fehlt, generell gesünder sind als Orte mit trockenem Klima. Noch spürten wir keinerlei Zeichen von Müdigkeit. Wir konnten den ganzen Tag in zügigem Tempo durchmarschieren, ohne gegen Abend völlig erschöpft zu sein. Und wir lernten, unvorstellbare Dinge zu essen und zu trinken – Marc ekelte sich natürlich am wenigsten. Wir schwiegen stundenlang, hochkonzentriert, immer auf der Hut, um eventuelle Alarmzeichen des Dschungels zu erkennen. In meinem Fall war die Veränderung am spektakulärsten, da ich von uns sechs am wenigsten naturverbunden und daher am Anfang übervorsichtig war, ja mich manchmal geradezu anstellte. Dennoch hatte ich innerhalb von kurzen drei Wochen gelernt, mit dem Blasrohr zu schießen. Ich erkannte den Baum mit der saftigen rotbraunen Rinde, aus dem man ein nahrhaftes Getränk gewinnen konnte – obwohl es nach totem Esel stank, schmeckte es genau wie Kuhmilch. Ich hackte die giftige Schlingpflanze klein, die wir ins Flußwasser mischten, um die Fische zu jagen, die uns als Mittags- und Abendmahlzeit dienten. Ich probierte selbst und schaute mir bei den Toromonas ab, welche Blätter man als Toilettenpapier benutzen konnte und von welchen man sich fernhalten sollte, weil sie Giftstoffe enthielten. Und ich erkannte ganz selbstverständlich die Kielspur der Kaimane oder Anakondas, die lautlos dahinzogen, wenn wir ein Bad im Fluß nahmen.

Das war bei weitem nicht alles, sondern nur das Allernötigste, um zu überleben. Man kann sich nicht in wenigen Tagen aneignen, was man ein Leben lang trainiert haben muß. Ich war nur ein Tourist. Eine sonderbare Sorte von Tourist, nicht aber einer jener altmodischen Reisenden, die noch Monate oder gar Jahre an dem Ort verbrachten, den sie kennenlernen wollten. Ich erhielt nur einen kurzen Einblick in eine fremde Welt. Das war mir klar. Mein Adrenalinspiegel war ständig so hoch wie sonst nur, wenn ich mich irgendwo in ein geschütztes Programm hackte oder tief unten in der Kanalisation Barcelonas heimlich meinen *tag* an die Wand sprühte. Ich war stets in Alarmbereitschaft und speicherte alles an Informationen, um mich so schnell wie möglich im Dschungel zurechtzufinden.

Eines Abends, wir waren, ohne es zu ahnen, unserem Ziel schon ganz nahe, plauderten wir vor dem Schlafen noch ein wenig. Da schaute mich Lola plötzlich an und lachte auf.

»Wirst du«, stammelte sie kichernd, »wenn du wieder zu Hause bist, Sergi weiterhin bitten, dir die kleinen harmlosen Tierchen aus deinem Garten vom Leibe zu halten?«

Selbst Marc brach in schallendes Gelächter aus. Er hatte den ganzen Tag schlechte Laune gehabt, weil er am Abend zuvor einen Falter berührt und sich danach unwillkürlich den Schweiß aus dem Gesicht gewischt hatte. Der folgende Nesselausschlag hatte seine Stimmung auf den Tiefpunkt gedrückt. Nun aber lachte er wie ein Irrer, so daß sich einige Toromonas, die auch am Feuer saßen, nach uns umdrehten.

»Wenn man dich von früher kennt und jetzt hier sieht, Arnau! Wirklich! Wenn ich das in der Firma erzähle!«

»Du wirst schön die Klappe halten«, sagte ich ernst, »oder soll ich dich auf die Straße setzen?«

»Das meinst du doch nicht im Ernst, oder?« fragte Gertrude mich besorgt. Kurz nach unserer Entführung aus der Ruinenstadt hatten wir alle, ohne genau zu wissen, warum, angefangen, uns zu duzen. Inzwischen benutzten wir das »Sie« nach Art der Bolivianer nur für die ganz privaten Gespräche, und Marc und Lola hatten sich das »Sie« angewöhnt, wenn sie miteinander stritten. Verkehrte Welt!

»Selbstverständlich meint er das im Ernst«, erklärte Marc, während er sich vorsichtig mit dem schmerzenden Handrücken die roten Strähnen aus dem Gesicht strich. »Er hat mich schon mehr als einmal gefeuert. Der wirkt nur so ruhig und beherrscht. Arnau kann teuflisch schnell in Wut geraten.«

»Mich hat er auch schon mehrmals entlassen«, erinnerte ihn Lola und zupfte gedankenverloren an den losen Fäden der kläglichen Überreste ihrer sündhaft teuren Hose aus atmungsaktivem HyVent-Material. »Aber das tut er so nebenbei. Eigentlich ist er ja ein lieber Kerl. Etwas schräg, aber lieb.«

»Schräg?« lachte Marta.

»Sie sind hier die Schrägen«, versetzte ich ungerührt. »Schau sie dir doch mal an und sag, sie seien es nicht. Ich finde sie äußerst schräg.«

»Wir haben nicht mit knapp dreißig ein Internetportal an die Chase Manhattan Bank zu dem Wahnsinnspreis von mehreren Millionen Dollar verkauft«, konterte Marc. Der spektakulärste Teil meiner Biographie war immer für eine Anekdote gut.

Marta, Efraín und Gertrude schauten mich an wie elektrisiert.

»Ist das wahr?« fragte der Archäologe erstaunt. »Das mußt du uns auf der Stelle genauer erzählen, mein Freund.«

Ich zog ein verächtliches Gesicht und deutete mit dem Kinn auf den dicken Rotschopf. »Wißt ihr eigentlich, warum wir ihn Jabba nennen?«

»Du bist ein …«, ging Marc in die Luft, doch Lola legte ihm die Hand auf den Mund, um ihn zum Schweigen zu bringen.

»Es interessiert mich nicht die Bohne, warum er so genannt wird«, sagte Efraín. »Stimmt das mit der Chase Manhattan Bank? Jetzt lenk nicht ab. So einfach kannst du dich hier nicht aus der Affäre ziehen.«

Der Dschungel hatte uns die letzten Reste eines zivilisierten Sozialverhaltens ausgetrieben. *Der Herr der Fliegen* hatte bereits auf uns abgefärbt.

»Ja, es stimmt«, gab ich resigniert zu, »doch ich habe alles in mein Haus und den Aufbau meines Unternehmens Ker-Central gesteckt.«

Das war natürlich nicht die ganze Wahrheit, doch ich hatte es schon immer ungehörig gefunden, über Geld zu reden.

»Da mußt du aber ein tolles Haus haben«, murmelte Marta mit großen Augen.

»Das hat er, das hat er«, seufzte Lola, womit sie zu verstehen gab, daß es ihr Traumhaus war. »Ihr müßtet es sehen, um es zu glauben, nicht wahr, Marc?«

»Also bitte«, protestierte ich, »was ist denn heute abend bloß mit euch los?«

»Ist deine Firma denn wirklich so groß?« fragte Gertrude, die vor Neugier fast platzte.

»In Bolivien kennt man dich nicht!« spottete Marc.

Ich hatte nicht übel Lust aufzustehen und ihn ordentlich in seine dicken, brennenden Wangen zu kneifen.

»Der, den ihr da vor euch sitzen seht, ist eines der wenigen Genies des World Wide Web in Europa. Künstliche Intelligenz im Netz, das ist alles von ihm«, fuhr er ungerührt fort.

Keiner sagte einen Ton, doch ich konnte im Kopf ihren kollektiven Ausruf des Erstaunens hören, der über ihre geschlossenen Lippen bis in mein Hirn drang.

»Nun hör mal«, sagte ich warnend zu Jabba. »Wo du schon mit dem Thema angefangen hast. Ich spiele mit dem Gedanken, Ker-Central zu verkaufen.«

Marc und Lola wurden weiß wie die Wand.

»Red doch keinen Unsinn!« herrschte mich der rothaarige Megawurm an, der sich nur mit Mühe von dem Schock erholte. »Sonst bekommen wir heute abend noch Ärger miteinander.«

»Sieh doch selbst, was aus mir geworden ist!« rief ich und drehte mich zu ihm um. »Ich bin bald sechsunddreißig Jahre alt und ein langweiliger Unternehmer, der den ganzen Tag nur Papiere unterschreibt. Ich brauche eine Veränderung, will wieder was tun, das mir wirklich gefällt. Und ich meine nicht diesen Schwachsinn vom Glücklichsein«, fügte ich ernst hinzu. »Wie Gertrude uns in La Paz erklärt hat, gibt es in unserem Gehirn nicht die kleinste Ecke, die für solche Banalitäten zuständig wäre. Was ich eigentlich meine, ist, ich möchte was tun, das mir Spaß macht. Etwas in der wirklichen Welt.«

»Du brauchst eine neue Herausforderung«, bestätigte Marta.

»Ja, etwas in der Art«, gab ich widerstrebend zu. Es machte mich krank, mich derart zu outen. »Ich will nicht der Verwalter fremder Ideen sein. Dafür tauge ich nicht.«

»Na, wenn du so überflüssig bist, kannst du Ker-Central ja

mir überlassen, nur verkauf es nicht! Ich hab immerhin mitgeholfen, es aufzubauen. Erinnerst du dich?«
»Ich sag doch nur, daß ich mit dem Gedanken spiele. Okay?«
»Sieh dich vor!« warnte mich Marc zum letzten Mal an diesem Abend.

Das Thema kam nicht mehr auf. Es ergab sich keine Gelegenheit. Nachdem wir am nächsten Tag ein enges Tal durchquert hatten, begrenzt durch hohe Berge, die wir auf einem halsbrecherischen Steig überwanden, landeten wir am frühen Abend in einem Teil des Urwaldes, der vollkommen anders aussah als der bisherige. Es war duster und der Boden sumpfig kalt und von ungewöhnlich hohen Farngewächsen übersät, zwischen denen sich enge Pfade durch den dunklen Dschungel abzeichneten. Je tiefer wir in ihn eindrangen, desto mehr fühlten wir uns wie der arme Gulliver im Land der Riesen. Die eng zusammenstehenden gigantischen Bäume waren mit neunzig oder hundert Metern fast so hoch wie die Wolkenkratzer in New York. Am eindrucksvollsten waren die Stämme. Sie brachten es auf Umfänge von schätzungsweise zwanzig bis fünfundzwanzig Metern. Ich hatte schon von den berühmten afrikanischen Baobabs gehört, die so dick waren, daß man sie als Wohnhäuser, Ställe, Gefängnisse oder sogar Bars benutzte, in denen bis zu fünfzig Personen Platz fanden. Als ich klein war, hatte ich in einem Buch einen dieser Baobabs gesehen. Den Stamm hatte man für den Bau einer neuen Straße einfach ausgehöhlt, statt ihn zu fällen. Das hatte ihn zum einzigen lebenden Tunnel der Welt gemacht, den riesige Lastwagen problemlos passieren konnten. Efraín meinte, es handle sich um Sequoias, die höchsten Bäume der Welt. Doch dann widersprach er sich, als ihm einfiel, daß die Sequoias fast ausschließlich an der Ostküste der Vereinigten Staaten wuchsen, und zwar weit mehr als hundert Meter hoch, aber niemals so dick werden konnten wie die um uns her. Die gigantischen Wurzeln versanken im weichen Boden, den ein leicht faulig riechender Nebel bedeckte. Und ihre Wipfel verloren sich unsichtbar in weiter Ferne, verdeckt durch das Geäst, das sich unter dem enormen Gewicht bog. An manchen Stellen war es undenkbar, daß irgend etwas außer Pflanzen hier gedeihen könnte. Dort nämlich, wo es unter den wuchtigen, kaum voneinander zu trennenden Stämmen einen dichten Farnteppich gab und sich ellenlange Lianen und Kletterpflanzen, die von wer weiß wo herabhingen, zu wahren gordischen Knoten verschlangen. Ein Tier gab es jedoch. Wir konnten es nicht sehen, aber hören.

Als ich den Gesang zum ersten Mal hörte, dachte ich unwillkürlich, es trällere jemand eine wunderschöne Melodie. Dann wurde der Ton schriller und hörte sich eher an wie ein Flöte, ein Instrument, das zweifellos auch von jemandem zum Klingen gebracht werden mußte. Ich suchte das kalte Gestrüpp um uns herum ab, denn die Melodie kam ganz aus der Nähe, doch ich konnte nicht das Geringste entdecken. Es war eine wunderschöne Musik, die tatsächlich von einer Flöte zu stammen schien. Die Indianer lächelten und besprachen sich miteinander, während meine Kameraden ebenso erstaunt über den unsichtbaren Künstler waren wie ich. Plötzlich verwandelten sich die sanften, melancholischen Töne dieser Flöte in ein schrilles Kreischen, und es herrschte Stille. Kurz darauf meldete sich der menschliche Gesang erneut, verwandelte sich in Flötentöne und endete in diesem unangenehmen Geschrei. Als die gleiche Melodie von verschiedenen Seiten gleichzeitig zu vernehmen war, stand für uns fest: Es war der Gesang eines Vogels, zwar eines außergewöhnlich begabten, aber doch nur eines Vogels.

Wir befanden uns im Reich der Götter, nicht in der Menschenwelt, und unsere Gruppe glich einer kleinen Ameisenkolonne, die sich im Dickicht verlor. Schließlich endeten die Pfade abrupt, wurden von der Vegetation geschluckt, und die Toromonas blieben stehen. Der Anführer, der unserer langen Marschkolonne voranschritt, hob einen Arm und stieß einen Schrei aus, der im Dschungel nachhallte und ein ungeheures Getöse im Laubwerk auslöste. Als nach einigen Minuten das Echo eines ähnlichen Schreis aus der Ferne zu hören war, senkte der Toromona-Anführer den Arm wieder und entspannte sich.

Wir wagten es nicht, uns von der Stelle zu rühren. Bald darauf steckte Marta ganz ruhig die Hände in die Taschen ihrer zerlumpten Hosen und sagte laut und vernehmlich: »Ich glaube, wir sind am Ziel, meine Freunde.«

»Am Ziel …? Wo denn?« fragte Marc, der Trottel.

»In Osaka, in Japan«, sagte ich bierernst.

»Im Reich der Yatiri«, erklärte Marta mit einem tadelnden Blick. Er war auf mich gemünzt.

»Es ist niemand zu sehen«, brummte Efraín besorgt.

»Also ich habe das Gefühl, daß man uns beobachtet«, sagte Lola schaudernd und drängte sich an Marc. Unwillkürlich hatten wir einen kleinen Kreis gebildet, während wir darauf warteten, daß wir unseren Weg fortsetzten oder andere Instruktionen erhielten.

»Ich auch.« Gertrude legte sich eine Hand auf den Magen.

»Na schön, sehr wahrscheinlich tun sie das«, pflichtete Marta ihnen bei. »Die Yatiri sind doch bestimmt neugierig und wollen wissen, wer wir sind und warum uns die Toromonas hierhergeleitet haben.«

Ich bezweifelte das, während ich auf eiskalten Füßen nervös herumtrippelte. »Wozu hielt sich ein so großes Heer von Toromonas in den Ruinen der verlassenen Dschungelstadt wohl versteckt?« fragte ich in die Runde. »Befanden sie sich zufällig dort, oder hatte jemand sie geschickt, um uns zu holen?«

»Also bitte, Arnau, du willst mir doch nicht erzählen, daß die Yatiri sie geschickt haben, um uns an dem und dem Tag um die und die Uhrzeit abzuholen, oder?« wandte Lola ein.

»Ich weiß nicht, aber ich erinnere mich, daß ich in einer Chronik gelesen habe, die Yatiri hätten noch in Taipikala die Ankunft der Inka vorausgeahnt und auch die der Spanier, die von jenseits des Atlantik kamen. Vielleicht sind das ja bloße Hirngespinste, aber ich würde nicht die Hand dafür ins Feuer legen.«

»Das sind Hirngespinste«, wiederholte Marta mit einem Nicken. »Am wahrscheinlichsten ist, daß das Dorf der Toromonas nicht weit von den Ruinen entfernt liegt und sie Wächter postiert haben, falls einmal jemand mit dem Steinring dort auftauchen sollte. Daß sie Verbündete der Yatiri sind, steht außer Zweifel, aber das heißt noch lange nicht, daß diese sie geschickt haben, um uns abzuholen.«

Wir verstummten abrupt, denn die Toromonas setzten sich wieder in Bewegung. Das merkwürdige war, daß sie nicht weitergingen, sondern uns umringten, obwohl der Pfad zwischen den Baumgiganten alles andere als breit war. Nach und nach zogen sie einen immer engeren Kreis um uns, und wir schauten ihnen völlig verdattert dabei zu, ohne zu verstehen, was vor sich ging. Wir alle hatten das sichere Gefühl drohender Gefahr, was sich in unseren besorgten Gesichtern widerspiegelte. Etwas Seltsames bahnte sich an. Als wir den Anführer mit dem alten Schamanen und seiner Leibgarde näherrücken sahen, hatten wir nicht mehr den geringsten Zweifel.

»Was zum Teufel geht hier vor?« fragte Marc alarmiert und legte den Arm um Lola.

»Das wüßte ich auch gerne«, sagte Marta mit der gleichen kalten und ernsten Stimme, die man von ihr kannte, wenn es in ihr brodelte.

Der Anführer stellte sich vor unsere kleine Gruppe, fixierte uns und zeigte in die Richtung, aus der wir gekommen waren. Als wir uns nicht von der Stelle rührten, streckte er den Arm gebieterisch noch einmal in dieselbe Richtung. Er forderte uns auf, vor ihnen herzulaufen und auf dem Fußweg zwischen den Farnen zurückzugehen.

»Was sollen wir machen?« fragte mein Freund.

»Was sie uns befehlen.« Efraín faßte Gertrude bei der Hand und stapfte los.

»Das gefällt mir ganz und gar nicht«, brummte Marc.

»Wenn du eine bessere Idee hast«, ich packte Marta am Arm als Aufforderung, mit mir zu kommen, »schenke ich dir Ker-Central. Mein Wort.«

»Wie wär's mit: ›Laßt uns abhauen und um unser Leben rennen.‹« Marc grinste spöttisch.

»Nein, das gilt nicht.«

»Wußte ich es doch«, sagte er zu Lola, die das Schlußlicht bildete.

Da ich dem Braten nicht traute, drehte ich mich nach den Toromonas um, falls sie mit ihren Lanzen auf uns zielten oder etwas in der Art. Doch die Indianer standen noch am selben Fleck mitten im Dschungel und ließen uns nicht aus den Augen. Der Anführer verharrte in würdevoller Haltung, der Schamane lächelte.

Es war das Ende einer weiteren Etappe unseres unglaublichen Abenteuers. Ich fragte mich, ob wir sie jemals wiedersehen würden, denn ohne ihre Hilfe würden wir es nie schaffen, in die Zivilisation zurückzukehren. Doch wer konnte schon wissen, welches Ende diese seltsame Reise nehmen würde.

Dreißig Meter weiter verengte sich der Pfad wie die Spitze eines Bleistifts, bevor er abrupt endete. Dort angelangt, blieben wir stehen. Wir wußten nicht weiter. Sollten wir warten oder zu den Toromonas zurückkehren?

Rechts von mir raschelte es auf einmal im Farn, und ich blickte blitzschnell zur Seite. Da tauchte plötzlich ein nackter Arm auf, schob die Blätter auseinander, und dann stand, weniger als einen Meter entfernt, ein Kerl vor mir. Er war so groß wie ich oder noch größer, trug ein langes ärmelloses Hemd, das in der Taille von einer grünen Schärpe zusammengehalten wurde, und in den Ohrläppchen einen großen Goldschmuck. Erst schaute er mich eine ganze Weile mit starrer Miene an, dann musterte er eingehend meine Freunde, einen nach dem anderen. Er hatte die typischen Züge der Aymara, die hohen Wangenknochen, die scharfe Nase und die leicht raubtierhaften Augen. Seine Haut war hingegen hell, sehr hell. Obwohl sie nicht so weiß war wie unsere, konnte man nicht gerade behaupten, sie gliche auch nur entfernt der des durchschnittlichen Indios.

Wir waren wie versteinert. Unfähig zu jeder Bewegung. Als er uns ein Zeichen machte, ihm zu folgen, konnten wir keinen Muskel bewegen.

Er verschwand wieder zwischen den Farnen, die sich hinter

ihm schlossen, und ließ uns wie gelähmt stehen. Sekunden später tauchte er wieder auf und betrachtete uns mit gerunzelter Stirn. Seltsamerweise bewegten sich seine Augenbrauen dabei in entgegengesetzte Richtungen: Beide bildeten sie eine Tilde, doch während die eine nach unten, zur Nase hin, zeigte, deutete die andere mit einem Schlenker nach oben, zur Stirn hin. Unter diesen merkwürdigen Augenbrauen hervor starrte er uns an und wartete, daß wir uns in Bewegung setzten und ihm folgten.

Einer nach dem anderen schlüpften wir zwischen den grünen Fächern hindurch und drangen in dieses Meer riesiger Farnwedel vor, stumm und bedrückt, obwohl wir so lange auf diesen Augenblick gewartet hatten. Ich ging voran, und hinter mir kam Efraín. Der Yatiri – denn es gab keinen Zweifel, daß es einer war – lief, ohne anzuhalten oder die Richtung zu ändern, auf einen der Bäume zu. Und dann sah ich ihn zu meinem Erstaunen durch eine Öffnung im Baum verschwinden, eine Öffnung, vor der eine niedrige, grob gezimmerte Tür hing. Wir folgten ihm in einen dunklen Gang, in dem ich mich fühlte wie ein Lastwagenfahrer beim Durchqueren des afrikanischen Baobabtunnels. Der Baum lebte, denn offensichtlich stand er in Saft und Kraft. Sein Holz verströmte einen intensiven Duft, ähnlich wie Zedernholz. Am Ende des wenige Meter langen Gangs schimmerte Licht, woraus ich schloß, daß uns dort die Yatiri erwarteten. Ein Irrtum: Sie hatten den Baum in der Mitte ausgehöhlt und einen riesigen röhrenförmigen Raum geschaffen, von dem eine in die Baumwand geschnitzte Rampe spiralförmig nach oben führte. In unterschiedlichen Abständen waren mit Öl gefüllte Steinbecken aufgestellt, in denen Dochte brannten, wodurch dieser seltsame Kamin von einem gespenstischen Licht erleuchtet war.

»*Jiwasanakax jutapxtan!*« rief unser Führer in barschem Ton, offensichtlich in der Annahme, daß wir ihn nicht verstünden.

»Was hat er gesagt?«, zischelte ich Marta zu.

»Das ist Aymara«, raunte sie fasziniert.

»Natürlich«, sagte ich, »was hast du denn erwartet?«

»Ich weiß nicht ...« Sie zeigte mir ein glückstrahlendes Lächeln. Noch nie hatte ich ein solches Leuchten auf ihrem Gesicht gesehen.

»Ja schön, aber was hat er denn gesagt?« Ich erwiderte unwillkürlich ihr Lächeln.

»Daß wir ihm folgen sollen«, übersetzte sie leise.

Der Yatiri begann den Aufstieg über die sanft ansteigende Rampe. Als ich ihm folgte, wurde mir klar, daß das Holz dieses riesigen Baums äußerst hart sein mußte, denn es gab trotz unseres Gewichts kein bißchen nach, kein Schwanken, nicht einmal das leiseste Vibrieren war zu bemerken. Im Schein der Öllampen hatte es einen warmen, von langen, braun schillernden Maserungen durchzogenen Gelbton und war mit glänzendem Harz spiegelglatt poliert worden. Die aufsteigende Rampe, der wir folgten, wuchs keilförmig, am Ansatz dicker, direkt aus der Wand und endete in einer kleinen, leicht erhöhten Kante. Es gab keinerlei Handlauf, so daß, wer wollte, sich ungehindert in den Abgrund stürzen konnte.

Ich weiß nicht, wie lange wir aufwärts stiegen, aber es dauerte eine ganze Weile, bis wir eine Stelle erreichten, an der die sanfte Steigung unmittelbar in eine weitere Tür mündete, durch die wir dem sympathischen Yatiri folgten. Nach einem kurzen Tunnel betraten wir einen breiten Flur, der zu einer anderen Tür im gegenüberliegenden, etwa fünfzehn Meter entfernten Baum führte. Endlich hatten wir das Sonnenlicht wieder, wenn auch nur für einen Moment. In dieser Höhe schafften es einzelne Sonnenstrahlen, das dichte Laubwerk zu durchdringen. Marc kam jetzt neben mich, dahinter folgten Marta und Lola und als letzte Efraín und Gertrude. Unter uns schwang sich ein weiterer Weg bis zu dem Stamm zu unserer Rechten, und erst der nächste Blick zeigte mir die anderen: Sowohl tiefer unten als auch über unseren Köpfen verband ein dichtes Netz dieser hängebrückenartigen Wege die Baumkolosse. Doch das unglaublichste war: Für diese Verkehrsadern hatten sie die gigantischen Zweige genutzt, die aus den Stämmen wuchsen. Sie hatten sie so geformt und angepaßt, daß sie auf ihnen ganz natürlich hin- und hergelangen konnten. Die einen Wege stiegen an, die anderen führten abwärts, wieder andere neigten sich hier oder verliefen geradeaus. Und alle kreuzten sich in unterschiedlicher Höhe, so daß, wenn man fiel – was bei der Breite der Äste unwahrscheinlich war –, es nur ein paar Meter bis zur nächsttieferen Ebene waren. Diesen Yatiri war es, nachdem sie megalithische Städte erbaut hatten, gelungen, mit der gleichen Genialität und einer nahezu perfekten Technik die lebendige Natur ganz nach ihren Bedürfnissen umzuformen.

Ich machte Marc stumm darauf aufmerksam und auch die anderen, die mir kopfnickend zu verstehen gaben, daß sie ebenso überwältigt waren wie ich. Als wir den nächsten Baum erreichten, stießen wir auf eine Art Platz. Er war riesig und mit den gleichen Öllampen beleuchtet. Eine kleine Gruppe von Yatiri diskutierte im Hintergrund in der Nähe einer Treppe, die nach oben und unten zu ähnlichen Stockwerken zu führen schien. Dort waren auch die ersten Frauen, die wir zu Gesicht bekamen. Anders als die Männer trugen sie kurze, lockere Blusen und knöchellange Röcke. Generell war die Kleidung bunt und farbenfroh wie die der Nachfahren der Aymara auf den kleinen Märkten von La Paz. Und alle, denen wir begegneten, hatten die typischen Goldscheiben in den Ohrläppchen, den Ohrschmuck der Inka. Efraín erklärte uns, das Hemd der Männer heiße *Unku*. Nach der Konquista hätten die Spanier diese Tracht verboten und per Gesetz angeordnet, Hosen zu tragen. Männer wie Frauen hatten ausnahmslos Ledersandalen an und eine Art Umhang, der ihnen bis zu den Knien reichte. Sie waren meist recht groß, hellhäutig und hatten blauschwarzes Haar, neugierig blickende dunkle Augen und den Gesichtsschnitt der Aymara. Was allerdings unsere besondere Aufmerksamkeit erregte, war der Bartschatten in ihren Gesichtern. Keiner machte Anstalten, uns zu begrüßen oder willkommen zu heißen. Im Gegenteil: Als fürchteten sie sich vor uns, wichen sie zurück bis zur Treppe und bedeckten ihr Gesicht halb mit der Tunika.

In die Wände jenes riesigen Platzes waren Bänke geschnitzt. Auf einer dieser Bänke saßen zwei Männer und eine Frau, alle recht betagt, und musterten uns ernst. Die Frau wandte sich an unseren Führer und sagte laut: »*Makiy qhiptárakisma*!«

Unser Yatiri erwiderte etwas, verabschiedete sich mit einem Kopfnicken und ging weiter.

»Was haben sie gesagt?« wollte Marc von Marta wissen.

Sie nickte eifrig wie eine Schülerin, die die Lektion perfekt verstanden hat, und erklärte uns nervös, aber mit glänzenden Augen: »Die ältere Frau hat ihn gebeten, sich zu beeilen, er dürfe nicht zu spät kommen, und er hat geantwortet, die Capacas würden nicht länger warten. Es werde nicht lange dauern.«

Efraín kam nach vorne und redete einfach dazwischen: »Sie bringen uns zu den Capacas, meine Freunde!« rief er aufgeregt. »Ich kann es kaum glauben!«

»Mal sehen, ob sie ein Menschenopferritual an uns zelebrieren …!« Marcs Stimme bebte.

Als wir zum anderen Baum hinübergingen, hörten wir Stimmen und Gelächter, das von überall her zu kommen schien, aber wir konnten niemanden sehen. Wir hörten auch Gebell und guckten uns erstaunt an: Hier gab es Hunde, so weit oben! Unglaublich. Und doch wieder nicht, wenn man die Fenster und Türen in den Baumstämmen betrachtete, die offensichtlich zu Wohnungen gehörten. Die Bewohner allerdings bekamen wir nicht zu Gesicht. Das Netz aus geschickt zu Straßen umfunktionierten Ästen setzte sich jenseits des Baumes fort, und ebenso, als wir den nächsten überquerten und den übernächsten und immer so fort … Obwohl man unmöglich mehr als zwei dieser Riesenstämme auf jeder Seite hatte, bestand kein Zweifel, daß dies eine große, von Lianen und Schlingpflanzen befreite Baumstadt war. Dabei hatten die Yatiri die Natur in ihrer Ursprünglichkeit respektiert, denn nirgends entdeckte ich auch nur einen einzigen Vorsprung, eine künstliche Fläche, ein Brett oder irgendeine Art von Gerüst.

Unser Führer schien uns über eine extra ausgewählte Route zu geleiten, auf der uns niemand beggnete. Soweit war es ihm gelungen: Wir trafen danach auf kein anderes menschliches Wesen mehr, bis wir vor einem Baumstumpf stehenblieben, bei dem eine Vielzahl von Wegen zusammenlief. Es war der mit Abstand dickste Stamm, dafür fehlten ihm die Zweige und Blätter. Er sah aus, als sei er durch einen Blitzeinschlag am Ansatz der Baumkrone abgebrochen. Er war beeindruckend imposant, trotz – oder vielleicht gerade wegen – seiner Verstümmelung. Ich zweifelte nicht, daß dies unser Ziel war, denn er wirkte ganz so wie ein wichtiger Sitz der Macht oder einer Regierung. Als wir uns über eine leicht abschüssige Straße näherten, öffnete sich das große Holztor im Stamm schwerfällig wie von Zauberhand. Zwei Yatiri im *Unku* tauchten aus dem Dunkel auf. Unser Führer befahl uns zu warten und ging ihnen entgegen. Dann erst gewährte man uns Zutritt zum Inneren des verstümmelten Baums. Doch wie gebannt blieben wir stehen und starrten den Prunk an, mit dem der Raum ausgestattet war. Riesige an der Decke aufgehängte Wandteppiche mit Tocapus unterteilten ihn wie Trennwände. Der Boden war mit Goldtafeln gefliest, auf denen fein gearbeitete Szenen vom fernen Leben in Taipikala zu erzählen schienen. Hunderte von Öllampen erleuchteten die Szene, und die vielen Möbel, vor allem Truhen, Stühle und Tische, waren in einem unbekannten Stil aus Holz und Gold gefertigt.

Der Führer ließ uns vortreten und befahl uns erneut zu warten.

»*Mä rat past'arapï*«, sagte er gebieterisch, bevor er verschwand. War ihm bewußt, daß wir ihn verstanden? Das war nicht zu erkennen. Warum aber redete er dann überhaupt mit uns in dieser Weise?

Efraín übersetzte: »Er hat gesagt, er würde mal kurz irgendwohin gehen.«

»Wohin, hat er nicht erwähnt«, ergänzte Marta.

»Ja, stimmt.«

»Was steht in den Tocapus?« fragte Lola und trat vor das am nächsten Hängende. Es war ein überwältigender Wandteppich von sechs oder sieben Meter Höhe.

»Also, dieses hier«, begann die Doctora zu erklären, während sie ihn aufmerksam las, »ist eine Art Anrufung einer Göttin ... Doch hier steht kein Name. Wahrscheinlich ist die Pachamama gemeint, also die Mutter Erde, denn es ist von der Erschaffung der Menschheit die Rede.«

»Und dieser hier«, rief Efraín vom anderen Ende des Raums aus, »erzählt davon, wie die Giganten mit der Sintflut verschwanden.«

»Diese Menschen sind ja schon fast krankhaft auf das Thema fixiert, meint ihr nicht auch?« bemerkte Marc leicht verwundert.

Wir liefen nervös herum, da die Zeit uns lang wurde, und schauten uns alles an – doch war ich mit den Gedanken ganz woanders. Ich mußte ständig daran denken, daß nach so langer Zeit und so vielen Abenteuern endlich der entscheidende Moment gekommen war. Egal, wie, ich würde erreichen müssen, daß diese Menschen mir erklärten, wie ich Daniel aus seiner Apathie befreien konnte.

»Machst du dir Sorgen?« fragte mich Marta plötzlich. Sie war unbemerkt neben mich getreten.

»Nein. Bin eher nervös.«

»Schau dir alles hier genau an«, sagte sie schulmeisternd. »Es ist eine einmalige Gelegenheit, einen verlorengegangenen Teil der Geschichte aufzuarbeiten.«

»Ich weiß.« Ich mußte lächeln. Ihre so charakteristische Nüchternheit fing an, mir zu gefallen. Ich fühlte mich wohl bei ihrer Art zu reden, auch wenn es manchmal ein wenig von oben herab zu kommen schien. Denn eigentlich merkte sie das gar nicht. Es war ihr nicht wichtig. »Ich bin mir der Bedeutsamkeit der Situation durchaus bewußt.« Auch ich konnte gestelzt reden.

»Sie ist viel bedeutsamer, als du dir vorstellen kannst, vielleicht einmalig.«

»Ich wünsche mir einen Weg, den Fluch aufzuheben«, sagte ich. »Und was wünschst du dir?«

»Ich möchte ihre Kultur studieren, ihr Einverständnis, daß

ich mit einem Forscherteam von der Universität zurückkehren darf, um meine Forschungsarbeit abzuschließen, quasi als Ergänzung zu der Publikation über die Entdeckung der Schriftsprache der Tiahuanaco-Kultur, die der erste Teil von ...«

»Schon gut, schon gut!« unterbrach ich sie, innerlich halb tot vor Lachen. »Ich glaube, sie werden mir allein schon wegen der Bescheidenheit meines Anliegens die Bitte erfüllen. Du aber willst ... alles!«

Da blickte Marta ernst an mir vorbei: Unser Yatiri-Führer war zwischen den Hängewänden am Ende des Raums wieder aufgetaucht und bedeutete uns, ihm zu folgen.

»Die Arbeit ist mein Leben«, sagte sie schroff und setzte sich in Bewegung.

Wir betraten einen riesigen Saal. Er war begrenzt durch Teppichwände mit Tocapu-Ornamenten, die sich leicht bewegten, als ginge eine sanfte Brise. Auch die Flammen der Öllampen flackerten. Vier ältere Personen, zwei Frauen und zwei bärtige Männer, erwarteten uns, jeder auf einem prachtvollen goldenen Thron. Ihr dunkelgraues Haar flatterte leicht im Luftzug. In einiger Entfernung hatten sie sechs sehr viel bescheidenere Holzhocker für uns aufgestellt. Unser Führer bedeutete uns Platz zu nehmen, und verschwand dann, nachdem er sich vor den Alten verbeugt hatte.

Dies also waren die Capacas, die Herrscher der Yatiri und Nachfahren der Priester-Astronomen, die Tiahuanaco regiert hatten. Sie starrten ausdruckslos ins Leere. Man hätte meinen können, wir seien gar nicht da. Interessierten sie etwa die sechs merkwürdig gekleideten Weißen nicht, die plötzlich in ihrer Stadt aufgetaucht waren? In Taipikala Nummer zwei? Und warum hatten sie nicht die gleichen langgestreckten Schädel wie ihre Vorfahren? Wurde diese Art der Schädeldeformation bei ihnen vielleicht gar nicht mehr praktiziert? Ich war ein wenig enttäuscht!

Marta und Efraín wechselten einen Blick, wer von ihnen das Wort ergreifen sollte. Bevor sie sich entschieden hatten, erschien ein fünfter Yatiri auf der Bildfläche. Er trat unvermittelt hinter den Hängewänden im Rücken der Capacas hervor. Es war ein junger Mann, kaum zwanzig Jahre alt, der eilig herbeigelaufen kam und so abrupt stehenblieb, daß er fast auf die Nase und den Alten vor die Füße gefallen wäre. Er konnte sich gerade noch abfangen. Dann beugte er sich vor und raunte ihnen ein paar Worte zu. Ich hatte Zeit, ihn genauer zu betrachten: Er trug einen roten *Unku* mit einer weißen Schärpe um die Taille und ein rotes Stirnband. Schließlich blieb er vorne stehen, während die Capacas beratschlagten. Sie schienen einzuwilligen in was auch immer der junge Mann ihnen vorgeschlagen haben mochte, denn er trat zurück und wandte sich laut und vernehmbar an uns: »Mein Name ist Arukutipa. Ich bin *Ladino*-Indianer und stehe Euer Gnaden zu Diensten, auf daß Ihr Euch trefflich austauschen möget mit unseren erhabenen Capacas.«

Ich erstarrte. Wieso sprach dieser junge Kerl ein derart altertümliches Spanisch? Und vor allem, warum machte er sich selbst schlecht, denn bedeutete »Ladino« nicht so etwas wie »Gauner«?

Doch da beugte Marta sich blitzschnell vor, um uns aufzuklären: »Der Name dieses Jungen, Arukutipa, bedeutet auf Aymara ›der Übersetzer des leichten Wortes‹, und als Ladino bezeichnet er sich, weil während der Kolonialzeit im 16. Jahrhundert die Ureinwohner, die Latein oder Spanisch sprachen, so genannt wurden. Mit anderen Worten, die Yatiri bieten uns einen Dolmetscher an, um sich mit uns zu verständigen. Sie haben das alte Spanisch beibehalten, das sie vor ihrer Flucht in den Urwald gelernt haben!«

»Aber dann«, sagte Efraín verwundert, »halten sie es wohl kaum für möglich, daß wir ihre Sprache sprechen.«

»Warte, ich werde sie überraschen«, sagte Marta mit einem gewitzten Lächeln, wandte sich zu den Capacas um und rief aus: »*Nayax Amara parlt'awa.*«

Die Alten blieben ungerührt und verzogen keine Miene. Nur der junge Aruku-was-auch-immer starrte die Capacas erstaunt an. Obwohl sie kein Wort miteinander wechselten, wandte

Aruku-was-auch-immer sich wieder uns zu und sprach erneut im Namen der Alten: »Die ehrwürdigen Capacas sagen, Euer Gnaden seien weise, sehr kluge und gebildete Menschen. Allein, in dem Wunsche, sich gerade Weges und ohne Umschweife zu verständigen, halten sie es für geboten, sich der kastilischen Sprache zu befleißigen, auf daß all das Leid und der Schaden von einst nicht erneut geschehen.«

»Sie wollen also nicht, daß wir Aymara sprechen«, sagte Efraín enttäuscht. »Warum nur?«

»Du hast es doch gehört«, tröstete ihn Gertrude, die schweigsamer als sonst war. Ihre glänzenden Augen zeugten allerdings davon, wie aufgewühlt sie innerlich war. »Sie wollen keine Probleme. Vor allem keine Probleme wegen der Sprache. Sie möchten sich lieber auf Spanisch mit uns verständigen.«

»Na klar, da ihre Sprache sich nicht verändert, denken sie, alle anderen tun das auch nicht!« ereiferte sich Jabba.

»So verstehst du ihn wenigstens«, brummte Lola. »Wäre es dir lieber, daß Marta und Efraín auf Aymara mit ihnen reden und wir aus dem Spiel sind? Komm schon!«

»Die Capacas wissen Euer Gnaden Gelehrtheit zu würdigen. Allein, sie wünschen zu erfahren, wie Euer Gnaden Kenntnis von unserem Reich Qalamana erlangten.«

»Qalamana!« rief Marta aus. »Diese Stadt im Dschungel heißt Qalamana?«

»Qalamana, Señora.«

»›Die Stadt, die sich niemals ergibt‹«, übersetzte Efraín. »Ein sehr passender Name.«

»Die ehrwürdigen Capacas wünschen zu erfahren«, beharrte Aruku-was-auch-immer, »wie Euer Gnaden Kenntnis von unserem Reich erlangten.«

»Arukutipa«, sagte Marta, »ich wüßte gerne, ob die Capacas uns verstehen, wenn wir spanisch sprechen. Ich frage das, weil es eine sehr lange Geschichte wird, und wenn du sie übersetzen mußt, wird es eine äußerst langwierige Angelegenheit.«

Arukutipa verlagerte das Gewicht unschlüssig von einem Fuß auf den anderen und wandte sich wiederholt zu den Alten um. »Die Capacas, Señora, verstehen Euer Gnaden nicht«, brachte er schließlich hervor. »Sie sind keine Ladino-Indianer.«

»Gut, dann will ich versuchen, mich kurz zu fassen ...« Und Marta begann die Geschichte zu erzählen, wie wir Kenntnis von diesem Reich erlangt hatten, angefangen bei ihrem Großonkel, Alfonso Torrent, der in den ersten Jahren des 20. Jahrhunderts begonnen hatte, gemeinsam mit Don Arturo Posnansky in Tiahuanaco zu arbeiten. Mir wurde erneut bewußt, daß, wollte man Marta richtig kennenlernen, man ihrer außergewöhnlichen Stimme lauschen, quasi ihre Musik verstehen mußte. Denn dort, in den Tönen, die sie hervorbrachte, und in der charakteristischen Intonation, in ihrer Wortwahl und ihren Formulierungen, verbarg sich der Kern, in den sie sich sonst zurückzog und die Stacheln aufrichtete wie ein Seeigel. Genau wie ich vor langer Zeit an jenem Tag in ihrem Arbeitszimmer gedacht hatte, war ihre Stimme ihre Achillesferse. Es war ihre Schwachstelle, an der unbeabsichtigt der wahre Kern durchschimmerte.

Arukutipa war ein phantastischer Simultandolmetscher, denn die Alten nickten zustimmend, während er wiederholte, was Marta erzählte. Oder sie runzelten im passenden Moment die Stirn, machten ein besorgtes oder zufriedenes Gesicht, wenn es angebracht war. Ich sah ihn nicht ein einziges Mal unsicher werden. Er bat nie, auch nur einen Satz zu wiederholen. Und das, obwohl unser Spanisch und sein Kastilisch ganz schön voneinander abwichen und darin schwer erklärbare moderne Ausdrücke vorkamen. Schließlich fehlte ihm das gesamte Wissen über das, was sich zwischen dem 17. und 21. Jahrhundert ereignet hatte.

Dann kam Marta auf Daniel zu sprechen. Sie erklärte, er sei wie sie Dozent an einer spanischen Universität und sei als ihr Untergebener nur zufällig auf den Fluch aus der Pyramide des Reisenden gestoßen. Unglücklicherweise habe dieser sich auf ihn übertragen. Marta stellte mich ihnen als Daniels Bruder vor und überließ mir das Wort, damit ich die Geschichte zu Ende erzählen und meine Bitte äußern konnte.

Natürlich tat ich das so eloquent wie möglich. Allerdings war mir nur allzu bewußt, daß diesen Menschen klar sein mußte, der Fluch hatte Daniel nur treffen können, weil er kein reines Gewissen hatte. Wie Marta zuvor überging ich diesen Teil diskret und bat höflich um eine Lösung meines Problems.

Anschließend schilderte Efraín unsere Expedition durch den Dschungel und wie wir mit den Toromonas nach Qalamana gelangt waren.

Arukutipa dolmetschte unermüdlich unsere Worte – zumindest nahmen wir das an, denn wir hörten ihn nicht wirklich, sondern sahen ihn nur aufmerksam zuhören und ununterbrochen die Lippen bewegen. Und als wir nach fast einer Stunde pausenloser Rede fertig waren, stieß der Junge einen so tiefen Seufzer der Erleichterung aus, daß wir unwillkürlich schmunzeln mußten.

Danach schwiegen wir und lauschten gebannt dem Gemurmel am anderen Ende des Saals.

Endlich drehte Arukupita sich erneut zu uns um. »Die ehrwürdigen Capacas wünschen, den Namen der seltsamen Frau mit den weißen Haaren zu erfahren.«

»Sie meinen dich, Marta«, zischelte Gertrude grinsend.

Marta stand auf und nannte ihren Namen.

»Señora«, erwiderte Arukutipa, »die Capacas sind erfreut ob Eures Besuchs. Euer Gnaden sollen die erlösenden Worte für den auf das Krankenbett niedergeworfenen Bruder jenes hochgewachsenen Kavaliers erfahren, auf daß seine Pein und die Verwirrung seines Geistes ein Ende haben. Doch ist es der ausdrückliche Befehl der Capacas, Señora, sobald Euer Gnaden die Formel vernommen haben, Qalamana auf immer zu verlassen und diese Stadt niemals vor den anderen Spaniern zu erwähnen.«

Martas Gesicht verfinsterte sich. »Das ist unmöglich«, sagte sie ernst und in ihrem eisigsten Ton.

Dem armen Jungen stockte der Atem, so fassungslos war er. »Unmöglich …?« wiederholte er ungläubig und übersetzte es anschließend ins Aymara.

Die Capacas zeigten keinerlei Regung. Diese merkwürdigen Gestalten ließen sich durch nichts aus der Ruhe bringen.

Dann ereignete sich die erste Absonderlichkeit, deren Zeuge wir an jenem Abend werden sollten. Die weibliche Capaca, die ganz rechts saß, ließ eine kurze Standpauke hören, woraufhin Marta sie entgeistert anstarrte.

»Die Frau hat gesagt«, murmelte Efraín, »daß wir gehorchen werden, sonst würde keiner von uns diesen Ort lebend verlassen.«

»Mein Gott!« rief Marc bestürzt aus.

Marta erwiderte der Alten etwas auf Aymara.

»Marta hat ihr geantwortet«, übersetzte uns Efraín zögernd, »sie sollten unbesorgt sein, keiner von uns würde Qalamana jemals Unbefugten gegenüber erwähnen.«

»Aber ... Das ist doch unmöglich!« entfuhr es Gertrude. »Ja, ist sie denn verrückt geworden? Marta!« rief sie. Als Marta sich umwandte, war mir sofort klar, daß sie ebenso manipuliert worden war wie Daniel. Ich könnte nicht erklären, warum ich das wußte, doch ihr Blick wirkte irgendwie glasig, und das kam mir nur allzu bekannt vor.

Gertrude winkte Marta zu sich, woraufhin diese zu ihr ging und sich zu ihr hinunterbeugte. »Du darfst eine solche Bedingung nicht akzeptieren, Marta. Dein und Efraíns Lebenswerk wäre verloren. Außerdem müssen wir doch herausfinden, worin die Macht der Worte besteht. Weißt du eigentlich, was du da gesagt hast?«

»Ich bin mir dessen vollkommen bewußt, Gertrude«, erklärte Marta mit gerunzelter Stirn. So kannten wir sie, wenn etwas nicht nach ihrem Geschmack war. »Aber ich mußte einwilligen. Wir können Daniel doch nicht für immer in diesem Zustand dahinvegetieren lassen, oder?«

»Natürlich nicht!« sagte Efraín gereizt. »Natürlich nicht! Aber du mußt feilschen wie auf dem Marktplatz, Marta, du kannst doch nicht gleich klein beigeben. Die Leute haben keine Ahnung, was sich seit dem 16. Jahrhundert in der Welt ereignet hat. Für sie seid ihr Spanier immer noch der Feind, gegen den sie sich verteidigen müssen. Steh auf und verhandle, meine Liebe, zeig, was du kannst. Na los, mach schon!«

In dem Moment meldete der Capaca, der neben der weiblichen Capaca am rechten Ende saß, sich ebenfalls laut und vernehmlich zu Wort.

Mit einem Schlag wirkte Efraín wie ausgewechselt. Seine Wut war einer tiefen Gelassenheit gewichen.

»Schon gut, Marta«, erklärte er und machte es sich auf seinem Hocker bequemer. »Laß es gut sein. Ist doch egal. Wir machen so weiter wie bisher, als hätten wir nie einen Fuß in diese Stadt gesetzt. Wir dürfen diesen Menschen keinen Schaden zufügen.«

»Was geht hier eigentlich vor?« Lola schaute Marc und mich erschrocken an.

»Sie programmieren sie um«, sagte ich überzeugt. »Sie üben die Macht der Worte aus.«

»Wie können sie es wagen!« Marc blickte uns herausfordernd an.

»Vergiß es, Arnau«, sagte Marta. Ihr Blick war nun wieder völlig normal, ohne diesen verräterischen Glanz, den ich zuvor an ihr bemerkt hatte und der sich jetzt statt dessen in Efraíns Augen zeigte.

»Aber sie haben dich manipuliert, Marta!« rief ich wütend aus. »Nicht du faßt diesen Entschluß, sondern sie! Wach endlich auf, ich bitte dich!«

»Ich bin wach, das kann ich dir versichern«, sagte sie unverblümt wie immer. »Ich bin hellwach, vollkommen klar im Kopf und ruhig. Mir ist bewußt, daß sie mich die Macht der Worte haben spüren lassen. Das habe ich deutlich gemerkt. Ich konnte den Prozeß meiner Meinungsänderung mitverfolgen. Es war wie ein Geistesblitz. Doch meine Entscheidung, Daniels Interessen über alle anderen zu stellen, ist dennoch ganz allein meine. Ebenso wie ich es bin, die sich weigert, uns in Todesgefahr zu bringen, nur weil wir nicht bereit sind, ihnen unser Wort zu geben, diese Stadt niemals wieder zu erwähnen. Ich bin diejenige, die hier die Entscheidungen trifft, auch wenn es dir schwerfällt, das zu glauben.«

»Genauso geht es mir«, pflichtete Efraín ihr bei. »Ich stimme Marta zu. Wir können sie ja trotzdem bitten, uns unsere Fragen zu beantworten. Aber ist es wirklich notwendig, diese Erkenntnisse publik zu machen, nur damit Forscher aus aller Welt hier einfallen und diese Kultur im Handumdrehen zerstören? Ich meine, nein.«

»Das ist ja hirnrissig!« ereiferte ich mich. Dann wandte ich mich nicht minder aufgebracht an die Capacas: »Arukutipa, erkläre deinen Herren, daß die Welt sich in den letzten vierhundert Jahren grundlegend gewandelt hat. Wir Spanier beherrschen längst nicht mehr die Welt. Wir besitzen kein Reich mehr und sind kein kriegerisches Volk von Eroberern! Wir leben schon seit langem in Frieden! Und sag ihnen auch, daß es sich für ehrbare und anständige Menschen nicht gehört, andere mit Hilfe von Worten zu manipulieren!«

Am Ende war ich erhitzt aufgestanden und hatte mit den Händen herumgefuchtelt. Meine Begleiter starrten mich an, als hätte ich den Verstand verloren.

Marc und Lola, die mich schon länger kannten, machten lediglich ein entsetztes Gesicht, wahrscheinlich aus Angst vor der Reaktion der Capacas. Doch Marta, Gertrude und Efraín guckten mich mit großen Augen an, sprachlos. Was nahm ich mir da heraus!

Arukutipa hatte meine Worte hastig, fast simultan übersetzt, so daß die Alten in dem Augenblick im Bilde waren, als ich aufhörte herumzuschreien. Und zum ersten Mal meinte ich einen Ausdruck des Erstaunens in ihren vom Alter gezeichneten Gesichtern zu erkennen.

Obwohl sie auch diesmal den Mund nicht auftaten, übermittelte mir der Junge doch ihre Antwort. »Die Capacas wünschen zu erfahren, ob die Kämpfe und das Blutvergießen im Königreich Peru ein Ende haben.«

»Ja, selbstverständlich!« rief ich aus. »All das ist seit Hunderten von Jahren vorbei. Wir Spanier herrschen schon lange nicht mehr in diesen Ländern. Man hat uns vertrieben. Inzwischen gibt es hier viele verschiedene Länder mit eigenen

Regierungen, und alle pflegen beste Beziehungen zu Spanien.«

Jetzt war ihren Gesichtern die Verwirrung deutlich anzumerken. Ich war mir sicher, daß sie sehr wohl Spanisch verstanden, trotz Arukutipas gegenteiliger Aussage.

»Die christlichen Viracochas herrschen nicht mehr in Peru?« fragte der Übersetzer mit kaum vernehmbarer Stimme.

»Aber nein!« wiederholte ich und trat ein paar Schritte vor, um meinen Worten Nachdruck zu verleihen. Sofort kam hinter einem der großen Wandteppiche ein ganzes Heer von Yatiri hervor, mit Pfeil und Bogen und kleinen viereckigen Schilden. Rasch und mit viel Lärm stellten sie sich wie ein Schutzwall vor den Capacas auf, die Waffen auf uns gerichtet.

»Mist, die wollen uns töten!« brüllte Marc, als er sah, daß es ernst wurde.

»Was soll denn das?« fragte ich Arukutipa, den ich allerdings nicht mehr sehen konnte.

»Euer Gnaden dürfen nicht näher kommen«, hörte ich den Jungen sagen. »Die spanischen Seuchen bringen den Tod.«

»Welche Seuchen?« fragte ich entmutigt.

»Masern, Pest, Influenza, Pocken ...«

»Die biologischen Waffen der Konquista«, erklärte Marta beschämt. »Neueste Untersuchungen haben ergeben, daß zwischen 1525 und 1560 die großen Epidemien im alten Tiahuanaco bis zu neunzig Prozent der Bevölkerung des Inkareichs den Tod gebracht haben könnten. Das bedeutet eine Ausrottung vieler Millionen von Menschen innerhalb von weniger als vierzig Jahren.«

»Dann hätten nur zehn Prozent überlebt«, erklärte ich. Mir kam plötzlich eine Idee. »In welchem Jahr haben die Yatiri das Andenhochland verlassen?«

»So etwa 1575«, sagte Marta. »Das ist das Datum auf der Landkarte von Sarmiento de Gamboa.«

»Sie sind immun!« rief ich aus. »Wer überlebte und es bis hierher schaffen konnte, muß Antikörper gegen all diese Krankheiten entwickelt haben, und somit wurde diese genetische Immunität an die Nachfahren vererbt!«

»Sehr schön, mein Lieber. Und jetzt versuch mal, ihnen das alles zu erklären«, sagte Marc. »Mach ihnen klar, was ein Keim, eine Bakterie oder ein Virus ist, und erzähl ihnen dann von den Antikörpern und wie Impfungen funktionieren. Und wenn sie alles verstanden haben, bring ihnen noch das mit der genetischen Immunität bei.«

Ich seufzte. Marc hatte recht. Aber ein Versuch kostete ja nichts. »Hör mal, mein Freund«, sagte ich zu Arukutipa. »Die spanischen Seuchen gibt es nicht mehr. All das hat genauso aufgehört wie Kämpfe und Blutvergießen. Ich weiß, das ist schwer zu glauben, aber ich sage dir die Wahrheit. Der Führer zum Beispiel, den ihr geschickt habt, um uns bei den Toromonas abzuholen, und der uns hierhergebracht hat, war eng mit uns zusammen. Ihr könnt euch selbst davon überzeugen, daß ihm nichts passiert ist. Es geht ihm gut.«

»Luk'ana wird aus eigenem Willen sterben, Señor«, erklärte der Junge feierlich.

Wir zuckten alle zusammen.

»Er ist jetzt allein und wartet darauf, Euer Gnaden von hier fortzubringen. Anschließend wird er sein Leben opfern, damit wir von Krankheiten verschont bleiben. Die Stadt ist ihm dankbar für seine Dienste.«

»Diese Kerle sind verrückt, Root!« rief Marc. »Laß uns sofort von hier verschwinden, jetzt auf der Stelle!«

»Es ist nicht nötig, daß er stirbt, Arukutipa«, sagte da Marta, Silbe für Silbe betonend. Vielleicht hörten sie ja auf die ›merkwürdige Frau mit den weißen Haaren‹. »Es wird ihm nichts geschehen. Wie Arnau, der Kavalier hier, gesagt hat, gibt es die spanischen Seuchen nicht mehr. Alles ist anders geworden, nur ihr haltet an euren alten Ängsten von vor vierhundert Jahren fest.«

Jenseits der Mauer aus Soldaten herrschte Schweigen. Dann zogen sie sich auf einmal unter großem Spektakel zurück und verschwanden wieder in ihrem Versteck hinter dem Wandteppich. Die Lage hatte sich entspannt, und die Capacas fühlten sich wohl sicherer.

»Ist es wahr, daß der Vizekönig nicht mehr regiert und es keine Landvogte, Bürgermeister oder Büttel mehr gibt?« fragte der junge Dolmetscher beharrlich. Er konnte offensichtlich die ungeheuren Neuigkeiten nicht glauben.

»Ja. Es gibt weder einen spanischen Vizekönig noch Landvogte oder Statthalter«, versicherte Marta.

»Und die Heilige Inquisition?«

»Die ist glücklicherweise abgeschafft. Auch in Spanien.«

»Die Capacas würden gerne erfahren, wessen Vasallen Euer Gnaden sind.«

»Niemandes!« Vasallen! Das fehlte uns gerade noch. Ich war verärgert.

»Kastilien hat keinen König?« wunderte sich Arukutipa. »Keine Heilige Katholische Königliche Majestät?«

»Doch, es gibt einen König in Spanien«, meldete sich überraschend Lola zu Wort. »Doch er regiert nicht das Land und hat nicht soviel Macht wie seine Vorfahren. Warum stellt ihr uns ununterbrochen Fragen, gebt uns aber keinerlei Informationen preis? Wir können euch gerne alles erzählen, was ihr wollt, nur möchten wir auch ein paar Dinge wissen.«

Im Saal entstand Unruhe. Auch wir staunten über den Wagemut meiner Lieblingssöldnerin.

»Ich hatte einfach die Nase voll von der ganzen Fragerei«, rechtfertigte sie sich leise.

Arukutipa stand auf und schaute sie an. »Die ehrwürdigen Capacas bitten um den Namen der Frau mit der langen Nase und dem schlanken Wuchs.«

»Damit meinen sie dich, Lola«, scherzte Gertrude.

»Du wirst auch noch drankommen, Frau Doktor.« Lola stand auf und verkündete feierlich ihren Namen, als stünde sie vor Gericht.

»Doña Lola«, ergriff Arukutipa das Wort, »die Capacas haben mir befohlen, Euer Gnaden zu sagen, was Ihr zu wissen begehrt. Sie antworten nach bestem Wissen und Gewissen.«

»Einen Augenblick mal!« ereiferte sich Efraín und packte Lola am Arm, damit sie sich zu uns umwandte. »Wir müssen uns erst absprechen, was du fragen wirst. Vielleicht gibt es keine zweite Gelegenheit.«

»Das ist doch klar, oder?« erwiderte Marta ruhig. »Wir haben zwei große Unbekannte. Erstens: die Macht der Worte. Zweitens: die Geschichte der Giganten.«

»Das wären dann schon zwei Fragen«, warf ich ein.

»Na schön, wir können es zumindest mal versuchen«, schlug Efraín vor. »Vielleicht beantworten sie ja beide.«

»Ich bitte euch«, drängte Gertrude leise, »zuerst das mit der Macht des Aymara. Das ist wichtiger als alles andere.«

»Beide Fragen sind wichtig, mein Engel«, entgegnete Efraín.

»Hört auf mich, bitte. Zuerst das mit dem Aymara.«

»In Ordnung«, sagte Lola und wandte sich wieder dem Dolmetscher der Capacas zu. »Ich möchte wissen«, sagte sie, »wie es kommt, daß ihr die Fähigkeit habt, Menschen zu manipulieren, sie zu verändern und allein durch die Macht der Worte entweder gesund oder krank zu machen.«

Der arme Arukutipa muß Blut und Wasser geschwitzt haben, während er Lolas Anliegen übersetzte, denn trotz der Entfernung standen ihm seine Qualen deutlich ins Gesicht geschrieben. Obendrein knetete und rieb er sich ständig die Hände, als wollte er verhindern, daß sie zitterten.

Diesmal dauerte seine Unterredung mit den Capacas länger als gewohnt. Bisher hatten sie nie mehr als zwei oder drei Sätze ausgetauscht, obwohl der Junge anschließend lange Erklärungen oder Fragen vorgebracht hatte. Doch nun zog sich ihre Debatte über mehrere Minuten hin. Nach meinem Eindruck ging es dabei nicht um die Frage, ob sie uns ihr Geheimnis offenbaren sollten oder nicht. Es schien sich eher um die Frage zu drehen, wie, wann und was genau man preisgeben solle. Daß sie uns etwas erzählen würden, daran zweifelte ich nicht. Aber würde es alles oder nur ein Teil sein ...?

»Die Macht steckt in den Worten«, wandte Arukutipa sich plötzlich laut und vernehmlich an Lola, die dastand und wartete. Anschließend zog er sich zurück und überließ den Capacas das Feld. Die vier Alten erhoben sich, ballten die Hände zur Faust und legten die gekreuzten Arme vor die Brust, so daß die Fäuste an ihren Schultern ruhten. Dann stimmten sie einen seltsamen Singsang auf Aymara an. Anfangs waren Marta und Efraín dermaßen überwältigt, daß sie den Atem anhielten, doch sie gewannen rasch ihre Fassung wieder. Ohne eine Sekunde den Blick von den Capacas abzuwenden, begann Marta mit monotoner Stimme für uns zu übersetzen, was die Alten sagten. Doch sie hätte es genausogut seinlassen können, denn wundersamerweise verstanden wir sie auch so. Ich will bestimmt nicht behaupten, uns sei eine Art Wunder widerfahren wie das zu Pfingsten. Ganz im Gegenteil. Der Grund, warum wir die Litanei der alten Capacas verstanden, lag in der Geschichte selbst verborgen, die sie in ihrem Singsang erzählten. Am Ende verschwamm Martas Stimme mit der, die ich in meinem Innern, im Geiste, hörte, und ich hätte beide nicht mehr auseinanderzuhalten gewußt. Wenn sie sich auch unterschieden, so sagten sie doch das gleiche, und beider Gemurmel wirkte ausgesprochen hypnotisierend.

»Am Anfang war kein Leben auf der Erde«, begannen die Alten ihre Erzählung, »und eines Tages kam das Leben zu uns auf großen dampfenden Steinen, die allenthalben vom Himmel herabfielen. Das Leben wußte, welche Dinge, welche Tiere und Pflanzen es erschaffen sollte, denn es trug alles in sich geschrieben in der geheimen Sprache der Götter. Und alles bevölkerte sich mit lebendigen Wesen, und sie eroberten die Erde, das Meer und die Lüfte. Die Menschenwesen aber waren beschaffen wie die von heute und in nichts von ihnen zu unterscheiden, außer in ihrem beschränkten Geist, der kaum dem der Ameise überlegen war. Sie besaßen weder Haus, noch verrichteten sie Arbeit, und sie hüllten sich in das Fell der Tiere und die Blätter der Bäume. In jenen fernen Zeiten war alles sehr groß, ja von gigantischen Ausmaßen. Selbst die Männer und Frauen waren viel größer als heutzutage, doch ihr Gehirn war klein, so klein wie beim Reptil, denn das Leben hatte sich geirrt und die Anweisungen falsch ausgelegt. Da sahen die Götter, daß gut war, was sie geschaffen hatten. Doch nicht alles lief, wie es sollte, also sandten sie Oryana.

Oryana war eine Göttin aus den Tiefen des Universums. Sie war eine Frau, nahezu identisch mit den Frauen, die auf der Erde lebten, denn das Leben schrieb überall das gleiche, wenn auch mit geringen Abweichungen. Nur bisweilen irrte es wie bei den Menschenwesen, und dann mußten die Götter einschreiten, auch wenn sie es nicht gerne taten. Oryana ähnelte in fast allem den Menschen. Sie hatte sehr große Ohren, und ihr Schädel besaß die Form eines langgestreckten Kegels. Als sie auf die Erde kam, vereinte sie ihr Leben mit mehreren Erdenwesen und schrieb auf diese Weise um, wie groß die Intelligenz der Menschen sein solle. Sie gebar sechzig Menschenwesen, alle mit einem vollkommenen Gehirn gleich dem ihren, mit grenzenlosen Fähigkeiten, und sie lehrte ihre Söhne und Töchter sprechen. Sie schenkte ihnen gleichsam die Sprache, ihre Sprache, und sagte ihnen, sie sei heilig. Denn mit ihr seien sie in der Lage, das Leben neu zu schreiben und diesen vollkommenen Geist zu nutzen, über den sie jetzt verfügten. Sie sagte ihnen, sie habe die Menschen in allem den Göttern gleichgemacht und sie sollten diese Sprache, das *Jaqui Aru,* bewahren, ohne sie zu verändern oder abzuwandeln, denn sie gehöre allen gleichermaßen. Das *Jaqui Aru* solle allen dazu dienen, ihre ungeheure Intelligenz zu gebrauchen. Während sie ihre Menschenkinder diese und viele andere Dinge lehrte, erbauten die Menschen an Oryanas Geburtsort eine Stadt. Dort wollten sie leben. Und sie nannten sie Taipikala, der Stadt zu Ehren, aus der ihre Mutter stammte, wie sie ihnen gesagt hatte. Sie lernten vergorene Getränke herzustellen aus den neuen Pflanzen, die Oryana ihnen geschenkt hatte, darunter der Mais. Sie lernten Honig zu sammeln von der Biene, einem anderen Tier, das sie mitgebracht hatte und das den Menschen zuvor unbekannt gewesen war. Sie lernten Metalle zu verarbeiten, zu spinnen und zu weben, den Himmel zu erforschen, zu rechnen und zu schreiben … Und als zweihundert Jahre nach ihrer Ankunft alles geregelt war, nahm die Göttin Oryana Abschied von der Stadt.

Tausende von Jahren vergingen, und die Nachkommen der Urmutter Oryana – oder *Orejona*, die Langohrige, wie man sie inzwischen eingedenk ihrer großen Ohren nannte – bevölkerten die Erde, hatten Städte und Kulturen überall auf dem Planeten gegründet. Viele Zeitalter hatten die Menschen das *Jaqui Aru* unverändert bewahrt, und alle wußten die Macht zu nutzen, die ihr innewohnte. Doch trotz des Verbots kam es an vielen Orten schließlich zu Veränderungen. Die Völker verstanden einander nicht mehr, und das alte Wissen schwand mit der Zeit dahin. Die Menschen hörten auf, das große Potential ihres Gehirns zu nutzen, ein Potential, das sie in ihrer ganzen Unerschöpflichkeit letztlich nie erkannten. In Taipikala aber bewahrte man Oryanas Sprache, trieb sich als Zeichen der Verehrung weiterhin Goldschmuck in die Ohren und formte die Schädel nach Oryanas Vorbild lang und konisch. Die Stadt entwickelte sich indes zu einer wichtigen Stätte, und die Yatiri wurden die Bewahrer der ursprünglichen Weisheit.

In der alten Welt, so berichteten die Capacas, kannte man weder Eis noch Wüste, weder Kälte noch Hitze. Es gab keine Jahreszeiten, und das Klima war immer mild. Eine Schicht aus Wasserdampf umhüllte die Erde, und das Licht, das den Boden erreichte, war schwach und diffus. Die Luft aber war reich, und die Pflanzen wuchsen das ganze Jahr hindurch, so daß man nicht zu säen noch zu ernten brauchte, denn immer gab es alles reichlich und im Überfluß. Auch existierten alle Tiere, nicht eines fehlte, und sie waren viel größer als heute, desgleichen die Pflanzen, die auch alle da waren, ganz so wie das Leben es vorschrieb. Doch eines Tages stürzten sieben Felsen, groß wie Berge, vom Himmel und mit solcher Wucht auf die Erde, daß diese zu tanzen begann und die Sterne sich am Firmament verschoben. Gigantische Staubwolken wirbelten in die Luft, verdunkelten die Sonne, den Mond und die Sterne und hüllten die Erde in finstere Nacht. Auf dem Planeten brachen allenthalben die Vulkane aus, rissen den Boden auf und spien gewaltige Mengen an Rauch, Asche und Lava aus. Schreckliche Erdbeben zerstörten die Städte und verschonten kein Bauwerk, das von Menschenhand erschaffen war. Ein glühender Wirbelsturm, der die Haut verbrannte und unheilbare Wunden schlug, färbte die Erde und das Wasser rot und vergiftete alle Dinge. Das Feuer fraß die Bäume und das Gras, und manch ein Fluß verdampfte, und zurück blieb nur das trockene Flußbett. Glühende Feuersbrünste tobten, brannten in Sekundenschnelle ganze Wälder nieder und verwüsteten die Erde. Menschen und Tiere suchten verzweifelt in Höhlen und Schluchten Schutz vor dem Tod, doch nur wenigen gelang die Flucht. Tage später brach plötzlich eine nie gekannte, schneidende Kälte über sie herein, gefolgt von heftigen Regenfällen und Überschwemmungen, die glücklicherweise die Brände löschten, die immer noch die Welt heimsuchten. Dann fiel Schnee. Und all das geschah in so kurzer Zeit, daß viele Tiere im Lauf, beim Gebären oder beim Fressen vom ewigen Eis eingeschlossen wurden. Und der Schlamm begrub alles und jeden unter sich. Die Meere traten über die Ufer, und gigantische Wellen überschwemmten das Land, rollten als massive, himmelhohe Wasserwände heran und bedeckten selbst die höchsten Gipfel der Berge mit den Überresten toter Meerestiere. So nahm seinen Anfang, was die Völker der Welt die Sintflut nennen.

Es regnete ohne Unterlaß fast ein Jahr lang. Bisweilen, wenn die Kälte obsiegte, verwandelte sich der Regen in Schnee, und wenn es dann wieder regnete, überschwemmten die Wasser das Land. Seit dem Tag, als das Unheil begann, ward die Sonne nicht mehr gesehen. Die Katastrophe traf die ganze Welt. Die Verbindung zu anderen Völkern und Städten ging verloren. Man hörte nichts mehr voneinander, wie man auch viele Arten von Tieren und Pflanzen, obschon früher sehr zahlreich, niemals wiedersah. In jener Zeit wurden sie für immer ausgelöscht. Nur ihr Andenken blieb, festgehalten auf manchen Reliefs in Taipikala, doch von vielen anderen blieb nicht einmal das. Die wenigen Überlebenden, die das Ende jener langen, verheerenden Nacht erleben durften, waren krank oder schwach und von großer Furcht erfüllt. Sie konnten sich nicht einmal mit dem Gedanken trösten, daß ihre Welt wieder sein würde wie früher. Die Erde war zerstört, und man mußte sie aus den Resten neu erschaffen.

Lange Zeit später zog sich eines Tages die dunkle Wolke zurück, die sich auf die Erde gesenkt hatte, und mit ihr schwand die leichte Hülle aus Wasserdampf, die über der Erde lag. Es hörte auf zu regnen, und die Sonnenstrahlen trafen auf den Boden mit all ihrer Kraft. Schreckliche Verbrennungen waren die Folge, alles verdorrte. Doch ganz allmählich begannen die Lebewesen, sich an die veränderte Welt zu gewöhnen, und das Leben schrieb neu, nach seinem ewigen Diktat. Die Jahre waren freilich jetzt fünf Tage länger als zuvor, denn die Erde hatte die Achse geneigt. Davon zeugte die neue Anordnung der Sterne am Himmel, und die Jahreszeiten zwangen die Menschen, das Säen und Ernten zeitlich festzulegen, wenn sie etwas zu essen haben wollten. Folglich mußte vieles neu geordnet werden, so auch der Kalender und die Sitten und Gebräuche. Auch die Städte wurden wieder aufgebaut, darunter Taipikala, doch da die Menschen noch schwach waren, fiel ihnen das Arbeiten schwer. Die Kinder kamen krank zur Welt und mißgebildet, und die meisten starben, noch bevor sie erwachsen waren. Wenn auch die Erde sich reichlich schnell erholte und die Natur nicht lange brauchte, um neu zu erstehen, kostete es die Menschen, Männer wie Frauen, ja selbst manche Tierart, viele Jahrhunderte, bis wieder Normalität einkehrte. Und während die Jahrhunderte verstrichen, merkten sie, daß ihr Leben immer kürzer wurde und ihre Kinder und Enkel sich nicht entwickelten wie zuvor.

Da ergriffen in ihrem Reich die Yatiri von Beginn an die Zügel – was jenseits der Grenzen geschah, entzog sich ihrer Kontrolle. Wollten sie dem herrschenden Chaos, diesem Zustand der Barbarei ein Ende setzen, in den die Menschen zurückgefallen waren, mußten sie die alte Autorität wiedererlangen. So erfanden die Yatiri einfache Erklärungen, Rituale und neue Regeln, damit Ruhe einkehrte unter den Menschen. Nur sie bewahrten schließlich noch die Erinnerung an das, was einst gewesen war. Die Menschen vermehrten sich, neue Kulturen entstanden und neue Völker, die von vorne anfangen und hart ums Überleben kämpfen mußten. Viele wurden wild und gefährlich. Aus den Yatiri und ihrem Gefolge wurden die Aymara, ›Das Volk aus uralten Zeiten‹, denn sie wußten Dinge, die andere nicht verstanden, und sie hüteten die heilige Sprache samt der ihr innewohnenden magischen Kraft. Selbst die *Incap Rúnam* hatten sich noch rudimentäre Erinnerungen an die Yatiri bewahrt und verehrten sie, als sie nach Taipikala kamen und es dem Tihuantinsuyu einverleibten.«

An dieser Stelle endete der Singsang der Capacas. Eine der beiden alten Frauen sagte noch ein paar Worte, doch die verstand ich schon nicht mehr. Der Zauber, oder was auch immer es gewesen war, hatte sich verflüchtigt.

»Den Rest der Geschichte«, übersetzte Marta die abschließenden Worte der Capacas, »kennt ihr.«

Ich fühlte mich vollkommen ruhig, als hätte ich nicht auf diesem Hocker gesessen und einer Geschichte über die Zerstörung der Welt gelauscht, sondern daheim in meinem Wohnzimmer Musik gehört. Diese Menschen hatten etwas in meinem Kopf bewirkt, während sie uns von der Urmutter Oryana und all den anderen Dingen erzählten. Marc, Lola und ich, wir hatten irrtümlicherweise angenommen, wer nicht Aymara spreche, sei gegen seine eigenartige Wirkung gefeit. Das war ein Irrtum: Die Macht der Worte reichte bis weit über die Barriere der Sprache hinaus und schlich sich in deine Neuronen, egal, welche Sprache du beherrschtest.

Wie Gertrude vermutet hatte, war das Aymara ein Vehikel der Macht, fast eine Programmiersprache wie im Bereich der Informatik. In dieser vollkommenen Sprache konnte man die Laute so kombinieren, daß sie einem das Gehirn umkrempelten. Das Aymara – oder *Jaqui Aru* – war die Tastatur, die es ermöglicht hatte, die perfekten Gehirne von Oryanas ersten Kindern zu programmieren und sie mit den lebensnotwendigen

Mechanismen funktionstüchtig zu machen. Was auch immer diese Menschen mit meinem Gehirn angestellt hatten, es gestattete mir, eine ganze Reihe von Zusammenhängen zu erkennen, die mir sonst nie im Leben in den Sinn gekommen wären. Ein Haufen Ideen schoß mir durch den Kopf, jede anders, doch alle gleich verblüffend. Leider konnte ich sie in diesem Moment nicht den anderen mitteilen. Ich hatte einen unglaublichen Durchblick und das Gefühl, als spielten die Capacas regelrecht mit meinen Gedanken, indem sie mir neue Wege der Erkenntnis aufzeigten.

Ähnliche Erfahrungen machten meine Freunde, und lange nachdem die Alten ihren Singsang beendet hatten, herrschte Schweigen. Wir konnten einfach nichts sagen. Wir hatten genug damit zu tun, den eigenen Gedanken nachzujagen. Im Singsang der Capacas waren wahrscheinlich Laute verborgen, die unsere Gehirne aufzurütteln vermochten, Worte, die sie hellwach machten. Vielleicht nutzten wir dazu statt der üblichen fünf Prozent vorübergehend sechs, oder zumindest fünfeinhalb Prozent unseres Potentials – und wir waren uns dessen bewußt. Erst da verstand ich, was Marta gemeint hatte, als ich ihr vorwarf, die Yatiri hätten sie manipuliert, damit sie einwilligte, die Entdeckung Qalamanas niemals zu erwähnen: Auch mich hatten die Capacas mit der Macht der Worte beeinflußt, und trotzdem hatte ich nicht das Gefühl, von fremden Gedanken oder Ideen beherrscht zu werden. Genau wie sie gesagt hatte, war ich nun hellwach und ruhig. Und was mir in den Kopf kam, waren meine ureigenen Gedanken. Ich war es, ich allein, der mein Gehirn eroberte. Ich erkannte jetzt, was Marta zuvor aufgegangen war, nämlich daß es falsch wäre, alles ans Licht der Öffentlichkeit zu zerren; Blitzlichter und Kameras nach Qalamana zu bringen oder, noch schlimmer, den Yatiri ihre Macht zu entreißen und sie Wissenschaftlern im Dienst bewaffneter Regierungen auszuliefern oder terroristischen Gruppen, von denen es in unserer Welt der wankenden Ideologien und Systeme offensichtlich nur so wimmelte.

»Das heißt also«, flüsterte Lola und faßte sich mit den Händen an den Kopf, als müßte sie ihn stützen oder zusammenhalten, was in ihm war, »von einer eineinhalb Millionen Jahre dauernden Eiszeit ist nicht die Rede. Alles geschah in sehr kurzer Zeit ... Deshalb tauchen im sibirischen Eis immer noch gefrorene Mammuts auf, so frisch, daß sie Generationen von Eskimos mit ihrem Fleisch ernährt haben.«[4]

Der Klang ihrer Stimme rüttelte uns auf. Auch wir anderen fanden langsam die Worte wieder.

»Der reinste Wahnsinn«, stammelte Marc kopfschüttelnd, wohl um einen Gedanken loszuwerden, der ihm nicht zu behagen schien.

»Ich glaube, uns allen geht zuviel durch den Kopf.« Ich stand schwerfällig auf und reckte Körper und Geist. Blitzartig wußte ich, was ich mit meinem Leben anfangen wollte, wenn ich erst wieder zu Hause in Barcelona wäre, an all den vertrauten Orten, die mir in meiner gegenwärtigen Lage so fern, ja unwirklich erschienen und die doch bald wieder meine Lebenswirklichkeit sein würden.

Ganz langsam tauchten wir aus dieser Versunkenheit auf, in die uns der Singsang versetzt hatte. Meine Gedanken verloren an Tempo, und die Ideen hörten auf zu sprudeln.

»Euer Besuch ist beendet«, verkündete Arukutipa vom hinteren Ende des Saals. »Ihr müßt Qalamana jetzt verlassen und dürft nie mehr zurückkommen.«

Martas Miene verfinsterte sich. »Wir haben eingewilligt, diese Stadt, Sie und die Macht der Worte niemandem gegenüber zu erwähnen, um Sie zu ...«, stammelte sie, »um Sie vor den Spaniern zu schützen. Aber dieses Verbot verstehe ich nicht. Wir haben Ihnen doch erklärt, daß die Spanier hierzulande nicht herrschen und es keine Seuchen mehr gibt. Warum also dürfen wir nicht mehr zurückkommen? Von uns droht Ihnen doch keine Gefahr. Einige von uns würden gerne noch mehr über Ihre Kultur und Geschichte erfahren.«

»Nein, Doña Marta«, wehrte der Dolmetscher ab, »Euer Gnaden dürfen nicht ungehorsam und hochmütig sein. Geht und kehrt nicht mehr um, folgt unverzüglich den Toromonas zurück in die Stadt Qhispita im Dschungel, und wenn Ihr in Taipikala seid, legt den Stein zurück, den Ihr nahmt, um von Qhispita nach Qalamana zu gelangen.«

»Qhispita bedeutet ›gerettet‹«, übersetzte uns Efraín freundlicherweise.

»Verlangen die etwa«, sagte Marc alarmiert, ohne auf die Worte des Archäologen einzugehen, »daß wir nach Lakaqullu zurückkehren, die gesamte Pyramide durchqueren und erneut die ganzen Prüfungen über uns ergehen lassen sollen, nur um den Steinring dorthin zurückzubringen, wo wir ihn gefunden haben: ganz am Ende des Wegs?«

»Keine Sorge«, machte Marta ihm leise Mut. »Wir haben nur versprochen, nichts über Qalamana und seine Bewohner zu erzählen. Was wir mit dem Ring, der Pyramide des Reisenden und den Goldtafeln machen, ist allein unsere Sache. Und ich kann mich noch genau an die Stelle erinnern, wo wir wieder ans Tageslicht gekommen sind. Wenn wir beschließen, ihn zurückzubringen, brauchen wir dort nur in umgekehrter Richtung hinabzusteigen.«

»Mir scheinen sie aber zu erwarten, daß wir respektieren, was sie dort zurückgelassen haben«, flüsterte ich.

»Vergessen Sie nicht, Marta«, rang Efraín mit einem bösen Blick in meine Richtung um ihre Zustimmung, »daß ich der Leiter der Ausgrabungen in Tiahuanaco bin und daß Sie Teil meines Teams sind. Wir können uns diese einmalige Gelegenheit nicht entgehen lassen, meine Liebe. Sie selbst haben doch durch Ihre einflußreichen Beziehungen erst die Sondergenehmigung für die Ausgrabungen in Lakaqullu erwirkt.«

»Euer Gnaden müssen Euren Irrtum einsehen und darauf verzichten. Und auch Doña Marta muß das tun«, forderte der Dolmetscher Efraín auf. »Wir werden Euch auf ewig achten und ehren.«

»Eure alte Stadt«, erwiderte die Doctora und erhob sich, damit man sie deutlicher verstehen konnte – obwohl sie wußte, daß die Capacas uns auch so perfekt hörten, denn sie wußten genau, worum es in unserer geflüsterten Diskussion gegangen war –, »eure alte Stadt Taipikala wird erforscht und wieder ans Tageslicht gebracht werden. Die Erde, die sich in Hunderten oder besser in Tausenden von Jahren über ihr aufgeschichtet hat, wird abgetragen. Wenn wir es nicht machen, werden es andere tun, andere, die weniger Rücksicht nehmen und skrupelloser sind. Ihr könnt es nicht verhindern. Schon seit langem locken die Ruinen Forscher aus der ganzen Welt nach Taipikala oder vielmehr Tiahuanaco, wie ihr es nicht mehr nennt, seit die *Incap Rúnam* es erobert haben. Wir sind eure größte Chance. Eure einzige Chance«, bekräftigte sie. »Wenn Efraín und ich dort so weiterarbeiten wie bisher, können wir verhindern, daß man euch hier aufspürt. Und wir werden alles daransetzen, daß die Forschungsarbeiten mit Sachverstand und nach wissenschaftlichen Gesichtspunkten vorangetrieben werden. Wir werden öffentlich machen, was sich in der Pyramide des Reisenden befindet, doch wir werden darauf achten, daß eure Existenz geheim bleibt. Wenn andere jetzt oder in hundert Jahren nach Lakaqullu kommen, seid ihr verloren, denn dann werden sie über kurz oder lang hier in Qalamana auftauchen.«

Nachdem der Junge Martas Ansprache übersetzt hatte, trat er zurück, um den Alten Zeit zu geben, eine Antwort zu finden. Doch schon bald nahm er wieder seinen alten Platz ein. Dabei hatte keiner auch nur ein Wort gesagt.

»Die ehrwürdigen Capacas machen sich große Sorgen um Taipikala und den Leichnam von Dose Capaca, dem Reisenden, und auch wegen der vielen Lehrsätze, Weisheiten und Zeugnisse, die dem Gold anvertraut wurden«, erklärte er. »Doch sie haben bedacht, was Doña Marta über die Forscher der Welt gesagt hat. Don Efraín und Doña Marta dürfen die Arbeit in der Weise fortsetzen, die Doña Marta beschrieben hat, und auf diese Weise den Yatiri von Qalamana dienen. Die Capacas werden jetzt die Formel zur Erlösung des Kranken verkünden, und anschließend müssen Euer Gnaden Qalamana für immer verlassen.«

»Das ist doch verrückt!« fauchte Marc.

Ich hingegen staunte, wie vertrauensselig die Yatiri waren:

Da tauchen ein paar merkwürdige Typen, darunter feindliche Spanier, plötzlich vor ihren Toren auf und sagen ihnen, die Gründe, weswegen sie sich versteckt halten, etwa die todbringenden Krankheiten, existieren längst nicht mehr. Statt nun mißtrauisch zu werden, glauben diese Yatiri ihnen widerspruchslos. Dann wollen diese merkwürdigen Typen ihnen noch weismachen, sie müßten ihnen zu ihrem eigenen Besten die Schlüssel ihrer früheren Heimatstadt aushändigen. Es ging mir einfach nicht in den Kopf, daß diese ungewöhnlichen Menschen derart naiv und dumm sein sollten. Möglicherweise hatten sie uns, so sagte ich mir, mit Hilfe ihrer Macht über die Worte unbemerkt einer Art Prüfung unterzogen. Und letztlich hatten wir ihnen die Wahrheit gesagt. Das erinnerte mich daran, daß Marta ja auch unbeschadet den Fluch aufsagen konnte, der Daniel krank gemacht hatte.

»Und nun, Doña Marta, habt acht, denn nun werden Euch die Worte zur Erlösung des Kranken anvertraut.«

Die Greisin zur Linken erhob sich und sagte feierlich: »*Jupaxusutaw ak munta jinchu chhiqhacha jichhat uksarux waliptaña.*«

Ich schaute Marta an, deren hochgezogene Augenbrauen größtes Erstaunen signalisierten.

»Ist das alles?« stammelte sie. »Mehr nicht?«

»Mehr nicht, Doña Marta«, erwiderte der junge Arukutipa. »Doch bewahrt die Worte gut im Gedächtnis, denn Ihr werdet sie wiederholen müssen.«

»Ich glaube, ich habe sie im Kopf, aber für alle Fälle würde ich sie doch gerne einmal hier wiederholen. Die Vorstellung, ich könnte mich irren, wenn wir zurück sind, macht mir angst.«

»Es ist nicht nötig, aber wenn Ihr unbedingt wollt ...«

»*Jupaxusutaw ak munta jinchu chhiqhacha jichhat uksarux waliptaña*«, wiederholte Marta bedächtig.

»Was bedeutet das?« fragte Gertrude leise Efraín.

»Nichts Besonderes. ›Er ist krank, und ich will, daß der Wind, der in die Ohren dringt, ihm auf der Stelle Heilung bringt.‹«

»Ist das alles?« fragte ich entgeistert.

»Das hat Marta ja auch gefragt.« Efraín lächelte und widmete seine Aufmerksamkeit erneut Arukutipa und den Capacas.

Doch die Audienz war an ihr Ende gelangt. Der Dolmetscher verneigte sich vor uns, und die Capacas erhoben sich feierlich, womit sie die Zusammenkunft für beendet erklärten. Leicht irritiert folgten wir ihrem Beispiel. Hinter dem großen Wandbehang zur Linken trat unser Führer, der sympathische Luk'ana, hervor. Er war vollkommen unbeeindruckt von dem Geschehen. Selbst wenn er wußte, daß wir ihm das Leben gerettet hatten, war das nicht zu erkennen. Sein Gesicht zeigte nicht die geringste Spur von Dankbarkeit oder Erleichterung darüber, daß er in dieser Nacht nicht sterben mußte.

»Verlaßt die Stadt Qalamana in Frieden«, verabschiedete sich Arukutipa von uns. Die Capacas ließen sich nicht einmal zu einer solchen Geste herab. Sie verschwanden mit der gleichen ausdruckslosen Miene, mit der sie drei Stunden zuvor den Raum betreten hatten.

Luk'ana machte uns ein Zeichen, und wir gingen mit ihm zurück in die riesige Empfangshalle im Innern des immensen Baumstumpfs. Ich hatte schon fast vergessen, in was für einer fremdartigen Umwelt wir uns bewegten, und staunte aufs neue, als wir die von den Wächtern verlassene Eingangshalle betraten. Der Führer nahm eine der brennenden Öllampen von einem Tisch und reichte sie Lola, dann die nächste Gertrude und immer so weiter, bis wir alle eine dieser leuchtenden Steinschalen in Händen hielten. Mit einiger Mühe öffnete er ganz allein die beiden schweren Flügel des großen Portals. Draußen war es bereits dunkel und die hereinströmende Luft kalt, fast frostig. Während unserer Unterredung mit den Capacas war die Nacht hereingebrochen.

Unser Weg zurück führte durch das gleiche schwebende Labyrinth, nur daß wir jetzt langsamer liefen und uns neugierig nach den hell erleuchteten Fenstern der Wohnungen in den Baumstämmen umdrehten. Es war ein surrealer Anblick, der eher zu einer Escher-Zeichnung gepaßt hätte als in den tropischen Urwald. In Ermangelung einer Kamera bemühte ich mich, mir jedes Detail genau einzuprägen, denn höchstwahrscheinlich würde ich nie an diesen Ort zurückkehren, und niemand außer uns würde je von seiner Existenz erfahren. Es war ein einmaliges Erlebnis, das ich mir im Laufe meines Lebens noch häufig in Erinnerung rufen wollte.

Wir überquerten den großen erleuchteten, inzwischen vollkommen verlassen daliegenden Platz und die letzte Baumbrücke bis zu dem Stamm, der den Ausgang bildete. Schweigend liefen wir die Rampe hinab, bis wir den röhrenförmigen Saal vom Anfang erreichten. Luk'ana blieb stehen und forderte uns mit einer gebieterischen Geste auf, die Lampen auf dem Boden abzustellen und durch den dunklen Tunnel in den Dschungel zurückzukehren.

Da wandte Marta sich um und sagte zu unserem Führer: »*Yuspagara.*«

Dieser zeigte keinerlei Regung.

»*Yuspagara*«, insistierte sie, doch Luk'ana zuckte nicht mit der Wimper. »Würdet ihr glauben, daß ich mich bei ihm bedankt habe?«

»Laß es, komm«, sagte ich, nahm ihren Ellenbogen und schob sie sanft in Richtung Tunnel. »Es hat doch keinen Zweck.«

»Tschüs, Mann!« hörte ich Efraín fast im gleichen Moment.

Und wieder betraten wir sechs den Tunnel, diesmal jedoch, ohne ein Licht am Ende zu sehen. Dieser Aufbruch im Dunkeln war unser Abschied von der Welt der Yatiri.

Als wir endlich nach draußen gelangten und die riesigen Farne, die den Ausgang verdeckten, mit den Händen zur Seite schoben, mußten wir uns blind tastend, einer hinter dem anderen vorankämpfen, stets bedacht, einander nicht zu verlieren. So erreichten wir den Weg, den wir am frühen Abend verlassen hatten. Und als wir die letzten federigen Farnwedel auseinanderschoben, blendete uns das schwache Licht eines Lagerfeuers. Wir blinzelten unwillkürlich. Sekunden später erkannten wir die Toromonas, die sich, an mehreren Lagerfeuern hockend, lebhaft unterhielten. Offensichtlich warteten sie auf uns.

Der Empfang war verhalten, doch sie schenkten uns ein breites Lächeln. Es schien in ihren Augen eine große Ehre zu sein, in der Welt der Bäume empfangen zu werden, und wir standen nun bei ihnen in hohem Ansehen. Der Anführer der Toromonas winkte uns sogar zu sich und lud uns ein, bei ihm und seiner Gruppe Leibwächter sowie dem alten Schamanen Platz zu nehmen. Er selbst bot uns die saftigsten Stücke des großen Brüllaffen an, den sie langsam am Feuer grillten.

So verging die Nacht, und wir froren uns halb tot. Zum Glück hatten die Indianer ein spezielles Holz für das Feuer benutzt, das außergewöhnlich viel Wärme spendete. Es loderte auf wundersame Weise bis zum nächsten Morgen weiter, als wir den langen Rückweg zur Ruinenstadt antraten, von der wir jetzt wußten, daß sie Qhispita hieß. Wir vermuteten, daß sie den Yatiri bei ihrer Flucht aus dem Andenhochland als Brückenkopf gedient hatte, während Qalamana errichtet wurde. Wir hatten keine Ahnung, wie wir von dort zum Ausgang des Madidi-Nationalparks zurückfinden sollten. Doch wir waren sicher, daß wir eine Lösung finden würden. Es war erstaunlich, wie wir uns im Notfall neuen Verhältnissen anpaßten. Ebenso abrupt, wie das Licht am Abend verschwand, verloren wir den letzten Rest von dem, was an die alten Stadtpflanzen erinnerte, die wir gewesen waren.

Es war der 16. Juli, ein Dienstag morgen, genau dreißig Tage nach unserem Aufbruch in La Paz. Vor uns lag ein weiterer Monat im Urwald, den wir für unsere Rückkehr in die Zivilisation benötigten. Doch die Zeit verging wie im Flug. Vor allem in den drei Wochen, die wir bis nach Qhispita brauchten. Tagsüber lernten wir immer mehr nützliche Fertigkeiten von den Toromonas, und nachts führten wir lange Gespräche am Lagerfeuer, bei denen wir auch unsere Erinnerungen an die Audienz rekapitulierten und analysierten, die uns die Capacas der Yatiri gewährt hatten.

In den ersten Tagen waren wir allerdings noch gar nicht in der Lage, darüber zu sprechen. Alle sechs waren wir wie blockiert, unfähig zu erfassen, was mit uns passiert war. Wir weigerten uns, voreinander die beschämende Tatsache einzugestehen, daß wir etwas rational nicht Erfaßbares erlebt hatten. Es zuzugeben war nicht einfach. Doch als Menschen mit einer positiven Lebenseinstellung gingen wir das Problem schließlich an.

Jeder hatte andere Passagen der Geschichte im Gedächtnis behalten, die uns der sonderbare Singsang übermittelt hatte. Und so war das erste, worüber wir diskutierten, die Art und Weise, wie jene von uns die Botschaft hatten verstehen können, die kein Aymara sprachen. Es gab nur zwei Möglichkeiten: Telepathie und Martas lückenlose Übersetzung. Wir wußten, daß Telepathie an sich kein Humbug war, denn während des gesamten 20. Jahrhunderts, und insbesondere des Kalten Krieges, war ernsthaft und ausführlich danach geforscht worden, und daß sie funktionierte, galt als sicher. Doch hier paßte sie nicht. Sie klang eher nach Jahrmarkt oder nach Wahrsagerei als nach Wissenschaft. Am Ende entschieden wir uns für die politisch korrekte Version: In Wirklichkeit hatte uns Martas den Singsang übertönende Stimme den Inhalt der Geschichte vermittelt. Zu keiner Zeit erwähnten wir das Fehlen jeglichen verbalen Austauschs zwischen Arukutipa und den Capacas – den Punkt übergingen wir schlicht und einfach. Wir waren also keinen Deut besser als die Forscher, die wir so heftig kritisiert hatten, weil sie nicht den Mut aufbrachten, sich mit den Rätseln auseinanderzusetzen, die Taipikala aufwarf.

Irgendwann wagten wir es aber doch, die Botschaft zu analysieren. Wie immer faßte sich Lola als erste ein Herz.

»Ich will euch ja nicht auf den Wecker fallen«, entschuldigte sie sich im vorhinein, als wir uns am Lagerfeuer niederließen. »Mir will einfach nicht in den Kopf, daß die letzte Eiszeit sich laut Aussage der Capacas nicht über zweieinhalb Millionen Jahre hingezogen haben soll, sondern ein Ereignis von kurzer Dauer infolge einer Katastrophe gewesen und durch den Einschlag gigantischer Meteoriten auf der Erdoberfläche ausgelöst worden sein soll.«

»Das ist auch schwer zu glauben«, brummte Marc. »Es widerspricht allen Erkenntnissen der modernen Geologie.«

»Ich würde jetzt alles für eine Zigarette geben«, sagte Marta leise.

»Du hast nicht mehr geraucht, seit wir La Paz verlassen haben, nicht wahr?« stellte Gertrude zufrieden fest.

»Wollt ihr vom Thema ablenken, oder was?« fragte Lola argwöhnisch.

»Nein, bestimmt nicht.« Marta richtete sich halb auf und warf ihr einen Blick zu. »Mir war klar, daß wir früher oder später über all das reden müßten. Gerade deshalb könnte ich jetzt gut eine Zigarette gebrauchen.«

»Also, ich bin davon überzeugt, daß vieles von dem, was sie uns erzählt haben, wahr ist«, erklärte Gertrude.

»Auch der Teil, in dem es heißt, das Leben sei mit dampfenden Steinen vom Himmel gefallen?« fragte Marc spöttisch.

»Das ist doch gar nicht so abwegig.« Ich rupfte ein paar Grashalme ab und wickelte sie mir um den Finger. »Genau das bestätigen die neuesten Theorien über das Auftauchen von Leben auf der Erde. Da es keine Erklärung gibt, wie es entstanden ist, heißt es neuerdings, es sei von außen gekommen. Die DNA, also der genetische Code, sei von einem Meteoriten eingeschleppt worden.«

»Seht ihr …?« Gertrude lächelte zufrieden. »Und wenn wir weiterbohren, werden wir noch vieles mehr in dieser Art finden.«

Lola räusperte sich. »Aber dann …«, sagte sie zögernd. »Werfen wir auch noch die Evolutionstheorie über Bord?«

Jetzt sind wir bei meinem Lieblingsthema, dachte ich im stillen und lud rasch meine Batterien auf.

Doch Gertrude kam mir zuvor. »Also, die Evolutionstheorie wird längst von vielen Leuten nicht mehr akzeptiert. Ich weiß, daß es merkwürdig klingt, aber in den USA wird aus religiösen Gründen schon seit vielen Jahren auf diesem Gebiet geforscht. Ihr wißt ja, daß es in meiner Heimat eine starke fundamentalistische Strömung gibt. Die Leute bemühen sich seit langem nachzuweisen, daß die Wissenschaft sich geirrt hat und Gott die Welt so erschaffen hat, wie es in der Bibel steht.«

»Im Ernst?« wunderte sich Marc.

»Entschuldige, wenn ich das sage, Gertrude«, bemerkte meine Lieblingssöldnerin in ihrer typisch direkten Art, »aber ihr Amis seit wirklich merkwürdig. Manchmal gibt es Dinge bei euch, die ... Na ja, du verstehst schon.«

Gertrude nickte zustimmend: »Da gebe ich dir recht.«

»Na schön, aber was hat das mit den Fundamentalisten zu tun?« wollte ich wissen.

»Das hat damit zu tun, also ... Eigentlich nennen sie selbst sich Kreationisten. Und ... sie haben Beweise gefunden.«

»Beweise dafür, daß Gott die Welt erschaffen hat?« ereiferte ich mich.

»Nein, eigentlich nicht«, sagte sie belustigt. »Beweise dafür, daß die Evolutionstheorie falsch ist, daß Darwin also im Irrtum war.«

Efraín schien das Thema vertraut zu sein, da er ab und zu nickte. Marta hingegen fuhr hoch wie von der Pukarara gebissen. »Aber Gertrude«, protestierte sie, »es kann gar keine Beweise geben, die gegen die Evolution sprechen! Das ist lächerlich, also bitte!«

»Was es jedenfalls nicht gibt, Marta«, fuhr ich dazwischen, »sind Beweise für die Evolution. Wenn Darwins Theorie bewiesen wäre« – dabei fiel mir ein, daß ich vor gar nicht langer Zeit das gleiche zu Ona, meiner Schwägerin, gesagt hatte –, »wäre es keine Theorie, sondern ein Gesetz, das Darwinsche Gesetz, und das ist es eben nicht.«

»Mein Gott ...«, brummte Marc, auf irgendeinem Kraut herumkauend, »mich hat diese Sache, daß wir vom Affen abstammen sollen, noch nie überzeugt, so logisch es auch klingen mag.«

»Es gibt keinerlei Beweise für die These, daß wir vom Affen abstammen, Marc«, sagte ich. »Nicht einen einzigen. Was hältst du von der Geschichte mit dem fehlenden Bindeglied? Das ist doch ein Ammenmärchen ...? Wenn wir ernst nehmen, was die Capacas uns erzählt haben, wird dieses Bindeglied auf ewig unauffindbar bleiben, weil es nämlich niemals existiert hat. Angeblich stammen wir Säugetiere von den Reptilien ab, nur daß man kein einziges Fossil gefunden hat von den unzähligen Lebewesen dazwischen und den degenerierten, die es über Jahrmillionen hinweg gegeben haben muß, um den Sprung von einem perfekten Wesen zu einem anderen nicht minder perfekten Wesen zu schaffen. Und das gleiche gilt für jede andere Spezies auf diesem Planeten.«

»Ich glaube es einfach nicht!« Lolas Vorwurf war kaum zu überhören. »Auf einmal stellt sich heraus, daß du, ein rational und analytisch denkender Geist wie kaum ein anderer, ein ignoranter Dummkopf bist!«

»Sag, was du willst«, versetzte ich. »Jeder kann darüber denken, was er will, und zweifeln, soviel er Lust hat, oder nicht? Keiner kann mir verbieten, Beweise für die Evolution zu fordern. Und bisher hat sie mir noch keiner erbracht. Ich bin es leid, andauernd im Fernsehen zu hören, die Neandertaler seien unsere Vorfahren, wo wir doch genetisch weniger mit ihnen gemein haben als mit den Affen.«

»Aber sie waren doch auch Menschen, oder?« wunderte sich Marc.

»Ja, aber eine völlig andere Art menschlicher Wesen als wir«, stellte ich klar.

»Und was für Beweise sind das, die deine Fundamentalisten angeblich gefunden haben, Gertrude?« fragte Lola neugierig.

»Nun, mir fallen nicht mehr alle ein. Tut mir leid. Was die Yatiri uns erzählt haben, rief mir alles mögliche aus meiner Lektüre der letzten Jahre wieder ins Gedächtnis. Aber, na ja, mal sehen ...« Sie strich sich mit den Händen das schmutzige, krause Haar zurück und hielt es über dem Kopf zusammen. »Eine Gegentheorie beruht darauf, daß in vielen Teilen der Welt fossile Skeletteile von Säugetieren und Dinosauriern in ein und derselben geologischen Schicht gefunden wurden.[5] Das ist laut Evolutionstheorie unmöglich. Dann hat man Spuren von Dinosauriern und Urmenschen nebeneinander etwa im Flußbett des Paluxy River in Texas entdeckt.[6] Und es ist so, daß bei wissenschaftlichen Experimenten Eingriffe ins Erbgut Schaden anrichten, wenn nicht sogar tödlich ausgehen. Genau das hat Arnau vorhin gemeint, als er von den Millionen degenerierter Wesen sprach, die nötig wären, um von einer gut angepaßten Spezies zur anderen zu gelangen. Der größte Teil genetisch mutierter Lebewesen bleibt nicht lange genug am Leben, um die Veränderung an ihre Nachkommen weiterzureichen. Und im übrigen wären für eine Evolution gleich zwei Lebewesen verschiedenen Geschlechts mit derselben, zufällig in ihren Genen aufgetauchten Mutation nötig, um den Fortbestand der Veränderung sicherzustellen. Das ist statistisch gesehen so gut wie unmöglich. Die Vertreter dieser Theorie erkennen an, daß es eine Mikroevolution gibt, daß also jedes Lebewesen eine Evolution im kleinen erfährt: blaue Augen in Gegenden mit wenig Licht oder dunkle Pigmente in Regionen mit starker Sonneneinstrahlung, oder daß man durch bessere Ernährung größer wird und so weiter. Was sie auf gar keinen Fall akzeptieren, ist die Makroevolution, bei der etwa ein Fisch sich zu einem Affen, ein Vogel zu einem Reptil entwickeln kann, oder auch nur, daß eine Pflanze Einfluß auf die Entstehung einer Tierart nimmt.«

Wir alle hörten Gertrude aufmerksam zu, doch dann verfinsterte sich Martas Miene auf ihre ganz spezielle Art, was eine nahende Explosion erwarten ließ.

»Schluß jetzt«, fiel sie Gertrude ins Wort. »Es kann viele Erklärungen für das geben, was die Capacas erzählt haben. Jedem steht frei, zu glauben, was ihm beliebt. Ich weigere mich strikt, weiter darüber zu diskutieren, das ist doch vollkommen absurd. Wir müssen erst die Dokumente in der Pyramide des Reisenden studieren und sonst unser Versprechen halten. Efraín und ich, wir werden unsere Forschungsergebnisse veröffentlichen. Und dann sollen die Spezialisten, die Kreationisten und die Heiden auf eigene Faust forschen, soviel sie wollen.«

»Eins hast du nicht bedacht, Marta« sagte Gertrude geheimnisvoll.

»Was meinst du?« wollte Marta wissen.

Gertrude zog das kleine digitale Aufnahmegerät, das sie uns am Tag unserer Ankunft in der Ruinenstadt gezeigt hatte, aus der Gesäßtasche ihrer Hose hervor.

»Die Batterie ist fast leer, aber ...«, sie drückte auf einen winzigen Knopf, und auf einmal hörte man wie aus der Ferne Arukutipas Stimme sagen. »Die Macht steckt in den Worten.« Mehr ließ sie uns nicht hören. Sie schaltete das Minigerät wieder aus und steckte es rasch wieder weg, damit die Toromonas es nicht entdeckten.

Uns verschlug es die Sprache. Gertrude hatte die Audienz bei den Capacas aufgenommen! Das eröffnete eine ganze Reihe ungeahnter Möglichkeiten.

»Ich werde eure Hilfe benötigen«, sagte sie, an Marc, Lola und mich gewandt. »Diese Aufnahme kann ich keinem Fremden überlassen, aber ihr habt Computer, um eine Analyse der Stimmfrequenzen der Capacas zu erstellen.«

Das lag genau auf der Linie meiner neuen Pläne. »Auf mich kannst du zählen.« Ich strahlte.

Gespräche dieser Art führten wir Abend für Abend, Woche für Woche, so lange, bis wir Qhispita erreichten. Nur hin und wieder, wenn wir genug hatten, wechselten wir das Thema. Dann unterhielten wir uns über uns und unser Leben. Marc, Lola und ich erzählten den anderen von unserem ›Serie 100‹, der gut versteckt auf seinem alten, längst vergessenen Gleis im Untergrund von Barcelona stand. Und wir verrieten ihnen, was wir dort machten. Erstmals gaben wir unsere Identität als Hacker vor anderen preis. Marta, Efraín und Gertrude lauschten uns mit großen Augen, erstaunt, was für Dinge wir anstellten. Sachen, von denen sie sich nie und nimmer vorgestellt hatten, daß man sie mit einem einfachen Computer tun könnte. Der Abstand von etwa zehn Jahren zwischen ihnen und uns kam auf dem Gebiet der Informatik einem unüberwindlichen Graben gleich. Hinzu kam eine – aus meiner Sicht unverständliche – Abneigung gegen die Errungenschaften der modernen Technik, die Geisteswissenschaftler typischerweise gerne an den Tag legen. Erschwerend kam hinzu, daß Marta und Efraín zwar E-Mails schreiben konnten und über ein paar Grundkenntnisse am Computer verfügten, mehr aber auch nicht.

Tatsache ist, daß wir einander in jenen Wochen recht gut kennenlernten. Bei einer anderen Gelegenheit wurde endlich das Geheimnis um Martas Ehe gelüftet, das Lola so sehr beschäftigt hatte: Der berühmte Joffre Viladomat war aus beruflichen Gründen vor fünf Jahren nach Südostasien gegangen und hatte das bißchen, was von seiner Ehe mit Marta Torrent übriggeblieben war, über Bord geworfen. Die gemeinsamen Söhne, Alfons und Guillem, neunzehn und zweiundzwanzig Jahre alt, lebten während des Semesters in Barcelona. Doch kaum begannen die Ferien, verschwanden sie auf die Philippinen, um die Zeit bei ihrem Vater und Jovita Pangasinan, seiner neuen Partnerin, zu verbringen. Marta erzählte, Jovita sei eine bezaubernde Person, die sich blendend mit Alfons und Guillem verstehe, so daß zwischen allen Beteiligten eine sehr herzliche Beziehung herrsche. Lola tat einen langen Seufzer der Erleichterung, als sie erfuhr, wie die Geschichte endete, und versuchte gar nicht erst, ihre seit langem schwelende Neugier zu verbergen.

An einem jener Abende kamen Marc, Lola und ich auch zu einer Einigung hinsichtlich der Zukunft von Ker-Central. Das Unternehmen sollte in eine GmbH umgewandelt werden. Die Hälfte der Aktien würde in meinem Besitz bleiben. Die andere Hälfte wollten sie sich teilen und für den Kauf einen Kredit bei der Bank aufnehmen. Von dem Augenblick an würde ich frei sein, während sie de facto Ker-Central leiten würden. Da das Gebäude weiterhin in meinem Besitz bleiben sollte, müßten sie mir für die Nutzung Miete zahlen, und ich würde meine Dachwohnung natürlich behalten.

Alle löcherten mich, was ich tun wollte, wenn ich in »Rente« ging, doch ich hielt dicht und ließ mir kein einziges Wort entlocken. Als echter Hacker und Netzpirat beherrschte ich die Kunst, ein Geheimnis zu wahren, bis ich in Aktion trat und – wenn es sein mußte – auch danach. Sie bedrängten mich so sehr, daß ich beinahe eine Andeutung gemacht hätte. Doch obwohl ich genau wußte, was ich wollte, mußte ich zunächst herausfinden, wie sich meine Pläne am besten realisieren ließen. Und dazu brauchte ich zunächst eine ganz konkrete Hilfe. Denn seit einigen Wochen brütete ich nun schon über dem Plan und hatte gleichzeitig meine unermüdliche Piratentätigkeit auf die scheinbar uneinnehmbare und gut verbarrikadierte Stelle gerichtet, wo ich sie zu finden hoffte.

Etwa zwei Wochen nachdem wir den Rückmarsch angetreten hatten, machten die Toromonas eines Abends auf einer Lichtung halt und bedeuteten uns zu warten. Sie teilten sich in Grüppchen auf und verschwanden in verschiedenen Richtungen im Dschungel. Ziemlich überrascht über ihren rätselhaften Rückzug, blieben wir mehrere Stunden allein zurück. Uns schien, die Toromonas hätten etwas Wichtiges vor und würden zurückkommen, sobald es erledigt wäre. Und so war es. Kurz vor Einbruch der Dunkelheit tauchten sie wieder auf und brachten merkwürdige Dinge mit: dicke Stücke hohler Baumstämme, ein paar runde Früchte, die aussahen wie Kürbisse, Zweige, Steine, Brennholz und etwas Wild für das Abendessen. Der Schamane kehrte als einziger allein zurück, so wie er aufgebrochen war, den Medizinbeutel geschultert. Rasch verteilten die Männer die Aufgaben. Und während einige das Feuer entfachten und das Essen zubereiteten, kümmerten sich die anderen um die Früchte. Sie warfen zu unserer Verwunderung Fruchtfleisch und Kerne auf den Boden und schnitten die Zweige in armlange Stücke. Sie heckten irgend etwas aus, doch wir ahnten nicht im entferntesten, was.

Endlich wurde es dunkel, und die Indianer waren während der Mahlzeit von ausgelassener Fröhlichkeit. Der Schamane hielt sich etwas abseits, blieb am Waldrand im Halbschatten, in einiger Entfernung von den Gruppen ums Feuer, so daß wir ihn kaum erkennen konnten. Er aß und trank nichts und verharrte reglos in seinem Winkel. Keiner sprach mit ihm, niemand bot ihm etwas Wasser an.

Sobald der letzte Toromona seine Mahlzeit beendet hatte, legte sich Schweigen über das gesamte Camp. Wir waren zunehmend irritiert. Als der Anführer plötzlich ein paar Befehle erteilte, erhoben sich die Männer und löschten das Feuer. Dunkelheit hüllte uns ein, vom Mond war nur ein blasser Schimmer am Himmel zu sehen, und einige Indianer hielten ein paar glimmende Zweige in die Höhe. Dann packten uns die Männer am Arm, bedeuteten uns aufzustehen und uns im Kreis um die Mitte der Lichtung wieder hinzusetzen, während sie uns umzingelten. Wir wußten, daß sie nicht vorhatten, uns etwas zu tun, sondern daß es sich um eine Zeremonie oder eine Vorführung handeln mußte, und doch waren wir nervös, denn augenscheinlich hatte das Ganze etwas mit uns zu tun. Ich fürchtete schon, Marc würde jeden Moment einen seiner Flüche ausstoßen, doch er unterließ es. Er wirkte sogar die ganze Zeit über vollkommen ruhig und, fast hätte ich gesagt, entzückt über dieses neuerliche Abenteuer. Da begab sich der Schamane in die Mitte des Kreises. Er rammte ein Schilfrohr in den Boden, setzte die scharfe Kralle eines Ameisenbären am oberen Ende zweimal an und spaltete das Rohr ein gutes Stück in vier Teile. Dann bog er sie auseinander, so daß eine Art Gefäß entstand, in das er aus seinem Medizinbeutel eine Handvoll Stengel und Blätter warf. Mit der Kralle schnitt er alles in feine Streifen, als wolle er eine Suppe zubereiten, nahm schließlich eine Handvoll heraus und zerdrückte sie mit aller Kraft. An seiner Hand lief eine Flüssigkeit hinab und tropfte in das Gefäß. Diesen Vorgang wiederholte er so oft, bis nur noch eine trockene Paste übrig blieb, die er weit ins Dschungeldickicht schleuderte. In dem Moment begann ein Toromona, mit einem Stock auf einen der hohlen Holzstümpfe einen dumpfen Rhythmus zu schlagen.

Der alte Schamane nahm das Gefäß aus Schilfrohr und trank die Flüssigkeit in bedächtigen Schlucken. Dann heizte sich die Szene urplötzlich auf: Jemand zog das Rohr aus dem Boden und entfernte es. Vier der fünf Leibwächter des Anführers umringten den alten Schamanen, der sich auf den Boden niederlegte, und hielten ihn an Armen und Beinen fest. Der Rhythmus der Trommel beschleunigte sich. Der Schamane begann sich aufzubäumen und versuchte aufzustehen, doch die Männer hinderten ihn daran. Der Alte kämpfte wie ein Löwe und schrie wie ein verletztes Tier, doch sosehr er sich auch anstrengte, es war vergeblich. Schließlich beruhigte er sich. Als er vollkommen reglos liegenblieb, ließen die Männer ihn los und traten schweigend zurück. Uns war, als gebe es niemanden auf der Welt als diesen scheinbar toten Greis und uns sechs, die wir ihn einkreisten. Die Trommel schlug immer langsamer, wie ruhige Herzschläge.

Lange Zeit geschah nichts, bis der Schamane sich schließlich wieder aufrichtete wie unter Drogen, mit verdrehten Augen. Jemand trat zu ihm und legte ihm einen kleinen Gegenstand in die Hand. Es war eine der Früchte, die sie vor dem Abendessen ausgenommen hatten. Offenbar hatten sie die Schalen mit Steinchen und Samenkernen gefüllt und so zu einer Rassel umfunktioniert. Der Schamane fing an, die Rassel im Rhythmus der Trommeln zu schütteln und vor unseren Augen zu tanzen. Dazu sang er etwas Unverständliches und sprang herum wie ein Affe. Irgendwann klapperte er mit der Rassel direkt vor Gertrudes Gesicht, sie wich vor Schreck zurück, blieb aber wie versteinert sitzen. Da kniete er vor ihr nieder und kritzelte mit der freien Hand irgendwelche Zeichen in den Boden. Anschließend stand er wieder auf und tanzte rasselnd und singend im Kreis umher, bevor er vor Marc haltmachte. Dem war es offensichtlich nicht geheuer, daß der Alte mit der Rassel unmittelbar vor seinem Gesicht herumfuchtelte. Es folgte das Gekritzel auf den Boden, genau wie bei Gertrude, und anschließend wiederholte der Schamane das ganze Ritual vor uns anderen. Als ich an die Reihe kam, fixierte mich der Alte mit seinen schrecklich verdrehten Augen. Dann hockte er sich hin, um etwas auf den Boden zu zeichnen. Aber nein, das war keine beliebige Kritzelei, sondern was seine Hand da in Trance zeichnete, war eindeutig ein Vogel.

Die Zeremonie endete abrupt, als der Schamane, begleitet von vier heftigen Trommelschlägen, auf der Erde zusammensackte. Die Wächter des Anführers packten ihn und schleppten ihn in den Dschungel, von wo er erst am nächsten Morgen, rechtzeitig zum Weitermarsch nach Qhispita, zurückkehrte. Er schien sich besser zu fühlen denn je und schenkte uns schon von weitem ein freundliches Lächeln. Zu dem Zeitpunkt waren wir uns längst bewußt, daß das gestrige Geschehen als ein Geschenk der Toromonas an uns gedacht war. Das war uns klargeworden, als wir uns die Zeichnungen angesehen hatten. Für Efraín hatte der Schamane eine dreistufige Pyramide gezeichnet, in deren Inneren eine Schlange zu erkennen war. Marta hatte die gleiche Pyramide erhalten, nur hatte der Schamane über diese denselben Vogel wie bei mir gemalt. Marc und Lola war beiden ein menschlicher Kopf mit mehreren, durch Strahlenkränze verbundenen Aureolen zugedacht worden. Gertrude hielt ihre Zeichnung zunächst für ein Vorhängeschloß, doch dann erkannte sie, daß es sich um einen Medizinbeutel handeln mußte. Der Alte hatte nämlich einen kleinen Federschmuck hinzugefügt, ähnlich dem, der an seinem eigenen hing. Das waren wohl die Symbole unserer Zukunft, der Dinge, die uns interessierten und denen wir uns zu widmen gedachten: Efraín und Marta der dreistufigen Pyramide mit der Schatzkammer in Lakaqullu; Marc und Lola der Firma Ker-Central, die Programme künstlicher Intelligenz entwickelte; Gertrude der medizinischen Betreuung der Amazonas-Indianer, allerdings mit Hilfe von Heilmethoden der Schamanen und Medizinmänner. Und ich ... Was zum Teufel bedeutete der Vogel, der mir und Marta galt? Ich glaubte, die Erklärung zu kennen. Doch ich tat so, als verstünde ich es nicht, und schwieg. Absichtlich ließ ich die anderen, Marta eingeschlossen, sich die Köpfe vergeblich zerbrechen.

Am Montag, dem 5. August, erreichten wir endlich Qhispita und standen vor dem gleichen Tor, durch das wir die Stadt als Gefangene verlassen hatten. Dort verabschiedeten sich die Toromonas. Der Anführer legte jedem von uns sechs, einem nach dem anderen, die Hände auf die Schultern und sprach freundschaftlich ein paar Worte, die wir nicht verstanden. Dann verschwanden er und seine Männer im Dickicht des Dschungels. Sie waren keine Freunde großer Worte.

Nach einer Weile wanderten wir in die Stadt und langsam zum Platz in ihrem Zentrum. Wir liefen wie benommen: Verglichen mit den letzten sechs Wochen im Dschungel, kam uns diese Ruinenstadt mit ihren gepflasterten Straßen und den Häusern mit ihren Mauern und Dächern vor wie der Gipfel der Zivilisation.

Als wir auf dem Platz ankamen, betrachteten wir schweigend die verlassenen Gebäude und den Monolith in der Mitte, den bärtigen Giganten mit den Zügen des Reisenden von Lakaqullu. Ganz in der Nähe seines schwarzen Felssockels waren noch die verkohlten Überreste unserer einstigen Besitztümer zu sehen. Wie hungrige Bettler durchwühlten wir die Asche in der Hoffnung, noch etwas Brauchbares zu finden, aber da war nichts mehr. Uns waren nur unsere Hängematten geblieben, ein paar Blasrohre und messerscharfe Krallen. Das und eine Menge praktischer Kenntnisse, die wir bei den Toromonas erworben hatten.

An den letzten Abenden hatten wir diskutiert, wie wir allein nach Rurrenabaque zurückfinden sollten. Von den verbrannten Karten wußten wir noch, daß wir, wenn wir immer in westlicher Richtung liefen, auf den großen Río Beni stoßen würden. Wenn wir ihm flußaufwärts folgten, mußten wir über kurz oder lang auf die Nachbarorte Rurrenabaque und San Buenaventura stoßen. Auf dem Hinweg hatten wir uns strikt an den Karten von Sarmiento de Gamboa und der Goldtafel orientiert, doch jetzt waren wir allein auf uns gestellt.

Anhand des Laufs der Sonne legten wir die Himmelsrichtungen fest und marschierten los in den Dschungel. Wir waren nicht mehr dieselben sechs Personen, die, mit moderner Technologie und Fertignahrung ausgerüstet, in der Dschungelstadt eingetroffen waren. Inzwischen hatten wir gelernt, zu jagen und zu häuten, ein Feuer zu entfachen und uns vor den Gefahren zu schützen, die von Pumas, Ameisensoldaten, Bremsen oder Tukanen ausgingen. Wir konnten den von wilden Tieren geschaffenen Schneisen folgen, eine Liane abreißen und das in ihr enthaltene Wasser trinken, wenn wir durstig waren, oder einen Abszeß mit Schlangen- oder Eidechsenfett behandeln. Nein, wir waren längst nicht mehr dieselben sechs – drei Hakker, eine Ärztin, ein Archäologe und eine Anthropologin – wie damals, als wir mit unseren Rucksäcken aus wasserabweisendem, atmungsaktivem Material zur Ruinenstadt Qhispita aufgebrochen waren.

Wir brauchten nur zweieinhalb Tage, um zum Río Beni zu gelangen, und von dort zwei weitere Tage, bis wir auf ein winziges Dorf namens San Pablo stießen. Dort lebten drei, vier Indiofamilien, die natürlich weder über ein Telefon verfügten noch wußten, was das war. Dafür besaßen sie ausgezeichnete Kanus und boten uns sogar an, uns mit einem bis zur nächsten Siedlung namens Puerto de Ixiamas fünfzig Kilometer flußaufwärts zu bringen. Wir hatten die Reaktion vorhergesehen, die unser überraschendes Auftauchen in einem solch erbärmlichen Zustand hervorrufen würde. Wir erzählten ihnen eine haarsträubende Story von einem Flugzeugabsturz, bei dem wir alles verloren hätten, und dem dramatischen Überlebenskampf im Dschungel. Die Dorfbewohner, einfache Leute ohne große Spanischkenntnisse, die noch zerlumpter wirkten als wir, starrten uns verständnislos an. Doch sie gaben uns zu essen, überließen uns eine ihrer Holzhütten zum Schlafen und brachten uns am nächsten Tag nach Puerto de Ixiamas, das kaum größer war als San Pablo, aber wenigstens über ein Telefon verfügte. Das funktionierte allerdings nur, wenn man es an einen alten, mit Benzin betriebenen Generator anschloß. Nach stundenlangen fruchtlosen Versuchen über mehrere lokale Ämter erreichte Efraín schließlich einen seiner Brüder und schilderte ihm kurz unsere Notlage. Dieser, ein friedfertiger Mathematiklehrer, reagierte kühl, da er wenig für derartige Eskapaden übrighatte. Doch er versprach, uns zwei Tage darauf in Puerto Brais, dem letzten Dorf am Flußufer vor Rurrenabaque, mit Kleidung und Geld zu erwarten.

Wir befanden uns am Ende der Welt, in einer gottverlassenen Dschungelregion, in die es niemals jemanden verschlug und wo man nicht an Weiße gewöhnt war, geschweige denn daran,

Spanisch zu sprechen. Die *Terra incognita* lag noch nicht hinter uns. Mit den Kanus der Menschen vom Fluß erreichten wir am vereinbarten Tag Puerto Brais, nur fünfzehn Kilometer von unserem Ziel entfernt. Und tatsächlich erwartete uns dort Efraíns Bruder Wilfredo. Er blickte zwar etwas ratlos drein, empfing uns aber mit offenen Armen und einem Koffer. Wir konnten an dem kleinen Anlegeplatz und ebenso in der heruntergekommenen Dorfkneipe, wo wir uns frisch machten und rasch umzogen, kaum hoffen, unbemerkt zu bleiben. Doch als wir schließlich die letzte Fähre in Richtung Rurre bestiegen, waren wir wieder unauffällige Touristen, die von einem kurzen Ausflug in die Umgebung zurückkehrten.

Den bereits reservierten Flug hatten wir verpaßt, so daß Wilfredo erneut Tickets für den Rückflug nach La Paz hatte buchen müssen. Zum Glück setzte man weiterhin zusätzliche Flüge für Touristen ein. Da wir bereits am gleichen Abend fliegen sollten, vertrieben wir uns den Nachmittag in einer Bar und verbrachten die restliche Zeit in einem Park, immer darauf bedacht, nicht zu sehr aufzufallen. Als es an der Zeit war, begaben wir uns langsam zum Büro der TAM, wo die *Buseta* zu dem winzigen Flugplatz auf der Wiese abfuhr.

Und kurz nach zweiundzwanzig Uhr landeten wir endlich in El Alto, verabschiedeten uns von Wilfredo und nahmen uns zwei Radiotaxis, die uns zu Efraíns und Gertrudes Haus brachten. Noch nie zuvor war ich so aufgedreht gewesen wie während dieser Taxifahrt durch die Straßen von La Paz. Die Geschwindigkeit verwirrte mich. Ich kam mir vor, als sei ich nach langer Zeit von einem fernen Planeten auf die Erde zurückgekehrt. Alles kam mir neu, fremd, hektisch und viel zu laut vor, und außerdem war ich die herrschende trockene Winterkälte nicht mehr gewohnt.

Gertrude und Efraín mußten bei den Nachbarn den für alle Fälle hinterlegten Zweitschlüssel holen. Erst als sie endlich die Haustür aufschlossen, begriffen wir wirklich, daß wir wieder daheim waren. Wir lächelten uns glücklich an und sagten nichts, sondern staunten wie Kinder am ersten Schultag. Die

Koffer von Marc, Lola und mir standen noch im Gästezimmer, so daß wir uns nach dem Duschen frische eigene Kleidung anziehen konnten. Es gab auch richtige Stühle, auf die wir uns ganz normal an den Eßtisch setzten, wo wir von echten Tellern, mit Messer und Gabel und sogar Servietten, ein köstliches Abendessen verzehrten, das wir aus einem nahe gelegenen Restaurant hatten kommen lassen. Immer noch wie benommen von der Umstellung, schalteten wir anschließend den Fernseher ein und starrten fasziniert auf die Bilder, lauschten den Stimmen und der Musik. Alles erschien uns ungewohnt. Am meisten überraschte mich jedoch, die anderen so ordentlich gekämmt zu sehen, mit blitzsauberen Händen und Nägeln und in frisch gewaschenen langen Hosen und Röcken mit Bluse oder Pulli ohne den geringsten Riß.

Aber da war noch etwas, das ich nicht weiter aufschieben konnte. Es war schon fast zwei Monate her, daß ich mich von meiner Großmutter mit dem Versprechen verabschiedet hatte, mich so bald wie möglich bei ihr zu melden. Und natürlich war ich nur von wenigen Wochen ausgegangen. Also rief ich sie an. Wie jede Großmutter auf der Welt hatte sie sehr gelitten, weil sie so lange nichts von mir gehört hatte. Trotz ihrer großen Sorge (sie hatte mehrmals beinahe die bolivianische Polizei alarmiert, wie sie mir gestand) war es ihr gelungen, meine Mutter unter Kontrolle zu halten. Sie hatte ihr einfach versichert, ich sei wohlauf und riefe regelmäßig bei ihr an.

»Und was hast du ihr gesagt, wo ich sei?« wollte ich von ihr wissen. »Nur um nicht ins Fettnäpfchen zu treten, wenn ich zurück bin.«

»Du weißt doch, daß ich niemals die Unwahrheit sage«, erwiderte sie ungerührt.

Nein, bitte nicht!, dachte ich entsetzt. Was hatte sie getan?

»Ich habe ihr erzählt, daß du irgendwo im Dschungel am Amazonas nach einem pflanzlichen Mittel suchst, um Daniel von seiner Krankheit zu heilen. Irgendwelche Kräuter. Du kannst dir nicht vorstellen, was sie für ein Gesicht gemacht hat! Sie hat es sofort all ihren Freunden weitererzählt und sich damit geschmückt. Halb Barcelona erwartet dich hier, und alle sterben fast vor Neugier.«

Am liebsten hätte ich sie gelyncht, wäre ich nicht so glücklich gewesen, ihre Stimme zu hören und irgendwie zur Tagesordnung zurückzukehren.

»Hast du sie gefunden, Arnauchen?«

»Was soll ich gefunden haben?«

»Na, die Kräuter ... Oder was auch immer. Du verstehst schon.«

Sie seufzte tief, doch ich hatte das Gefühl, daß sie in Wirklichkeit zu übertönen versuchte, daß sie gerade eine Zigarette rauchte. »Wegen deiner Mutter habe ich es so oft erzählen müssen, daß ich allmählich selbst anfange, daran zu glauben.«

»Kann sein, Großmutter. Wir werden es erst erfahren, wenn wir zurück sind.«

»Na ja, dein Bruder ist wieder zu Hause. Vor eineinhalb Monaten haben wir ihn aus dem Krankenhaus geholt. Es geht ihm keinen Deut besser. Der Ärmste ist noch genauso schlecht dran wie bei deiner Abreise. Inzwischen spricht er nicht einmal mehr. Ich hoffe, was du da mitbringst, ist wenigstens zu irgendwas gut. Willst du mir nicht verraten, was es ist?«

»Ich rufe dich von Freunden aus an. Das hier ist ein Ferngespräch, Oma. Wenn ich zurück bin, erzähl ich dir alles, einverstanden?«

»Wann kommst du denn?«

»Sobald wir Flugtickets haben. Frag Núria. Ich rufe sie gleich an, damit sie alles regelt. Sie wird dich auf dem laufenden halten.«

»Ich sehne mich danach, dich wiederzusehen!«

»Ich auch, Oma.« Ich lächelte. »Ach, übrigens! Da ist etwas, worum ich dich bitten muß. Versuche es so einzurichten, daß ich einen Augenblick mit Daniel allein sein kann. Ich will, daß niemand dabei ist und zuguckt. Auch nicht, daß einer im Wohnzimmer wartet oder in der Küche das Abendessen zubereitet. Die Wohnung muß vollkommen leer sein. Außerdem werde ich jemanden mitbringen.«

»Arnau!« ereiferte sie sich. »Du hast doch nicht etwa vor, deinem Bruder einen indianischen Medizinmann ins Haus zu schleppen, oder?«

»Wie kommst du darauf, daß ich einen Medizinmann mitbringen würde!« protestierte ich. »Nein. Es handelt sich um Marta Torrent, Daniels Chefin.«

Es folgte ein langes, beredtes Schweigen am anderen Ende der Leitung. »Marta Torrent ...?« sagte sie endlich skeptisch. »Ist das nicht die Hexe, von der Ona erzählt?«

»Ja, genau die.« Ich schaute verstohlen zu Marta hinüber, die mit Lola gerade über etwas im Fernsehen lachte. »Aber sie ist eine großartige Person, Oma. Du wirst sie noch kennenlernen. Ich bin sicher, daß sie dir gefällt. Sie ist es, die Daniel gesund machen wird.«

»Also, ich weiß nicht, Arnauchen ...« Sie druckste herum. »Ich bin mir nicht sicher, ob das eine gute Idee ist, Marta Torrent zu Ona und deinem Bruder mitzubringen. Ona könnte es in den falschen Hals kriegen. Du weißt doch, daß sie Marta die Schuld an Daniels Krankheit gibt.«

»Hör mal, Großmutter, zwing mich nicht, dir jetzt mehr zu verraten, als uns beiden lieb ist.« Ich war verärgert. Die Erinnerung an den Unsinn, den mein Bruder und meine Schwägerin über Marta erzählt hatten, verdarb mir die Laune. »Tu nur, was ich dir sage, und überlaß den Rest mir. Versuche, es so einzurichten, daß niemand in der Wohnung ist und Marta und ich unbemerkt hineinkönnen.«

»Bring mich nicht in Schwierigkeiten, mein Junge!«

»Du bist ein Schatz, mein Mädchen!« sagte ich im Scherz.

»Natürlich bin ich ein Schatz! Was wäre sonst aus dieser Familie geworden. Trotzdem bleibe ich dabei, du bringst mich mit deinem Wunsch ganz schön in die Bredouille.«

»Du schaffst das schon«, munterte ich sie auf. »In ein paar Tagen sehen wir uns. Paß auf dich auf, bis ich zurück bin, versprochen?«

Anschließend telefonierte ich mit Núria. Als ich den Hörer vom Ohr nahm, war es nicht mehr nur die Zivilisation, die mir fremd vorkam, sondern genauso die Erinnerung an den Urwald. Wie durch einen Zauber verfiel ich wieder in alte Gewohnheiten und spürte, daß ich allmählich wieder der alte Arnau Queralt wurde. Aber nein, sagte ich mir. Bloß nie wieder der alte!

Epilog

Zwei Tage später, am 16. August, bestiegen wir das Flugzeug, das uns nach Peru bringen sollte. Wie auf dem Hinweg würde die gesamte Reise etwas über zweiundzwanzig Stunden dauern. Doch da wir nun gegen die Sonne flogen, würden wir erst zwei Tage später, am Sonntag, dem 18., in Spanien eintreffen. Mit vielen Umarmungen verabschiedeten wir uns von Efraín und Gertrude am Flughafen El Alto und nahmen einander das Versprechen ab, uns sehr bald wiederzusehen – diesseits oder jenseits des Atlantiks. Marta würde Anfang Dezember nach Bolivien zurückkehren, um über Weihnachten die Ausgrabungen von Lakaqullu voranzubringen, und ich hatte Gertrudes Aufnahme von unserem Gespräch mit den Capacas im Gepäck.

»Halt mich auf dem laufenden über alles, was du tust«, bat sie mich zum tausendsten Mal, »und gib Nachricht, sobald du etwas herausfindest.«

»Jetzt gehen Sie ihm nicht auf den Wecker, bitte!« raunzte Efraín und drückte mir fest die Hand.

»Sei unbesorgt, Gertrude«, sagte ich, »du hörst sofort von mir.«

Vor dem Start nahm Marc irgendwelche Tabletten, die er von Gertrude bekommen hatte, und war bereits außer Gefecht, ehe das Flugzeug abhob. In Lima und an den anderen Flughäfen, die wir zur Zwischenlandung anflogen, hatten wir

Mühe, ihn wach zu bekommen. Diese Tabletten, von denen er einen enormen Vorrat mitführte, hielten ihn in einem komaähnlichen Zustand, bis wir Spanien erreichten. Im nachhinein behauptete er, es sei die angenehmste Reise seines Lebens gewesen.

»Ist es nicht die schönste Art zu sterben«, nuschelte er schläfrig am Flughafen Schiphol, »wenn man nichts davon mitbekommt?«

Dabei hatte er sich, ehe die Triebwerke angeschaltet wurden und die nächste Tablette ihre gnädige Wirkung tat, in jedem neuen Flugzeug wehmütig »für den Fall, daß wir uns nicht wiedersehen« von Proxi, Marta und mir verabschiedet – vor allem von Proxi natürlich. Er trieb es so weit, daß ich mir schwor, niemals wieder mit ihm ein Flugzeug zu besteigen. Lola blieb ja nichts anderes übrig, als ihn zu ertragen, aber ich konnte getrost auf sein dramatisches Tamtam verzichten.

Auf dem letzten Flug von Amsterdam nach Barcelona setzten Marta und ich uns schließlich absichtlich drei Reihen hinter Marc und Lola. Es war der Moment, auf den ich gewartet hatte, um ungestört mit ihr über meinen Bruder zu reden.

»Hast du schon entschieden, was du wegen Daniel unternehmen willst?« begann ich, als uns eine knappe halbe Stunde nach dem Start die Tabletts mit dem Mittagessen gereicht worden waren. Bis dahin hatten wir über Computer geredet, und sie hatte sich sehr interessiert gezeigt, mein »Roboterhaus« zu sehen, wie sie das nannte.

Sie antwortete nicht sofort. Einige zähe Sekunden schwieg sie und tat, als wäre sie ganz von der Plastiknahrung vor sich in Anspruch genommen. Ich hätte ein ordentliches Stück gegrillten Tukan diesem synthetischen Mischmasch bei weitem vorgezogen.

Marta räusperte sich. »Falls er wieder gesund wird«, sagte sie leise und spießte ein welkes Salatblatt auf, »würde ich gern erst mit ihm reden, ehe ich etwas unternehme.«

»Hast du Angst, ich könnte dich bitten, daß du ihn nicht anzeigst?«

»Ich bin sicher, das würdest du niemals tun.«

Ich lächelte. »Nein, das würde ich nicht.« Ich schob mein Tablett auf die freie Ablage neben mir und drehte mich so weit zu Marta um, wie die beengten Verhältnisse es zuließen. »Aber ich wüßte gern, was du vorhast.«

»Diebstahl von Forschungsunterlagen ist eine sehr ernste Sache, Arnau. Du mußt nicht glauben, daß mir die Entscheidung leichtfällt. Und ich kann noch immer nicht fassen, daß Daniel dazu fähig war, Material, an dem ich gerade arbeitete, an sich zu bringen. Ich habe mich tausendmal gefragt, warum er das getan hat. Es will mir nicht in den Kopf.«

»Es ist vielleicht nicht leicht zu glauben, aber er hat es wegen mir getan. Also, nicht daß es meine Schuld wäre oder er mir einen Gefallen tun wollte, versteh mich nicht falsch. Ich zerbreche mir jetzt schon lange den Kopf darüber. Bei der eigenen Familie ist man ja oft betriebsblind. Ich glaube jedenfalls, daß er mich immer als seinen großen Rivalen betrachtet hat. Er hat sich mir unterlegen gefühlt oder war neidisch. So genau kann ich das nicht sagen.«

»Neid auf den Erstgeborenen …?« fragte sie halb im Scherz, halb im Ernst.

»Neid auf den mühelosen Erfolg, das schnelle Geld.«

»War es das denn?«

»Nein, überhaupt nicht. Aber er hat es immer so gesehen. Oder wollte es so sehen. Egal … Welche Rolle spielt das? Was zählt, ist, daß er deine Unterlagen über Taipikala gestohlen hat, weil er hoffte, mit der Entdeckung der Macht der Worte den Durchbruch zu schaffen.«

»Efraín und ich waren noch längst nicht so weit wie er«, sagte sie nachdenklich und gab den Versuch, sich mit dem Essen anzufreunden, endgültig auf.

»Daniel ist ganz schön intelligent.«

»Ich weiß. Das seid ihr beide. Eure Ähnlichkeit ist ja nicht nur äußerlich. Deshalb habe ich ihm vertraut und an ihn geglaubt. Aber über das, was er getan hat, kann ich nicht einfach hinweggehen. Du mußt das verstehen, ich leite den Fachbereich, und einer meiner Dozenten hat sich einen Fehler erlaubt, den er womöglich eines Tages wiederholt.«

»Oder auch nicht.«

Sie schwieg wieder. »Oder auch nicht«, räumte sie schließlich ein. »Aber ich bin von Natur aus mißtrauisch und kann nicht so tun, als wüßte ich nicht, daß es in Daniels Denken diesen Hang gibt, der ihn in mein Büro hat eindringen lassen. Möglich, daß so etwas nie wieder vorkommt. Vielleicht wird da aber immer etwas in ihm sein, das nicht richtig tickt und ihm, wenn eine Sache außerhalb seiner Möglichkeiten liegt, einflüstert: ›Los, du weißt doch, was zu tun ist.‹«

»Er wird Hilfe brauchen.«

»Ja, ganz bestimmt. Er muß wieder lernen, daß es Regeln und Grenzen gibt. Daß wir nicht alles bekommen können, was wir uns wünschen. Daß es weder Abkürzungen noch Hochgeschwindigkeitsstrecken gibt, um ans Ziel zu kommen. Daß man sich eben ins Zeug legen muß, wenn man etwas erreichen will.«

»Wir machen alle mal Fehler.«

»Sicher. Deshalb will ich ja wissen, was in seinem Kopf vorgeht, bevor ich eine Entscheidung treffe. Und vielleicht solltest du dich auch einmal mit ihm hinsetzen und ihm genau erzählen, was du alles geleistet hast, um zu erreichen, was du erreicht hast.«

Ich dachte darüber nach. Natürlich hatte ich vor, mit meinem Bruder zu reden, aber eigentlich wollte ich mit ihm hart ins Gericht gehen und nicht mein Leben erzählen. Doch vielleicht hatte Marta recht, und es wäre sinnvoller, zu tun, was sie vorschlug. Nur: Wie sollte ich das machen, mich mit meinem Bruder zusammensetzen und über diese Dinge reden? Ich war mir nicht sicher, ob ich das hinkriegen würde.

»Laß uns das Thema wechseln…« Sie drehte sich ebenfalls, bis sie mir ins Gesicht sehen konnte. »Meinst du nicht auch, es wäre besser, wir wären allein mit Daniel, wenn ich vor ihm den Satz wiederhole, den mir die Yatiri aufgetragen haben?«

»Du erinnerst dich doch an ihn?«

»Natürlich erinnere ich mich, bist du verrückt? Wie sollte ich etwas so Wichtiges vergessen? Wie ist das jetzt mit dem Alleinsein? Ich glaube, es wäre mir ausgesprochen unangenehm, vor deiner versammelten Familie als Stammeshexe aufzutreten.«

»Keine Sorge«, sagte ich lachend. »Meine Oma hat das im Griff. Sie hat allen erzählt, ich sei an den Amazonas gefahren, um irgendwelche Zauberkräuter zu suchen. Außerdem weiß sie, daß sie einen Moment abpassen muß, wenn niemand bei Daniel in der Wohnung ist, damit du und ich hingehen können. Alles bereits eingefädelt.«

»Wie alt ist deine Großmutter? Schon alt, oder?«

»Wart's ab, bis du sie kennenlernst!«

Um zwei Uhr nachmittags landeten wir in Barcelona. Lolas Mutter erwartete uns am Flughafen. Weder Marta noch ich nahmen ihr Angebot an, uns nach Hause zu fahren. Marc ging es eindeutig dreckig, und er mußte dringend ins Bett. Also teilte ich mir mit Marta ein Taxi.

»Du sagst uns doch gleich, wie Daniel auf den Satz der Yatiri anspricht?« raunte mir Lola beim Abschied zu.

»Ich ruf euch an, sobald wir es hinter uns haben. Egal, wie es läuft.«

»Vergiß nicht, was wir wegen Ker-Central vereinbart haben«, brachte Marc mit glasigen Augen und schwerer Zunge heraus.

»Gleich morgen setze ich die Rechtsanwälte und Steuerberater drauf an. Schlaf du dich erst mal aus, du siehst furchtbar aus.«

»Ich weiß, ich weiß …«, brummelte er und trottete folgsam, auf den Gepäckkarren gestützt, hinter Lolas Mutter her.

»Ruf an, Root!« sagte Proxi noch einmal mit besorgter Miene und wandte sich dann an Marta: »Wenn alles vorbei ist, gehen wir vier zusammen essen, abgemacht?«

»Abgemacht.« Marta lächelte. »Ist euch übrigens aufgefallen, daß ihr im Urwald eure Web-Namen nicht benutzt habt?«

»An dir ist echt 'n Hacker verlorengegangen!« Proxi umarmte sie. Sie eilte schon hinter dem Wrack von Megawurm und ihrer Mutter her, da drehte sie noch einmal den Kopf: »Wenn du erst in Arnaus Wohnung gewesen bist, hast du dich bestimmt infiziert.«

»Und im ›100‹!« rief Marta ihr mit einem breiten Grinsen nach. »Den ›100‹ will ich auch sehen!«

Proxi hob die Hand zum Abschied.

»Okay«, sagte ich. »Zeit für ein Taxi.«

Ich wurde vor Marta nach Hause gebracht, die in Bonanova wohnte, und winkte ihr nach, als das Taxi in den Passeig de Gràcia Richtung Berge abbog.

»Ruf an, wenn wir zu Daniel können«, hatte sie ernst und ruhig wie immer gesagt, als ich ausstieg.

Während ich in den Aufzug trat, fragte ich mich, wann ich sie wohl anrufen würde, wann der günstigste Moment dafür gekommen wäre. Die Antwort lag auf der Hand: Sobald ich dem Familienempfang, der mich oben erwartete, ein Ende machen konnte. Ich würde sie am Abend zum Essen einladen ... Oder wäre das zu früh? Ja, und? Ich würde sie anrufen, ich wollte wissen, was sie von meinen Plänen hielt und wie ich sie ihrer Meinung nach in die Tat umsetzen konnte. Fürs erste würde ich allerdings die Sache mit dem Kräutertrank über die Bühne bringen müssen.

Ich hatte mich darauf vorbereitet. Nach dem Anruf bei meiner Großmutter aus La Paz war ich auf den Hexenmarkt gegangen und hatte bei einem Wunderheiler ein widerwärtiges Gebräu erstanden. Nach Aussage des Yatiri, der es mir in mehreren klebrigen Glasfläschchen verkaufte, entfachte es die Leidenschaft der Angebeteten. Das war mir jedoch egal. Es reichte, daß das Zeug tatsächlich so aussah, als sei es von Meisterhand extra für meinen Bruder zusammengerührt worden. Diese dicke, braune Brühe wirkte jedenfalls glaubhaft.

Also gab ich Clifford die Hand, umarmte meine Oma und überreichte meiner Mutter, als die schließlich mit ihrem überschwenglichen Geküsse zum Ende gekommen war, feierlich die schmutzigen Flakons. Ich erzählte ihr, ich hätte sämtliche im bolivianischen Einwohnerverzeichnis aufgelisteten Schamanen des Amazonasgebiets konsultiert, und für mich stehe fest, daß Daniel durch einige Tropfen dieser Flüssigkeit, in einem Tee am Morgen und am Abend eingenommen, wieder zu Verstand kommen werde. Ich wollte vermeiden, daß ihre Phantasie für die Gespräche mit ihrem weitläufigen Bekanntenkreis übermäßig angeregt wurde. Ich faßte mich daher kurz und erzählte nur einige wenige Anekdoten über die Urwalddörfer, die wir auf unserer Reise am Río Beni besucht hatten. Als guter Engländer schien Clifford dem Experiment mit dem Zaubertrank nicht gewogen, wagte aber nicht, vor meiner Mutter den Mund aufzumachen. Die war nämlich angesichts der exotischen Fläschchen ganz aus dem Häuschen und hängte sich sofort ans Telefon, um Ona meine Abenteuer brühwarm zu erzählen. Ich nutzte die Gunst der Stunde und verschwand hinter die Kulissen in mein Schlafzimmer, entledigte mich meiner schmutzigen Sachen, duschte und rasierte mir den Bart ab, wobei ich ein Fleckchen am Kinn stehenließ. Meine Großmutter hatte gemeint, ich hätte abgenommen, sähe besser aus und sei zum erstenmal im Leben braun, womit sie recht hatte. Mein Haar war noch immer kurz, und der Ohrring, den ich nie abgelegt hatte, stach stärker ins Auge gegen die von Sonne und frischer Luft gegerbte Haut. Von dem länglichen, bleichen Gesicht des Städters war nicht viel übriggeblieben.

Doch es hatte sich noch mehr verändert. Das wurde mir klar, als ich den Mund aufmachen und dem System befehlen wollte, bei Marta anzurufen. Ich mußte feststellen, daß ich nicht wußte, wie ich mich an eine Maschine wenden sollte, deren Intelligenz vielleicht ebenso künstlich war wie die unsere. Ich war perplex. Was Gertrude uns über das Gehirn und Neurotransmitter erzählt hatte, was wir über die Macht der Worte erfahren hatten, die das Denken programmieren und umprogrammieren konnten, und auch der Anblick des Schamanen, der im Rhythmus der Trommeln und Rasseln in Trance gefallen war – all das hatte in mir Zweifel geweckt. Ich hätte ihn in einer für einen Informatiker typischen Frage fassen können: Welchen Unterschied macht es, ob man zwei und zwei addiert, wie wir

Menschen das tun, oder *vorgibt*, zwei und zwei zu addieren, wie Computer das tun? Das Ergebnis ist in beiden Fällen vier. Das ist auch gar nicht verwunderlich. Wohl aber, daß auch der Weg im Grunde derselbe ist: eine unendliche Zahl elektrischer Verknüpfungen, die, schnell wie das Licht, hergestellt werden. In unserem Fall über neuronale Schaltungen und bei den Maschinen durch Siliziumverbindungen.

Das Leben hatte mich in den vergangenen zweieinhalb Monaten in eine harte Schule genommen, und ich hatte mich verändert. Ich ertappte mich dabei, daß ich diesem namenlosen Hauskontrollsystem fast unwillkürlich eine eigenständige Persönlichkeit zubilligte. Früher wäre ich nie auf den Gedanken gekommen, es könnte eine haben. Nun, das hatte es schließlich auch nicht, sagte ich mir und schüttelte ärgerlich den Kopf. Ich wußte, ich mußte meine Anweisungen laut und deutlich erteilen, damit das System erkannte, daß sie nicht an Magdalena gerichtet waren – doch aus meinem Mund kam nur eine höfliche Bitte, die einfach nur daneben war. Ich mußte mir bewußt in Erinnerung rufen, auf welchen Umgangston der Computer programmiert war. Als er mir zweimal nicht gehorcht hatte, wurde ich langsam sauer. Hatte das System sich verselbständigt, oder war etwas kaputt? Zum Glück fiel mein Blick zufällig auf die Monitorwand, und dort fand ich seine Meldung: »Gesperrte Nummer. Entsperren und wählen?« Ich mußte über mich selbst und meine Begriffsstutzigkeit lachen. Martas Nummer gesperrt …? Wieso gesperrt?

»Was ist bloß los mit mir!« sagte ich laut. »Ich bin völlig neben der Spur!«

Es war mir wieder eingefallen. Ich hatte an jenem fernen Sonntag abend, als Marta anrief, um ihre Unterlagen über Taipikala und die Aymara zurückzufordern, das System angewiesen, alle Anrufe von dieser Nummer, von anderen Nummern desselben Teilnehmers und selbst die aus dem Fachbereich der Uni abzuweisen.

»Entsperren!«

Fast im selben Moment hörte ich Martas Stimme. »Ja?«

»Ich bin's, Marta. Arnau.«
»Hallo, Arnau, was gibt's? Müssen wir schon zu Daniel?«
»Nein, nein ...« Ich lachte. »Hättest du Lust, heute abend mit mir essen zu gehen? Ich würde gerne über ein paar Dinge mit dir reden.«
Überraschte Stille am andern Ende der Leitung.
»Sicher, warum nicht?« antwortete sie endlich.
»Ist dir das zu früh?« Ich zog mein Uhrenarmband ums Handgelenk stramm. »Wäre dir morgen oder übermorgen lieber?«
»Nein, überhaupt nicht. Von mir aus gern.«
»Wann soll ich dich abholen?«
Diese Unterhaltung war unglaublich. Nie zuvor hatte ich mich derart dreist einem anderen Menschen zu nähern versucht. In vergleichbaren Situationen hatte ich mich immer gefühlt, als müßte ich mich mit einem Wesen von einem anderen Stern verständigen. Was ich daher gar nicht erst versucht und mich prompt nie jemandem angeschlossen hatte. Aber mit Marta war es anders. Wir waren über zwei Monate Tag und Nacht zusammengewesen, und diese Einladung zum Essen sprudelte nur so aus mir heraus.
»Komm vorbei, wann du willst«, sagte sie. »Eigentlich mache ich gerade nichts. Eben habe ich mich aufs Sofa gesetzt und wollte mir die erste Zigarette seit zwei Monaten anzünden.«
»Laß es doch einfach. Was hast du davon?«
»Ich rauche gern und habe nicht vor, mir diese kleine Freude verderben zu lassen. Halt mir keine Predigt, okay?«
»Okay. Dann kann ich gleich kommen?«
»Natürlich. Du solltest schon hier sein.«
Das gefiel mir. Und es gefiel mir auch, wieder in mein Auto zu steigen und das Lenkrad fest in den Händen zu halten. Es war kurz nach halb sieben, und obwohl ich fast vierundzwanzig Stunden in Flugzeuge eingesperrt gewesen war und den Atlantik überquert hatte, fühlte ich mich wie der König der Welt. Meine Mutter hatte mir natürlich wortreich vorgeworfen, daß ich »mit einer Freundin« ausging, ohne zuvor bei meinem Bru-

der und meinem Neffen gewesen zu sein. Ich hatte es großzügig überhört und war wie der Blitz im Aufzug verschwunden. Falls der »Trost« der Capacas funktionierte, wäre ich die ganze Mischpoke zum Glück schneller los, als sie sich das vorstellen konnte. Wie sagte der Volksmund so schön: Ich würde wieder der »Herr im Haus« sein. Meinen Bruder würde ich schon zur rechten Zeit besuchen, und für meinen Neffen hatte ich eben erst die kleine Puppe aus dem Koffer geholt, die ich auf dem Hexenmarkt für ihn gekauft hatte. Er würde sie nach Lust und Laune kaputtmachen können, sobald ich ihn wiedersah.

Ich hatte Glück und fand einen Parkplatz in einer Seitengasse nah bei Martas Haus, einer alten, vom Ruß der Abgase geschwärzten Villa mit zwei Stockwerken, Mansarde und einem kleinen Garten.

Marta öffnete mir die Tür. »Hier gibt's weder Mikrofone noch Sensoren noch Kameras«, warnte sie mich spöttisch, kaum daß ich über die Schwelle getreten war. »Ich sage das nur für den Fall, daß du dich nicht wohl fühlst. Wenn du schreist, ist also kein Computer da, der dir antwortet. Sorry.«

Das Haus war riesig, mit Parkettböden, hohen Decken und alten Möbeln. Überall, selbst in der Diele, standen Bücher auf großen Holzregalen, die jeden Flecken Wand bedeckten. Ich hatte nichts anderes erwartet: Das Haus paßte zu Marta wie Marta zu dem Haus.

»Du hast noch nicht mal eine Konsole? Du weißt schon, eine Playstation? Oder wenigstens einen Gameboy?« fragte ich, während ich ihr ins Wohnzimmer folgte. Durch die hohen Fenster konnte man in den Garten sehen.

»Doch, damit kann ich dienen.« Sie lächelte und ließ sich aufs Sofa fallen. Die Umgebung war fremd, aber Marta war dieselbe Marta wie in Bolivien – oder kam mir zumindest so vor. Nur daß sie jetzt keine Wintersachen trug, sondern ein schlichtes Trägerkleid. »Die Schlafzimmer meiner Söhne sind oben. Da könntest du fündig werden, falls du eine brauchst. Tu dir keinen Zwang an.«

Ich setzte mich in einen Sessel ihr gegenüber, lehnte mich aber nicht zurück. Nervös begann ich mit dem Plastikfeuerzeug zu spielen, das neben einem Marmoraschenbecher mit etlichen Kippen gelegen hatte.

»Sagtest du nicht, du wolltest *eine* Zigarette rauchen?«

»Na ja, da war einiges Nikotin nötig, um die verlorenen Monate aufzuholen.«

Ich gab mir einen Ruck, wollte nicht um den heißen Brei herumreden. »Ich brauche deine Hilfe, Marta. Du mußt mir erklären, wie … Oder, um genau zu sein, ich würde gerne mit euch in Tiahuanaco arbeiten.«

Sie lachte. »Ist es das, womit du nicht rausrücken wolltest, als wir fragten, was du mit deiner Freizeit zu tun gedenkst?«

»So ungefähr.«

»Du drückst dich etwas vage aus. Erzähl mir mehr.«

»Ich würde gern mitarbeiten, ein Teil des Teams sein«, setzte ich zu einer druckreifen Erklärung an. »Nur habe ich keine akademische Ausbildung. Ich bin Unternehmer, Unternehmer in der New Economy. Wie könnte ich mit euch an einer Ausgrabung arbeiten? Als was? Erst habe ich gedacht, dir und Efraín die Programme und Rechner zur Verfügung zu stellen, damit ihr die Goldtafeln aus der Pyramide des Reisenden übersetzen könnt. Ich würde die Software selbst schreiben. Oder die verbessern, die du von Joffre hast. Ich wäre wieder Programmierer.« Ich grinste. »Wie mit zwanzig. Aber ich möchte gern auf andere Weise etwas beitragen, nicht nur als Informatiker.«

»Nun …« Es klang zögerlich. »Ich weiß nicht. Da müßte ich nachdenken. Wenn es nur nach mir ginge, wäre das gar kein Problem. Ich glaube, ich würde sehr gern mit dir zusammenarbeiten. Aber die Ausgrabungen werden von der bolivianischen Regierung finanziert und …«

»Von Privatunternehmen«, fiel ich ihr ins Wort.

»Ja, auch von Privatunternehmen, die Steuern sparen und ihr Image aufpolieren wollen. Die halten sich jedoch aus der laufenden Arbeit raus.«

»Okay. Was also kann ich tun?«

»Wenn das alles war«, lachte sie, »dann enttäuschst du mich aber. Ich dachte, du hättest noch ein aufregendes Geheimnis in petto.«

»Na ja, gut möglich, daß ich noch was in petto habe«, gab ich zu und beugte mich näher zu ihr. »Ein Geheimnis, vielleicht sogar zwei. Was sagst du jetzt?«

»Schon besser.« Sie lächelte aufmunternd.

»Mein erstes Geheimnis ist folgendes: Ich würde nur mit euch arbeiten, solange du in Bolivien bist. Wenn du hier in Barcelona an der Uni zu tun hast, möchte ich um die Welt reisen. Ich will auf die Jagd gehen. Nach Legenden über den Ursprung der Menschheit.«

»Das tun doch schon diese Kreationisten, von denen Gertrude erzählt hat!«

»Nein. Die sammeln Beweise gegen die Evolutionstheorie. Das sollen sie ruhig, schließlich befassen sie sich seit Jahren damit. Ich will mit so außergewöhnlichen Menschen wie den Yatiri sprechen. Ich will nach Afrika, Nordamerika, Südamerika, Australien...«

»Jetzt begreife ich, was der Schamane der Toromonas für dich gezeichnet hat.« Sie sah mich mit großen Augen an. »Der Vogel! Natürlich!«

Ob sie auch daran dachte, daß er denselben für sie gezeichnet hatte...? Abwarten.

»Ich werde überall suchen«, redete ich mich in Fahrt, »ich drehe jeden Stein um und trage all die Legenden zusammen, die von der Erschaffung der Welt und den ersten Menschen handeln. Ganz bestimmt bekomme ich da viel zusammen. Und entdecke auffällige Übereinstimmungen und interessante Parallelen. Ich schreibe doch schon seit langem Quellcodes und habe gelernt, wie man handfeste Daten aus versprengten Informationen zusammensucht. Aber wenn ich das Material habe und wieder in Barcelona bin – an dem Punkt weiß ich nicht weiter. Womit wir wieder beim Anfang wären. Ich habe keine akademische Ausbildung. Jemand wird die Informationen ordnen und systematisieren müssen... Ich beherrsche etliche

Programmiersprachen und kann Millionen Befehle darin schreiben, aber ich könnte keine historische oder wissenschaftliche Arbeit abfassen.«

Marta sah mich mit dem Ausdruck größten Erstaunens an.

Der Augenblick war gekommen: »Warum arbeitest du nicht einfach mit mir zusammen, Marta? Willst du nicht mitkommen?«

Jetzt war es raus. Ich spürte, wie mir der Schweiß den Nakken hinabrann.

Ihr stand der Mund offen. »Hast du gefragt, ob ich mitkomme?« brachte sie endlich heraus.

»Wir würden soviel Zeit mit Efraín und Gertrude in Bolivien verbringen, wie nötig, um mit der Ausgrabung in Lakaqullu voranzukommen. Und uns um das Material aus der Pyramide des Reisenden kümmern. Ich könnte die, sagen wir, Geheimaufträge übernehmen«, sagte ich grinsend. »Beispielsweise die Mumie des Dose Capaca beiseite schaffen, sie an irgendeinem Ort verbergen, den ihr bestimmt. Ihr kennt doch die Gegend.« Ich redete wie ein Wasserfall, redete, ohne Luft zu holen, redete wie meine Mutter. »Oder aus der Kammer des Reisenden alle Hinweise auf die Flucht der Yatiri in den Urwald entfernen. Oder den Ausgangstunnel verschließen mit dem Steinring, den Efraín noch hat. Und du könntest dich eine Zeitlang beurlauben lassen oder eins dieser Stipendien für ein Forschungssemester beantragen. Na, wie es eben am besten läuft für dich. Dann könnten wir reisen und die Dogon in Mali besuchen, die Hopi, die Navajos ... eben all die Völker, bei denen es noch Legenden über die Sintflut und die Erschaffung der Welt gibt. Ein halbes Jahr in Bolivien und ein halbes Jahr mal hier, mal dort. Informationen zusammentragen.«

»Aber ...«

»Und dann könnte ich auch Gertrude helfen und ihr Band mit den Stimmen der Capacas von Qalamana aufbereiten. Mich fasziniert neuerdings die Funktionsweise des menschlichen Gehirns so wie früher die von Computern. Nur fehlt mir eben auch da das nötige Handwerkszeug. Ich bin ja kein Arzt.

Aber als ich mit einem Spectrum angefangen habe, Programme zu schreiben, hatte ich auch keine Ahnung, und sieh mich jetzt an. Deshalb denke ich, daß ich von Gertrude viel lernen könnte, und wenn ich in Bolivien bin, können wir viel besser daran arbeiten.«

»Arnau ...«

»Ich habe auch überlegt, daß wir im Sommer in Taipikala sein könnten und im Winter anderswo. Dann könntest du zwischen den Reisen nach Hause kommen, um deine Söhne zu sehen. Oder brauchen die dich noch, und du kannst sie nicht allein lassen? Das würde die Pläne natürlich etwas ändern und ...«

»Halt den Mund!«

Ich verstummte schlagartig.

»Hör zu!« Sie griff sich mit beiden Händen an den Kopf. »Ich glaube, du hast den Verstand verloren. Vielleicht begreife ich nicht ganz, was du mir sagen willst. Du sprichst in Rätseln, und mir schwirrt der Kopf.«

Ich schwieg weiter und preßte die Lippen aufeinander, um ihr zu zeigen, daß ich nicht ein Wort mehr sagen würde. Ich hatte meine Chance gehabt. Ein richtiger Hacker gibt seine Geheimnisse niemals preis, außer wenn der Augenblick zum Handeln gekommen ist. Dann handelt er.

»Wie wär's, wenn wir was essen gingen?« Sie durchbohrte mich mit ihren Blicken. »Dann können wir alles in Ruhe besprechen, während man uns einen Haufen Sachen auftischt, die wir lange nicht bekommen haben. Hier um die Ecke gibt es ein ausgezeichnetes Restaurant.«

»Okay. Aber es ist erst Viertel nach acht. Noch ein bißchen früh.«

»Nicht für uns, wir haben noch die bolivianische Zeit in den Knochen, und dort ißt man jetzt zu Mittag. Außerdem haben wir, wenn du dich erinnerst, heute morgen die Tabletts im Flugzeug nicht angerührt.«

Da hatte sie recht. Nur war ich nicht hungrig. Ich hatte gerade einen der schwierigsten Schritte meines Lebens getan, und offensichtlich waren die Hürden damit noch nicht genommen. Wollte sie, daß ich es ihr auf Aymara sagte, oder was? »Der Schamane der Toromonas hat für uns beide den gleichen Vogel gezeichnet.«

»Ich gehe nur rasch meine Sachen holen«, sagte sie mit einem eiligen Schritt zur Wohnzimmertür. »Warte einen Moment.« Der komplette Absturz drohte.

»Hör zu!« hielt ich sie zurück.

»Nein, jetzt nicht.«

»Doch, jetzt«, beharrte ich. »Geh mit mir auf die Suche nach alten Geschichten. Vielleicht steckt ja doch ein wahrer Kern in ihnen. Ich bin mir sicher, daß es mit uns gutgehen wird. Wir sind ein super Team.«

Sie musterte mich übertrieben argwöhnisch.

»Und, falls es nicht klappen sollte«, redete ich weiter, »dann lassen wir es eben und sind einfach wieder Freunde. Ich reise weiter, und du hilfst mir, wenn ich zurück bin.«

»Du bist vollkommen übergeschnappt, weißt du das?« fuhr sie mich an. »Und überhaupt, glaubst du wirklich, du kannst einfach bei mir reinspazieren und mir ohne Vorwarnung diesen ganzen Mist auftischen? Das ist doch keine Art! Hör zu, ich bin neun Jahre älter als du, und ich kann dir versichern, daß ich in meinem Leben noch keinem Kerl begegnet bin, der sich plumper und ungeschickter angestellt hätte als du. Ist dir überhaupt klar, was für dummes Zeug du da erzählst?«

Das war's, ich konnte sie nicht weiter in die Enge treiben, oder sie würde mich von ihrer Festplatte löschen.

»Denk drüber nach, ja?« sagte ich einfach. »Und jetzt laß uns was essen. Komm, hol deine Sachen. Ich warte.«

Für zwei Stunden waren wir die einzigen Gäste in dem Restaurant. Die Sommertouristen kamen nicht bis in dieses Viertel, und die Bewohner hatten die Stadt in Scharen verlassen. Außerdem ging sowieso niemand, der noch alle beisammen hatte, im August so früh auf die Straße, es sei denn, er wollte auf dem Asphalt schmelzen. Gegen ein Uhr nachts war ich wieder zu Hause, müde von der langen Reise und der Zeitumstellung – und vom

Einsatz all meiner Möglichkeiten und meines Charmes, mit dem ich Marta einzufangen versuchte, ohne daß es ihr bewußt werden sollte. Nein, ich hatte sie nicht zugeschwallt mit Details aus meinem Leben und sie auch nicht mit ein paar skurrilen Anekdoten aus meinem Alltag gelangweilt. Ich hatte ihr einfach zugehört, sie angesehen und mich bemüht, herauszufinden, was ihr wichtig war. Wenn man sich in ein gut abgesichertes System hacken will, muß man die Schwachpunkte kennen und dann die Zugangscodes zu knacken versuchen. Als ich schließlich zu Hause ins Bett fiel, wollte ich mir unser Gespräch noch einmal durch den Kopf gehen lassen und meine Strategie verfeinern. Doch in Bruchteilen von Sekunden war ich eingeschlafen und kam erst zwölf Stunden später wieder zu mir.

Als ich um die Mittagszeit die Augen aufschlug, fühlte ich mich beschwingt und zufrieden: Ich war mir sicher, daß ich eine wenn auch kleine Bresche in ihre Verteidigungsmauer geschlagen hatte. Die Welt war voller geschlossener Türen, und ich war dafür geschaffen, sie zu öffnen. Ich zweifelte keinen Augenblick daran, daß Marta eine Herausforderung war, die jede Mühe lohnte.

Nach dem Frühstück wanderte ich ziellos durch Wohnung und Garten und genoß das Gefühl, wieder zurück zu sein. Ich war eigentlich nicht mehr müde, schlurfte jedoch nur träge herum. Trotzdem konnte ich nicht verhindern, daß ich schließlich in meinem Studio landete, um meine E-Mails abzurufen. An der Firma hatte ich kein Interesse, deshalb schaute ich nur in meine private Mailbox, von der ich geglaubt hatte, sie müsse überquellen. Ich fand zehn jämmerliche Nachrichten, von denen fünf von Proxi stammten und alle fünf von diesem Vormittag. Ich stutzte. Die Mails waren verschlüsselt, und ich mußte sie erst entschlüsseln, ehe ich verstand, weshalb Proxi sich soviel Arbeit damit gemacht hatte: Sie hatte von der CD, auf der wir alle Fotos aus Lakaqullu gebrannt hatten, eine Auswahl der schönsten Bilder von der Pyramide des Reisenden zusammengestellt. Ich hatte richtig einen Kloß im Hals, als ich erneut die in Stein gehauenen Helme am verborgenen Zugang zu den Schächten sah; die großen Augen und scharfen Schnäbel der Kondorköpfe; die Reliefs mit den Tocapu-Rätseln; die Treppe, die sich aus der Decke gelöst hatte und an dicken Ketten aus Gold hing; die Pumaköpfe, die über die gewaltige Tür zur Kammer des Reisenden wachten; den Fluch, der Daniel krank gemacht hatte und den ich selbst fotografiert hatte, um ihn auf dem Bildschirm am Laptop ansehen zu können; die endlose Reihe Goldtafeln voller Tocapus; den gewaltigen goldenen Sarkophag des Dose Capaca mit seiner Schädeldeformation; das Wandbild, mit dessen Hilfe man lernen konnte, die Tocapus auf der Einladung zur Suche nach den Yatiri zu entschlüsseln; die Goldtafel mit der Karte, auf der ein Weg nach Qhispita führte ...

Überwältigt saß ich lange vor dem Bildschirm und schaute mir wieder und wieder die Fotos an. Zum Glück war außer mir niemand im Haus, und so konnte ich einige von ihnen auf die großen Monitorwände schicken und fast in Originalgröße bestaunen, während ich in Gedanken zu jenen phantastischen Orten zurückkehrte und unsere Abenteuer nacherlebte. Proxis Kamera hatten die Toromonas ja leider verbrannt, und von unserem Aufenthalt im Urwald und in Qalamana war uns nichts geblieben als Gertrudes Aufnahme von der Audienz bei den Capacas, die sie mir anvertraut hatte. Einen Moment war ich versucht, sie mir anzuhören. Ich war neugierig, welche Wirkung die Macht der Worte hier bei mir zu Hause entfalten würde. Aber ich tat es nicht. Wenn alles nach Plan lief, warum sollte ich Gertrude die Freude verderben, mit mir gemeinsam daran zu arbeiten, während Marta und Efraín sich in Tiahuanaco die Haut von den Fingern scharrten? Außerdem wollte ich jetzt erst einmal die Doctora anrufen.

»Hast du einen Rechner mit Internetanschluß?« fragte ich wie aus der Pistole geschossen, kaum daß sie sich gemeldet hatte.

»Normal wäre, zuerst hallo zu sagen und dann zu fragen«, antwortete sie mit ihrer volltönenden Stimme, die mir durch und durch ging.

»Hallo. Hast du einen Rechner mit Internetanschluß?«

»Selbstverständlich.«

»Dann gib mir mal deine E-Mail-Adresse. Ich schicke dir etwas, das dir gefallen wird.«

»Weißt du, manchmal benimmst du dich seltsamer als dieser Unglücksrabe von Luk'ana, der uns durch Qalamana geführt hat.«

»Da hast du recht«, sagte ich gespielt gleichgültig. »Ach ja, hast du heute schon was vor?«

Sie schwieg.

»Ah, warte, ich hab's wieder vergessen!« Ich lachte. »Erst hallo sagen, dann fragen. Hallo noch mal. Hast du heute schon was vor?«

Ich wußte, daß sie lächelte.

»Ich wollte meinen Koffer fertig auspacken und ein bißchen aufräumen. Ich habe sehr lange geschlafen und bin, wie du dich erinnerst, gestern zu nichts gekommen.«

»Ich hab mich nämlich gefragt, ob du Lust hast, vorbeizukommen und dir meine Wohnung anzusehen. Sie haben mich hier allein gelassen. Was meinst du?«

»Willst du mich geheimhalten?« fragte sie nicht ohne Hintersinn.

Ich kannte inzwischen einige Codes, um ihre Reaktionen zu entschlüsseln. Natürlich hatte ich, wie sie nur zu gut wußte, etwas ganz anderes im Kopf. »Eigentlich hatte ich gedacht, wir ...«

»Halt, stop«, fiel sie mir hastig ins Wort. »Schick mir das, was ich mir anschauen soll, und dann reden wir später noch mal. Gönn mir eine Verschnaufpause.«

Ich notierte mir sorgfältig ihre Adresse, dann legten wir auf. Als ich eben die Fotos abschickte, rief meine Großmutter an.

»Arnau? Hör mal, ich bin bei Daniel.«

»Ja?«

»Du müßtest für eine Weile herkommen und nach deinem Bruder sehen. Paßt dir das?«

Was sollte das heißen, ob es mir paßte ...? Es paßte mir überhaupt nicht, unmöglich, ein Unding! Ich hatte heute wahrlich

Wichtigeres zu tun und wollte um nichts in der Welt darauf verzichten. Gerade war ich versucht, ihr zu zeigen, wie genervt ich von ihrer Bitte war, da wußte ich es: Bestimmt war meine Großmutter nicht allein und drückte sich deshalb so unklar aus. Sie mußte einen Weg gefunden haben, mich mit Daniel allein zu lassen.

»Heißt das, es ist dir gelungen, alle aus der Wohnung zu schaffen?«

»Ja, es tut mir leid. Du mußt mindestens zwei, drei Stunden bei ihm bleiben. Ich weiß, du bist noch erschöpft von der Reise, aber ...« Im Hintergrund hörte man die Stimme meiner Mutter. Wenn ich müde sei, dann wohl eher, weil ich als erstes eine Kneipentour gemacht hätte. »Wir hatten gedacht, wir könnten es ausnutzen, daß du zurück bist, Arnau. Wir sind ziemlich am Ende. Das verstehst du doch, oder? Wenn du bei deinem Bruder bleibst, können Clifford, deine Mutter, Ona, Dani und ich ein bißchen in die Stadt gehen. Wir müssen noch Kindersachen kaufen und wollen dann irgendwo eine Kleinigkeit essen. Wir müssen mal raus, Arnau.«

»Du bist einmalig, Großmutter.«

»Komm schon, stell dich nicht so an!« schimpfte sie, und meine Mutter rief in einem Tonfall, der keine Widerrede zuließ, ich hätte bei meinem Bruder zu bleiben, Punkt, aus.

»Sag deiner Tochter, ich kann sie hören.«

»Das weiß sie schon«, gab meine Großmutter amüsiert zurück. »Sie hat es direkt hier in den Hörer gesagt, damit du es auch ja mitbekommst. Gut, dann ist also alles geklärt. Wann kommst du?«

»In einer Stunde. Ich muß Marta abholen.«

»Du schaffst das schon allein.«

Wollte sie andeuten, Marta solle besser im Auto warten, bis alle gegangen wären? »Und vergiß nicht diese scheußliche Puppe für Dani, die du uns gestern gezeigt hast.«

»Das ist ein Gott.«

»Das ist mir schnuppe. Es bleibt eine Geschmacksverirrung. Also, tschüs dann. Laß uns nicht warten.«

Nun gut, damit waren meine tollen Pläne für diesen Nachmittag hinfällig. Ich würde warten müssen, und das fiel mir wirklich nicht leicht. Etwas sagte mir, daß Marta mich besucht hätte. Aber das konnte ich ja noch herausfinden. Und uns blieb außerdem noch der Abend.

Ich rief sie an. »Hallo, hast du dir die Bilder angeschaut?«

»Bin gerade dabei.« Aus ihrem Tonfall hörte ich ihr Lächeln heraus. »Es kommt einem vor wie ein Traum, oder?«

»Stimmt. Mir ist es auch so gegangen.«

»Das Material ist hervorragend. Lola hat wirklich ganze Arbeit geleistet. Irgendwie verrückt, sich das hier zu Hause anzusehen!«

»Apropos zu Hause ...«

»Ich habe es mir überlegt«, sagte sie eilig. »Ich glaube, ich würde lieber bei dir vorbeikommen, wenn der Besuch bei Daniel ausgestanden ist. Eins nach dem anderen.«

»Einverstanden«, antwortete ich seelenruhig.

Sie schwieg. »Wie ...?« Es klang überrascht. »Einverstanden? Ich dachte, du würdest mich überreden wollen.«

»Nein, überhaupt nicht. Wenn du lieber zuerst zu Daniel willst, soll es mir recht sein. Übrigens ...«, ich wurde sehr ernst, »hat meine Großmutter eben angerufen. Ich muß ein paar Stunden zu ihm, weil die ganze Familie einkaufen gehen will.«

Es dauerte einen Moment, bis der Groschen fiel, dann lachte sie los.

»In Ordnung! Der Punkt geht an dich!« sagte sie, immer noch lachend. »Fahren wir also zu deinem Bruder, und dann sehen wir weiter.«

Auf dem Weg zu ihr machte ich mir Vorwürfe, weil ich eine so idiotische Hoffnung in diesen Satz der Capacas setzte. Wenn er nicht wirkte, wenn diese Zauberei, dieser Gegenfluch oder Hexenspruch nicht hielt, was er versprach, würde Daniel weiter vor sich hin vegetieren, vielleicht sogar bis ans Ende seiner Tage. Ich gestand Marta meine Zweifel, als sie zu mir ins Auto stieg, und den Rest der Fahrt in die Calle Xiprer gingen wir hektisch die Möglichkeiten durch, die uns dann blieben: So schnell wie möglich die Goldtafeln aus der Kammer des Reisenden übersetzen. Versuchen, erneut nach Qalamana zu finden, indem wir das riesige Gebiet, in dem es vermutlich lag, aus der Luft absuchten. Daniel das Band von Gertrude vorspielen ... Wir hatten einigen Grund, nervös zu sein, in wenigen Minuten würde sich alles entscheiden.

»Du weißt den Satz doch noch?« fragte ich zum x-ten Mal, als wir aus dem Auto stiegen, das ich wie immer auf dem Bürgersteig an der Ecke abgestellt hatte.

»Mach mich nicht fertig, Arnau! Ich habe dir doch gesagt, daß ich ihn noch weiß.«

»Übrigens ...«, rief ich ihr nach, als sie schon auf das Café zusteuerte, in dem sie auf meinen Anruf warten sollte. Marta drehte sich um, und in ihrem Blick lag etwas, das mir gefiel. »Weißt du, daß ich deine Handynummer nicht habe?«

Mit einem Lächeln kam sie zurück und wiederholte die Nummer zweimal, während ich mich darauf konzentrierte, mich beim Speichern nicht zu vertippen. Dann schlenderte sie langsam weg. Ich blickte ihr nach, bis sie hinter der Straßenecke verschwunden war. Schließlich gab ich mir einen Ruck, wandte mich um und ging auf den Eingang des Hauses zu, in dem mein Bruder wohnte.

Meine Mutter drückte oben auf den Türöffner, und als ich im Treppenhaus die drei, vier Stufen zum Fahrstuhl nahm, begegnete ich wieder einem dieser rothaarigen Jabba-Klone. Er stand mit dem Rücken zu mir und wartete auf den Fahrstuhl. Eines Tages, sagte ich mir, eines Tages werde ich hierherkommen, und ihr werdet alle zurückgekehrt sein auf euren Heimatplaneten. Dann sehe ich euch nie mehr wieder. Ich kicherte in mich hinein, und der Typ schielte zu mir herüber, als hätte ich den Verstand verloren.

Ona empfing mich in der Tür und umarmte mich fest. Sie sah viel besser aus als vor meiner Abreise nach Bolivien, hatte ihr Lächeln wiedergefunden und wirkte gelöster und fröhlich. »Komm rein, du Urwaldschamane!« lachte sie. »Hat dir schon mal jemand gesagt, daß du schlimmer bist als dein Bruder?

Einfach von einem Tag auf den anderen an den Amazonas verschwinden und zwei Monate später mit einem Zaubertrank auf der Matte stehen!«

»Also, der tut ihm ja so gut«, erklärte meine Mutter, die mit ihrem Enkel auf dem Arm auf mich zukam. »Man könnte fast meinen, er sieht *lebendiger* aus, irgendwie ... Nicht, Clifford? Ich und Clifford haben heute morgen darüber gesprochen, nachdem wir ihm zum erstenmal den Tee mit den Tropfen gegeben haben, nicht, Clifford? Ich habe sofort gemerkt, daß sich etwas tut bei Daniel, daß etwas anders ist.«

Ona verdrehte die Augen, um mir anzudeuten, daß ich besser keine Silbe von dem glaubte, was meine Mutter da faselte – als hätte ich das je. Ich schnappte mir Dani und hob ihn hoch über meinen Kopf. Selbst in dieser Lage hielt mein Neffe seine Schmusedecke fest umklammert.

»Guck mal, was ich dir mitgebracht habe!« Ich zog den Ekeko aus der Jackentasche.

»Ach, Arnie, ich begreife einfach nicht, wie du dem Kind so etwas kaufen konntest. Wo es doch im Dschungel ganz bestimmt viel schönere Sachen gibt! Diese Puppe ist scheußlich.«

Im selben Augenblick schleuderte mein Neffe sie mit einem Freudenschrei in die Luft und strampelte, weil er von meinem Arm runter wollte, um sie nach Lust und Laune zu dengeln.

»Habe ich es dir nicht gesagt?« redete meine Mutter weiter. »Keine zehn Minuten wird die halten! Wo hast du nur deinen Kopf, mein Junge? Du hättest ihm doch eine Erinnerung an die Reise seines Onkels mitbringen können. Etwas, das er aufbewahren kann, bis er älter ist. Aber nein! Es muß natürlich eine fürchterliche Puppe sein, die der Kleine kaputtmacht, noch bevor wir aus der Wohnung sind.«

Mein Neffe kickte den Ekeko durch den Flur. Hin und wieder rutschte ihm ein Bein weg, und dann gelang es ihm nicht, den Gott weiter Richtung Wohnzimmer zu treten, wie er eigentlich wollte. Doch beim nächsten Versuch schlitterte der Nachfolger von Thunupa, dem Zeptergott, wieder einen Meter weiter und wischte den Fußboden. Der Kleine war glücklich, das Geschenk ein Volltreffer.

»Also, nun geht schon, geht«, ertönte eine schwache und zittrige Stimme auf dem Sofa im Hintergrund. »Sonst machen die Läden noch zu.«

Es war meine Großmutter. Was war nur mit ihrer Stimme los?

»Wolltest du denn nicht mit?« Ich musterte sie fragend, während ich Clifford die Hand schüttelte. Auch er sah besser aus als vor meiner Abreise. Mit der Zeit gewöhnt man sich an alles, und sei es noch so schmerzlich.

»Deiner Großmutter ist gerade schwarz vor Augen geworden«, erklärte meine Mutter. »Es war schon zu spät, dich noch anzurufen. Aber die Ärmste will uns den Tag nicht verderben und hat darauf bestanden, daß wir uns ohne sie auf den Weg machen. Du paßt doch auf sie auf, ja, Arnie? Du mußt dich um deinen Bruder und Oma kümmern, hast also die doppelte Verantwortung. Falls es schlimmer wird mit ihr ...«, sie nahm ihre Handtasche und reichte Clifford den Beutel mit Danis Windeln, den Fläschchen, den Kleidern zum Wechseln, eben der unglaublichen Masse Sachen, die man für kleine Kinder dabeihaben muß, egal, wohin man will. »Hörst du mir zu, Arnau?«

»Natürlich, Mama«, sagte ich zerstreut und warf meiner Großmutter verstohlen einen Blick zu, der hätte töten können.

»Ich wollte sagen, wenn etwas mit Oma ist, rufst du mich sofort auf dem Handy an. Wird es denn gehen, Mama?« Sie beugte sich hinunter und drückte ihr einen Abschiedskuß auf die Wange.

Meine Großmutter setzte eine Leidensmiene auf, ertrug die Küsse und seufzte niedergeschlagen: »Macht euch keine Sorgen um mich. Genießt den Ausflug.«

Alle setzten sich wieder durch den Flur in Bewegung, und meine Mutter drehte sich noch einmal zu mir um und flüsterte: »Erschrick nicht, wenn du deinen Bruder siehst. Das Bett zehrt, du weißt schon. Er ist sehr dünn und ausgemergelt, aber das ist normal. Nimm es dir nicht zu Herzen. Und hab ein

Auge auf Oma. Das mußte ja früher oder später passieren! Nicht, Clifford?«

Clifford nickte stumm.

»Denk nur, die Ärmste! Hat sich so darauf gefreut, daß wir alle mal rauskommen, und dann, in letzter Minute, fühlt sie sich nicht gut. Ob es ihr gefällt oder nicht, sie ist nicht mehr die Jüngste. So etwas kommt in ihrem Alter schon mal vor. Paß gut auf sie auf, Arnie! Nicht, daß es schlimmer wird und wir dann die Rennerei haben. Kümmer dich um die beiden, ja, mein Junge? Wenn wir nachher wieder hier sind ...«

»Eulàlia!« rief Ona, die auf dem Treppenabsatz stand und die Fahrstuhltür aufhielt.

»Also, wir sind dann weg, aber was ich noch sagen wollte«, redete meine Mutter weiter, obwohl ich die Wohnungstür sanft hinter ihr zu schließen versuchte, »was ich noch sagen wollte: Heute abend essen wir alle zusammen hier. Die ganze Familie, einverstanden?«

Nur über meine Leiche, dachte ich, heute abend habe ich weiß Gott Besseres vor!

»Eulàlia!« drängte Ona. »In anderen Stockwerken warten Leute auf den Aufzug.«

»Ich komm ja schon, ich komme! Also, Arnie, vergiß nicht, was ich dir gesagt habe.«

»Ja, Mama«, und ich schlug die Tür zu und wandte mich zu der größten Lügnerin der Welt um, bereit, ihr den Kopf zu waschen. Sie war schon, frisch wie der junge Frühling, vom Sofa aufgestanden und erwartete mich lächelnd. Im Nachmittagslicht, das durch die Balkontür fiel, sah sie aus wie das blühende Leben.

»Was bist du eigentlich für eine alte Schwindlerin! Da genügt einmal beichten jedenfalls nicht, um das wiedergutzumachen, was du heute getan hast!« schrie ich und ging mit Riesenschritten auf sie zu.

»Ssscht! Nicht, daß sie uns hören!« Sie legte erschrocken einen Finger an die Lippen. »Komm her. Dachtest du etwa, ich wollte das verpassen? Außerdem bist du mir was schuldig. Ich habe dir zwei Monate lang den Rücken freigehalten. Wo ist Marta überhaupt?«

»Im Café um die Ecke, an der ich immer parke.«

»Hoffentlich sieht sie keiner.«

»Ich glaube kaum, daß Ona sie bemerkt. Und die anderen kennen sie gar nicht.« Ich setzte mich aufs Sofa mit Blick auf die Pflanzen, die meine Schwägerin auf dem Balkon hatte. Auf dem engsten vorstellbaren Raum drängten sich Dutzende Töpfe voller Blumen.

»Du solltest hören, wie Ona über sie herzieht! Wenn sie rauskriegt, daß diese Frau in ihrer Wohnung war, bringt sie uns um!«

»Ich muß dir was gestehen, Oma.« Ich sah sie betrübt an, nahm ihre Hand und zog sie neben mich auf das Sofa. Ich wußte, es würde sie tief treffen, was ich ihr über ihren Enkel Daniel erzählen würde. Ich hatte keine andere Wahl. Sie war die Vernünftigste in meiner Familie, und falls wir meinen Bruder wirklich heilen konnten, würde er ihre Hilfe brauchen, um durchzustehen, was danach zwangsläufig auf ihn zukam. Außerdem mußte endlich Schluß sein mit dem Unsinn, den meine Familie über Marta verbreitete. Ich erklärte meiner Großmutter in groben Zügen, worum es bei der Erforschung der Quipus und Tocapus ging, und ließ die Einzelheiten weg, um sie nicht zu verwirren. Dann berichtete ich ihr, so sachte und kurz ich konnte, von dem Diebstahl der Unterlagen aus dem Büro von Marta Torrent und davon, was der Fluch bewirkt hatte. Als ich ihr schließlich berichtet hatte, was wir tatsächlich im Urwald gesucht und wie wir es gefunden hatten, rief ich Marta an und bat sie heraufzukommen.

Meine Großmutter war am Boden zerstört, als sie die Wahrheit erfuhr. Sie war die stärkste Frau, die ich kannte. Nun, Marta mochte ebenso stark sein, aber meine Großmutter hatte ich in äußerst schwierigen Situationen erlebt, die sie entschlossen gemeistert hatte. Doch als meine Großmutter hören mußte, ihr Enkel Daniel habe wichtige Unterlagen aus dem Büro seiner Vorgesetzten gestohlen, sackte sie in sich zusammen und brach in Tränen aus. Ich hatte sie nie zuvor weinen sehen, es machte mich fertig. Zum Glück erwachte ich endlich aus meiner Starre und nahm sie fest in den Arm. Ich sagte ihr, gemeinsam würden wir Himmel und Hölle in Bewegung setzen, um Daniel zu helfen. In diesem Moment klingelte es, und ich ließ sie einen Augenblick allein, um auf den Türöffner zu drücken Dann, während Marta im Fahrstuhl war, eilte ich zu ihr zurück, doch zu meiner Überraschung hatte sie sich bereits gefaßt, und ihre Augen waren wieder trocken.

»Und diese Frau, diese Doctora«, sagte sie argwöhnisch, »kommt nach allem, was Daniel getan hat, hierher, um ihm zu helfen?«

»Großmutter!« Ich eilte zurück zur Tür, weil es erneut geklingelt hatte. »Marta ist in Ordnung. Du würdest das auch tun ... Jeder würde das tun.«

»Wahrscheinlich hast du recht«, hörte ich sie sagen, als ich die Tür öffnete. Dort stand mit ernster Miene die Frau, die in meiner Familie so unterschiedliche, dabei niemals neutrale Gefühle weckte. Von denen in mir ganz zu schweigen.

»Bitte, komm doch rein«, sagte ich. Meine Großmutter ging Marta im Flur entgegen. »Oma, das ist Marta Torrent, Daniels Chefin. Marta, das ist meine Großmutter Eulàlia.«

»Danke fürs Herkommen.« Meine Großmutter lächelte.

»Schön, Sie kennenzulernen. Ich nehme an, Arnau hat Ihnen schon mehr oder weniger erklärt, was für eine Verrücktheit wir vorhaben.«

»Einen Versuch ist es wert, nicht wahr? Ich bin froh, daß du es wagen willst. Und bitte, sag doch ›du‹. Wenn man wie ich über achtzig ist, steht einem das ›Sie‹ überhaupt nicht.«

Marta lächelte, und zu dritt gingen wir in den hinteren Teil der Wohnung. Die nur angelehnte Tür neben dem Sofa im Wohnzimmer führte ins Schlafzimmer meines Bruders.

»Wollt ihr etwas trinken, bevor ihr ...«, begann meine Großmutter, wußte dann aber nicht, wie sie den Satz beenden sollte.

»Ich nicht«, sagte ich nervös.

»Ich auch nicht, danke. Zuerst möchte ich lieber nach Daniel sehen. Falls ...« Marta stockte. »Falls es nicht gutgeht, kann ich bestimmt einen kräftigen Kaffee brauchen. Und eine Zigarette natürlich.«

»Ich rauche auch!« Meine Großmutter hörte sich an, als hätte sie eine Mitverschworene ihres Geheimbunds entdeckt.

»Bist du soweit?« Ich legte die Hand auf die Türklinke und blickte Marta fragend an. Sie nickte.

Die Jalousien waren hochgezogen und die Fenster offen, wenn auch teilweise von den Gardinen verdeckt. Das Zimmer war ein Backofen. Gegenüber der Tür lag der kleine Ankleideraum, den Daniel und Ona sich in einer Ecke des Zimmers abgetrennt hatten. Einige Schritte nach links gelangte man in das, was nach dem Umbau übriggeblieben war. Fast der ganze Raum wurde von dem riesigen Bett eingenommen, in dem mein Bruder lag. Bei seinem Anblick stockte mir der Atem.

Daniel sah aus, als wäre er wirklich tot. Er war nicht zugedeckt und trug nur ein T-Shirt und eine kurze Pyjamahose. Er hatte mindestens fünfzehn oder zwanzig Kilo abgenommen und wirkte, wie meine Mutter gesagt hatte, ausgemergelt. Seine Augen waren offen, aber blicklos. Er reagierte nicht, als wir eintraten. Er lag reglos da, abwesend. Seine Arme ruhten schlaff auf den Laken. Meine Großmutter trat zu ihm, nahm ein Fläschchen vom Nachttisch und träufelte ihm zwei Tropfen in jedes Auge.

»Künstliche Tränen«, erklärte sie. »Er blinzelt nicht genug.«

»Laß Marta dahin, wo du stehst, sei so gut«, bat ich sie.

Meine Großmutter warf uns einen unendlich traurigen Blick zu. Bestimmt war sie noch betroffen über das, was ich ihr erzählt hatte. Doch als die pragmatische Frau, die ich kannte, rang sie wohl auch darum, nicht zu große Hoffnung in unseren Versuch zu setzen. Sie strich Daniel das Haar aus der Stirn, zog das Kissen unter seinem Kopf glatt und trat dann gefaßt zu mir ans Fußende des Bettes. Marta stellte sich neben meinen Bruder und schaute ihn schweigend an. Ich hätte gerne gewußt, was in ihr vorging. Die beiden kannten sich lange, hatten über Jahre zusammengearbeitet. Daniel hatte Ona gegenüber kein gutes Haar an ihr gelassen, und Marta? Was dachte Marta über Daniel, außer, daß sie ihn für sehr intelligent hielt? Sie hatte es mir nie verraten.

»Ich hoffe so sehr, daß es funktioniert«, flüsterte sie, hob jäh den Kopf und warf mir einen Blick zu. »Auf einmal kommt mir das alles so unsinnig vor, Arnau. So schrecklich absurd.«

»Nicht drüber nachdenken«, versuchte ich sie zu ermuntern. »Schaden wird es ihm nicht, und schlechter als jetzt kann es nicht werden. Tu's einfach.«

»Komm, Liebes, versuch es«, sagte meine Großmutter leise.

Marta beugte sich über Daniel und fuhr sich mit der Hand über die Stirn, als wollte sie letzte Zweifel verscheuchen. »*Jupaxusutaw ak munta jinchu chhiqhacha jichhat uksarux waliptaña*«, sagte sie langsam mit erhobener Stimme und sah Daniel dabei unverwandt an.

Meine Großmutter zupfte mich verstohlen am Hemd, damit ich mich zu ihr hinunterbeugte, und flüsterte mir ins Ohr, was das denn bedeuten solle.

»Das ist eine Formel«, raunte ich. »Die Bedeutung ist nicht wichtig, es kommt auf die Laute an, die erzeugt werden, wenn man sie ausspricht.«

Da bewegte Daniel einen Arm. Sehr langsam hob er ihn an und ließ ihn auf die Brust fallen. Erschrocken wich Marta zurück, und meine Großmutter schlug sich beide Hände vor den Mund, um einen Freudenschrei zu ersticken, der sich in ihrem Blick äußerte. Fast im selben Moment drehte Daniel den Kopf auf dem Kissen und starrte uns an. Er blinzelte ein paarmal, zog die Stirn kraus und leckte sich über die trockenen Lippen, als erwachte er aus einem langen Schlaf. Dann versuchte er etwas zu sagen, aber aus seiner Kehle kam kein Laut. Marta, die noch immer nicht fassen konnte, was da geschah, kam aus der Ecke, um meiner Großmutter Platz zu machen. Sie trat rasch zu Daniel, und er folgte ihr mit dem Blick, wobei er sich wieder drehte. Diesmal versuchte er sogar, den Kopf zu heben, schaffte es aber nicht.

Meine Großmutter setzte sich auf den Bettrand und streichelte ihm über die Stirn und das Haar. »Hörst du mich, Daniel?« fragte sie zärtlich.

Er räusperte sich. Dann hustete er. Er wollte wieder den Kopf heben, und jetzt gelang es ein stückweit.

»Was ist los, Oma?« war das erste, was er sagte. Seine Stimme klang rauh, als wäre er erkältet und hätte schlimmes Halsweh.

Meine Großmutter umarmte ihn, drückte ihn fest an sich, aber Daniel gab sich einen Ruck, nahm sie an den Schultern und schob sie zurück. Sie strahlte. Ehe sie etwas sagen konnte, wandte er sich an Marta und mich. Die Muskeln in seinem Gesicht gehorchten ihm nicht.

»Hallo, Arnau«, sagte er mit seiner kratzigen Stimme. »Hallo, Marta.«

»Du warst sehr krank, mein Junge.« Meine Großmutter nötigte ihn, den Kopf wieder auf das Kissen zu legen. »Sehr krank.«

»Krank …?« Er sah sie ungläubig an. »Und Ona? Und Dani?«

Marta blieb, wo sie war, und ich ging um das Bett und setzte mich meiner Großmutter gegenüber auf die Kante.

»Wie fühlst du dich?«

Daniel verzog das Gesicht, als würde er von tausend Nadeln gestochen, stützte die Arme auf und stemmte sich langsam hoch, bis er sich ans Kopfende lehnen konnte und mit mir auf einer Höhe war.

»Durcheinander, würde ich sagen.« Seine Stimme klang schon etwas klarer. »Eben habe ich doch noch an meinem Schreibtisch gesessen und gearbeitet, und jetzt sagt ihr, ich sei krank gewesen. Ich begreife gar nichts mehr.«

»Woran hast du gearbeitet?«

Er zog die Stirn in Falten, versuchte sich zu erinnern, und plötzlich schien ihm ein Licht aufzugehen. Furcht spiegelte sich auf seinem Gesicht, und sein Blick glitt über meine Schulter hinweg zu Marta.

»Wieso bist du hier, Marta?« fragte er verzagt.

Doch ehe sie antworten konnte, legte ich ihm eine Hand auf den Arm, damit er mich ansah.

»Du bist drei Monate krank gewesen, Daniel, wegen eines Fluchs der Aymara«, sagte ich ernst und eindringlich. Er zuckte zusammen. »Du weißt, was ich meine. Das müssen wir dir wohl nicht erklären. Marta ist hergekommen, um dich zu heilen. Sie hat dich aufgeweckt. Es war nicht ganz einfach, das Mittel zu finden. In ein paar Tagen erzähle ich dir die ganze Geschichte. Jetzt mußt du dich erst einmal ausruhen und wieder gesund werden. Wir reden, wenn es dir bessergeht. Einverstanden?«

Er nickte langsam, aber der erschrockene Ausdruck blieb. Ich tätschelte ihm beruhigend den Arm, stand auf und trat zu Marta, die Daniel schweigend betrachtete.

»Wir gehen jetzt«, sagte ich. »Bald hast du sie alle hier: Ona, Dani, Mama und deinen Vater. Sie sind ein bißchen rausgegangen. Doch wenn Oma sie anruft und ihnen erzählt, daß du aufgewacht bist, sind sie sofort zurück. Ach, noch etwas! Sag ihnen nichts von dem Fluch und den Aymara, einverstanden?«

Mein Bruder senkte den Blick. »Einverstanden«, sagte er leise.

»Mach's gut, Daniel«, verabschiedete sich Marta. »Wir sehen uns.«

»Wann immer du willst.«

Es wäre nicht gut für ihn gewesen, wären wir länger geblieben. Unsere Anwesenheit konnte ihm jetzt, da er wußte, was geschehen war, nur schaden. Er wirkte gehetzt und fahrig. Wenn es ihm besserginge, würden wir noch genug Zeit zum Reden haben. Mit einem Kuß verabschiedete ich mich von meiner Großmutter, die uns einen verständnisvollen Blick zuwarf. Ich nahm Marta bei der Hand und verließ mit ihr das Zimmer.

»Es hat funktioniert«, sagte sie lächelnd, die Brauen so weit hochgezogen, als könnte sie es noch immer nicht glauben.

»Es hat funktioniert.« Ich fühlte mich rundum zufrieden.

Ja, es hatte funktioniert. Mein Bruder durfte sich jetzt auf eine endlose Kette medizinischer Untersuchungen gefaßt machen und, was schlimmer war, auf die eifrige Pflege unserer

Mutter. Alle würden sich über seine Heilung wundern, genau wie sie über seine plötzliche Erkrankung gerätselt hatten. Wir aber kannten die Wahrheit, und diese Wahrheit lag in der Macht der Worte, in der einzigartigen Fähigkeit, durch Laute den Geist zu programmieren. Es lag viel Arbeit vor uns, eine fesselnde Arbeit: über das Gehirn, über die Sintflut, die Yatiri, die alten Legenden von der Erschaffung der Welt und der Menschen ... Doch welche neuen Projekte wir auch angehen mochten, wie sehr wir selbst uns noch ändern mußten und welche Urwälder es zu erforschen galt, das wichtigste war die eine Erkenntnis: Unsere neuesten Technologien und jüngsten wissenschaftlichen Entdeckungen waren in rätselhafter Weise mit der Magie aus vergangenen Zeiten und den Mythen der alten Kulturen verbunden – Vergangenheit, Gegenwart und Zukunft geheimnisvoll ineinander verwoben.

»Du warst nicht gerade nett zu Daniel«, sagte Marta, als wir aus dem Aufzug traten.

»Ich war so nett, wie ich sein konnte. Ich hätte es nicht über mich gebracht, mich anders zu verhalten.«

So war es. Nichts würde mehr sein wie früher. Und das war gut. Ich mußte daran denken, wie ich das erste Mal in Martas Büro an der Uni gestanden hatte. Wie reserviert sie gewesen war und wie sie lachen mußte, als ich die runzlige Mumie und die baumelnden Schädel entdeckte. Ob meine Hackerstrategie schon wirkte? Würde sie mit mir kommen? Oder Gras über alles wachsen lassen ...?

»So, Marta.« Ich schloß die Haustür hinter uns. »Daniel hätten wir geheilt. Jetzt ...«

»Was hast du vor?«

»Hättest du Lust, den ›100‹ zu sehen?«

Anmerkungen

1 Sagárnaga, R.: »Tiwanacu. Historia del asalto al cielo«, in: *Escape/ Arqueología. La Razón digital,* Bolivien, 18.10.2002.

2 Laut Blas Valera, der von Garcilaso de la Vega zitiert wird (Buch I, Kapitel VI), die »Vasallen des Inka«, Einwohner von Tihuantinsuyu, dem Königreich der Vier Regionen.

3 »A biological assessment of the Alto Madidi Region and adjacent areas of Northwest Bolivia«, 1991.

4 Richard Stone, *Mammut – Rückkehr der Giganten?*, Stuttgart 2003.

5 Der Ursprung der Säugetiere, *National Geographic,* April 2003.

6 Hans-Joachim Zillmer, *Darwins Irrtum,* München 2001.

Zitatnachweis

Garcilaso de la Vega: *Wahrhaftige Kommentare zum Reich der Inka* (Herausgegeben und übersetzt von Ursula Thiemer-Sachse)
© Rütten & Loening, Berlin 1986

Umberto Eco: *Die Suche nach der vollkommenen Sprache.* (Aus dem Italienischen von Burkhard Kroeber)
© C. H. Beck, München 1994